世界微型小说

百年

大事记

（1917—2023年）

CENTENNIAL EVENTS OF WORLD

MICRO NOVELS

中国华侨出版社

·北京·

图书在版编目（CIP）数据

世界微型小说百年大事记. 1917—2023年 / 凌鼎年
编撰. -- 北京 : 中国华侨出版社, 2025. 1. -- ISBN
978-7-5113-9263-3

Ⅰ. I14

中国国家版本馆CIP数据核字第2024RD7121号

世界微型小说百年大事记（1917—2023年）

编　　撰：凌鼎年

出 版 人：杨伯勋

策划编辑：肖贵平

责任编辑：罗路晗

封面设计：末末美书

经　　销：新华书店

开　　本：710毫米×1000毫米　　1/16开　　印张：26.5　　字数：446千字

印　　刷：河北朗祥印刷有限公司

版　　次：2025 年 1 月第 1 版

印　　次：2025 年 1 月第 1 次印刷

书　　号：ISBN 978-7-5113-9263-3

定　　价：98.00 元

中国华侨出版社　　北京市朝阳区西坝河东里77号楼底商5号　　邮编：100028

发行部：（010）64443051　　传　真：（010）64439708

如发现印装质量问题，影响阅读，请与印刷厂联系调换。

序 言

一本有文史价值的工具书

我老婆多次说我"一根筋",也许吧。不过,说得好听些,也可以说是有韧性、执着,能坚持,有始有终,套句时尚话,就是所谓的不忘初心。

我1975年写第一篇微型小说,1991年4月出版第一本微型小说集,至今竟快半个世纪了。我从1990年5月参加汤泉池小小说笔会后,就开始注意收集有关微型小说的资料,一晃也33年了,日积月累,存了不少资料。曾经有多位朋友对我说:"你写微型小说文学史最有资格,因为你作为第一代微型小说作家,不但参与了大量的相关活动,还拥有丰富的资料。"我也动过这个念头,但我主要精力毕竟在微型小说创作上,也还写得出,不想分心,就没有动笔。反正资料收集了,总归是有用的。

前不久,中国微型小说学会秘书长高健来电话要我写写微型小说大事记,我答应了。第二天我就放下了手头的创作,放下了手中的其他事,一门心思整理起存放在电脑里的资料。这一整理,才发现这是一个庞大的工程,各种资料庞杂,撰写起来千头万绪,不是十天八天就能完成的。

首先,我得确定时间起始,是从20世纪50年代天津《新港》杂志发表小小说开始写,还是从1990年河南汤泉池小小说笔会开始写,抑或从1992年中国微型小说学会成立开始写。结果在整理史料时,发现不少小小说、微型小说权威选本都选了鲁迅的《一件小事》,而这篇作品发表于1919年,被认为是中国最早的小小说作品。但据《新文学史资料》披露,有个叫陈衡哲的创作过一篇小小说《一日》,1917年发表在美国一本留学生杂志上,时间更早,那干脆从1917年写起。其次,得确定书名,开始是《微型小说大事记》,但写着写着,突然想到,从1917年到2023年,连头带尾107年,那干脆叫《微型小说百年大事记》,更名副其实,也更有历史感。

以前,圈子里有个说法,北方叫小小说,南方叫微型小说。这与河南郑州的《小小说选刊》、江西南昌的《微型小说选刊》的地理位置也基本符合。但我在整理史料时发现，20世纪70年代前，基本上都叫小小说。1981年，上海《小说界》创刊后，开辟了"微型小说"栏目，这个名称不胫而走。1992年，中国微型小说学会成立；1999年，在我的提议下，世界华文微型小说研究会在马来西亚开始筹建，召开了第一次筹委会；2000年，又在福州召开了第二次筹委会；2001年，世界华文微型小说研究会在新加坡注册成功。由此，"微型小说"就成了主流叫法，尽管有人提出了"微篇小说"的称谓，此前还有"极短篇小说""迷你小说""口袋小说""一分钟小说""一袋烟小说""微小说"等，但都没有流行开来，没有被世界各国微型小说作者接受。如今依然是微型小说与小小说占主导地位，一下子想改变，估计很难。不过对作家而言，叫微型小说，叫小小说，都没有太大的区别，就像南京也叫金陵，苏州也叫姑苏，一个称谓而已。黑格尔说："凡存在的，就是合理的。"我们既要尊重历史，更要尊重现实。

或许有的读者会说，小小说、微型小说可以追溯到先秦、唐人传奇，但古代的成语故事或文言文小故事等只是小小说、微型小说的雏形而已，清代的《聊斋志异》属短篇小说的范畴。从1917年写起，我们把这种用现代白话文写的精短小说称为"微型小说"。

在撰写的过程中，我发现有多篇名家二三十年代的早期作品被收入好几本小小说、微型小说选本中，有些论文还提到过，但我在核实时，查到当初他们自己是收入散文集的，鉴于此，我没有记入，怕因体裁问题以讹传讹，误导读者。

2023年初，我收到了苏州大学文学院主办的"张恨水文学创作110周年学术研讨会"的邀请，与会就得写论文，为了写论文，我找到了张恨水早期短篇小说集《真假宝玉》的电子版。结果在阅读时，意外地发现其中还收录了张恨水的多篇微型小说，短的仅几百字，也有1000多字的，而且是写于20世纪三四十年代的。这在众多的微型小说各种选本中是从来没有收录的，也从来没有哪位微型小说研究者提到过张恨水写过微型小说，应该是新发现，这史料很珍贵，令我激动不已，连忙补进去，算是填补了微型小说史料的一段空白。

因为我是世界华文微型小说研究会的会长，在其位，要谋其政，正好手头也有世界华文微型小说的若干资料，一并写了进去。为了名实相符，最后定书名为《世界微型小说百年大事记》。

可能又有人会说，我国出版过《诺贝尔文学奖获奖作家袖珍小说精品》《诺贝尔文学奖获奖作家微型小说精品》等集子，应该记入。但他们的作品基本上是单篇，涉及多个国家、多个语种，考证创作、发表的时间难度系数大，退而求其次，只能把他们出版的小小说、微型小说集子或翻译的选本记入。

按照大事记的写法，通常由时间、事件两大部分组成。时间按年、月、日的顺序依次排列；每件大事年、月、日齐备。对时间不确切的事件，应尽力进行考证，大事记条款，严格按照大事发生的先后顺序排列，先排有确切日期的大事，后排接近准确日期的大事，日期不清者附于月末，月份不清者附于年末。

我在整理时发现，当年的资料我大都是按年收集的，有的记录了月与日，有的没有记月与日，核实、补充月份看似小事，实则非常耗费时间，特别是早期的，大部分在互联网上也没有痕迹，翻书也不一定有确切信息，常常花费一两个小时，仍劳而无获。

而小小说、微型小说与长篇小说不同，长篇小说一年出版多少本大致清楚，都有案可查；但小小说、微型小说一年要发表3~5万篇，各种活动层出不穷，大的全国性的活动网上也许还能查到，小的活动如果当时不做有心人，不记录，早就湮没在浩如烟海的资料中了。

我虽然收集相关资料33年了，但一个人的力量毕竟十分有限，我既没长三头六臂，也没有千里眼、顺风耳，仅仅是对这文体由衷地喜欢，有感情，所以几十年如一日在业余时间蚂蚁搬家似的点点滴滴地收集，不为报酬，不为表扬，心甘情愿，只是俗话说"老虎也有打盹儿的时候"，某时间段一忙就顾不上了，有些资料可能就失之交臂了，实在没有办法事无巨细、面面俱到都记录在案，挂一漏万也就难免，差错也是难免的，为了少一点遗珠之憾，我给多位业界的朋友发了微信，请他们提供第一手资料，与我的资料核对，我缺的补入，有不一样的，再去伪存真，力图真实、可靠。

早期的史料比较少，也比较珍贵，能收集到的我尽量记入。20世纪70年代以前，几乎没有什么小小说、微型小说活动，基本上都是发表与出版。从80年代开始，有少量的小小说微型小说征文等活动。90年代各种小小说、微型小说的活动就多了起来。新千年后，活动就更多了。三年疫情，沉寂了一段时间，活动大大减少。2023年开始，趋向复苏。

据我所知，新千年后，各地先后成立了多个小小说、微型小说学会，如河南、江苏、四川、河北、广西、广东、湖南、湖北、浙江、北京、山东、东三省、福建、安徽、上海等都有，至于闪小说学会，近年就更多了。有学会的省份与城市，活动就多些，成绩也大些，这是不争的事实，我是如实记录。通览全书，发现各地小小说、微型小说的创作水平参差不齐。凡有成绩的，往往当地有那么一两个或几个热心而有奉献精神的小小说、微型小说、闪小说作家在牵头、在张罗，譬如杨晓敏、郑允钦、张越、刘海涛、龙钢华、顾建新、宋桂友、高长梅、滕刚、沈祖连、谢志强、戴希、申平、雪弟、王孝谦、李永康、蔡楠、王培静、刘公、徐习军、贺鹏、刘斌立、袁炳发、卧虎、陈勇、赵明宇、何开文、万芊、朱士元、颜士富、赵淑萍、方东明、张凯、程思良、蔡中锋、刘帆、卧虎、甘应鑫，香港的陈赞一等，海外有新加坡的黄孟文，马来西亚的曾沛、朵拉，泰国的司马攻，菲律宾的吴新钿、王勇，印度尼西亚的袁霓，文莱的孙德安，日本的渡边晴夫教授，韩国的柳泳夏，瑞士的朱文辉，美国的冰凌，新西兰的冼锦燕，澳大利亚的吕顺、王若冰等，都为微型小说事业作出过贡献，要感谢他们的努力与付出。当然，不能不提的是小小说、微型小说发展早期，像江曾培、凌焕新、王保民、李春林、邢可、邱飞廉、赵禹宾、冯艺等人的倡导、呼吁、推进，是有筚路蓝缕之功的。

在整理、撰写的过程中，我发现有些资料按年月填，反而不如集中填写更一目了然，譬如每年参加中国作协的小小说、微型小说作家，历年过世的小小说名家，还有像世界华文微型小说研讨会开了12届，中国微型小说（小小说）年度评选20届，小小说、微型小说的出版，新加坡、泰国的微型小说活动，作为附录，集中在一起，似乎更直观，更有研究价值，我就返工，重新归类。工作量是增加了，但研究者会觉得方便些，这就够了。后来，我发现附录字数太多了，占不少篇幅，又有重复之嫌，只好割爱。

20世纪90年代中期，我写过一篇《小小说，三十年后再论》的文章，对小小说进行了愿景与远景的展望，改了几次，后来将其用作了一套小小说丛书的总序。当时有人讥讽我信口开河、自说自话，甚至有人说我痴人说梦。一晃20多年过去了，30年也快到了，可以论一论了，回头看，小小说、微型小说的发展，基本印证了我当年的预测，这本书的内容就是最好的证明，我很欣慰。

如果哪位读者或研究者通读全书的话，会发现有的条目简单，有的条目内容充实，这倒不是有意厚此薄彼，而是有的活动我参与了，知道的多些，有些活动能找到的文字就这些，或者，文友提供的信息简单，只能说，有总比没有强。还有的可能会问：怎么河南郑州，广东惠州、桥头，湖南常德，江苏太仓，广西等地方入选的条目那么多，那是因为这几个地区与城市举办的小小说、微型小说活动频繁，有影响力，录入的自然多了，分量自然重了。

另，小小说、微型小说作家出版的个人集子20世纪七八十年代极少，都记录在案，90年代已有一定量，新千年后，就陡然多了起来，记不胜记，就不再详细记入，仅用列表方式展示，还请谅解。有些选本，我手头没有，无法计入，很是遗憾。另，因资料来源于多个渠道，有的年份不确定，归类时稍不留神就可能会重复，敬请指谬。

在本书的撰写过程中，业界的不少文友提供了珍贵的史料，如高健、沈祖连、申平、王彦艳、朱昱颖、李莉、黄灵香、刘海涛、龙钢华、姚朝文、练建安、雪弟、王培静、马新亭、程思良、赵明宇、何开文、刘帆、曾群英、东瑞、希尼尔、温晓云、朱文辉、许钧铨等，在此一并致谢。

小小说、微型小说是参与者众多的文体，凭我一己之力，要想包罗万象，穷尽所有，没有遗漏，或误差，几乎是不可能的，如果读者发现有遗漏，或误差，请与我联系，我会记录在案，设法补进去，设法改正，谢谢！

这本几十万字的大事记，也许没有多少可读性，但确乎是本史料性的工具书，随着时间的流逝，其价值会越发凸显，会沉淀为小小说、微型小说文学史。以后谁想了解小小说、微型小说，谁想研究小小说、微型小说，一册在手就可了解大概，省去查核资料的诸多麻烦，用佛家语云：有功德的。当然，主要是为这个新文体立此存照。

我热爱这文体，与之结缘以来，近半个世纪不离不弃，33年来做有心人，花时间花精力无怨无悔收集相关资料，集腋成裘，聚沙成塔，凝聚成了这本公益性专著，虽然这是我投入时间最长最多的一本书，但我认为值得，因为终于完成了我酝酿已久的事。

撰写此书，是我对小小说、微型小说文体的一种致敬。我相信：有了这些实打实的沉甸甸史料，小小说、微型小说已经开始走进文学史了。

2023年12月31日改于江苏太仓　先飞斋

目　录

■ 20 世纪初期

1917年

陈衡哲创作的小小说《一日》发表在美国《留美学生季报》上。(据《新文学史资料》披露)

1919年

1月1日，日本菊池宽创作的《短篇之极》发表在《东京日日新闻》，及1月3日的《大阪每日新闻》上。

12月1日，鲁迅创作的小小说《一件小事》首次发表于《晨报》"周年纪念增刊"上。

■ 20 世纪 20 年代

1920年

1月24日，郭沫若在上海《时事新报》副刊"学灯"上发表小小说《他》。

冰心创作小小说《一个兵丁》。

1921年

5月，王统照发表小小说《伴死人的一夜》。

12月11日，冰心创作小小说《一个不重要的军人》。

1923年

8月8日，郁达夫创作小小说《立秋之夜》。

1924年

胡亚光的小小说《梦中》发表于《半月》杂志第3卷第8期。

王任叔创作小小说《河豚子》，同年，发表在他主编的《四明日报》副刊文学版。

王鲁彦发表小小说《灯》。

1925年

2月，沈从文发表小小说《三贝先生家训》。

5月17日，郁达夫在武昌创作小小说《寒宵》。

1926年

11月，沈从文的小小说《代狗》收录于北新书局初版的文集《鸭子》，系无须社丛书之一。

1927年

11月9日，叶圣陶创作的小小说《赤着的脚》刊载于商务印书馆之"纪念孙中山先生"专刊。

石评梅发表小小说《余晖》。

1928年

7月2日，张恨水的小小说《张碧娥》发表于北平《世益报》。

1929年

3月，上海远东图书公司刊印的胡也频短篇小说集《牧场上》收录了小小说《便宜货》。

8月27日，张恨水的小小说《滚过去》发表于《世界日报》副刊"明珠"版。

9月3日，张恨水的小小说《不得已的续弦》发表在《世界日报》副刊"明珠"版。

9月7日，张恨水的小小说《死与恐怖》发表在《世界日报》副刊"明珠"版。

■ 20 世纪 30 年代

1930年

首次出现"墙头小说"一词，指可以抄写后贴在墙上阅读的精短篇幅的小说，这与"左联"的积极倡导密不可分。

1932年

8月，张恨水的《风檐爆竹》收录于《弯弓集》，北平远恒书社出版。

《北斗》第2卷第3期、第4期合刊集中刊登了白华的两组"墙头小说"。一组《夫妇》，有《在厂门口》《传单》《早饭》《传令的人》4篇；一组《墙头三部曲），有《分离》《流荡》《回转》3篇，都是千余字的小小说。

夏衍发表小小说《两个不能遗忘的印象》。

1933年

9月1日，老舍的小小说《买彩票》发表于《论语》第24期。

1936年

《文学青年》1936年创刊号上刊登"征稿简约"，明确希望获得墙头小说投稿。该刊在第1卷第2期发表了怀紫的"墙头小说"《孩子的死》，还刊载了M.I的《解答几个问题》一文，作者细致地梳理了中国20世纪30年代初"墙头小说"的来源及其发展。

■ 20世纪40年代

1940年

9月，孙犁在《关于墙头小说》一文中指出："墙头小说与街头剧、墙头诗是边区三支文艺轻骑队，是年轻的文艺三姐妹。"孙犁提出了墙头小说的四个特点：一是能立马反映事实；二是具备较强的政治性；三是"在形式上更有头有尾、生动有力，更大众化，更具有民族的形式和风格"；四是篇幅短小，"可以用单张的纸写出"。

1941年

6月29日，金振在《新华日报（华北版）》上发表《提倡墙头小说》，认为短小精悍的墙头小说是在文艺大众的实践中所创造出来的新的小说形式之一。

5月，孙犁创作小小说《懒马的故事》。

1949年

5月13日，赵树理创作小小说《田寡妇看瓜》发表于5月14日的《大公日报》。

20世纪50年代

1956年

7月，老舍的小小说《电话》发表于天津《新港》杂志创刊号。

1958年

3月，天津的《新港》杂志是最积极倡导小小说的刊物，《新港》杂志第2期、第3期合刊"小说专号"发表老舍的《多写小小说》，被认为是小小说宣言，成为中国小小说最早的倡导者。同期发表王愿坚的《七根火柴》。

4月，《新港》杂志第4期发表周骥良的小小说《大年三十晚上》。

5月，《百花园》第2期在目录上把《第一天》《我的二师兄》2篇作品标注为"小小说"，这是《百花园》最早发表的小小说作品。

6月，《人民文学》第6期发表茅盾的《谈最近的短篇小说》，他分析了《七根火柴》和《进山》两篇小小说，归纳出了小小说的四个特征：一是字数少，两次强调"全文共计不过两千字"；二是篇幅虽短，但同样具备人物、情节、环境三要素；三是典型化写作方法的运用；四是笔法生动。

7月，《解放军文艺》推出小小说专辑，其中有黄知义的《雷达连的指导员》、黄文彩的《小班长》、纪云的《秘密》、王恺的《破浪前进》、傅泽的《在雪坡上》等，张爱萍将军还写了《多写些短篇小说》的文章。

7月，《草地》发表柯岩的《我读了两篇小小说》。

8月，《解放军文艺》推出第二部小小说专辑，有邵国明的《海防两炮手》、赵增元的《空投前夕》、罗德钊的《连长教歌》、朱斌的《坦克新兵》、佳光的《一个小镜头》、权宽浮的《第一条林带》、朱定的《夏收夜》、卫民的《智破调虎计》等。

9月，《长江文艺》发表胡青坡的《我们提倡写小小说》、朱红的《新的文学样式：小小说》、冯牧的《关于小小说》。

10月，《作品》发表陈湘华的《我们欢迎小小说》、高风的《小小说纵横谈》。

11月，《奔流》发表王朴的《大家来写小小说》。

12月，《新港》杂志第12期发表孙喜贵的小小说《妇女运输队》。

12月，《人民文学》开始登载或转载小小说，如第4期有徐怀忠的《卖酒女》，第5期有李德复的《典型报告》，第6期转载王愿坚的《七根火柴》，第7期有李纳的《过客》，第8期有万国儒的《踩电铃》，第9期有肖玉的《磨刀》，第11期有王汶石的《村医》，第12期有许以的《一封电报》。

《江淮文学》发表高绪豪的《小小说创作问题的探讨》。

《雨花》发表左卫的《小小说，文学战线上的小高炉》。

《萌芽》《北方》杂志分别开设了"墙头文艺"和"墙头小说"栏目。

《双跃进：小小说选集》，《长江文艺》编辑部编，湖北人民出版社出版。

1959年

1月，《人民文学》第1期发表吴克的小小说《一根铁筋的故事》，第2期发表刘祺宝的《老工人汉斯》，第3期发表张长弓、沙里夫的《草原日出》，第4期发表李克英的《房东》，第6期发表周立波的《北京来客》。

1月，《新港》第1期发表周修文的小小说《四排的秘密》。

1月，《文学知识》杂志发表老舍的《读小小说》。

2月，《人民文学》第2期发表茅盾的《短篇小说的丰收和创作上的几个问题》，茅盾在文章第一部分用"一鸣惊人的小小说"8个字概括了他对1958年小小说的总体感受。文中讨论的9篇小小说包括《谁是那"百分之十"？》《垫道》《踩电铃》《拆炕》《门板》《暴风》《师徒公司》《社长的头发》《敢想敢为的人》，选自不同的文学刊物，极具代表性，涵盖了1958年小小说的创作走向与时代特征。此文后收录于茅盾的《鼓吹集续集》，茅盾成为与老舍一起最早倡导小小说的大家。

《三报丰收：小小说集》，王细级等著，广东人民出版社出版。

《留不住的岳母》（小小说选集），王宝树等著，广东人民出版社出版。

《小小说选》，山西日报社编，山西人民出版社出版。

《安徽小小说选》，安徽人民出版社编，安徽人民出版社出版。

《新高潮中出新人：小小说集》，贵州日报政治部文化部编，贵州人民出版社出版。

《安徽文学》《长春》等杂志坚持发表小小说。

■ 20 世纪 60 年代

1960 年

10 月 28 日，《浙江日报》发表虚怀的《更好发挥小小说的战斗作用》。

1961 年

10 月，天津《新港》杂志从第 9 期、第 10 期合刊号起，开始开辟小小说专栏，发表了夏寿邦的《梁师傅》、纪流的《出国前》、孙洪福的《小武与小眉》等作品。

1962 年

2 月，天津《新港》杂志第 2 期发表韩映山的小小说《放鸭》。

3 月，天津《新港》杂志第 3 期发表刘世辉的小小说《交换台旁》、张铁珊的《开车之前》、崔椿藩的《盐滩上》。

4 月，天津《新港》杂志第 4 期发表段荃法的小小说《学犁》。

7 月，天津《新港》杂志第 7 期发表许绍武的小小说《师傅的心》。

1964 年

1 月，周宁在《新港》杂志第 1 期发表《小小说琐议——漫谈〈新港〉一九六三年的小小说》一文，是对 1963 年《新港》发表的 36 篇小小说的分析总结。

2 月，《新港》第 2 期发表魏金枝的《再谈小小说》，他认为"小小说是初学者最好的练武场"。

6 月，《萌芽》第 6 期发表魏金枝的《对于 10 篇小小说的看法》。

7 月，《新港》第 7 期发表邓双琴的《小小说漫笔》。

12 月，天津《新港》杂志第 11 期、第 12 期合刊（也是停刊号）同时发表 6 篇小小说。同期，还发表了万力的《群星灿烂花似锦，万紫千红满园春——〈小小说选集〉（暂名）后记》一文，对 60 年代《新港》发表的小小说做了一个总结。

《新港》杂志从 1961 年第 9 期、第 10 期合刊号起，开始开辟小小说专栏，此后，每期发表 3 篇小小说，直到 1964 年 11 月、12 月合刊号停刊，共登载了 117 篇小小说。

1965 年

《小小说选》一书，系《新港》编辑部编，北方文艺出版社出版。

1967 年

6 月，《小小说的写作与欣赏》，丁树南（欧坦生）编译美国大学玛仁·爱尔沃德教授的著作，发表在中国台湾纯文学月刊上，介绍极短篇理论，开创研究之风。

1968 年

6 月，《小小说写作》，彭歌著，收入中国台湾《兰开文丛》，远景出版社印行。

60 年代，泰国方思若主编的《曼谷新闻周刊》首次刊登小小说作品。

20 世纪 70 年代

1975 年

9 月 2 日，凌鼎年创作小小说《代表性》发表在大屯煤矿油印刊物上。

10 月 22 日，凌鼎年创作小小说《代理考勤员》发表在大屯煤矿油印刊物上。

1977 年

3 月，《小小说写作》，彭歌著，中国台湾远景出版社出版。

1978 年

2 月 25 日，中国台湾《联合报》副刊主编痖弦正式推出极短篇专栏，提出"极短篇"的名称，还开辟超短型副刊实验，并开展一年一度的评奖活动。

1979 年

4 月，内蒙古《包头文艺》发表《有感于小小说》。

中国台湾《联合报》副刊主编痖弦设立极短篇小说奖，陈启佑创作的极短篇小说《永远的蝴蝶》获 1979 年度中国台湾《联合报》极短篇小说奖。

《极短篇》(第一集)，中国台湾《联合报》编，联经出版事业公司出版。

20 世纪 80 年代

1980年

1月6日，新加坡《南洋商报》星期天副刊《南洋周刊》文艺版《浮雕》创刊，每周一期，由杜南发主编。《浮雕》有意识地推动小小说创作，如推出小小说特辑《走入小小的新天地》。此文艺版于同年12月7日停刊，共发刊48期。

2月，人民文学出版社出版了程代熙翻译的《论文学》，其中有苏联阿·托尔斯泰写的《什么是小小说？》(第160页)。

3月，《新文学论丛》发表费擒勋的《"小小说"名目妄议》。

12月，中国台湾著名作家、彰化师范大学教授陈启佑的极短篇小说《永远的蝴蝶》在台北联合报社出版。

河南郑州的《百花园》杂志改刊为《百花园小小说世界》，以发表小小说为主。

《极短篇》(第二集)，中国台湾《联合报》编，联经出版事业公司出版。

《羊城晚报》复刊后，成为全国较有影响的晚报之一，每周发表一定数量的小小说。

1981年

1月1日，《南洋商报》文艺副刊《文林》创刊，由杜南发主编，此副刊有系统地推动本土小小说的创作并关注小小说的发展趋势，同时也转载中国台湾《联合报》的极短篇小说。

5月，《小说界》在上海创刊，率先开辟"微型小说"专栏，首次提出"微型小说"这个名称，开始倡导微型小说，自此，"微型小说"名称传开。

5月，《小说界》创刊号转载中国台湾陈启佑的极短篇小说《永远的蝴蝶》，对大陆微型小说创作产生了较大的影响。

5月，江曾培(笔名晓江)在《小说界》第3期发表《微型小说初论》，提出了"从小见大，以少胜多，纸短情长，言不尽意"的16字观点。

8月12日，《小说界》编辑王肇岐在《解放日报》发表《漫谈微型小说》。

1981年，[日]星新一在日本讲谈社创办了文学季刊《微型小说园地》，并在该刊设立"星新一微型小说文学奖",每年评选一次。

1981年,《一分钟小说散文选》,杨廷治选编,外语教学与研究出版社出版。

1982年

5月,《周末》在江苏省南京市创刊,由《南京日报》主办,设有"微型小说"栏目。同月举办了微型小说征文评选活动,后出版了微型小说集《40岁的男人》(无书号)。

7月,《百花园》第7期从头题开始,推出4篇小小说,并刊发一篇综合评论《小花自有袭人香》。

8月8日,由杜南发主办,在《南洋商报》举行了极短篇创作座谈会,与会嘉宾有钟玲(中国台湾)、黄孟文、王润华、淡莹、田流、孟紫、希尼尔、谢裕民、董农政、谢清、谢明、蔡淑卿、伍木和彭世灼。杜南发把座谈会内容整理成篇,发表在8月19日的《南洋商报·文林》,题目为《刹那的惊喜——和钟玲谈极短篇创作》。

8月,《北京晚报》自70年代起,设立"一分钟小说"栏目,从1月到6月,与北京电视机厂合作,举办了"一分钟小说"征文,许世杰的《关于申请添购一把茶壶的报告》、崔砚君的《告别》、吴金良的《醉人的春夜》3篇获奖,另有17篇获鼓励奖。

10月,《百花园》第10期推出第一个"小小说专号",共编发孟伟哉、南丁、冯骥才、母国政、马未都、肖复兴、赵大年等人的小小说33篇。

1982年,《微型小说选》,本书编选组编,上海文艺出版社出版。

1982年,《小小说选读》,张牧岗等选编,湖南教育出版社出版。

1982年,《极短篇》(第三集),中国台湾《联合报》编,联经出版事业公司出版。

1983年

1月,《微型小说选(1)》,江苏人民出版社编,江苏人民出版社出版。

2月,新加坡加东联络所青年团文友俱乐部主办的"全国小小说创作比赛",分公开组与学生组。这是民间团体第一次以"小小说"作为创作比赛的文体。2月26日举行颁奖礼,两组共颁发优胜奖及入选奖16份,公开组优胜奖的得主为黑铁、谢裕民及黄爱群。

6月，司玉笙的小小说《书法家》发表于《南苑》杂志第3期。全文共184个字，但此文风靡一时，被全国很多报刊转载，引起很大的反响。

8月，南京师范大学凌焕新教授撰写《微型小说探胜》。

10月，《一分钟小说选》，[日]星新一著，陈真等译，春风文艺出版社出版。

11月5日，孟伟哉撰写《"短"的艺术》，论述了他对微型小说的看法，发表于《花溪》杂志。

1983年，《微型小说选（2）》，凌焕新等编，江苏人民出版社出版。

1983年，上海《小说界》举办微型小说征文。

1983年，《极短篇》（第四集），中国台湾《联合报》编，联经出版事业公司出版。

1983年，苏黎世《瑞士观察家》（*Der schweizerische Beobachter*）杂志发起"全民写小说"活动。投稿作品以小小说为主，收到10000多篇来稿，由评委选出1635篇终审作品，最后有20篇作品获奖。有63篇作品被编印成书，分成"日常生活故事""职场世界""爱""女性""行船走马与经验""边缘人""病与死""战争""反讽与幽讽""疯狂颠倒世界""迷爱阴幽""梦幻与现实""一丝老月历故事的气息""我们这个时代的圣诞节"14个小辑。

1984年

4月，孙钊撰写《论超短篇小说艺术》。

7月，《外国微型小说选》，应天士主编，中国文艺联合出版公司出版。

10月，《中国微型小说选刊》在江西省南昌市创刊（双月刊），由《光明日报》驻江西记者站和江西人民出版社合办，由百花洲文艺出版社出版。

12月，《小小说选刊》推出试刊。

12月，郏宗培撰写《关于微型小说的思考》。

1984年，《微型小说选（3）》，凌焕新等编，江苏人民出版社出版。

1984年，《微型小说选（4）》，王臻中等编，江苏人民出版社出版。

1984年，《星新一微型小说选》，[日]星新一著，湖南人民出版社出版。

1984年，《外国微型小说100篇》，许世杰、杜石荣选编，湖南人民出版社出版。

1984年，微型小说《伤舌》，［新加坡］董农政著，新加坡文学书屋出版。

1985年

1月，《小小说选刊》在河南郑州创刊，标志着小小说文体进入一个发展期。

4月13日，《中国微型小说选刊》在北京举行"繁荣微型小说创作座谈会"，在京的部分著名作家、评论家与中央人民广播电台、中央电视台、《光明日报》《文艺报》等新闻单位的代表应邀出席了会议。

4月，上海《小说界》举办首届全国微型小说大赛，朱士奇的《神奇的鞭子》、路东之的《！！！！！！》获一等奖。

5月，由中国文联出版公司、《中国青年报》主办的千字小说有奖征文揭晓，钢凝的《故乡的泥土》、白小易的《客厅里的爆炸》等30篇作品获奖。

6月，刘一东撰写《论微型小说情节的审美特征和审美功能》。

1985年，《1984年中国小说年鉴·微型小说卷》在中国新闻出版社出版，微型小说被单独分为一卷，有识之士开始把微型小说看作一种独立的小说文体。

1985年，《全国微型小说精选讲集》，卜方明编，学林出版社出版。

1985年，《微型小说一百篇》，孟伟哉等编，贵州人民出版社出版。

1985年，《微型小说选（5）》，凌焕新等编，江苏人民出版社出版。

1985年，《一分钟小说选》(精集)，［日］星新一，春风文艺出版社出版。

1985年，由德国著名汉学家马汉茂翻译的德文版《中国小小说选》在德国德得利（Diederichs）出版社出版，该译作主要翻译了上海文艺出版社出版的《微型小说选》一书里的作品，介绍了刘心武、冯骥才、许世杰等作家的作品。

1986年

4月21日，郑州《百花园》杂志社召开"小小说创作与发展座谈会"，中国作协、河南省与郑州市文联、作协部分领导，以及邓友梅、南丁、张有德、汪曾祺、林斤澜、赵大年、陈建功等著名作家出席会议。

5月，《海外微型小说选》，朝晖、凌彰主编，山东人民出版社出版。收录了60篇微型小说，原载于新加坡的《联合早报》《星洲日报》、菲律宾的《世界日报》等报刊。新加坡有骆宾路、长谣、除非醉、郭换金、一点红、卓惜贞、彭飞、素馨、水缇、敏叶军、黄孟文、林景、丁之屏、青如葱、洪狄15位作者的18篇作品被收录。这是最早一本海外的选集收录了新加坡的微型小说作品。

9月，《微型小说发展史略》，郑纯方编，内部资料。

12月，《台湾极短篇小说选》，古继堂、胡时珍选编，海峡文艺出版社出版。

1986年，《微型小说选（6）》，凌焕新等编，江苏文艺出版社出版。

1986年，《微型小说选（7）》，王臻中等编，江苏文艺出版社出版。

1986年，《微型小说选（8）》，刘成华、曾凡华编，江苏文艺出版社出版。

1986年，《一段浪漫史》，［日］星新一著，长江文艺出版社出版。

1986年，《千字小说征文选》，《中国青年报》文化生活部编，中国文联出版公司出版。

1986年，《一分钟小说一百篇》，中国文联出版公司出版。

1986年，《微型小说集》，《小小说选刊》编辑部编，中国文联出版公司出版。

1986年，《海外微型小说选》，朝晖等选编，山东人民出版社出版。

1986年，《失去的温情》(海外微型小说选集)，黎皓智译，江西人民出版社出版。

1986年，《讽刺微型小说60篇》，韦晓编，上海文化出版社出版。

1986年，《茉莉香茶》，孙雁行选编，文化艺术出版社出版。

1987年

1月，南京的《青春》杂志从第1期开始设立"人间漫记"专栏，刊登微型纪实与微型小说作品，并举办了"首届中国纪实文学青春奖大赛"。

2月，由郑州《小小说选刊》组织的优秀小小说奖与责任编辑奖评选，两年一评。张卫明的《儿子睡中间》、李延国的《雾》等10篇获1985—1986年《小小说选刊》优秀作品奖，《解放军文艺》《小说界》等报刊编辑获责任编辑奖。

3月，《微型小说艺术初探》，许世杰选编，河南人民出版社出版。

3月，《微型小说的审美特征》，河南省美学学会微型小说创作函授部编，内部资料。

7月，《百花园》举办为期一年的"小小说征文"活动。

10月，中国台湾《联合文学》推出一组14篇小小说。

12月，上海《小说界》举办第二届全国微型小说大赛。

1987年，《全国微型小说精选讲集续集》，卜方明选编，学林出版社出版。

1987年，《微型小说选（9）》，凌焕新等编，江苏文艺出版社出版。

1987年，《现代微型小说精选》，周安平等编，广西人民出版社出版。

1987年，《世界微型小说名篇》，胡瑞璋等译，安徽文艺出版社出版。

1987年，《台港微型小说选》，邓开善编，湖南文艺出版社出版。

1987年，《外国名家微型小说》，应天士主编，中国文联出版公司出版。

1987年，《现代微型小说精选》，周安平等编，广西人民出版社出版。

1987年，《微型讽刺幽默小说》，易希高、韩明，作家出版社出版。

1987年，《爱亚极短篇》，（中国台湾）爱亚著，中国台湾尔雅出版社出版。

1987年，《钟玲极短篇》，（中国台湾）钟玲著，中国台湾尔雅出版社出版。

1987年，《邵僩极短篇》，（中国台湾）邵僩著，中国台湾尔雅出版社出版。

1987年，《雷骧极短篇》，（中国台湾）雷骧著，中国台湾尔雅出版社出版。

1987年，《陈克华极短篇》，（中国台湾）陈克华著，中国台湾尔雅出版社出版。

1987年，《小小江山》（极短篇小说集），（中国台湾）苦苓著，中国台湾希代书版有限公司出版。

1987年，《年岁的齿痕》（微型小说集），［新加坡］南子著，新加坡潮州八邑会馆出版。

1987年，由新加坡华文书籍展工委会主办的"微型小说创作比赛"，是第一次以"微型小说"的名称发出征稿启事，分公开组与学生组，评委为梁羽生、刘以鬯、方北方等人。公开组首奖3名分别是刘诗龄（长谣）、齐斯（希尼尔）、林肪。得奖作品收录于《微型小说佳作选》，新加坡华文书籍展工委会及胜友书局联合出版。公开组的选集共收入33位作者的57篇作品，作者包括岳典、罗伊菲、谢裕民、崇汉、怀鹰、沈鹰、洪笛、张曦娜、艾禺、火雷红、圆醉之、宁舟、一点红、张森林（伍木）、木子等。

1987年，凌焕新教授在南京师范大学为本科生开设微型小说作品选修课。

1987年，江苏太仓县文协、太仓县文化馆举办首届微型小说征文，凌鼎年作品《吃苹果》获奖。

1987年，《微型小说佳作选：微型小说创作比赛学生组》，1990年，新加坡胜友书局和华文书籍展工委共同出版。

1988年

1月，《百花园》正式打出"小小说世界"的旗号。

3月，《微型小说创作技巧》，吕奎文、郑贱德著，广东高等教育出版社出版。

4月，《小小说选刊》《三月风》《精短小说报》《青春》联合举办首届全国小小说联合征文大赛。

4月，江曾培撰写《山不在高，有仙则名》为微型小说宣传。

8月，《小小说十三讲》，杨贵才著，文心出版社出版。

8月，《世界微型小说精选简评集》，叶茅选编，广西民族出版社出版。

8月，[新加坡]贺兰宁主编的《大地》双月刊(新韵文化事业出版)创刊，是微型小说与诗的合刊。

9月，《生晓清精短小说集》，生晓清著，人民日报出版社出版，被认为是中国出版的第一本微型小说个人集子。

9月，《小小说选刊》《三月风》《精短小说报》《青春》联合举办的首届全国小小说联合征文大赛评选结果揭晓，孙学民的《耳朵》、陆子的《杏花》、囡奴的《杯事》3篇作品获一等奖。

11月，《小说界》举办的第二届全国微型小说大赛评选结果揭晓，一等奖空缺，祝马平的《纸钱》、吴金良的《老木》、贾兰芳的《纳闷儿》等8篇作品获二等奖。

11月，《陈政欣的微型》(微型小说集)，[马来西亚]陈政欣著，马来西亚棕榈丛书出版。

12月，《微型小说写作技巧》，袁昌文著，20万字，蹇先艾写序，学苑出版社出版。

1988年，在《镇江日报》副刊编辑唐金波的策划下，举办了"兴隆彩印杯"微型小说征文大赛。

1988年,《中国微型小说选刊》改为《微型小说选刊》。

1988年,中国台湾作家苦苓的极短篇小说《我得奖了》、王勇吉的《似曾相识燕归来》,获中国台湾1988年度《联合报》文学奖极短篇小说奖。

1988年,邓开善的小说集《太阳鸟》,上海文艺出版社出版,也被称为中国出版的第一本微型小说个人集子。

1988年,《微型小说写作技巧》,袁昌文著,学苑出版社出版。

1988年,《小小说百题精选》,湖北日报文艺部编,长江文艺出版社出版。

1988年,《第一次亮相:大学生微型小说选》,李春林选编,湖南教育出版社出版。

1988年,《拉丁美洲微型小说选》,陈光孚编,云南人民出版社出版。

1988年,《微型小说荟萃》,乐牛、飞茂编,北京农村读物出版社出版。

1988年,《市井老人》(微型小说集),木桦著,上海三联书店出版。

1988年,《浩歌微型小说选集——美的悲哀》,浩歌著,新华出版社出版。

1988年,《微型讽刺幽默小说》,易希高、韩明著,作家出版社出版。

1988年,《袁琼琼极短篇》,(中国台湾)袁琼琼著,中国台湾尔雅出版社出版。

1988年,《罗英极短篇》,(中国台湾)罗英著,中国台湾尔雅出版社出版。

1988年,《喻丽清极短篇》,(中国台湾)喻丽清著,中国台湾尔雅出版社出版。

1988年,《恶魔之夜》(微型小说集),[新加坡]周璨著,新加坡热带文艺出版社出版。

1988年,《微型小说佳作选》,新加坡胜友书局华文书籍展工委会出版。

1989年

2月,《中外名家微型小说大展》,《小说界》编辑部选编,上海文艺出版社出版。

2月,《微型小说写作》,梁多亮著,四川文艺出版社出版。

2月,由新加坡彭飞主编的《新加坡微型小说选》(阿裕尼文艺创作与翻译学会），是第一本在新加坡编选与出版的微型小说选集，共收录了新加坡46位作家的79篇作品。作者有齐斯（希尼尔）、长遥、彭飞、依泛伦（谢裕民）、谢清、董农政、艾禺、孟紫（音凯）、周粲、火雷红、零夏冰、叮当、青青草、黑铁、林犁、洪笛、罗傅强等。

3月，《中国微型小说赏析》，李春林著，福建少年儿童出版社出版。

3月，《怪梦》（微型小说集），张记书著，花山文艺出版社出版。

6月，《野玫瑰》（微型小说集），许行著，作家出版社出版。

6月，《邢可小小说集》，邢可著，南京出版社出版。

7月，《含羞草》，胡永其著，学林出版社出版。

8月，《世界微型小说精选简评集续集》，叶茅选编，广西民族出版社出版。

9月，《沙耑农微型幽默小说99篇》，沙耑农著，南京出版社出版。

9月，刘海涛在广东湛江师范学院首次为1988级学生开设"微型小说创作"专题讲座。

10月，武汉大学《写作》杂志社举办"国庆杯微型小说大奖赛"，刘海涛被聘请为终评委，并撰写述评《新深与精美》。

10月，《1985年至1987年全国优秀小小说选》（上卷、中卷、下卷），邢可主编，山东文艺出版社出版。

10月，《历代微型小说选》，王金盛编，31.3万字，中国文联出版公司出版。从汉魏六朝开始选编，到清代《阅微草堂笔记》，王金盛写前言。

11月15日至17日，由江曾培倡导发起筹建中国微型小说学会，在上海樱花度假村举行中国微型小说学会筹备会议。参加的有《小说界》江曾培、郏宗培、谢泉铭、徐如麒、王肇歧、戴素月、修晓林、左泥，《解放日报》吴芝麟，《文学报》主编郦国义（谷泥），《北京晚报》魏铮，郑州《小小说选刊》主编王保民，南昌《微型小说选刊》主编李春林，吉林《精短小说报》主编祖阔，青浦的戴仁毅，北京《三月风》许世杰，广西《北部湾文学》沈祖连，泰州的生晓清，高邮的胡永其等。会议讨论了《中国微型小说学会章程》等问题。

11月，《中国当代微型小说精萃》，生晓清编，云南人民出版社出版。

12月，《微型小说阅读与欣赏》，魏玉山著，北岳文艺出版社出版。

12月，《世界60篇优秀短小说》（英文版），美国NORTON出版社出版。

1989年，为迎接国庆40周年，武汉大学的《写作》杂志与《书刊导报》联合举办全国微型小说"国庆杯"征文大赛。一等奖空缺，王军的《小梅你好》、张金生的《换房趣事》获二等奖。

1989年，《中国现代微型小说选》，葛乃福编，学林出版社出版。

1989年，《川端康成掌小说百篇》，叶渭渠译，生活·读书·新知三联书店出版。

1989年，《海内外华人微型小说精选简评集》，叶茅编著，广西民族出版社出版。

1989年，《爱人天下》，(中国台湾) 苦苓著，中国台湾希代书版有限公司出版。

1989年，《新加坡微型小说选》，〔新加坡〕彭志风编，阿裕尼文艺创作与翻译学会出版。

1989年，冰凌在《福州晚报》周末版开设"幽默小小说"专栏，福州电视台将其拍摄成电视短剧。

1989年，瑞士大型日报《苏黎世广讯报》(*Tagesanzeiger*) 的星期四增刊《Züri-tip》，在1989年以特辑的方式推出了一本名为《35行超短微故事》(*35-Zeilen-Geschichten*) 的迷你型小说集子，共收录了26位瑞士德语作家合计102篇极短篇小说作品，引起读者的关注与好评。

■ 20 世纪 90 年代

1990 年

2月，《百花园》《小小说选刊》联合举办"建国40周年全国小小说大奖赛"。

2月，《蜜月第三天》，沈祖连著，广西民族出版社出版。

3月，吴万夫小小说《阿香》被郑州电视台拍摄成电视短剧。

3月，《极短篇 (6)》，中国台湾《联合报》副刊部编，联经出版事业公司出版。

5月，由《小小说选刊》《百花园》杂志主办的首届中国小小说理论研讨会暨汤泉池笔会在河南省信阳市商城县汤泉池召开，王保民、杨晓敏、李运义、邢可、郭昕、金锐、张明怀等多位编辑与来自全国10多个省市的作家孙方友、王奎山、沙黾农、生晓清、凌鼎年、滕刚、许世杰、刘连群、吴金良、谢志强、刘国芳、沈祖连、张记书、雨瑞、曹乃谦、程世伟、高铁军，以及评论家、编辑冯艺、刘谦、刘思谦、乙丙、李今朝、杜石荣等参加了这个活动，这20来位与会者被誉为"中国第一代小小说作家"。这是第一次全国性的小小说笔会，标志着小小说作者群体开始出现。

6月，《微型小说创作技巧》，陈顺宣、王嘉良编著，广西人民出版社出版。

6月，《爱的回声》(微型小说集)，纪慎言著，山东文艺出版社出版。

7，刘海涛应武汉大学写作研究所邀请，赴北京给全国写作助教进修班的学员讲授微型小说专题课。

8月，《微型小说的理论与技巧》，刘海涛著，中国人民大学出版社出版。《写作》杂志选为写作辅导班教材，并在《写作》杂志开设"微型小说写作谈"专栏。

8月，《香港迷你小说精品》，林如球选评，海峡文艺出版社出版。林如球写序言。

8月，《赤道边缘的珍珠：新加坡微型小说选》，山东友谊书社出版，收录了新加坡29位作家的73篇微型小说作品。

9月1日，北京吴金良的微型小说《醉人的春夜》，入选人教版初中二年级教材，系我国最早入选中学教材的微型小说。

9月，江苏省太仓市文联、太仓市文协、太仓市文艺理论研究会联合召开"凌鼎年小小说作品讨论会"。

9月，《青年文学家》杂志社举办1992"中国·鹤乡杯"小小说、超短诗征文大赛。

10月，《百花园》与《小小说选刊》、郑州商业大厦联合举办"庆祝建党70周年全国小小说大奖赛"。

10月，《微型小说技法与鉴赏》，杨昌江、甘德成编著，学苑出版社出版。

10月28日，由广西壮族自治区文联、广西作家协会、钦州地区文化局、《北部湾报》社联合举办的"沈祖连小小说研讨会"在广西南宁举行。

11月，刘海涛赴南京出席《青春》杂志举办的"微型文学研讨会"。

11月，《微型小说创作论》，李丽芳、赵德利著，云南民族出版社出版。

12月，《小小说艺术论》，李兴桥著，中国华侨出版公司出版。

12月，《雨中情丝》，刘庆宝著，奥林匹克出版社出版。

12月，《中国微型小说选》，白小易选编，春风文艺出版社出版。

1990年，《中外微型小说鉴赏辞典》，张光勤、王洪编，北京社会科学文献出版社出版。

1990年下半年，泰国华文作家协会会长司马攻在泰国《新中原报》"大众文艺版"发表了40多篇小小说。泰华作者纷纷创作小小说，泰华文坛掀起了写小小说的热潮。

1990年，白小易的微型小说《客厅里的爆炸》入选美国诺顿出版社出版的《世界60篇优秀短小说》。

1990年，《机器人"疯狂症"》，黄天祥等选编，中国青年出版社出版。

1990年，《一分钟小说一百篇》(第二集)，魏铮选编，中国文联出版公司出版。

1990年，《中外微型爱情小说》，山东文艺出版社出版。

1990年，《微型小说名家集》，鹭江出版社出版。

1990年，《香港迷你小说精品》，林如求编，海峡文艺出版社出版。

1990年，《一切是那么如意》(微型小说集)，李刚编，北京出版社出版。

1990年，《陈幸蕙极短篇》，(中国台湾)陈幸蕙编，中国台湾尔雅出版社出版。

1990年，《浪漫王国》(极短篇小说集)，(中国台湾)苦苓编，中国台湾希代书版有限公司出版。

1990年，《45·45会议》(微型小说集)，[新加坡]张挥编，新加坡作家协会出版。

1990年，《我不要胜利》(微型小说集)，[新加坡]林锦编，新加坡新亚出版社出版。

1990年，《抢劫》(微型小说集)，[新加坡]周璨编，新加坡新亚出版社出版。

1990年，《幸福出售：新加坡微型小说选》，贺兰宁主编，新加坡泛太平洋书业出版，收录了12位新加坡作家的48篇微型小说作品。书前有黄孟文和南子的序，作者包括范北羚、周粲、林锦、林高、董农政、贺兰宁、南子、洪生、黄孟文、怀鹰、希尼尔、张挥。

关汝松、孙春平加入中国作协。

1990年，《百官亮相》（*Nothing Comes of Nothing*）（英文小小说集），[加拿大] 黄俊雄（Freeman J. Wong）著，加拿大 Mosaic Press 出版。

90年代初，凌焕新教授为南京师范大学中文系研究生开设微型小说美学课程。

1991年

1月，南京《青春》杂志的"人间漫记"栏目改为"微型广场"，并举办了"第二届中国纪实文学青春奖大赛"。

1月，诸孝正的《怎样写微型小说》收入《怎样》丛书，16万字，陕西人民教育出版社出版。该书总结了67种写作技法。

1月，《猫的命运》（微型小说集），[新加坡] 林高著，新加坡新亚出版社出版。

2月，获《小小说选刊》双年奖1989—1990年度（第三届）优秀作品奖的有沈宏的《走出沙漠》、雨瑞的《断弦》、谈歌的《桥》、许行的《抻面条》、刘国芳的《黑蝴蝶》、孙方友的《女匪》、赵广建的《疯英雄》、刘学林的《高手》、修祥明的《天上有一只鹰》、滕刚的《预感》。

获小小说佳作奖的有墨白的《秋夜》、程世伟的《未晋级人》、李东东的《喜盆儿》、闻章的《弃婴》、开明的《茶祭》、赵冬的《教父》、曹乃谦的《贼》、生晓清的《两棵枣树》、张子影的《球事》、凌鼎年的《再年轻一次》。

《天津文学》《青年作家》等杂志获责任编辑奖。

4月，《中国当代小小说作家丛书》，王保民主编，广西民族出版社出版。包括白小易的《温情脉脉》、吴金良的《醉人的春夜》、司玉笙的《巴巴拉拉之犬》、孙方友的《女匪》、凌鼎年的《再年轻一次》、刘国芳的《诱惑》、雨瑞的《别说再见》、刘连群的《魔橱》、程世伟的《不泪人》，《那团云雾——1985—1988全国优秀小小说赏析》10本。

4月，《小小说选刊》编辑部举办的1989—1990年度全国优秀小小说作品奖颁奖会暨理论研讨会在郑州召开。

4月，《演员》(微型小说集)，［泰］司马攻著，泰国八音出版社出版。

5月，《小小说纵横谈》，于尚富、许廷钧著，文化艺术出版社出版。

6月，《中外微型小说精品鉴赏评典》，凌焕新主编，江苏文艺出版社出版，系我国最早出版的微型小说辞典。

6月，《中国古代微型小说鉴赏辞典》，乐牛主编，80万字，精装本，中国妇女出版社出版。乐牛写前言。该辞典收录了先秦汉魏南北朝以来，从《山海经》《吕氏春秋》到清代《聊斋志异》等古籍中精选出来的精短故事，并加以评说。

6月，《生晓清幽默小说选》，生晓清著，南京出版社出版。

7月，《宝应微型小说作者群作品选》，何开文主编，香港金陵出版公司出版。收录了30多位作者的50多篇作品。

9月，《百花园》与《小小说选刊》、郑州商业大厦联合举办的"庆祝建党70周年全国小小说大奖赛"获奖名单于第9期揭晓。

9月，《微型小说佳篇赏析》，生晓清汇编，江苏文艺出版社出版。生晓清写《难以拒绝的诱惑》前言。

10月，《春梦》，张记书著，花山文艺出版社出版。

12月，《她比你先到》，邓耀华著，西南交通大学出版社出版。

12月，《小小说集》，马玉山著，花山文艺出版社出版。

1991年，刘海涛首次申报的"微型小说写作学"被批准为广东省高校"八五"青年文科重点科研项目。

1991年，刘海涛《微型小说的理论与技巧》获广东写作学会第三届优秀科研成果一等奖。

1991年，刘海涛为1989级专科生、1990级本科生开设专业选修课"微型小说创作研究"。

1991年，刘海涛在《中学生阅读》开设"微型小说技法例谈"专栏，发表了《反跌对比》《变异重复》《变形写意》等9篇作品。

1991年，《孙浩东微型幽默小说50篇》，孙浩东著，北方文艺出版社出版。

1991年，《谅解——于伯生微型小说百题》，于伯生著，中国华侨出版公司出版。

1991年，《精短小说名篇赏析》，司马公主编，南海出版公司出版。

1991年，《尔雅极短篇》，隐地编，中国台湾尔雅出版社出版。

1991年，山西的曹乃谦加入中国作协。

1991年，《微型小说选刊》划归百花洲文艺出版社主管。

1991年，林裕翼的《白雪公主》获中国台湾1991年度《联合报》文学奖极短篇小说奖。

1992年

1月，《浪漫故事》，邓耀华著，香港天马图书有限公司出版。

3月，《小小说百家谈》，王保民主编，河南人民出版社出版。

3月，《小小说百家代表作》，王保民主编，河南人民出版社出版。

3月，《世界微型小说荟萃300篇》，东野茵陈编选，百花文艺出版社出版。

3月，《十梦录》(微型小说集)，[新加坡]张挥著，新加坡作家协会出版。

5月，江苏省作家协会与苏州市作家协会联合主办的"江苏省小小说创作研讨会"在苏州召开。著名作家高晓声、范小青、俞胶东、刘静生、薛冰等出席会议，此活动系凌鼎年与当时的苏州市文联副主席张澄国策划、操办。

5月，由中国微型小说学会会长江曾培主编，[新加坡]张挥、郏宗培、凌焕新副主编的《世界华文微型小说大成》，62.3万字，上海文艺出版社出版。分精装本、平装本两种。江曾培写序。作家按姓氏笔画排列，依次为当代作家作品，近代作家作品，中国台湾、香港、澳门作家作品，新加坡、马来西亚、菲律宾、美国作家作品，理论文章，附录。

5月，《中国当代微型小说精萃》(中)，金锐、生晓清、朱广世编，云南人民出版社出版。

5月，《饶建中小小说集》，饶建中著，香港亚洲出版社出版。

6月18日，中国微型小说学会在上海衡山大酒店召开第二次筹委会，并召开第一届会员代表大会，在这次会议上选举产生了中国微型小说学会第一届领导班子。经民主协商，选举上海文艺出版社社长兼总编江曾培为会长，南京师范大学中文系主任凌焕新教授、当时的《小小说选刊》主编王保民与《北京晚报》的总编张志华为副会长，《小说界》常务副主编郏宗培为秘书长，《小说界》编辑徐如麒、《北京晚报》副刊编辑魏铮为副秘书长，并选举产生了理事会，当选理事的有上海《文学报》的郦国义，《解放日报》的吴芝麟，百花园的李运义，《青春》的斯群、郭迅，《芒种》的唐耀华，《宝钢日报》的樊纯诗与金文备，《写作》的萧作铭，《野草》的杜文和，《羊城晚报》的左多夫，北京的许世杰，中国作协的陈志强，天津作协的刘连群，其中小小说作家只有湖南衡阳的邓开善、广西钦州的沈祖连与江苏太仓的凌鼎年。出席这次会议的还有《小说界》的左泥、谢泉铭、王肇岐和北京国际文化经济中心的杜石荣，百花洲文艺出版社的吴山芳等。

于是，中国微型小说学会正式宣告成立，挂靠在上海文艺出版社。

6月，《两地书》，唐训华著，新疆青少年出版社出版。

7月10日，由新加坡作家协会、新加坡狮城扶轮社与中国台北圆山扶轮社联办的第一届亚细安青年文学奖（微型小说），并有东南亚的青年写作者参加，成绩揭晓，希尼尔获得首奖，篇名是《认真面具》，评审为张挥、林高、董农政。

7月，新加坡《联合早报》推出凌鼎年微型小说作品《古庙镇风情系列》，每日发表两篇，这是中国微型小说作家的作品最早在海外连载。

7月，由新加坡作家协会主办的《微型小说季刊》创刊与发行，这是海外第一本定期出版的微型小说刊物，主编是周粲（第1期至第16期）与董农政（第17期至第22期），担任过编辑的包括林高、林锦、张挥及希尼尔。

7月，《少女图》(微型小说集)，[马来西亚]年红著，马来西亚南马文艺研究会出版。

8月，日本长崎大学渡边晴夫教授将刘海涛《微型小说的理论与技巧》中的第二章"微型小说的审美特征"译成日文，在《日本名古屋外国语大学学报》第6期、第7期上连载。

8月，《嘻嘻哈哈——冰凌精品幽默小说》，冰凌著，海峡文艺出版社出版。

9月8日，国家民政部对中国微型小说学会予以登记注册。

9月，《微型小说二人集》，龚祥忠、刘丙文著，香港明星国际出版公司出版。

9月，《百色图》，曹德权著，香港明星国际出版公司出版。

9月，《中国当代小小说作家丛书》(第二辑)，王保民主编，广西民族出版社出版。包括张记书的《无法讲述的故事》、沈祖连的《粉红色的信笺》、生晓清的《今夜零点地震》、邢可的《风波未平》、沙黾农的《江南回回》、王奎山的《加尔各答草帽》、邵宝健的《永远的门》、唐银生的《耀眼的红裙子》、许行的《苦涩的黄昏》、李江的《飘飞的蝴蝶》10本。

9月，《海那边中国人——东南亚华文作家微型小说导读》，廖怀明主编，南海出版公司出版。此书收录了新加坡22位作家的38篇作品。作者包括方然、艾禺、长谣、怀鹰、吴登、希尼尔、完颜藉、君盈绿、林高、林康、林锦、范北羚、依泛伦 (谢裕民)、周粲、张挥、南子、洪生、洪笛、黄孟文、董农政、彭飞、谢克。

9月，《中外微型小说美欣赏》，王国全、关仪著，花城出版社出版。

10月8日，湖南衡阳的邓开善、江苏泰州的生晓清加入中国作协。

10月，《婚礼》，胡永其著，香港新世纪出版社出版。

11月28日，新加坡英文报《海峡时报》(*The Straits Times*) 发表了希尼尔的微型小说《退刀记》及《舅公呀呸》英译版。这是英文报纸第一次发表微型小说作品。

11月，《中国大陆微型小说家代表作》，生晓清主编，58.3万字，神州出版社出版。

12月，《我为你作证》，白旭初著，香港讯通出版社出版。

12月，《第N次约会》，田洪波著，香港讯通出版社出版。

12月，《邝继福微型小说选》，邝继福著，香港工商出版社出版。

12月，《微型小说佳作二人谈》，牛永江、何宝民主编，光明日报出版社出版。

12月，由《青春》杂志发起的金陵微型文学学会在江苏南京成立，系我国最早成立的省级微型小说学会。南京《青春》主编斯群与南京师范大学凌焕新教授为会长，《青春》编辑部主任郭迅为秘书长，微型小说作家凌鼎年、沙黾农、生晓清为副秘书长。在20世纪80年代，《青春》杂志系中国青年文学刊物的"四大花旦"之一，发行量很大，影响很大，会员遍布全国。

1992年，刘海涛在新加坡作协创办的《微型小说季刊》上，连续4期刊发

《微型小说写作学》中的"微型小说结构技巧论":《中国微型小说的现状》《反转与曲转》《折叠与跳移》《反跌对比》。

1992年,杨晓敏策划、主持陕西潼关军旅小小说创作笔会。

1992年,《百花园》荣获河南省第二届图书与社科类优秀期刊奖。

1992年,《极短篇美学》,痖弦等著,中国台湾尔雅出版社初版。

1992年,《中外微型小说美学》,王国全著,花城出版社出版。

1992年,中国作家柯灵等访问新加坡,新加坡作家协会在贵都酒店举办"新中文学异同座谈会"。林高是座谈会的主讲者之一,讲题是《新华文学的渊源与发展——兼论中新微型小说的特色》。

1992年,《退休》(微型小说集),[马来西亚]碧澄著,马来西亚联营出版有限公司出版。

1993年

1月,《百花园》第1期以新的面貌展现在读者面前,成为国内唯一专发原创小小说作品的月刊。同期揭晓了"全国小小说大奖赛"获奖名单。

1月,《极短篇(7)》,中国台湾《联合报》副刊部编,联经出版事业公司出版。

1月,《极短篇(8)》,中国台湾《联合报》副刊部编,联经出版事业公司出版。

1月,《微型小说选刊》实行独立核算,自负盈亏。

1月,《巷陌细闻》,荒原著,时代文艺出版社出版。

1月,《陌生的朋友》,今声著,香港华星出版社出版。

3月,《百花园》报请郑州市教委批准,正式成立小小说创作函授学校。

3月,《碧水精短小说集》,碧水著,(香港)中国和世界出版公司出版。

3月,《泥人》(微型小说点评本),杨永明、文素琴点评,敦煌文艺出版社出版。

4月,《"一拖杯"全国小小说大奖赛佳作精选》,编委会选编,陕西人民出版社出版。

4月,凌鼎年微型小说《秘密》、马新亭微型小说《打电话》与沙甸农等人的微型小说作品,被宁波电视台与金陵微型小说学会改编、拍摄成电视短剧。

5月1日，由中国微型小说学会、新加坡作家协会发起，中华文学基金会、上海文化发展基金会、泰国华文作家协会、英国华文作家协会、荷比卢华文作家协会、香港作家联会及春兰（集团）公司等共同主办的首届"春兰·世界华文微型小说大赛"拉开序幕，海内外28家报刊参与。冰心、汪道涵、夏征农、施蛰存、萧干任顾问，大赛组委会、评委会主任一职由时任国际笔会上海中心会长柯灵担任。

5月，中国微型小说学会第二次代表大会在南京召开，由金陵微型小说学会承办，具体由凌焕新、郭迅、凌鼎年操办。会议增补了许行、邢可、刘国芳、沙黾农等为学会理事。

5月，《白凡小小说集》，白凡著，香港天马图书有限公司出版。

5月，《观花雨伞》，喻耀辉著，（香港）中国和世界出版公司出版。

5月，《学府夏冬》（微型小说集），〔新加坡〕黄孟文著，中国文联出版公司出版。

6月，《小小说艺术浅谈》，许世杰著，广西民族出版社出版。

6月，《爱情风景》，焦耐芳著，农村读物出版社出版。

6月，《哈哈镜》，高宽著，香港天马图书有限公司出版。

6月，《解梦》，曹立德著，香港长城书社出版公司出版。

6月，《小楼女主人》，雷阵雨著，香港明星国际出版公司出版。

6月，《小小说艺术浅探》，许世杰著，广西民族出版社出版。

7月4日至9月8日，新加坡作家协会与春雷文艺研究会联合创办"微型小说讲习班"，课程共有十讲。讲习班的导师为黄孟文、希尼尔、卡夫、林高、怀鹰、方然、贺兰宁、董农政、张挥、林亭。

7月，四川省成都市微型小说学会成立，原成都大学党委书记赵海谦为首任会长。继任会长为成都大学中文系主任夏中易教授。该学会举办过微型小说赛，编选过《成都微型小说精选》。

7月，《人间漫记——优秀微型小说选》，国讯主编，香港欧亚经济出版社出版。

7月，《央译袖珍小说选》，央译著，香港讯通出版社出版。

8月，《作品》主编杨干华特约编辑一期"微型小说专辑"，第8期推出了凌鼎年、沈祖连、刘国芳等22位作家的作品和刘海涛撰写的评论《机智的单一、参与和突变》。

8月，《醉梦》，张记书著，香港长城书社出版公司出版。

8月，《邀舞者》，沈祖连著，香港长城书社出版公司出版。

8月，《第二次微笑》，刘殿学著，东方文化出版社出版。

8月，《今宵月儿圆》，刘殿学著，东方文化出版社出版。

8月，《真梦》(微型小说选集)，张记书主编，香港长城书社出版公司出版。

8月，《德国小小说选粹》，(中国台湾)齐德芳主编，王真心、查岱山翻译，朝华出版社出版。

9月，河北省邯郸市小小说学会成立，作家马玉山为法人代表。该学会举办过征文、出版过小小说集。

9月，《许行小小说选评》，林斤澜、江曾培等点评，13.7万字，时代文艺出版社出版。

9月，《少女的悔恨》，刘战英著，大众文艺出版社出版。

9月，《最后一次旅行》，孙红月著，成都科技大学出版社出版。

9月，《美眸》，张绍碧著，广西民族出版社出版。

9月，《情书曲》，许行著，北京妇女儿童出版社出版。

10月，金陵微型小说学会举办了连云港金秋笔会，系郭迅、凌鼎年、徐习军策划、操办，凌焕新教授与《小小说月刊》的张记书、李馨，《长城》的艾东，《青春》的郭迅，《洛阳日报》的郭金龙，《连云港日报》的刘安仁，《连云港文学》的李惊涛、张文宝，《大陆桥导报》的陈武，《江苏盐业报》的王震彩，《微型文学导报》的陈兵，《大屯工人报》的张国志，《徐州电力报》的郑洪杰，《中国微型小说报》《金陵微型小说报》的郭迅、凌鼎年、徐习军，《南通港报》的裴立新等全国16个省市的70多位作家、作者参加。

10月，《一夜风情》，李义春著，花山文艺出版社出版。

10月，《规律与技法——微型小说艺术再论》，刘海涛著，新加坡作家协会出版。

11月12日，自贡市微型小说学会在四川省自贡市成立，曹德权任会长，万焕奎、王孝谦、阙向东任副会长，陈松云任秘书长，龚祥忠、陈茂君任副秘书长，出版《自贡微型小说报》。

11月，《行人道区的镜子》(微型小说集)，[马来西亚]朵拉著，马来西亚华文作家协会出版。

12月，《当代小小说家代表作》，金锐、刘勇主编，长江文艺出版社出版。

12月，《醉翁淡录》，叶大春著，海南出版社出版。

12月，《黄颜色》，刘守志著，南京出版社出版。

12月，《人海趣话录》，林如求著，海峡文艺出版社出版。

12月，《深山奇遇》，江野著，云南教育出版社出版。

1993年，获《小小说选刊》1991—1992年度(第四届)小小说优秀作品奖的，有吴金良的《船工》、林园的《天涯思情》、潘峰的《佛假》、徐平的《红墙在望》、苍虹的《奶奶的后院》、尹全生的《海葬》、苏叔阳的《凝固的微笑》、李青的《昨日今天》、墨白的《洗产包的老人》、罗荣的《合坟》。

获小小说佳作奖的，有刘爱国的《青铜灯》、孙方友的《泥兴荷花壶》、刘军的《手谈》、刘继明的《夏日里最后一朵玫瑰》、吴中心的《朝天放一铳》、杨东明的《敌手》、刘彬彬的《接K》、曹乃谦的《晒阳窝》、张涛的《明年的太阳》、杨少衡的《复活节岛的落日》。

1993年，江苏南京创办《金陵微型小说报》，由凌鼎年、徐习军编辑，该报系我国第一份微型小说报纸。

1993年，《小小说月报》创刊，属河北省文联主管主办的省级文学刊物。

1993年，《百花园》荣获河南省第三届图书与社科类优秀期刊奖。

1993年，江苏省太仓市凌鼎年的微型小说《拖鞋》入选1993年江苏省成人自学考试语文卷最后一道分析题。

1993年，新加坡举办第二届亚细安青年文学奖(微型小说)，首奖得主朵拉。

1993年，《市议员先生》(微型小说集)，[新加坡]怀鹰著，新加坡胜友书局、新加坡文艺协会联合出版。

1993年，《公元2050年》，[新加坡]怀鹰著，新加坡文艺协会出版。

1994年

1月，《微型小说选刊》由双月刊改为月刊。

1月，《微型小说面面观》，江曾培著，百花洲文艺出版社出版。

1月，《主体研究与文体批评》，刘海涛著，新疆大学出版社出版。

1月，《刺客》，孙方友著，河南人民出版社出版。

1月，《孤独者》，墨白著，河南人民出版社出版。

1月，《无言的结局》，程宪利著，香港金陵书社出版公司出版。

2月10日，央视春晚，黄宏、侯耀文演出的小品《打扑克》，是根据安徽作家王明义发表在1993年第4期《小说界》的微型小说《新式扑克游戏》改编的，此篇曾被《读者》选载。此事后来还打过官司，因为浙江湖州市的微型小说作家邵宝健认为他发表在1990年第7期《百花园》上的《玩扑克》才是原创。《中国青年报》还把王明义与邵宝健的作品同时刊登，后来人们认为两篇作品有雷同之处，最后不了了之。

2月，《百字小说》，［日］渡边晴夫、杨幸雄译，日本白帝社出版。

2月，《人生旅途》，戴涛著，学林出版社出版。

3月，《百花园》出版总第200期，揭晓了"百花园杂志社第三届全国小小说大奖赛"获奖篇目。

3月，《现代人的小说世界——微型小说写作艺术论》，刘海涛著，上海文艺出版社出版。

3月，《微型小说万花筒》，周粲主编，新加坡作家协会出版。收录了新加坡作家希尼尔、林高、林锦、张挥、周粲、董农政、黄孟文、洪生、南子、谢裕民、完颜藉、孟紫等31篇作品，而其他国家作家的作品则有35篇。这本选集的特点就是在每篇作品的后面附了一段编者的短评。

3月，《醉翁谈录》(小小说集)，叶大春著，海南出版社出版。收入130篇小小说，约27万字。

4月中旬，应春兰公司邀请，首届"春兰·微型小说大赛"组委会、评委会在泰州召开，柯灵、江曾培等参加。

4月，《少年博览·精品系列·微型小说精品》，金萍、潘鸿编著，武汉出版社出版。

5月，姚朝文硕士学位论文《微型小说反差艺术论》，通过答辩，成绩评定为优秀。

5月，由郭迅主编、凌鼎年副主编的《中国当代微型小说十家精品集》，在海南国际新闻出版中心出版。包括凌鼎年的《秘密》、曹德权的《勋章上的微雕》、胡尔朴的《钟非钟》、谢志强的《其实我也这么想》、郑洪杰的《隐秘》、滕刚的《预想》、张文宝的《鬼桥》、徐习军的《一片空白》、陈武的《六月雪》、何百源的《浮生故事》。

5月，《书人》，袁晓著，北方文艺出版社出版。

5月，《有缘再见》(微型小说集)，［新加坡］胡月宝著，新加坡大地文化事业公司出版。

6月，《困惑》(微型小说集)，［新加坡］李龙著，新加坡最爱出版发行服务社出版。

6月，《茨园小说》，茨园著，中原农民出版社出版。

7月，《野妹》，林荣芝著，华龄出版社出版。

8月，《当代微型小说精选》，《北方诗报社》主编，成都科技大学出版社出版。

9月27日，由中国微型小说学会与海内外多家文学团体共同举办的首届"春兰·世界华文微型小说大赛"，系第一个世界性的华文微型小说大奖赛，历时一年，收到近万篇稿子，选发了2000来篇作品，又筛选了300篇进入评奖，大赛评奖结果：一等奖空缺；［比利时］章平的《赶车》、［新加坡］连秀的《回乡魂》、章海生的《猎手》、张焰铎的《握手》、修祥明的《小站歌声》、沙叶新的《为推销〈马克·吐温幽默演说集〉》、凌鼎年的《剃头阿六》、周锐的《除法》、(中国香港) 杜毅的《彩色鹦鹉》9篇作品获二等奖；王明义的《新式扑克游戏》等14篇作品获三等奖；94篇作品获优秀奖。

颁奖会在上海衡山饭店举办，柯灵、江曾培、沙叶新等出席。

9月，《青春·爱情小说选粹》，王大凡编，百花文艺出版社出版。

10月，江苏太仓师范学校19岁的学生梁惠玲，经凌鼎年的帮助，在海南国际新闻出版中心出版了微型小说集《占卜游戏》，系我国出版微型小说集年纪最小的作者。

10月，刘海涛的《微型小说的理论与技巧》在广东第五届优秀社会科学成果的评奖中获专著类二等奖。

10月，《当代微型小说精品集·星星闪亮》，郭迅、凌鼎年主编，海南国际新闻出版中心出版。

10月，《爱广告小姐》，汝荣兴著，海南国际新闻出版中心出版。

10月，《迷人的笑》，马新亭著，海南国际新闻出版中心出版。

10月，《梦中的橄榄树》，李永康、王简著，成都出版社出版。

10月，《青苹果》，何开文著，漓江出版社出版。

11月，《第一届袖珍小说全国大奖赛作品选（一）》，青年作家杂志社编，成都出版社出版。

12月27日，江苏太仓的凌鼎年（第一个以微型小说创作成绩申请并批准为中国作协会员的）、江苏南京的石飞、新疆的胡尔朴、广东佛山的韩英、北京的王培静加入中国作协。

12月27日至29日，由新加坡作家协会、新加坡国立大学艺术中心、《联合早报》联合主办的首届世界华文微型小说研讨会在新加坡国立大学召开。新加坡环境发展部高级政务次长何家良主持了隆重的开幕典礼。出席会议的国家及地区有中国、马来西亚、日本、澳大利亚、菲律宾、泰国、印度尼西亚、新加坡以及港台地区，出席的嘉宾，文艺界名流和文学爱好者逾200位。中国出席的有江曾培、凌焕新、凌鼎年、刘海涛、廖怀明、沙毛农、张记书、沈祖连、白舒荣、（中国台湾）郑明俐等，日本有渡边晴夫、荒井茂夫，澳大利亚有张至璋，马来西亚有朵拉等，新加坡方面的代表则有黄孟文、林高、贺兰宁、董农政、谢裕民，等等，会议共宣读论文近40篇。

12月，《春兰·世界华文微型小说大赛获奖作品集》，中国微型小说学会编，21.7万字，上海文艺出版社出版。著名作家柯灵撰写《小说行里最少年》代序一，江曾培撰写《微型小说将走向辉煌》代序二。

12月，刘海涛在新加坡出版的《规律与技法》，获广东作家协会代表大会颁发的广东第九届新人新作奖。

12月，《满天星》（微型小说选集），刘庆宝主编，西南师范大学出版社出版。

12月，《刘殿学幽默小说选》，刘殿学著，群众文艺出版社出版。

12月，《赤道线上的神话：新加坡微型小说选》，新加坡文艺协会编选，中国文联出版公司出版。收录了46位新加坡作家的149篇微型小说作品。4~5篇作品入选的作家有：子叶、方然、田流、希尼尔、孟紫、怀鹰、汐颜、林锦、林高、李龙、周粲、洪笛、吴登、长谣、郭永秀、思思、南子、黄孟文、贺兰宁、董农政、张挥、陈瑞献、馨竹。

12月，《未婚妻》(微型小说集)，〔马来西亚〕孟沙著，马来西亚南大校友会出版。

1994年，新加坡希尼尔的微型小说集《生命里难承受的重》获得全国书籍发展理事会（现为新加坡书籍理事会，SBC）颁发的"书籍奖"（小说组）。这也是此奖项第一次颁给此文体的著作。

1994年，新加坡举办第三届亚细安青年文学奖（微型小说），首奖得主吴耀宗。

1994年，毕淑敏微型小说《紫色人形》获中国台湾《联合报》文学奖1994年极短篇第一名，该奖单篇佳作奖励3000美元。

1994年，《百花园》荣获河南省第四届图书与社科类优秀期刊奖。

1994年，凌鼎年微型小说获"首届太仓市文艺奖"（1992—1993年）。

1995年

1月，中国微型小说学会第三届全国微型小说年会暨理论研讨会在佛山市南海召开。中国微型小说学会会长江曾培及徐如麒、韩英、凌鼎年、姚朝文等40多人参加。在佛山会议上，经理事会讨论决定：郏宗培由秘书长改任副会长，徐如麒由副秘书长改任秘书长，增补《文学报》总编郦国义、《小小说选刊》主编杨晓敏、《微型小说选刊》主编李春林为副会长，并增补当时《微型小说选刊》副主编郑允钦、《小小说选刊》副主编郭昕、《写作》副主编邱飞廉、《洛阳日报》副刊部主任李黄飞4位编辑，以及张记书、谢志强、王奎山、滕刚、徐慧芬5位微型小说作家为理事。

1月，郑州小小说学会成立。郑州小小说学会是具有法人资格的群众性学术团体，由邢可任会长及法人代表。

1月，泰国华文作家协会邀请中国微型小说学会会长江曾培，秘书长郏宗培，理事徐如麒、左泥、王振科、杨振昆6位作家教授访问泰华作协，并举行微型小说座谈会。参加座谈会的泰华作者有120多人。

1月，《小小说选刊》在郑州隆重举行创刊10周年纪念活动。

1月，《东京文学》杂志社举办"鼓楼杯"小小说大奖赛。

1月，《多雪的冬天》，陶立群著，安徽文艺出版社出版。

2月，《诺贝尔文学奖获奖作家袖珍小说精品》，林如球编选，甘肃人民出版社出版。林如球作序言。收录德国伯尔，法国贝克特、莫利亚克，英国高尔斯华绥，美国海明威、福克纳、赛珍珠，哥伦比亚马尔克斯，日本川端康成，印度泰戈尔等多位作家的微型小说作品。

4月，《嫩藕枝》，何开文著，漓江出版社出版。

5月，孙方友（河南）、沈祖连（广西）加入中国作协。

5月，《公开的内参》，伊德尔夫著，内蒙古人民出版社出版。

5月，《流泪的太阳》，马宝山著，内蒙古人民出版社出版。

5月，《晨雾》，展翼著，内蒙古人民出版社出版。

5月，《丑女》，杨传球著，成都出版社出版。

6月，《沈祖连微型小说108篇》，沈祖连著，百花洲文艺出版社出版。

6月，《名家精品小小说·探戈皇后（传奇·幽默篇）》，杨晓敏、郭昕主编，青海人民出版社出版。

6月，《名家精品小小说·梦花结（爱情·军旅篇）》，杨晓敏、郭昕主编，青海人民出版社出版。

6月，微型小说集《独醒》，［泰］司马攻著，泰国八音出版社出版。

8月，《百花园》与郑州卷烟厂联合举办的"全国第四届小小说大奖赛"获奖名单在第8期揭晓。

8月，《小亭风轻轻》，汤庆华著，群众文艺出版社出版。

8月，《神树》，李波著，成都科技大学出版社出版。

9月，由香港作协理事秀实与香港获益出版事业有限公司董事长东瑞合作主编的《香港作家小小说选》，在香港获益出版事业有限公司出版。该书收录了香港的28位作家的79篇小小说作品。东瑞撰写了《为提倡、交流和繁荣而出版》的前言。秀实写了《翁郁里落下的一片叶子》的后记。作为有心人，编者还附录了"小小说书目"，包括了中国大陆、香港、台湾三地以及日本、苏联、新马泰等国自80年代以来出版的小小说集子目录，还有小小说理论 集子目录，小小说鉴赏辞典、期刊、小小说专辑专号的目录。

9月，由《小小说选刊》举办的"首届当代小小说作家作品讨论会"在北京隆重举行。王蒙、吴泰昌、孙武臣、贺绍俊、丁临一、胡平、林斤澜、刘海涛等与会。郑州市委宣传部，《百花园》杂志社负责人杨晓敏、乙丙、郭昕、寇云峰和小小说作家许行、陆颖墨、生晓清、凌鼎年、孙方友、沈祖连、邢可、刘连群、刘国芳、王奎山、吴金良、谢志强、墨白、修祥明、司玉笙、滕刚、赵冬、戴涛、马宝山、袁炳发、张国松等参加了会议。这是中国当代文坛的小小说作家的第一次集体亮相活动。

10月，《极短篇（9）》，中国台湾《联合报》副刊部编，联经出版事业公司出版。

10月，《极短篇（10）》，中国台湾《联合报》副刊部编，联经出版事业公司出版。

11月，《流年》，万芊著，四川大学出版社出版。

11月，《墙壁上的眼睛》，薛涛著，国际文化出版公司出版。

11月，《痴圣》，王孝谦著，四川人民出版社出版。

11月，《篱笆墙》，周仁聪著，四川人民出版社出版。

11月，《滑音》，王本文著，四川人民出版社出版。

11月，《怪味》，周云和著，四川人民出版社出版。

11月，《永远的儿子》，赖福祥著，成都出版社出版。

11月，《刘殿学微型小说95精选本》，刘殿学著，成都科技大学出版社出版。

11月，《今声小小说选》，今声著，成都科技大学出版社出版。

12月29日，郏宗培（上海）、刘连群（天津）、刘海涛（广东）、杨晓敏（河南）、邢可（河南）、苏学文（北京）加入中国作协。

12月，广东佛山市微篇小说学会成立，韩英、何百源、姚朝文任会长、副会长。

12月，中国微型小说学会的第三次代表大会在广东佛山召开，由韩英、何百源、姚朝文等具体操办。

12月，刘海涛被河北文联主办的《小小说月报》聘为"批评鉴赏栏"主持人，编辑批评鉴赏专栏12期。

12月，《警变》(微型小说集)，〔泰〕陈博文著，泰国八音出版社出版。

1995年，获《小小说选刊》1993—1994年度（第五届）小小说优秀作品奖的，有王奎山的《红绣鞋》、冯骥才的《苏七块》、王丽萍的《一生总有一次爱》、陶纯的《美妙瞬间》、林斤澜的《水井在前院》、幽兰的《八爷》、贾大山的《莲池老人》、张望朝的《神刀》、周大新的《需要》、墨白的《风景》。

获小小说佳作奖的，有杨彤云的《古风》、李亚琼的《天使》、孙方友的《雅盗》、刘连群的《人到老年》、卢茂亮的《名酒》、许行的《戏迷》、展静的《犁地》、陆颖墨的《鱼儿》、红柳的《狼与猎手》、冷凝的《飘柔的黑发》。

1995年，泰国《亚洲日报》文艺副刊连载刘海涛的"微型小说创作谈"：《从生活到艺术：微型小说构思内核的形成》《人物的反常化与立意的概括性》等8篇。

1995年，《韩英微型小说选》，韩英著，广东人民出版社出版。

1995年，《亚细安青年微型小说》(获奖作品集)，黄孟文主编，新加坡作家协会出版。

1995年，《微型小说选刊》主编郑允钦提出"以读者为中心"的办刊方针，探索纯文学期刊走市场化的路子，并于当年将《微型小说选刊》双月刊改成了月刊。

1995年，凌鼎年策划的"中国大陆小小说名家作品小辑"，在泰国《亚洲日报》《新中原报》《中华日报》3家报纸整版推出，先后推荐了100多篇中国大陆的优秀微型小说作品，并由凌鼎年撰写点评，泰国报纸还冠以"他山之石，可以攻玉"的通栏标题，这是最早有计划地把中国微型小说介绍到海外的尝试。

1995年，《野花草坪》(微型小说集)，〔马来西亚〕朵拉著，中国台湾稻田出版社出版。

1996年

1月，凌鼎年开始为河北省文联主办的《小小说月报》主持"八面来风"专栏，专门推介海外的微型小说作品与微型小说作家，这是我国最早有计划地向中国读者介绍海外微型小说作家、作品的尝试。

1月，《微型小说选刊》由月刊改为半月刊，并于该年开始设立"读者荐稿奖"。

1月，《东京小小说佳作选·星空闪烁》，肖楠主编，广东人民出版社出版。

1月，《绝活》，胡金洲著，军事谊文出版社出版。

3月，《他们要学狗叫——幽默荒诞系列》，收入《世界微型小说传世精品》，张贤亮主编，海南国际新闻出版中心出版。

3月，《英雄之死——惊险传奇系列》，收入《世界微型小说传世精品》，张贤亮主编，海南国际新闻出版中心出版。

3月，《自杀未遂——人生哲理系列》，收入《世界微型小说传世精品》，张贤亮主编，海南国际新闻出版中心出版。

3月，《哭泣的女人——情感婚恋系列》，收入《世界微型小说传世精品》，张贤亮主编，海南国际新闻出版中心出版。

3月，由中国微型小说学会、《微型小说选刊》、《小小说选刊》等共同主办的全国微型小说个人作品集（1980—1995年）评选结果在上海揭晓，共有13部作品集、2部理论集获优秀作品奖。江苏凌鼎年的微型小说集《秘密》、广东林荣芝的《野妹》、韩英的《文章即金子》和刘海涛的《现代人的小说世界》等获奖。

3月，《无法开启的门》，张国志著，华龄出版社出版。

3月，《流年》，王德林著，大连出版社出版。

3月，《半空中的手》（微型小说集），［马来西亚］朵拉著，马来西亚大马德麟文丛出版。

3月，《桃花》（微型小说集），［马来西亚］朵拉著，中国台湾稻田出版有限公司出版。

4月，全国第一家县级市微型小说学会——太仓市微型小说学会在江苏省太仓市成立，凌鼎年任创会会长。中国微型小说学会会长江曾培、副会长郏宗培等专程到会祝贺。

4月，《天池小小说》创刊于吉林省延边地区，是小小说原创期刊，吉林省一级期刊。

4月，《川端康成掌小说全集》，［日］川端康成著，叶渭渠译，中国社会科学出版社出版、发行。收录144篇作品，37.1万字。

4月，《微型小说精选》（台湾卷），小爱主编，中华工商联合出版社出版。

4月，《没有故事的女人》，阿木著，华夏文化出版社出版。

5月，《怎样写小小说》，邢可著，中国华侨出版社出版。

5月，《红辣椒》，何开文著，中国华侨出版社出版。

5月，《黄孟文微型小说选评》，每篇配有评论家的点评，新加坡云南园雅舍出版。

6月，《修祥明小小说选》，修祥明著，青岛出版社出版。

6月，《小城纪事》，王海椿著，陕西旅游出版社出版。

7月，《百花园》与郑州市小小说学会联合举办的"第五届全国小小说大奖赛"获奖名单于第7期揭晓。

7月，《叙述策略论》，刘海涛著，新加坡作家协会出版。

7月，《人在旅途》，刘国芳著，远方出版社出版。

7月，《泰华微型小说集（1996）》，［泰］司马攻主编，泰国华文作家协会出版。司马攻写序，收录94篇作品。

8月，《只说一句》(微型小说集)，［泰］倪长游著，泰国八音出版社出版。

8月，《中国当代小小说作家丛书》(第三集)，王保民主编，广西民族出版社出版。包括《蓝蜻蜓》(邓开善、邓开衡著)、《秘密的武器》(谢志强著)、《青春比鸟自由》(于德北著)、《哑谜》(曹德权著)、《旋转的飞船》(胡尔朴著)、《教父》(赵冬著)、《山神》(尹全生著)、《观花雨伞》(喻耀辉著)、《咆哮的河》(杨进著)、《黑蝴蝶》(刘国芳著)，共10本。

8月，《甄别》，一春著，宁夏人民出版社出版。

9月，中国文学出版社出版了《汉法对照小小说精选》，此书在海外发行，介绍了汪曾祺、周大新、孙方友、生晓清、凌鼎年、刘国芳、谢志强等27位作家的30篇作品。

9月，《中国文学》法文版翻译发表了孙方友的微型小说10篇与凌鼎年的微型小说3篇。

9月20日，四川省自贡市微型小说学会召开第二届会员大会，选举产生第二届领导班子，曹德权连任会长，副会长钟明冰、王孝谦、张全新，秘书长陈茂君，副秘书长周仁聪、邓缨。

9月，佛山市微型小说学会成立，韩英任会长，何百源任副会长兼秘书长，姚朝文担任副秘书长。

9月，姚朝文在佛山市文化局文化创作院主办的《佛山文化报》上发表《微篇小说——科学的命名》，首次正式提倡用"微篇小说"代替当前流行的"小小说""微型小说""精短小说"等名称。

9月，河北省沧州小小说学会成立。田松林出任会长，蔡楠、高海涛、魏金树、马月霞为副会长，高海涛兼秘书长。

9月，《落雨》，相裕亭著，国际新闻出版中心出版。

10月，凌鼎年撰写的创作谈《从素材到作品·小小说创作二十讲》，被《小小说月报》以增刊的形式推出。

10月，由中国微型小说学会总策划的《世界华文微型小说名家名作丛编》(中国卷)，江曾培主编，并写序。

《世界华文微型小说名家名作丛编》(欧美卷)，[美]王渝主编，写序，上海文艺出版社出版。

《世界华文微型小说名家名作丛编》(台港澳卷)，隐地、刘以鬯主编，隐地写序一，刘以鬯写序二。

《世界华文微型小说名家名作丛编》(新马泰卷)，[新加坡]黄孟文、[马来西亚]孟沙、[泰]司马攻主编。黄孟文写序一，孟沙写序二，司马攻写序三。

10月，《中国当代小小说名家名作丛书》，曹德权、钟明冰主编，四川人民出版社出版。包括《万家灯火——都市之页》《布谷声声——乡土之页》《无悔青春——知青之页》《春催桃李——校园之页》《惊涛拍岸——商海之页》《铁血柔情——军警之页》《相约如梦——婚恋之页》《啼笑皆非——荒诞之页》《梦幻尘烟——传奇之页》《八面来风——特区·异域之页》。

11月23日至25日，第二届世界华文微型小说研讨会在泰国曼谷湄南大酒店召开。有11个国家和地区的近百位代表出席，提交论文34篇。开幕式上，曼谷市长披集·呖塔军与泰国华文作家协会会长司马攻致欢迎词，中国驻泰王国全权大使金桂华、中国微型小说学会会长江曾培致词。中国出席这次研讨会的有郏宗培、徐如麒、凌焕新、许行、凌鼎年、刘海涛、李春林、姚朝文、沈祖连、张记书、廖怀明、张炯、王淑秧、饶芃子、肖关鸿、徐乃翔、黄万华、杨振昆、古远清、邵怀德、胡凌芝、张国培、钦鸿等。

11月，《中国当代小小说精品库》（春之卷），杨晓敏、郭昕主编，新华出版社出版。

11月，《中国当代小小说精品库》（夏之卷），杨晓敏、郭昕主编，新华出版社出版。

11月，《中国当代小小说精品库》（秋之卷），杨晓敏、郭昕主编，新华出版社出版。

11月，《中国当代小小说精品库》（冬之卷），杨晓敏、郭昕主编，新华出版社出版。

11月，《表哥表弟》，欧阳雪著，国际文化出版公司出版。

11月，《丑丫》，徐社文著，中国华侨出版社出版。

11月，《江苏微型小说作家群作品选——那片竹林那棵树》，凌鼎年、石飞主编，中国国际文化出版公司出版。凌鼎年撰写了题为《崛起的江苏微型小说作家群》的序言。这是我国最早的一本以省为单位的区域性微型小说作家群作品选。

11月，《无缘的婚照——中国微型小说新作选》，石飞主编、何开文副主编，国际文化出版公司出版。

11月，《老年爱国者》（微型小说集），［泰］曾天著，泰国黄金地出版社出版。

12月，《子夜电话》，郑洪杰著，远方出版社出版。

12月，《美是生活》，戴涛著，百花文艺出版社出版。

12月，《韩英微型小说选》，韩英著，天津社会科学院出版社出版。

12月，《那一片绿色》，李国新著，武汉测绘科技大学出版社出版。

12月，《纯精小小说欣赏》，《小小说选刊》1996年增刊。

1996年，泰国《新中原报》文艺副刊"大众文艺"主编钟子美特辟专栏，刊登海内外关于微型小说的理论文章，并连续刊出9个微型小说专辑，发表上百篇微型小说；《中华日报》"文学""华园"版主编子帆，推出不少微型小说作品；《世界日报》"湄南河"副刊白翎先生也发表了不少微型小说作品；《星暹日报》的"星暹文艺"同样发表了不少微型小说。

1996年，河北省文联的《小小说月刊》创办了小小说函授班，聘请凌鼎年担任小小说函授班高级班辅导老师、谢志强为中级班辅导老师、陈永林为初级班辅导老师，这是我国最早的小小说函授班。

1996年，上海《萌芽》杂志推出"江苏省微型小说作家作品专辑"，还配发了凌鼎年撰写的《江苏有个微型小说作家群》的文章，首次提出微型小说"苏军"的概念，这是全国文学刊物最早推出一个省的微型小说作家群作品专辑。

1996年，江苏微型小说作家徐习军在《江苏盐业报》副刊开办了"微型小说擂台赛"，历时近一年，徐习军当擂主，吸引了来自云南、湖北、浙江、四川、江西、内蒙古、河北、河南、广东、广西、吉林、江苏、安徽、上海等全国十余个省（市、区）的50多位作家参加，开办微型小说擂台赛，在全国尚属第一家。

1996年，《小小说选刊》月发行量达到50万册，召开新闻发布会。

1996年，《百花园》《小小说选刊》分别获得1995—1996年河南省社科类优秀期刊奖。

1996年，沈阳市白小易的微型小说《客厅里的爆炸》入选日本东京女子大学《20世纪世界文学教材》。

1997年

1月，《韩英微型小说选评》，16.7万字，江曾培写序，上海文艺出版社出版。

1月，《精短文学作品选集》，袁烨主编，内蒙古文化出版社出版。

1月，《第一记钟声》，胡双庆著，群众出版社出版。

1月，《孩子像谁》，周建新著，群众出版社出版。

1月，《绝密》，栗新白著，中原农民出版社出版。

1月，《结局并非如您想象》，何百源著，群众出版社出版。

2月初，《人生不是梦》，韩英著，百花文艺出版社出版。

2月22日，由中国微型小说学会与广东作家协会主办的"韩英微型小说创作研讨会"在广州召开。来自全国各地的专家、学者张炯、江曾培、杨晓敏、凌焕新、李春林、郑允钦、刘海涛、寇云峰、许行、沈祖连、何百源等50余人参加了会议。

3月1日，日本渡边晴夫教授、刘静翻译、选编的《中国的短小说》一书，由日本东京朝日出版社出版，系日本大学汉语教材，收录了刘心武、周克芹、航鹰、许行、凌鼎年、孙方友、张记书、沈祖连、邵宝健、刘连群10位作家的微型小说作品。

3月，《中国当代小小说作家丛书》，杨晓敏、郭昕主编，湖南文艺出版社出版。包括《许行小小说》《孙方友小小说》《凌鼎年小小说》《刘国芳小小说》《王奎山小小说》《生晓清小小说》《吴金良小小说》《谢志强小小说》共8本。

3月，日本国学院大学渡边晴夫教授与刘静教授合作主编的《中国的短小说》，由日本朝日出版社出版，收录了刘心武、许行、刘连群、凌鼎年、沈祖连、航鹰、张记书、周克芹、孙方友、邵宝健10人的作品，系日本大学二、三年级的教材。

4月，《生死恋》，许行著，时代文艺出版社出版。

4月，《小小说百家创作谈》，王保民主编，河南文艺出版社出版。

4月，《八宝亭·宝应微篇小说作者群作品选》，何开文主编，香港金陵书社出版公司出版。

5月6日，白小易（辽宁）、杨奇斌（辽宁）、李森祥（浙江）、刘国芳（江西）、墨白（河南）加入中国作协。

5月25日，江苏省作家协会、湖南省文艺出版社与太仓市文联联合举办了"凌鼎年小小说创作研讨会"。范小青、俞胶东、范培松、徐如麒、黄毓璜、刘静生、吕锦华等60多位作家、评论家、教授参加。

5月，刘海涛的《世界华文微型小说研究》列入广东青年科学家学术丛书，由广东青年科学家协会资助在中山大学出版社出版。

5月，《世界华文微型小说论文集——第二届世界华文微型小说研讨会》，〔泰〕司马攻主编，泰华文学出版社出版。收录了张炯、凌焕新、刘海涛、许行、凌鼎年、张记书、沈祖连、沙黾农、韩英、姚朝文，渡边晴夫、黄孟文、吴新钿、司马攻等各国作家的论文。

6月，《小小说选》（英汉对照本），李子亮译、郭林祥编，中国文学出版社出版。

6月，《岁月的影子》，李岁元著，远方出版社出版。

6月，《竹园情深》，蒋敏著，内蒙古人民出版社出版。

6月，《温柔都市》，冰峰著，远方出版社出版。

6月，《情解》(微型小说集)，[泰]郑若瑟著，泰国八音出版社出版。

8月，《小小说之我见》，杨贵才著，百花文艺出版社出版。

9月15日至20日，《小小说选刊》《百花园》月刊在郑州大学国际学术交流中心举办"第二届当代小小说作家作品讨论会"。

《小小说选刊》开始举办读者推荐年度优秀小小说作品评选活动。

9月，《飞天》文学月刊社举办"地税杯"全国精短小说大奖赛。

10月，《清水芙蓉》，徐金福、李邦林、黄克庭著，新华出版社出版。

10月，新加坡《微型小说季刊》出版了22期后停刊，来稿并入新加坡《新华文学》期刊。

11月，《爱情变奏曲》，马新亭著，中国华侨出版社出版。

11月，《美食王》，朱士元著，中国华侨出版社出版。

11月，《花环》，一春著，中国华侨出版社出版。

11月，《九七年夏天》，郑洪杰著，北京燕山出版社出版。

11月，《养蚂蚁的女人》(微型小说集)，[澳大利亚]心水著，澳大利亚丰彩设计印刷公司出版。

12月30日，日本著名作家，有"日本微型小说鼻祖"美誉的星新一在日本过世，终年71岁。代表作有《星新一微型小说选》《恶魔天国》《人造美人》等，创作过1001篇微型小说作品，其微型小说作品如《波子小姐》《人造美人》等曾被翻译为中文，介绍给中国读者，对中国微型小说作家产生过极大的影响。

1997年，获《小小说选刊》1995—1996年度(第六届)小小说优秀作品奖的，有司玉笙的《高等教育》、毕淑敏的《走过来》、原非的《花婆》、迟子建的《与周瑜相遇》、刘国芳的《风铃》、陆颖墨的《潜浮》、墨白的《怀念拥有阳光的日子》、芦芙荭的《一只鸟》、谢友鄞的《边地老人》、袁炳发的《身后的人》、王奎山的《别情》、侯德云的《苦秋》、谢应龙的《太阳是火》、王海椿的《雪画》、戴涛的《神女峰》。

获小小说佳作奖的，有修祥明的《家》、徐慧芬的《爱的阅读》、何立伟的《永远的幽会》、陶纯的《痕》、祝春岗的《匠心》、凌鼎年的《史仁祖》、于德北的《三笑》、生晓清的《父亲的枪队》、顾文显的《精神》、刘连群的《象眼》、谭易的《锦书》、刘玉堂的《心灵预约》、马均海的《夹竹桃》、刘黎莹的《仲夏的莲》、胡金洲的《绝活》。

1997年，中国文学出版社出版了《汉英对照小小说选》，收录了孙方友、凌鼎年、谢志强、刘国芳、何立伟等19位作家的30篇作品。日文版的《人民中国》也翻译、介绍过凌鼎年、孙方友等多位中国作家的微型小说作品。

1997年，英国的曼克米兰出版公司出版了《中国当代短篇小说选》，选录了中国白小易的8篇微型小说作品。

1997年，太仓市微型小说学会与《太仓日报》举办了"拜伦杯"小小说征文活动。

1997年，《小小说十年宝典》，系《百花园》1997年增刊。

1998年

1月，浙江嘉兴汝荣兴的《汝荣兴幽默小小说》由黄河出版社出版，由凌鼎年写序，约15万字，收入66篇作品，作者还写了《话说幽默小小说》的代后记。

1月，《掌上玫瑰·世界微型小说佳作选》(中国卷)(亚洲卷)(欧洲卷)(美洲卷)(非洲大洋洲卷)，宋韵声主编，春风文艺出版社出版。

2月，《中国小小说名家精品荟萃·风铃》，陈虎林、傅青峰、高海涛主编，中央戏剧出版社出版。

3月，由广东湛江师院副院长刘海涛教授所著《世界华文微型小说研究》一书列入广东省青年科学家学术丛书，由中山大学出版社出版。共收录了刘海涛教授撰写的45篇论文，24万字，涉及的海内外小小说作家有新加坡的黄孟文、南子、张挥、林高、林锦、希尼尔，泰国的司马攻、陈博文，马来西亚的朵拉，澳大利亚的张至璋、黄玉液，中国台湾地区的陈克华，以及中国内地的刘国芳、吴金良、韩英、生晓清、许行、孙方友、沈祖连、凌鼎年、曹德权、王奎山、司玉笙、马宝山、谢志张、袁炳发、赵冬、今声、戴涛、邢可、何百源、汝荣兴等，并且对第一届、第二届世界华文微型小说研讨会，以及东南亚各国微型小说的现状、态势都有精辟的分析与见解。

4月，读者推荐"1997年度优秀小小说作品"评选结果于《小小说选刊》

第4期揭晓。

4月，由《百花园》《小小说选刊》联合举办的"全国小小说新星笔会"在郑州大学国际学术交流中心举行。

4月，《黑色诱惑》，纪慎言著，东北师范大学出版社出版。

5月，《夏天的经历》，马贵明著，大连出版社出版。

6月，吴金良（北京）、刘殿学（新疆）加入中国作协。

6月，《给你一个教训》，金波著，白山出版社出版。

6月，《狗命关天》，邹为荣著，中华工商联合出版社出版。

6月，《情缘》，问英玉著，中国文联出版公司出版。

6月，《误会宝蓝色》(微型小说集)，[马来西亚]朵拉著，马来西亚红树林书屋出版。

8月，《夙愿》，山民著，内蒙古人民出版社出版。

8月，《布衣心情》，赵文辉著，内蒙古人民出版社出版。

8月，《永恒的光环》，龚闻迅著，国际文化出版公司出版。

8月，《再入红尘》，刘纬著，大连出版社出版。

8月，《风云再起》(微型小说集)，[新加坡]艾禺著，新加坡玲子大众传播公司出版。

9月，《伉俪小小说精选》，生晓清著，作家出版社出版。

9月，《伉俪小小说精选》，汤红玲著，作家出版社出版。

9月，《夫妻伴舞》，白旭初著，花城出版社出版。

9月，《微型小说的特性与技巧》，江曾培著，香港明窗出版社有限公司出版。

10月，《邴元秋小小说集》，邴元秋著，北方文艺出版社出版。

10月，《野风情》，孙峤著，长江文艺出版社出版。

11月，由《小小说月报》主编赵禹宾与凌鼎年合作主编的《紫鹦鹉文库》，由凌鼎年撰写《小小说：三十年后再论》的总序。作品有：江西南昌陈永林的《白鸽子·黑鸽子》，河南襄城王建根的《天诱》，河南登封梁海潮的《直面人生》，浙江江山周建新的《美丽的遗憾》，河南光山吴万夫的《朝圣路上》，湖北监利刘国祥的《轮回》，山东莱州杨彩祥的《蟹王泪》，湖北监利陈勇的《枫叶红了》《情人河》《送你一束康乃馨》，郑州秦德龙的《好望角》，四川乐山李朝心的《花蕾纷繁》，浙江汝荣兴的《汝荣兴幽默小小说》，李朝信的《山花朵朵》等。

11月，《小小说杂谈》(随笔集)，凌鼎年著，黄河出版社出版。

11月，《与小小说共舞——谢志强谈小小说创作》，谢志强写自序，百花文艺出版社出版。

11月，《从政从文，珠联璧合——韩英微型小说评论集》，韩英汇编，20万字，国际文化出版公司出版。收录了袁良骏、何百源、姚朝文、冯辉、刘海涛、顾建新、沈祖连等多位作家、评论家的评论与推介文章。

11月底，广东商业银行主办了"韩英微型小说创作研讨会"。刘海涛、郑允钦、杨晓敏、姚朝文等学者、编辑、作家参加。

11月，《小小说精选》(1~12期)，王魏波、田美晓总编，青海人民出版社出版 (版本有疑)。

11月，《小小说精选》(13~24期)，青海文学编辑部汇编，青海人民出版社出版 (版本有疑)。

12月1日，由马来西亚华文作协副会长、著名微型小说作家陈政欣先生编选的《马来西亚微型100》，由马来西亚华文作家协会出版。陈政欣撰写了序言。集子收录了云里风、年红、孟沙、碧澄、戴小华、曾沛、黎紫书、朵拉、小黑、章钦、柏一、驼铃、李国七与陈政欣等50位作家的100篇微型小说佳作，其时间跨度从20世纪70年代到1998年，基本上代表了马来西亚华文微型小说的创作水平。

12月，《马宝山小小说》，马宝山著，远方出版社出版。

12月，《讽刺戏剧家和一观众》，汤祥龙著，东方出版社出版。

12月，由新疆伊犁州作家朱广世主编的《中国当代百字风情小说精萃》，在内蒙古文化出版社出版，收录了209位作家的269篇百字小说，约13万字。《微型小说选刊》主编李春林撰写了《微而又微，精而又精，以微见著》的代序，上海《小说界》执行副主编郏宗培则撰写了《一种边缘性的小说文体——百字小说》的代序。朱广世写了编后记，并在编后记中提到，这是国内第一本由国家正规出版社出版的百字小说选集。

12月，四川温江微篇文学学会成立，李永康任会长。

12月，四川温江的微篇文学研究会在会长李永康与诸位同人的策划下，通力合作，一年内编辑出版了《微篇文学大观丛书》之一、之二、之三、之四。之一收录了凌鼎年、修祥明、徐慧芬、陈永林、邢可、谢志强、汝荣兴、李金安、郑洪杰、相裕亭等170位作者的小小说作品，约20万字。之二收录了许行、侯德云、刘殿学、喊雷、杨传球等175位作者的作品，约25万字。之三收录了阿川、韩英、秦德龙、周建新、李景文等175位作者的作品，约25万字。之四收录了刘建超、杨彩祥、今声、阎耀明等186人的作品，包括54位作者的小小说作品小辑，以及其他作品，共计30万字。

1998年，凌鼎年微型小说《让儿子独立一回》被译成日文，发表在《人民中国》杂志上（日文版）。

1998年，白小易的微型小说《客厅里的爆炸》入选《中国小说选》，英国斗牛士出版社出版。

1998年，《微型小说选刊》荣获国家新闻出版署评选的"全国百种重点社科期刊"。

1998年，马新亭小小说集《爱情变奏曲》荣获临淄区1998年度文艺创作"精品奖"和淄博市精神文明建设"精品工程"奖。

1998年，江苏省太仓市微型小说学会与太仓市文化馆举办了"太仓市第二届微型小说征文"活动。

1998年，陕西省富平县喊雷的微型小说《生死抉择》入选九年制义务教育语文课本（八年级），上海教育出版社出版。

1998年，江苏省太仓市作家协会与市微型小说学会召开了"何济麟微型小说研讨会""居国鼎微型小说研讨会"。

1998年，《百花园》举办"青春·爱情小小说征文"活动。

1998年，《百花园》举办"信心杯"全国小小说大奖赛评奖活动。

1998年，《百花园》举办"幽默传奇小小说征文"活动。

1998年，《新潮小小说选粹》，《小小说选刊》1998年增刊。

1998年，《百花园》杂志社获"河南省文联系统先进集体"荣誉。

1998年，市场上出现了多种微型小说集盗印版本与非法出版物。例如，

《中国当代微型小说选》，标中国文艺出版社出版，并有"共和国文化图书工程丛书之六"字样，标主编为王蒙、贾平凹，编委有刘心武、李国文、叶辛、梁晓声、陈忠实、王朔、余秋雨、池利等，全是当代文坛一流大腕，18印张，66万字，定价32.80元。

有的标青海人民出版社，有的标宁夏人民出版社，有的标新疆青少年出版社等，笔者曾专门写信给青海人民出版社领导求证，回信说他们从未出版过这几本集子。

1998年，《休闲走廊——百花园十年回顾精华》，责编浩哲，宁夏人民出版社出版（版本有疑）。

1998年，《小小说休闲系列之一·小小说精选》，责编涵哲，青海人民出版社出版（版本有疑）。

1998年，《小小说精品（珍藏本）》，责编寒冰，青海人民出版社出版（版本有疑）。

1998年，《名家精品小小说精华·休闲系列之二》，责编浩哲，青海人民出版社出版（版本有疑）。

1998年，《四季·小小说》（精选合订本），席扬编，兰州大学出版社出版（版本有疑）。

1998年，《道德？呸！》（*Morality，Eh？*）（英文小小说集），［加拿大］黄俊雄著，加拿大多伦多Universal Publishing出版。

1999年

1月，获《小小说选刊》1997—1998年度（第七届）小小说优秀作品奖的，有徐建宏的《1935年的羊》、刘建超的《将军》、阿成的《滋味二哑》、杨小凡的《药都人物系列》、孙春平的《玩笑》、闵凡利的《神匠》、邱利锋的《班长大》、薛涛的《听到最后》、严晓歌的《卖马》、蔡楠的《行走在岸上的鱼》、刘黎莹的《端米》、白小易的《神交》、郑洪杰的《端州遗砚》、王海群的《船魂》、谢志强的《精神》。

获小小说佳作奖的，有魏继新的《汗血马》、申永霞的《都市女子》、韩英的《总统套房里的老鼠》、陈毓的《名角》、叶倾城的《麦当劳的礼物》、关汝松的《假面太太》、魏思江的《推盐》、冯扬的《帮助》、沈祖连的《著名歌星》、欧阳玉澄的《矿泉》、宋明磊的《始末》、魏永贵的《雪墙》、陈永林的《鼓殇》、曹多勇的《美》、车中州的《神线》。

获奖作品的责任编辑有《百花园》的矫枫和杨晓敏、《洛阳日报》的李黄飞、《长江文艺》的凌梧、《作家天地》的严歌平、《武汉晚报》的袁毅、《天渊》的郑国琳、《鹤城晚报》的赵宪连、《短篇小说》的王立忱、《四川文学》的方舸、《沧州日报》的高海涛、《小小说选刊》的郭昕、《闽州日报》的李龙年、《青年文学家》的王长军、《飞天》的晓凡，以上人员获"1997—1998年度小小说优秀作品责任编辑奖"。

1月，山东淄博蒲松龄文学院举办首届"蒲松龄杯"世界华文志怪微型小说征文大赛。

1月，《再美丽一次》（小小说集），凌鼎年著，中国文联出版社出版。

1月，《江苏微型小说作家群作品展示》，凌鼎年主编、徐习军副主编，北方文艺出版社出版。凌鼎年撰写了《小小说文坛也有支苏军》的总序。收录了海安于伯生的《来我家玩》；江都李景文的《看天》，由凌鼎年另外撰写了《李景文的锦绣文章》的代序；邳州魏思江的《依恋》，由凌鼎年另外撰写了《大有潜力的魏思江》的代序；射阳颜良成的《盐蒿菜》，由凌鼎年撰写了《颜良成：乡愁乡谊乡土情》的代序；武进庄亚梁的《爱情游戏》；泗洪张培修的《燃烧的晚霞》；东海李琳的小小说集《早晨的语言》，由凌鼎年撰写序言；连云港徐习军的小小说集《心情消费》，由凌鼎年写序；太仓凌鼎年的《悬念》，由作者撰写了自序，附录了由高军撰写的《多种写法带来的无穷魅力——凌鼎年小小说创作简论》。

1月，《从政从文，珠联璧合——韩英微型小说评论集》，广东省社会科学院文学研究所编，国际文化出版公司出版。中华书学会会长、文化部研究员谢德萍为集子题词，集子收录了程贤章、袁良骏、安文江、刘海涛、伊始、江曾培、顾建新等人撰写的专访与评论文章51篇，20万字。

1月，《获奖小小说选评》，顾建新编著，14万字，北方文艺出版社出版。顾建新点评了40多位有影响力的小小说作家的作品，还选录了江曾培、孙颙、刘海涛、司马攻、凌鼎年、李惊涛、徐习军等人撰写的评论。中国微型小说学会副会长凌焕新撰写序言。

2月26日，河南《大河报》发表了整版的《透视〈小小说选刊〉现象》，对《小小说选刊》的"牛市"，以及它在文化领域的名牌、品牌效应进行了分析探讨。

2月，《乐在同乐中》，韩英著，百花文艺出版社出版。

2月，《猎熊世家》，马玉山著，中国文联出版社出版。

3月1日，姚朝文首次在佛山大学开设中文系文科生选修课《微型小说鉴赏与创作》。选修者有150余人。

3月17日，福建漳州市作协、漳州市芗城区委宣传部、区文化局在芗城区召开"漳州市首届小小说创作研讨会"，会上陈力水、许初鸣、今声分别作《小小说的文体特征》《漳州市小小说创作评价》《漳州小小说创作的现状与思考》等重点发言。

3月，海南琼海符浩勇的微型小说集《爱到深处》在国际文化出版公司出版，约15万字，收录42篇作品。吴家汉写了《社会良知感召他的手中笔》的代序。集子附录了郑国琳、陈灿麟、廷格斯、孟起、王浩洪、张浩文、苏才敏、吴冰等人撰写的评论与符浩勇的人物特写。作者还写了《爱到深入及其探索》的代后记。

3月，《延缓生命》，何开文著，香港金陵书社出版公司出版。

3月，《百花园》月刊为全国在校生举办"我心中的小小说"征文活动，自3月起至2000年6月止。

3月，《中国当代微型小说选》，王蒙、贾平凹主编，中国文艺出版社出版（版本有疑）。

3月，《没有时间的雪》（微型小说集），［新加坡］董农政著，新加坡作家协会出版。

3月，《名家精品小小说》，杨晓敏、郭昕主编，青海人民出版社出版（版本有疑）。

3月，《情味》（微型小说集），［泰］郑若瑟著，泰国时代论坛出版社出版。

3月，《情哀》（微型小说集），［泰］郑若瑟著，泰国时代论坛出版社出版。

4月，由河北《沧州日报》《小说月报》《小说选刊》举办的"黄河杯"全国小小说南北擂台赛揭晓。孙方友的《笔误》获一等奖；王海椿的《狐仙》、田松林的《精彩镜头》、蔡楠的《生死回眸》、徐慧芬的《母亲节的礼物》获二等奖；刘国芳、王雷琰、陈永林等9人的作品获三等奖。这次大赛共收到8000多篇来稿。

4月，《魏金树精短小说选评》，汝荣兴、田松林等点评，远方出版社出版。

4月，《袁炳发小小说》，袁炳发著，北京燕山出版社出版。

5月21日，《新闻出版报》报刊部主笔朱侠撰写长篇文章《小小说大天地——郑州百花园杂志社办刊纪实》。

5月，《心情消费》，徐习军著，北方文艺出版社出版。

5月，《蟹王泪》，杨彩祥著，黄河出版社出版。

6月26日、10月23日，《文艺报》连续两次开辟专版，发表了大篇幅的小小说笔谈，郑重其事地向文坛与期刊界介绍《小小说选刊》现象，对《小小说选刊》现象再次进行肯定。

6月，由《百花园》月刊主办的"幽默传奇小小说征文"活动历时10个月，于4月截止，6月评奖揭晓。蔡楠的《谋杀自己》、胡平的《弃》、梁陆鸿的《选举风浪》、张增有的《牙医》、顾铁民的《排名问题》、朱广辉的《缘》、邹当荣的《李白当记者》、吕宏友的《沃土》、刘立勤的《名字》、郑艾的《一个传奇》10篇获优秀奖。另有老鱼、滏阳东、程宪涛、王本文、杨先碧、李惟微、林如求、杨邪、蒋默、李丁等10人的作品获佳作奖。

6月，《赤壁文学》为发现与培养跨世纪人才，特举办第三届中国赤壁征文大奖赛，小小说限1500字内。征文至年底结束，获奖作品将由《赤壁文学》出参赛作品专号，并特邀作者去三国赤壁古战场参加颁奖大会。

6月，《抬头望见北斗星》，刘国芳著，长江文艺出版社出版。

6月，《新潮小小说》，刘公著，香港天马图书有限公司出版。

6月，《有人敲门》，冯春生著，作家出版社出版。

6月，《永远的朋友》，刘建超著，中国文联出版社出版。

6月，《翠竹庐趣话》，谭杰著，中国文联出版社出版。

6月，《直面人生》，梁海潮著，黄河出版社出版。

6月，《与稿共舞》(微型小说集)，[新加坡]骆宾路著，新加坡作家协会出版。

7月14日，田松林（河北）、薛涛（辽宁）、赵冬（吉林）、濮本林（安徽）、南豫见（河南）、何百源（广东）加入中国作协。

7月，由广东省深圳市龙岗区平岗中学曹清富、钱光、董玉敏3位教师合作编辑的《想象的翅膀——微型小说猜读续写》，收入《未来作家丛书》，由湖南师范大学出版社出版，第一版即发行了10250册。该书由著名微型小说理论家、评论家刘海涛教授撰写了《一项有创意的语文教改成果》的代序。3位编者也撰写了《微型小说猜读续写的做法与体会》的序言。集子共收了63篇作品，13.4万字，编者故意把结尾最关键的几句话删去，让读者自己猜想并续写。集子最后附了这些作品结尾的原文与另一种续尾，供阅读者参考。这本书对我国语文教改是一次有益的尝试，深受读者欢迎，特别受中学师生青睐。

8月，由《人民日报》文艺部、《小小说选刊》杂志社、《中山日报》等举办的"中山路桥杯"全国小小说征文大赛评奖揭晓，大赛收到7000多份来稿。李容焕的《嫁》等2篇作品被评为一等奖，许行的《猫猫红盖头》等5篇作品被评为二等奖，凌鼎年的《书神》等10篇作品被评为三等奖。冯骥才、蒋子龙、吴泰昌、刘奋斯、陈国凯等担任大赛评委。

8月，内蒙古包头市文联的《鹿鸣》杂志社为纪念该杂志创刊40周年，特举办了"鹿鸣杯"全国小小说大奖赛，大赛由包头市文轩物资有限责任公司赞助。历经半年，收到了来自全国各地（包括香港、澳门）10000多位作者的应征稿件。经评委会无记名投票评选，凌鼎年的《相依为命》获一等奖，孙方友的《亮嫂》、刘黎莹的《房客》、安启华的《归》获二等奖，卫华、刘忆龙、史闻玉、程宜文、金健、马永成、白旭初、碧逸、赵家贵、王雪欢10人的作品获三等奖。这些获奖作品已收入《新世纪小小说选》一书。

8月，《苦游》，缪荣株著，内蒙古人民出版社出版。

8月，《错位》，今声著，中国文联出版社出版。

8月，《各自潇洒》，绿穗著，中国文联出版社出版。

8月，《老尤之侃》，马廷奎著，大连出版社出版。

8月，《圆梦》，张思良著，大连出版社出版。

9月25日，新加坡作家协会在新加坡乌节路纪伊国屋书店为希尼尔的微型小说集《认真面具》与董农政的微型小说新作《没有时间的雪》举行发布会，由新加坡作协副主席林高赏析了董农政的《没有时间的雪》，由许福吉博士分析了希尼尔的《认真面具》。慕名参加者极为踊跃。

9月，《哀悼青春》(微型小说集)，[新加坡]怀鹰著，新加坡健龙科技传播贸易公司出版。

9月，《冰凌自选集》，冰凌著，作家出版社出版。

9月，《小村人》，李永康著，中国文联出版社出版。

9月，《纸鸽》，费幸林著，吉林人民出版社出版。

9月，《世象戏说》，柯于明著，中国文联出版社出版。

9月，由中国微型小说学会副会长李春林与《微型小说选刊》执行主编郑允钦主编、南昌市文学院专业作家吴金选评的《微型小说三百篇》，在百花洲文艺出版社正式出版。该书系《微型小说选刊》的精华本，设"大家手笔""当代珠玑""时代音符""社会大千""爱的花瓣""哲理佳品""人海瞭望""都市撷奇""乡野风情""沉思篇""家庭内外""带刺玫瑰""幻想星空""校园春秋""人生旅途""荒诞世界""人与人""历史传奇""国外珍品""港台之窗"20个栏目，除收录当代小小说名家许行、凌鼎年、孙方友、刘国芳、谢志强、白小易、生晓清、沈祖连、郑洪杰、曹德权、司玉笙、王奎山、吴金良、侯德云等人作品外，还收录了鲁迅、郭沫若、郁达夫、沈从文、赵树理、孙犁、冰心、夏衍、王蒙、汪曾祺、刘心武、梁晓声、张抗抗等名家作品，以及美国、德国、俄罗斯、日本、南斯拉夫、匈牙利、以色列、希腊、新加坡、马来西亚、泰国及中国港澳台等国家和地区作家的作品。

李春林撰写了《微型小说方兴未艾》的序言，郑允钦写了后记。凡入选的作品均有评点文章附录于后，其中多数作品由吴金评点，另外还收录了柯灵、汪曾祺、茹志鹃、缪俊杰、江曾培、黄孟文、雷达、航鹰、李春林、刘海涛、郭昕、樊发稼、贺景文、孙苏、邢可、姚增智、尉兰、汝荣兴、高海涛、魏金树、柳易冰等人的评点。该书设计高雅脱俗，印刷精良美观，约64万字。初版8000册一销而空，没几天市面上就出现了盗印版本。

9月，新加坡创办了《新城小小说》四月刊，并出了创刊号，该刊由李龙任主编，怀鹰为责任编辑，忻航、孙宇群、祥子任编委。李龙撰写了《另一片天空，另一片园地》的发刊词。新加坡文艺家协会会长骆明撰写了《青山依旧在》的献词，以祝贺《新城小小说》的出版。刊物设置了"创作圈""精品库""小小说赏析""译林""黎明之星""微型论坛""文讯"等栏目。

9月，由新加坡李龙主编的《新城小小说》四月刊创刊，发表微型小说作家的作品，由健龙科技传播贸易公司出版。

10月29日，《新闻出版报》再次在"报刊评价"中，以整版篇幅，由办刊人、作者、读者和名人，对准《小小说选刊》的办刊思路共同聚焦，以期观照研讨文学期刊的生存发展之路。

10月，由《小小说月报》主编赵禹宾与凌鼎年再度合作主编的《世纪风丛书》，在中国戏剧出版社出版。该书收录了江苏东台李波的《难得潇洒》，凌鼎年撰写《一波又一波的李波》；江苏江都许国江的《痴情》，凌鼎年撰写《花甲笔耕老有东》的代序；福建漳州林跃奇的《特别的一年》，凌鼎年撰写《小小说：痴情圆得作家梦》的代序，福建作家今声也写了篇代序；湖北麻城缪益鹏的小小说集《牧牛少年》，凌鼎年为集子写了《小小说文坛的黑马缪益鹏》的代序；山东农业大学在校学生林世保的处女作《山里的孩子》，凌鼎年撰写了《早慧的才俊林世保》的代序。林世保出这本集子时仅18岁，是目前我国出版小小说集子中最年轻的一位作者。

10月，由《小小说月报》主编赵禹宾与凌鼎年合作主编的《中国当代小小说新秀作品选》，由中国戏剧出版社出版，共收录了李朝信、金光、妙丽芳等45位作者的62篇作品，每位作者还配有照片与作者简介。由凌鼎年写序。

10月，《马路游击队》，韩英著，新疆青少年出版社出版。

10月，《感觉》，蒋寒著，大众文艺出版社出版。

10月，《阳光天使》，徐社文著，中国文联出版社出版。

10月，《小小说作家作品文库》，赵禹宾、凌鼎年主编，中国戏剧出版社出版。包括陈勇的《珍品》、林世保的《山里的孩子》、林跃奇的《特别的一年》、陈永林的《头发乱了》、李波的《难得潇洒》、许国江的《痴情》、缪益鹏的《牧牛少年》、李朝信的《杜鹃花海》。

11月1日至3日，由《小小说选刊》《百花园》杂志在郑州大学国际学术交流中心召开了"跨世纪小小说笔会"。杨晓敏、冯辉分别主持了会议。孙方友、凌鼎年、侯德云、芦芙荭、秦德龙、陈毓等50多人参加了笔会。

会议期间，由杨晓敏主持召开了郑州小小说学会主席团扩大会议。会上，对郑州小小说学会过去的工作作了简要的总结，接受了原会长邢可辞去会长职务的请求，重新选举产生了新的学会领导班子。新的领导班子由冯辉出任会长，杨晓敏为名誉会长。许行、孙方友、王奎山、凌鼎年、寇云峰、王中朝、侯德云为副会长，李运义为秘书长，矫枫、王海椿为副秘书长，理事在适当时候再增补。会上，还决定以学会名义出一份《小小说俱乐部》的报纸，王中朝任执行主编。

11月12日，由大连市作协与普兰店市文联举办的马廷奎微篇小说集《老尤之侃》研讨会在普兰店市召开，有50多人参加，大连市作协副主席王晓峰主持了研讨会。

11月17日，《武汉晚报》以《小小说：为现代人带来阅读快感》为通栏标题，发表了6篇文章，对小小说现象进行了剖析。

11月18日，《光明日报》发表汤国基撰写的《小小说为何领风骚》，12月9日《文学报》的"博闻版"进行了转载。

11月27日至29日，第三届世界华文微型小说研讨会在马来西亚吉隆坡洲际大酒店隆重召开，除东道主马来西亚外，中国、新加坡、泰国、澳大利亚、菲律宾、文莱、印度尼西亚，以及中国香港、中国台湾等22个国家与地区的作家、评论家、教授70余位代表与当地国代表共200多人参加了这次会议。中国方面到会的有中国作协副主席叶辛，中国微型小说学会副会长凌焕新、秘书长徐如麒，作家许行、凌鼎年、韩英，评论家姚朝文，以及古远清、汤吉夫、黄曼君、林丹娅、蒋述卓、王列耀、湖南文艺出版社的张先瑞等教授与学者。

11月28日，由凌鼎年策划动议的筹建世界华文微型小说研究会一事有了实质性的进展。在吉隆坡会议期间，中国的凌焕新、凌鼎年、韩英、姚朝文、徐如麒，新加坡的黄孟文，泰国的司马攻，马来西亚的云里风，菲律宾的吴新钿，印度尼西亚的冯世才，澳大利亚的心水，文莱的王昭英8个国家的12位代表一起会中套会，开了第一次筹委会会议，中国香港的东瑞虽有事未参加座谈会，但表示关于筹建世界华文微型小说研究会的事情他都举手赞成。与会代表就筹建世界华文微型小说研究会交换了意见。座谈会作了录音，并由姚朝文作了记录。再由凌鼎年、姚朝文整理出"筹建世界华文微型小说研究会座谈会纪要"，然后分寄各国各地区的筹委会成员，以便立此存照。主要内容是：各国各地区代表一致公推新加坡作协名誉会长黄孟文博士为筹委会主任，研究会将在新加坡申请注册，中国微型小说学会会长江曾培为名誉会长人选。

11月，中国台湾台北师范学院语教系张春荣教授撰写的《极短篇的理论与创作》，在台湾尔雅出版社出版。这本15万字的著作分为"极短篇的定义""极短篇的特色""极短篇的分类""极短篇的流变""极短篇的意外类型""极短篇的结局""极短篇的主题内涵""极短篇的描写艺术""极短篇的回顾与远景"9个章节。对海峡两岸的极短篇历史、现状进行了系统的阐述，对极短篇的艺术特色进行了有见地的剖析，对极短篇未来发展的无限空间进行了肯定。在论及大陆微型小说时，张春荣认为："大陆微型小说在创作及理论研究上分别有突出的成绩。创作以凌鼎年、刘国芳为代表，理论以刘海涛为代表。"

11月，浙江宁波《文学港》举办了"大红鹰杯"文学作品大赛，从1月至8月，共收到海内外参赛稿20178件，参赛作者8064位，11月评选结果揭晓，在宁波举行颁奖仪式。其中，侯希辰与尹全生获一等奖，杨轻抒、欧阳德一、丁香雨、张海钧、谢志强获二等奖，柳松林、刘殿学、严晓歌、王海文、朵拉获三等奖。

11月，文化娱乐性月刊《流行歌曲》与《时代青年》(中学生版) 联合举办"校园小小说"有奖征文活动，从11月至2000年10月，历时一年。

11月，《西部文学》与《甘肃图书发行报》《科技信息报》联合举办了首届小小说大奖赛，字数限制在2000字内。

11月，《惊梦》，浦玉龙著，香港银河出版社出版。

11月，《小小说月报》第11期发表署名何雨生的《343：世纪末小小说界最佳阵容》的分析文章，因该文的调侃性、幽默性，以及独到的见解，引起了小小说文坛的注意。据了解，何雨生以开书店为业，酷爱小小说。

11月，由马来西亚作家小黑与朵拉夫妇主编的世界华文微型小说精选本《走出沙漠》一书，在马来西亚先辟企业有限公司出版发行。小黑撰写了《极短篇的文学远航》的序言。集子共收录澳大利亚、文莱、中国、马来西亚、菲律宾、新加坡、泰国7个国家42位作家的56篇精品力作。中国有许行的《捆面条》、翟展奇的《风铃》、司玉笙的《高等教育》、于德北的《杭州路10号》、谭易的《锦书》、孙方友的《泥兴荷花壶》、凌鼎年的《牛二》、郭昕的《玉子》、沈宏的《走出沙漠》等作品入选。

12月，《魅力香水》(微型小说集)，〔马来西亚〕朵拉著，马来西亚红树林书屋出版。

12月，由中国微型小说学会副会长、《小小说选刊》主编杨晓敏主编的《百花园99增刊·中国当代小小说百家创作自述》收录了近年活跃在小小说文坛的105位作家的小小说作品，以及《百花园》《小小说选刊》两刊17位编辑的编辑手记。杨晓敏还撰写了《小小说是平民艺术》的序言。

12月，由杨晓敏主编的《小小说选刊99增刊·校园小小说评析》，共收录侯烨、孙慧渊等65位作者的65篇作品，并由寇子、郭昕、中朝、冯辉、邢可、晓燕、海椿、矫枫、阿川、建宇、大凡、英英等人逐篇评点。

12月，由杨晓敏主编的《小小说作家五人行》，作为《小小说选刊》的1999年增刊正式面市。该集子收录了侯德云、王海椿、薛涛、秦德龙、茨园5位近年势头看好的小小说作家的作品，每人精选14篇作品，配发创作谈与评论。

12月，由《微型小说选刊》举办的第三届"我最喜爱的微型小说"评选结果揭晓，蔡楠的《生死回眸》、马涛的《流水谣》、戴涛的《战争谜语》、陈永林的《娘》、尹全生的《土壤》、汝荣兴的《白宝石》、谢志强的《我头顶那一盏灯》、喊雷的《水平》、叶倾城的《我一定要把猪带出来》、陈吉的《无赖》10篇作品被选中。史宗义、陈璋等投票的读者获"伯乐奖"。

12月，由《微型小说选刊》举办的第五届"读者荐稿奖"评选结果揭晓。从1998年第13期至1999年第12期，共收到各地读者近10万篇荐稿，其中选用4篇以上的推荐者有31人，江承骐、朱美华、龙江河获一等奖，姜治国、陈志专等9人获二等奖，夏侯建、王嘉贵等9人获三等奖。

12月，由浙江省金华文联发起的"大红鹰杯"1999年金华首届《祖国颂》全国征文文学大赛评出的唯一一个一等奖为陈海波的小小说《缺口》，5名二等奖中有曹秀的《新兵》、黄守东的《诱人的春夜》、张金龙的《一把手》等小小说，10名三等奖中有老鱼、谢根林、侯希辰、修祥明、尹全生、李琳6位作家的小小说。

12月，《红蝴蝶》，马均海著，海燕出版社出版。

12月，《许谋清小小说集》，许谋清著，海南出版社出版。

12月，《城市寓言》，关汝松著，新世纪出版社出版。

12月，《乡思》，一春著，黄河出版社出版。

12月，《找心》(小小说集)，曹秀著，约16万字，黑龙江人民出版社出版。共收录87篇作品，作者撰写了《为谁写作》的自序。

12月，《魅力香水》(小小说集)，[马来西亚]朵拉著，马来西亚红树林书屋出版。中国学者黄万华教授为集子写了代序。湖南文艺出版社的副编审张先瑞则写了《她有一颗平常心——记马来西亚女作家朵拉》的人物印象记。

1999年，河北省文联主办的《小小说月报》杂志社邀请凌鼎年主持"八面来风"专栏，该杂志系中国最早有计划地向中国读者介绍海外微型小说作品与微型小说作家的一个重要窗口。

1999年，《微型小说选刊》举办第二届全国微型小说征文大奖赛。

1999年，《小小说选刊》举办郑州第三届当代小小说作家作品研讨会。

1999年，由中国微型小说学会主席团研究决定：凌鼎年由理事改任副秘书长，并增补上海浦东文化艺术指导中心的胡永其为副秘书长。

1999年，《生命》，石鑫德著，春风文艺出版社出版。

1999年，由山东济南"99杯"全国精短文学艺术作品大奖赛组委会举办的大赛征文，包括不超过1000字的小小说。

1999年，湖北省石首市《石首报》为繁荣地方文艺，举办了"福源杯"小小说大奖赛，字数限制在1500字内。由当地私营业主袁为栋独家提供赞助，不收参赛费。

1999年，由江苏省太仓市文协、太仓市文化馆、《太仓日报》联合举办了太仓市第二届微型小说征文大奖赛。

1999年，由《陕西画报》举办的"大寅杯"全国小小说大奖赛，面向全国征文。

1999年，四川温江微型文学研究会成立后，创办了《微篇文学大观》，李永康任主编，并发起了"微篇文学大赛征文"活动。

1999年，《微型小说选刊》举办第二届全国微型小说征文大奖赛，作品限

1300字内，10月31日截稿，12月底结束，2000年第5期公布获奖名单。

1999年，解放日报实业公司海韵工作室、浦东新区文化艺术指导中心联合举办"走进新世纪"全国微型小说大赛，作品限1500字内，至2000年3月底截稿，5月举行颁奖大会，参赛作品择优在《解放日报》《上海小说》等报刊发表，江曾培、赵长天、邓国义、吴为忠、查志华、吴永进、吴纪椿等为评委。

1999年，湖北省咸宁市《星星文学》举办感悟、怀想、抒情精短文学征文，包括800字内的小小说。

1999年，中国写作学会主办的《写作》杂志举办"国庆50周年文学作品征文大奖赛"，微型小说限1500字内，1998年12月至1999年10月31日止。其中，朱耀华的《考核》、杨荣福的《官迷》获二等奖；周盛平的《明星厕所》、白旭初的《厂长与作家》、陈明安的《无言的小草》获三等奖。获奖作者还受邀去武夷山参加了颁奖会。

1999年，湖北省作家协会文学院举办"黄鹤杯"精短情爱作品选拔赛，征文包括小小说，截稿时间为8月30日，优秀作品选载于《楚天文学》杂志。

1999年，《山西文学》面向全国举办短文大赛。征文题目为《1999，我的故事》，体裁包括小小说，9月30日截稿，由马烽、西戎、胡正、李国涛任评委。

1999年，湖北省咸宁市《向阳湖》杂志举办"跨世纪的吟唱"文学创作邀请赛，包括千字内的小小说。10月31日截稿，参赛稿择优在《向阳湖》杂志发表。

1999年，湖南长沙市《康乐园》杂志从1999年9月1日至2000年5月30日，举办"康乐杯"征文，体裁包括小小说。

1999年，南昌市文联主办的《文学与人生》杂志举办"滕王阁杯"文学作品有奖征稿，文体包括小小说，2000年4月底截稿。

1999年，湖南毛泽东学院与《新创作》以及派力斯公司联合举办的庆祝中华人民共和国成立50周年"派力斯杯"小小说大赛征文，由蒋子龙、谭谈等组成评委会。

1999年，《人民日报》《小小说选刊》和广东《中山日报》联合举办"中山路桥杯"小小说征文，作品限2000字内。12月评奖结果揭晓。

1999年，《长江文艺》举办"长江杯"文学作品大赛，包括小小说。

1999年，河南发行量高达60万份的《大河报》，特辟"小小说专版"。

1999年，湖南的《长沙晚报》推出小小说专版。

1999年，《福建晚报》推出小小说专版。

1999年，《陕西日报》推出名家小小说专版。

1999年，由国家新闻出版署邀请有关专家、权威评选的第二届"全国社科类百种优秀期刊"结果已经揭晓，河南省的《小小说选刊》入选。据了解，这100种优秀期刊是从全国公开出版发行的8000多种社科类期刊中评选出来的，《小小说选刊》以其较大的发行量、较高的品位，得到专家与读者的首肯与认可，从而脱颖而出。据悉，文学期刊全国唯4家入选，而全国文联系统刊物则唯此一家。

1999年，江西樟树市的南方微型文学研究会宣告成立，张桂生出任研究会会长，并出版了《微型文学》，由其任主编。还与内蒙古远方出版社合作，着手编辑《当代微型小说作家文库》。

1999年，孙方友发表在《羊城晚报》的小小说《工钱》，被北京电视台拍成电视短剧。

1999年，广东佛山作家韩英的微篇小说被改编拍摄成了6集电视系列剧《人生不是梦》，该剧包括《彩虹岭》《塔山明月》《邱礼别传》《林厚实局长》《席梦思惊梦》和《山重水复》。此剧是广东正勇影视有限公司和中共佛山市委宣传部联合摄制的，由编剧吴厚信、方义华根据韩英的48篇作品改编。

山东淄博作家马新亭的小小说集《爱情变奏曲》获淄博市1998年度文艺创作精品奖，并获淄博市1998年精神文明建设奖。

1999年，山东青岛作家修祥明的《修祥明小小说》获"1999年青岛市政府文艺奖"。

1999年，修祥明的另一篇小小说《猎手》获1999年度《青岛日报》文学奖一等奖。

1999年，江苏太仓作家凌鼎年的《小小说杂谈》一书，获太仓市第四届"五个一工程"奖，凌鼎年已连续四届获奖，且每届均以小小说作品与小小说集子获奖。

1999年，新加坡国立大学的荣誉学士学位论文——蔡诗盈《新华作家的魔幻现实小说研究》，以希尼尔、梁文福及张挥的微型小说作品为研究对象。

1999年，中国台湾作家纪大伟的《早餐》，获台湾地区1999年度《联合报》文学奖极短篇小说奖。

1999年，江苏省太仓市作家协会与太仓市微型小说学会举办了"龚金明微型小说研讨会""韩晓玲微型小说研讨会"。

1999年，山东淄博蒲松龄文学院举办首届"蒲松龄杯"世界华文志怪微型小说征文大赛，6月底结束，年底评选结果揭晓。

1999年，《幽默传奇小小说大观》，《小小说选刊》1999年增刊。

1999年，《小小说作家五人行》，《小小说选刊》1999年增刊。

1999年，《校园小小说评析》，《小小说选刊》1999年增刊。

1999年，《小小说的诱惑：作者、编者、读者》，《百花园》杂志社增刊。

1999年，《中国当代小小说作家百家创作自述》，《百花园》1999年增刊。

1999年，《认真面具》(微型小说集)，[新加坡]希尼尔著，新加坡莱佛士书社出版。

■ 21世纪初期

2000年

1月，《'99中国年度最佳小小说》，《小小说选刊》杂志社杨晓敏、郭昕、寇云峰选编，31.1万字，漓江出版社出版。

1月，《中国当代微型小说名家新作选》，凌鼎年、张记书主编，中国文联出版社出版。包括沈祖连的《男人风景》、谢志强的《影子之战》、林如求的《和平天使》、刘殿学的《美神》、汝荣兴的《三色月季》、陈永林的《婚殇》、张记书的《情梦》、凌鼎年的《再美丽一次》、祖琦的《刻在骨子里的记忆》等。

1月，评论集《凌鼎年选评》，中国戏剧出版社出版，共收录、评点了许行、孙方友、白小易、刘国芳、邓开善等110位作家的111篇作品，28.6万字。凌鼎年写的《小小说，三十年后再论》作为序言。

1月，由上海徐维新、胡永其主编的《"海韵杯"全国微型小说大赛获奖作品集》收入《海韵丛书》，在远方出版社出版，约18万字，由沪上著名文艺理论家沈鸿鑫写序。集子收录了刘殿学、李永强、张俊、闻正刚、心水、朱春生、谢丙月、程维钧、司玉笙、韩英、凌鼎年等86位作者的作品。

　　1月，凌鼎年在《世界华文文学》杂志第1期发表纪实文章《筹建世界华文微型小说研究会》。

　　1月，凌鼎年在泰国《新中原报》发表《微型小说——一种跨世纪的文体》。

　　1月，澳大利亚华文作家心水的小小说集《温柔的春风》，在澳大利亚墨尔本丰彩设计印刷公司出版，约15万字，共收66篇作品。集子由凌鼎年撰写了《澳洲华文微型小说的主将——心水》的代序，作者还写了自序。集子分"浮生若梦""痴男怨女""锦花水月"三辑，另外附录了周可、张天牧、廖蕴山、郭志谦、张奥列、吴怀楚、凌鼎年等人撰写的评论文章。

　　1月，郑州《百花园》杂志社下属的"小小说俱乐部"创办。

　　1月，江苏省扬中市杨祥生的《桥墩》在安徽文艺出版社出版，15万字，收51篇小小说，并附录了谢志强、唐金波、吴多玉、郭洪枫等名家的多篇评点。

　　1月，浙江金华郑磊的《双旋儿》，由中国文联出版社出版。由著名作家汪浙成写序。该集子15.7万字，收录76篇小小说。

　　1月，由上海市长宁区图书馆艺术中心与中国微型小说学会合办的微型小说讲座在上海文艺学苑举办。来自上海市区与松江、奉贤、嘉定、金山、青浦、徐汇、长宁和杨浦等区县的小小说爱好者70多人报名前往听课。讲座共有十讲，分别由著名作家叶辛、赵长天、江曾培等主讲。

　　2月，《微型小说学》，顾建新，27.5万字，中国文联出版社出版。由中国散文学会会长、博士生导师林非写序一《微型小说：朝阳文学》；由中国作协会员、原广东佛山市人大主任韩英写序二《微型小说的繁荣呼唤微型小说理论的建设》；由中国作协会员、中国微型小说学会副秘书长凌鼎年撰序三《微型小说——一种跨世纪的新文体》，并由中国微型小说学会会长江曾培先生题写了"已成为一种独立文学样式的微型小说，需要建立自己的学科"。该书分为

"导言""特质论""构思论""叙述论""人物论""意蕴论""语言论""作家、作品论"等章节。这是中国学者第一次正式把微型小说提升到学科的高度。

3月3日，江苏省淮阴市作协与《淮阴日报》联合举办了浦玉龙小小说作品研讨会。省作协副主席、市作协主席赵恺，淮阴日报社副总编吴光辉与陈武、王海群、朱士元等30多人参加了研讨会。

3月13日，日本国学院大学文学部的教授渡边晴夫，在日本白帝出版社出版《超短篇小说序论——中国的微型小说与日本的掌篇小说》，系日文版，目前尚无中译本。该书是一本中日小小说比较研究的专著，共分9个章节，就中日小小说的源头、发展历史、最初的交流，以及新时期中国的微型小说的状况等展开了阐述。书末还附录了作者收集到的中日两国以及东南亚各国的小小说资料，包括曾出版发行过的小小说杂志、集子等。书中提到对小小说有贡献的中国作家、评论家，有鲁迅、老舍、郭沫若、蒋光慈、冰心、巴金、胡万春、王蒙、汪曾祺、冯骥才、蒋子龙、林斤澜、谌容、刘心武、叶文玲、吴若增、江曾培、凌焕新、刘海涛、许行、凌鼎年、孙方友、刘国芳、白小易、谢志强、生晓清、沈祖连、王奎山、吴金良、邓开善、张记书、邵宝健、唐训华、曹乃谦、叶大春、袁昌文等。

3月，《故事后面的故事》，曹清富主编，海天出版社出版，23.6万字。这本集子属微型小说猜读续写系列，由中国微型小说学会副会长凌焕新撰写序言，曹清富写了《写在书前》的文章。分为"致中学生""致中学语文教师""致微型小说作家"三部分。该书收录了吉凤山、邹世华、白小易、凌可新、张跃年、冷凝、林如求等近百位中外作家的小小说作品，每篇作品均截去了结尾，但书后附录了原作者结尾与另外的续尾，以便让读者参与，并作比较。

3月，《墙头爬满花》(小小说集)，秦德龙著，约14.5万字，中国文联出版社出版。《小小说选刊》副总编寇云峰为集子写了《西望上街》的代序。集子共收录74篇作品。作者还写了《在想象的空间里飞行》的后记。

3月，江苏新沂女作者王秋葛的小小说集《红窗帘》由三味书社印刷出版。著名诗人王辽生为集子写了《轻风可人》的代序。该集子约12万字，收录53篇作品，作者写了《愿做轻风》的后记。

3月，《闲钱》，张建国著，微篇文学研究会出版。

4月21日至23日，《百花园》杂志社、青岛日报社联合举办"青岛小小说创作笔会"。

4月，中国微型小说学会副会长凌焕新教授在南京师范大学出版社出版《微型小说艺术探微》。该集子约21.9万字。中国微型小说学会会长江曾培为集子撰写了序一，刘海涛教授为集子撰写了《从文艺美学的高度看方法与技巧》的序二。集子分上编、中编、下编三部分。第一部分为"微型小说的特性与技巧"，第二部分为"微型小说的审美鉴赏"，第三部分为"微型小说作家论"。作者还撰写了《我与微型小说》的后记。

4月，香港钟子美的科幻微型小说集《飞天》，由香港日月星制作公司出版，约13万字，收录58篇作品。该集子由泰国华文作协会长司马攻撰写序一《超越时空之外，仍在情理之中》，由凌鼎年撰写序二《独树一帜的钟子美》。该集子还附录了邵德怀、古远清、赵朕、陈大超等人的评论。这是世界华文微型小说文坛迄今为止所出版的第一本科幻小小说集，为世界华文小小说文坛填补了空白。

4月，部队作家胥得意的《无言的军旅》在深圳海天出版社出版，约10万字，由纪斌撰写了《真情和智慧》的代序，收录75篇作品。

4月，湖南长沙邹当荣的《邹当荣小小说精选》一书在时代文艺出版社出版，约15.1万字，由著名作家彭见明为集子写序。集子共收录60篇作品，并附录了作者4篇创作谈，以及凌鼎年、王中朝、李泊、深蓝、方蓓等人的评论文章，白絮写的代跋。

4月，香港陈赞一微型小说专著《一点道理》在香港加略山房有限公司出版。

5月，凌鼎年在《香港作家报》发表《遥祭星新一》，这是日本精短小说大师逝世后，中国发表的唯一一篇悼念文章。

5月，内蒙古包头市文联《鹿鸣》杂志举办的全国小小说征文评奖结果揭晓，凌鼎年小小说《相依为命》获金奖。

5月，《百花园》读者推荐"1998—1999年度优秀小小说作品"评选结果于第5期揭晓。

5月，《微型小说选刊》从2000年10期起举办"微型小说读续写竞赛"，截稿日期为6月30日，优胜奖获奖金300元，超越奖获奖金500元，并颁发获奖证书。

5月，河南三门峡市金光的小小说集《乡村情感》由中国文联出版社出版，约20万字。该书由著名作家郑彦英写序，收录79篇作品，并附录了李利君、张天理、宋云峰3人的评论文章。

5月，河北馆陶县孔令德的小小说集《正道》在中国戏剧出版社出版，凌鼎年撰写了《从正道说开去》的代序，共收录57篇作品。

5月，广东佛山韩英的小小说集《总统套房里的老鼠》在中国文联出版社出版，约21.9万字，收录小小说100篇。作者写了《策人亦策己》的自序，并附录了"韩英著作系列表"。

5月，河南郑州秦德龙的微型小说集《英俊少年》在中国文联出版社出版，约19万字，作者写了《自从有了你》的自序。集子编排有其自己的特色：第一辑"我说小小说"，收录作者小小说创作谈等22篇；第二辑"我的小小说"，收录38篇作品；第三辑"编辑部说我的小小说"，收录冯辉、寇云峰、王中朝、邢可、王海椿、王大凡、吴雁等编辑对秦德龙小小说的点评；第四辑"读者说我的小小说"，收录了凌鼎年、刘海涛、高军等作家、评论家论秦德龙小小说创作，以及部分读者来信摘登；第五辑为"读者续写我的小小说"，收录了程玲、张翼飞等14人为秦德龙小小说编写的结尾。

5月，辽宁省凌源市生雪里的小小说集《打鹿沟情歌》在中国文联出版社出版，约15万字，共收录67篇作品。

5月，《红颜知己》，方晓蕾著，中国文联出版社出版。

5月，《流浪小小说100篇》，流浪著，中国文联出版社出版。

6月，由深圳曹清富主编的《非常小说秀·微型小说猜读写丛书》之《创意，创异》在海天出版社出版。收录了曹多勇、吴金良、谢志强、芦芙荭、关汝松、刘国芳、张记书、凌鼎年等人的86篇作品。

6月，湖北襄阳邓耀华的微型小说集《男人女人》在中国文联出版社出版，收录58篇作品。

6月，湖北襄樊作家尹全生的小小说集《醉翁之意》在中国文联出版社出版，收录62篇小小说，约13.3万字。

6月，陕西宝鸡简平的《飞翔的鸟》由宝鸡作家协会编印，收入74篇作品。

6月，赵智（冰峰）（内蒙古）、马宝山（内蒙古）、问英杰（兵团）、李立泰（山东）、柯于明（湖北）、喊雷（陕西）加入中国作协。

7月27日，由上海《解放日报》实业公司与上海浦东新区文化艺术指导中心主办的"海韵杯"全国微型小说大赛，聘请江曾培、赵长天、郦国义、吴为忠、吴永进、查志华、吴纪椿、徐维新、沈鸿鑫、胡永其、吴伟刚11位作家、评论家为评委，评出了新疆刘殿学的《他也叫我爸》一等奖，李永强、张俊、闻正刚3人作品二等奖，澳大利亚心水与中国的朱春生、谢丙月、程维钧、司玉笙、韩英、凌鼎年、吴毓8人作品三等奖，另有郑志勇、牟雷欧等74人作品获佳作奖。在上海文庙举行了颁奖大会。江曾培、胡良骅、凌鼎年、谢志强、胡永其、徐慧芬等数十人出席了颁奖会。

7月，由四川《贡嘎山》杂志社与四川温江微篇文学研究会合作编辑的《微篇文学大观》之六（上、下册），2000年7月第一次印刷，共收录近200位作家、评论家的作品，上册25万字，有尹全生、亦农、徐社文、丘山等人的小小说作品；下册30万字，有开心猫咪、马新亭、王宽、高军的小小说作品与李利君、凌鼎年评李永康小小说集子的评论文章。

7月，由张露群、王玉民主编的《世纪星雨——春笋杯全国小小说大奖赛获奖作品选》在中国戏剧出版社出版，分"红尘有约""雨后春笋"两辑，收录了邢庆杰、金光、朱春生、高宽、杨祥生、邴元秋、祝越、朱曙声、凌鼎年等500多位作者的作品，共67万字。

7月，《田流微型小说集》，〔新加坡〕田流著，新加坡健龙科技传播贸易公司出版。

7月，江苏省太仓市文化艺术学校特聘凌鼎年开设了暑期小小说创作讲习班。凌鼎年为学员讲述了小小说的历史与现状，并结合自己的创作讲述了从素材到作品的构思过程，还重点评讲了学员作品，使学员大有收获。

7月下旬，西安某报在刊登当年高考作文精选时，被西安《各界》杂志的执行主编谭易意外发现，有篇题为《豆角月亮》的作文，与黑龙江小说名家袁炳发的作品《弯弯的月亮》大同小异，他认定此乃抄袭，于是写文揭发。此文见报后，引起了媒体的关注，各地多家媒体登载了追踪报道文章，像江苏南京的《快报》还专门组织文章进行了讨论，有多家媒体记者还去采访了作家袁炳发。

8月，江苏淮阴王海群小小说集《中国情怀》在香港天马图书出版公司出版发行，约12万字，由郑州小小说学会会长冯辉为集子作了《不屈的声音》的代序。该集子共收录81篇作品。

8月，湖北省潜江市作家愚拙（真名余书林）的小小说集《蛇缘》在作家出版社出版，收录49篇作品，11万字。刘国芳为集子撰写了代序。

8月，《遥远的唢呐》，邓石岭著，内蒙古文化出版社出版。

9月20日，江苏省泰州市文联、姜堰市委宣传部等有关部门在姜堰市举办了缪荣株小小说集《苦游》的首发式暨作品研讨会，姜堰市有关领导与文艺界30多人参加会议。

9月22日至25日，《小小说选刊》《百花园》举办"当代小小说繁荣与发展研讨会"。会议在中原文化名城郑州隆重召开。

9月，河北省文联主办的《小小说月报》在内部发行多年后，终于被国家新闻出版总署批准在国内公开发行，有了正式刊号。从2000年9月号起，刊物更名为《小小说月刊》。经河北省文联党组同意，刊物特聘刘海涛教授与凌鼎年为刊物新的顾问。

9月，浙江义乌黄克庭的小小说集《白开水》在作家出版社出版，约15万字，由凌鼎年撰写了《历史责任感与社会责任感》的代序，共收录80篇作品，扉页上还有著名作家蒋子龙为黄克庭题写的"行万里路，写万卷书"的题词。

9月，《香港文学》从2000年9月号第189期始，由香港著名小小说作家陶然接替刘以鬯出任总编，并在改刊后的9月号上刊登"诚征小小说启事"，决定从2001年1月号推出香港小小说大展，字数限1500字，11月5日截稿。

9月，由金振山主编的《世界一流著名微型小说》（珍藏本）在敦煌文艺出版社出版发行。该集子收录了美国、日本、英国、法国、德国、苏联、俄罗斯、波兰、捷克、匈牙利、新加坡、印度、斯里兰卡、土耳其、瑞典、丹麦、瑞士、奥地利、荷兰、西班牙、葡萄牙、意大利、南斯拉夫、罗马尼亚、保加利亚、埃及、苏丹、新几内亚、加拿大、墨西哥、阿根廷与中国等33个国家的127篇作品，约248万字（疑为盗印版本）。

10月，中国微型小说学会的第四次代表大会在江西南昌召开，由江西省新闻出版局主办，《微型小说选刊》承办。

10月下旬，由中国微型小说学会、江西省新闻出版局主办，《微型小说选刊》承办的"中国微型小说第四届年会暨微型小说理论研讨会"在南昌召开。江曾培、郑允钦、张越、凌鼎年、刘国芳、司玉笙、孙方友、生晓清、姚朝文、徐慧芬、陈永林等参加。

10月，《小小说艺术创作研究》，赵禹宾编，35万字，中国戏剧出版社出版。赵禹宾作《小小说的希望在新人》序一，凌鼎年作《小小说，三十年后再论》序二。

10月，《小小说艺术创作基础》，赵禹宾编，18.5万字，中国戏剧出版社出版。赵禹宾作《小小说的希望在新人》序一，凌鼎年作《小小说，三十年后再论》序二。

10月，《小小说艺术创作技术》，赵禹宾编，中国戏剧出版社出版。收录刘海涛的《〈规律与技巧〉微型小说艺术再论》、张中南《〈规律与技巧〉一书的辅导提纲》，以及李兴桥的《小小说写作讲义》。

10月，赵智（冰峰）在内蒙古包头创办的《微型文学》月刊，出刊6期后，经市场调研，改刊为《微型小说》，已出版110余期。由中国作协会员冰峰任社长兼主编，陈亚美任编辑部主任。

10月，《绝活》（微型小说集），吴军著，中国戏剧出版社出版。

10月，《好人无处不在》（微型小说集），满震著，中国矿业大学出版社出版。

10月，《温柔的春风》（微型小说集），[澳大利亚] 心水著，澳大利亚丰彩设计印刷公司出版。

11月，由四川温江微篇文学研究会编辑的《微篇文学大观》之七，共56万字，当月第一次印刷，收录了朱城乡、鲁一夫、刘忆龙等人的作品小辑。

11月，吴万夫微型小说集《朝圣路上》入围首届河南省文学奖——青年作家优秀作品奖。

11月，《流火季节》（微型小说集），邢庆杰著，中国戏剧出版社出版。

11月，《绝唱》（微型小说集），程先利著，中国戏剧出版社出版。

11月,《情结》(微型小说集),[泰]郑若瑟著,泰国华文作家协会出版。

11月,《春迟》(微型小说集),[泰]黎毅著,泰国华文作家协会出版。

12月,江苏扬州教育学院中文系副主任王菊延副教授的理论专著《中国当代小说镜像》在人民日报出版社出版,约18万字。其中,在《各领风骚,殊态异姿的文体实验》一章中,以专门篇幅分别评论了凌鼎年与滕刚小小说的艺术特色。

12月,江苏省宝应县范学望的微型小说选《太阳》,作为《宝应文学》增刊推出。共收入59篇作品,11.2万字。何开文为集子撰写《颂扬真善美,鞭挞假丑恶》的序言。

12月,广东省中山市作家林荣芝的《林荣芝小小说选》在中国文联出版社出版,约20万字。著名评论家吴泰昌为集子撰写了《小小说需要大手笔》的代序,集子共收入100篇作品。

12月,广东惠州申平的小小说集《怪兽——申平小小说100篇》在作家出版社出版,收入65篇作品,约18万字。原内蒙古作协副主席张长弓为作者的题诗手迹置于扉页,《百花园》杂志社总编杨晓敏、副主编冯辉为集子写代序。

12月,由中山文学院主编的《中国20世纪微型文学作品选集》收入《新世纪文学丛书》,在中国文联出版社出版,"春小说卷"收录了李永康、白旭初、欧湘林、喊雷、刘殿学、展静、阿木、魏西风、刘卫、何济麟、凌鼎年等63位作家的小小说。

12月,《中国20世纪微型文学作品选集·小说卷》,赵学法主编,中国文联出版社出版。

2000年,渡边晴夫在日本《日中友好新闻》报上开设"从小小说看中国"的栏目,专题推介中国和东南亚华人的微型小说作品。并在日本《中国语》《二十一世纪文学》等杂志翻译、推介华文微型小说作品。

2000年,经国家新闻出版署批准,《小小说月报》正式更名为《小小说月刊》并公开发行。

2000年,湖南省邵阳学院中文系汉语言文学本科专业正式开设以微型小说为重点的专业选修课——"小说研究"。

2000年,《百花园》杂志社获河南省新闻出版局通令嘉奖和郑州市委宣传部通令嘉奖。

2000年，由昆明《青春文学》(西南文学艺术协会主办) 编辑出版的《小小说精品》(杂志型)2000年面市，定价10元。收录王蒙、陈建功、梁晓声、张抗抗、吴若增等中外小说名家的小小说90篇，其中包括像安妮宝贝、邢育森等多位网络高手的小小说佳作。

2000年，由南亚文学艺术联合会主办的《海潮》杂志发行了一期《小小说精品》的增刊，共分"五味人生""心灵有约""无字情书""陈年醇酒""梦中风铃""半醉半醒""自我追求"7个版块，收录了牛剑锋、郭加奇、丁树桦、凌鼎年、邵恒、秦文群、熊伟等72位作家的作品。

2000年，《小小说选刊》在郑州举办中牟森林公园小小说笔会。

2000年，由杨晓敏主编的《小小说选刊》2000年增刊《小小说五朵金花》，收录了陕西陈毓、山东刘黎莹、北京申永霞、上海徐慧芬、重庆高虹5位女作者的作品，各收录12篇或13篇小小说代表作，并附创作谈及评论一篇。

2000年，杨晓敏主编的《小小说选刊》2000年增刊《小小说五星连环》，收录了陕西芦芙荭、安徽曹多勇、浙江徐建宏、四川杨轻抒、河南刘建超5人的作品，分别收录13~15篇小小说代表作，并附创作谈及评论一篇。

2000年，由杨晓敏主编的《小小说选刊》2000年增刊《小小说名家名作》，精选了王奎山、谢志强、刘国芳、沈祖连、凌鼎年、孙方友、邢可、曹德权、陈永林、韩英等36位小小说名家的精品力作，共72篇，并配发了作者简介与照片。

2000年，由杨晓敏主编的《小小说的诱惑——编者·作者·读者》，系《百花园》杂志2000年增刊，共收录王立忱、金仁顺、王奎山、司玉笙、喊雷、路也、李霁宇、关汝松、杨彩祥等102位刊物编辑、小小说作者与小小说读者对小小说各抒己见的文章，并配发了作者简介与照片。

2000年，由陕西省艺术馆主办的《百花增刊》出版了一期《小小说精品》。

2000年，浙江余姚谢志强的创作谈文集《与小小说共舞》由百花文艺出版社出版，分"你写我评""画蛇添足"两部分，并由作家本人写了自序，全书约10万字。第一部分评点了德国赫·玛、诺瓦克，中国台湾地区陈启佑，中国大陆芦芙荭、汝荣兴、凌鼎年、墨白、魏金树、徐慧芳、郑洪杰等人的小小说作品；第二部分主要是谢志强的创作谈。

2000年，香港著名作家陶然的小小说集《美人关》在香港天地图书有限公司出版，约25万字，分"故事新编""魔幻世界""现实传真"三辑，共收录118篇作品。该集子还附录了中国社科院文学研究所副研究员、文学评论家王绯撰写的《文本嫁接与神话偷袭——读陶然的游戏小说》。

2000年，由江苏镇江市文联主办的《金山》杂志，小小说是其刊物的重点板块，并特聘凌鼎年为小小说栏目的主持人。

2000年，河北石家庄的《袖珍文学》举办"袖珍小说大奖赛"，设特等奖1名，奖金3000元；一等奖2名，奖金1000元；二等奖3名，奖金500元；三等奖15名，奖金300元；优秀奖100名，发证书与奖品。

2000年，由河北邢台举办的"春笋杯全国小小说大奖赛"评出邢庆杰的《玉米的馨香》获一等奖，金光、朱春生、刘国栋、向言强、刘饱满、陈慧巧、原玉祥、高宽8人作品获二等奖，另有冯总、凌鼎年等人作品获三等奖。

2000年，由山东济南《当代小说》举办的2000年度小小说征文大赛历时一年，选发了上百篇作品，最后，李平德的《牌友》、花溪人的《看相》、李振伟的《驴王》、张卫华的《非正常死亡》、邢庆杰的《一个叫月的女孩》、王世友的《千年虫》、路若华的《人到了这步》、闫岩的《那只小鸟》、若凡的《疯子》、娄光的《乡村郎中》这8位作者的8篇作品获征文大奖。

2000年，孙方友的小小说《工钱》被北京电视台改编拍摄成电视短剧后，获第20届电视剧短片"飞天奖"。

2000年，福建漳州今声的小小说集《错位》获福建省第十四届优秀文学作品奖（此奖一年一评，每次评出19位作者）。

2000年，四川温江李永康的小小说集《小村人》获成都市第五届金芙蓉文学奖。此奖为成都市政府奖，三年一评。

2000年，深圳龙岗中学语文教师曹清富主编的《想象的翅膀》，在中国教育学会中学语文教学专业委员会与全国中语会会刊、《语文教学通讯》编辑部三家单位联合举办的首届"语通杯"全国语文教研成果大赛中，荣获三等奖。

2000年，曹清富撰写的论文《微型小说，猜读续写的做法与体会》获得了第七届中华"圣陶杯"中青年教师论文大赛一等奖。

2000年，为庆祝泰国华文作家协会成立15周年，泰华作协出版了《泰华作协千禧年文丛》，丛书所收集的泰华32位作者的32本单行本中，微型小说占相当篇幅。

2000年，贵州馁阳张思良的小小说集《圆梦》由大连出版社出版，收入《金秋书系》，罗绍书为之写了《张思良的〈圆梦〉》代序，收录66篇作品，这是贵州省第一本正式结集出版的小小说集。

2000年，《小小说名家名作》，《小小说选刊》2000年增刊。

2000年，《小小说五星连环》，《小小说选刊》2000年增刊。

2000年，《小小说五朵金》，《小小说选刊》2000年增刊。

2000年，《小小说精品》，《百花园》2000年增刊。

2000年，《小小说的诱惑——编者·作者·读者》，《百花园》2000年增刊。

2000年，加拿大黄俊雄（Freeman J. Wong）的微型小说集 *A Bride in Washington*（《华盛顿新娘》）（英文小小说集）在加拿大多伦多 Universal Publishing 出版。

2001年

1月，世界华文微型小说研究会正式在新加坡的社团注册局注册。

1月，《外国微型小说300篇》，郑允钦主编，吴顺之、余致力选编，58.4万字，百花洲文艺出版社出版。

1月，沈祖连小小说集《男人风景》获广西壮族自治区政府最高奖——第四届广西文艺创作铜鼓奖。

1月，《小小说月刊》确立了"原创首发"的特色，推出"金榜题名"栏目，以千字千元的稿酬来争取精品稿件。

1月，由杨晓敏、郭昕、寇云峰选编的《2000中国年度最佳小小说》在漓江出版社出版，收录了周大新、北村、高建群、陶纯、沈石溪、沈乔生、叶大春等153位作者的153篇作品，共31万字。第一版发行2万册。

1月，由萧军、罗聪选编的《2000年度最佳小说作品集·小小说卷》在北岳文艺出版社出版，收录了周大新、北村、贾平凹、冯骥才、毕淑敏、刘墉、皮皮、舒婷、谈歌、邱华栋、叶延滨、安妮宝贝等100多位作家的199篇作品。第一版印数为2000册（版本有疑）。

1月，由深圳曹清富主编的《非常小说秀·灵机、灵感·微型小说猜读续写》《非常小说秀·创意、创异·微型小说猜读续写》2卷本收录了郑洪杰、杨轻抒、戴涛、陈永林、生晓清、白旭初、凌可新、凌鼎年、孙方友、袁炳发、毛志成、邵宝健、白小易、修祥明、毕淑敏、裘山山、沙黾农等人的作品，在海天出版社出版。

1月，《"海韵杯"全国微型小说大赛获奖作品集》，徐维新、胡永其主编，远方出版社出版。

2月21日，中国作协第六届作代会上，中国作协副主席、党组书记金炳华在工作报告中认为，微型小说乃读者喜闻乐见的文体，对这种新文体给予了肯定。

2月，微型小说集《放猫》，［泰］马凡著，泰国时代论坛出版社出版。

2月，香港华文微型小说学会成立，东瑞当选为会长，陈赞一任副会长。

3月1日，刘志学在红袖添香网站建立了带有博客雏形的个人作品集，收录了他发表过的大部分微型小说作品。

3月，印度尼西亚华文写作者协会为庆祝该会成立两周年，并促进印华作家与海外文学界的交流，特邀新加坡作家黄孟文、希尼尔、董农政及艾禺到印度尼西亚雅加达主讲"微型小说的写作技巧"。这是印度尼西亚在华文解禁后召开的第一个华文文学研讨会，加强了双方的文学交流。

3月，《现代小小说精华》，徐更宝编，鹭江出版社出版。用了著名作家峻青的《于精微处下工夫》作为代序。收录145篇作品。

3月，《心情故事·微型小说精品集》，罗泽刚编，鹭江出版社出版。收录了陈大超、刘国芳、喊雷、池莉、凌鼎年等作家的161篇作品，用了王蒙的《我看微型小说》作为代前言。

3月，由四川温江微篇文学研究会编的《微篇文学大观》丛书之八印刷出版。收录200余位作者的500多篇作品。

3月，陈东编著的《世界传记名著卷一·中外微型小说》在敦煌文艺出版社出版，收录了中国、奥地利、瑞士、捷克、匈牙利、波兰、丹麦、意大利、印度、日本、苏联、俄罗斯12个国家的35篇作品。

3月，《脱色爱情》(微型小说集)，［马来西亚］朵拉著，马来西亚大将事业社出版。

4月，日本中央大学久米井敦子教授翻译了凌鼎年的小小说《趣味》，发表在日本《现代中国小说季刊》上；日本国学院大学的渡边晴夫教授翻译了凌鼎年的小小说《恋爱》，发表在了日中友协的《日中友好新闻旬刊》"从小小说看中国"专栏上。

4月，上海浦东新区与《劳动报》举办的全国微型小说征文大赛评奖结果揭晓。

4月，《小小说选刊》在郑州大学国际学术交流中心举行1999—2000年度全国优秀小小说颁奖会暨第四届当代小小说作家作品研讨会。

4月，《二十世纪中华小小说经典》，兰羊主编，新疆人民出版社出版。

4月，《启动宇宙小酒窝——新华文学微型小说专辑》，《新华文学》刊发，新加坡出版。

5月，福建省台港澳暨海外华文文学研究中心与菲律宾华文作协联合举办的"菲律宾华文文学国际学术研究会"在福州举办，凌鼎年与福建省台港澳暨海外华文文学研究中心、菲律宾华文作协负责人沟通后，增加邀请了5位嘉宾，成功策划了世界华文微型小说研究会（筹）第二次理事会在福州召开。会上，确定了世界华文微型小说研究会的理事人选，新加坡黄孟文博士为会长人选，凌鼎年为秘书长人选，供新加坡注册时主管部门审批。

5月，《百花园》与《星火》杂志社在江西举办"井冈山小小说笔会"。

5月，浙江省嘉兴市汝荣兴的微型小说《关于克隆人的深度报告》入选人民教育出版社出版的"九年义务教育三、四年制初级中学语文自读课文"第一册。

5月，由李春林与胡永其合作主编的《微型小说佳作赏析》在百花洲文艺出版社出版，卷一由李春林写前言，收录43篇作品，由谢志强、汝荣兴、陆建华、顾建新等人点评。并收录了凌焕新评老舍《昼寝的风潮》的赏析文章与唐珉评马来西亚朵拉《凋花》及《病人》的文章。另外，还收录了王蒙、蒋子龙等名家与凌焕新、刘育龙、谢子强的关于微型小说的言论文章。

5月，《小小说精品》，刘军等编，漓江出版社出版。

6月，《百花园》与《小小说选刊》、古井集团在安徽亳州联合举办"新世纪小小说作家古井行笔会"。

6月，应江都、宝应文联、作协的邀请，凌鼎年去江都、宝应讲课，讲微型小说创作。

6月，《小小说家园·趣味小小说精选》，王雷琰主编，陕西旅游出版社出版。

6月，《女人发动的战争·小小说卷》，尹金生、邓耀华主编，湖北襄樊市宣传部、襄樊市文联出版。

6月，《骆驼森林》(微型小说集)，君盈绿著，新加坡作家协会出版。

7月22日，江苏江都市文联举办凌鼎年小小说创作报告会。

8月，《微型小说佳作赏析》(第二卷)，李春林、胡永其主编，百花洲文艺出版社出版。

8月19日至23日，《小小说选刊》在大连举办全国小小说笔会。全国小小说作家及编辑30余人出席了笔会。

8月，中国微型小说学会为了与江苏镇江的《金山》合作开展微型小说评奖等活动，徐如麒、凌鼎年两次去镇江与《金山》主编唐金波洽谈合作事宜。

8月，《百花园》与《小小说选刊》、大连市作家协会在大连联合举办"全国小小说创作笔会"。

9月11日，《百花园》《小小说选刊》《文学港》联合在浙江宁波主办"全国小小说江南笔会"。

9月，《百花园》"人生短笛小小说征文"评奖结果于第9期揭晓。

9月，《百花园》与《小小说选刊》、石家庄黄河医院在石家庄联合举办"小小说创作笔会"。

9月，《韩英微篇作品赏析》，谢常青编著，西藏人民出版社出版。

9月，香港东瑞牵头，在香港注册成立了"华文微型小说学会"，这是香港第一家微型小说社团。第一届邀请刘以鬯为名誉顾问，海辛为顾问，林荫为名誉会长，东瑞为会长，蔡瑞芬为总干事。

9月，由杨晓敏、郭昕主编的《〈小小说选刊〉十五年获奖作品精选》在长江文艺出版社出版，约38万字。该集子共收录冯骥才、苏叔阳、迟子建等作者的177篇作品。杨晓敏撰写了《小小说是平民艺术》的序言。

9月，《世界微型小说经典》（中国卷）（亚洲卷）（欧洲卷）（美洲卷），云清选编，百花洲文艺出版社出版。

9月，由丰义主编的《世界经典微型小说》（1卷、2卷、3卷）三卷本在内蒙古文化出版社出版，共78万字。

10月22日，在全国大学中文教材中，首次把"微篇小说"列入文学理论教程，与长篇小说、中篇小说、短篇小说并列为"小说四大家族"。

10月，《尺水兴波的情愫——郑若瑟微型小说选评》，赵朕著，泰国时代论坛出版社出版。

10月，读者推荐"2000年度优秀小小说作品"评选结果于第10期揭晓。

11月，《百花园》在浙江乐清举办"全国小小说雁荡山笔会"。

11月，由上海市浦东新区文化艺术指导中心、上海市浦东新区梅园街道、《劳动报》副刊部联合主办的"梅园杯"全国微型小说大赛，经江曾培、孙颙、赵长天、郦国义、郝宗培、徐维新、胡绳梁、胡永其等评委评选，评出亦农的《狼的故事》、秦俑的《榜样》、孔繁强的《板画记》、宋跃辉的《古井》、岳勇的《纪裙女孩》、王同新的《"爬兄"轶事》6篇为二等奖，李永生、杨高翔、冯震山、阎刚、凌鼎年、吴毓、施伟光、孙峤、司玉笙、胡敏、谈家琦11位作者的作品为三等奖，另有姜铁军等78篇作品获佳作奖。

11月，《"梅园杯"全国微型小说大赛获奖作品集》，王志文、陶黎明主编，中国戏剧出版社出版。

所有获奖作品汇集为《"梅园杯"全国微型小说大赛获奖作品集》，收入《东方文丛》，由中国戏剧出版社出版，约18万字。中国微型小说学会会长江曾培为集子撰写了代序。

12月，山东纪广洋微型小说《一分钟》，入编人民教育出版社义务教育课程标准教科书《语文》二年级上册教师教学用书。

12月，深圳教育局在深圳平冈中学举办微型小说猜读续与教改课题研讨会，为教师的公开课点评鉴定，中国教育学会中学语文教学专业委员会秘书长、《微型小说选刊》主编郑允钦、微型小说作家凌鼎年及广东省教育厅的领导作为评审嘉宾参加了这次活动。凌鼎年还为学校师生上了微型小说文学辅导课。

2001年，获1999—2000年度（第八届）小小说优秀作品奖的，有刘清才的《县长》、刘建超的《中锋》、尹全生的《借条》、孙方友的《女票》、病雪的《分配》、芦芙荭的《三叔》、刘荣书的《乡韵三唱》、汤潜夫的《上帝只给他一只老鼠》、侯德云的《冬天的葬礼》、黄攀的《守门人》、秦德龙的《聚会》、朱剑锋的《一碗面》、陈毓的《做一场风花雪月的梦》、林文娟的《一只鸡》、王保伦的《一盏台灯》。

获小小说佳作奖的，有金光的《山乡的五月》、一冰的《夜色》、叶大春的《劳模老莫》、相裕亭的《威风》、谢志强的《呼唤》、刘立勤的《叫我一声"哎"》、严晓歌的《古道》、梁海潮的《刘一刀》、申永霞的《舞者思诺》、阎耀明的《送别》、苏学文的《窗口》、沉香的《乡村名牌》、宗利华的《绿豆》、张开诚的《头上有个蝈蝈》、赵新的《高兴》。

2001年，香港的"华文微型小说学会"成立，东瑞（黄东涛）任会长。

2001年，《微型小说选刊》获国家新闻出版署评选的"中国期刊方阵"的"双百期刊"。

2001年，山东省海阳市于心亮的《弟弟的来信》入选九年义务教育四年制初级中学教科书的初中四年级第8册，并经全国中小学教材审定委员会2001年审查通过。

2001年，南京高考生蒋昕捷的《赤兔之死》成为满分作文，凌鼎年认为该作文是一篇不错的微型小说，写了评论，推荐给《微型小说选刊》发表了，并选入凌鼎年主编的《中国微型小说双年选》一书。

2001年，凌鼎年主编了《小小说作家成功之路》一书，交给北京某出版社审稿，后因编辑搬办公室书稿遗失。

2001年，《小小说选刊》在河北石家庄举办小小说笔会。

2001年，《小小说大家珍品》，《小小说选刊》2001年增刊。

2001年，《小小说十才子集》，《小小说选刊》2001年增刊。

2001年，《小小说主编手记》，《小小说选刊》2001年增刊。

2001年，《小小说八大家》，《百花园》2001年增刊。

2001年，《小小说九龙璧》，《百花园》2001年增刊。

2002年

1月，凌鼎年小小说《了悟禅师》入选中国作协编辑的《2001年短篇小说精选》一书。主编胡平在序言里说，这篇小小说胜过一篇平庸的中篇小说。

1月，《小小说选刊》杂志社杨晓敏、郭昕、寇云峰选编的《2001中国年度最佳小小说》，29.6万字，在漓江出版社出版。

1月，《世界华文微型小说精品赏析·综合卷》，刘海涛编著，中国社会科学出版社出版。

1月，《规律与技法：转型期的微型小说研究》，刘海涛编著，中国社会科学出版社出版。

1月，《历史与理论：20世纪的微型小说创作》，刘海涛编著，中国社会科学出版社出版。

1月，《群体与个体：世界华文微型小说家研究》，刘海涛编著，中国社会科学出版社出版。

1月，《世界华文微型小说精品赏析·张挥卷》，刘海涛编著，中国社会科学出版社出版。

1月，《世界经典微型小说》（1卷、2卷、3卷），于行编，内蒙古人民出版社出版。

1月，邱飞廉主编的微型小说选本《品味人生》《人心如面》《亲吻生命》在长江文艺出版社出版。

1月，《军旅小小说精选》，杨晓敏、郭昕主编，18.2万字，解放军文艺出版社出版。收录陆颖墨、邱脊梁、胥得意、陶纯等作家作品。

1月，由晓星、召民选编的《小小说精华·昨夜无梦》《盛开的百花》《思念的风筝》《纯情的紫藤花》《谷子成熟了》《南国红豆》（6卷本）在内蒙古文化出版社出版。

1月，《微型小说200篇佳作赏析》，易金编，敦煌文艺出版社出版（版本有疑）。

2月，《2001年中国微型小说精选》，中国作协创研部选编，41.6万字，长江文艺出版社出版。

3月，姚朝文《华文微篇小说原理与创作》，26万字，新加坡黄孟文写序一，凌焕新教授写序二，刘海涛教授写序三，在中国文联出版社出版。

3月，由福建省台港澳海外华文文学研究会选编的《传承与拓展——菲律宾华文文学国际学术研讨会论文集》在海峡文艺出版社出版。收录了凌鼎年论文《初露曙色的菲华微型小说创作》。

3月,《死亡死亡》(微型小说专著),(中国香港)陈赞一著,在香港加略山房有限公司出版。

4月14日至17日,亚洲华文作家文艺基金会、厦门大学等单位在厦门大学举办了"东南亚华文文学国际学术研讨会"。凌鼎年向大会提交了《东南亚诸国华文微型小说创作与中国大陆关系及比较》的论文,并在大会上宣读论文要点。

4月20日,由中国作协创研部、文艺报社、《百花园》、《小小说选刊》联合举办的当代小小说庆典暨理论研讨会在北京隆重召开,王巨才、从维熙、吴泰昌、南丁、田中禾、孙荪、阎纲、吴秉杰、孙武臣、胡平、丁临一、张陵、白烨、何镇邦、冯艺、王晓峰、杨晓敏等百余人与会。为表彰20年来献身于小小说文体创新的开拓者与奠基人,庆典对中国当代小小说风云人物榜(1982—2002年度)的14位"小小说倡导者"、5位"小小说事业家"、32位"小小说园丁"和36位"小小说星座"进行了表彰,这次活动被新闻媒体与文艺界称为"小小说的成人礼"。

2002年"中国当代小小说风云人物榜·36星座"名单:

许行、孙方友、王奎山、刘国芳、谢志强、尹全生、白小易、凌鼎年、沈祖连、生晓清、曹德权、侯德云、王海椿、芦芙荭、陈毓、刘建超、刘黎莹、秦德龙、申永霞、戴涛、韩英、杨小凡、徐慧芬、杨轻抒、苏学文、修祥明、司玉笙、陆颖墨、蔡楠、陈永林、珠晶、汝荣兴、袁炳发、马宝山、邵宝健、刘殿学。

4月,由特约编辑凌鼎年、胡永其编的《世界华文微型小说双年选(2000—2001)》,27.2万字,在上海文艺出版社出版。

4月,何开文主编的《宝应微型小说作家群作品选》,收录了50多位作者的90多篇作品,在中国文联出版社出版。

4月,王玉萍、于小慧、王小凤、李宏编的《小小说精选》(1卷、2卷、3卷)在内蒙古文化出版社出版(版本有疑)。

4月,《勿让爱太沉重》(微型小说集),[马来西亚]曾沛著,马来西亚嘉阳出版有限公司出版。

5月12日，江苏省台港澳暨海外华文文学研究会换届会议暨2002年度学术交流会在南京召开。凌鼎年在会上宣读了《海外微型小说与江苏的双向交流》的论文。

5月，菲律宾作家林秀心赞助、王勇编辑的《菲华微型小说集》收入《作协丛书》，在菲律宾华文作家协会出版。凌鼎年写代序，集子收录了王勇、吴新钿、林秀心、施文志、柯清淡、庄子明、陈文进、许少沧、张淑清、杨韵如、蔡惠超、蔡秀润、苏剑虹等人的作品。

5月，《百花园》"永远的瞬间"小小说有奖征文评选结果在第5期揭晓。

5月，《小小说选刊精华本》(上、下册)，杨晓敏、郭昕选编，54.5万字，漓江出版社出版。

5月，《微型小说佳作赏析》(第三卷)，李春林、胡永其主编，百花洲文艺出版社出版。

6月8日，湖北《小小说作家》杂志与《监利报》举办微型小说活动，邀请凌鼎年去监利，他作了《在世界华文文学大格局中的微型小说》的专题演讲。

6月19日，《作家天地》《金山》杂志在安徽马鞍山联合召开了"新世纪微型小说高级研讨班"。

6月20日，王晓峰(辽宁)、薛友津(江苏)、戴珩(江苏)、修祥明(山东)、秦德龙(河南)、谭杰(河南)、廖怀明(海南)、刘建超(河南)加入中国作协。

6月，《文本透视》，秀实著，香港科华图书出版公司出版。

6月，《小小说欣赏》(A卷)，黄克庭编著，中国文联出版社出版。

7月，《人心如画——微型小说》(微型小说选本)，邱飞廉主编，长江文艺出版社出版。

7月，为配合中国香港华文微型小说学会的成立，香港获益出版事业有限公司出版了一期会刊《做脸》，收录了中国香港、新加坡、马来西亚、泰国、印度尼西亚作家微型小说64篇以及第二届、第三届世界华文微型小说研讨会报道等资料。

7月，《蓝眼睛》(微型小说集)，[泰]曾心著，泰国时代论坛出版社出版。

8月2日至6日，第四届世界华文微型小说研讨会在菲律宾马尼拉举办，世界华文微型小说研究会成立典礼也在马尼拉举办。中国驻菲大使馆政务参赞佟晓玲到会祝贺。黄孟文当选为创会会长，凌鼎年当选为秘书长。黄孟文与凌鼎年一起召开了第一届世界华文微型小说研究会理事会。

第一届理事会名单如下：

名誉会长：〔中国〕江曾培，会长：〔新加坡〕黄孟文博士；副会长：〔菲律宾〕吴新钿博士、〔泰〕司马攻、〔马来西亚〕云里风、凌焕新、〔中国〕刘海涛；秘书长：〔中国〕凌鼎年、〔新加坡〕希尼尔；财政：〔新加坡〕艾禺；出版：〔新加坡〕董农政；学术：〔新加坡〕林高；总务：〔新加坡〕南子；查账：〔新加坡〕林锦；理事：〔澳大利亚〕心水、〔日〕渡边晴夫、〔马来西亚〕朵拉、（中国香港）东瑞、〔中国〕姚朝文、〔新西兰〕林爽、〔印度尼西亚〕袁霓。

8月，由凌鼎年主编的《中国当代幽默微型小说选》在上海人民出版社出版，全国新华书店发行。该集子收录了海内外141篇作品，27.7万字。凌鼎年撰写了序言《生活需要幽默》。

8月，中华书局出版的《高中语文课内同步阅读》第三册第五单元收录了凌鼎年的微型小说《血色苍茫的黄昏》，并配发了徐州师范大学中文系王力老师的点评、赏析，此书为高中教学的配套教材。

8月，首届"郑州小小说学会奖"评选结果揭晓。

9月，杨晓敏、郭昕编的《当代小小说名家珍藏》(上、中、下卷)，在河南文艺出版社出版。上卷收录了孙方友、苏学文、白小易、修祥明、凌可新、刘国芳等26位作家的作品；中卷收录了黄建国、申平、王奎山、张晓林、谢志强、沈祖连等26位作家的作品；下卷收录了曹德权、叶大春、尹全生、许行、凌鼎年、陆颖墨等25位作家的作品。

10月2日至4日，河北省文联主办的《小小说月刊》在抱犊寨风景区召开了"《小小说月刊》百期纪念暨小小说创作交流研讨会"。赵禹宾、张中南、凌鼎年、贺鹏等参加。

10月5日，世界华文微型小说研究会与北京东方伯乐文学研究所、《伯乐》杂志在北京神路园宾馆联合召开了"中国当代小小说评价与发展趋势"的研讨会，此会由凌鼎年与《伯乐》杂志总编夏子华共同策划、主持。

10月28日至29日，《微型小说选刊》《文学港》在浙江宁波联合举办了

"2002年全国微型小说笔会"。郑允钦、凌鼎年、谢志强、刘国芳、滕刚、顾建新、黄克庭等多位微型小说作家参加了活动。

10月，由北京东方伯乐文学研究所主办的大型文学期刊《伯乐》杂志第5期发表了凌鼎年撰写的10000余字的《中国当代小小说的现状与发展趋势》的长篇论文，并选用凌鼎年的照片做封面。

10月，小小说作家网（www.xiaoxiaoshuo.com）正式创建。

10月，姚朝文论文《世界华文微篇小说在21世纪初的发展指向》发表于《学术研究》2002年第10期。

10月，赵禹宾编的《小小说艺术创作基础》《小小说艺术创作技巧》(2卷本)，赵禹宾作《小小说的希望在新人》(序一)，凌鼎年作《小小说，三十年后再论》(序二)，中国戏剧出版社出版。

10月，华夏精短小说学会成立，刘公当选为会长，聘凌鼎年为副会长。

10月，唐金波主编的《中国微型小说排行榜》，24万字，江曾培写序，在作家出版社出版。收录孙方友、邢庆杰、凌鼎年、徐社文、徐慧芬等人作品。

10月，郑允钦主编的《微型小说选刊系列精华本·糖醋爱情 (情爱卷)》《微型小说选刊系列精华本·毒不死的狗 (幽默卷)》《微型小说选刊系列精华本·蜕变 (讽刺卷)》在百花洲文艺出版社出版。

10月，顾铁民主编的《微篇一族》《微篇部落》(2卷本) 在远方出版社出版。

11月3日，四川省自贡市微型小说学会召开第三届会员大会，选举产生第三届领导班子，会长王孝谦，副会长陈茂君、黄礼明，秘书长何安平，副秘书长邓缨。

11月23日，《金山》杂志、江都市文联、《江都日报》在江苏省江都联合举办了"许国江微型小说作品研讨会"。中国微型小说学会会长江曾培、微型小说作家凌鼎年等参加。

11月27日至12月3日，美国伯克利加州大学亚裔研究系在美国旧金山伯克利加州大学举办了"开花结果在海外：海外华人文学国际学术研讨会"。各国作家、评论家黄运基、王灵智、王性初、严歌苓、张翎、虹影、赵毅衡、黄河浪、少君、喻丽清、於梨华、刘荒田、伊人、宗鹰、陈瑞琳、欧阳昱、梁丽芳、陈洪钢博士等参加了这次研讨会,中国微型小说作家凌鼎年、评论家姚朝文应邀参加了研讨会,凌鼎年在会上宣读了《海外华文微型小说与中国大陆的双向交流》的论文。这是中国微型小说作家、微型小说研究学者最早参与欧美国家的学术研讨会。

11月,《小小说读者》杂志在郑州创办,王保民任主编,吴万夫任编辑部主任。

11月,《赤兔之死——高考作文与微型小说》,郭学荣著,时代文艺出版社出版。

12月,《百花园》读者推荐"2001年度优秀小小说作品"评选结果于第12期揭晓。

12月,《微型小说选刊》每期发行量达77万份,已居全国纯文学期刊之首。

2002年,由中国微型小说学会主办的第一届全国微型小说(小小说)年度评选结果揭晓,获一等奖的有10篇,分别是孙方友的《霸王别姬》、邢庆杰的《玉米的馨香》、凌鼎年的《了悟禅师》、徐社文的《解释》、徐慧芬的《阴影与阳光》、魏永贵的《先生》、曹德权的《童神掌》、滕刚的《货之家》、宗利华的《你的孩子让我抱抱》、刘殿学的《一桶水》。

初评委由中国微型小说学会副秘书长徐如麒、《金山》主编唐金波、执行主编王红蕊等5人组成,分别看稿,凡5票、4票的当场通过进入终评,1票、2票的往往淘汰,3票的通常要5位初评委发表意见,再决定取舍。终评委是中国微型小说学会会长江曾培、秘书长郏宗培、《文学报》主编郦国义、《解放日报》文艺部主任吴芝麟、上海宣传部文艺处处长等。

2002年,海峡文艺出版社出版的《传承与拓展——菲律宾华文文学国际学术研讨会论文集》,收录了凌鼎年撰写的《初露曙色的菲华微型小说创作》。

2002年,凌鼎年微型小说《求画者》获北京驰书文化艺术交流中心与《世纪风》杂志社举办的"西柏坡杯"全国文学艺术大奖赛一等奖。

2002年,广东佛山大学姚朝文副教授在中国文联出版社出版了《华文微型小说学原理与创作》一书。

2002年,北京作家贺鹏、蒋寒策划成立了北京微海微型小说传播中心,准备为繁荣微型小说创作做些实事。

2002年，《百花园》杂志社获郑州市委宣传部通令嘉奖。

2002年，香港岭南大学邀请梅子举办小小说讲座。

2002年，捷克翻译、出版了《中国微型小说、寓言66篇》，收录了孙方友等多位作家的作品。

2002年，山东青岛作家修祥明的微型小说《小站歌声》被收入人民教育出版社《高中语文》第6册。

2002年，《微型小说佳作赏析200篇》，易金编，敦煌文艺出版社出版。

2002年，《小小说十大高手》，系《小小说选刊》2002年增刊。

2002年，《小小说十侠论创》，系《小小说选刊》2002年增刊。

2002年，《中国当代幽默讽刺小小说集粹》，系《小小说月刊》2002年增刊。

2002年，《小小说美文精品》，系《百花园》2002年增刊。

2003年

1月，《2002年中国微型小说精选》，中国作协创研部选编，42万字，长江文艺出版社出版。

1月，《2002中国年度最佳小小说》，《小小说选刊》杂志社选编，33.8万字，漓江出版社出版。

1月，小小说"金麻雀奖"评选启动。该奖项由《百花园》《小小说选刊》《小小说俱乐部》和郑州小小说学会联合设立。该奖项以每位作家在规定年度内公开发表的10篇小小说为参评单元。首届小小说"金麻雀奖"评奖时间跨度为20年（1982—2002年）。小小说"金麻雀奖"由文学界专家、业界编辑家组成的高规格的评委会进行评选。

1月，姚朝文论文《世界华文微篇小说的最新态势》发表于《世界华文文学论坛》2003年第1期。

1月，《微型小说选刊》破例为滕刚开设专栏，并开辟"争鸣园地"。

1月，香港陈赞一担任第一届全港微型小说创作大赛第二次讲座分享会主讲嘉宾，题为《真正的爱——从许地山的小说〈玉官〉谈起》。活动由香港华文微型小说学会、香港汇知教育机构主办。

2月，由新加坡董农政主编的《跨世纪微型小说选》在新加坡作家协会出版，收录了新加坡38位作家的72篇作品。入选的作家为：黄孟文、希尼尔、艾禹、林高、林锦、周粲、南子、董农政、张挥、骆宾路、君盈绿、谢裕民、梁文福、周德成、柯奕彪、尤今、孙爱玲、流苏、彭飞、胡月宝、梅筠、方然、凌江月、怀鹰、陈志锐、李忠庆、李龙、陈华彪、陈家骏、林琼、伍木、蓝玉、吴彬映、馨竹、皂秋、蔡宝龙、方伟成、卡夫。

2月，由郑允钦主编的《当代微型小说新锐精品方阵》收录了尹全生的《天路里程》、滕刚的《克尔萨斯的下半夜》、陈永林的《栽种爱情》、薛涛的《与花交谈》、蔡楠的《生死回眸》5本个人集子，在百花洲文艺出版社出版。

3月，《百花园》"我的朋友""校园内外"征文评奖结果于第8期揭晓。

4月7日至9日，中国小说学会第七届年会暨学术研讨会在海南师范大学举办，曹文轩、古远清、毕飞宇、喻大翔、毕光明、陈冲等参加了研讨会。凌鼎年提交了《小小说在当代生活中的位置》的论文。

4月，《小小说选刊》第九届（2001—2002年度）全国小小说优秀作品奖评选结果揭晓。

5月，由凌鼎年主编的我国第一本微型武侠小说合集《中国武侠微型小说选》在上海人民出版社出版，全国新华书店发行。凌鼎年撰写了《微型武侠小说，一种文体新尝试》的序言。

5月，日本"世界华文微型小说研究会"在东京成立，日本国学院大学的渡边晴夫教授任会长，冢越义幸任副会长，聘吴鸿春为顾问。

5月，《中国当代小小说排行榜》（上、下册），杨晓敏、郭昕主编，漓江出版社出版。

6月，《中国当代微型小说精华》，《微型小说选刊》选编，44.3万字，人民出版社出版。

6月，由香港东瑞主编的《第一届全港微型小说创作大赛文集》在香港获益出版事业有限公司出版。伯裘教育机构主席谭万钧教授作《充满希望的香港青少年》的代序。东瑞作《推动微型小说创作的成功之举》，大赛组委会主席徐振邦、林兆荣作《谱写香港文学的春天》，刘海涛作品述评《传统的写实和现代的写意》。

6月，香港秀实主编的《坐井观星——香港作家短小说选》由阿汤图书出版。秀实作《小说的读与写》的序言。

6月，山东纪广洋微型小说《风雨中的红绿灯》获奖信息入编济南出版社出版的《济南图书馆志》一书。

6月，《短小说作家十人行》，系《短小说》2003年增刊。

7月，由河南省作家协会、郑州市作家协会、《百花园》杂志社联合举办的"河南省小小说创作研讨会"在河南省博爱县召开。

7月，《小小说300篇》，杨晓敏、郭昕主编，57万字，长江文艺出版社出版。

8月，《中国当代微型小说精华》，《微型小说选刊》社选编，人民文学出版社出版。

9月16日，《文艺报》头版头条推出典型报道《从〈小小说选刊〉〈百花园〉看文学期刊的产业之路》，对《百花园》杂志社近10年的文化产业发展之路，进行了全面的透视与深入的分析。

9月29日，刘海涛教授应邓景滨邀请访问澳门大学中文系，给中文系的学生讲"华文微型小说的创作理论与方法"。

9月，由《百花园》《小小说选刊》《小小说俱乐部》和郑州小小说学会联合设立的首届小小说"金麻雀奖"评选结果揭晓，王蒙、冯骥才、林斤澜、许行、孙方友、王奎山等10人榜上有名。

9月，"小小说星网"开办，这是一个纯民间立场的网站。

10月18日至26日，凌鼎年应邀去浙江义乌，先后为义乌工商学院、义乌中学、宾王中学、绣湖中学讲微型小说创作，共有2500多名学生听课。

10月，"小小说读者网"从2003年10月开始创办。

10月，小小说作家吴万夫与人合伙成立郑州博世文化传播有限公司，任总经理，主编《时代青年·校园小小说》，任总策划。

10月，北方妇女儿童出版社出版一套《中国当代小小说作家精品阅读》，收录了徐慧芬的《爱的阅读》、芦芙荭的《一只鸟》、袁炳发的《弯弯的月亮》、于德北的《杭州路10号》、侯德云的《手很白》、陈毓的《蓝瓷花瓶》、王海椿的《一人酒吧》、申永霞的《都市女人》8本个人集子。

11月4日，苏州《姑苏晚报》"本周人物"栏目发表了整版文章《驰骋于精微世界》，介绍了凌鼎年在微型小说创作上的成绩。该版的通栏标题为"新闻人物、公众人物、有成就的人物"。此文由《姑苏晚报》编辑、中国作协会员孙柔刚撰写，他专程到太仓采访了凌鼎年，专访还配发了凌鼎年与中国文联主席周巍峙、中国台湾余光中教授、美国诺贝尔物理学奖得主朱棣文教授、中国作协副主席叶辛等的合影。

11月20日至22日，《小小说读者》杂志社在郑州的河南省文学院举办了"首届小小说研讨会"。王保民主持会议，编辑部有吴万夫、张明怀等，作家有孙方友、凌鼎年、生晓清、张记书等多位参加。

11月23日至24日，作家网在北京亚运村五洲大酒店举办了"文化名流论坛"，《微型小说》主编赵智主持，微型小说作家凌鼎年等参与。

11月25日，徐州师范大学举办了"世界华文文学教学研讨会"，凌鼎年在会上宣读了《建议编一本世界华文微型小说教材》的文章。

11月，由《百花园》《小小说选刊》《小小说俱乐部》和郑州小小说学会联合举办的首届"全国小小说金奖大赛"落下帷幕。

12月9日至10日，江苏省作协与苏州文联、作协在苏州太湖边的度假村联合召开了"苏州小说研讨会"，凌鼎年在会上再次为小小说鼓与呼，引起了江苏省作协领导的重视。

12月，凌鼎年选编了《2002—2003世界华文微型小说双年选》，交由上海文艺出版社出版。

12月，《校园小小说》，《时代青年》12月号（下半月）。

2003年，由中国微型小说学会主办的第二届全国微型小说（小小说）年度评选结果揭晓，获一等奖的有10篇，分别是凌鼎年的《法眼》，发表于《时代文学》第1期；罗伟章的《独腿人生》，发表于《百花园》第1期；何雨生的《木头伸腰》，发表于《金山》第5期；陈永林的《怎样让局长生病》，发表于《星火》第8期；秦德龙的《谁是真英雄》，发表于《青春》第2期；曹德权的《血婴》，发表于《小说界》第5期；孙方友的《重逢》，发表于《菏泽日报》2月22日；刘志学的《长大了俺都嫁给你》，发表于《小小说月刊》第11期；邓洪卫的《离婚》，发表于《百花园》第1期；王孝谦的《危房》，发表于《四川日报》8月30日。

2003年，获2001—2002年度（第九届）小小说优秀作品奖的有：黄建国的《谁先看见村庄》、聂鑫森的《索当》、魏永贵的《先生》、王明新的《伤心的天空》、齐闯的《上士还乡》、黄华明的《最后一次过渡》、邢庆杰的《玉米的馨香》、罗伟章的《独腿人生》、陈源斌的《命系悬壶》、黄自林的《妈嫂》、海飞的《青衣花旦》、孙方友的《霸王别姬》、陈敏的《诗祭》、陈茂智的《山魂》、申平的《头羊》。

获小小说佳作奖的有：王奎山的《扶贫经历》、邓洪卫的《同学》、杨瑞霞的《一只羊其实怎样》、孙明华的《进城的路》、杨学利的《采山珍的人》、赵新的《知己话》、李利君的《热闹》、莫小米的《冠军与亚军》、李子胜的《观摩课》、叶大春的《摆渡老人》、珠晶的《春天的故事》、丁新生的《警铃》、巴尔汉的《正月的婆娘》、董陆明的《开门书记》、曹德权的《童神掌》。

2003年，北京创办了《世界华文微型小说》月刊，贺鹏任主编，聘请凌鼎年为名誉主编，聘请了黄孟文、司马攻、吴新钿等十几个国家与地区的著名作家为顾问。

2003年，江苏淮安《短小说》杂志举办酒文化征文，凌鼎年的微型小说《酒香草》获一等奖。

2003年，郑州"小小说作家网"上出现了网名"老子一直向北走"的匿名文章，题目为《凌鼎年的"七宗罪"》，对凌鼎年频繁参加海内外的文学活动、写微型小说大事记、写年度微型小说盘点，以及微型小说作品连续获奖等进行嘲讽与攻击。此后，网上出现了许多自发为凌鼎年说话的帖子，对"老子一直向北走"的观点进行了反批评，鉴于这种态势，"老子一直向北走"只发了"七宗罪"之一、之二，便没有了下文。

2003年，新加坡举办第四届亚细安青年文学奖（微型小说），首奖得主贺淑芳。

2003年，《亚细安青年微型小说》（第2卷），黄孟文主编，新加坡玲子传媒出版。

2003年，江苏淮安《短小说》杂志社出版2003年增刊《短小说作家十人行》，收录了龚逸群、杨海林、浦玉龙、张学荣、李利军、周建海、刘一红、庄建华、刘超、陈剑共10位作家的作品，作为一本合集出版。

2003年，新加坡国立大学的荣誉学士学位论文——陈立菁《以变写变：希尼尔小说的叙事策略》，以希尼尔的微型小说作品为论题。

2003年，香港汇知教育机构、伯裘教育机构、毅智教育学会与香港华文微型小说学会联合举办第一届全港微型小说创作大赛。

2003年，王德林（吉林）、张文宝（江苏）、黄建国（陕西）加入中国作协。

2003年，《小小说月刊》主编赵禹宾被中国作协、《文艺报》等单位授予"小小说园丁奖"，并被载入"中国当代小小说风云人物榜"。

2003年，《微型小说选刊》举办"新世纪幻想微型小说全国征文大奖赛"。

2003年，《小小说36星座成名作》，《小小说选刊》2003年增刊。

2003年，《小小说金榜》，《小小说选刊》2003年增刊。

2003年，《小小说选刊》在河南青天河举办小小说笔会。

2003年，冰凌在美国出版《冰凌幽默小说选》（小小说集）。

2003年，加拿大黄俊雄（Harry J. Huang）的微型小说集《北美故事》（*North American Short Stories*）（英汉对照）在北京外文出版社出版。

2004年

1月，《2003中国微型小说精选》，中国作协创研部选编，38.2万字，长江文艺出版社出版。

1月，《百花园》改为半月刊，上半月为"小小说金刊"，下半月为"小小说银刊"。杨晓敏任总编辑，郭昕（常务）、冯辉、寇云峰、王中朝任副总编辑，杨晓敏任主编，冯辉任执行主编，任晓燕、王海椿任副主编。

1月，《小小说俱乐部》更名为《小小说出版》，这是中国小小说领域第一家以小小说理论研究为主要内容的出版物。

1月，印华作协举办第二届"金鹰奖"华文微型小说创作大赛，聘请印度尼西亚的林万里，新加坡的黄孟文、寒川，中国的王列耀和东瑞（香港）组成评审团。

1月，《小小说月刊》开设"滕刚作品专栏"。

2月29日，《作家报》在"作家印象栏"推出微型小说作家凌鼎年的照片、简介，并发表了广东暨南大学潘亚暾教授撰写的《三遇凌鼎年》及河南作家江岸撰写的《凌鼎年印象》。

2月，《微型小说2003佳作》，《微型小说》杂志社选编，冰峰、陈亚美主编，43万字，漓江出版社出版。

2月，《2003中国年度最佳小小说》，杨晓敏、郭昕、寇云峰选编，41.6万字，漓江出版社出版。

2月，《中国精短小说名家经典》，刘公主编，中国广播电视出版社出版。

2月，《小小说十年精华》，《小小说》编辑部选编，中国青年出版社出版（版本有疑）。

2月，《世界华文文学论坛》第2期在"学人剪影"栏发表单汝鹏教授撰写的《云水襟怀，笔耕勤劬——凌鼎年与世界华文微型小说研究》。

2月，《小小说讲稿》，谢志强著，12.6万字，人民日报出版社出版。第一编：小小说讲稿；第二编：小小说资源。

3月，《微型小说阅读与欣赏》，方建华主编，浙江古籍出版社出版。

3月，《现代文学名家作品选·经典小小说》，谢积才主编，15万字，吉林大学出版社出版。

3月，《中国新时期微型小说经典》，郑允钦主编、吴京编选，47万字，长江文艺出版社出版。郑允钦写序言。

3月，《微型小说精品漫画·校园怪味豆》，徐鹏飞主编、侯晓强编绘，百花洲文艺出版社出版。

3月，《微型小说精品漫画·家庭ABC》，徐鹏飞主编、朱森林编绘，百花洲文艺出版社出版。

3月，《爱情咖啡馆》(微型小说集)，〔马来西亚〕朵拉著，马来西亚艺青出版有限公司出版。

4月5日，《微微语——微型小说》，系教师微型小说选集，收入《勤学里2号文学创作系列》，在香港出版，陈莛校长写《微型小说与语文教育》代序。

4月18日，由《小小说选刊》《百花园》《小小说出版》和郑州小小说学会举办的"中国小小说大家族联谊会"日前在郑州龙湖举行。此次与会者100余人。开幕式由《小小说选刊》《百花园》总编辑杨晓敏主持，郑州市文联主席彭长胜致欢迎词。

4月，由香港获益出版事业有限公司资助，在香港出版印华微型小说大赛的得奖集《印华微型小说选（续编）》。

4月，由广东省作家协会与羊城晚报社联合举办的广东省文学大赛举行，全省各地以文学专版形式参赛，惠州市组织的小小说专版获二等奖。

5月，《首届中国小小说金麻雀奖获奖作品集》（上、下集），《百花园》杂志社编，62万字，在漓江出版社出版。杨晓敏与李永康的对话《好一只"金麻雀"》作代序。

5月，《普通人的N种生活》（A卷），杨晓敏、郭昕主编，郑州大学出版社出版。

5月，《普通人的N种生活》（B卷），杨晓敏、郭昕主编，郑州大学出版社出版。

5月，《高考金榜作文与微型小说技巧》，凌焕新主编，江苏文艺出版社出版。

5月，第二届全港微型小说创作大赛出版委员会编的《第二届全港微型小说创作大赛征文比赛文集》在香港汇知创艺中心出版。汇知教育机构、伯裘教育机构、毅智教育机构主席谭万钧教授作前言，附录了获奖学生名单和参赛学校的名单。

5月，《小小说的眼睛》，侯德云著，大连出版社出版。

6月10日，广东湛江师范学院在学院的学术交流中心报告厅举办了微型小说活动，邀请了凌鼎年、滕刚、沈祖连与蔡楠，凌鼎年主讲了《在世界华文语境下的微型小说发展动态》；滕刚则就自身的创作谈了自己的心路历程，剖析了自己的创作动机与艺术追求。晚上，沈祖连与蔡楠分别结合自己的创作，对如何构思、创作，写深写透微型小说作品阐述了自己独到的观点。

6月11日，广东湛江师范学院"微型小说沙龙——滕刚微型小说研讨会"的12位骨干学生与滕刚、凌鼎年、沈祖连、蔡楠4位作家进行了面对面的交流。

6月27日，在小小说作家王培静、贺鹏、郁葱、亦农等倡导下，"北京小小说沙龙"在北京成立，王培静出任会长，贺鹏、郁葱、亦农任副会长，宋新华任秘书长，出版《北京精短文学》。

6月下旬，月发行量达70万册的《微型小说选刊》在第13期封二刊登了凌鼎年赴美参加国际研讨会时的8张照片，并配了文字介绍，并在该期发表了

《与凌鼎年谈小小说的文化视角》的访谈文章。

6月，高军小小说《紫桑葚》收入语文出版社义务教育课程标准实验教科书（S版）《语文》五年级上册（2006年6月第1版第1次印刷），此后在全国10多个省（市、区）使用多年。

7月，广东教育出版社出版《普通高中课程标准实验教科书〈语文（必修3）〉》。该教材由广东基础教育课程资源研究开发中心语文教材编写组编写，并经全国中小学教材审定委员会2004年初审通过，收录了凌鼎年的微型小说《孔乙己开店》。

7月，凌鼎年主编的《中国推理侦探微型小说选》一书在上海人民出版社出版，全国新华书店发行。

7月，《小小说读者》第7期封面图案为凌鼎年的漫画头像，并在封二刊登了凌鼎年的4幅照片，有儿时的，有在微山湖畔煤矿工作的，有去台湾地区访问的，还有去美国参加学术研讨会时的照片。

8月，《精品小小说·往事回味》《精品小小说·流年似水》《精品小小说·人间万象》《精品小小说·幽默杂趣》（4本），邢可主编，西安出版社出版。

8月，《新加坡华文微型小说史》，［新加坡］赖世和著，新加坡玲子传媒出版。

9月12日，山东《沂蒙生活报》发表《临沂小小说六家作品评论专刊》，对发表于《沂蒙生活报》的高军等6位作者的小小说作品进行了评论。

9月8日，《光明日报》文艺部与石家庄市文联决定联合举行小小说征文活动，从9月8日起至11月15日止。评出一等奖2名，二等奖5名，三等奖10名，优秀奖20名。一等奖2000元，二等奖1000元，三等奖500元，优秀奖颁发证书。获奖作品将在《光明日报》的"文荟"副刊发表。

9月16日至18日，《微型小说选刊》创刊20周年笔会暨滕刚作品研讨会在江西省鹰潭市召开，郑允钦、张越、刘海涛、凌鼎年、滕刚等来自全国各地的50多位微型小说作家、评论家、报刊编辑参加了会议。会上探讨了微型小说文体的发展，对滕刚的微型小说创作进行了研讨。

9月19日至22日，由《百花园》杂志社举办的"全国小小说金秋笔会"在郑州大学国际学术交流中心召开。杨晓敏、南丁、田中禾、王晓峰、邢可、秦德龙、美籍教授穆爱莉等80余人参加。

9月，凌鼎年的《小小说在当今生活中的位置》获政协全国委员会教科文体委员会、中国新闻社、全国政协《纵横》杂志举办的征文比赛论文类二等奖，并获"中国当代思想家宝库优秀学术成果"一等奖。

9月，《小小说的九十年代》，李利君著，19.8万字，作家出版社出版。杨晓敏作《小小说的杂食主义者》的代序。该集子分为"文体研究""作家研究""技巧研究""评论何为"4章。

9月，《青蓝黄黑绿：感动大学生的100篇微型小说》，刘天平主编，九州出版社出版。

10月2日至3日，北京小小说沙龙在北京顺义区中学生文学秋令营举办活动，特邀北京小小说沙龙成员讲解小小说创作知识。小小说作家王培静、亦农、金波、贺鹏、宋新华及小小说翻译家郁葱分别结合自己的写作实践讲解了小小说知识，并回答了学生的提问。

10月，《人民文学》下半月刊第一次正式开辟了微型小说栏目，发表了孙方友、凌鼎年、滕刚、陈永林4位作家的作品。

10月，《香港文学》第10期推出世界各国的小小说作家19位，选发了新加坡、马来西亚、泰国、印度尼西亚、美国、加拿大、中国及香港等十来个国家与地区19位作家的作品。

10月，《胡一笙点评微型小说集》，28.2万字，百花洲文艺出版社出版。郑允钦作序，胡一笙作《我对点评的理解》自序。

11月，香港获益出版事业有限公司出版《香港微型小说选》。该书由东瑞、瑞芬编选，共收录香港50位作者的微型小说82篇。

11月，《北京小小说沙龙作品精选·小小说八家》，贺鹏主编，长征出版社出版发行。书中选入王培静、亦农、金波、郁葱、贺鹏、李保田、宋新华、宗军8位作家的近100篇小小说作品。该书由北京作家协会主席刘恒，中国作家协会会员、北京小小说沙龙会长王培静分别作序。

11月，东瑞与陈赞一共同主编《香港微型小说选》，由香港华文微型小说学会、香港获益出版事业有限公司共同出版。

12月2日，北京小小说沙龙举办小小说座谈会，微型小说评论家、南京师范大学文学院凌焕新教授，小小说作家凌鼎年、张记书，旅德小小说作家谭绿屏女士，在北京大学进修的龙钢华教授，《微型小说》主编冰峰等参加了座谈会。

12月，《小小说理论》，杨晓敏著，《百花园》2004年增刊。

12月上旬，印度尼西亚华文作家协会在印度尼西亚万隆举办了第五届世界华文微型小说研讨会。来自世界17个国家和地区的91位海外代表与印度尼西亚本国代表共200多人参加了这次研讨会。中国内地的凌鼎年、刘海涛、韩英、贺鹏、张记书、张可、杨匡汉、刘登翰、白舒荣、钟晓毅、钦鸿等参加了会议，中国微型小说作家代表团团长凌鼎年与各国代表团团长一起上台参加了鸣锣仪式。

会议期间，世界华文微型小说研究会召开了第二届理事扩大会，14个国家和地区的25位作家、学者参加了会议。会上，改选产生了新的理事会。

12月，印华作协编的《印华微型小说选》在香港获益出版事业有限公司出版。东瑞作《出版前言》。

12月，《世界华文女作家微型小说选》，钦鸿主编，46.4万字，上海人民出版社出版。邓友梅作《方阵与平台》序一，赵长天作《浓缩的人生体验》序二。

12月，泰国的《泰华文学》第12期推出了"微型小说专号"，选发了泰国、新加坡、马来西亚、中国内地及香港地区35篇微型小说作品，两篇文论。

2004年12月，山东纪广洋微型小说《最优秀的人》入编湖南师范大学出版社义务教育课程标准实验教科书《思想品德》七年级下册。

2004年，《小小说选刊》举办第二届全国小小说大赛。

2004年，沈阳市白小易的《客厅里的爆炸》入选美国诺顿出版社出版的《全美高中语文教材》。

2004年，凌鼎年《中国当代小小说之现状与发展趋势》获太仓市政府2002—2003年度优秀学术论文评选二等奖。

2004年，凌鼎年微型小说《法眼》获太仓市第六届政府文艺奖，凌鼎年是太仓唯一连续六届均获奖的作者，且全部为微型小说作品获奖。

2004年，张跃年（江苏）、陈武（江苏）、高巧林（江苏）、王孝谦（四川）加入中国作协。

2004年，《典藏版·春之卷》，《小小说选刊》2004年增刊。

2004年，《典藏版·秋之卷》，《小小说选刊》2004年增刊。

2004年,《中外文苑》,《百花园》2004年增刊。

2004年,《小小说选刊》举办中牟雁鸣湖小小说金秋笔会。

2004年,广东湛江师范学院的"微型小说学习网站"立项为广东省现代教育技术"151"工程项目。"文学写作教程"立项为高等教育出版社新形态教材项目。

2004年,由黄孟文主编的《世界华文微型小说研究会丛书系列(新加坡卷)》于2004—2005年陆续推出10本作品集(新加坡玲子传媒出版):赖世和的《新加坡华文微型小说史》、黄孟文的《黄孟文微型小说》、希尼尔的《希尼尔微型小说》、艾禺的《艾禺微型小说》、董农政的《董农政微型小说》、周粲的《周粲微型小说》、君盈绿的《君盈绿微型小说》、骆宾路的《骆宾路微型小说》、林高主编的《新加坡微型小说精品》、许福吉主编的《新加坡微型小说评论》。

其中,由赖世和编著的《新加坡华文微型小说史》是第一本系统撰写关于新加坡华文微型小说发展与理论探索的著作。

新加坡刘碧娟的硕士论文集《新华微型小说研究(1980—1999)》(南洋理工大学教育学院,2004),研究从20世纪80年代至千禧年之间新华微型小说的发展及多项论述。

2005年

1月,中国作家协会主办,6000多位中国作家协会会员人手一册的《作家通讯》第1期发表了凌鼎年的《2004:微型小说利好之年》,中国作家协会的高层领导都读到了这篇文章,产生了积极的影响。

1月,由加拿大多伦多SENECU学院黄俊雄教授选编并翻译的《中国小小说选集》(英译本)在中国外文出版社出版,并收入中国出版界对外品牌"熊猫丛书"中,已在全世界范围发行。该书收录了冯骥才、蒋子龙、凌鼎年、孙方友、周大新、许行、刘国芳、滕刚、谢志强、马宝山、陈永林、刘公、李永康等大陆作家,以及陶然、颜纯钩、钟子美、秀实、钟玲等港台作家的作品,并精选了蒲松龄、陶潜、干宝、刘义庆等古人的精短小说,还附录了刘海涛、杨晓敏、凌鼎年、孙方友、周大新、陶然、徐习军7位作家关于小小说的理论随笔(系加拿大大学外国文学教材,已用了6个学期)。

1月,《2004中国微型小说精选》,中国作协创研部选编,40万字,长江文艺出版社出版。

1月，《2004中国年度微型小说》，《微型小说》杂志社选编，冰峰、陈亚美主编，25万字，漓江出版社出版。

1月，《2004中国年度小小说》，杨晓敏、郭昕、寇云峰选编，36万字，在漓江出版社出版。

1月，《百花园》上半月刊更名为《百花园·小小说原创版》，下半月刊更名为《百花园·中外读点》。

1月，新加坡林高主编《新加坡微型小说精品》，编委希尼尔、艾禹。属"世界华文微型小说研究会丛书"之一，在玲子传媒出版，共收录30位作家56篇作品。由林高作序，总序由黄孟文博士执笔。

1月，《难忘的100篇微小说》，赵阳主编，17万字，人民日报出版社出版。

1月，《小小说精选》，黄长江主编，35.2万字，内蒙古文化出版社出版。收入韩英、凌鼎年、张记书、刘战英等人的作品。

1月，帕特里克·法莱尔所著《鬼屋探险》，由杨华注释后，收入《中学英语小小说》(第一辑)，在青岛出版社出版。

2月，陈赞一主持香港中学教师微型小说工作坊。活动由香港五旬节林汉光中学主办。工作坊完结后，每位参与老师都创作了一篇或多篇微型小说作品。

3月，日本国学院大学的著名汉学家、微型小说研究学者渡边晴夫教授，到太仓考察凌鼎年娄城风情系列微型小说作品中的娄城环境与风俗民情，并在太仓高级中学讲了《一个日本学者眼中的中国与中国文学》。

3月，《小小说散论》，雪弟著，21万字，北方文艺出版社出版。该集子分为第一编"小小说批评史论"、第二编"小小说散论"、第三编"小小说作家作品论"。收入《中国小小说金麻雀文库》，杨晓敏作《圆文学梦，悦大众心》的代序。该集子系江西东华理工学院硕博基金资助项目。

3月，《小小说选刊》第十届2003—2004年度全国小小说优秀作品奖、佳作奖及优秀责任编辑奖结果揭晓，获全国小小说优秀作品奖名单：侯德云的《我的大学》(2004年第3期)、修祥明的《黍地里的秘密》(2004年第20期)、闵凡利的《真爱是佛》(2004年第7期)、马丁的《一尊获奖塑像的诞生》(2003年第13期)、赵新的《年集》(2003年第6期)、张春燕的《一条短裙》(2004年第

24期)、江岸的《旦角》(2004年第16期)、郑洪杰的《小芳》(2004年第13期)、赵文辉的《刨树》(2003年第10期)、海飞的《木匠李直》(2003年第3期)、曾颖的《民工看球》(2003年第3期)、滕刚的《绝唱》(2003年第3期)、徐岩的《风格》(2004年第13期)、陈彦斌的《黄昏》(2003年第8期)、陈永林的《嫁的理由》(2003年第8期)。

《小小说选刊》2003—2004年度全国小小说优秀责任编辑奖名单：伊水的《我的大学》[《百花园》(2004年第2期)]、李春风的《黍地里的秘密》[《时代文学》(2004年第4期)]、赵红新的《真爱是佛》[《石家庄日报》(2003年12月16日)]、康志刚的《一尊获奖塑像的诞生》[《读书时报》(2003年4月23日)]、缪远熙的《年集》[《保定日报》(2003年1月13日)]、孙萍的《一条短裙》[《百花园》(2004年第21期)]、许湘湘的《旦角》[《文艺生活》(2004年第6期)]、胡翠芳的《小芳》[《江河文学》(2004年第2期)]、王海群的《刨树》[《小小说选刊》(2003年第10期)]、邹磊的《木匠李直》[《百花园》(2003年第1期)]、谢庆立的《民工看球》[《检察日报》(2002年11月29日)]、王毅的《绝唱》[《文学港》(2002年第6期)]、严苏的《风格》[《短小说》(2004年第5期)]、邹丽杨的《黄昏》[《天池》(2003年第1期)]、罗勇的《嫁的理由》[《四川文学》(2003年第2期)]。

伊水等15位编辑获得2003—2004年度全国小小说优秀责任编辑奖。

《小小说选刊》2003—2004年度全国小小说佳作奖名单：罗伟章的《拾荒者》(2003年第17期)、朱耀华的《诱杀》(2003年第10期)、乔迁的《一车救灾煤》(2004年第21期)、易凡的《斗鸡》(2003年第5期)、林荣芝的《视察》(2003年第15期)、朱占强的《当一回县长》(2004年第10期)、石鸣的《丑鸟》(2003年第9期)、王坤泽的《初春》(2003年第12期)、傅昌尧的《暖雪》(2003年第18期)、吕啸天的《一根鱼刺》(2003年第2期)、李世民的《一条鱼》(2003年第16期)、阎耀明的《鞋》(2003年第21期)、秦德龙的《正步走》(2003年第3期)、相裕亭的《小城画师》(2004年第12期)、范子平的《别墅的力量》(2004年第20期)。

4月20日至22日，由郑州市政府主办，《百花园》杂志社承办的"中国郑州·小小说节"设立。《文艺报》、《文学报》、《百花园》、《小小说选刊》、《小小说出版》、郑州小小说学会联合在郑州主办了首届"金麻雀小小说节"和《小小说选刊》创刊20周年纪念活动。中国作协副主席、著名作家王蒙，中国作协党组成员、书记处书记吉狄马加，著名评论家、作家吴泰昌、南丁、田中禾、孙荪、王山、徐春萍、汤吉夫、夏康达等出席，来自全国各地的小小说作家、评论家、编辑家以及发行界、新闻界的朋友共160余人参加。"小小说节"的设立，拓展和提升了小小说文体的大众影响力。

4月，广东湛江师范学院大学生在校园内组织了三场凌鼎年微型小说作品讨论会。在此基础上他们又与"中国小小说网"联手，在网上组织了三场讨论，海内外数百位作家、评论家与爱好微型小说的网民参与了这三次讨论。

4月，《百花园》杂志社选编的《第二届小小说金麻雀奖获奖作品》在漓江出版社出版。丁临一为集子撰写了《一树春风千万枝——第二届小小说金麻雀奖作品漫评》的代序。作品收入邓洪卫、宗利华、刘建超、蔡楠、刘黎莹5位获奖者每人10篇作品，另收入侯德云、滕刚、凌鼎年等34位作家的每人3篇作品，并附录了作家的简介与简要的创作观。共计152篇作品，33.76万字。集子前用刘雁与马明博的对话作为代序。

4月，由马明博、高海涛主编的《小小说十五家》在百花文艺出版社出版，集子收录了阿成、毕淑敏、陈毓、蔡楠、海飞、林夕、刘国芳、申永霞、刘卫、叶倾城、滕刚、高海涛、于德北、珠晶、宗利华15位作者每人5~6篇作品，共计21.6万字。

5月8日至28日，广东湛江师院组织网络"孙方友微型小说研讨会"。

5月，《百年百篇经典微型小说》，郑允钦编选，20万字，长江文艺出版社出版。

5月，江苏省作家协会主席王臻中在苏州召开了江苏省"十一·五"文学规划征求意见座谈会，凌鼎年作了《应重视江苏省微型小说作家群创作》的书面发言。

5月，《香港文学》第5期推出"世界华文作家小小说展"，共发表了10多个国家的40多位作家的作品。

5月，香港徐振邦主编的《第三届全港微型小说创作大赛得奖作品集》在汇知国际教育服务有限公司出版。香港汇知教育机构主席谭万钧教授为集子作了前言；第三届全港微型小说创作大赛主席陈荭校长为集子撰写了《微型正在壮大》的代序。集子分"小学组得奖作品""初中组得奖作品""高中组得将作品""公开组得奖作品"4个小辑，每个小辑按冠军、亚军、季军、优异、推荐作品的顺序排列，共收录62篇作品，约15万字。

5月，新加坡国家图书馆主办2005年度"读吧！新加坡"全民阅读计划，希尼尔的微型小说集《希尼尔微型小说》(新加坡玲子传媒出版) 是官方指定的华文阅读书刊之一。

6月29日，由江苏省太仓市作家协会、太仓市微型小说学会联合举办的韩晓玲微型小说作品研讨会在太仓市文化馆会议室举办，市作协主席凌鼎年主持了这次研讨会，有20多位作者参加了这次活动。

6月，河北省文联主办的《小小说月刊》发起了"小小说精品擂台赛"，凌鼎年在四、五、六期分别以《裴迦素》《懒狐》《〈皇帝的新衣〉第二章》3篇排第一而荣获小小说精品擂台赛"擂主"称号。

6月，山东纪广洋微型小说《你到底是谁》入编北京师范大学出版社义务教育课程标准实验教科书《思想品德》教师教学用书七年级上册。

7月1日，四川省自贡市微型小说学会在富顺青山岭举办了"半坡脆笋杯"微型小说笔会。

7月，山东纪广洋微型小说《无人涉足的地方》入编高等教育出版社高职高专公共基础课教材《思想道德修养》教师教学用书。

8月6日，河北省邯郸市微型小说沙龙成立，推选全国知名小小说作家张记书为会长，杜彦章为秘书长。

8月9日晚，在上海展览中心举办了"中图杯"05之厦首届手机微型小说大奖赛专家讲评活动，大赛评委余华、孙颙、江曾培等到现场点评。

8月12日至15日，北京小小说沙龙在内蒙古鄂尔多斯杭锦旗举办沙漠笔会及向西部捐书活动。杭锦旗组织部副部长接受了北京小小说沙龙、张记书老师个人的图书捐赠。

8月19日，《小小说选刊》、《百花园》、沧州市文联、任丘市文联联合举办的蔡楠小小说作品研讨会在河北任丘举行。来自全国各地的作家、评论家、编辑杨晓敏、孙春平、王山、王晓峰等40余人参加了会议，任丘市委副书记李蔚东到会并致欢迎词。

8月25日晚，南京微型小说作家在江苏文化大厦聚会，商讨了筹建南京微型小说沙龙的相关事宜。出席聚会的有南京师范大学凌焕新教授、《现代快报》副总编沙黾农、《文化新世纪》副主编戴珩、《江苏工人报》编辑石飞、南京六合区政府的满震、微型小说后起之秀雅兰、从四川到南京挂职的中国作协会员王孝谦、旅德女作家谭绿屏、著名微型小说作家滕刚与凌鼎年。

8月30日，由江苏省太仓市作家协会、太仓市文化馆共同召开的"居国鼎微型小说作品研讨会"在太仓市文化馆会议室召开。研讨会由市作协主席凌鼎年主持，20多位作家、文学爱好者参加了研讨会。

8月，曹巧红选编的《曹德权创作论》，15万字，由四川省自贡市作家协会印刷。该书收录了刘海涛、凌焕新、杨晓敏、顾建新、凌鼎年、王大凡、汝荣兴、孙方友、王孝谦、陈茂君、高军等多位文友的评论与推介文章。

8月，由上海文艺出版社编辑的《中图杯05之夏首届手机微型小说大奖赛参赛作品选》(活页)面市。中国微型小说学会副会长、上海文艺出版社社长、总编郏宗培为作品选作前言。活页共选录了74篇参赛作品。活页还附录了"05之夏首届手机微型小说大奖赛"章程、参赛细则、组委会、评委会等相关资料。

8月，由滕刚主编，谢志强、郭学荣、陈雄副主编的《心灵的颤音：感动中学生的100篇微型小说》在九州出版社出版，收录了美国、日本、苏联、意大利、法国、瑞士、德国、匈牙利、澳大利亚、埃及、新西兰、荷兰、新加坡与中国(包括台湾、香港)作家的95篇作品，共24万字。

9月26日，江苏省作家协会把微型小说列入了第二届紫金山文学奖评奖范围，盐城市徐社文微型小说集《阳光天使》获奖。

9月28日下午，江苏省响水县作家邓洪卫的小小说研讨会在响水大酒店二楼大会议室举行。研讨会由响水县委常委、宣传部部长裴彦贵主持。盐城市委宣传部常务副部长、文联主席施建石，《雨花》主编姜琍敏，河南省作协副主席、《小小说选刊》主编杨晓敏，《小小说选刊》副主编、评论家寇云峰，《百花园》编辑邹磊，《小小说选刊》编辑秦俑，小小说作家相裕亭、闵凡利，青年评论家雪弟等参加了这次研讨会。

9月，北京小小说沙龙举办了北京作家宋新华微型小说集《目击者》的讨论会，凌鼎年应邀参加，并作了发言。

9月，张采鑫、滕刚策划，高长梅编辑的《感动心灵·最受欢迎的微型小说名家名作丛书》在花山文艺出版社出版，全国发行，各大新华书店有售。该丛书收录了滕刚的情爱小说《秘密情书》、孙方友的传奇小说《女票》、凌鼎年的娄城风情小说《过过儿时之瘾》、谢志强的魔幻小说《大名鼎鼎的越狱犯哈雷》、刘国芳的哲理小说《荡不起来的秋千》、陈永林的幽默小说《我要是个女人多好》、秦德龙的官场小说《领导随想》、孙禾的青春小说《故事不是假的》等作品。

10月，中国微型小说学会主办、《金山》杂志社承办的第三届全国微型小说（小小说）年度评选结果在上海揭晓，100篇精品力作获得殊荣。2004年度评选中谢志强的《珠子的舞蹈》、许行的《战栗》、凌鼎年的《天下第一桩》、孙方友的《自觉出走》、聂鑫森的《篆刻名家》、马新亭的《谁的手》、徐慧芬的《谢谢你教我》、林荣芝的《市井故事》、刘国芳的《老人与树》、魏金树的《谁偷了曹操同学的手机》共10篇作品获一等奖，另有30篇作品获二等奖、60篇作品获三等奖。

10月，由唐金波、王红蕊主编的《第三届全国微型小说（小小说）年度评选获奖作品集》在作家出版社出版，收录了10篇一等奖作品与二、三等奖作品共100篇，总计28.1万字。该集子还附录了评委会名单、评委会综述等。首届手机微型小说大奖赛自7月5日开赛，至9月20日结束，共收到了来自全国各地的参赛来稿2100多篇。

10月，香港作家阿兆的微型小说评论专集《微型小说的鲲与鹏》在香港阿汤图书出版，香港艺术发展局资助。

12月，由中国小说学会、《百花园》、《小小说选刊》联合主办的"小小说理论高端论坛"在郑州隆重举行。来自全国各地的专家学者、评论家、作家济济一堂，纵论小小说发展的现状与未来，对这一新兴文体进行理论规范。中国作家协会副主席、中国现代文学馆馆长陈建功发来贺词。中国作家协会书记处书记田滋茂，著名评论家吴秉杰、胡平、南丁、田中禾、汤吉夫、李星、洪治纲等50余人与会。

12月，2004—2005年度中国小小说十大热点人物评选结果揭晓，高海涛、李利君等当选。

12月，由孙禾主编的《小小说12少》在中国戏剧出版社出版，孙禾作《我为什么会如此幸福》的自序，林两莴作了《你为什么写小小说——读〈小小说12少〉之余》的文章。集子收录了孙禾、邵孤城、范进、陈向平、刘铭、余晗、寒冰、金问渔、王娟娟、石从显、李冰泪、白宇12位小小说新秀的作品，每人发10篇作品，1篇创作谈，附作者照片与简介，共26万字。这12位入选者都是1970年后出生的36岁以下的青年作者。

12月，由上海文艺出版社、中国图书进出口上海公司及上海东方电视台文艺频道联合主办的"中图杯05之夏首届手机微型小说大奖赛"评选结果揭晓。《郭秘书纪事》《他被赶出了演讲大厅》2篇作品荣获一等奖，《吃鱼》等3篇作品获二等奖，三等奖为《房客》等5篇作品。奖金10000元的特等奖空缺。

12月，山东纪广洋微型小说《抱我一下不就行了吗》，辞条例句入编中国文联出版社出版的《修辞学新视野》一书。

12月，山东纪广洋微型小说《最优秀的人》入编晨光出版社《高中语文必读课本》(云南省中小学地方教材) 一书。

2005年，《小小说作家辞典》，以《百花园》2005年增刊的形式发表。

2005年，中国小说学会主办了"2005年中国小小说·微型小说排行榜评议会"，评出孙春平的《讲究》、刘建超的《朋友，你在哪儿》、王蒙的《刻舟求剑》、滕刚的《现场：异乡人系列小说》、相裕亭的《偷盐》、聂鑫森的《逍遥游》、于德北的《祝福》、曾平的《身后的眼睛》、津子围的《小站》、西蕾宁的《燕子在冬天里飞》、邓洪卫的《初恋》、贺鹏的《人户合一》、秦俑的《我的网恋手记》、安勇的《仇恨》、陈然的《有罪》等上榜作品。刘海涛为上述作品撰写述评。

2005年起，韩国白石大学的汉学家柳泳夏教授主持了一个中国微型小说翻译课题，率领他的研究生翻译、研究中国微型小说，作为中国语翻译实习课教材，柳泳夏教授的课题为《中国语翻译实习》。每个学期大约有20名学生参加，每个学期翻译大约12篇微型小说。

2005年，北京大型文学期刊《伯乐》杂志推出"世界华文微型小说大展"，海外各国各地区的稿子由凌鼎年组稿，大展的作品约100万字，凌鼎年为这期"世界华文微型小说大展"撰写了序言。

2005年，河北省文联主办的《小小说月刊》开办"小小说函授班"，凌鼎年被聘为"小小说函授班高级班"辅导老师，谢志强被聘为"小小说函授班中级班"辅导老师，陈永林被聘为"小小说函授班初级班"辅导老师。

2005年，丁肃清（河北）、张记书（河北）、李景田（河北）、赵禹宾（河北）、蔡楠（河北）、侯德云（辽宁）、陈力娇（黑龙江）、曹多勇（安徽）、林如球（福建）、邢庆杰（山东）、吴万夫（河南）、北乔（朱钢）（解放军）、牟丕志（辽宁）、袁雅琴（湖南）、王娟瑢（江苏）、金文琴（江苏）加入中国作协。

2005年，由加拿大对比语言研究博士黄俊雄教授翻译、主编的《中国的小小说选集》收入《熊猫丛书》，在北京外文出版社出版，作为唯一的文学教程，在加拿大多伦多的Seneca学院被使用。

2005年，凌鼎年微型小说《祖传名壶》，被中央电视台改编拍摄成微电影，在纪念抗日战争60周年时播放。

2005年，凌鼎年微型小说《局长的一天》获首届国际文学笔会评选委员会评出的"中山微型文学奖"首奖。

2005年，天津市作协与《天津文学》举办的"全国小小说精品征文"评奖结果揭晓，凌鼎年的《菖蒲之死》获一等奖。

2005年，凌鼎年微型小说《天使儿》获《人民文学》"爱与和平"征文优秀奖。

2005年，凌鼎年微型小说《天下第一桩》获苏州市2004年度作家文创奖。

2005年，刘海涛指导广东湛江师范学院2005届8人完成研究微型小说的毕业论文：罗少萍的《失落的亲情：艾禺微型小说探究》、李上明的《永恒主题多元技法：方然微型小说研究》、古超强的《在别处的天使和圣母》、吴成官的《时间隐藏了什么：对〈没有时间的雪〉的一种读解》、吕奇生的《出奇制胜：创新与朦胧家族》、郑小驰的《问苍茫大地，谁持正义之剑：中国武侠微型小说浅论》、黄慧敏的《人性的光环与阴影：欧阳子与朵拉小说创作对比研究》、苏海平的《掀起"中年婚姻危机"的盖头来》，收入心水编著《比翼鸟》。

2005年，刘海涛主编的《感动大学生的100篇微型小说》《感动大学生的100篇故事》在九州出版社出版。

2005年，《百花园》杂志社获郑州市委宣传部通令嘉奖。

2005年，《小小说作家辞典》，《百花园》杂志社编，《百花园》2005年增刊。

2005年，新加坡希尼尔的微型小说《退刀记》被中国某天动画工作室改编为动漫短片（导演：天朝羽）。这是纪念抗日战争胜利60周年Flash大赛的作品。

2005年，《新加坡微型小说精品》，林高主编，新加坡作家协会出版。

2005年，《新加坡微型小说评论》，许福吉主编，新加坡作家协会出版。

2005年，《2004年·南大微型小说选》在马来西亚南大校友会出版。

2005年，《掌上爱情》(微型小说集)，[马来西亚]朵拉著，马来西亚大马友人出版社出版。

2006年

1月1日，日本东京株式会社同学社出版了由日本国学院大学渡边晴夫教授和日本中央大学大川完三郎教授合作翻译、选编的《令人感动的短的小说10选》，共收录了台湾、香港与大陆作家爱亚的《打电话》、梁晓声的《丢失的香柚》、吴若增的《军犬黑子》、凌鼎年的《爱好》、马宝山的《福气》、袁炳发的《弯弯的月亮》、于永昌的《诚》、刘立勤的《叫我一声"哎"》、陈慧君的《小巷悠悠情》、程圆圆的《改词儿》共10篇作品。该书系日本大学二至三年级"外国文学"教材，每篇作品不但有日文，还有中文与拼音字母对照，课文后有"词语解释""中国成语用法"，还附有作者简介等，该教材还附了上课的CD。

1月2日至3月31日，香港中央图书馆八楼香港文学资料室举办以"微型小说多面体"为主题的展览，重点介绍优秀微型小说的创作艺术，以及微型小说创作在香港的发展概况。肯定了香港华文微型小说学会自2001年成立后的成绩。

1月，《2005中国微型小说精选》，中国作协创研部选编，41万字，长江文艺出版社出版。

1月，《2005中国年度微型小说》，冰峰、陈亚美主编，30万字，冰峰撰写《与时代同步》代序言，漓江出版社出版。

1月，由寿永年主编的《廉政小小说》在中国方正出版社出版，由浙江省宁波市鄞州区纪委书记刘峰光作序。共收录了邵宝健、刘国芳、谢志强、孙方友、凌鼎年等作者的85篇作品，共18.6万字。

1月，《2005中国军旅精短小说年选》，王培静、文清丽主编，13.5万字，军事谊文出版社出版。

1月，《世界经典微型小说》（1、2册），于行主编，内蒙古人民出版社出版。收录了美国的汤姆斯、俄罗斯的契诃夫、日本的川端康成、新加坡的君盈绿、马来西亚的爱伦·波普等作家的作品，共50万字。

1月，郑州《百花园》设立"年度优秀原创作品奖"（原"年度小小说作品奖"）。

2月，香港国际英才集团主办的《华人》杂志在第2期"文坛漫步"栏目刊登了《微型小说名家——凌鼎年》，并配发了凌鼎年在美国伯克莱加州大学研讨会上发言，与中国台湾著名作家余光中、俄罗斯功勋艺术家普吉村合影等7张照片。

2月，著名微型小说作家许行过世，终年82岁。他曾任吉林省作协副主席，出版过《许行小小说》《许行小小说选评》等10多本书，创作过《立正》《天职》等名篇，曾获小小说终身成就奖。

2月，由张歌、刘艳主编的《震撼大学生的101篇小小说》在内蒙古文化出版社出版，收录了海内外高尔基、朵拉、都德、卡夫卡、欧·亨利、林斤澜、刘心武、毕淑敏、贾平凹、汪曾祺、冯骥才、白小易、凌鼎年、刘国芳、司玉笙、聂鑫森等101位作家的作品，共25万字。

2月，新加坡作家协会原会长、世界华文微型小说研究会名誉会长黄孟文博士在新加坡出版《微型小说微型论》一书。

3月5日，北京东方伯乐文学研究所的大型文学刊物《伯乐》总第46、47期为合刊，由凌鼎年策划了一期"世界华文微型小说大展"，并由他组稿、执行主编，有20多个省（市、区）的微型小说作家的作品登台亮相，江苏有86位作家的微型小说作品集体展示，是各省方阵中实力最强的一个。

3月15日，日本著名汉学家、日中微型小说比较研究学者、日本国学院大学渡边晴夫教授应江苏太仓市作家协会主席凌鼎年邀请到太仓，为太仓市一中师生主讲《中日微型小说比较研究》。

3月，中国小说学会正式公布了2005年度中国小说排行榜，15篇小小说榜上有名，这是小小说首次列入"中国小说排行榜"。

3月，《微型小说新世界》，胡永其、文春主编，54万字，百花洲文艺出版社出版。该集子收入滕刚、袁炳发、侯德云、刘黎莹等人的作品。

4月22日至23日，由《百花园·小小说原创版》《百花园·中外读点》、《小小说选刊》《小小说出版》、小小说作家网和郑州小小说学会联合主办的"中国小小说龙湖笔会"在郑州龙湖度假村举行。

4月，中国微型小说学会会长江曾培主编的《微型小说鉴赏辞典》，82.2万字，精装本，在上海辞书出版社出版。江曾培作序。从鲁迅的《一件小事》收起，分为"中国微型小说""外国微型小说"两部分。凌鼎年应邀为该辞典整理出了《海内外出版的微型小说集子、理论集子目录》，有近900本集子的篇目附录于书中。凌鼎年、凌焕新、顾建新、谢志强、汝荣兴、陆建华、徐学飚、顾震分工合作点评了收录的全部作品。

4月，由杨晓敏、郭昕主编的《金榜小小说》在北京十月文艺出版社出版，分上、下卷，上卷收录了王蒙、何立伟、叶延滨等59位作者的177篇作品，下卷收录了聂鑫森、周涛、阿成等59位作者的177篇作品。

5月，湖南邵阳学院中文系龙钢华副教授的《小说新论——以微篇小说为重点》，35.7万字，在湖南人民出版社出版，北大教授陈平原作序。该书系河南省教育厅资助重点项目成果。

5月，由秦榆选编的《微型小说名家名作》在京华出版社出版。该集子分为"涉世之初""情感宝贝""爱海泛舟""友爱花坊""前程宝马""人生罗盘""尘世之旅""至亲热浪""心理按摩""心灵意林""生活万象"11个小辑，共收录香港刘以鬯及沈从文、冰心、刘心武、冯骥才、王蒙等数十位作家的87篇作品，共30万字。

5月，山东沂南作家高军的小小说理论集《小小说内外》在香港天马出版社有限公司出版。该集子的"小小说批评"一辑，包括"文体论""作家论""作品论""鉴赏论""写真集"；"文坛走笔"一辑，包括"小说论""文论篇"等，并附录有"作者小小说被选载、收录和获奖情况"，共25万字。

5月，四川省南充市魏继新的《汗血马》选入《实用语文》(三年制高职高专公共课规划教材)，华东师范大学出版社出版。

5月，河南省洛阳市与三门峡市发起的豫西小小说沙龙成立。负责人为刘建超。沙龙举办过作品讨论会等。

5月，由香港李凯雯主编的《第四届全港微型小说创作大赛得奖作品集》在香港汇知教育服务有限公司出版。香港汇知教育机构主席谭万钧教授为集子作前言，本届大赛筹委会主席陈荭校长作代序。该集子收录了72篇得奖作品，还收录了东瑞、吴佩芬、阿兆、秀实、林浩光等评委的评语，附录了获奖人员名单与评委名单及介绍。

6月25日，无锡《江南晚报》整版发表推介凌鼎年的文章《微型小说收藏：在书海中徜徉并快乐着》，并配发多张照片。

6月，由滕刚主编，黄克庭、安勇、陈雄副主编的《另类排行榜·感动中学生的100篇小小说》在九州出版社出版。该书分为"我想听听你歌唱""谁助我奔跑""一个生命一样美丽的桃""拍下一生的幸福""点燃一个冬天""圣诞礼物""是九月把我遗弃"7个小辑，收入99篇作品，共38万字。

6月，由滕刚主编，汝荣兴、汝乃尔、陈雄副主编的《心灵的颤音·感动中学生的100篇微型小说》在九州出版社出版。该书分为"身后的眼睛""智者的慧语""与上帝共进午餐""陆地上的船长""轻轻地爱你一生""寂静的远山"6个小辑，收入99篇作品，共35万字。

6月，北京作家贺鹏的小小说集《天堂背后》在中国文联出版社出版。这是中国第一本以禁毒为题材的微型小说集子，国家禁毒委员会常务副秘书长、公安部禁毒局局长扬凤瑞为集子作序言。集子分为"警魂春秋""错位人生""爱恨情长"3个小辑，收入43篇作品，共10万字。

6月，凌鼎年主编、万芊执行主编的《江苏微型小说》(总第2期)出版，生晓清为出品人。

6月，陈赞一在香港主讲微型小说，题为《微型小说的命题》，香港中央图书馆主办。

7月，剑言一白微型小说《财富》获新浪网全国"社会主义荣辱观"征文一等奖。

8月，山东纪广洋微型小说《无人涉足的地方》入编人民教育出版社中等职业学校素质教育课程教学用书《应用写作》。

9月，由美国穆爱莉教授、葛浩文教授、香港赵苿莉教授合作翻译的微型小说集《喧闹的麻雀：中国当代小小说选》在美国哥伦比亚大学出版社出版，收录了当代90位微型小说作家的作品。

9月，钦州师专中文系（现北部湾大学人文学院）正式开设《小小说创作》选修课，由韦妙才副教授主讲至2021年。

9月，由《百花园》《小小说选刊》、郴州市文联、资兴市委宣传部联合主办的"东江湖全国小小说创作笔会"在湖南资兴举行，"中国小小说东江湖创作基地"正式揭牌。

9月，由杨晓敏主编的《中国小小说典藏品》在河南文艺出版社出版，收录了侯德云的《红头老大》，王奎山的《别情》，陈毓的《爱情鱼》，滕刚的《百花凋零》，邓洪卫的《大鱼过河》，刘建超的《老街汉子》，蔡楠的《叙事光盘》，宗利华的《皮影王》，申永霞的《弧状人生》，谢志强的《黄羊泉》，杨晓敏的《清水塘祭》《小小说是平民艺术》，共12本集子。每位作家收入21~25篇作品，约7万字。整套集子由冯骥才作《小小说不小》的代序，杨晓敏作《小小说童话》的代后记。

10月26日至30日，第六届世界华文微型小说研讨会在文莱首都斯里巴加湾召开。中国的郏宗培、凌鼎年、刘海涛、韩英、顾建新、贺鹏、张记书、张可、姚朝文、钦鸿、戴冠青、白舒荣、古远清、袁勇麟、曹惠民、胡德才、祝子平等参加了会议。会议期间，会长黄孟文博士与秘书长凌鼎年共同主持召开了世界华文微型小说研究会理事会，并改选了理事会。黄孟文卸任会长，出任名誉会长，由中国的郏宗培接任会长。

在文莱，凌鼎年还接受了《星洲日报》《诗华日报》《联合日报》记者的采访，就中国的微型小说状况进行了介绍。《星洲日报》《诗华日报》《联合日报》与泰国的《中华日报》等刊登了凌鼎年的多幅照片及采访报道。

10月，姚朝文因微型小说结缘于日本国学院大学的渡边晴夫教授，被聘为日本国学院大学与外国语学院客座研究员，赴日本讲学并开展中日文学交流与合作。并与当代日本中国文学大家渡边晴夫教授合作出版了《日中微型小说比较研究论集》，凌鼎年撰写了《世界华文微型小说研究专家渡边晴夫教授》的代序，东京DTP出版社出版。姚朝文的论文《渡边晴夫：杰出的中日超短编小说比较研究者》列于该书第八章。

10月，宋乃秋选编的《世界最佳微型小说》收入"影响力·文学经典品读"丛书,在内蒙古人民出版社出版。共收录了美国、巴西、阿根廷、墨西哥、哥伦比亚、加拿大、厄瓜多尔、秘鲁、智利、乌拉圭、俄国、法国、英国、爱尔兰、哥斯达黎加15个国家的158篇作品,共35.7万字。

10月,张淑辉选编的《中国最佳微型小说》收入"影响力·文学经典品读"丛书,在内蒙古人民出版社出版,共收录了188篇作品。

12月10日至13日,中国小说学会主办"2006年中国小小说·微型小说排行榜评议会",陈公仲、刘海涛等18位评委评出安勇的《光头》、陈毓的《伊人寂寞》、谢志强的《一片白云》、陈永林的《胆小鬼》、孙方友的《雷老昆》、刘国芳的《贼》、王奎山的《在亲爱的人和一头猪之间》、侯德云的《笨鸡》、秦德龙的《因为你瘦得像条狗》、徐慧芬的《姐妹花》、宗利华的《大嫂》、蔡楠的《马涛鱼馆》共12篇上榜作品,刘海涛为上述作品撰写述评。

12月,四川省成都市温江区李永康的《红樱桃》入选教育科学出版社出版的义务教育课程标准实验教科书《语文》五年级下册第一课。该教材2005年经全国中小学教材审定委员会初审通过,由中央教育科学研究所研究员、教育科学出版社编审吴景岚主编。

12月,《小小说课堂》,杨晓敏主编,《小小说选刊》2006年增刊。

12月,2004—2005年度中国小小说十大热点人物评选结果揭晓,王蒙、刘海涛、孙春平、谢志强、高军、张子秋等当选。

2006年,由中国微型小说学会主办的第四届全国微型小说(小小说)年度评选结果揭晓,获一等奖的有10篇,分别是曹德权的《逃兵》、杨海林的《鬼手》、徐慧芬的《请葬我于大海》、凌鼎年的《天使儿》、奚同发的《检察长的36岁生日》、谢志强的《享受错误》、曾平的《身后的眼睛》、徐均生的《模拟应聘》、申平的《市长扶贫》、何晓的《我更喜欢树上的枝叶》。

2006年,由香港汇知教育机构、伯裘教育机构、毅智教育学会等主办世界中学生华文微型小说大奖赛,聘请了10多个国家和地区的著名作家、教授为顾问,凌鼎年与香港中文大学的谭万钧教授、香港作家联合会会长刘以鬯等3位则被聘为总顾问。凌鼎年还与中国内地、中国香港、新加坡、日本、澳大利亚、印度尼西亚的9位作家一起被聘为终审评委。

2006年,由文莱华文作协主席孙德安选编的《展翅启飞——2006年微型小说征文比赛佳作选》在文莱华文作家协会出版，孙德安作序，海庭作后记。该集子第一辑收录了煜煜、蓝薇等14位作者的16篇作品，第二辑收录了26篇作品。

2006年，香港作家阿兆在香港阿汤图书出版了评论系列《微型小说的鲲与鹏》一书。该书分为"论述篇""赏析篇""资料篇"三部分，收入12篇论文及相关资料，共10万字。

2006年，白小易的微型小说《客厅里的爆炸》入选美国哥伦比亚出版社出版的《中国小小说选》。

2006年，凌鼎年的微型小说《此一时，彼一时》被韩国白石大学柳泳夏教授翻译成韩文，作为韩国大学"中国语翻译实习课"的教材。

2006年，凌鼎年的微型小说《龟兔赛跑续篇》被泰国《中华日报》副刊主编梦凌翻译成泰文。

2006年，凌鼎年荣获2006年首届苏州阅读节"十佳藏书家"称号，其藏书的特点之一是收藏了全世界最多的微型小说著作，并收藏了不少各国微型小说作家的签名本。

2006年，凌鼎年微型小说《天使儿》获2005年度苏州市作家文学创作奖。

2006年，北京《新课程导报·语文周刊》聘请凌鼎年为"校园微型小说"主持人。

2006年，湖南省邵阳学院龙钢华研究微型小说（小小说、微篇小说）的专著《小说新论》由湖南人民出版社出版。

2006年，河南省郑州市奚同发的微型小说《最后一颗子弹》改题目为《最后一瞬间》，入选"2006年GCT全国硕士研究生入学统考试卷"，作为阅读题，独占10分。

2006年，新疆巴音郭楞州翻译家阿衣古丽·萨吾提把中文微型小说翻译成维吾尔文。

2006年，该书由新加坡赖世和教授主编的《黄孟文的微型小说世界》（第一集）在新加坡出版。

2006年，新加坡"读吧！新加坡"全民阅读计划的指定阅读书刊是艾禺的《艾禺微型小说》，该书由新加坡玲子传媒2004年出版。

2006年，薛涛微型小说《女孩的暖冬》入选全国师范大专班幼儿教育教科书《儿童文学选读》。

2006年，薛涛微型小说《黄纱巾》入选广东教育版五年级《思想品德》教科书。

2006年，张记书的微型小说《同命相连》入选文莱中学教材。

2006年，奚旭初（江苏）、李伟（江苏）、海飞（浙江）、黄克庭（浙江）、何葆国（福建）、陈永林（江西）、赵文辉（河南）、奚同发（河南）、尹全生（湖北）、罗伟章（四川）、曹德权（四川）加入中国作协。

2007年

1月，《2006中国微型小说精选》，中国作协创研部选编，42.5万字，长江文艺出版社出版。

1月，《2006中国微型小说年选》，中国小说学会主编、汤吉夫选编，46万字，华城出版社出版。

1月，由冰峰、陈亚美主编的《2006中国年度微型小说》，30万字，冰峰撰写《要树立微型小说的精品意识》的序言，在漓江出版社出版。

1月，《香港文学》为庆祝创刊20周年，聘请凌鼎年代向各国各地区的华人微型小说作家组稿，在1月号编发了"世界华文微型小说大展"特大号，推出了美国、德国、法国、日本、荷兰、加拿大等20多个国家和地区的71位作家的作品，中国大陆有凌鼎年、张记书两位作家的作品入选。

1月，第三届（2005—2006年度）小小说"金麻雀奖"评选结果揭晓。

2月，《小小说纵横谈》，杨晓敏编，河南文艺出版社出版。

2月，《小小说艺术论》，冯辉著，河南文艺出版社出版。

2月，《小小说名家访谈》，任晓燕著，河南文艺出版社出版。

2月，《小小说赏析》，赵建宇著，河南文艺出版社出版。

2月，《寇子评点鉴赏》，寇云峰著，河南文艺出版社出版。

2月，四川微篇文学研究会会长李永康所著《为了一种新文体——作家访谈》在中国文联出版社出版。

2月，《蔡楠的博客》在作家出版社出版，15.25万字。杨晓敏作《蔡楠印象》代序。

2月，《微型小说微型论》，［新加坡］黄孟文著，新加坡世界华文微型小说研究会、马来西亚大将出版社出版。

2月，新加坡赖世和教授主编的《黄孟文的微型小说世界》(第二集) 由新加坡国家艺术理事会赞助，在新加坡世界华文微型小说研究会出版，封面上有世界华文微型小说研究会秘书长凌鼎年对黄孟文其人其文的一段评价语。

3月，全国两会上，全国政协常委、苏州市副市长朱永新在全国政协会议上提交了《关于把微型小说列入鲁迅文学奖的建议》，引起了媒体与读者的关注。后来《文艺报》发表了关于微型小说能否进入鲁迅文学奖的讨论文章 (提案系微型小说作家凌鼎年起草)。

3月，《作文与阅读双向突破丛书》系与高中语文教材同步的教辅教材，该丛书高一 (下册) 在重庆出版集团出版，16开版本，纳入 "教学参考资料书系"，封面上方标有 "高中生语文素质教育及高考语文指导方案" 字样。该丛书收录了凌鼎年的微型小说《诚信专卖店》，并附专家点评。

3月，《百花园》"2006年度优秀原创作品奖" 评选结果揭晓。

3月，陈赞一在香港惠侨中学主讲中学微型小说。

4月26日，由凌鼎年策划，江苏省作家协会主办，太仓市作家协会承办的江苏省微型小说创作研讨会在太仓市娄东宾馆召开。来自江苏的凌焕新、顾建新、滕刚，与上海的徐如麒、四川的李永康，广东的陈雄、刘英俊等50多位作家、评论家参加了会议。省作协主席王臻中、副主席赵本夫等领导到会讲话，太仓市宣传部部长陆卫其致欢迎词。全国政协常委、苏州市副市长朱永新作为嘉宾参加了这次会议，朱永新发表了热情洋溢的讲话。

4月，中国台湾杨松年、郑琇方主编的《细致的雕塑：世华微型小说评析》收入《世华文学论丛》，在台湾唐山出版社出版。杨松年作《微型的雕塑：世华微型小说评析》的序言，郑琇方作《隽蔚的纹理，细致的雕塑》的序二。该集子收录了中国台湾评论家对台湾极短篇作品及对中国内地微型小说作家作品的评论，涉及中国作家孙犁、汪曾祺、林斤澜、王蒙、冯骥才、贾平凹、毕淑敏、苏童、许行、凌鼎年、邓开善、杨晓敏、刘国芳、魏永贵、于德北，以及中国香港、东南亚国家微型小说作家作品的评论。

4月，香港殷培基编的《微风——汇知中学师生微型小说合集》在香港超域教育服务中心出版。陈茳校长作序。

4月，《北京小小说》第1期正式出版。

4月，《青春校园短短小说》，原野主编，20万字，在内蒙古文化出版社出版。

5月13日，中国微型小说学会在上海召开第二届会员代表大会，进行了换届，选举上海文艺出版社总编辑郏宗培为会长，《小小说选刊》主编杨晓敏、《微型小说选刊》主编郑允钦、《小说界》编辑徐如麒为副会长，徐如麒兼任学会秘书长，张越、凌鼎年当选为中国微型小说学会七人常务理事会理事。

5月，由郑州市人民政府主办，《文艺报》、中国作家网、《文学报》、中国小说学会、河南省作协、郑州市文联协办，《百花园》、《小小说选刊》、《小小说出版》、郑州小小说学会、小小说作家网承办的第二届"小小说节"在郑州举行。大会为王蒙、冯骥才、吴泰昌、南丁颁发"小小说事业终身荣誉奖"。

6月，香港"汇知·世界中学生华文微型小说创作大赛"组委会聘凌鼎年为大赛总顾问、终审评委。作为终审评委，凌鼎年审读了高中组的30篇初选作品，并为前10名获奖作品撰写了评点文章。

6月，香港殷培基主编的《汇知·世界中学生华文微型小说创作大赛得奖作品集》在香港超域教育服务中心出版，汇知教育机构主席谭万钧教授作序一，陈莛校长作序二，阿兆作序三《展翅高飞》，郏宗培作序四，刘海涛作总评《让世界充满爱和美》。附录了获奖学生名单、评审名单及简介。

6月，香港汇知教育机构选编香港中学生教材，凌鼎年向编选机构推荐了中国内地作家的数十篇微型小说作品，经几轮评审，已有凌鼎年、滕刚、刘国芳、张记书、沈祖连、白小易、吴金良、修祥明、邓开善、于德北、李永康、沈宏、凌君洋13位作家的作品入选。

6月，《微型小说创作与鉴赏》，刘积琳著，吉林文史出版社出版。

6月，广东省惠州市小小说学会成立，会员上百人，遍及惠州、深圳、东莞等地，申平任会长。

6月，《南方日报》推出惠州小小说专版。

6月，山东纪广洋微型小说《一分钟》入编高等教育出版社中等职业学校教材试用本《语文》第三册第四单元"小说欣赏"。

6月，新西兰作家林爽主持《纽西兰中文先驱报》的"爽心悦目"栏目。

自2007年1月起至6月，每周一次介绍微型小说。共介绍了中国、中国香港、中国台湾，以及新加坡、马来西亚、泰国等国家和地区的25篇作品。

"凌鼎年微型小说工作室"牌匾

6月，作为江苏省太仓市政府文化建设项目之一，太仓市文联为凌鼎年挂牌"凌鼎年微型小说工作室"，这在全国微型小说文坛是第一家，是一个创举。

7月7日，香港汇知教育机构、伯裘教育机构、毅智教育学会邀请世界华文微型小说研究会会长郏宗培、副会长刘海涛教授、秘书长凌鼎年，日本的渡边晴夫教授、印度尼西亚的林万里、新西兰的林爽、泰国的梦凌、香港的阿兆等一起出席香港的颁奖会，并为获奖中学生颁奖。

凌鼎年还应邀为来自世界各地的获奖学生与指导老师讲课，题目为《微型小说：素材、构思、作品》，凌鼎年结合自己的创作实践，深入浅出地讲述了微型小说创作的秘诀，深受学生欢迎。

香港《明报》对整个活动作了整版的报道。

7月，中国作协所属的《小说选刊》专门开辟了"掌篇小说"栏目，精选全国的优秀微型小说介绍给海内外读者。这透露了中国作家协会对微型小说这种文体的关注态度。

7月，曹永森、何开文主编的《扬州微型小说22家》在中国文史出版社出版。凌鼎年撰写了《推出作品，推出人才》的代序。这是我国第一本选录一个城市的微型小说作家作品的集子。

7月，湖南省常德市小小说学会成立，戴希任会长。

8月18日至19日，由邵孤城策划的"相约沙家浜——首届江苏省小小说作家联谊会"活动在江苏常熟举办，来自江苏和上海的24位小小说作家参加了这次活动。这次活动由江苏省的青年小小说作家、爱好者发起、召集，属纯民间文化活动。

活动特邀凌鼎年参加了18日晚举行的小小说论坛，他和与会的小小说作家就创作问题进行了交流；与会作家还就江苏小小说创作的现状、青年作家队伍的整合、小小说刊物与作家的关系、小小说创作的困惑与希望等话题展开了积极的讨论。会上，大家一致同意2008年第二届联谊会移师盱眙举办。

8月25日，《沂蒙晚报》第22版推出"高军小小说专版"，发表高军的《茶杯》《待客》《升子》3篇作品。

8月，山东纪广洋微型小说《一分钟》入编四川大学出版社汉语口语教材《现代汉语》。

9月，山东纪广洋微型小说《无人涉足的地方》入编北京语言大学出版社《大学汉语》。

9月，广西钦州的韦妙才副教授在学院中文系开设《小小说理论与创作》课程，向学生系统介绍小小说的重大活动与重要作家的代表作品，并在《钦州日报》上组织学生的小小说专版，在所在地掀起了一股小小说热潮。

9月，天津师范大学卢翎教授撰写的《滕刚评传》在花山文艺出版社出版，20万字。《微型小说选刊》主编郑允钦作序。这是中国微型小说作家的第一本评传。从滕刚1962年出生在江苏省江都写起，写到2006年。著名评论家雷达、陈俊涛、李星、李国平、汤吉夫等撰写推荐语。

10月，《韩英微型小说百篇（点评版）》，作家出版社出版。

10月，陕西微型小说作家喊雷（刘汉雷）状告央视侵权案胜诉。起因是喊雷的微型小说《鸭趣》被凌鼎年主编的《中国当代幽默微型小说选》选为集子的打头稿，此书于2002年8月在上海人民出版社出版，后被浦东群艺馆徐某编剧改编为小品《鸭蛋》，参加了2005年5月央视举办的今麦郎杯第五届小品大赛，获大赛优秀奖，央视将其视频放在CCTV网站上，在全球范围内广泛传播。喊雷知道后，认为未得到他授权是侵犯著作权，状告央视和《鸭蛋》"编剧"，几经曲折，终于立案，最后胜诉。法院责令央视在国际网站发表更正和向微型小说《鸭趣》作者喊雷赔礼道歉声明，并获赔4.5万元。

11月5日，四川省民政厅正式发文，批准成立四川省小小说学会。

11月23日，广西小小说学会由广西作协批准，在广西桂林市兴安县成立，60多人参加了成立大会。中国作家协会书记处书记陈建功先生、中国微型小说学会、世界华文微型小说研究会、郑州小小说学会、《小小说选刊》杂志社、《微型小说选刊》杂志社、《天池》杂志社以及美国爱荷华州大学穆爱莉教授等向大会发来了贺电贺信。沈祖连当选为会长，韦露、韦延才、杨汉光、黄自林、蒋育亮当选为副会长，韦妙才当选为秘书长。学会准备创办《大南方·广西小小说》杂志。

11月29日至12月2日，首届山东省小小说高层研讨会在德州明都大酒店召开，会议由《小小说选刊》和《读写指南》编辑部联合主办，《百花园》杂志社总编杨晓敏、《小小说原创版》执行主编冯辉、《山东文学》副主编许晨、《当代小说》副主编刘照如、《沧州日报》副刊编辑高海涛、《读写指南》主编邢庆杰以及《淄博晚报》《德州日报》《鲁南商报》的副刊编辑莅临会议，来自省外的蔡楠、宗利华、魏永贵、刘建超、周海亮和省内的10多位小小说作家参加了会议。

11月，中国微型小说学会会刊《中国微型小说丛刊》创刊，郏宗培为主编，聘请凌鼎年为副主编，并开始在海内外组稿，已组到美国、加拿大、澳大利亚、德国、新西兰、捷克、挪威、越南、新加坡、马来西亚、泰国、菲律宾、文莱、中国台湾、中国香港、中国澳门等10多个国家和地区的作家的微型小说作品。

11月，《英汉对照本世界华文微型小说精选》，江曾培主编，上海外语教育出版社出版。

11月，花山文艺出版社出版的《全球100位名人与中学生谈诚信》，收录凌鼎年的微型小说作品《诚信专卖店》。

11月，《小小说月刊》杂志的文章入围中国新闻出版研究院"2007年度中文期刊网络传播国内阅读TOP100"。

11月，戴炜栋任编委会主任总主编，选编了《21世纪美国微型小说选读》(英文版)，收入"高等院校英语语言文学专业研究生系列教材"，在上海外语教育出版社出版。

11月，陈勇的《号角——首届全国微型小说获奖作品评论集》，11.5万字，在中国文化出版社出版，凌鼎年作《创作、评论双管齐下的陈勇》的代序。

12月5日，《吉林日报》以《天池水润杜鹃红》为题，介绍了《天池小小说》的风雨历程。

12月11日，四川省成都市指南录文化公司董事长杨志坚出资赞助创办四川省小小说学会及《四川文学·小小说知音》。经报告四川省民政厅、四川省作家协会发文批准成立四川省小小说学会，挂靠在四川省作家协会名下，还给了办公室。

四川省小小说学会成立大会在四川省作协会议厅隆重召开，四川省委、省民政厅、省作协、省文联、《四川文学》、《星星诗刊》、《作家文汇报》、《当代文坛》、《四川日报》、《成都日报》、《四川农村日报》、《雅安日报》、四川电视台、成都电视台与会员代表等80余人参加了成立大会。会议选举杨志坚为会长，刘靖安、李永康、罗伟章、石鸣、曾平、王孝谦、周仁聪、杨轻抒、骆驼、冷国文为副会长，林仁清为秘书长。四川省小小说学会是全国第一家被批准成立的省级小小说学会。《四川日报》《四川农业日报》《天府早报》《成都商报》《成都日报》《成都晚报》和成都电视台，以及全国多家网站对四川省小小说学会的成立进行了报道。

12月13日，凌鼎年应邀去常州大学城常州机电职业技术学院人文科学系讲课，讲了《微型小说创作与生活》，160多位师生前来听课。

凌鼎年还与学院党委书记刘明新教授一起为学院的秋韵文学社成立剪彩。凌鼎年还被秋韵文学社聘为顾问。

12月18日，首届"吴承恩文学艺术奖"（短小说奖）颁奖典礼在江苏淮安举行，颁奖会举办了"文学之爱"大型歌舞晚会，市长主持颁奖会。

聂鑫森的《章先生与段先生》、鲍山红的《一块荒地》、张世旺的《壶》等39部作品获奖。淮安市委书记丁解民、市长樊金龙，江苏作协副主席赵本夫、赵恺、储福金，以及微型小说作家孙方友、凌鼎年等出席了颁奖晚会。这次活动由江苏淮安市政府主办，江苏作协联办，淮安市委宣传部、市文联、市作家协会、《短小说》杂志社承办，获奖作品从2004—2006年度《短小说》杂志上发表的短小说中评选而出。

12月27日至29日，中国小说学会主办、《新课程报·语文导刊》承办"2007年度中国小小说·微型小说排行榜评议会"。雷达、陈骏涛、李星、汤吉夫、夏康达、卢翎、李运抟、刘海涛、江冰等18位评委，评出12篇上榜作品：潘向黎的《鸽子》、葛水平的《瞎子》、侯德云的《握手》、海飞的《蝈蝈为什么鸣叫》、白小良的《现实主义的天堂》、聂鑫森的《珠光宝气》、容浩的《红绿灯》、邓洪卫的《"浴"中杂记·刘三姐》、阎耀明的《大暑》、尹全生的《找钱》、安勇的《分析题》、周海亮的《铁》。刘海涛为上述上榜作品撰写了述评。

12月，又一家县级学会——江苏宝应县微型小说学会成立，出版《宝应微型小说》刊物。

12月，《小小说阅读札记》，杨晓敏著，河南文艺出版社出版。

12月，《互为观照的镜像》，雪弟著，河南文艺出版社出版。

12月，泰华作协举办微型小说征文比赛，当年第44期《泰华文学》推出"2007年泰华微型小说比赛参赛入围作品专辑"，除了刊登冠军、亚军、季军和优秀奖共15篇作品外，又选登了28篇颇具水平的参赛作品。

2007年，获2005—2006年度（第十一届）小小说优秀作品奖：陈毓的《伊人寂寞》、邓洪卫的《甘小草的竹竿》、侯德云的《下坡或者上坡》、奚同发的《最后一颗子弹》、刘建超的《滑一刀》、滕刚的《百花凋零》、周海亮的《刀马旦》、王往的《活着的手艺》、刘兆亮的《青岛啊，青岛》、相裕亭的《偷盐》、蔡楠的《关键词》、乔迁的《锄禾日当午》、王琼华的《心事》、包利民的《山上山下》、尹全生的《命运》。

获小小说佳作奖：非鱼的《荒》、赵新的《报案》、申平的《猎豹》、朱雅娟的《神箭手》、安勇的《一次失败的劫持》、周波的《头条新闻》、梁丰的《对面的女孩》、范子平的《谁怕谁》、刘靖安的《醉酒》、邵孤城的《头汤面》、伍中正的《籽言》、红酒的《头牌张天辈》、庄学的《会直立行走的庄庄》、陈力娇的《雪祭》、曾平的《洗澡》。

2007年，由美国爱荷华州立大学穆爱莉教授、美国圣母大学资深汉学家葛浩文教授、香港岭南大学赵茱莉教授合作选编、翻译的《喧闹的麻雀——中国当代小小说选》由美国哥伦比亚大学出版社出版，收录了汪曾祺、王蒙、冯骥才、林斤澜、莫言、刘心武、许世杰、张抗抗、陈世旭、迟子建、阿成、曹乃谦、凌鼎年、刘国芳、滕刚等作家的作品，也作为教材在美国大学使用。

2007年，当凌鼎年得知土耳其正在实施翻译中国文学项目时，经多次磋商，土耳其方面答应增加一本中国微型小说选的翻译，并委托凌鼎年选编。经反复挑选，选定了冯骥才、陶然、许行、孙方友、滕刚、刘国芳、谢志强、沈祖连、张记书、林如球、陈永林、王孝谦、李永康、修祥明、刘公、万芊、凌鼎年等36位作家的100多篇精品力作，并附有作者简介与照片，已由土耳其著名汉学家欧凯教授夫妇着手翻译；土耳其方面还聘请了资深汉学家从凌鼎年主编的集子中再精选30篇，编辑成上、中、下三册的《汉语阅读教程》，作为土耳其大学二、三、四年级的教材，及土耳其人学习汉语的教材。据说试用后学生反应甚好。

2007年，《新文学大系·微型小说卷》聘请凌鼎年、胡永其为特邀编辑。作为编辑，两人阅读了大量微型小说选本，选出了600多篇候选篇目，并编印了目录，复印了数百篇作品，寄到主编江曾培处。其后，凌鼎年又三次专程从太仓到上海，与江曾培、胡永其、徐如麒（责编）开会商量编辑事宜。根据出版社要求，删减到400多篇。胡永其负责国内作家的授权书，凌鼎年负责海外作家的授权书。

2007年，《人民文学》的赵智、编剧宋振伟与凌鼎年尝试把微型小说与电视剧结合起来，策划了30集大型电视系列剧《求职公寓》，邀请滕刚、秦德龙、蔡楠、金波、亦农、安勇、喊雷等微型小说作家一起到北京参与讨论、撰稿，凌鼎年等撰稿作家与北京神州书媒国际广告有限公司签了合同。

2007年，江苏省大丰市计生委、大丰市文联等四部门联合举办的"关爱女孩"全国手机文学大赛评选结果揭晓，凌鼎年的《害怕警察的女孩》获一等奖。

2007年，由中国微型小说学会主办的第五届全国微型小说（小小说）年度评选结果揭晓，获一等奖的有10篇，分别是孙春平的《米间距》、孙方友的《小镇人物》、梁海潮的《张书记卖瓜》、侯发山的《手机》、万芊的《李斯捡了一条腐败狗》、江岸的《亲吻爹娘》、周波的《头条新闻》、邢庆杰的《铺邻》、王培静的《我有房子了》、邱成立的《三道人生试题》。

2007年，第三届（2005—2006年度）中国小小说金麻雀奖评选结果揭晓，于德北、谢志强、孙春平、聂鑫森、陈永林5位作家榜上有名。陈毓、非鱼、王霆等45人分获《小小说选刊》第十一届（2005—2006年度）全国小小说优秀作品奖、佳作奖和优秀责任编辑奖。安勇等12人的作品入选中国小说学会2006

年度小小说·微型小说排行榜。

2007年，由浙江省纪委、宁波市纪委、宁波市文联主办，文学港杂志社承办的中国（浙江）廉政小小说征文评选结果揭晓，共51篇作品获奖。本次大赛由中国作协副主席陈建功、评论家胡平、杨晓敏等担任总评委。

2007年，《小小说月刊》联合河北地区的众多初高中学校开展"小小说月刊图书漂流活动"。

2007年，香港汇知教育机构举办首届"汇知·世界中学生华文微型小说创作大赛"。这次国际赛事，稿件来自31个国家和地区。

2007年，《喜剧世界》举办2006年度幽默小小说征文大赛。

2007年，江西省抚州小小说学会成立，刘国芳任会长。

2007年，新加坡"读吧！新加坡"全民阅读计划的指定阅读书刊是梁文福的微型小说集《左手的快乐》（八方文化创作室2007年出版）。

2007年，江西的雪弟策划并发起了江西小小说作家联谊活动"棠阴笔会""奉新笔会"和"罗家笔会"，并创办了《江西微型小说作家通讯》。

2007年，浙江的周波发起并组织了浙江省小小说作家的联谊活动，分别在宁波、义乌举办，并创办了"舟山小小说网"。

2007年，山东省的邢庆杰筹资在德州举办了"首届山东小小说高层研讨会"。

2007年，忆石中文网站长蒲丛举办全国小小说大赛，一等奖5万元。一篇微型小说的一等奖奖金高达5万元，无疑是有一点诱惑力的。

2007年，小小说作家网在其小小说论坛举办的全国小小说新秀大赛，吸引了不少年轻的微型小说爱好者参与。

2007年，北京语言大学的学士学位论文——李昭英《新加坡华文微型小说的题材与风格》，以希尼尔及艾禺的微型小说作品为论述例子。

2007年，金进博士撰写论文《绑架岁月，拒绝遗忘——新加坡作家希尼尔微型小说研究》（收录于新加坡国立大学中文系集子），分析希尼尔的作品。

2007年，王保忠（山西）、祖阔（吉林）、符浩勇（海南）、陈毓（陕西）、郑洪杰（江苏）加入中国作协。

2007年，小小说作家网举办新秀赛。

2007年，薛涛微型小说《黄纱巾》入选苏教版《语文》教科书七年级下册。

2007年，泰国的泰华作协举办2007年泰华微型小说征文比赛。

2008年

1月，《2007中国微型小说精选》，中国作协创研部选编，35.8万字，长江文艺出版社出版。

1月，《2007中国微型小说年选》，中国小说学会主编、汤吉夫选编，38万字，花城出版社出版。

1月，《最适合中学生阅读——2007微型小说年选》，汤吉夫主编，24.8万字，北方妇女儿童出版社出版。

1月，《最适合中学生阅读——2007小小说年选》，杨晓敏主编，24.8万字，北方妇女儿童出版社出版。

1月，冰峰、陈亚美主编的《2007中国年度微型小说》，28万字，冰峰撰写《探索微型小说的行路》的序言，在漓江出版社出版。

1月，浙江的浙中小小说沙龙成立。雪弟任沙龙会长，黄克庭、徐水法、徐均生、梁晓泉、杨光洲、郑时培、夏雪勤任副会长。实际负责人为秘书长徐水法。

1月，由广东省东莞市塘厦理工学校莫金莲编著的联想专班试用教材《语文》(修订本) 第三单元收录凌鼎年的微型小说作品《古董买卖》。

1月，由《百花园》《小小说选刊》等评选的2007年度中国小小说十大热点人物揭晓：冯骥才、胡平、寇云峰、蔡楠、奚同发、陈月媛、陈永林、周波、聂兰锋、韦妙才。

1月，由"中国微型小说网"举办评选的2007年中国微型小说 (小小说) 十大新闻事件揭晓：

1.中国微型小说学会换届，选举产生了新的领导班子。

2.香港"汇知·世界中学生华文微型小说创作大赛"举办，并在香港颁奖。

3.全国政协常委、民进中央副主席 (当时的苏州市副市长) 朱永新在全国政协大会上提交了《关于把微型小说列入鲁迅文学奖的建议》的提案。

4.第三届金麻雀奖颁奖会在郑州市召开。

5.《新文学大系·微型小说卷》选编工作结束，进入出版阶段。

6.忆石中文网站举办全国小小说大赛，一等奖5万元。

7.澳门举办"澳门首届微型小说创作、赏析讲座"，这是澳门破天荒第一次有微型小说创作活动。

8.太仓成立全国首个"凌鼎年微型小说工作室"，由太仓市文联挂牌。

9.卢翎副教授撰写的微型小说作家的第一部评传《滕刚评传》正式出版。

10.陕西富平县作家喊雷就其微型小说《鸭趣》侵权一事，将央视告上法庭并胜诉。

1月，"2007年中国微型小说（小小说）十大新闻人物"评选揭晓：江曾培、郏宗培、杨晓敏、朱永新、凌鼎年、蒲丛（忆石中文网站长）、杨志坚（成都指南录文化公司董事长，出资赞助创办四川小小说学会及《四川文学·小小说知音》）、喊雷、冰峰、滕刚。

1月，马家驹编选、英译的《中国历代微型小说选》，19.4万字，在中国对外翻译出版公司出版。

2月6日，央视春晚，冯巩、阎学晶、王宝强一起演出的相声剧《公交协奏曲》，央视特地标明根据网络小小说改编。经查，《公交协奏曲》是由中文原创小小说门户"小小说网"2006年5月22日发表的薛晶的作品《多投了四块钱》改编的。而作者薛晶是青岛理工大学车辆工程专业的女研究生。

2月22日，澳大利亚《澳中周末报》在"世界华文作家园地"第13期推出冠名为"中国著名微型小说作家凌鼎年专辑"的整版，配发了凌鼎年照片、作者简介，发表了他的微型小说《菊痴》《长生不老药》等。

2月，《小小说纵横谈》，杨晓敏编，河南文艺出版社出版。

2月，《小小说艺术论》，冯辉著，河南文艺出版社出版。

2月，《寇子评点鉴赏》，寇云峰著，河南文艺出版社出版。

2月，《小小说名家访谈》，任晓燕著，河南文艺出版社出版。

2月，《小小说赏析》，赵建宇著，河南文艺出版社出版。

2月，李永康评论集《为了一种新文体——作家访谈》由中国文联出版社出版。该书收录了对许行、杨晓敏、罗伟章、凌鼎年、滕刚、谢志强、王奎山、侯德云、邢可、陈永林、石鸣11位作家的系列访谈，以微型小说（小小说）创作为主题。

3月24日至26日，四川省作家协会、新津县人民政府主办，四川省小小说学会、新津县文化旅游发展管理委员会承办的全国小小说作家笔会暨2008全国迎春小小说大赛颁奖大会在四川新津举办。来自美国，以及上海、江苏、浙江、广东、广西、黑龙江等全国20多个省（市、区）的小小说作家、评论家、全国迎春小小说大赛获奖作家等120余人齐聚四川水城新津。四川省作协党组书记、副主席吕汝伦，省作协副主席傅恒、意西泽仁、王敦贤、梁平，秘书长曹纪祖及新津县领导出席了笔会。《四川文学》《草地》等10余家文学期刊主编参加了笔会，《四川日报》、四川电视台等近20家媒体对笔会盛况作了报道。

3月28日，四川自贡市微型小说学会第四届会员代表大会隆重召开，并进行换届。新一届领导班子为：会长黄礼明，副会长龚祥忠、刘丙文、王元琼，秘书长陈勤，副秘书长赵丰华。

凌鼎年以世界华文微型小说研究会秘书长的身份受邀参加了大会。并在换届结束后作了《世界华文微型小说的现状及前景》的报告。自贡市政协副主席王孝谦、市委宣传部副部长黄劲、市文联主席刘蕴瑜及自贡市的作家参加了听课。《自贡日报》第二天刊发了《著名作家凌鼎年来我市讲课》的报道。

3月，广西小小说学会会刊《大南方小小说》创刊发行。

3月，何开文与扬州市文联主席曹永森主编的《扬州微型小说22家》在中国文史出版社出版，收录了宝应14位作者及扬州作家作品共60篇，凌鼎年撰写了《推出作品，推出人才》的代序。

4月，《百花园》"2007年度优秀原创作品奖"评选结果揭晓。

4月，北京图书馆出版社出版了中国图书馆学会科普与阅读指导委员会编的《中国阅读报告·爱书人的世界》。该书在"阅读，为创作插上翅膀——凌鼎年"一节中介绍了凌鼎年的藏书、读书与创作的情况，并附录了"凌鼎年推荐阅读的微型小说集"。

4月，上海杰伴公司邀请凌鼎年到上海，与董事长陈杰、总经理徐建国、副总经理沙黾农等报刊发行大腕见面，该公司准备创办《作文与微型小说报》，聘请凌鼎年出任总编，凌鼎年参观了编辑部，并着手组稿，后因国家政策变化，书号不能代刊号，遂作罢。

5月23日，"钦南杯"首届广西小小说奖在广西钦州市举行颁奖会，奖杯为名列中国四大名陶之一的钦州坭兴杯，并将一等奖、二等奖、三等奖获奖作品全文刻上杯体，除获奖作者人手一尊外，还制成纪念杯捐赠中国现代文学馆收藏。

5月，江淮小小说沙龙在安徽蒙城成立，来自全省各地的40多名作家与会，会议选举徐全庆为江淮小小说沙龙主席，汤其光为秘书长。

5月，湖北省监利县小小说学会成立，陈勇任会长，出版不定期的《华容道》报纸。

5月，山东纪广洋微型小说《无人涉足的地方》入编中国人民大学出版社公共管理硕士专业学位考试用书《MPA语文》第5版。

6月5日，尚振山投资，高长梅策划、主编的《最具中学生人气的微型小说名作选》第一辑、第二辑、第三辑的30本个人专集在东方出版社出版。东方出版社在北京召开了《最具中学生人气的微型小说名作选》媒体交流会。有《中国青年报》、《北京青年报》、《中国教育报》、《京华时报》、《新京报》、《北京晨报》、《中国图书商报》、《出版商务周报》、《出版人》杂志、《北京娱乐信报》、《法制晚报》、北京人民广播电台，以及新浪、搜狐等多家网站共十几家媒体参加了这次活动。会上，凌鼎年以世界华文微型小说研究会秘书长的身份作了发言，对这套丛书作了评价与推介。

参加这次活动的还有美国爱荷华大学的穆爱莉教授、《新课程报》副主编高长梅、《微型小说选刊》副主编滕刚、北京麒麟书香图书发行有限公司总经理尚振山，以及东方出版社的黄书元社长，任超、陈有和副社长等。

6月7日下午，《天津文学》召开了一个有关微型小说的座谈会。《小说选刊》掌小说编辑李朴、美国爱荷华大学的穆爱莉教授、《微型小说选刊》副主编滕刚、世界华文微型小说研究会秘书长凌鼎年等参加了座谈会。

《天津文学》的几任老主编，《天津文学》现任主编张映勤、副主编吕舒怀、编辑傅国栋、康泓，天津市文学院院长肖克凡等参加了这次活动。与会者回忆了20世纪50年代《天津文学》的前身《新港》杂志倡导小小说的史实。新任天津市作家协会主席赵玫与大家共进晚餐，并合影留念。

6月初，北京旌歌时代科技有限公司文化传媒事业部的图书策划编辑商定请凌鼎年主编《中国抗震救灾微型小说选》。

6月21日至23日，由《百花园》杂志社、新乡市作协、新乡县作协联合主办的"2008·中国小小说青春笔会"在河南新乡关山国家地质公园如画山寨举行。著名作家南丁、陈俊峰、冯杰、杨凡等，新乡市相关领导刘林成、薛祖立、武胜军等，新乡市、县文联焦国梅、王斯平、范子平等与会。河南省作协副主席、《百花园》杂志社总编辑杨晓敏主持了会议。

6月，司玉笙被商丘师范学院聘为客座教授。

7月5日，由广东省作家协会和惠州市委宣传部联合主办的申平小小说创作研讨会在惠州市举行。广东省作家协会专职副书记吴赤峰、副主席廖琪，河南省作协副主席，《百花园》《小小说选刊》主编杨晓敏，美国爱荷华州立大学教授穆爱莉等50多位来自国内外的专家学者参加了研讨会。

7月10日，由河南省作家协会、河南省文学院、河南文艺出版社联合召开的孙方友《陈州笔记》研讨会在郑州河南省文学院举行。《陈州笔记》（8卷本）由墨白主编，河南文艺出版社出版。著名作家、评论家南丁、孙荪、王洪应、李佩甫、郑彦英、张宇、单占生、王守国、杨东明、马新潮、何弘、孟宪明、墨白、乔叶、刘海燕等在研讨会上对"陈州笔记系列"进行了多方位的研讨。

7月23日，在江苏宝应举办了《扬州微型小说22家》一书首发式暨宝应县挂牌"中国微型小说之乡"的仪式，世界华文微型小说研究会秘书长、江苏省微型小说研究会会长凌鼎年受中国微型小说学会的委托专程来宝应授牌，美国爱荷华大学的穆爱莉教授等也应邀参加了这次活动。

7月24日至26日，美国爱荷华大学世界文学语言系的穆爱莉教授因得到美国联邦政府福布赖特基金会的资助，到中国采访微型小说作家，进行专题研究，准备在美国出版《中国微型小说现象研究》一书。穆爱莉教授专程到江苏太仓采访了太仓市作家协会主席凌鼎年，在两天的采访里，穆爱莉教授提了20个与微型小说相关的问题，并到凌鼎年家中翻阅、拍摄了微型小说集的藏书。凌鼎年收集了1000本以上世界各国的微型小说集，是世界上专题收藏微型小说集最多的一位作家。

7月，马明博（河北）、祝子平（上海）、戴涛（上海）、白水平（河南）、陈勇（湖北）、申平（广东）、李永康（四川）、须得意（解放军）加入中国作协。

7月，由加拿大多伦多的翻译家、加拿大对比语言研究博士黄俊雄教授翻译、主编的《英译中国小小说选集》(一、二) 两本集子，在上海外语教育出版社出版。该集子系《外教社中国文化汉外对照丛书》之一，也是加拿大大学的外国文学教材。该集子收录了冯骥才、蒋子龙、周大新、凌鼎年、孙方友、滕刚等数十位作家的作品。

7月，《文学报》准备创办《文学报·微型小说选报》，《文学报》总编陈歆耕等专程到太仓召开征求意见座谈会，并决定聘请凌鼎年出任《文学报·微型小说选报》执行主编。

7月，香港中学校长陈莛与世界华文微型小说研究会合作，举办了第一届世界中小学生华文微型小说大赛，获奖中学生还被邀请到香港免费参加夏令营，并邀请凌鼎年、刘海涛为获奖学生讲课，讲微型小说创作。

8月，《最具中学生人气的微型小说名作选丛书》在东方出版社出版。刘海涛作《读名篇，学写作，懂人生——写给中学生朋友的话》的总序。第一辑有刘国芳的《花开的声音》、侯德云的《轻轻地爱你一生》、谢志强的《外婆点亮煤油灯》、安勇的《一次失败的劫持》、蔡楠的《天晴的时候下了雨》、曾平的《城市上空没有鸟》、刘建超的《怀念一只被嘲笑的鸟》、陈永林的《怀念一只叫阿黑的狗》、宗利华的《租个儿子过年》、马新亭的《幸福生活》。

第二辑有凌鼎年的《让儿子独立一回》、于德北的《美丽的梦》、袁炳发的《寻找红苹果》、秦德龙的《谁是真英雄？》、邓洪卫的《梦中有条鱼》、尹全生的《狼性》、邢庆杰的《电话里的歌声》、魏永贵的《雪上的舞蹈》、陈毓的《谁听见蝴蝶的歌唱》、刘黎莹的《无法被风吹走的故事》。

第三辑有王琼华的《特别的祝福语》、周波的《棉花糖》、邵宝健的《绿鹦鹉》、司玉笙的《高等教育》、杨小凡的《流逝的面孔》、吴万夫的《生命的支撑》、芦芙荭的《扳着指头数到十》、李永康的《红樱桃》、郭学荣的《巧合》、刘正权的《再笨一点多好啊》。

8月，在澳门作家许均铨的联系下，澳门骏菁青年活动中心举办了澳门首次微型小说创作讲座，由澳门缅华互助会青委会主办，邀请了日本国学院大学的渡边晴夫、世界华文微型小说研究会秘书长凌鼎年、中国作协会员韩英、泰国《中华日报》副刊主编梦凌、刘海涛等专家、教授给澳门的青年学生讲授微型小说创作及其他知识。

8月下旬，在福建漳州市平和新闻中心召开了"微型小说6+3向国庆献礼"的编辑年会，由《小说选刊》《福建文学》主办，《文学报》主编陈歆耕，《小说选刊》事业发展部主任李朴，《福建文学》主编黄文山、编辑部主任石华鹏、编辑练建安，《文学报·微型小说选报》执行主编凌鼎年，《微型小说选刊》副主编张越，《飞天》副主编阎国强、编辑部主任张平，《青春》副主编衣丽丽、编委裴秋秋，《天池小小说》主编黄灵香，《文学港》主编助理谢志强，《四川文学》编辑室主任卓慧，《广西文学》散文编辑室主任韦露，《黄河文学》编辑苏炳鹏、李向荣，《短小说》执行主编严苏，《伙伴》主编袁炳发，北方妇女儿童出版社编辑于德北，中华微型小说网主编骆驼，《时代文学》编辑赵月斌，《百花洲》编辑王彦山等20多位主编、副主编、编辑参加。

8月，梁重懋小小说作品研讨会在广西灵山县举行。

8月，广东东莞桥头作协成立小小说创作中心，莫树材提出"远学郑州，近学惠州，创建东莞市小小说创作强镇"的口号，明确桥头小小说的目标是"过长江、跨黄河、上北京"。

9月7日，《北京小小说》改刊为《北京精短文学》，并正式出刊。

9月13日，凌鼎年应邀去贵州黔南州讲课，黔南州作家协会组织了30多位作家与文学爱好者前来听课，凌鼎年先生讲微型小说创作主题，并与他们交流。

9月19日，中国微型小说学会与《东方剑》杂志社在上海安威消防技术工程公司的支持下，举办了为期一年的"安威杯"微型小说征文活动。

9月22日，江苏省作家协会主办的第三届紫金山文学奖（2005年1月1日至2007年12月31日）评选结果揭晓，昆山作协主席万芊的微型小说集《最后的航班》获奖。

9月，经江苏省作协党组开会研究，决定成立江苏省作家协会微型小说工作委员会，江苏省作家协会常务副主席范小青任主任，凌鼎年任微型小说工作委员会副主任。该委员会与小说创作委员会、散文创作委员会并列，属国内第一个带官方性质的微型小说机构。

9月，文莱女作家王昭英著、钦鸿赏析的《一凡微型小说及其赏析》在新加坡斯雅舍出版。

9月，《羊城晚报》推出惠州小小说专版。

10月22日，2008全国小小说新秀选拔赛全国十强揭晓，夏阳等榜上有名。

10月24日，广东东莞桥头作协小小说创作中心举办首届东莞市小小说创作大赛。

10月，《小小说月刊》杂志开展"心系山区、托起希望"小小说月刊图书漂流活动。

10月1日至4日，由小小说作家网、小小说论坛"河北版块"和白洋淀小小说创作基地联合主办的"中国小小说白洋淀高级讲座"在河北省任丘市举行。来自全国各地的著名作家、评论家、编辑家杨晓敏、刘建超、蔡楠、雪弟、高海涛、张记书、宋子平等40多人参加了讲座。河北肃宁县委常委、副县长王庆献，河北海兴县委常委、宣传部长孙文强，任丘市委宣传部副部长、任丘周刊社社长王建刚参加了讲座。讲座由郑州小小说学会副会长蔡楠主持。杨晓敏、雪弟、高海涛、张记书、宋子平等进行了小小说讲座，并现场指导评改了与会作者的作品。

讲座期间，杨晓敏主席与作家蔡楠进行了"中国小小说白洋淀创作基地"的揭牌仪式。

11月1日，《当下小小说》，王晓峰著，15万字，文化艺术出版社出版。该书分为"前提与背景""小小说文体""小小说作家""小小说读者""小小说的文体地位""小小说杂志""小小说的文化特质"7个章节。

11月，"中国小小说舟山笔会"在浙江舟山举办。

11月，由王蒙、王元化总主编，江曾培主编的《中国新文学大系——1976—2000年微型小说卷》，80.2万字，精装本，在上海文艺出版社出版。江曾培作序言。作品按发表年代的早晚排列，大部分作家收录1~2篇，收录5篇的有王蒙、许行、孙方友、刘国芳、凌鼎年、滕刚、谢志强7位。郑宗培为出品人，徐如麒为责任编辑，胡永其、凌鼎年为特约编辑，负责作品初选。

11月，《微型小说：发展与交流》，[日]渡边晴夫著，日本2B企划出版。

12月4日至8日，在上海好望角大酒店举办了第七届世界华文微型小说研讨会。这次会议由上海文艺出版社、中国微型小说学会和世界华文微型小说研究会联办，共有来自12个国家的91名代表出席了研讨会。大会向长期从事华文微型小说创作与研究并作出杰出成就的学者、作家[中国]江曾培、[新加坡〕黄孟文、〔泰〕司马攻和〔日〕渡边晴夫颁发了"世界华文微型小说终身成就奖"。

凌鼎年以世界华文微型小说研究会秘书长的身份与上海市作家协会的领导为黄孟文、渡边晴夫等4位终身成就奖获得者颁奖。会议结束后，7日、8日郏宗培、凌鼎年陪同海外的作家去苏州东山雕花楼、西山太湖大桥、吴江静思园、同里镇退思园、珍珠塔采风。

12月19日，凌鼎年与《文学报》主编陈歆耕应邀去四川温江区参加《微篇文学》笔会暨微篇文学研究会成立10周年座谈会，同机去的还有到上海来接受《文学报》捐赠的作家签名本的四川都江堰市副市长严代雄。参加这次活动的有四川省作家协会副主席阿来、傅恒，四川微型小说作家李永康、张建国、王孝谦、周仁聪、曾颖、石鸣、雪弟等。

12月21日，陈歆耕、凌鼎年在都江堰宣传部文化产业科科长、成都市微型小说学会副会长王国平的陪同下，驱车去汶川映秀镇（汶川地震的震中）看了看，再到都江堰采风，看了灾区情况，采集了许多珍贵的第一手资料。

12月22日，新世纪小小说风云人物榜·金牌作家（20名）：

王奎山、刘建超、陈毓、宗利华、侯德云、谢志强、蔡楠、于德北、邓洪卫、刘国芳、陈永林、申平、沈祖连、魏永贵、尹全生、相裕亭、王海椿、袁炳发、芦芙荭、秦德龙。

新世纪小小说风云人物榜·新36星座（36名）：

安勇、朱雅娟、邵孤城、陈力娇、周海亮、非鱼、聂兰锋、高海涛、曾平、王琼华、伍中正、纪富强、邢庆杰、李永康、沈宏、周波、李世民、范子平、金光、奚同发、乔迁、红酒、何晓、张国平、陈敏、胡炎、黄克庭、游睿、万芊、王培静、庄学、杨海林、符浩勇、黄自林、程宪涛、喊雷。

新世纪小小说风云人物榜·明日之星（36名）：

天空的天、王洋、叶仲健、平萍、田洪波、白云朵、刘正权、刘会然、刘兆亮、安石榴、江薛、汤其光、吴保成、宋以柱、张玉玲、更夫、杜秋平、肖建国、连俊超、非花非雾、临川柴子、赵明宇、夏阳、夏雪勤、徐水法、徐全庆、晓立、盐夫、郭凯冰、崔立、梁晓泉、萧磊、龚宝珠、蒋育亮、韩昌盛、墨中白。

12月31日，凌鼎年为香港微型小说作家东瑞的微型小说集《留在记忆里》

再版本撰写《东瑞，推进香港微型小说的有功之臣》的代序。

12月，香港超域国际教育中心、中国微型小说学会编的《世界中学生华文微型小说大赛优秀作品选》在上海文艺出版社出版。刘海涛作序一《传统的写实和现代的写意》，香港阿兆作序二《微赛展翅，姿采迷人》。

12月，山东省滕州市作家闵凡利的微型小说《真佛》在北京被拍摄成艺术电影，参加了2009年中国大学生电影节开幕式前的放映。

12月，希尼尔的微型小说集《希尼尔小说选》（香港明报出版社2007年7月出版）获得由新加坡书籍理事会（SBC）颁发的新加坡文学奖。这也是此奖项第一次颁给此文体的作者。

12月，"灵渠杯"第二届广西小小说奖在桂林兴安县举行。

12月，《给石头穿衣》，谢志强著，中国青年出版社出版。

12月，《江曾培论微型小说》，江曾培著，上海文艺出版社出版。

12月，蒋育亮小小说作品研讨会在广西桂林兴安县举行。

12月，"帅乡冬韵"全省小小说作家笔会暨四川省小小说学会年会在乐至召开，会议表彰了年度先进。会上，宣布了学会增补欧阳明为四川省小小说学会副会长，聘请王平中为学会副秘书长的决定。

2008年，由中国微型小说学会主办的第六届全国微型小说（小小说）年度评选结果揭晓，获一等奖的有10篇，分别是谢志强的《纪念一个孩子》、高低的《一份稿笺》、周波的《三点》、凌鼎年的《灵猴》、墨中白的《过完夏天再去天堂》、陈永林的《慈善鸟》、侯发山的《心锁》、李建的《他想抓住什么？》、刘会然的《父亲的斑马线》、赵程的《黑炭》。

2008年，由北京东方出版社组织的"读名篇、学写作、懂人生——出版社携手中国微型小说名家，全国百所中学大型主题巡回讲座"活动，第一站放在了太仓。出版社邀请凌鼎年为主讲人，并举行了《最具中学生人气的微型小说名作选》的签名售书活动。

2008年，由中国台湾佛光大学文学系教授、世界华文文学研究中心主任杨松年博士主编的世界华文文学论文集《细致的雕塑：世界华文微型小说评析》在台湾唐山出版社出版。该书"收录、评论了20世纪以来在世界华文微型小说创作上有着开创性、代表性，以及影响性的作家、作品"。该论文集收录了评论凌鼎年微型小说作品《了悟惮师》的论文。

2008年，《小说选刊》事业发展部主任李朴与凌鼎年一起策划了"蒲松龄文学奖"，专门奖励微型小说，凌鼎年被聘请为蒲松龄文学奖评委会副主任。蒲松龄文学奖评委会主任是中国作家协会副主席陈建功，副主任为《小说选刊》主编杜卫东。另有著名评论家何镇邦、谢有顺教授，《文艺报》副主编吕先富，《微型小说选刊》副主编滕刚，《人民日报》的评论家徐怀谦等多位出任评委。

2008年，香港万钧教育机构举办的"第二届汇知·世界中学生微型小说创作大赛"委员会聘请凌鼎年为顾问与终审评委，并寄发了由大赛委员会主席陈苊先生签名的聘书。

2008年，凌鼎年应邀到上海市重点中学新中高级中学、上海闵行区北桥中学、上海华东理工大学附中讲课，讲《高考与微型小说》《中考与微型小说》《怎样写好作文》等，还接受了采访，并与文学社学生进行了交流，合影留念。

2008年，凌鼎年系列微型小说《娄城遗韵》获《中国作家》杂志社"绵山杯"征文二等奖。

2008年，美国加州石桥出版社出版了由美国西康涅狄格州大学祁守华（音译）教授翻译的英译本微型小说集《珍珠外套及其它的故事》，在美国及欧洲主流书市发行。该集子收录了鲁迅、郁达夫、郭沫若、老舍、夏衍、沈从文、汪曾祺、王蒙、冯骥才、林斤澜、高晓声、贾平凹、凌鼎年、孙方友、滕刚、刘国芳、谢志强、爱亚、陈启佑、刘以鬯、陶然等120位中国内地及台港澳作家的120篇作品。集子分为7个小辑，约20万字。

2008年，自贡市微型小说学会编辑出版《2008年自贡市微型小说年鉴》。

2008年，新加坡剑桥普通教育证书（普通水准）会考——华文文学（2192）考试纲要，其中"现当代文学作品选读试卷"，希尼尔的微型小说《认真面具》及朵拉的微型小说《行人道上的镜子》，是指定的考试文本。

2008年，《小小说选刊》举办浙江小小说舟山笔会。

2009年

1月，《2008中国微型小说精选》，中国作协创研部选编，37.6万字，长江文艺出版社出版。

1月，《2008中国微型小说年选》，中国小说学会主编、卢翎选编，38万字，卢翎撰写《在坚守中前行——2008年的微型小说创作》的序言，花城出版社出版。

1月，《最适合中学生阅读——2008微型小说年选》，汤吉夫主编，23.8万字，北方妇女儿童出版社出版。

1月，《最适合中学生阅读——2008小小说年选》，杨晓敏主编，23.8万字，北方妇女儿童出版社出版。

1月，由杨晓敏、郭昕、寇云峰选编的《2008中国年度小小说》，34.8万字，在漓江出版社出版。

1月，由冰峰、陈亚美主编的《2008中国年度微型小说》，30万字，冰峰撰写《作家的责任不会泯灭》的序言，在漓江出版社出版。

1月，由中国作家创研部选编，郑允钦、张越、吴雁主编的《2008年中国微型小说精选》在长江文艺出版社出版。

1月，由《新课程报》副主编、《语文导刊》主编高长梅选编的《2008年中国小小说精选》，27.8万字，在长江文艺出版社出版。

1月，由上海大雅文化（出版）传播公司总经理、著名作家滕刚总主编的《2008年值得中学生珍藏的100篇微型小说》在华东师范大学出版社出版。

1月，由刘光全、黄棋主编的《2008值得中学生珍藏的100篇传奇故事》（均为微型小说），25.2万字，在华东师范大学出版社出版。

1月，由陈雄、黄棋主编的《2008值得中学生珍藏的100篇故事》（均为微型小说），23万字，在华东师范大学出版社出版。

1月，《文学报·微型小说选报》在经过2008年3期试刊后，于2009年1月5日正式创刊，凌鼎年被正式聘为执行主编。

1月，凌鼎年与滕刚、李朴一起策划了"微型小说·6+3"活动。由凌鼎年执笔写出了策划方案。《小说选刊》"掌上小说"栏目编辑李朴为特邀主持。

从2009年1月起，《天津文学》《福建文学》《四川文学》《广西文学》《青春》等6家刊物，每期推出同一位作家的2篇微型小说作品，一次性发12篇，并配发作家作品、简介与主持人语。《小说选刊》《微型小说选刊》《文学报·微型小说选报》3家选刊，从中择优选发。连续推一年，推出12位作家。活动结束时，由《小说选刊》携参与报刊举办年度"中国桂冠微型小说作家"

评选。

2月，由高长梅与北京麒麟书香图书发行公司总经理尚振山总策划的《一世珍藏书系》在光明日报出版社出版。

2月，凌鼎年主编的《中国微型小说300篇》在光明日报出版社出版。该书收入《一世珍藏书系》，全书60万字。

2月，由蔡楠主编的《中国小小说300篇》在光明日报出版社出版。该书收入《一世珍藏书系》，全书60万字。

2月，《精美小小说读本》，司玉笙主编，光明日报出版社出版。

2月，《精美微型小说读本》，邢庆杰主编，光明日报出版社出版。

2月，《最具阅读价值的小小说选》，侯德云主编，光明日报出版社出版。

2月，《阳光的味道·最具中学生人气的100篇微型小说》，李永康主编，光明日报出版社出版。

2月，《太阳开花是什么颜色·最具中学生人气的100篇小小说》，刘建超主编，光明日报出版社出版。

2月，《纯真最灿烂·中学生必读的100篇生活小小说》，马新亭主编，光明日报出版社出版。

2月，《过完夏天再去天堂·中学生必读的100篇情感小小说》，谢志强主编，光明日报出版社出版。

2月，《魔术师的房子·小学生必读的100篇生活小小说》，马新亭主编，光明日报出版社出版。

2月，《老师，你能抱我一下吗·小学生必读的100篇校园小小说》，汝荣兴主编，光明日报出版社出版。

2月，《没有童话的鱼·小学生必读的100篇成长小小说》，周波主编，光明日报出版社出版。

2月，"全国小小说幽默传奇征文"评奖结果在《百花园·中外读点》揭晓。

2月，由《小说选刊》和江苏德威新材料有限责任公司联合举办的"德威杯"首届蒲松龄文学奖（微型小说）在北京正式揭晓。《小说选刊》邀请陈建功为评委会主任，杜卫东、凌鼎年为评委会副主任，孙德权、吕先富、何镇邦、徐怀谦、梁鸿鹰、谢有顺、滕刚、李朴等专家组成评委会，对2007—2008年度中国微型小说创作进行评审，葛水平的《瞎子》、韩少功的《蛮师傅》、赵新的《我的钱可以花了》、雷平阳的《铁匠》、赵小走的《一个农民矿工的遗书》、罗伟章的《蒙面人》、劳马的《新闻线索》、陈毓的《看星星的人》、聂鑫森的《大师》、墨中白的《过完夏天再去天堂》、申平的《记忆力》、曾平的《雨夜》，共12篇作品荣获"德威杯"首届蒲松龄文学奖（微型小说）；另有《短小说》《天池·小小说》荣获2007—2008年度全国优秀微型小说原创期刊奖。

3月，《香港微型小说选》由世界华文文学研究专家、著名学者钦鸿主编，江苏文艺出版社出版，在国内发行。该书收录香港30年来微型小说的精品力作共200多篇，作者多达70位，由刘以鬯、东瑞作序一、序二。

3月，江苏省太仓市图书馆发布征集微型小说、小小说集子的启事。准备建立"微型小说、小小说文献资料馆"。

4月14日，中国微型小说学会与《东方剑》杂志社，在上海新城投资（集团）有限公司的支持下，举办为期一年的"新城杯"微型小说征文活动。

4月18日，由中国现代文学馆、江西高校出版社主办的"倾听桃花开放的声音——中国小小说50强之夜暨《中国小小说50强》研讨会"在北京召开。中国作家协会副主席陈建功，中国散文学会副会长兼秘书长王宗仁，著名作家、茅盾文学奖得主周大新，《小小说选刊》主编杨晓敏与凌鼎年一起点评了现场朗诵的4篇微型小说作品。

4月中旬，《中国迷你文学1000篇》，马长山、程思良主编，现代出版社出版。

4月20日，河北邯郸举办了中国小小说首届河北京娘湖笔会，张记书、凌鼎年等50多位作家、编辑一起就小小说的创作、繁荣进行了交流、探讨。

4月25日，湖北省作协在武昌召开陈勇作品研讨会，与会的樊星、程远斌、梁必文、谢克强、刘益善、杨彬、韩永明等作家、评论家对陈勇近10年来在微型小说创作上取得的成绩予以充分肯定。

4月26日，"罗龙记杯"东莞市首届小小说创作大赛评审会在桥头镇举行，东莞市作家协会主席詹谷丰、东莞文学院专业作家曾明了、桥头本土作家莫树材担任评委，吴亮的《年轻的时候》获一等奖。

4月，第四届（2007—2008年度）小小说"金麻雀奖"评选结果揭晓。

4月，海南作家微型小说集《帆起南岸》在大众文艺出版社出版。该集子系符浩勇、王辉俊、王义和、潘春雄、符朝荣5位作家的合集。每位作家精选自己的10篇作品，附一篇创作谈。全书约11万字。集子由凌鼎年撰写了《帆起南岸济沧海》的代序。

4月，由孙绍武、陈玉强主编的《最具中学生人气的微型小说》套书在内蒙古人民出版社出版。

5月7日，第四届（2007—2008年度）小小说"金麻雀奖"开始增设理论奖，获奖者为沈祖连、申平、魏永贵、非鱼、周波、王晓峰、刘海涛7位作家、评论家。

5月7日，获2007—2008年度（第十二届）小小说优秀作品奖：蔡楠的《水家乡》、更夫的《天浴》、谢志强的《启蒙教育》、王奎山的《布袋子》、尹全生的《狼性》、王海椿的《季哥的小木椅》、陈力娇的《败将》、曾平的《厂子》、陈毓的《看星星的人》、聂鑫森的《胡福》、红酒的《花戏楼》、范子平的《薄姬》、孙道荣的《你有多重要》、相裕亭的《合唱》、安庆的《漂在河床上的麦穗》。

获小小说佳作奖：于德北的《永安城逸事》、李世民的《幸福倒计时》、王琼华的《最后一碗黄豆》、安石榴的《关先生》、刘国芳的《角色》、杨小凡的《刑警李卫兵》、陈永林的《摸秋》、夏阳的《捕鱼者说》、芦芙荭的《收音机》、金光的《龙潭》、纪富强的《走夜》、奚同发的《女法官的泪水》、平萍的《青玉案》、天空的天的《马小菊的雨季》、宋以柱的《蛇》。

5月22日至30日，应欧洲华文作家协会邀请，中国微型小说作家代表团由世界华文微型小说研究会秘书长凌鼎年任团长，《人民文学》培训学校副校长赵智、《小说界》副主编谢锦、上海外文教育出版社编辑陈菊、《微型小说》杂志副主编、《微型小说年选》主编陈亚美5位作家、编辑赴奥地利维也纳参加了欧洲华人作家协会第八届年会。来自欧洲10多个国家的30多位华人作家，参加了这次年会，中国大陆作家首次受邀参加欧洲华文作家协会的年会。会上凌鼎年代表世界华文微型小说研究会致辞，并与各国作家进行了交流。

5月，杨晓敏、秦俑主编的《中国当代小小说大系》（5卷本）由河南文艺出版社出版。

5月，高军文学评论集《山东小小说作家研究》一书列入"中国小小说典藏品（第五辑）"，由河南文艺出版社出版。该书是全国第一本以省级地域小小说为研究对象的专著，重点对山东有影响力的小小说作家群中的18位作家进行了详尽评论，是对山东小小说作家创作水平的集中展示，具有填补空白的作用。著名作家冯骥才作序言《小小说不小》，杨晓敏作后记《小小说童话》。

5月，江西高校出版社出版《青少年素质读本·中国小小说50强》丛书，中国作家协会副主席陈建功为集子作总序。该丛书收录了凌鼎年的《都是克隆惹的祸》、曹德权的《心路》、符浩勇的《无处安放的花瓶》、王孝谦的《永远的标记》、邢庆杰的《母爱的震撼》、曾颖的《别不相信微笑可以救你的命》、刘殿学的《生命的风景》等50本集子。

5月，《小小说是平民艺术》，杨晓敏著，河南文艺出版社出版。

5月，《一个人的文化理想》，秦俑编选，河南文艺出版社出版。

5月，"品味初夏绿韵，钦州小小说座谈会"在广西钦州品绿山庄举行。

5月，四川省小小说学会与明鉴阁网站、四川省戏剧家协会、知微论坛知微网联合举办了"走进明鉴"大型文学征文活动，共收到参赛作品800余篇，评出了各个类别的一等奖、二等奖、三等奖。

6月25日，阎耀明（辽宁）、袁炳发（黑龙江）、严苏（江苏）、万芊（江苏）、朱凤鸣（江苏）、亦农（北京）、何丽萍（浙江）、宋海年（上海）、方晓蕾（陕西）、宗利华（山东）、甘桂芬（河南）加入中国作协。

6月，王豪鸣、蔡中锋主编的《中国蚂蚁小说十六家》，28.5万字，在中国戏剧出版社出版。该书收录了王豪鸣、余途、禾刀、刘吾福、蔡中锋、符浩勇、冯春生等16位作家的作品。

6月，《百花园》"2008年度优秀原创作品奖"评选结果揭晓。

6月，《微型小说的雕龙艺术》，吕植家著，广西人民出版社出版。

7月1日，盛大文学投入1000万元，举办"首届全球华语原创文学大展"，征稿内容包括传统文学和网络文学在内的不同类别的华语原创文学作品。其中，启动了"3G手机小说原创大展"，旨在培养我国第一代手机小说作家，开出了每字1000元的高价，真正是一字千金啊。

7月4日，由青年评论家雪弟策划、组织的广东省首届小小说联谊会在广州召开。申平、王海椿、许锋、王豪鸣、陈树茂等30多位小小说作家、评论家参加了本次会议。广东文学院院长熊育群、《羊城晚报》社张子秋应邀出席。

7月30日，《文艺报》发表著名评论家汪政、晓华合写的《一种文体与一个城市——太仓市微型小说创作解读》，系《太仓市微型小说作家群作品选》代序。

7月，在安徽阜阳举办江淮小小说交流会，20多名作家与会。

7月，浙江省湖州市邵宝健的《永远的门》被收入北京大学出版社出版的最新高校教材《比较大学语文》，并入选香港《思达中国语文》（五年级上），思达出版（香港有限公司），新高中中国语文教科书2009年初版。

7月，邵宝健微型小说《永远的门》收入张介明、孔建平主编的《比较大学语文（新编）》，北京大学出版社出版。

8月8日，由广东惠州市小小说学会主办的惠港澳深莞地区小小说作家联谊会在惠州召开。来自香港、澳门、深圳、东莞、惠州等地的小小说作家70多人出席了会议。会上，惠州、香港、澳门、深圳、东莞五地代表牧毫、东瑞、许均铨、王豪鸣、莫树材分别介绍了当地的小小说创作发展情况，并联合发表了《小小说西湖宣言》，提出了五地积极合作、共同发展的目标。

8月18日下午，《文学报》与盛大文学一起合作力推微型小说的启动仪式，在上海文新报业集团大楼43楼新闻发布厅举行。

盛大文学总裁吴文辉，盛大文学无线公司总裁齐小石，盛大文学研究所执行所长夏烈，复旦大学钱文忠教授，上海文新集团党委书记缪国琴，《文汇报》党委书记吴芝麟，上海市作家协会党组副书记、作家协会秘书长臧建民，世界华文微型小说研究会、中国微型小说学会会长、上海文艺出版社总编郏宗培，《文学报》总编陈歆耕，《文学报》副总编陆梅，以及数十家媒体记者出席会议。

启动仪式由《文学报》总编陈歆耕主持，盛大文学总裁吴文辉作了《在线阅读微型小说的方式以及上线的意义》的发言；《文学报·微型小说选报》执行主编凌鼎年则介绍了微型小说文体特点与在海内外的影响，以及网上、手机上阅读的优势。盛大文学无线公司总裁齐小石介绍了《文学报·微型小说选报》上线阅读方式及前景，并现场作了演示。

新闻发布会上，上海文新集团党委书记缪国琴与盛大文学总裁吴文辉当场共同点击开通了起点中文网与盛大文学无线的微型小说板块。

8月21日至25日，由《小说选刊》策划发起的"微型小说6+3"编辑会议在福建漳州市平和县三坪召开，由《福建文学》杂志社主办，平和县新闻中心主任黄荣才、《福建文学》小说编辑练建安、《小说选刊》编辑李朴及凌鼎年、滕刚，各刊物的主编或编辑等50余人与会，会议商定2010年举办"微型小说12+3"活动。即《小说选刊》《文学报》为发起单位，《福建文学》、《四川文学》、《黄河文学》、《北方文学》、《山东文学》、《广西文学》、《山西文学》、《飞天》、《山花》(B版)、《青春》、《文学港》、《天池小小说》共12家发原创作品，由《小说选刊》《微型小说选刊》《文学报·手机小说报》3家对"12+3"作品择优选发，北方妇女儿童出版社负责出版。

　　8月30日，江苏省微型小说研究会在宝应隆重成立。来自省内外的60多名作家参加，中国微型小说学会会长郏宗培等到会祝贺，并收到了美国、加拿大、澳大利亚、奥地利、瑞士、俄罗斯、德国、法国、捷克、荷兰、波兰、土耳其、西班牙、日本、韩国、新加坡、马来西亚、泰国、菲律宾、印度尼西亚、文莱，以及中国香港、中国澳门等20多个国家和地区的文学团体的贺信贺词。会议通过了章程，凌鼎年当选为创会会长；顾建新、滕刚、生晓清、沙黾农、尚振山、裴秋秋、严苏、王红蕊、何开文当选为副会长；徐习军为秘书长，万芊、邵孤城为副秘书长。聘请郏宗培、徐如麒、范小青、徐雁、陈歆耕、汤吉夫、李朴、高长梅、陈儒家、傅国栋、孙方友、唐金波为顾问，凌焕新为名誉会长。

　　并策划出版了《江苏省微型小说》会刊。

　　8月，《小小说月刊》杂志社、天涯社区"短文故乡"联合主办的"小小说月刊杯"中国首届闪小说大赛启动。

　　8月，陕西省精短小说研究会在西安成立。来自全省的30多位精短小说作家和爱好者参加了大会。会上通过了《陕西省精短小说研究会章程》，选举了研究会组成人员。会长由刘公担任，副会长由黄建国、喊雷、陈毓、芦芙荭担任，秘书长暂缺，副秘书长由陈敏、刘万里、刘立勤、王雷焱担任。常务理事有：窦俊彦、魏西凤、江东璞玉、雷文峰、汤鹏飞、王前恩、孙兴运、张忠艺等。

　　8月，《60年小小说精选》，王蒙主编，44万字，杨晓敏作前言，长江文艺出版社出版。

9月，《走在重振雄风的路上：改革开放30年的河南文艺》(1978—2008年)由河南文艺出版社出版发行。孙方友、邢可、吴万夫等人作为小小说作家代表人物，进入河南省文学界30年大事记，这也是小小说首次进入河南省文学史。

9月5日，经广州市作家协会主席团研究，并征得广州市文联同意，广州市小小说学会正式成立。广州市小小说学会是广州市作家协会的下属学会。许锋任会长，朱耀华任副会长，陈树茂任秘书长。

9月8日，由中国作协创研部、《文艺报》、河南省作协、郑州市委宣传部、郑州市文联等在京联合召开杨晓敏《小小说是平民艺术》理论、评论集研讨会，中宣部出版局、文艺局、中国作协等负责人，以及翟泰丰、刘建生、雷达、吴泰昌、吴秉杰、范咏戈、阎晶明、白描、丁临一、张陵、彭学明、何向阳、胡殷红、施战军、王干、赵海虹、李鑫、陆颖墨、蔡楠、李成福、舒晋瑜、王晓君、侯燕伦、南丁、单占生、何弘、王超、秦勇豪、秦俑、马国兴等作家、评论家及郑州市委宣传部副部长龚首鹏，《小小说是平民艺术》作者杨晓敏参加了研讨会，贺绍俊、孟繁华、王晓峰提交了书面发言。研讨会由中国作协创研部主任胡平主持。

9月9日，凌鼎年为日本渡边晴夫教授出版的《超短编小说序论》中译本撰写《日本研究微型小说的第一人渡边晴夫教授》的代序。

9月，瑞士苏黎世市政府举办"婆婆妈妈的故事"专题征文比赛，鼓励全民把对妈妈或祖母的印象或感受写成小故事，篇幅以3000个字母所组成的字句为限（相当于中文1500字篇幅）。该项征文活动不分名次也不发给奖金，但只要被选为佳作，便会由主办单位敦聘多位广播及戏剧演员，在10月24日的公开朗读大会上，将作品专业地朗读给现场观众欣赏。瑞士华文微型小说俱乐部负责人朱文辉以德文创作的微型小说《那股臭香》参赛并入选。

10月15日，"中国微型小说之乡"与"江苏省微型小说创作基地"挂牌仪式暨《太仓微型小说作家群作品选》首发式在江苏太仓举行。江苏省作家协会党组书记、常务副主席范小青，江苏省作家协会创研室主任汪政，创联部主任、《江苏作家》主编傅晓红，及中国微型小说学会会长、世界华文微型小说研究会会长郑宗培等专程到太仓，把"中国微型小说之乡""江苏省微型小说创作基地"两块铜牌授予太仓市委宣传部长。

10月17日，江苏省台港暨海外华文文学研究会2009年会在江苏盐城师范学院召开。凌鼎年在会上宣读了《海内外微型小说的双向交流正在形成》的论文。

10月，凌鼎年主编的《太仓微型小说作家群作品选》在上海文艺出版社出版，收录了60位作者的136篇作品，28.5万字。江苏省作家协会创研室主任汪政与江苏省作家协会创作室副主任晓华合作撰写的代序《一种文体与一个地方——谈太仓市的微型小说创作》，发表于《文艺报》。该文介绍了太仓微型小说创作的红火情况，认为这属于"太仓现象与太仓经验"。

10月，《高考金榜作文与微型小说技巧》，凌焕新教授主编，22万字，在江苏文艺出版社出版。凌焕新作序。上编类型篇，下编技巧篇。

10月，广西小小说学会承办广西壮族自治区首届全国反腐倡廉题材小小说创作评选活动，荣获组织奖。

10月，《文学报·微型小说选报》改为《文学报·手机小说报》。

11月14日至15日，由《作品》杂志社主办、东莞市桥头镇政府承办的莞惠深地区小小说作家桥头创作笔会在桥头镇召开。《作品》主编谢望新、副社长欧阳露、编辑王十月、东莞作家协会主席詹谷丰以及来自全省各地的小小说作家、评论家申平、莫树材、夏阳、雪弟等40余人参加了此次笔会。

12月1日，《超短篇小说绪论——中国的微型小说与日本的掌篇、Shout-short》，〔日〕渡边晴夫著，李萍、刘静译，日本DTP出版社出版。凌鼎年作序一，姚朝文作序二，后记之后有姚朝文专论《渡边晴夫在中日超短篇小说研究领域的贡献》。

12月初，凌鼎年策划并主编了江苏省微型小说研究会的会刊《江苏微型小说》，创刊号于12月出版。

12月4日，韦延才小小说作品研讨会在广西陆川县举行。

12月4日下午，高军应邀在山大华特卧龙学校向师生们作小小说创作谈报告，部分学校领导、教师、学生近千人参加。

12月25日，河北省小小说研究会成立大会在石家庄市青年城宾馆召开，河北省作协副主席王力平、李延青，《长城》编辑部主任李浩，河北省作协创评室主任、《人物周刊》社长王万举，《小小说月刊》编辑部主任郭晓霞，《石家庄日报》社策划部主任吕纹果，《沧州日报》专刊部高海涛，《新课程报语文导报》

编辑姚讲等嘉宾，以及赵明宇、长笑、纯芦、闭月、路遥遥、刘建国、吴霞、沙舟等20余位河北小小说作家代表出席了会议，蔡楠任会长。

12月，日本彩虹图书馆出版了《世界儿童微型小说》，收录了凌鼎年的《一枚古钱币》。

12月，由中国微型小说学会主办的第七届全国微型小说（小小说）年度评选结果揭晓，获一等奖的有10篇，分别是王培静的《长吻的魔力》、张以进的《人生最美好的一步棋》、陈永琳的《乌鸦》、陈凤群的《找个地方完婚》、张海霞的《英雄》、刘永飞的《会上楼的牛仔裤》、胡子狼的《玫瑰之约》、秦德龙的《让梦在心里悄悄地开花》、韦延才的《父亲》、王孝谦的《不知不觉》。

12月，《天池小小说》主编黄灵香荣获延边朝鲜族自治州人民政府第六届金达莱文艺奖荣誉奖。

2009年底，美国的资深媒体人纪洞天先生筹划成立了"美国华文小小说总会"，聘请了杨晓敏、凌鼎年、［日］渡边晴夫、［美］穆爱莉等为顾问，并创办了"世界华文小小说作家网"。

2009年底，美国纪洞天举办了"汪曾祺世界华文小小说奖"评选活动，该评委会聘请了中国著名作家柯云路、孔庆东教授、金牌编剧陈文贵与凌鼎年、黄灵香、汪朗（汪曾祺儿子），还有中国台湾著名作家张曼娟、南非华人作家协会会长赵秀英、澳门《华文百花》执行总编章长节、匈牙利著名华文作家余泽民、澳大利亚庄伟杰、原欧洲华文作家协会会长俞力工教授、新加坡黄孟文博士、日本渡边晴夫教授、美国穆爱莉教授等为终评委。该奖项在世界华文范围内每年评出一位作家，奖金1000美元。每年只评一位作家。

2009年，土耳其东方文化中心在实施翻译中国文学的项目时，特邀世界华文微型小说研究会秘书长凌鼎年主编了一本《中国当代微型小说精选》，共收录36位作家的120多篇微型小说精品力作，并附有作者简介与照片。

土耳其方面由著名汉学家、安卡拉大学中文系主任欧凯教授（Bulent Okay）及安卡拉大学博士吉莱（Giray Fidan）、硕士茉莉（Yasemin Kumru），资深汉学家高丽娟，还有中国客座教授钱文华一起，根据土耳其教学的需要，从中精选了冯骥才、汤吉夫、凌鼎年等22位作家的30篇微型小说作品，经过一年多的努力，已翻译、编辑成《汉语阅读教程》。该教材是土耳其安卡拉大学汉语言专业本科教育系列教材之一。全书分上、中、下三册，每册10课，供二、三、四年级阅读课全年教学之用（每周4学时），亦可作为具有同等汉语水平的土耳其人自学使用。目前正在土耳其大学试用，据说试用后学生反应甚好。该教材将在试用成熟后，再由土耳其安卡拉大学出版社出版。该书的翻译得到了中国驻土耳其大使馆文化参赞的大力支持。

入选土耳其《汉语阅读教程》的30篇作品如下：

上册目录

第一课：胖子和瘦子　　　　　冯骥才

第二课：送送　　　　　　　　汤吉夫

第三课：让儿子独立一回　　　凌鼎年

第四课：白雪雕像　　　　　　许　行

第五课：我们找你　　　　　　刘国芳

第六课：陆地上的船长　　　　谢志强

第七课：三十六计之于手机　　沈祖连

第八课：冠军逸事　　　　　　张记书

第九课：生死抉择　　　　　　喊　雷

第十课：黍地里的秘密　　　　修祥明

中册目录

第一课：苏七块　　　　　　　冯骥才

第二课：教授　　　　　　　　汤吉夫

第三课：天使儿　　　　　　　凌鼎年

第四课：抻面条　　　　　　　许　行

第五课：预感　　　　　　　　滕　刚

第六课：鸟人　　　　　　　　生晓清

第七课：1960年的冰糕　　　　修祥明

第八课：感谢善良　　　　　　陈永林

第九课：功过箱　　　　　　　刘　公

第十课：海葬　　　　　　　　尹全生

下册目录

2009年，韩国白石大学汉学家柳泳夏教授从2006年起翻译了冰心、汪曾祺、高晓声、王蒙、林斤澜、冯骥才、蒋子龙、从维熙、贾平凹、陈建功、梁晓声、吴若增、阿成、孙方友、许行、刘国芳、邓开善、滕刚、凌鼎年等多位作家的作品，作为韩国白石大学的教材，已在课堂使用了多年。

2009年，日本渡边晴夫教授为日本彩虹图书室翻译、选编了儿童文学题材的微型小说作品专辑。

2009年，香港万钧教育机构、香港学校管理学会、香港华文微型小说学会、香港小说学会、欧洲华文作家协会等多家社团发起举办第二届"汇知·世界中学生华文微型小说创作大赛"，组委会聘请世界华文微型小说研究会秘书长凌鼎年及香港作家联会会长、著名作家刘以鬯先生，香港万钧教育机构主席、香港中文大学教育学院谭万钧教授为总顾问，还聘请中国凌鼎年先生、郏宗培先生、刘海涛教授，新加坡黄孟文博士，澳大利亚心水先生，日本渡边晴夫教授，中国香港东瑞先生，新西兰林爽女士为终评委。

2009年，凌鼎年与太仓市图书馆一起策划了筹建"中国微型小说、小小说资料陈列馆"的活动，并帮助太仓市图书馆起草了征集微型小说图书的启事，向海内外寄发，还带到中国现代文学馆的活动上，征集启事当场被文学馆收藏。

2009年，凌鼎年发表在《江苏工人报》的微型小说《海仙人》，获江苏省第十九届报纸副刊好作品评选二等奖。

2009年，凌鼎年应邀为江苏省沙溪高级中学学生讲微型小说创作。

2009年，山东省青岛市修祥明的《小站歌声》又入选人民教育出版社全国高中语文教材第六册。

2009年，湖南邵阳学院文学院龙钢华教授主持的国家级社科基金一般项目"世界华文微型小说综合研究"（批准号：09BZW064）正式获批。这是我国学术界关于微型小说领域的第一个国家社科基金项目，使微型小说正式进入了最高级别的国家级学术规划，极大地提升了微型小说在主流学术界的地位和影响力，具有里程碑意义。

2009年，新加坡国立大学的文学暨社会科学院中文系（CH3225）《新马华文文学Ⅱ》2009/2010年课程，修读希尼尔的微型小说作品（《变迁》《新闻加工练习》《禁忌的游戏》《浮城六记》《舅公呀呸》《横田少佐》《生命里难以承受的重》）。

2009年，广州市小小说学会成立。

2009年，广东成立了广东省小小说作家联谊会，雪弟出任会长。

2009年下半年，陕西省西安市大唐文学杂志社创办了《小小说大世界》杂志。

2009年底，天津市的《通俗小说报》批准改为《微型小说月报》(杂志型)。

2009年，江苏省太仓市图书馆新馆落成，太仓市图书馆决定在新馆开设"中国微型小说、小小说文献资料馆"。

2009年，《微型小说选刊》主编郑允钦被全国期刊协会评为新中国60年有影响力的期刊人。

2009年，江苏省作家协会审批了"改革开放以来的江苏微型小说研究"的研究选题，得到立项，由江苏省连云港《淮海工学院学报》编辑、中国矿大兼职教授徐习军领衔负责，与几位大专院校的教师具体撰写。

2009年，自贡市微型小说学会编辑出版《2009年自贡市微型小说年鉴》。

2009年，北京燕山出版社出版了由代斌主编的《青少年快乐阅读系列》套书（全套20本），其中有一册《快乐心灵的小小说》。

2009年，江苏省苏州慈云蚕丝制品有限公司举办的"慈云蚕丝杯"小小说竞赛评选结果揭晓，崔立的《水道工的爱情》获一等奖，刘斌、顾慧获二等奖，李红梅、张艳霞、金华获三等奖，优秀奖10篇，在苏州慈云蚕丝制品有限公司颁奖。《吴江日报》总编辑胡伟彪与公司董事长沈福珍为获奖者颁奖。

2009年，薛涛微型小说《黄纱巾》入选北京实验班《语文》教科书九年级上册。

2009年5月，在江西高校出版社出版的《都是克隆惹的祸》等多本微型小说集荣获"冰心儿童图书奖"。

2010年

1月21日至22日，天津出版传媒集团、方正番薯网、中大文景文化传播有限公司、北京有望传媒、《微型小说月报》联合在北京北大博雅国际会议中心举办"中国微型小说数字航母启动仪式暨番薯网微型小说高端论坛"系列活动，邀请了数十位微型小说作家参加。

1月24日，浙江省舟山市作家协会召开理事会，通过了成立小小说创委会的决议，周波任舟山市作家协会小小说创委会主任，立夏任副主任。

1月25日，经河北省省作协党组会议批复，河北省作家协会小小说艺术委员会正式成立。河北省小小说艺术委员会是河北省作家协会批准成立的第八个艺术委员会，蔡楠任主任，在省作协领导下开展工作，是继江苏省后第二个纳入体制内的小小说艺术社团。

1月，著名特级教师、教育部"十一五"规划课题组专家方圆主编的《高考语文：阅读与写作》一书在石油工业出版社出版。这本书汇集了最近几年全国高考语文试卷上的精品美文，并邀请了36位高考语文阅卷老师与49位高考命题专家分析这些作品，为考生揭秘高考作文得分点，为考生得高分支招。凌鼎年微型小说作品《拖鞋》收入其中。

1月，《2009中国微型小说年选》，中国小说学会主编、卢翎选编，40万字，卢翎撰写《在探索中前行——2009年的微型小说创作》的序言，花城出版社出版。

1月，《最适合中学生阅读——2009中国微型小说年选》，汤吉夫、李朴主编，20万字，北方妇女儿童出版社出版。

1月，由作家网选编，冰峰、陈亚美主编的《2009中国年度微型小说》，32.5万字，冰峰撰写《要警惕微型小说文学性的缺失》的序言，在漓江出版社出版。

1月，《2009年中国小小说精选》，高长梅选编，31.2万字，长江文艺出版社出版。

1月，《最受欢迎的名家小小说排行榜》，大卫主编，27.9万字，石油工业出版社出版。

1月，由浙江省嘉兴市作家汝荣兴编著的《中国当代微型小说名篇赏析》在光明日报出版社出版。

1月，《申平动物小小说名篇赏析》，申平、雪弟等评点，光明日报出版社出版。

1月，凌鼎年微型小说集《都是克隆惹的祸》在首届太仓市文学艺术"月季花"奖评审中荣获一等奖。

1月，厦门大学郭惠芬副教授撰文《从文学视角看当代新加坡华人的文化与社会变迁》，文章大部分的论述是以黄孟文、希尼尔、林高、林锦、张挥、谢裕民、骆宾路及田流等作家的微型小说作品为例，阐释新加坡华人文化与社会变迁。（原载《世界民族》2010年第1期）

1月，《名家小小说欣赏》，袁炳发主编，40印张，北方妇女儿童出版社出版。

1月，四川省小小说学会、中华微型小说网、乐至县交通局、乐至县作家协会联合主办"通达杯"交通文学作品大赛。本次大赛，共收到全国各地参赛稿件200余件，5篇作品获得优胜奖，10篇作品获得优秀奖，20篇作品获得入围奖。

2月10日，世界华文微型小说研究会西班牙分会在马德里举办了"世界小小说作家征文活动"，米格尔·张、莫索尔、张琴、江鸟、林东、陶炼、黎万棠（会下）等西班牙作家参加了活动。

2月27日，凌鼎年、赵智及《微型小说》杂志社执行主编陈亚美3人应大洋洲华文作家协会会长太平绅士冼锦燕、副会长何与怀博士、副会长洪丕柱教授的邀请，赴新西兰第一大城市奥克兰参加了大洋洲华文作家协会第三次会员大会暨华文文学研讨会。在新西兰期间，凌鼎年就微型小说主题与大洋洲华文作家协会领导进行了沟通，达成了在大洋洲推进微型小说创作的意向与合作愿望。

2月10日至3月10日，小小说作家网山东版发起了凌鼎年小小说作品网上研讨，共收到各地17篇评论。聘请中国矿大顾建新教授、广东佛山大学姚朝文教授、湖南邵阳学院龙钢华教授作为评委。

2月，《冰凌幽默艺术论》（幽默微型小说），［美］冰凌著，美国纽约商务出版社出版。

2月，《作品》杂志2月号刊发表莞惠深小小说特辑，东莞7人10篇作品入选。

3月12日，广东东莞桥头举办小小说知识讲座，江西省抚州市作协主席刘国芳主讲。

3月，美国《中外论坛》杂志第3期发表河南《百花园小小说原创》副主编任晓燕的《作家凌鼎年访谈·小小说，总有说不完的话》。

3月，《百花园》"2009年度优秀原创作品奖"评选结果揭晓。

3月，中国纪检监察报社、浙江省纪委、浙江省作协、宁波市纪委、宁波市宣传部、宁波市文联主办第二届中国（浙江）廉政小小说大奖赛征文活动。

4月7日，新华网、中国作家网先后以"四川作家李永康小小说大家谈""李永康小小说笔谈"为题推出成都市温江区文化馆李永康的评论专辑。

4月，《文学报·手机小说报》、中国市政工程中南设计研究总院等单位共同主办"中南市政杯"百字小说大奖赛，本次大奖赛以"城市生活"为主题。聘请白桦（著名作家）、陈歆耕（《文学报》社长、主编）、郏宗培（中国微型小说学会会长、上海文艺出版社总编）、陆梅（《文学报》副主编）、褚水敖（上海诗词学会会长）、臧建民（上海市作家协会党组副书记）、世界华文微型小说研究会秘书长凌鼎年7位作家、学者组成终审评委。

4月，"界首骨科杯"第三届广西小小说奖在广西桂林市举行。

4月30日，新修订的《鲁迅文学奖评奖条例》中，小小说被纳入评奖序列，明确微型小说、小小说以集子的形式参评。第五届鲁迅文学奖征集参评作品工作自2010年2月28日启动，4月30日结束。评奖办公室对所有申报作品进行了审核，有100部作品集参评，24本集子通过初评进入公示榜，包括尹全生的《狼性》、宗利华的《感觉一只青蛙》、吴礼鑫的《慧悟：禅故事》、沈祖连的《做一回上帝》、李永康的《红樱桃》、陈毓的《谁听见蝴蝶的歌唱》、刘公的《灵魂撕裂的那一刻》、申平的《母亲的守望》、刘建超的《没有年代的故事》、蔡楠的《芦苇花开》、王海椿的《唐小虎的理想》、邢庆杰的《母爱的震撼》、赵新的《鸡不叫，天也明》、戴荣里的《城市庄稼》、孙方友的《小镇人物》、孙方友的《陈州笔记》、谢志强的《新启蒙时代》、刘黎莹的《无法被风吹走的故事》、王琼华的《心事》、刘国芳的《被风吹走的快乐》、陈永林的《上学的路有多远》、邢庆杰的《电话里的歌声》、凌鼎年的《让儿子独立一回》等。

5月4日，"罗龙记杯"东莞市第二届小小说创作大赛评审会在桥头镇举行，东莞小小说作家夏阳、邓石岭以及桥头本土作家莫树材担任评委，肖树的《省》获一等奖。

5月15日，中国微型小说学会与《东方剑》杂志社在上海易达通信FAS公司的支持下，举办为期一年的"易达通信FAS杯"微型小说征文活动。

5月15日至17日，由河南省作家协会与信阳市作家协会、《百花园》杂志社主办的庆祝"汤泉池"全国小小说笔会20周年暨小小说纳入鲁迅文学奖活动在河南信阳汤泉池举行。南丁、田中禾、李佩甫、孙春平、杨晓敏、王保民与10位20年前参加过汤泉池笔会的作家凌鼎年、沈祖连、沙黾农、生晓清、滕刚、谢志强、刘国芳、司玉笙、张记书等，以及新时代小小说作家共60多人参加了这次活动。凌鼎年代表参加过汤泉池笔会的作家发言。

5月18日，由深圳市作家协会和深圳市龙岗区文学艺术界联合会主办，深圳作家网、奥一网和小小说作家网协办的首届汉语蚂蚁小说"金蚂蚁奖"评选结果揭晓，段国圣、蔡中锋、刘吾福、青霉素、肖晨获金奖，王豪鸣获文体创新奖，另有10人获入围奖，38人获佳作奖。

5月28日，澳洲雅拉华人微型小说研究分会在澳大利亚正式注册成立，原澳洲华人作家协会吕顺出任会长，副会长潘华，秘书长马凤春，创会会员32位。

5月28日至30日，由江苏省台港澳暨海外华文文学研究会、江南大学人文学院主办的"华文写作与地域文化"研讨会、江苏省台港澳暨海外华文文学研究会2010年年会在江南大学举办。中国台湾著名诗人余光中、《香港文学》主编陶然、新加坡国立大学杨松年教授、马来西亚著名女作家朵拉、旅美女作家汪洋，及复旦大学、厦门大学、南京师范大学、苏州大学、徐州师范大学、扬州大学、江苏省社科院文学研究所、江苏文艺出版社、《世界华文文学论坛》等60多位教授、学者出席了研讨会。凌鼎年在会上宣读了《微型小说与地域文化》的论文。

5月，《21世纪微型小说排行榜》，百花洲文艺出版社出版。

5月始，《中国小小说名家档案》（100本），吉林出版集团与光明日报出版社陆续推出。

5月，在安徽霍山县召开为期两天的江淮小小说采风活动，约50名作家参加采风活动。

5月，江苏省太仓沙溪高级中学编辑校本教材《小小说阅读与写作》，校文学社指导老师张年亮撰写了"小小说写作指导""小小说创作技巧""小小说赏析""小小说选粹""太仓本土作家专题"，收录了凌鼎年、居国鼎的微型小说作品以及"师生作品选登"的内容。

6月17日，著名微型小说作家曹德权在四川省自贡市因病去世，终年55岁。曾任自贡市作协常务副主席、自贡市微型小说学会创会会长、《蜀南文学》副主编，微型小说代表作有《童神掌》《勋章上的微雕》《血婴》《逃兵》等，出版过微型小说集《曹德权微型小说全集》《百龟图》《哑谜》等10余部著作，300万字。

6月，在上海世博会结束前夕，凌鼎年被2010年上海世博会联合国馆UNITAR周论坛组委会特别授予"世界华文微型小说创新发展领军人物金奖"。联合国助理秘书长、联合国训练研究所主任卡洛斯·洛佩斯与论坛组委会执行主席、秘书长龙荣臻分别在荣誉证书上签字，以表彰凌鼎年多年来对推进微型小说这种新文体的发展，对推进华文微型小说在海内外的双向交流所作出的贡献。

2010年上海世博会联合国馆低碳生活与健康产业论坛组委会授予凌鼎年
"世界华文微型小说创新发展领军人物金奖"荣誉证书

6月，雪小禅（河北），马端刚（内蒙古），安勇、曹秀（辽宁），于德北（吉林），陈荣力（浙江），庄晓明、盛永明（江苏），闵凡利（山东），李珂（四川）加入中国作协。

6月，《香港极短篇》由东瑞、瑞芬编选，印度尼西亚企业家李顺南、林惠卿赞助，由香港获益出版事业有限公司出版，共收入香港50位作者的微型小说118篇。

6月，《微型小说2010》，陈赞一主编，香港加略山房有限公司出版。

6月，《网评小小说》晓立著，内蒙古人民出版社出版。

7月1日，马来西亚华文作家协会前会长曾沛主编的《马来西亚当代微型小说选》在马来西亚华文作家协会出版，马来西亚华文作家协会会长叶啸写序，曾沛写导言。

7月1日至3日，由世界华文微型小说研究会主办，香港万钧教育机构、香港华文微型小说学会承办，在香港伯裘书院礼堂召开了第八届世界华文微型小说研讨会，来自16个国家和地区的逾百名学者、作家参加了这次活动。

香港作家联会荣誉会长、著名作家刘以鬯，世界华文微型小说研究会会长、上海文艺出版社总编郏宗培，世界华文微型小说研究会名誉会长、原新加坡作家协会会长黄孟文，与世界华文微型小说研究会的多位副会长，以及来自美国、日本、澳大利亚、德国、新西兰、英国、新加坡、马来西亚、泰国、菲律宾、印度尼西亚、文莱、中国香港、中国澳门等16个国家和地区的100多位微型小说作家、评论家出席了研讨会，发表了近30篇论文。

为了迎接这次会议，主办方出版了《第8届世界华文微型小说研讨会论文集》，其中有凌鼎年撰写的4万多字的《中国微型小说备忘录》，引起与会者关注。

会议期间，郏宗培主持召开了世界华文微型小说研究会理事会。

在香港期间，郏宗培、凌鼎年等参加了由香港万钧教育机构、香港汇知中学主办，世界华文微型小说研究会（新加坡注册）合办，欧洲华文作家协会、香港华文微型小说学会、香港小说学会等协办的第二届世界中学生华文微型小说创作大赛及第八届全港微型小说创作大赛颁奖礼。来自美国、新加坡、马来西亚、中国内地与中国香港地区的获奖学生、指导老师，以及获奖学生家长代

表100多人参加了这次活动。

凌鼎年作为这次大奖赛的总顾问、终审评委，与郏宗培、[新加坡]黄孟文、[日]渡边晴夫教授、刘海涛教授、(中国香港)东瑞等终审评委在本次创作大赛主席(中国香港)陈芷的陪同下，分别向各国各地区获奖学生颁发了奖牌与获奖证书，并与获奖学生一起合影留念。

为了配合这次颁奖典礼，香港超越国际教育服务中心出版了《第二届汇知·第二届世界中学生华文微型小说创作大赛得奖作品集》，收录了全部获奖作品，并附录了终审评委凌鼎年、[印度尼西亚]袁霓、[日]荒井茂夫教授[新西兰]林爽、郏宗培、刘海涛教授、(中国香港)东瑞等终审评委的点评。

7月19日，江苏省微型小说(宝应)创作基地授牌仪式暨全省微型小说笔会在宝应县新华书店举行。来自全省及该县的40余名微型小说作家、会员参加活动。江苏省微型小说学会名誉会长凌焕新和省微型小说学会会长凌鼎年出席活动并向宝应县微型小说协会授予"江苏省微型小说(宝应)创作基地"匾额。同时，还举办了全省微型小说笔会。

7月，《香港文学》7月号推出了"世界华文微型小说作品小辑"，选发了10多个国家和地区华人作家的微型小说作品。由凌鼎年和《香港文学》主编陶然一起策划，凌鼎年组稿。

7月，中国台湾秀威出版社出版了欧洲华文作家协会主编的微型小说选本《对窗六百八十格》，凌鼎年撰写了代序《缤纷多彩的欧华微型小说》。

7月，广西小小说学会在广西钦州举行孙方友微小说《泥兴荷花壶》研讨会。

7月，由张海军策划的《青少年必读的当代小小说丛书》在大众文艺出版社出版，包括崔立的《那年夏天的知了》、段淑芳的《那把美丽的雨伞》、芙子子的《青春是一条河》、黄健生的《被遗忘的角落》、刘永飞的《忧伤的歌谣》、江岸的《借了父亲一头牛》、邵孤城的《你唱的歌儿真好听》、邱海泉的《相逢在秋风夕阳里》、苏丽梅的《被风吹走的夏天》、郑成南的《会唱歌的绿蘑菇》、韩昌元的《永远画不完的画》、季明的《满城尽带黄丝巾》、卢群的《菊花盛开的季节》、杨海林的《怀念一双手》、黄非红的《看风景的女孩》、王洋的《果园里的公主》、王位的《心中的那道风景》、金晓磊的《流过往事的水》、江东璞玉的《唱着生活的男孩》、朱雅娟的《笑容盛开如花朵》。

8月28日，由墨尔本中华国际艺术节、墨尔本华文作家协会、澳大利亚维州华文作家协会、澳大利亚华人作家协会联合主办的"墨尔本华人作家节"邀请了凌鼎年与冰峰参加。中国驻墨尔本总领事沈伟廉与维洲妇女儿童部长麦克辛·毛兰（Maxine Morand MP）出席开幕式并致辞，本届作家节副主席、澳大利亚SBS国家广播电台普通话节目监制胡玫主持开幕式，凌鼎年与冰峰分别作了关于微型小说创作、微型小说阅读与欣赏的主题演讲。

活动期间，凌鼎年与冰峰一起接受了澳大利亚SBS国家广播电台专题采访，并与大洋洲文联、《大洋时报》、《墨尔本日报》等文化机构进行了学术交流。凌鼎年还接受了澳亚民族电视台8分钟的专题采访，《大洋时报》在8月26日的"大洋笔会"版整版发表了凌鼎年论澳大利亚华文文坛的长篇文章，并配发了编者按及凌鼎年的作者简介。9月2日的《大洋时报》还发表了题为《中国大陆著名小说家来访》的报道。《澳洲新报》等多家华文报纸刊登了凌鼎年与冰峰的照片。

《人民日报（海外版）》、中国外交部网、中国新闻网、天津网、江苏作家网、新加坡文艺协会网、澳华文学网、美国文心网、网上唐人街网等海内外多家媒体发表了相关报道。

8月29日，澳门民政总署文化设施处在澳门下环图书馆举办了一个特别的澳门康乐节——轻言细语（迷你小说创作工作坊）。迷你小说是指2500字以内的小说，工作坊邀请澳门作家寂然先生介绍及分享创作的乐趣，有20余位文学爱好者出席了这次活动。

8月31日，宝应县作协微型小说学会举办了梁邦华微型小说作品研讨会。

8月，何燕小说《六年间》获第20届梁斌小小说奖一等奖。

8月，《百花园》副总编冯辉所著《论小小说》，49.2万字，在河南文艺出版社出版，孙荪为集子作序。该集子分为"综论""编者说""点评""杂感"四部分。刘海燕撰写代跋《对冯辉的了解是那么不够》。

8月，光明日报出版社出版《中国小小说名家档案》，中国作家协会书记处书记、副主席、中国作家出版集团管委会主任何建明撰写了《一种文体和一个作家群的崛起》的总序。《中国小小说名家档案》百部小小说名家出版工程，旨在打造文体，推崇作家，推出精品。集结许行、聂鑫森、孙春平、孙方友、凌鼎年、谢志强、刘国芳、曾颖、周海亮、海飞、杨晓敏等当代小小说最华丽的作家阵容和最具经典意味的力作新作，由100名小小说名家一人一册单行本（共100册）组成。

8月，山东纪广洋微型小说《一分钟》入编北京师范大学出版社普通高等教育"十一五"国家级规划教材《现代汉语》。

9月5日，由澳华文学网与澳大利亚华人文化团体联合会主办，悉尼作家协会、新洲作家协会、澳大利亚作家协会、酒井园诗社、悉尼诗词协会、悉尼笔会、澳中文化教育交流活动中心协办的"中澳作家悉尼文学研讨会"在悉尼举行，来自悉尼地区的68位作家、诗人参加了这次活动。中国政府驻悉尼总领事馆文化参赞李健钢致欢迎词，凌鼎年与冰峰分别就微型小说创作发表了主题演讲。研讨会上，中澳作家还就各自关心的文学问题进行了探讨与对话。

会议期间，凌鼎年与冰峰接受了新华社驻悉尼分社记者、当地电视台记者的采访。

澳大利亚SBS中文电台、中国国际广播电台驻悉尼记者站、《澳洲新报》杂志社、《澳洲新快报》杂志社、《大洋时报》等参加了这次活动，并发了相关消息。《星岛日报》《澳中周末报》《澳洲侨报》《澳华新文苑》《同路人》等海外华人信息网与澳华文学网等网站先后发表了《中澳作家悉尼文学研讨会，掀澳洲小小说热》《一次成功的澳中文学交流》《中国大陆著名小说家来访——与大洋洲文联做亲切交流》《著名微型小说作家访澳谈创作》等多篇报道。

9月18日，由作家网、漓江出版社、微型小说杂志社、包商银行，及北大、清华、人大、北师大等全国32家高校文学社团共同组织发起的"包商银行杯"全国高校文学作品征集、评奖、出版活动在北京现代文学馆正式启动。组委会聘请中国作家协会党组成员、书记处书记、《人民文学》主编李敬泽，陕西省作家协会主席、西安市文联主席、《美文》杂志主编贾平凹，四川省作家协会主席阿来，北京师范大学文学院教授张清华，《人民文学》主编助理邱华栋，重庆市作家协会签约作家张者，世界华文微型小说研究会秘书长凌鼎年为全国高校文学征文的小说评委。

9月24日，小小说作家网召开湖北省监利县作家陈勇微型小说作品研讨会。

9月，凌鼎年与凤凰出版传媒集团编辑蔡晓妮合作主编的《世界华文微型小说100强》(第一辑)在江苏文艺出版社正式出版，改为《我最爱读的微型小说》推出，凌鼎年撰写了《构建海内外微型小说双向交流的平台》的总序。丛书共编辑、收录了〔澳大利亚〕吕顺的《幕后新闻》，〔英〕黎紫书的《女王回到城堡》，〔马来西亚〕朵拉的《自由的红鞋》，〔新加坡〕修祥明的《小站歌声》，〔泰〕郑若瑟的《请勿打扰》、梦凌的《戏里戏外》，(中国香港)陶然的《密码168》、东瑞的《魔术少年》、秀实的《蝴蝶不造梦》、钟子美的《花妖》，(辽宁沈阳)白小易的《你还是小豆豆》，(广东佛山)韩英的《树丫上的石头》，(江苏连云港)陈武的《一棵树的四季》，(江西南昌)陈永林的《声名狼藉的小羊》，(河南郑州)秦德龙的《陌生人世界》，(江苏太仓)凌鼎年的《同是高材生》16本集子，共280万字。

9月，《外国最好的小小说》(超值珍藏版)，陈永林主编，长江文艺出版社出版。

9月，《中国最好的小小说》，刘正权主编，26万字，长江文艺出版社出版。刘正权作《小小说引领时尚阅读》的序言。

10月13日，浙江作家网和浙江天赐生态科技有限公司联合主办的"天赐生态杯"全国小小说大赛评选结果揭晓，一等奖1名：周海亮的《茶弈》；二等奖3名：立夏的《翡翠》、聂鑫森的《茶画》、孟宪歧的《苞茶逸事》；三等奖6名：季明的《老人与泉》、郑能新的《清天》、周广震的《茶道》、朱真伟的《祖父的梅城》、岳成贵的《茶语》、骆烨的《茶可清心》；优秀奖20名：夏阳的《苦雪烹茶》、许顺荣的《茶缘》、胡炎的《佳茗》、李伶伶的《像伍子胥一样》、徐均生的《徐文长遇茶仙》、杨海林的《茶道》、崔立的《爱喝茶的女人》、修祥明的《茶仙》、卞小侠的《痛打钱有财的故事》、凌鼎年的《斗茶》、徐水法的《子胥眉茶的由来》、侯发山的《关于茶叶的故事》、邵宝健的《邂逅一杯好茶》、祁鸿升的《子胥眉茶》、徐全庆的《天赐》、梁刚的《天赐良茶不赐婚》、陈荣的《凤凰三点头》、顾丽敏的《天赐》、汝荣兴的《新茶》、黄克庭的《爷爷"天赐"的遗憾》。

10月17日，由广东省作家协会小说创作委员会主办，广东小小说作家联谊会和惠州市小小说学会承办，惠州市中华文化促进会、广东百业投资集团协办的广东小小说新闻发布会，在广东文学艺术中心召开。省作协党组成员、专职副主席廖琪，党组成员、副主席兼秘书长温远辉，副主席伊始，副主席郭小东，原佛山市委副书记韩英和来自全省各地的小小说作家、评论家、媒体代表共50多人出席了会议。新闻发布会重点推介了雪弟主编的《广东近30年小小说精选》和《惠州小小说学会作品精选》两本新书。

10月18日，由中国世界华文文学学会、中南财经政法大学、三峡大学、《湖北日报》传媒集团主办的第16届世界华文文学国际学术研讨会在武汉召开，凌鼎年应邀参加了会议，并提交了《主编〈世界华文微型小说文库〉的汇报与思考》与《微型小说的双向交流》两篇论文。

10月23日至24日，民盟连云港市委、连云港市作家协会、淮海工学院学术期刊社与江苏省微型小说研究会在连云港市联合举办了"江苏省微型小说发展论坛"。该活动由徐习军、凌鼎年策划。

江苏省作家协会副主席张文宝，江苏省作家协会创作研究室主任闫海燕，连云港市政协副主席范忠华，文广新闻出版局副局长赵鸣，连云港市作家协会副主席兼秘书长徐习军，《澳门文艺》总编贺鹏，中国矿大中文系主任、九州岛学院文学院院长顾建新教授，《青春》杂志原副主编裴秋秋，江都市文联副主席、作家协会主席李景文，山东聊城市作家协会副主席、《东昌月刊》执行主编李立泰等30来位作家、评论家参加了这次论坛。

论坛由连云港市宣传部文艺处处长蔡骥鸣主持，凌鼎年作了微型小说的主题发言。徐习军就他牵头负责的《改革开放以来江苏微型小说研究》一书的思路与构想进行了汇报。论坛重点就江苏省作家协会立项的《改革开放以来江苏微型小说研究》一书的目录与框架结构展开了讨论，与会者积极发言，提出了不少建设性的意见。

10月27日，新浪微博推出中国首届微小说大赛。无论是幽默、恐怖、科幻，还是爱情、悬疑等，都可浓缩成140字以内的微小说，分享到微博。

一等奖（1名）奖励价值10万元左右的汽车一辆；

二等奖（5名）奖励1万元的现金；

三等奖（10名）奖励5000元的现金；

优秀奖（34名）奖励价值2000元的手机一部。

10月30日，日本《中国现代小说》季刊第11卷第21号发表久米井敦子教授翻译的凌鼎年微型小说《趣味》。

10月，浙江杭州《西湖》杂志第10期发表了著名评论家姜广平与凌鼎年2万字的对话《我不是坚守"小"，我是选择"小"》。凌鼎年用10000多字的篇幅就小小说的创作、小小说的前景等一系列问题与姜广平进行了探讨，阐述了自己的观点。姜广平肯定了凌鼎年多年来在小小说创作上取得的成绩，特别是对凌鼎年在推进这种文体的发展上，与促进小小说海内外双向交流方面作出的努力更是赞赏有加。

姜广平是南京《今日教育》的主编，在河南的《莽原》与浙江的《西湖》同时主持两个与作家的对话栏目，已成为这两家刊物的品牌栏目，全部是与我国当代大腕作家、当红作家的对话，与微型小说作家对话还是第一次，也是唯一的一次。

10月，捷克小小说学会成立，捷克《布拉格时报》社长、欧洲华文作家协会副会长李永华任会长。

10月，由李永康、石鸣主编的《四川三十年小小说选》在内蒙古人民出版社出版。该书由四川省作协创研室审定，选编了阿来、傅恒、色波、罗伟章、曹德权、李永康、王孝谦、曾平、曾颖等95位作者的138篇作品，全面展示了四川小小说30年来创作的重要成果。

10月，蔡呈书小小说作品研讨会在广西宾阳县举行。

10月，《天池小小说》刊发李伶伶原创小小说《翠兰的爱情》。之后，《翠兰的爱情》由李伶伶改编成30集电视剧在河北卫视等台播出。这是小小说领域第一篇被改编成电视连续剧的小小说，也是电视剧史上第一部由小小说改编成的长篇电视剧。

10月，由美国纪洞天策划，在美国成立了世界华文小小说总会。经汪曾祺的家人（汪曾祺的儿子汪朗、汪曾祺的女儿汪明、汪朝）同意，举办了第一届汪曾祺世界华文小小说大奖赛，聘请中国凌鼎年、黄文山、柯云路、陈文贵、孔庆东、黄灵香（女）、汪朗，（中国台湾）张曼娟（女）、（中国香港）张诗剑、（中国澳门）章长节、[澳大利亚]庄伟杰、[非洲]赵秀英（女）、[欧洲]俞力工、[匈牙利]余泽民、[新加坡]黄孟文、[南美洲]袁一平、[日]渡边晴夫、[美国〕穆爱莉（女）等为终评委。并成立了世界华文小小说函授学院，聘请凌鼎年为首任院长。

10月，《福建文学》杂志社与美国世界华文小小说作家总会联合举办第一届汪曾祺世界华文小小说奖评选活动，自5月至8月，10月评选结果揭晓，小小说《渔家泪》等10篇作品获奖。

11月6日，江苏省第四届紫金山文学奖评选结果正式揭晓，太仓市作家协会主席凌鼎年的微型小说集《天下第一桩》获短篇小说奖。这次短篇小说的评委是王彬彬、杨洪承、李敬泽、吴俊、张新颖、洪治纲、彭学明。

《天下第一桩》于2010年8月在光明日报出版社出版，收入《中国小小说名家档案》，中国作家协会副主席何建明撰写代序。收入凌鼎年60篇作品，附录了龙钢华教授、王力副教授、乔世华副教授、胡德才教授、赵禹宾主编等行家写的评论，还附录了凌鼎年的创作心得与创作年表，约20万字。

11月21日，佛山小小说学会换届大会在南国桃园举行。中国作协会员、原广东省人大常委韩英，佛山市作协主席郑启谦等30多位小小说作家代表参加了该活动。青年作家吕啸天当选为新一届会长。

11月，成都温江微篇文学研究会联合四川省作家协会创作研究室、《青年作家》杂志社共同举办首届（2009—2010年）"四川小小说优秀作品奖评选"。曾平的《老人孩子和羊》等10篇作品获优秀作品奖，葛俊康的《雨中男孩》等10篇作品获优秀作品提名奖。李永康、石鸣等30人的30篇作品进入排行榜。并编发《微篇文学》获奖作品专辑。

11月，"坚守与突破——2010中原作家群论坛"在郑州举办。中国作协主席铁凝在论坛开幕致辞中高度赞扬郑州小小说："新时期以来，河南文学的另一个亮点是以《百花园》《小小说选刊》为根据地形成的，以郑州为龙头的全国小小说创作中心，它以充满活力的文体倡导与创作实践，有力地带动了全国小小说的发展。"

11月，由张海君总策划的"中国新锐作家方阵·当代青少年小小说读本"在吉林人民出版社出版。该丛书包括刘国芳的《回家》、沈祖连的《得意忘形》、符浩勇的《幸福大道》、陈永林的《断翅的蝴蝶》、侯发山的《求求你当肇事者》、戴希的《恨铁不成钢》、周海亮的《丢失的梦》、伍维平的《黑板到底该谁擦》、万俊华的《失学之谜》、蔡玉燕的《高不过一棵庄稼》。

11月， 由林仁清总策划，李永康、石鸣主编的《四川三十年小小说选》在内蒙古人民出版社出版。四川省社科院文学研究所副所长向荣教授为集子撰写了《小小说言约旨远三十年柳暗花明》的代序。该集子分为3个小辑，收录了阿来、傅恒、高虹、罗伟章、裘山山、周克芹、曹德权等100位作家的142篇作品，约30万字。

11月，《最好看的小小说》，97.8万字，中国华侨出版社出版。

12月5日上午， 中国小小说创作基地在惠州学院挂牌成立。中国作家协会名誉副主席、著名评论家张炯，中国作家协会全委会委员、《小说选刊》杂志社主编杜卫东，河南省作家协会副主席、《小小说选刊》《百花园》主编杨晓敏，广东省作协党组成员、专职副主席廖琪，市委常委、宣传部长黄雁行，惠州学院党委书记李秀峰，湛江师范学院党委副书记刘海涛，《小说选刊》杂志社总编室主任毛成桦，《小说选刊》事业发展部主任李朴及来自惠州和全国各地的小小说作家、惠州学院师生300多人出席了仪式。

12月5日下午， 由广东省作家协会小说创作委员会、《小小说选刊》杂志社主办，惠州市小小说学会承办，《东莞文艺》杂志社、小小说作家网协办的夏阳小小说作品研讨会在惠州举行。中国作家协会原副主席、著名评论家张炯，河南省作家协会副主席、《小小说选刊》《百花园》主编杨晓敏，广东省作协党组成员、专职副主席廖琪，湛江师范学院党委副书记、著名评论家刘海涛，大连市文联副巡视员、著名评论家王晓峰，《微型小说选刊》副社长、金麻雀奖得主陈永林，《百花园·小小说原创版》副主编、小小说作家网站长秦俑，以及来自惠州市小小说学会、广州市小小说学会、佛山市小小说学会的作家、评论家代表，共60多人出席了研讨会。

12月16日， 济南山东新闻大厦召开了《山东文学》创刊60周年座谈会。会上，高军小小说《起皮》荣获"鼎丰杯"《山东文学》2006—2010年优秀作品奖。

12月， 由中国微型小说学会主办的第八届全国微型小说（小小说）年度评选结果揭晓，获一等奖的作品有10篇，分别是徐均生的《天塘山的咒语》、沈祖连的《奖金》、崔国华的《最佳人选》、万芊的《梯子》、王彦双的《麻婶的两只母鸡》、刘万里的《天才》、王培静的《军礼》、秦德龙的《陌生人俱乐部》、刘黎莹的《鱼和水的故事》、杨祥生的《水波的生日》。

12月，广东省惠州"中国小小说创作基地"在惠州学院挂牌成立。

12月，由江苏省《清风苑》杂志社、苏州市人民检察院与太仓市作家协会主办的"太仓港杯"法制微博小说大赛，自2010年12月拉开了帷幕，法制微博小说征文，系全国首创。

12月，《最美校园小小说》，徐彩虹主编，30万字，吉林大学出版社出版。

2010年，由《小说选刊》《文学报·手机小说报》《微型小说选刊》3家选刊与《福建文学》《山东文学》《四川文学》《北方文学》《黄河文学》《山西文学》《广西文学》《飞天》《青春》《山花》《天池》《文学港》12家文学期刊联手举办的"陈毅杯"全国小小说"12+3"大奖赛，聘请了《小说选刊》主编杜卫东、中国作协创研部副主任彭学明、《文学报》主编陈歆耕、《民族文学》副主编石一宁、《四川文学》主编意西泽仁、《小说选刊》编辑李朴及世界华文微型小说研究会秘书长凌鼎年7位专家为终评委。

2010年，凌鼎年微型小说《天使儿》被日本国学院大学渡边晴夫教授翻译成日语，发表在日本《中国语》杂志上。

2010年，凌鼎年应邀去南京，为内蒙古自治区小作家协会夏令营的100多位小作家作了一次以微型小说为主题的文学讲座。

2010年，凌鼎年应邀去连云港为板浦中学的师生作微型小说为主题的文学讲座。

2010年，凌鼎年作为常州机械学院的校外辅导员，应邀去江苏常州大学城，为该学院的学生作微型小说主题的文学讲座。

2010年，经河北省作协党组会议批复，河北省作家协会小小说艺术委员会正式成立，蔡楠任主任。

2010年，香港汇知教育机构举办第二届"汇知·世界中学生华文微型小说创作大赛"，共有16个国家和地区的学生投稿参与。

2010年，由《小说选刊》和《小小说选刊》共同授予的"中国小小说创作基地"落户惠州。

2010年，江苏省微型小说研究会授牌沙溪高级中学"江苏省微型小说教育基地"。

2010年，自贡市微型小说学会编辑出版《2010年自贡市微型小说年鉴》。

2010年，《精妙小小说》由内蒙古赤峰市文联创办。

2010年，由美国西康涅格州大学祁守华（音译）教授翻译，在美国加州石桥出版社出版的英译本小说集《珍珠外套及其他的故事》，在美国及欧洲主流书市发行。该集子收录了鲁迅、郁达夫、郭沫若、老舍、夏衍、沈从文、汪曾祺、王蒙、冯骥才、林斤澜、高晓声、贾平凹、凌鼎年、孙方友、滕刚、刘国芳、谢志强、爱亚、陈启佑、刘以鬯、陶然等120位中国大陆与台港澳地区作家的120篇作品，集子分为7个小辑，约20万字。

2010年，湖北省作家协会与中国移动通信集团湖北有限公司联合举办湖北省第二届网络文化节微型小说大赛，5月至9月征稿，大赛设金奖1名，10000元奖品；银奖5名，5000元奖品；铜奖10名，2000元奖品；优秀奖20名，500元奖品。

2010年，薛涛微型小说《冬天》入选广东艺术院校《大学语文》。

2011年

1月1日，《成长经典珍藏系列》（10本），蔡晓妮、陈永林主编，江苏文艺出版社出版。

1月8日，江苏省微型小说研究会、扬州市文联在扬州市琼花观举行何开文微型荒诞小说集《梦笔生花》首发式。来自市内外的50多位作家、学者参加了首发式。

1月8日至10日，"乐至杯"首届全国"12+3"微型小说大奖赛颁奖仪式、全国"12+3"微型小说编辑年会暨四川省新生代作家作品研讨会在四川乐至举行。《小说选刊》、《文学报》、《福建文学》、《四川文学》、《山西文学》、《山花》（B版）、《山东文学》、《广西文学》、《黄河文学》、《北方文学》、《文学港》、《飞天》、《青春》、《天池小小说》、《文学报·手机小说报》、《微型小说选刊》及搜狐网读书频道、当代中国文学网、中华微型小说网、北方妇女儿童出版社20家单位参与，并得到了中共乐至县委、县政府的大力支持。本次大奖赛共评出优秀作品12篇，会议期间，凌鼎年代表评委会作获奖作品点评，最后代表组委会致答谢词。

12家期刊的编辑还对四川省的新生代小说作家欧阳明、王平中、高余、李桂芳、樊碧贞和都国胜的作品进行了研讨。本次编辑年会对"12+3"的工作做了总结，并确定"12+3"的活动在今年继续举行，山东《时代文学》、湖北《东风文艺》和江苏《短小说》3家期刊确定加入此项活动。

1月，由中国小说学会主编、卢翎选编的《2010中国微型小说年选》，26万字，卢翎撰写《步履蹒跚又一年——2010年微型小说创作断想》的序言，在花城出版社出版。

1月，由杨晓敏、郭昕、寇云峰选编的《2010年中国年度小小说》，38.2万字，在漓江出版社出版。

1月，由作家网选编，冰峰、陈亚美主编的《2010中国年度微型小说》，35.1万字，冰峰撰写《距离生活最近的小说》的序言，在漓江出版社出版。

1月，由高长梅选编的《2010年中国小小说精选》，33.2万字，在长江文艺出版社出版。

1月，陈勇撰写的中国第一部微型小说百家论《中国当代微型小说百家论》，62万字，在内蒙古人民出版社出版。辽宁省评论家高盛荣作《中国微型小说的百科全书》的代序。该集子收录了杨晓敏、凌鼎年、韩英、邢可、白小易、谢志强等100位微型小说作家的文论。

2月1日，郑州作家秦德龙创作的小小说《开心农场》，被改编为喜剧小品《希望的田野》，在2011河南春晚（河南卫视）播出。

2月1日，由陈永林、生晓清主编的《中国微型小说名家名作百年经典》（10本）、《外国微型小说名家名作百年经典》（10本），在吉林出版集团有限责任公司出版。

2月26日，凌鼎年应邀去苏州高教区独墅湖图书馆参加微型小说集《同是高材生》新书发布会，并作了《微型小说创作》的讲课。

2月28日，海南省第五次作家协会第五次代表大会上，微型小说作家符浩勇当选为海南省作家协会副主席。

2月，由黑龙江伊春市工商学会秘书长、伊春市作家协会副主席邴继福、民进伊春市委会委员、伊春市作家协会副秘书长李艳霞，著名作家包利民、于成海共同发起成立了"伊春小小说沙龙"。

3月1日，《中国微型小说百年经典·中国卷》，《中国微型小说百年经典·外国卷》，陈永林、方圆主编，湖南少年儿童出版社出版。

3月18日，为配合与太仓市检察院合作举办的法治微型小说征文大赛，凌鼎年应邀去太仓检察院为全体干警讲课。讲《微型小说、手机小说、微博小说》，系检察文化之第26讲。

3月19日，东莞市小小说创作笔会在桥头镇三正半山酒店举行。上午与会作家畅谈小小说创作经验，下午聆听杨晓敏、刘海涛、温远辉等名师讲座。参会人员还有詹谷丰、夏阳、莫树材、禾丰浪、王散木、谢莲秀、叶瑞芬、张树坚、陈广城、佟平、李凌、张俏明、张利平、陈亚龙、刘庆华、谢松良、张辉旺、诸葛斌、舒丽红、邝美艳、熊西平、谢耀西、陈柳金、冯毅、冯巧等。

3月，《小小说选刊》第13届（2009—2010年度）全国优秀小小说作品奖评选结果揭晓。

3月，姚朝文在佛山大学讲授《微篇小说鉴赏与创作》《大学语文与应用文写作》等课程。

3月，广东省东莞市桥头镇小小说创作基地挂牌。

3月，《芳草》杂志第3期刊发小小说专刊，东莞10人12篇作品入选。3月，"方隆杯"第四届广西小小说奖在广西钦州市举行。

3月，《微型小说美学》，凌焕新著，在凤凰出版传媒集团出版。江曾培作序一《圆了一个"美"梦》，陈辽作序二《导向·标杆·审美享受》，刘海涛作序三《攀登微型小说理论研究新高峰》。凌焕新作《半生缘：我与微型小说》的后记。

3月，闻春国翻译的微型小说集《幽默微型小说》(英汉对照) 由上海外语教育出版社出版，收入微型小说105篇，凌鼎年作序。

3月，闻春国翻译的《外国精彩幽默小品文》由金盾出版社出版，收入微型小说《合适的借口》等译作11篇。

3月，《微型小说百年经典》(中国卷)，湖南少年儿童出版社出版。

3月，由张志平、王军杰主编，戴希、白旭初执行主编的《常德优秀小小说选》，33万字，精装本，在湖南人民出版社出版。杨晓敏作《常德已成为全国小小说重镇》的代序。

3月，经山东省日照市作家协会主席办公会研究，决定成立日照市作家协会小小说创作委员会。厉剑童任主任委员，林华玉、厉周吉任副主任委员。

4月10日，苏州的《姑苏晚报》整版发表作家汤雄、刘放撰写的《创造了微型小说的N个第一——凌鼎年访谈录》，还刊登了凌鼎年的照片、作者简介与签名等。

4月，《百花园》"2010年度优秀原创作品奖"评选结果揭晓。

4月，第五届（2009—2010年度）小小说"金麻雀奖"评选结果揭晓。

4月，刘海涛教授应新加坡教育部华文推广委员会的邀请，参加新加坡"文学四月天"活动，给新加坡作家和南洋女子中学等十几所中学师生讲《华文微型小说的新形态和新方法》。

4月，郝慧敏主编的微型小说白金版《会上楼的牛仔裤》，12.5万字，在江苏教育出版社出版。

4月，中学生创新阅读编委会编的《2010—2011年名家微型小说排行榜》，28.6万字，在重庆大学出版社出版。

5月4日，新西兰《华页》刊登了凌鼎年微型小说《娄城传奇系列——麻将老法师》绘制的10幅连环画，系上海著名连环画画家罗希贤所画。

5月11日，东莞市文联批复同意在桥头镇成立"东莞市小小说创作基地"，这是东莞市文联建立的首个文学创作基地。

5月13日至15日，由百花洲文艺出版社、《微型小说选刊》杂志社主办，万载县作家协会承办的2011年"全国微型小说笔会"在江西宜春万载举行。来自全国各地的近百名著名作家、评论家、编辑共聚一堂，畅谈微型小说的繁荣和发展。王山、郑宗培、杨晓敏、姚雪雪、李晓君、孙方友、凌鼎年、刘国芳、秦德龙、黄克庭、夏阳等微型小说作家、编辑参加了这次活动。

5月21日，"华萃酒店杯"东莞市第三届小小说创作大赛评审会在桥头镇举行，惠州市小小说作家申平、海华、雪弟担任评委，曾楚桥的《女保镖》获一等奖。

5月，由蔡楠与杨晓敏等人所著《荷花淀派传人》，13.5万字，在大众文艺出版社出版，杨晓敏作《荷花淀派新时期传人》的序言。该书系《蔡楠小小说研究》丛书。

5月，雪弟的《中国小小说地图》(江西卷)，13.5万字，在大众文艺出版社出版。石鸣作《江西小小说创作景观的集中描绘》。

6月24日，由郑州市政府主办，《百花园》杂志社承办的"中国郑州·第四届小小说节"在郑州举行。中宣部出版局、中国作家协会创研部及河南省、郑州市等相关部门的负责人吴天君、胡平、丁世显、李佩甫、杨震林、王霄鹏、张晓圻、龚首鹏、钟海涛、徐大庆、沈良斌等，与来自全国各地及海外的作家、学者、评论家、编辑家200余人共聚一堂。开幕式暨颁奖会上，郑州市委宣传部常务副部长张晓圻致欢迎词，郑州市委宣传部副部长龚首鹏宣读了郑州市委宣传部对《百花园》杂志社的嘉奖。郑州市委常委、宣传部部长丁世显出席"当代小小说高端论坛"并讲话。河南省作协副主席、《百花园》杂志社总编辑杨晓敏主持了"当代小小说高端论坛"。

此次小说节还颁出了小小说的各个奖项，赵新、修祥明、凌鼎年、袁炳发、秦德龙、芦芙荭、夏阳、红酒、王往、陈力娇10人荣获第五届小小说"金麻雀奖"(2009—2010年度)，江曾培、何秋声、李春林、余敏、凌焕新、王保民、郑宗培、邢可、郑允钦、郭昕10人荣获小小说事业推动者奖，新加坡的黄孟文、日本的渡边晴夫和中国香港的东瑞被授予小小说创作终身成就奖。

6月，获2009—2010年度（第十三届）小小说优秀作品奖：安石榴的《大鱼》、陆颖墨的《海军往事》、杨光洲的《鱼鹰》、杨小凡的《药都人物》、苏北的《奇人大冯》、刘立勤的《麦子黄了》、相裕亭的《新茶》、李培俊的《两代狙击手》、符浩勇的《与春天约定》、田洪波的《马然的理想》、奚同发的《幸福一小时》、李永康的《中国传奇》、远山的《我的名字叫红》、沈祖连的《开小卡的女人》、赵明宇的《温少庭》。

获小小说佳作奖：陈毓的《赶花》、邓洪卫的《方向盘》、何一飞的《我的光明你的眼》、陈晔的《舞蹈的矿灯》、胡炎的《叛徒》、白云朵的《回家》、杜书福的《门闩》、程宪涛的《小金凤》、云风的《豆腐王》、盐夫的《一条进过瓢城的狗》、王培静的《编外女兵》、王庆献的《马大能耐》、刘志学的《木棰爷》、韦名的《1984年的北风》、戴希的《羊吃什么》。

6月，在凌鼎年的策划下，中国微型小说学会向江苏省沙溪高级中学李光耀校长授予了"中国微型小说教育基地"铜牌。太仓市分管副市长赵建初与市教育局局长周鸿斌等出席挂牌仪式。这块"中国微型小说教育基地"铜牌是全国第一块国家级的牌子，在全国是首创，具有示范意义。

6月，《深莞惠小小说作家研究》，雪弟等著，凤凰出版社出版。

6月，凌鼎年与马宝山合作主编的《当代中国手机小说名家典藏》在内蒙古文化出版社出版，凌鼎年撰写总序。计有马宝山（内蒙古包头市）的《苍天亦怒》、刘黎莹（山东泰安市）的《与美女相遇》、夏雪勤（浙江杭州市）的《爱情空间》、林美兰（福建泉州市）的《火凤凰》、汤雄（江苏苏州市）的《喋血斗狗记》、江野（云南昆明市）的《野宴》、李立泰（山东聊城市）的《东姐儿》、黄克庭（浙江义乌市）的《最珍贵的文物》、吴万夫（河南郑州市）的《三个字改变一生》、陈武（江苏连云港市）的《洁白的手帕》、陈勇（湖北监利县）的《吹萨克斯的男孩》、闵凡利（山东滕州市）的《禅香遍地》。

6月，陈金明主审、方圆主编的《中考试卷中的美文选萃》在湖南少年儿童出版社出版，收入凌鼎年微型小说《让儿子独立一回》，附特级教师张保童点评。

6月，四川省小小说学会、中华微型小说网、资阳市作家协会、安岳县作家协会与安岳县交通运输局联合举办首届"安岳交通杯"全国小小说、纪实文学征文大赛活动。这次大赛历时4个月，共在指定的网上贴出参赛作品近200篇，作者涉及全国近30个省（市、区）。经评委初评、终评，共有28篇作品获奖。

7月9日，山东临沂小小说六家座谈会在沂水县高庄镇召开。临沂市作协副主席、沂水县文学创作室主任魏然森主持会议，临沂市作协主席高振就临沂市文学创作的现状及作家队伍建设等问题发表了讲话。《鲁南商报》文学副刊编辑张斌介绍临沂小小说六家戴建涛、高军、李全虎、刘祺瑞、徐国平、薛兆平的情况。

会上，高军提议推举聂兰锋、高薇、刘克升、王洋、邵昌玺、刘明才6位成绩显著、发展势头良好的小小说作家为"临沂小小说新六家"。

7月，河北小小说艺委会邢台工作站成立，李荣（李孟军）任站长，豆浩（尹京变）、王老大（王庆斌）任副站长，飞扬（王彦辉）任秘书长。

8月1日，日本《中国语》杂志第8期发表了日本国学院大学教授渡边晴夫翻译的凌鼎年微型小说《走出山村的郝石头》、莫言的微型小说《驴人》、谢志强的微型小说《纪念一个孩子》。

8月27日，凌鼎年应邀去浙江海宁市桃园小学讲课，讲《阅读·写作·赏析》，重点讲述了微型小说的阅读、写作与赏析。

8月，由凌鼎年撰写的《中国微型小说备忘录》，12万字，在天津《微型小说月报》第8期专号推出。

8月，墨村的微型小说《捡破烂的傻二》收入中等职业教育课程创新教材《语文》教科书，在黑龙江大学出版社出版。

8月，在阜阳召开安徽小小说交流会，30多位作家出席会议。

8月，山东纪广洋的微型小说《最优秀的人》入编暨南大学出版社《中职语文》一书。

9月，香港汇知教育机构选编香港中学生教材《微型小说导赏及写作教学》，由陈葓与阿兆主编，阿兆负责每篇作品的赏析，陈葓负责把每篇作品设计成教案教材和习题，在香港学生文艺出版社有限公司出版。中国大陆有凌鼎年、修祥明、吴金良、邓开善、沈宏5人作品入选。

9月，凌鼎年主编的《世界华文微型小说文库》在内蒙古文化出版社出版，并为3本集子分别写序。

《美洲华文微型小说选》（47万字）；

《大洋洲华文微型小说选》（40万字）；

《欧洲华文微型小说选》（39万字）。

9月，《百花园》杂志社编的《第五届小小说金麻雀获奖作品》，25.2万字，在漓江出版社出版。

9月，江西省微型小说协会成立，陈永林任会长。

9月，广西小小说左江笔会在广西崇左市举行。

10月，香港陈葓、阿兆合编的《微型小说与语文教育》一书系香港学校的教材，在香港学生文艺出版社出版，并附有作品赏析与练习题等。收录了23篇作品，中国内地收录了凌鼎年的《剃头阿六》、修祥明的《小站歌声》、吴金良的《艾莉丝病了》、邓开善的《月照南窗》、沈宏的《走出沙漠》共5篇。香港本土收录了秀实、陈葓、梁科庆、陶然、阿兆、刘以鬯、李小慧、林荫、吴敬子、钟子美共10位作家的作品，中国台湾收录了陈启佑的《永远的蝴蝶》与隐地的《ＡＢ爱情》，中国澳门收录了许钧铨的《陷》，新加坡收录了黄孟文的《喜鹰》、连秀的《回乡魂》、希尼尔的《认真面具》、张挥的《金桂，你等等我！》，马来西亚收录了朵拉的《流浪的幸福》。

10月6日至16日，应全美中国作家联谊会、美国诺贝尔文学奖中国作家提名委员会邀请，中国微型小说作家代表团访问美国，团长为世界华文微型小说研究会秘书长凌鼎年，《人民文学》培训学校副校长、"作家网"总编冰峰，海南省作家协会副主席符浩勇为副团长，湖南邵阳学院文学院副院长龙钢华教授为秘书长，全团有8位作家。

访美期间，中国微型小说作家代表团先后向耶鲁大学东亚图书馆、哈佛大学燕京图书馆、美国国会图书馆、联合国图书馆、中国驻美国纽约总领馆图书馆等捐赠微型小说等书籍800多册，以协助耶鲁大学东亚图书馆、哈佛大学燕京图书馆建立中国微型小说作家作品文库。凌鼎年自费购买了460多册微型小说书籍带到美国，龙钢华、赵智、符浩勇等也分别赠书给耶鲁大学、哈佛大学图书馆。

凌鼎年还应哈佛大学中国文化工作坊的邀请，在哈佛大学燕京图书馆作了《中国崛起的新文体——微型小说》的主题演讲。龙钢华教授、赵智也分别作了演讲。这是中国微型小说作家首次登上哈佛大学的讲坛。

代表团在美国纽约召开了新闻发布会，全美中国作家联谊会会长冰凌先生与中国驻美国纽约总领馆文化领事孔晶向凌鼎年颁发了"世界华文微型小说大师"的水晶奖座。

旅美文化泰斗董鼎山、海外中国文艺复兴协会会长林缉光等纽约多位文化名人与中国新闻社、美国中文电视台、《星岛日报》、美国《侨报》、美国网络电视、纽约中国广播等多家媒体记者也出席了这次活动。凌鼎年还接受了美国中文电视台的采访，采访视频已在美国播放。

在代表团访美期间，美国《星岛日报》、美国《侨报》、加拿大《中华时报》、美国中文电视台、美国中文网视频、美国网络电视、纽约中国广播、美国名人网、精品网、文心网、澳华网、巴西侨网、《澳门日报》电子版等数十家媒体，以及中国新闻社、新华社、中国作家网、作家网、中国社会科学网、中国经济网、中国台湾网、中国诗歌网、上海作家网、江苏作家网、《人民日报(海外版)》《文艺报》等中国的数百家媒体做了大量报道。其中，美国《伊利华报》做了两个整版的报道，刊登了18幅照片。这次访美是中国微型小说真正意义上地走向世界。

全美中国作家联谊会在美国纽约向凌鼎年颁发的水晶奖座（2011年10月10日）

10月，刘海涛主编的《中国最好看的微型小说》(大全集) 一书在中国华侨出版社出版。

10月，余致力编的《诺贝尔文学奖获奖作家微型小说精品》，30万字，在百花洲文艺出版社出版。

11月24日，天津微型小说研究会在北京成立，马敬福当选为会长，李子胜当选为副会长。

11月，凌鼎年主编的《被孤独淹没的女人·澳大利亚微型小说卷》《两只指环的爱情·新西兰微型小说卷》在中国台湾秀威出版公司出版、发行。

11月，《青少年素质读本·中国小小说50强》丛书在江西高校出版社出版第二版，第二版重新设计了封面，在书名下印上了"冰心儿童图书奖获奖图书"字样。

11月，由《百花园》杂志社主办的"小小说与文化产业高端论坛"在郑州举行。

11月，李永康担任成都市微型小说学会会长。

11月，《最好小小说大全集》，文敏责编，在中国华侨出版社出版。

11月，四川省小小说学会、中华微型小说网、资阳市作家协会、安岳县作家协会与安岳县交通运输局联合举办首届"安岳交通杯"全国小小说、纪实文学征文大赛颁奖活动，在安岳举行。来自省内外的作家、评论家、获奖作家代表近百人参加了大会。

12月6日，河北省邯郸市作家协会小小说艺术创作委员会在邯郸冀南宾馆召开成立大会。名誉顾问韩吉祥、顾问王承俊，指导具体工作；主任刘四平、副主任赵明宇兼秘书长，主持日常工作；副主任还有沙舟、常聪慧、宋其涛；张记书为名誉主任。

12月18日，经四川省小小说学会第二次会员代表大会选举产生：会长欧阳明，副会长王孝谦、杨轻抒、骆驼、刘靖安、周仁聪、王平中、石建希、林仁清，秘书长林仁清（兼），副秘书长伍忠余、胡蓉、曾明伟、高余、白玛曲真，聘请付恒、杨志坚为顾问。

12月18日，以"岭南金雀飞"为主题的中国小小说创作基地挂牌一周年暨惠州首届（2009—2010年度）钟宣优秀小小说奖颁奖晚会在惠州学院举行。著名作家蒋子龙应邀出席。钟宣小小说奖每两年一届，奖金共10万元。此次共有30人次获奖，其中6人获得小小说事业推动奖，2人获得小小说特别奖，15人次获得优秀作品奖中的特等奖和一等奖、二等奖、三等奖，7人获得新人新作奖。

12月19日至25日，海南第一时尚生活周刊《海周刊》第43期以一个整版发表了多位评论家介绍性文章综述《让娄城系列走向世界的凌鼎年》，并刊登了凌鼎年的作者简介，以及《天下第一桩》《过过儿时之瘾》《让儿子独立一回》《都是克隆惹的祸》《海外关系》5本微型小说集的书影与集子介绍。

12月23日，《苏州日报》文艺部编辑黄洁专程来太仓采访了凌鼎年，《苏州日报》"人文周刊"第196期以一个整版篇幅发表黄洁的采访报道《凌鼎年：中国微型小说的领军人》，并配发凌鼎年访美时的彩色照片与作者简介等。

《苏州日报》"人文周刊"第196期发表《凌鼎年：中国微型小说的领军人》

12月24日，河北省邯郸市作协小小说艺术创作委员会在冀南宾馆召开成立会议。

12月30日，北京《图书馆报》"名家阅读"栏目记者袁江编辑采访了凌鼎年，《图书馆报》以一个整版推出了袁江的采访报道：《读书与思考比创作更重要——访世界华人微型小说研究会秘书长、著名微型小说作家凌鼎年》。

12月，由中国微型小说学会主办的第九届全国微型小说（小小说）年度评选结果揭晓，获一等奖的有10篇，分别是杨汉光的《锁在箱子里的思想》、凌鼎年的《荷香茶》、何百源的《国王第二次寻找继任人》、赵明宇的《帮扶》、杨祥生的《送灯》、满震的《整治护城河》、王培静的《编外女兵》、江岸的《大风口》、张记书的《卸载》、刘万里的《蒙面人》。

12月，由杨晓敏、郭昕、寇云峰选编的《2011年中国年度小小说》，44万字，在漓江出版社出版。

12月，《2011楚天文学全国精品文萃·小小说》，湖北团风县文联《楚天文学》编辑部选编，在云南大学出版社出版。

12月，河北省承德市作家协会增设小小说艺术委员会，王金石当选小小说艺术委员会主任，孟宪歧、黄守东为副主任。

12月，山东纪广洋微型小说《一分钟》入编上海教育出版社九年义务教育五年级第二学期《语文》课本。

12月，由陈勇所著《世界华文微型小说百家论》，42万字，在内蒙古人民出版社出版。喊雷题写书名，新加坡黄孟文作序一，辽宁乔佩科教授作序二。该书收录了新加坡黄孟文、泰国司马攻、日本渡边晴夫、印度尼西亚袁霓、马来西亚朵拉、美国纪洞天、新西兰冼锦燕、瑞士朱文辉、德国谭绿屏、加拿大曾晓文、澳大利亚婉冰、荷兰池莲子等上百位海内外微型小说作家的文论。

2011年，郑州市政府主办的第四届小小说节、第五届（2009—2010年度）小小说金麻雀奖揭晓。

2011年，凌鼎年小小说集《同是高材生》(江苏文艺出版社2010年9月版)，荣获第四届小小说学会奖优秀文集奖。

2011年，姜广平与凌鼎年有关小小说对话《我不是坚守"小"，我是选择"小"》(发表于《西湖》杂志2010年10月)，荣获第四届小小说学会奖理论奖。

2011年，《小小说选刊》、河北省作家协会小小说艺术委员会、《沧州日报》、《河北作家》、《河北小小说》、河北新华高压电器有限公司联合举办"新华杯"全国小小说大奖赛。

2011年，《百花园》《小小说选刊》双双获得第七届（2009—2010年度）河南省社科类一级期刊奖及二十佳期刊奖。

2011年，四川省自贡市微型小说学会编辑出版《2011年自贡市微型小说年鉴》。

2011年，香港万钧汇知中学与华文微型小说学会、获益出版事业有限公司、香港儿童文艺协会、中华书局(香港)，以及香港教育图书公司协办"首届全港小学微型小说续写大赛"，以即场出题、即场写作的模式进行，每届参与的学生平均超过300人。邀请东瑞等人作为评审或顾问。

2011年，瑞士苏黎世《一瞥晚报》举办以《渴望》为主题的微型小说征文赛，在当地掀起参赛热潮。

2012年

1月1日，由方东方、陈永林主编的《不可不读的中国百年百篇经典小小说》《不可不读的外国百年百篇经典小小说》在石油工业出版社出版。

1月9日，"桥兴杯"东莞市第四届小小说创作大赛评选结果在桥头镇揭晓，诸葛斌的《钓》获一等奖。

1月，由作家网选编、冰峰主编的《2012中国年度微型小说》，34.6万字，冰峰撰写《微型小说在创作中存在的几个问题》的序言，在漓江出版社出版。

1月，《小小说选刊》策划的全国小小说创作高研班在河南郑州创办，创办人卧虎。

2月5日，由四川省作协、四川省小小说学会联合评选首届四川省小小说学会会员优秀作品。通过征稿，共收到学会成立5年来在各级报刊发表的小小说作品300余篇，经评委会评选，最终评出欧阳明的《挥手》等10篇小小说获一等奖，王平中的《暮秋》等10篇小小说获二等奖，吴永胜的《请客》等30篇小小说获三等奖。

2月10日，凌鼎年的系列微型小说《先飞斋笔记》获福建省作家协会、福建师范大学文学院、海峡文艺出版社、福建省台港澳暨海外华文文学研究会等单位主办，台湾《幼狮文艺》、《福建文学》、《台港文学选刊》与中文书刊网等单位承办的"首届海峡两岸文学创作网络大赛"短篇小说三等奖，凌鼎年应邀去福州参加了"首届海峡两岸文学创作网络大赛颁奖典礼暨数字时代文学创作与阅读高峰论坛"。

2月12日，中国闪小说学会成立，马长山任会长，副会长有余途、程思良、蔡中锋。目前正在策划成立世界闪小说学会，打算在泰国注册。

2月24日，来自北京、河南、河北、江苏、江西、广东、广西、陕西、山东、湖北、福建、四川、辽宁等十几个省（市、区）的40多位小小说作家、评论家、编辑齐聚海南省琼海市的温泉休闲中心，宣告"中国小小说名家沙龙"正式成立。这是小小说业内一个专业性的民间沙龙。河南省作家协会副主席、《百花园》杂志社总编辑杨晓敏出任创会会长；世界华文微型小说研究会副会长、中国写作学会副会长、广东湛江师范学院党委副书记刘海涛教授，辽宁省文艺评论家协会副主席王晓峰教授，北京《语文导刊》主编高长梅，世界华文微型小说研究会秘书长、江苏省微型小说研究会会长凌鼎年，广西小小说学会会长、《大南方小小说》主编沈祖连，广东惠州小小说学会会长申平，河北省小小说艺委会会长、《河北小小说》主编蔡楠，洛阳市作家协会副主席、郑州小小说学会副会长刘建超，陕西画报社策划部主任、郑州小小说学会副会长陈毓等出任副会长；《小小说选刊》执行主编、"小小说作家网"总编秦俑出任秘书长。会上还讨论通过了《中国小小说名家沙龙公约》。

2月25日，海南省作家协会举办了符浩勇小小说作品研讨会。研讨会由《天涯》执行主编王雁翎主持。海南省作协主席邢孔健，河南省作协副主席、《小小说选刊》及《百花园》总编杨晓敏，海南省作协副主席杜光辉，以及著名评论家王晓峰、刘海涛、毕光明、顾建新、张浩文、赵瑜、凌鼎年等40多位作家、学者、文学编辑齐聚一堂，研讨会收到各种有关符浩勇小小说作品的文论21篇。

2月，滕刚策划、主编的小小说丛书《百年百部微型小说经典》(第二辑)在四川文艺出版社出版。包括《永远的门》(王蒙等合集)、《天堂之门》(欧·亨利等合集)、万芊的《铁哥们》、王保忠的《窃玉》、王海椿的《米兰一街》、司玉笙的《会走的椅子》、甘桂芬的《清明谷雨》、刘黎莹的《青花瓷》、许峰的《预言家》、邢可的《语杀》、邢庆杰的《百年魔咒》、何葆国的《像我的人》、吴万夫的《坠落过程》、沈祖连的《无奈有奈》、闵凡利的《莲花的答案》、陈大超的《智慧诊所》、相裕亭的《小站不留客》、胡炎的《狼人日记》、凌鼎年的《天使儿》、奚同发的《木儿，木儿》、徐慧芬的《取暖》、高海涛的《天外》、喊雷的《梦非梦》、曾颖的《借脸》、戴涛的《一片苍茫》。

2月，《微型小说选刊》杂志社编的《微型小说1001夜》(10本)在百花洲文艺出版社出版。

3月9日，福建省三明市小小说学会在市作协五月会所正式成立，这是福建省首家小小说学会。吴富明当选为三明市小小说学会创会会长，杨朝楼、李耿源为副会长，罗榕华为秘书长。

来自广东的著名小小说专家雪弟教授在学会成立大会上举行了小小说专题讲座。

3月27日，刘海涛在出访泰国皇家理工大学期间，受泰国华文作家协会的邀请，为泰国华文作家讲"微型小说的新形态与新方法"。

3月30日，河北省邯郸市作协主管，小小说艺委会(学会)主办的《当代小小说》季刊试刊号正式出刊。主编赵明宇，由顾问王承俊、韩吉祥筹资出刊。

3月31日，泰国《中华日报》与新西兰《华页》先后发表倪晓英撰写的《凌鼎年：业余创作的微型小说专家》。

3月，姚朝文为佛山大学中文系三年级开设专题课《微篇小说欣赏与创作》，并获广东省佛山市委宣传部《社科著作丛书》出版资助计划立项。

3月，河北省衡水市小小说作家联谊会成立，纯芦任会长兼秘书长，赵宏欢、卢宝行、丁一舟、邢东、金秋、王培、朱红梅任副会长。

3月，"方隆杯"第五届广西小小说奖在广西壮族自治区钦州市举行。

3月，《微型小说佳作欣赏》(第2卷)，胡永其、文春主编，百花洲文艺出版社出版。

4月1日，由福建省三明市文联、市作家协会、市文学艺术院、梅列区文联、海西三明网、市小小说学会联合举办的三明市首届小小说研讨会在金丝湾文学创作基地举行。

4月1日，《中外百年微型小说经典大系》(20本)，陈永林、方圆主编，湖南少年儿童出版社出版。

4月9日，刘海涛教授指导学生肖芙、陈雍的"世界华文微型小说研究电子书"项目，获广东省第十届大学生课外科技学术作品"挑战杯"大赛二等奖。34篇历届同学研究微型小说的论文在《微型小说月报》第5期以"湛江师范学院专号"刊行。

4月15日上午，河北省衡水市小小说作家联谊会组织全市30余名作家和文学爱好者，在故城县举行联谊活动。联谊活动围绕"衡水小小说现状与未来的思考"主题进行了深入研讨。

4月26日，在江苏省沙溪高级中学读书节期间，凌鼎年应邀给300多名学生讲微型小说创作。

4月，湖南工业大学文新学院张春讲师、博士研究生在广西《钦州学院学报》第4期"文学研究"栏目发表与凌鼎年的对话《一种文体的辉煌走向——关于小小说为未来创作走势的对话》(此文系国家社科基金一般项目：世界华文微型小说综合研究（09BZW064）。湖南省社科联一般项目：中国小小说史研究（1011093B）。湖南省教育厅优秀青年项目：中国小小说史研究（10B026）。

4月，浙江省金华市作家协会批准成立金华市微型小说创作委员会，黄克庭任主任。

4月，《对话小小说》，任晓燕著，海燕出版社出版。

4月，首届北京小小说沙龙优秀作品奖揭晓。

5月12日，邯郸学院雁翼文学馆举行第一次邯郸小小说沙龙活动，由赵明宇主持。

5月24日，著名小小说作家王奎山在河南驻马店因病过世，终年66岁。他出版过《加尔各达草帽》《王奎山小小说》等4本集子，代表作有《红绣鞋》《画家与他的孙女》《割韭菜》等，曾获小小说终身成就奖。

5月26日，湖南工业大学一级讲师、博士张春采访了微型小说作家凌鼎年，与之进行了"关于小小说创作走势"的对话，形成了文字。

5月，东莞市"爱莲倡廉"廉政小小说创作大赛评奖揭晓，刘庆华的《铁面局长》、朱方方的《生日礼物》获一等奖。

5月，《桥头小小说100篇》由四川美术出版社出版。该书精选全市小小说作者100篇优秀作品。6月，东莞小小说创作基地与桥头镇纪委联合举办"爱莲倡廉"廉政小小说创作大赛，并在莲湖景区举办优秀廉政小小说作品展览，市纪委副书记袁丽群出席展览会开幕式并讲话。

5月，辽宁地质工程职业学院"红树林"小小说社团活动正式启动，秘书长为高盛荣。

5月，在霍山县举办安徽小小说作家采风活动，来自全省各地作家约40人参与。

6月22日，姚朝文应邀去珠海讲授"微篇小说写作技巧"。

6月，微型小说集《魔椅——凌鼎年微型小说自选集》(繁体版本) 在中国台湾酿出版社出版。

7月8日，世界华文微型小说研究会秘书长凌鼎年应泰国留学中国校友总会邀请，去泰国曼谷讲课，主讲《微型小说的素材、构思与想象力》，230余人听课。

7月9日至31日，吉林省文联主办的《小说月刊》举行郏继福作品网上研讨会，共收到论文45篇，国内外一些小小说爱好者也撰文参加研讨。

7月12日，在黑龙江铁力市召开了沙龙作者李学东作品研讨会，就12篇论文进行了现场交流，铁力市委宣传部长和伟参加了研讨会，铁力林业局电视台对这次研讨会进行了专题宣传。

7月20日，由天津群众艺术馆、滨海新区汉沽文化局主办，汉沽文化馆承办，《微型小说月报》协办的汉沽作家李子胜小小说创作研讨会在汉沽文化活动中心举行，天津市及外地部分作家、评论家出席了研讨会。

7月29日至30日，由四川省作家协会、四川省小小说学会、中共乐至县委员会、乐至县人民政府主办，乐至县委宣传部、作家协会承办的全国知名小说作家乐至采风暨首届四川省小小说学会会员优秀作品颁奖活动在四川省乐至县举行。中国作协创联部副主任尹汉胤、省作协党组成员、机关党委书记、主席团成员郭中朝，资阳市委常委、宣传部部长曹家贵出席大会并讲话。来自《人民文学》《人民日报》《文艺报》《诗刊》《微型小说选刊》《小小说选刊》《文学报·手机小说报》等报刊社的知名作家邱华栋、陈永林、秦俑、崔立等参会。《文学报》《四川日报》《作家文汇报》《资阳日报》多家报刊对该活动进行了报道。

7月，何开文主编的《宝应微型小说25家》，收录了25位作者的100篇作品，25.9万字，在中国言实出版社出版。陈德民作《发展微型小说队伍，做强微型小说品牌》的代序。

7月，"语文课外读本"《放飞理想》（九年级上册），山东科学技术出版社2006年初版，多年来为学生人手一册的课外读物。高军小小说《掌声》被收入2012年7月第3版，第7次印刷的最新版本中。

8月17日，由天津《微型小说月报》杂志社、江苏省微型小说研究会、扬州市文联、宝应县文联、宝应县微型小说学会联手举办的全国微型小说笔会在江苏宝应召开。中国微型小说学会会长、世界华文微型小说研究会会长、上海文艺出版社总编郏宗培，江苏省作家协会副主席张文宝，世界华文微型小说研究会秘书长、江苏省微型小说研究会会长凌鼎年，《微型小说月报》执行主编滕刚，扬州市文联主席刘俊，南京中山文学院院长陈德民，《短小说》杂志主编严苏，《青春》杂志社书记裴秋秋，山东聊城市作协副主席、《东昌文学》杂志社主编李立泰，《微型小说月报》副主编、《天津文学》杂志社编辑康泓，《微型小说月报》杂志主编助理、选摘版编辑部主任刘春先,《微型小说月报》杂志社原创版编辑部主任尹全生,昆山市文联副主席、昆山市作家协会主席万芊,连云港海州区文联主席相裕亭,南京六合区文联主席满震,扬州江都区文联副主席李景文,《短小说》杂志编辑部主任杨海林等60位作家、编辑参加了这次笔会。会议由江苏省微型小说研究会秘书长、连云港市作协副主席兼秘书长徐习军主持。

8月18日下午,举行了《宝应微型小说25家》首发式,宝应县分管文化的副县长杨洪国作了热情洋溢的发言。宝应县宣传部副部长、江苏省微型小说研究会副会长、《宝应微型小说25家》主编何开文向与会代表分别赠书。

8月27日,中国微型小说学会在上海主席大厅召开"黔台杯"第二届世界华文微型小说大赛新闻发布会。腾讯、搜狐、网易、新浪等媒体记者到会。郏宗培主持会议,凌鼎年出任大奖赛组委会秘书长。

大赛由中国微型小说学会、世界华文微型小说研究会主办,上海市作家协会、新加坡作家协会、马来西亚华文作家协会、泰国华文作家协会、菲律宾华文作家协会、印度尼西亚华文作家协会、文莱华文作家协会、香港华文微型小说学会、日本华文文学笔会、日本世界华文微型小说学会、泰国留学中国大学校友总会文艺写作学会、欧洲华文作家协会、大洋洲华文作家协会、非洲华文作家协会、北美华文作家协会、美国全美中国作家联谊会、加拿大华裔作家协会、新西兰中华文学艺术联合会、澳大利亚华人文化团体联合会、澳大利亚悉尼华文作家协会、中国电信天翼阅读等协办。

大赛设置一等奖2篇,奖金各人民币10000元,奖杯各一座;二等奖5篇,奖金各人民币5000元;三等奖10篇,奖金各人民币1000元;优秀奖50名,奖金各500元。

8月,高军小说《紫桑葚》收入《沂南县志(1990—2005)》,由山东画报出版社出版,中国版本图书馆CIP数据核字(2010)241002号。

8月,广西崇左小小说学会在广西崇左市成立,小小说作家莫灵元当选会长。

8月,东莞小小说创作基地出版小小说合集《爱廉说》,大众文艺出版社出版,市纪委向全市32个镇(街)纪委赠送《爱廉说》。

8月，由王海波、沈英琼主编，戴希、郭宏民执行主编的《武陵小小说经典》(汉英对照)，54万字，精装本，在湖南人民出版社出版。罗少挟作《武陵文化的名片》序一，杨晓敏作《一次有益的尝试》序二。

9月1日，凌鼎年应邀去北京东城区图书馆讲课，为130余位读者解读微型小说创作。

9月20日，赵明宇元城系列小小说研讨会在河北大名宾馆召开，省作协副主席李春雷、大解，通联部副主任李红英，省文联主任汪素芳，省科技师范大学教授苏君礼，北京市资深出版人施晗，《百花园》杂志卧虎，《微型小说月报》编辑部主任尹全生，聊城市作协副主席李立泰，邯郸市作协主席赵云江，邯郸大学评论家陈新，作家张记书，大名县委副书记李建方，县人大副主任于振祥，县文联主席白志强等30人出席研讨会。

9月，江苏省作家协会主办的《雨花》杂志开辟了"江苏作家群英谱"栏目，专门介绍江苏省的优秀作家，第9期封三刊登了凌鼎年的作者简介与7张照片。凌鼎年是"江苏作家群英谱"开办以来，唯一被推介的微型小说作家。

10月12日至14日，由四川省小小说学会和新津县文联、武侯区文联联合主办，新津县作家协会、武侯区作家协会承办"新津—武侯金秋笔会"。省作协书记、常务副主席吕汝伦，省作协党组成员、机关党委书记、主席团成员郭中朝，省小小说学会会长欧阳明，以及来自全省的实力作家罗伟章、曾鸣、邹廷清、刘馨忆等共计百余名代表参加了笔会。

10月27日，申平动物小小说集《野兽列车》研讨会在北京举行。研讨会由中国作家协会创研部、广东省作家协会、中共惠州市委宣传部、《小说选刊》杂志社、《小小说选刊》杂志社联合主办，惠州市文联、惠州市作家协会承办。中国作协副主席廖奔，著名评论家雷达、吴义勤、贺邵俊及广东省作协主席廖红球等出席，会议由中国作协创研部主任梁鸿鹰主持。

10月28日至30日，中国微型小说学会主办的第十届微型小说年度颁奖会暨微型小说研讨会在江苏镇江召开。中国作协副主席陈建功、叶辛，江苏省作协副主席黄蓓佳，中国微型小说学会会长郏宗培、副会长杨晓敏，以及徐如麒、凌鼎年、顾建新、陈永林、谢志强、严苏、黄灵香、秦俑、尹全生、刘建超、邢庆杰、秦德龙、修祥明、申平、王培静、何百源、何开文、刘春先、万芊、崔立、蓝月、远山、矫友田等共60余人参加。

11月2日至7日，湖南常德举办"2012年中国微型小说（小小说）武陵论坛"。

11月17日至18日，由河南省巩义市委宣传部、中国小小说名家沙龙主办，巩义市文联、《小小说选刊》《百花园》承办的2012年中国小小说名家沙龙年会在杜甫故里巩义召开。会议上，发布了2012中国小小说排行榜，评选出2012年中国小小说十大热点人物。18日，还举办了侯发山小小说作品研讨会。南丁、田中禾、杨晓敏、刘海涛、凌鼎年、侯发山、沈祖连、蔡楠、李永康、王晓峰、于德北、袁炳发、戴涛、秦俑、刘建超、陈毓、申平、卧虎、雪弟、田洪波、吴富民等参加了会议。

11月18日，马来西亚华人文化协会槟州分会主办的第一届微型小说征文大赛颁奖。

11月27日至28日，由四川省小小说学会与四川省作协联合主办，南充市南部县人民政府承办"庆祝党的十八大胜利召开四川小小说创作座谈会"暨四川小小说作家南部县采风活动。省作协党组成员、机关党委书记、主席团成员郭中朝，省小小说学会会长欧阳明等出席会议。

11月29日，按照国家、河南省、郑州市文化体制改革的有关部署，《百花园》杂志社实行转企改制。郑州小小说文化传媒有限公司在郑州市工商局注册，郑州小小说文化传媒有限公司揭牌仪式隆重举行。

11月，由中国微型小说学会主办的第十届全国微型小说（小小说）年度评选结果揭晓，获一等奖的有10篇，分别是邢庆杰的《宝刀》、天空的天的《说不出的悲伤》、申平的《为一条狗手术》、凌鼎年的《狼来了》、谢志强的《被偷换的躯体》、远山的《原始积累》、修祥明的《斜对门》、崔立的《休闲好时光》、万芊的《亮亮的家》、东瑞的《转角照相馆》。

11月，《点亮阅读的灵光》（微型小说评论集），吴富民著，妙韵出版社出版。

11月，《天池小小说》入围2011中文期刊网络传播前100。

12月7日至8日，由世界华文微型小说研究会、中国微型小说学会主办，上海文艺出版社协办的第九届世界华文微型小说研讨会在上海好望角大酒店召开。来自美国、德国、新西兰、澳大利亚、瑞士、西班牙、日本、新加坡、马来西亚、泰国、印度尼西亚、文莱与中国香港、中国澳门等15个国家和地区近50位代表及国内70来位代表参加了这次研讨会。中国作家协会副主席叶辛、世界华文微型小说研究会名誉会长江曾培、黄孟文等出席了开幕式。世界华文微型小说研究会会长郏宗培致开幕词；上海市委宣传部副部长陈东，上海市作协副主席孙颙，世界华文微型小说研究会顾问、泰华作家司马攻等分别讲话。大会宣读了中国作家协会的贺信与铁凝主席的贺词。

这次研讨会的主题是"互联网时代的微型小说"，大会共举行了三场研讨专场，分别由世界华文微型小说研讨会秘书长凌鼎年、新加坡作家协会会长希尼尔、欧洲华文作家协会会长朱文辉、世界华文微型小说研究会副会长刘海涛、香港微型小说学会会长东瑞、世界华文微型小说研讨会副会长凌焕新主持。共有40多人次的代表竞相发言。

研讨会期间，还召开了世界华文微型小说研究会第六次理事会会议，交流了各国各地的现状与问题；对理事会作了个别调整，增补了泰国的梦莉、杨玲，瑞士的朱文辉，新加坡的林锦，美国的冰凌，中国香港地区的陈蓁、中国内地的滕刚进入理事会，担任相关职务。

12月9日，广东《东莞时报》在"文化·人物谱"栏目以整版的篇幅发表了该报记者吴诗娴对凌鼎年的采访报道——《凌鼎年：数字时代，微型小说可以大显身手》，配发了凌鼎年的照片与4幅书影。

12月28日，由江苏省检察官文联、《清风苑》杂志社、中国江苏网、省委宣传部网宣处共同举办的"清风杯"微博廉政短语大赛启动仪式暨法制微博小说颁奖仪式在南京举行，作为终评委，凌鼎年应邀参加。

12月，《名作欣赏》第12期发表吴文化研究所宋桂友教授撰写的《亦人亦禅亦哲学——凌鼎年微型小说〈了悟禅师〉解读》。此文系江苏省社会科学基金项目"新时期苏州作家群研究"（编号：11ZWD020）的阶段性研究成果。

12月，苏州健雄学院的《健雄学院学报》2012年第4期发表了连云港淮海工学院学报编辑部主任、连云港作家协会副主席兼秘书长徐习军撰写的《推动世界华文微型小说发展的凌鼎年》，重点介绍了凌鼎年在为推进世界华文微型小说发展方面所做的付出与取得的成效。

12月，《小小说月刊》荣登由龙源期刊网、中国新闻出版科学研究院、全球中文电子期刊协会联合发布的"期刊网络阅读2012年排行榜"移动阅读第32名。

12月，《当代小小说百家论》，杨晓敏著，河南文艺出版社出版。

12月，《中国小小说六十年》，张春编，湖南大学出版社出版。

12月，《蔡楠小说论》，孙新运著，中国文联出版社出版。

12月，《当代文学格局中的小小说》，雪弟著，大众文艺出版社出版。

2012年，凌鼎年微型小说集《天下第一桩》获太仓市文联第三届文学艺术"月季花"奖一等奖。

2012年，凌鼎年主编的微型小说集在上海市教委、上海市青少年图书工作委员会主办的上海市优秀青少年读物评比中入选。

2012年，江苏省作家协会与昆山市纪委联手主办"全国廉政小小说创作大赛"。

2012年，江苏省太仓市举办"科教新城杯"七夕文化微小说征文大赛。

2012年，马新亭小小说集《未来世界》荣获山东省临淄区首届文学艺术奖银奖。

2012年，马新亭荣获山东省文化人才首批"齐鲁文化之星"称号。

2012年，吉林文联的《小说月刊》在网上召开"郏继福小小说研讨会"，历时22天，有45篇论文参加研讨。

2011年、2012年起，由新加坡作家协会、福州会馆与推广华文学习委员会联办，世界华文微型小说研究会协办的"全国中学生微型小说创作比赛"，倡导、鼓励中学生及高中生创作微型小说，推动校园的写作风气，发掘有潜质的创作人才。

2012年，新加坡希尼尔微型小说集《认真面具》的英译本 The Earnest Mask，由美国翻译家葛浩文（Howard Goldblatt）及 Sylvia Li–Chun Lin 联合翻译，由新加坡 Epigram Books 出版。

2013年

1月1日，《杨晓敏与小小说》，秦俑、马国兴、吕双喜著，郑州大学出版社出版。内容包括：杨晓敏为小小说文体立论，为小小说作家鼓与呼，为文学读写添魅力，为新文体成长写传奇，为产业化发展谱新曲。

1月23日，刘海涛教授审读香港大学教育学院王秀银的博士论文《运用文类教学理论设计微型小说单元教学的成效》。

1月，经申平等人的呼吁，《小说选刊》"微小说"栏目恢复，申平受聘为栏目特约责任编辑。

1月，杨晓敏、秦俑、赵建宇选编的《2012年中国小小说》，25万字，在漓江出版社出版。

1月，由新加坡教育部课程规划与发展司属下的中学华文课程组出版的《跨越地平线》文集，收录海内外16篇文学佳作供学生品读，艾禺的微型小说《那一夜，一起花开富贵》为收录的作品之一。

1月，经山东省聊城市东昌府区文联研究，并报请中共东昌府区委宣传部批准，东昌府（鲁西）小小说学术研究会成立。

1月，中国微型小说学会与上海市作家协会、上海文艺出版社等达成共建华语文学网战略合作共识，成立了立足上海、服务全国、面向全球的大型数字出版文学内容投送平台。

1月，《微型小说超人气读本》（8本），张越、陈永林主编，百花洲文艺出版社出版。

1月，山东纪广洋微型小说《一分钟》入编北京理工大学出版社高等职业教育"十二五"规划教材《大学语文》。

2月7日，北京的《都市文化报·书脉周刊》以三个整版的篇幅发表了作家姜琦苏采访、撰写的访谈录《一个以作品说话的小小说大作家——著名小小说作家凌鼎年访谈录》，头版刊登了凌鼎年的大幅照片，文章内容涉及了凌鼎年在文学创作，特别是微型小说创作方面的成就与贡献，还披露了凌鼎年在读书、藏书以及进行地方文化研究方面的努力与探索。

2月8日，吴新钿在菲律宾逝世，终年84岁。生前系菲律宾华文作家协会会长。2002年操办了第四届世界华文微型小说研讨会，并会中套会，操办了世界华文微型小说研究会在马尼拉的成立典礼，策划出版了《菲律宾微型小说集》，还出版了自己的微型小说集，是推进菲律宾微型小说发展的主要推手。

2月，由刘海涛主编的"小小说金麻雀奖作家研究论文集"《海的慰藉》，在中国出版集团出版。

2月，《天池小小说》开辟李伶伶专栏，向社会传递身残志坚、追求梦想的正能量。为此，李伶伶荣获"2013年中国小小说十大热点人物"称号。

3月2日，江苏省太仓市委、市政府隆重召开"娄东英才奖"颁奖典礼，为10位获奖者颁发荣誉证书与奖金。凌鼎年主要以微型小说创作成绩荣膺太仓市政府的"娄东英才奖"，是10位娄东英才中唯一一位文化界人士。

3月16日，东北小小说沙龙在哈尔滨成立，主要由辽宁省、吉林省、黑龙江省三省小小说写作者组成。会议选举产生了第一届沙龙领导班子。杨晓敏、王双龙为顾问，孙春平、袁炳发、于德北当选为主席，于柏秋、王晓峰、田洪波、安石榴、纪洪平、陈力娇、何光占、邴继福、黄灵香、董向前、刘澜波、警喻12人当选为副主席，田洪波兼秘书长，朴连生、孟庆革、高盛荣、廉世广等5人当选为常务副秘书长，王爽等8人当选为副秘书长。东北小小说沙龙共有会员202人。

3月17日，山东临沂"沂蒙文艺奖"为小小说设置奖项。高军小小说集《租用蓝天》获临沂首届"沂蒙文艺奖"三等奖。

3月20日，宝应县文联、作家协会、微型小说学会举办"范学望微型小说集《掌声》首发式"。

3月30日，常州机械学院邀请作家凌鼎年讲课，主讲《微型小说创作与欣赏》，100多名学生听课。

3月30日，举行"邯郸市小小说作家走近邯郸市中心血站采风活动"。同时编辑出版《当代小小说》邯郸血站专刊。

3月，广西小小说学会编辑出版了广西小小说学会五周年彩色画册《凝聚·雄起·奋进——广西小小说学会五周年》。

3月，"崇左杯"第六届广西小小说奖在广西壮族自治区崇左市举行。

3月，《奔跑吧，少年》，陈永林主编，长江文艺出版社出版。

4月上旬，四川省小小说学会应甘洛县委、县政府之邀，组织部分会员到凉山州甘洛县参加了"光影四川·魅力甘洛"大型电影活动优秀电影赠送和文学采风活动，与会人员参观了彝族新村，领略了彝族独特的民族风情。在甘洛县，学会对会员白玛曲真的作品进行了研讨，省小小说学会会长欧阳明作发言，副会长杨轻抒、王平中，副会长兼秘书长林仁清，副秘书长曾明伟、胡容出席研讨会。

4月13日上午，在山东聊城召开山东省首届小小说作家代表暨理事会议，成立了山东省写作学会小小说学术委员会，简称"山东省小小说学会"，为山东省写作学会管理指导下的小小说专业分支机构。会议选举山东省作家协会副主席、著名作家编辑家许晨为会长，卢万成、邢庆杰、刘杰、李立泰、宗利华、修祥明、高军、高艳国、魏永贵为副会长（按姓氏笔画为序），李立泰兼任秘书长，张吉宙、张富涛、雨桦、赵一震、武俊岭为副秘书长。山东省文联名誉主席、原山东省委宣传部副部长王凤胜，山东省写作学会会长、山师大教授王景科，聊城文联主席赵安民，作协主席张军，还有全国小小说界著名作家杨晓敏及来自河南、天津、河北、江苏等地的小小说名家卧虎、滕刚、尹全生、蔡楠、赵明宇、杨瑞霞等亲临会场祝贺。

4月，凌鼎年主编的《海外华文微型小说作家经典丛书》（第一辑），包括澳大利亚吕顺的《车站依旧》等30本书，在四川文艺出版社出版。

4月，山东纪广洋微型小说《最优秀的人》入编朝华出版社首部素质教育阅读百科全书《美文阅读大百科》一书。

5月11日，凌鼎年应邀在孙犁故乡河北安平中学作了《微型小说的欣赏与语文读写能力的提高》的文学讲座，有数百名学生听课。

5月15日，凌鼎年应邀去苏州市职业大学作了《微型小说的创作与欣赏》的讲座。

5月15日，"美塑杯"东莞市第五届小小说创作大赛在桥头镇举行评审会，申平、雪弟、海华等人担任评委，叶紫雅的《漏洞》获一等奖。

5月29日，凌鼎年在参加中国作协杭州"作家之家"疗养期间，应邀前往杭州的冰凌电视工作室接受了全美中国作家联谊会会长、著名旅美作家冰凌的电视访谈，冰凌电视工作室艺术总监兼中国首席摄像师肖晓晖、美国首席摄像师徐晨执机拍摄，历时4个多小时，圆满拍摄完成《中国著名作家访谈录》（凌鼎年卷）。

大型电视访谈资料片《中国著名作家访谈录》系美国世界作家书局出品，将保留中国作家珍贵、原始的电视声像资料，分批制作后，无偿地赠送给世界著名大学图书馆和汉学研究机构，让国际汉学研究者和海外读者通过第一手的电视声像资料，更加全面、真实、深入地了解中国作家和中国文学。人民网、中新网、新华网、中国作家网、新浪网、网易、中国日报网、香港凤凰网、美国世界名人网、澳洲澳华文学网等海内外数十家网站发了报道。

5月，杨晓敏、刘海涛、秦俑主编的《金麻雀获奖作家文丛》在中国出版集团·世界图书出版公司正式出版。丛书包括《冯骥才卷》《许行卷》《孙方友卷》《王奎山卷》《侯德云卷》《刘国芳卷》《陈毓卷》《黄建国卷》《邓洪卫卷》《宗利华卷》《刘建超卷》《蔡楠卷》《刘黎颖卷》《于德北卷》《谢志强卷》《孙春平卷》《聂鑫森卷》《陈永林卷》《沈祖连卷》《申平卷》《魏永贵卷》《非鱼卷》《周波卷》《凌鼎年卷》《赵新卷》《修祥明卷》《袁炳发卷》《秦德龙卷》《芦芙荭卷》《夏阳卷》《红酒卷》《陈力娇卷》《王往卷》等。封底印有"中国小小说30年心血结晶、33位名家殿堂级作品、精短文学之高水准、值得一生珍藏的经典文丛"字样。

5月，《中国小小说地图·广东卷》，雪弟著，大众文艺出版社出版。

5月，中国微型小说学会与江苏扬州市纪委举办了廉政微型小说征文比赛。

5月，获2011—2012年度（第十四届）小小说优秀作品奖：史铁生的《恋人》、谢志强的《雪山哨卡的小草》、韩少功的《乡村英文》、袁炳发的《幻想》、肖建国的《爷父子》、周海亮的《隔壁的父亲》、袁省梅的《槐抱柳》、江岸的《开秧门》、田洪波的《我的遥远的杭州》、韦名的《葬石记》、邢庆杰的《宝刀》、张晓林的《世间无谜》、莫美的《外婆家的杨梅树》、徐全庆的《师长卖马》、谢大立的《句号与省略号》。

获小小说佳作奖：曾平的《庄稼二题》、陈武的《在别处》、非鱼的《空空的老家》、申平的《中国狼》、周波的《找镇长说话》、夏阳的《都市一角》、茨园的《四季花开》、红酒的《武生》、梁小萍的《幸存者》、崔立的《平静的早晨》、侯发山的《规矩》、梅寒的《一棵树的非正常死亡》、叶仲键的《怀念张美丽》、刘国星的《一朵朵白云》、徐水法的《鱼化龙》。

5月，宝应县微型小说学会特邀《小小说大世界》杂志主编蓝月到宝应主讲"微型小说创作专题讲座"。

5月，《微型小说选刊》杂志社编的《外国微型小说百年经典》在百花洲文艺出版社出版。

6月，凌鼎年主编的《中国大陆微型小说女作家精品选》（上、下卷）在中国台湾秀威出版公司出版，收录了39位作家的精品力作。凌鼎年为集子撰写了《中国大陆，有一支微型小说女作家队伍》的序言。

7月，宝应县文联、作家协会、微型小说学会举办"蔡宜久微型小说集《萤火虫》首发式"。

7月23日，《凌鼎年科幻微型小说》一组作品获第一届"世界华人科普奖"短篇类银奖。"世界华人科普奖"由世界华人科普作家协会设立，系全球华语科普创作的最高奖。

7月26日，著名小小说作家孙方友在郑州家中因心脏病复发去世，终年63岁。他创作过《蚊刑》《女匪》等"陈州笔记"系列小小说佳作，出版过28部集子，600多万字，曾获小小说终身成就奖。

7月，《hello大自然》（8本），陈永林主编，浙江少年儿童出版社出版。

8月3日，北京市东城区图书馆举办了"书海听涛——著名作家凌鼎年与读者见面会"，100来位读者冒着酷暑前来参与这次活动。

这次见面会的话题主要围绕凌鼎年新近出版的小小说集《那片竹林那棵树》展开，由于不少读者事先已阅读了这本集子中的作品，所以发言与提问接连不断，有谈读后感、谈阅读体会的，有咨询的，有求解的，也有个别质疑的，场面十分活跃、亲切。凌鼎年针对问题侃侃而谈，一一作答，一方面对提及的作品进行了解读，另一方面也披露了自己创作的心路历程，深受读者欢迎。

这是凌鼎年第二次走进北京市东城区图书馆。

8月3日下午，凌鼎年接受了北京作家网的专题采访，主持人李晶就读书、创作与生活情况，以及有关微型小说的定义、微型小说的活动等提出十几个问题，凌鼎年知无不言地有问必答。

8月9日，为悼念孙方友逝世，河南省作家协会、河南省文学院、河南文艺出版社在郑州举行《俗世达人》首发式暨孙方友先生追思会。作家、评论家、编辑等知名人士南丁、李佩甫、王洪应、王守国、张宇、何秋声、李铁城、刘学林、邵丽、何弘、马新朝、墨白、李静宜、崔向东、陈杰、杨晓敏、张鲜明、刘海燕、孔会侠、江媛、宋志军、柳岸、李乃庆、方亚平、李辉、乔叶、冯杰、萍子、孟宪明、赵大河、胡竹峰、王安琪、傅爱毛、孙瑜、孙青瑜、黎延玮、奚同发、陈泽来，来自孙方友先生家乡周口市、淮阳县的领导以及自发从全国各地赶来的喜爱孙方友先生小说的读者60多人共聚一堂，回顾了孙方友先生勤奋、智慧、幽默、富有创造性的一生。

8月12日，由作家网策划、拍摄、制作的《凌鼎年微型小说创作20讲》于2013年8月12日起在作家网陆续播出，第一讲《素材》和第二讲《立意》已在作家网北京演播室录制完成，每讲30分钟左右，凌鼎年从理论层面阐述，再结合自己的创作，用自己的作品举例说明。

8月13日，《光明日报》发表湖南女子学院卿建英撰写的评论《称文小而其指极大——凌鼎年小小说印象》。

8月18日，举办东莞市小小说创作座谈会，杨晓敏、夏阳、雪弟、宋媛、胡海洋及全市各镇（街）小小说作家50多人参加。

8月，由麒麟传媒·尚书房策划的《冰心儿童图书奖获奖作品丛书》在地震出版社出版。包括凌鼎年的《那晚那月那河边》、曹德权的《心路》、曾颖的《断线的风筝》，以及《温暖冬天的火焰》《每一片叶子都会跳舞》《甜蜜的咸咖啡》《浪漫咖啡屋》《放学前的暴风骤雨》《似曾相识的冬季》《江南，一棵树的童年》《水木年华》《心愿》《幸福的感觉》《等待录取通知的那个夏天》《最美丽的语言》《天晴的时候下了雨》《生活公交车》《母亲的幸福树》《第一次到球场看球》《一把小红伞》《英娃的幸福生活》《被风吹走的快乐》《上学的路有多远》《相逢是首歌》《没有年代的故事》《风吹乡间路》《阳光下盛开的青春》《倾听桃花开放的声音》《阳台上的风景》《沉重的父爱》《流行时装》《在夏日里画场雨》《萧潇雨的窗外》《谁听见蝴蝶的歌唱》《飘逝的紫围巾》《夕阳中的微笑》《月光下的榆钱树》《让我吹吹你的眼》《走在眼里的风景》《守住心灵的净土》《母亲的守望》《青青的果子》《那年冬天的雪花》《竞选班长》《最后一片野果林》《飞翔的感觉》《单眼皮，双眼皮》《漂在河床上的麦穗》《阳光多少钱一平米》《谁言寸草心》《永远是朋友》《看看你掌心里的宝》《我在等着你回来》《谁是我心中美丽的凤凰》《小山村的眼睛》《前面，灯火一片亮丽》《屋子里长出一棵香椿树》《爱的冬天不会有寒冷》《风儿来过我饭桌》等60本。

8月，由杨晓敏、秦俑编的《在别处——〈小小说选刊〉：一本杂志和一个时代的剪影》，36万字，在漓江出版社出版。

9月18日，东瑞获香港特别行政区政府民政事务局、康乐及文化事务署局长嘉许奖，被评为"香港推动文化艺术发展杰出人士"。

9月，在苏州市委、市政府召开的全市庆祝教师节大会上，世界华文微型小说研究会秘书长凌鼎年与著名评弹表演艺术家邢晏芝，著名昆曲表演艺术家王芳，著名苏绣大师黄春娅，著名举重运动员、雅典奥运会举重冠军陈艳青，著名评论家、苏州大学文学院院长王尧教授等12位被聘为首批苏州市校外专家，周乃翔市长亲自向凌鼎年颁发了聘书。

9月，由吕啸天、李智勇主编的《佛山小小说选本》，18万字，杨晓敏作《方兴未艾的佛山小小说创作》代序，在南京出版社出版。

10月10日至11日，"黔台杯"第二届世界华文微型小说大奖赛颁奖会在上海举行。

10月30日，《齐鲁文学报》在"谈文论艺"栏目重点推介凌鼎年，发表了《我是这样走上小小说创作之路》的文章，并配发凌鼎年的作者简介与照片。

10月，由太仓市文联主席汪放主编的《凌鼎年与小小说》(上、中、下)3卷本在光明日报出版社出版。上卷为"凌鼎年小小说作品评论集"，收集了海内外评价凌鼎年小小说作品的相关评论；中卷为"采访、写真、对话、推介"，有媒体记者与小小说研究学者对凌鼎年的采访，以及关于小小说的对话等，还有海内外同行、文友对凌鼎年其人其文的评介；下卷为广东高州市青年评论家邹汉龙追踪凌鼎年作品长达10年，撰写的《凌鼎年小小说研究》。

3卷本约150万字，较为全面地展示了凌鼎年的创作脉络，并提供了较为系统的相关资料。

10月，由王彦艳主编的《侠义中国》《禅悟中国》《本草中国》《梨园中国》《手艺中国》《文房中国》6卷本，连俊超作序，收入《最美中国小小说文丛》，在大象出版社出版。

10月，《悦读青少年成长智慧书系》(20本)，陈永林主编，人民出版社出版。

10月，《原来我最棒——最受孩子喜爱的校园故事》(微型小说集)，陈永林主编，长江文艺出版社出版。

10月，山东纪广洋微型小说《一分钟》入编河北教育出版社义务教育课程实验教科书《语文》四年级下册教师用书。

11月5日，《人民日报（海外版）》"文学新观察"栏目发表了该报记者王蔚采访凌鼎年的文章《小说创作"微风"盛》。

11月10日，由中国作家协会创研部、江苏省作家协会、太仓市委宣传部、中国微型小说学会、《小小说选刊》联合主办，作家网、中国出版集团世界图书出版广东公司、《微型小说月报》、苏州市作家协会协办，江苏太仓市文联承办的"凌鼎年微型小说集《那片竹林那棵树》研讨会"在北京中国作家协会10楼会议室召开。中国作家协会副主席陈建功、江苏省作家协会主席范小青、中国微型小说学会会长郏宗培、《小小说选刊》主编杨晓敏、江苏太仓市委宣传部部长陈雪嵘致辞。中国小说学会会长雷达、中国作家协会创研部研究员胡平、作家出版社总编张陵、中国作家协会创研部主任梁鸿鹰、中国现代文学馆常务副馆长吴义勤、《小说选刊》副主编王干、江苏省作协创研部主任汪政、《人民文学》副主编邱华栋、《长篇小说选刊》执行主编顾建平、中国社科院文学研究所研究员李建军、《文艺理论与批评》杂志副主编李云雷、原武警总部电视艺术中心副主任丁临一、《文艺报》总编室主任徐忠志、中国作协创研部创研处处长李东华、中国作协创研部理论处副处长肖惊鸿、现代文学馆办公室副主任北乔、作家网总编赵智、《微型小说月报》主编滕刚等30多位评论家、作家参加会议并发言。太仓市委宣传部副部长、市文明办主任王建秋，太仓市文联主席汪放，副主席尹小雁，秘书长蒋喜桔等也出席了研讨会。

会议还收到了大洋洲华文作家协会、新西兰中华文学艺术联合会、欧洲华文作家协会、美国全美中国作家联谊会、美国纽约商务传媒集团、美国国际新移民作家笔会、美国世界小小说总会、加拿大中国笔会、澳洲华文作家协会、澳大利亚华人文化团体联合会、悉尼华文作家协会、澳洲雅拉微型小说学会、奥地利奥中文化交流协会、捷克华文作家协会、荷兰彩虹中西文化交流中心、新加坡作家协会、马来西亚华文作家协会、泰国华文作家协会、泰国留学中国大学校友总会办公室、菲律宾华文作家协会、文莱华文作家协会、日本世界华文微型小说研究会、美国五洲四海网全体同人、中国台湾极短篇小说协会、香港散文诗学会，以及多个国家、地区的著名华文作家的贺信贺电。

新华社、中新社、新华网、人民网、中国作家网、作家网、新浪网、中国文艺网、中国台湾网、搜狐读书、天翼阅读、《人民日报（海外版）》、《光明日报》、《文艺报》、《中国艺术报》、《文学报》、《作家报》、《图书馆报》、《文学报》、《苏州日报》，以及美国、新西兰、澳大利亚、荷兰、马来西亚、泰国、中国澳门等海外数十家媒体发了报道。

11月15日至16日，江苏省宝应县委宣传部、文联主办的"江苏省微型小说（宝应）奖"在宝应颁奖。

11月17日，江苏省连云港市举办"江苏省微型小说研究会年会暨微型小说与地方文化研讨会"，并颁发"江苏省微型小说创作30强"水晶奖牌。该研讨会由徐习军操办，凌鼎年主持。

11月19日，首届中国小小说名家沙龙年会在河南巩义竹林镇举行，原省文联主席南丁、原省作协主席田中禾、市人大常委会副主任赵明恩，及来自全国各地100多位知名小小说作家参加年会。

会上公布了今年中国小小说十大重要事件、十大热点人物、十大新锐作家和中国小小说排行榜，并对中国小小说在各地的发展情况进行了交流和研讨。其中，蔡楠、凌鼎年、沈祖连、顾建新等当选为2012年中国小小说十大热点人物，成为全国小小说领域的代表人物。

11月30日至12月1日，《小说选刊》、《小小说选刊》、惠州市委宣传部、惠州学院、惠州市文联联合举办的首届"钟宣杯"全国优秀小小说双刊奖颁奖晚会暨"惠州小小说现象"高端论坛活动在广东省惠州学院和红花山庄举行，中国作家协会创研部主任梁鸿鹰，《小说选刊》主编杜卫东、副主编王干，《小小说选刊》主编杨晓敏及惠州市领导出席，共评出首届"双刊奖"10篇。

11月，由广东惠州学院小小说研究中心编的《申平与他的小小说》，25万字，在北京艺术与科学电子出版社出版。惠州市委宣传部长黄雁行作序。

11月，由陈永林、方圆主编的《爱上仙人掌的蝴蝶——中学生必读的动物小小说100篇》（10本）在湖南少年儿童出版社出版。

12月3日，《文艺报》在"重点扶持作品评论"栏目整版发表评论凌鼎年《那片竹林那棵树》集子的专版，计有陈建功的《苦心经营有所成——凌鼎年小小说印象》、雷达的《小小说的学者型写法》、范小青的《他的创作路会很长》、郑宗培的《写个活娄城出来》、顾建平的《画龙点睛，化俗为雅》、李建军的

《短而又好的杂文体小说》、汪政的《也谈"凌鼎年现象"》、丁临一的《优雅中见沉痛，含蓄中显辛辣》、肖惊鸿的《小小说的大气象》、北乔的《在深度和饱满容量上下功夫》10位评论家的10篇评论。

12月17日，第一届武陵国际微小说节由戴希策划组织，在湖南省常德市武陵区举办。在本届微小说节上，中国微型小说（小小说）创作基地在武陵区挂牌，并举办了中国·武陵微型小说（小小说）现象高端论坛活动。

12月25日，凌鼎年微型小说集《那片竹林那棵树》获首届苏州市"叶圣陶文学奖"。

12月31日，北京小小说沙龙在小小说作家网北京版举办叶征球小小说网络研讨会。

12月，由中国微型小说学会、镇江市委宣传部、镇江市文学艺术界联合会主办，金山杂志社承办的第十一届全国微型小说（小小说）年度评选结果经初评和终评揭晓，刘黎莹的《鸟窝》、万芊的《半夜急救》、贾平凹的《泉》、刘斌立的《转场的哈萨克》、申弓的《陶之恋》、伍中正的《谁来证明你的马》、何百源的《寻找仇家》、远山的《怪病》、吴鲁言的《最后一幅画》、秦德龙的《梦工厂》10篇作品获一等奖，另有30篇作品获二等奖，60篇作品获三等奖。《天池小小说》《幽默讽刺精短小说》《周口日报》获优秀组织奖。

12月，高军文学评论集《对话或漫游》获第二届临沂市"沂蒙文艺奖（文艺理论研究类）"一等奖。该书由中国文联出版社2013年1月出版，全书分为四辑，共收入文学评论55篇，大多为小小说评论。

12月，马来西亚华人文化协会槟州分会主办的第二届微型小说征文大赛举行颁奖典礼。

12月，由微型小说选刊杂志社选编的《2013年中国微型小说排行榜》，35万字，在百花洲文艺出版社出版。

12月，由史为昆主编的《中国最好看的微型小说》，68.5万字，在百花洲文艺出版社出版。

12月，纪广洋微型小说《最优秀的人》入编江苏教育出版社义务教育课程标准实验教科书《语文》(教师用书)一书。

2013年，凌鼎年微型小说《目击证人》获苏州市司法局文艺评奖一等奖。

2013年，凌鼎年微型小说《狼来了》在第四届太仓市文学艺术"月季花"奖评审中，荣获一等奖。

2013年，凌鼎年在江苏省太仓市第七次文代会上获"太仓市文艺创作领军人才"水晶奖牌，以表彰他在微型小说创作方面的成绩。

2013年，凌鼎年的武侠微型小说集《天下第一剑》、小小说集《那片竹林那棵树》等与中国电信天翼阅读签约。

2013年，山东《新聊斋》杂志举办2013年"蒲松龄小小说大奖赛"，凌鼎年被聘为评委。

2013年，新加坡教育部《中学华文文学课程标准2013》完整课程的教学内容包括现当代文学作品选读。希尼尔的微型小说《认真面具》及流苏的《鬼迷心窍》，是指定的文学作品，自2013年起，供教育部中三、中四的学生选修。

2013年，美国纪洞天策划创办了世界华文小小说创作函授学院，出任总干事。聘请凌鼎年出任世界华文小小说创作函授学院的首任院长，学院总部设在美国洛杉矶。

2013年，重庆市南川区委宣传部、南川区作家协会主办，《百花园》、郑州小小说学会、《参花》、《作家视野》、《金佛山》、《南川日报》等单位协办"金佛山杯"全国小小说征文大赛。

2013年，湖南省邵阳学院文学院副院长龙钢华教授与高磊合作撰写了1万多字的评论《浅析凌鼎年微型小说创作》。

2013年，江苏省太仓市微型小说学会换届，选出了新的理事班子，太仓市文化馆文学创作辅导员、太仓市作协副主席凌君洋当选为新一届会长，凌鼎年退居幕后，任名誉会长。

2013年，广东惠州学院小小说研究中心成立。

2013年，黑龙江伊春小小说沙龙负责人邴继福主编《伊春小小说佳作赏析》一书，共收录23名作者的83篇小小说，每篇作品都有点评。

2013年，浙江作家网（www.zjzj.org）和浙江浦江梅花锁业集团（中国挂锁中心）联合主办，《文学港》《野草》《山海经》《浙江作家》杂志协办，浙江影视剧本创作中心浙江作协少年分会承办了"梅花锁杯"全国小小说大赛。

2013年，四川省小小说学会与四川省乐至县交通运输局、《微型小说选刊》

等单位联合举办"交运杯"全国微型小说大奖赛。本次大赛历时半年，得到全国各地微型小说作家的支持，共征集到与交通运输有关题材的微型小说400余篇，经过初评委初评后，选出100篇交由终评委复评，最终评定一等奖1名、二等奖2名、三等奖5名、优秀奖10名。

2014年

1月9日，广东省东莞市桥头镇召开第二届全国小小说年会。

1月10日，"2013年中国小小说名家沙龙年会暨桥头小小说现象研讨会"在东莞桥头镇三正半山酒店召开，全国小小说名家齐聚一堂，共同探讨小小说发展大计。河南省作协副主席、《百花园》、《小小说选刊》主编杨晓敏，作家出版社总编辑、著名评论家张陵，文艺报社副总编、著名评论家王山，东莞市文联专职副主席宋媛，以及全国各地小小说名家参加年会。

1月，由中国小说学会主编、卢翎选编的《2013中国年度微型小说年选》，卢翎撰写《2013微型小说印象》的序言，在花城出版社出版。

1月，由杨晓敏、秦俑、赵建宇选编的《2013年中国小小说》，22万字，在漓江出版社出版。

1月，王培静系列军事题材小小说《军旅生涯》获第十二届"总后勤部军事文学奖"。

1月，"皇马杯"第七届广西小小说奖在广西壮族自治区钦州市举行。

1月，《成都市微型小说学会专辑》在《青年作家》杂志2014年第1期推出。

2月22日，四川省小小说学会与东北小小说沙龙、《参花》杂志社联合举办"恒通杯"小小说创作网上笔会，评出特等奖1名、一等奖2名、二等奖3名、三等奖5名、优秀奖10名。

2月，由河北省野三坡风景名胜区管委会与《微型小说月报》联合主办，中国微型小说学会、河北省作协小小说艺术委员会、保定市作协、涞水县旅游局共同协办的"野三坡杯"首届全国微型小说（小小说）大赛终评结果揭晓。丁迎新荣获一等奖，赵新等3名作者荣获二等奖，周海亮等10名作者荣获三等奖，另有30名作者荣获优秀奖。

2月，山东纪广洋微型小说《一分钟》入编牛津大学出版社《中国语文》

（香港《语文》教科书初三上册第三课）。

3月7日下午，王培静受邀到中国盲文图书馆讲小小说的创作。

3月15日，邯郸市小小说作家"走进双李"采风活动在广平县双李家具公司举行，市作协主席赵云江及来自河北省各地的小小说作家50多人参加活动。会议决定，赵明宇担任邯郸市作协小小说艺委会第二届主任，副主任沙舟兼秘书长，常聪慧、宋其涛、李彩霞任副主任。聘请牛兰学为名誉主任，王承俊、韩吉祥、张记书为顾问。同日，出席活动的部分作家到大名采风。

3月19日，东莞市小小说创作基地专家论证会在桥头召开，河南省作协副主席、《百花园》和《小小说选刊》主编杨晓敏，东莞市文联专职副主席宋媛，桥头镇党委委员陈进昌，东莞市文广新局艺术科科长胡磊，桥头镇宣传教育文体局局长陈广城、副局长刘克平以及中国小小说业界专家等参加了会议。

3月，凌鼎年主编的《选择游戏——全国勤廉微型小说征文作品选》在中国方正出版社出版。凌鼎年撰写了《勤政勤廉，百姓心声》的序言。该集子收录了龙会吟、石嘉、徐均生等118位作家的119篇作品，19万字。封底有范小青、刘海涛、徐雁、姚朝文的推荐语。

3月，曾颖的微型小说《蒲公英的歌唱》改编为电影剧本，定名为《蒲公英的歌》，获得2014年度"第七届夏衍杯电影剧本奖"最高奖项，并获得政府电影扶植基金支持。

4月2日，赵明宇小小说创作室成立，设在河北大名县图书馆内。

4月26日至27日，四川省作家协会、四川省小小说学会举办了"安岳柠檬杯"四川首届年度（2013年度）优秀小小说颁奖活动。

4月，《微小说爱读本》（8本），陈永林主编，浙江少年儿童出版社出版。

1月至4月，陈赞一博士教育基金与香港浸信会吕明才书院合作主办"陈赞一博士微型小说创作奖"（2013—2014年）。

5月3日，由新加坡作协、玲子传媒和第三代读书会联办的"星空依然闪烁——新书发布与分享会"在国家图书馆观景阁举行。分享会由第三代读书会的副会长苏章恺主持，受邀嘉宾蔡志礼、林高与张博在会上分析并导读选集内的优秀闪小说作品。主编希尼尔与蔡家梁介绍了闪小说在本地及中国的现状与展望，并分享选集的编辑过程。

5月14日至28日，启动邯郸市小小说进校园活动，组织作家到大名中学讲小小说创作。17日，组织作家为广平县文学爱好者讲小小说创作。20日，小小说进校园活动在魏县四中讲小小说创作。27日，小小说进校园活动在磁县一中讲小小说创作。28日，在磁县讲武城中学、申庄中学讲小小说创作。

5月16日，中国作家协会第六届鲁迅文学奖评选，小小说微型小说集有21部微型小说集通过初评，获得公示。

5月，首届世界华文微型小说双年奖（2012—2013年），聘请司马攻、凌鼎年、江迅、李洱、陆梅、滕刚为终评委。

5月，中国微型小说年度奖（2013），聘请叶辛、雷达、范小青、格非、江曾培、梁鸿鹰为终评委。

5月，由太仓市普法办、太仓市司法局联合中国微型小说学会、世界华文微型小说研究会、江苏省作家协会等15家单位举办的首届中国"太仓杯"全球华人网络法治微小说大赛从5月中旬启动。

6月16日，中国微型小说学会与《东方剑》杂志社在上海易达通信FAS公司的支持下，举办为期一年的第六届"易达通信FAS杯"微型小说征文活动。

6月15日，"美塑杯"东莞市第六届小小说创作大赛在桥头镇举行评审会，申平、雪弟、海华等人担任评委，池宗平的《钉子户》获一等奖。

6月23日，中国小小说沙龙年会暨桥头镇小小说现象研讨会在桥头镇三正半山酒店召开。

中国·东莞（桥头）小小说创作基地揭牌签约暨《荷风》杂志首发仪式在桥头镇举行。桥头企业家李扬辉提议出资10万元，设立"扬辉小小说奖"（双年奖）。

东莞（桥头）小小说创作基地与全国小小说名家签约，实行"一对一"辅导，签约名家是：蔡楠、袁炳发、刘建超、申平、张晓林、非鱼、尹全生、夏阳，标准是签约学员一年内有作品上省级报刊。

桥头作协实施"六个一"工程，即签约一批小小说名家、建立一座小小说特色图书馆、创办一本小小说期刊、举办一项小小说大赛、建立一个小小说作家网、承办一次小小说沙龙年会。

6月28日，刘正权微型小说《这辈子做好您儿子》入选宁夏中考试题。

6月28日，河北省涞水县野三坡景区举办李永生小小说作品研讨会。

6月30日，中国闪小说学会、四川省小小说学会、《四川文学》中旬版、《当代闪小说》杂志、西南商报社、四川红鹤酒业有限公司决定联合在全国范围内开展"红茅液杯"全国小小说、闪小说有奖征文活动。评出小小说一等奖2篇、二等奖3篇、三等奖5篇，闪小说一等奖3篇、二等奖5篇、三等奖10篇。

6月，李家法、唐丽妮的小小说作品研讨会在小小说作家网上举行。

7月12日，自贡市微型小说学会召开第五次会员大会，选举产生第五届领导班子，名誉会长王孝谦，会长龚祥忠，副会长刘丙文、陈勤、李焕军、刘安龙、林源述、葛俊康、夏刚，秘书长张玉兰，副秘书长舒仕明。

8月，由陈永林主编的微型小说集子100本《微阅读1+1工程》在百花洲文艺出版社出版。

9月20日，东北小小说沙龙首届年会在春城净月公园召开。东北小小说沙龙黑龙江省主席袁炳发对2013年以来沙龙的发展情况进行了总结，于德北对沙龙工作进行了部署，沙龙副主席、《天池小小说》主编黄灵香女士宣读了徐文、党存青、孙新运、牟喜文、付慧等11名新当选的副主席、秘书长名单。

9月，东莞市重点文艺创作基地——东莞（桥头）小小说创作基地落户桥头并挂牌。授牌单位：东莞市文化广电新闻出版局。

9月，《林高微型小说》(微型小说集)，［新加坡］林高，玲子传媒出版。获得由新加坡书籍理事会（SBC）颁发的新加坡文学奖。

9月，由北京小小说沙龙与郑州陀螺文化传播有限公司共同举办的首届"陀螺文化杯"中国小小说大赛评选结果揭晓。

9月，凌鼎年主编了世界上第一本《世界华文微型小说作家微自传》，在美国纪洞天、捷克李永华的帮助下，由美国环球作家出版社、捷克华文作家出版社出版。该书收录了中国30个省（市、区）(包括台港澳)及海外14个国家239位华文作家的微自传。

9月，刘海涛的《智慧与创意——小小说解惑》，25.1万字，在中国社会科学出版社出版。杨晓敏作序一，任晓燕作序二。

9月，陈赞一博士教育基金与香港浸信会吕明才书院合办第一届陈赞一博士联校微型小说创作奖（2014—2015年度）。参赛对象为全港中学生。

陈赞一博士教育基金在全港多所中学举行了多场"微型小说专题讲座"。

10月14日, 兴隆县举办"红太阳杯"小小说大赛颁奖会。

10月24日, 小小说进校园活动在河北肥乡县一中讲小小说创作。

10月25日, 中国微型小说年度奖(2013)评选结果揭晓。邵火焰的《金项链》获一等奖,姜铁军的《赝品》、芦芙荭的《麦垛》获二等奖,纯芦的《葱》、白旭初的《寻找亲戚》、清山的《老实人是不好欺负的》、李国新的《数字效应》、李伶伶的《无法控制》获三等奖,另有21篇获优秀奖,还有何一飞、汤雄、马新亭、蓝月4人获荣誉奖。

10月25日, 首届世界华文微型小说双年奖(2012—2013年度)评选结果揭晓,一等奖空缺。[新加坡]希尼尔的《寿司》、[泰]若萍的《宠物》、[马来西亚]曾沛的《舞台》获二等奖,[泰]莫凡的《人类——真正的神》、[马来西亚]朵拉的《不落的太阳》、[德]呢喃的《他的假日没有她》、[印度尼西亚]袁霓的《三串沙爹》、[新加坡]林锦的《回家》获三等奖。另有[日]解英、[澳大利亚]吕顺、[德]刘瑛等10人获优秀奖。

中国微型小说学会、世界华文微型小说研究会编著中国微型小说年度奖(2013)、首届世界华文微型小说双年奖(2012—2013年度)获奖作品集。

10月25日, 马来西亚华文作家协会与《星洲日报》邀请凌鼎年、刘海涛、东瑞3位作家去吉隆坡《星洲日报》大礼堂讲课,凌鼎年作了《微型小说:当代新文体》的主题演讲,并回答了读者的提问。刘海涛教授作了《微型小说的故事、立意和人物》的主题演讲。《星洲日报》作了报道,并刊登了3位嘉宾讲课的照片。

10月26日至27日, 第十届世界华文微型小说研讨会在马来西亚吉隆坡召开。新加坡、马来西亚、泰国、文莱、新西兰、澳大利亚、捷克、日本、中国香港、中国澳门,及中国内地的郏宗培、凌鼎年、刘海涛、冰峰、龙钢华、沈祖连、滕刚、修祥明、刘斌立、刘春先、张少华、陈亚美、古远清、郭虹、萧成、吴林等出席了会议。马来西亚华文作协会长曾沛、世界华文微型小说研究会会长郏宗培,及马来西亚国会上议员、拿督何国忠博士分别致辞。

10月29日, 凌鼎年策划了"首届世界华语梁羽生杯武侠微型小说大奖赛",与杭州的天翼阅读合作,特等奖10000元。

10月30日，小小说进校园活动在河北涉县作协讲小小说创作，并到王金庄采风。

10月，由凌鼎年主编，［美］纪洞天、［捷克］李永华副主编的《亚洲华文微型小说选》，23.4万字，在美国环球作家出版社、捷克华文作家出版社出版，凌鼎年撰写了《亚洲，世界华文微型小说的大本营》的序言。该集子收录了新加坡10位作家、马来西亚11位作家、泰国17位作家、印度尼西亚15位作家、菲律宾5位作家、缅甸8位作家、文莱4位作家、日本6位作家、越南9位作家、柬埔寨1位作家，以及中国香港3位作家、中国澳门3位作家、中国台湾2位作家、中国内地4位作家的微型小说作品。

10月，由戴希、郭宏明主编的《中国·武陵"德孝廉"小小说全国征文大奖赛获奖作品集》(精装本)，20万字，在湖南人民出版社出版。武陵区委书记罗少挟作序一，杨晓敏作序二。

10月，中国"太仓杯"全球华人网络法治微小说大赛从5月中旬开始，历时4个多月，收到国内28个省（市、区）与海外13个国家和地区法治微小说作品共计1100多篇，经由雷达等多位知名作家组成的终评委评选，法律顾问审核把关，姚凤阁的《阳光是那么美好》等3篇作品获一等奖，顾振威的《北风吹，太阳照》等6篇作品获二等奖，闫建军的《跪》等12篇作品获三等奖，汪志的《讨工钱》等25篇作品获优秀奖。

10月，香港加略山房有限公司出版漫画版专著《陈赞一微型小说变奏》。

11月10日，小小说进校园活动在邯郸学院大名分院举行，讲小小说创作。

11月，由郑州文化学者赵富海编著的《杨晓敏与小小说时代》，30万字，在作家出版社出版。内容有20多年来，杨晓敏伴随小小说成长的风雨历程，他扶新人、推名家，积极推动小小说事业的发展壮大，他撰写了评论集《小小说是平民艺术》《小小说阅读札记》等，参与主编《中国当代小小说大系》(5卷)、《中国小小说典藏品》(72卷)等小小说丛书、精选本60余种，可谓当代小小说艺术的核心倡导者与奠基人。

11月，泰国华文作家协会召开"泰华作协微型小说讲座会"，邀请世界华文微型小说研究会会长邝宗培参加。

11月，澳大利亚墨尔本雅拉图书馆与澳洲华文微型小说研究会联合举办微型小说研讨会。

11月，由凌鼎年编的《冰心儿童图书奖获奖作家作品·你是一条船》，22万字，在成都时代出版社出版。

11月，由尹全生编的《冰心儿童图书奖获奖作家作品·我想变成一只蚕》，22万字，在成都时代出版社出版。该书收录了凌鼎年卷（22篇）、侯发山卷（16篇）、乔迁卷（16篇）、朱文辉卷（18篇）。

12月1日，北京小小说沙龙创立10周年研讨会暨2014年12月刊发刊会在北京举行。

12月2日，第二届武陵国际微小说节由戴希具体策划组织，在湖南省常德市武陵区举办。本届微小说节举办了中国·武陵"德孝廉"小小说全国征文大奖赛颁奖大会暨2014中国小小说第三届年会，"武陵小小说奖"征集与评选工作启动。

12月11日，四川省小小说学会会长扩大会议在成都举行。会长欧阳明主持会议，副会长兼秘书长林仁清，副会长骆驼、王平中、石建希、杨明照，副秘书长曾明伟、胡容、白玛曲真等出席会议。会议研究决定增补赵应、欧阳锡川担任学会副会长，彭文春担任学会副秘书长。

12月12日，四川省小小说学会、《微型小说选刊》杂志社、成都市武侯区委宣传部、武侯区文联、武侯区作协联合在武侯西部鞋都举办全国第四届微型小说笔会、四川省小小说学会首个微型小说创作基地挂牌仪式和四川省小小说学会总结会。知名作家、《小说选刊》编辑申平，《微型小说选刊》主编陈永林，四川省小小说学会会长、《四川文学》(中旬刊) 主编欧阳明，《小小说大世界》主编蓝月等先后参会并发言。

12月13日，马来西亚华人文化协会槟州分会主办的第三届微型小说征文大赛在槟州喜洋城酒楼举行颁奖典礼。

12月23日，由《微型小说选刊》、四川省小小说学会、武侯区委宣传部、武侯区文学艺术界联合会联合主办，区作家协会承办的全国第四届微型小说笔会在武侯区拉开帷幕，《微型小说选刊》主编陈永林、《小说选刊》特约编辑申平等微型小说作家、编辑与四川微型小说作家欧阳明等参加了这个活动。

四川首个微型小说创作基地也花落武侯区。

2014年，中国微型小说学会、世界华文微型小说研究会举办首届"黔台杯"世界华文微型小说双年奖（主要面向海外微型小说作家）。

2014年，刘海涛教授的教学成果"微型小说研究型课程的研发与实践"获广东省优秀教学成果一等奖。

2014年，在欧洲华文作家协会前会长朱文辉的牵头下，瑞士筹建了瑞士华文微型小说俱乐部，颜敏如、宋婷、李黎、陈碧云等文友参与活动。

2014年，马新亭小小说集《谁的手》荣获第二届临淄区文学艺术奖文学类金奖。

2014年，四川省自贡市微型小说学会编辑出版《2012—2013年自贡市微型小说年鉴》。

2014年，《百花园》荣获河南省社科类一级期刊奖。

2014年，四川省小小说学会在省作协的支持下，通过与《四川文学》磋商，从2014年1月创刊发行《四川文学》(中旬版)。

2015年

1月5日，江苏省第五届紫金山文学奖评选结果揭晓，响水县邓洪卫的微型小说集《初恋》获奖。

1月10日至11日，由江苏省台港澳暨海外华文文学研究会主办，淮阴师范学院文学院承办的"华文文学与中华文化对外传播研讨会暨江苏省台港澳暨海外华文文学研究会2014年会"在江苏省淮安召开，世界华文微型小说研究会秘书长凌鼎年提交了名为《华文微型小说在世界各地的传播》的论文，并作了发言。

1月16日，《小小说月刊》荣晋中国新闻出版科学研究院2014龙源数字阅读影响力期刊top100数字教育阅读第43名，《小小说月刊·下半月》荣晋龙源数字阅读影响力期刊top100国内付费阅读排行第87名，海外付费阅读排行第90名，数字教育阅读排行第8名。

1月27日，第七届小小说"金麻雀奖"在河南郑州揭晓，申平、蔡楠、沈祖连、凌鼎年、袁炳发一起获评"小小说事业推动奖"。

新加坡的希尼尔获得由中国《小小说选刊》杂志社、《百花园》杂志社、《小小说出版》杂志社和郑州小小说学会等单位联合设立的第七届小小说"金麻雀奖"(2012—2014年)，这是此奖项第一次颁发给海外华文作家。同届获奖者有10位中国优秀的小小说作家及2位评论家。

1月，获2013—2014年度（第十五届）小小说优秀作品奖：夏阳的《好大一棵树》、刘国芳的《玉米》、芦芙荭的《麦垛》、申平的《芒来的儿马子》、刘建超的《流泪的水》、曾平的《村支书老许》、陈毓的《猎人》、袁炳发的《鸟会说话了》、邓洪卫的《到镇上去喝牛肉汤》、于德北的《绝望》、非鱼的《无人等候》、伍中正的《跳楼》、袁省梅的《一个陌生的排球》、谢大立的《稀奇》、于心亮的《细粮·粗粮·杂粮》。

获小小说佳作奖：黎晗的《去扬州做生意》、何君华的《希仁花》、赵新的《代理村主任》、莫美的《杀人犯刘二根》、安石榴的《深白》、海华的《榕树下的酒庄》、周波的《滔滔不绝》、万芊的《外婆的压岁钱》、刘立勤的《写春联的老王》、三石的《制服》、何一飞的《绝鉴》、白旭初的《承诺》、李永康的《鹰与人》、李伶伶的《羊事》、巩高峰的《她像我妈妈》。

1月，由杨晓敏、秦俑、赵建宇选编的《2014年中国小小说》，26万字，在漓江出版社出版。

1月，中国人文社科核心期刊《成都大学学报》在第1期的"文艺论丛"栏目发表了成都大学刘连青教授撰写的《凌鼎年小小说之文化主题——人格、文化的统一与分裂》，全文6000字左右。

1月，当代微篇小说作家协会正式成立。该协会在香港注册，由中国、泰国、印度尼西亚等国家的华文微篇小说作家组成。

第一届当代微篇小说作家协会人员构成：

名誉主席：凌鼎年、张站宽

主席：蔡中锋

副主席：刘文（常务）、邓迪思、戴希、王平中、王金石、陈玉兰、黄克庭、迟占勇、晓星、梦凌

秘书长：刘文（兼）

副秘书长：牟喜文、吴剑、左世海、高玉宝、刘县生

1月，《小小说月刊》开通微信公众账号。

1月，《小小说月刊》杂志社与中国闪小说学会联合主办的"小小说月刊

杯"2015年度中国闪小说总冠军大赛启动。

2月6日，王培静接受家乡山东平阴电视台采访，在他的家乡举办了王培静文学创作回顾展和作品研讨会。

2月14日，文莱华文作协会举办第一届婆罗洲微型小说征文比赛获奖作品有：

冠军：文币300加奖状一张；亚军：文币200加奖状一张；季军：文币100加奖状一张；优秀奖：文币50加奖状一张。

"最具婆罗洲特色奖"：文币100加奖状一张；最佳老师指导奖：文币50加奖状一张；最杰出学生作品奖：文币100加奖状一张。

2月22日，凌鼎年专程去上海看望来沪访友的越南华文作家网主编谢振煜，洽谈了中国微型小说翻译为越南文字及《中国微型小说选》在越南出版的事宜。

2月，《解读杨晓敏》，孙新运著，郑州大学出版社出版。

3月4日，邯郸地税"善正杯"小小说征文活动启动。

3月15日上午，由中国作家协会《小说选刊》主办的"首届全国微小说高峰论坛"在北京中国作家出版集团大楼15楼会议室召开。会议由《小说选刊》副主编李晓东主持。中国作协书记处书记阎晶明、中国小说学会会长雷达、中国当代文学研究会会长白烨、著名评论家贺绍俊教授、中国作协创研部主任何向阳、《小说选刊》主编其其格和副主编王干、《文艺报》副主编徐可、中国作家网副总编马季、作家网总编赵智、中国微型小说学会会长郏宗培、《小小说选刊》总编杨晓敏等30多位作家、评论家参加了会议。世界华文微型小说研究会秘书长凌鼎年提交了名为《微型小说的四个现象与四个问题》的论文。申平所编辑的小小说《父亲的证明》《数学家的爱情》《饿刑》获"茅台杯"优秀作品奖和提名奖。

论坛还通过了"中国微型小说宣言"。

《小说选刊》还编印了《首届全国微型小说（小小说）高峰论坛论文成果集》，收录了阎晶明、其其格、王干、雷达、何向阳、贺绍俊、白烨、杨晓敏、赵晏彪、徐可、郏宗培、戴希、冰峰、凌鼎年、申平、马季等人的发言与论文。

3月27日，邯郸市小小说作家创作基地在启乐小镇举行挂牌仪式，并举行了采风活动。

3月28日，由河南省作协、河南省文学院、河南文艺出版社共同举办的

"孙方友《孙方友小说全集·陈州笔记》研讨会"在河南省文学院举行，来自国内的作家、评论家南丁、田中禾、李佩甫、孙荪、吴长忠、周大新、刘庆邦、野莽、何向阳、崔艾真、何弘、墨白、李静宜、冯杰、杨晓敏、顾建新、刘海涛、谢志强、王晓峰、陈毓、蔡楠、张晓林、张延文、卧虎、柳岸等30余人参加了研讨会。

3月，由中国作协会员、太仓市作协主席凌鼎年主编的《法治与良知——首届中国"太仓杯"全球华人网络法治微小说大赛作品精选》在中国方正出版社正式出版，全国新华书店公开发行。司法部副部长、政治部主任张彦珍为集子作序一，凌鼎年作序二。封底刊登了湖南省作协名誉主席聂鑫森，世界华文微型小说研究会副会长、南京师范大学凌焕新教授，以及欧洲华文作家协会副会长、捷克布拉格时报社社长李永华为集子撰写的推荐语。该书分为"获奖之作""荣誉选登""佳作集锦""海外飞鸿""本邑之星"5个小辑，共34.7万字。

该书收录了134位作家的微型小说作品，有美国、加拿大、瑞士、德国、澳大利亚、日本、新加坡、马来西亚、泰国，以及中国香港、澳门等国家和地区作家的作品。

3月，世界华文微型小说研究会秘书长凌鼎年的随笔集《微小说林林总总》在中国方正出版社出版。该书分为"置顶拙文""史料点滴""商榷探讨""文友写真""采访问答""讲稿汇集"6个小辑，收录78篇作品，共30万字。凌鼎年撰写了《我的心在微型小说》的自序。集子中有不少史料性的文字，以及作者对微型小说文体观点性的文章。

3月，由陈永林主编的微型小说丛书《动物传奇》（10本）在百花洲文艺出版社出版。

3月，剑言一白的微型小说《失忆的老兵》获四季歌征文全国一等奖。

4月24日至26日，为了促进学会出人才、出作品，根据学会2015年工作安排，由四川省小小说学会、《四川文学》（中旬刊）主办，新津县作家协会承办了"四川省小小说学会新津小小说笔会"暨《四川文学》（中旬刊）选稿会。

4月29日，湖北省作协监利小小说创作基地落户监利。湖北监利作协执行主席陈勇主持授牌大会。湖北作协党组成员、常务副主席梁必文授牌并讲话。

4月，香港《南风志》杂志第4期用凌鼎年的照片作封面，在"重磅出击"栏目刊登了蓝月撰写的《为促进海内外微型小说交流做实事的凌鼎年》，还配发了澳大利亚SBS国家广播电台专题采访凌鼎年的照片及凌鼎年和美国诺贝尔奖得主朱棣文教授的合影等。

5月3日，由顾建新教授策划的"鲲鹏小小说创作班"开学典礼在宁夏宁川举行。特邀微型小说作家凌鼎年、沈祖连、李永康、徐慧芬、谢大立、黄克庭、戴希、王培静、李立泰、程思良、满震等谈创作体会并祝词。鲲鹏小小说创作班由顾建新、张记书为指导老师，陈玉兰为教务主任。

5月22日，由太仓市普法办、太仓市司法局、太仓市文广新局、太仓市文联主办，太仓市作家协会、太仓市图书馆承办的首届中国"太仓杯"全球华人网络法治微型小说大赛作品集《法治与良知》新书推介会，在太仓市图书馆报告厅举办。太仓市作家协会部分会员、太仓部分图书馆老读者、太仓市健雄学院、高级中学、市一中、明德高中、实验小学、新区三小等多家学校图书馆负责人，以及部分学生代表、部分矫正人员共150多人参加了这次活动。

在新书推介会上，由该书主编、太仓市作家协会主席凌鼎年介绍了首届中国"太仓杯"全球华人网络法治微小说大赛的缘起，征文、评奖情况，编书、出版情况等。

大赛的作品经中国小说学会会长雷达、《人民文学》主编施战军、中国现代文学馆馆长吴义勤、中国微型小说学会会长郏宗培、作家网总编冰峰、《文学报》总编陈歆耕、江苏省作家协会党组副书记张王飞、江苏省作家协会创作室主任汪政等10位文学权威终评，评出了获奖作品。并由凌鼎年精选134篇作品，编辑了《法治与良知》一书，约35万字，由中纪委属下的中国方正出版社出版，全国新华书店发行。

在新书推介会上，太仓市司法局、文联、作协的领导还向到会的各学校图书馆负责人与矫正人员代表赠送了《法治与良知》新书，并组织观看了由获奖微型小说作品改编的几部微电影，收到了良好的效果。

5月，在香港出版《陈赞一博士联校微型小说创作奖（2014—2015年）文集暨漫画创作展优胜作品》，同月举行了颁奖礼暨微型小说漫画创作展。

6月14日，《小小说时代》创刊暨全国小小说创作座谈会在惠州学院召开，杨晓敏、肖惊鸿、秦俑、刘建超、蔡楠、袁炳发、非鱼等出席会议，申平、雪弟在会上介绍了惠州小小说情况，谈了下一步打算。

6月16日，首届"扬辉小小说奖"颁奖。评出双年奖、新锐奖、新秀奖、辅导奖、事业推动奖各1名，单篇奖9名。其中，张俏明获基地新秀奖，莫树材获小小说事业推动奖。

6月18日，年度小小说奖首次进入"荷花文学奖"评奖序列，夏阳的《丧家犬的乡愁》获第五届东莞荷花文学奖年度小小说奖。

6月，山西作家李德霞的微型小说《马兰花》被选入2015年全国统一高考语文卷选考题部分"文学类文本阅读"试题，要求考生对这篇小说的思想内容与艺术特色进行分析、评判和鉴赏，这部分的总分为25分。

这篇微型小说最初是参加2013年中国微型小说学会主办的第二届"黔台杯"世界华文微型小说大赛，并获得优秀奖第2名。

李德霞是山西朔州一个普通的自由职业者，一个最基层的业余作者，他的作品能够被选入2015年全国统一高考语文试卷，充分说明了微型小说的艺术魅力与生命力。

6月26日至28日，世界华文微型小说研究会秘书长凌鼎年、作家网总编赵智、《微型小说月报》主编滕刚、《百花园》编辑秦德龙、广东惠州市文联副主席申平等应邀参加了广西钦州学院人文学院、广西华文教育基地联合主办的东南亚华文文学国际学术研讨会。来自新加坡、马来西亚、泰国、印度尼西亚、缅甸、老挝、越南、美国、中国，以及中国香港、中国澳门等11个国家和地区的60余名专家、学者及学生代表参加了研讨会。

开幕式上，凌鼎年代表11个国家和地区的与会嘉宾作了主题发言。他还主持了第一场研讨会，并宣读了论文《我所了解的东盟十国华文微型小说创作情况》。申平、秦德龙、赵智等也先后作了发言。

28日晚上，在广西小小说学会会长沈祖连的安排下，凌鼎年、滕刚、赵智、申平、秦德龙、张凯等名家与钦州的10多位作家在韦锦雄陶艺工作室见面，以文学为话题开了个座谈会，并在陶艺半成品上刻字留念。

6月30日，由世界华文微型小说研究会、中国微型小说学会、中国微小说与微电影创作联盟、江苏省作家协会、苏州市委宣传部主办，苏州市法治办、苏州市法宣办、苏州市司法局、太仓市委宣传部、作家网、江苏省微型小说研究会协办，太仓市普法办、太仓市司法局、太仓市作家协会承办的第二届"太仓杯"世界华文法治微小说大赛征文活动，从6月30日开始到10月31日截止。

7月3日，"中国微小说与微电影创作联盟"揭牌仪式在北京中央新影集团礼堂举行。中央电视台副台长、中央新影集团董事长兼总裁高峰，国务院新闻办原秘书长冯希望，新华社、《人民日报》、中央人民广播电台、中国国际广播电台、中央电视台的新闻记者，以及200多位来自全国各地的作家、艺术家、企业家等出席了活动。

中国作家协会党组成员、副主席、书记处书记李敬泽与原中国作协副主席蒋子龙分别发来贺信。中央新影集团微电影发展中心副主任宋志芬宣读了《关于中央新影集团同意成立中国微小说与微电影创作联盟的通知》的文件。

中国微型小说学会会长郏宗培为中国微小说与微电影创作联盟授旗，世界华文微型小说研究会秘书长凌鼎年与作家网总编赵智（冰峰）上台接旗。《微型小说月报》主编滕刚与《中国医药导报》副主编刘志学上台接牌。

著名作家蒋子龙被聘为名誉主席；中央电视台副台长、中央新影集团董事长兼总经理高峰任主席；中国微型小说学会会长郏宗培、世界华文微型小说研究会秘书长凌鼎年、作家网总编赵智任常务副主席；中央新影集团微电影发展中心主任郑子、《微型小说月报》主编滕刚、《中国医药导报》副总编刘志学、《亚洲微电影杂志》副主编刘玉龙任执行副主席；中国写作学会副会长刘海涛教授，《小小说选刊》《百花园》杂志社社长、总编任晓燕，《微型小说选刊》主编陈永林，新华社手机电视台台长李勤，中国微电影产业发展联盟副主席李道莹等任副主席。

山东省小小说学会会长许晨，广西小小说学会会长沈祖连，四川省小小说学会会长欧阳明，河北省作家协会小小说艺委会主任蔡楠，江苏省微型小说研究会副会长兼秘书长徐习军，陕西省精短小说研究会主席刘公，湖南常德市小小说学会会长、中国微型小说（小小说）创作基地负责人戴希，广东惠州市小小说学会会长、中国小小说创作基地负责人申平，香港华文微型小说学会会长东瑞，美国全美作家联谊会会长冰凌为理事。

世界华文微型小说研究会秘书长凌鼎年（中）与作家网总编赵智（右）从中国微型小说学会会长郏宗培手中接下"中国微小说与微电影创作联盟"的旗帜（2015年7月3日）

创作联盟成立的当天下午，在新影集团老故事频道餐厅举行了以微小说与微电影为主题的座谈会，由中国微小说与微电影创作联盟常务副主席凌鼎年主持。

7月4日，世界华文微型小说研究会秘书长、太仓市作家协会主席凌鼎年应邀去北京东城区图书馆讲座，主题为《法治与良知——首届中国"太仓杯"全球华人网络法治微型小说大赛作品精选》导读。该书为凌鼎年主编，中国方正出版社2015年3月出版。课程后半段，凌鼎年还与现场读者进行了互动，回答了10来位读者的提问。这是凌鼎年第三次应邀到北京东城区图书馆讲课，一个外地作家3次走进北京同一家图书馆讲课是不多见的。

7月5日，上线12年，作家网商标注册成功庆典仪式在北京晋商博物馆举行。中国舞蹈家协会副主席冯双白，中国诗歌学会副会长叶延滨、程步涛、曾凡华，中国散文学会常务副会长红孩，原《人民日报（海外版）》副总编王谨，中央新影微电影发展中心主任、亚洲微电影艺术节副主席兼秘书长郑子，漓江出版社副总编庞俭克，《民族文学》主编石一宁，《北京文学》副主编师力斌，《十月》副主编赵兰振等80多人出席活动。

在庆典仪式上，作家网总编、《微型小说》杂志主编赵智（冰峰）正式宣布聘请世界华文微型小说研究会秘书长凌鼎年为作家网唯一的副总编，并负责

"微型小说"栏目。

7月,由中国电信旗下天翼阅读文化传播有限公司、中国微型小说学会、世界华文微型小说研究会、中国文化管理协会微电影管理委员会等单位主办的首届"梁羽生杯"全球华语武侠微型小说大赛评选结果揭晓。来自贵州省毕节市的李兴春凭借作品《轻功》摘得了大赛评委会金奖,并获得高达万元的写作基金奖励。

本届大赛的作品征集从2014年10月18日开始,到2015年2月28日结束,历时4个多月,通过网上投稿、线下征稿等多种手段,突出"线上线下"互动的优势,共收到来自全球华人近万篇参赛作品。所有投稿经过4位初评委的评选,共有150篇作品进入复选。复选评审根据赛事规则评选出38篇作品进入终极评选。

终极评选的评审由大赛评委会主任、新武侠四大宗师之一的温瑞安领衔,包括中国微型小说会会长郏宗培、世界华文微型小说研究会秘书长凌鼎年、中央新影集团微电影艺术发展中心主任郑子、作家网总编赵智(冰峰)等,经过10位评审的反复筛选,最终评出金奖1名、银奖3名、铜奖7名。

此次大赛还专门设置了最具网络人气奖项,由网友投票来决定奖项归属。主办方将入围的150篇作品制作成精美电子书,放置在国内领先的数字阅读平台天翼阅读的"微小说专区"中,供2.4亿读者品读、评论和投票。大赛期间,该专区的阅读量已经突破1亿,网友累计投票达到15万次。根据最终得票高低,评出最具网络人气奖1名,网络票选人气作品20名。来自贵州省金沙县的蔡浒,其作品《十年一剑》以11759票的高票赢得了最具网络人气奖。后续,所有入围作品都将继续在天翼阅读平台上供读者免费阅读。

7月,陕西省作协文学院主办了"陈毓小小说作品研讨会"。蒋惠莉、贾平凹、杨晓敏、方英文、李国平、王维亚、邢小利、仵埂、冯希哲、段建军等文学评论家汇聚一堂,评论陈毓的文学成就。

8月1日,中国作家协会批准的新会员,其中微型小说作家有汤祥龙、方雨瑞、倪章荣(楚梦)、游睿4位。

8月15日,"美塑杯"东莞市第七届小小说创作大赛颁奖仪式在桥头镇文化广播电视服务中心六楼会议室举行,刘庆华的《防弹衣》获一等奖。惠州市作家协会副主席申平、桥头作协主席莫树材、美塑公司董事长吴立国等嘉宾为获奖作者颁奖。

8月25日，何燕小小说作品研讨会在广西壮族自治区陆川县举行。

8月，由希尼尔、蔡家梁主编的《星空依然闪烁：新加坡闪小说选》获选为国家图书馆管理局为庆祝新加坡独立金禧年开展的"SG50书籍献礼"赠书计划的书本之一。

9月12日至13日，东北小小说沙龙第二届年会暨"金秋杯"小小说征文颁奖大会在沈阳文学院召开。《文艺报》副总编辑徐可，中国作协创研部调研员肖惊鸿，原吉林省政协副主席、吉林省全民阅读协会会长赵家治，吉林省作家协会主席张未民，辽宁省作协主席刘文艳，河南省作协副主席、东北小小说沙龙顾问杨晓敏，《小小说选刊》主编秦俑等出席会议。于德北作2015年度沙龙工作报告，党存青就沙龙章程修改及会员发展情况作了说明，袁炳发宣布沙龙增选理事、副秘书长、副主席、主席名单，增选党存青为沙龙辽宁主席，李秋、张碧岩、曲文学为沙龙副主席，庞艳为沙龙副秘书长。

9月，陈赞一博士教育基金与香港浸信会吕明才书院合办第二届陈赞一博士联校微型小说创作奖（2015—2016年）。同月，举行了颁奖礼。

10月13日至15日，瑞士日内瓦大学孔子学院中方院长谢红华教授邀请世界华文微型小说研究会秘书长凌鼎年、日本国学院大学渡边晴夫教授、荷兰华文女作家池莲子访问瑞士，凌鼎年在日内瓦大学孔子学院的美滨宫作了一小时的《微型小说的素材与构思》的主题演讲，日本的渡边晴夫作了题为《日中两国微型小说的交流与两国微型小说代表作家、作品及其特色》的演讲，世界华文作家交流协会副秘书长池莲子作了题为《微型小说与现代多元文化的关系》的发言，日内瓦大学文学院院长、东亚系主任 Nicolas Zufferey（左飞）教授作了题为《微型小说与中国通俗文学》的发言，瑞士本土的华裔作家、著名推理小说作家朱文辉作了题为《瑞士华文微型小说的发展风貌——兼与中国本土及瑞士德语微型小说比较》的发言，日内瓦大学孔子学院研究生 Letitia Fluck（丰蕾喜）作了题为《微型小说法译的几点思考》的发言。

日内瓦大学孔子学院的多位瑞士籍硕士研究生与日内瓦、苏黎世的华文文学爱好者数十人参加了这次活动。

13日下午举行的"世界华文微型小说研讨会"上,凌鼎年主持了一场关于"世界华文微型小说的走向与趋势"的讨论,并进行了互动,回答了多位与会者的提问。

14日,渡边晴夫教授在日内瓦大学本部作了有关微型小说的英文演讲。

日内瓦大学准备建立海外第一家"世界华文微型小说研究中心",还计划在2016年翻译完成法文版的《世界华文微型小说选》,2017年在瑞士出版。

日内瓦中文学校的梁文宣老师还特意找凌鼎年商量,希望提供中国最优秀的微型小说作品,以便让日内瓦的学生学习,因为微型小说短小精悍,很受学中文的学生欢迎。

凌鼎年与日本的渡边晴夫教授在上届欧洲华文作家协会会长朱文辉的陪同下,访问了列支敦士登王国,与当地的出版人Frank P.van Eck Verleger达成了出版德语版《华文微型小说选》的意向。

世界华文微型小说研究会秘书长凌鼎年(左一),日本国学院大学的渡边晴夫教授(左二),荷兰华文女作家池莲子(右二),瑞士著名推理小说家、原欧洲华文作家协会会长朱文辉(右一)合影于日内瓦大学校园内(2015年10月)

10月27日，赵明宇在河北工程大学讲小小说创作。

10月，江苏省微型小说研究会的会刊《江苏省微型小说》冬季号，总策划、总编辑凌鼎年，执行主编徐习军、副主编何开文，责任监印刘桂先。本期内容分为"获奖信息""会员荣誉""文讯荟萃""活动报道""讲课汇总""个人集子出版一览表""主编集子出版一览表""理论与批评""序与跋""人物专访与作家访谈""微观点""海外飞鸿""地方板块""闪小说快讯""文坛资讯"15个小辑。

10月，中国微型小说学会、世界华文微型小说研究会联合主办第三届世界华文微型小说大赛。后援单位有上海黔台酒股份有限公司、上海肯米特唐华文化传媒股份有限公司。协办单位有上海市作家协会、新加坡作家协会、马来西亚华文作家协会、泰国华文作家协会、印度尼西亚华文作家协会、菲律宾华文作家协会、文莱华文作家协会、欧洲华文作家协会、香港华文微型小说学会、日本华文文学笔会、日本世界华文微型小说学会、泰国留学中国大学校友总会文艺写作学会、大洋洲华文作家协会、非洲华文作家协会、北美华文作家协会、美国中文作家协会、瑞士华文微型小说俱乐部、加拿大华裔作家协会、加拿大中国笔会、新西兰中华文学艺术界联合会、澳大利亚华人文化团体联合会、澳大利亚悉尼华文作家协会等。参赛报刊：中国：《文学报》《长沙晚报》《小说界》《微型小说选刊》《微型小说月报》《金山》《天池小小说》《东方剑》，以及香港地区《香港文学》《新少年文艺》，澳门地区《澳门文艺》等。海外：新加坡《新华文学》、马来西亚《马华文学》、泰国《泰华文学》、菲律宾《菲华文学》、美国《美华文学》、泰国《新中原报》(大众文艺副刊)、《亚洲日报》(泰华文艺副刊)、《中华日报》(副刊)、日本《关西华文时报》、新西兰《华页报》、澳大利亚《澳华新文苑》。

大赛从2015年10月8日开始，到2016年3月底结束。

10月，上海的《小说界》2015年增刊在"评家言论"栏目发表了南京师范大学教授、中国写作学会副会长、世界华文微型小说研究会副会长凌焕新教授撰写的评论《凌鼎年微型小说作品文化意味的特殊魅力》，全文6000多字。

10月，由中国微型小说学会、镇江市文联、上海文艺出版社联合主办，金山杂志社承办的第十三届"中国微型小说年度奖"评选活动，在李敬泽为终评委主任，叶辛、雷达、梁鸿鹰、格非、范小青等终评委的评审下揭晓。一等奖空缺，汤雄的《是否回到意外关闭》、刘建超的《大漠里的旗帜》、江岸的《老娘土》获二等奖，万芊的《外婆的压岁钱》、刘琛琛的《小声点，表姐就要高考了》、刘黎莹的《陪儿子回家》、谢素军的《你必须是那个凶手》、游睿的《如冰》获三等奖，另有21篇作品获优秀奖。

11月6日，由中国电视艺术家协会、中央新影集团、云南省文化厅、云南省新闻出版广电局和临沧市政府主办的第三届亚洲微电影艺术节在云南省临沧市开幕。著名影视艺术家、导演丁荫楠、冯小宁、杨在葆、马德华、刘佳、黄海冰、林妙可、陆树铭、杨童舒、李诚儒等与来自缅甸、老挝、泰国、俄罗斯、土库曼斯坦、巴拿马、新西兰、新加坡等20个国家和地区的900多名电影工作者出席。世界华文微型小说研究会秘书长凌鼎年以中国微小说与微电影创作联盟常务副主席的身份上台为获奖者颁奖。

11月12日至14日，由泰国亚洲文化教育基金会、美国文心社泰国分社主办的"世界华文文学论坛"在泰国曼谷举办。美国、加拿大、新西兰、德国、比利时、日本、新马泰等23个国家和地区的120多位作家、诗人参与活动。泰国文化部部长威拉、中国驻泰国文化参赞陈疆，以及亚洲文化教育基金会主席塔纳帕中将、基金会副主席功普少将等出席开幕式。

开幕式后放映了中泰两国的3部获奖微电影。

凌鼎年主持了第一场"微小说与微电影的研讨会"。并在第三场交流会上作了发言。

11月13日，世界华文微型小说研究会秘书长凌鼎年与作家网总编、微型小说年选主编赵智、中国微小说与微电影创作联盟常务副主席、秘书长、副秘书长刘玉龙、滕刚、刘斌立等在泰国向泰国微电影协会授予"中国微小说与微电影创作联盟泰国创研中心"铜牌。

11月，郑州小小说文化传媒有限公司官方微信平台开通，为小小说的成长壮大构筑了一个新的平台。

11月，由戴希主编的《武陵"德孝廉"杯·全国微小说精品选》(精装本)在湖南人民出版社出版。

11月，《小小说选刊》在河南新乡举办了第四届中国小小说年会。杨晓敏主持。

12月12日，由马来西亚华文作家协会联合马大中文系主办的《深根文学创作课程》分微型小说班、诗歌班、散文班。第一届开课地点是马大文学院B讲堂。该课程由曾沛会长提议开创。

12月16日，第三届中国·武陵微小说节由戴希具体策划组织，在湖南省常德市武陵区举办。本届微小说节上，举办了中国作家协会《小说选刊》创作基地和中国微电影创作基地落户武陵的仪式。

12月17日，由《小说选刊》、《小小说选刊》、《微型小说选刊》、作家出版社、作家网、小小说作家网、中国微型小说（小小说）创作基地联合设立的"武陵小小说奖"，拟每年评选一次。全球范围内以中文进行创作出版（包括繁体字）的作家、作品（仅限小小说）均可参加评奖。"首届（2014年度）武陵小小说奖"颁奖大会在湖南常德举行。14位小小说作家获得首届武陵小小说奖，陕西女作家陈毓荣获"年度作家奖"，江西夏阳的《丧家犬的乡愁》、河北赵新的《拉着小车散步》、湖南伍中正的《云很白》3部小小说集获"年度图书奖"，山东周海亮的《一首诗或者一个女人》等10篇小小说佳作获"年度优秀作品奖"。

此次颁奖大会是第三届中国·武陵微小说节的主要活动之一。当天开幕的微小说节上，还颁发了2015年武陵"德孝廉"杯·全国微小说精品奖。

12月18日，《小小说月刊》荣晋期刊网络传播研究院2015龙源数字阅读影响力期刊top100国内阅读总排行第58名，中小学阅读第4名，公共图书馆阅读第15名，党政机关阅读第68名。

12月19日，2015年邯郸市小小说年会在大名县府城文旅公司会议室召开，省作协通联部主任刘金星、市作协主席赵云江等领导出席。

12月，马来西亚华人文化协会槟州分会主办的第四届微型小说征文大赛举行颁奖典礼。

12月，由雪弟所著《论广东小小说1978—2015》，24.8万字，在中国言实出版社出版，石鸣作序。

12月，泰华作协的《泰华文学》第80期推出微型小说专辑，刊登了24位作者的30来篇微型小说。

12月，"捕鱼达人杯"第八届广西小小说奖颁奖大会在广西桂林举行。

2015年，由郑州《小小说选刊》、《百花园》郑州社与郑州小小说学会共同评选的第七届小小说"金麻雀奖"之"小小说事业推动奖"公布，凌鼎年获此奖。此前获此奖的有翟泰丰、雷达、田中禾、胡平、丁临一、王蒙、冯骥才、南丁、江曾培等，都是文坛大腕，多数是小小说圈外的作家、评论家与编辑家。今年是第一次有小小说作家获奖，共有来自河北、广西、广东、黑龙江等地的5位小小说作家获此荣誉。

2015年，凌鼎年小小说集《那片竹林那棵树》在第六届太仓市文学艺术"月季花奖"评选中获一等奖。

2015年，凌鼎年《微型小说，实现我的文学梦》在太仓市委宣传部、太仓市文广新局、太仓市广电总台、太仓市文联联合举办的"中国梦·太仓梦·我的梦"文艺作品征集活动中，荣获文学类一等奖。

2015年，《百花园》荣获河南省社科类一级期刊奖。

2015年，马新亭小小说集《生命的笑声》荣获第九届淄博优秀文学奖。

2015年，广东省顺德小小说学会成立。

2015年，自山东纪广洋倡导绝句小说以来，教育部主管、国语委主办的《语言文字报》，教育部主管、人民大学主办的《教育学》月刊，以及《羊城晚报》《城市信报》《中山日报》《巢湖日报》《梧州日报》《台湾好报》，苏里南《中华日报》等国内外报刊，对这一新型文体的问世、定义、学术论文和百余篇作品予以报道和刊发。

2016年

1月10日，经河南省作家协会同意，河南省小小说学会在郑州市成立。聘请南丁、田中禾、邵丽、何弘、乔叶为顾问，杨晓敏任创会会长，伍建强（秦俑）、刘建超、张晓林、孟国栋（金光）、司玉笙、范子平为副会长，秦俑兼秘书长，非鱼为常务副秘书长，江岸、茨园、侯发山为副秘书长。

1月，中国小说学会主编、卢翎选编的《2015中国年度微型小说年选》，卢翎撰作《2015微型小说印象》的序言，在花城出版社出版。

1月，由《微型小说选刊》杂志社选编的《2015年中国微小说排行榜》，30万字，在百花洲文艺出版社出版。

1月，由杨晓敏、秦俑、赵建字选编的《2015中国年度小小说》，35万字，在漓江出版社出版。

1月，由作家网选编、冰峰主编的《2015中国年度微型小说》，冰峰撰写《让声音传得更远一些》的序言，在现代出版社出版。

1月，由作家网选编，冰峰、陈亚美主编的《2015中国年度微型小说》，32.2万字，冰峰撰写《关于微小说与微电影的几点思考》的序言，在漓江出版社出版。

1月，第九届广西小小说颁奖会暨广西小小说创作基地挂牌仪式在合浦举行，郑州小小说文化传媒有限公司董事长、总编辑任晓燕受邀出席会议，并在挂牌仪式上致辞。

1月，"德云杯"第九届广西小小说奖在广西壮族自治区合浦县举行。

2月，山东小小说高级创作研修班招生，顾建新、李立泰、张记书为高级讲师。聘请凌鼎年、王红蕊、戴希、黄克庭、王培静组成名师团队。

2月，《名作欣赏》杂志第2期发表吴文化研究院副院长宋桂友教授撰写的评论《凌鼎年小小说创作中的宗教情怀》。

2月，郑州小小说文化传媒有限公司官网上线。

2月，《岭南小小说》出版创刊号。

3月初开始，姚朝文教授为中文系三年级本科生开设专题选修课《微篇小说欣赏与写作》，修读人数122人。

3月，第一块"广西小小说创作基地"牌子在北海合浦七里香生态旅游公司揭牌。

3月，《百花园》筹建小小说图书馆。

3月，《百花园》"2015年度优秀原创作品奖"评选结果揭晓。

3月，《向经典深度致敬》，谢志强著，花山文艺出版社出版。

3月，《小小说纵横谈》(修订本)，许廷钧著，北京时代华文书局出版。

4月14日，中国微型小说学会、《东方剑》杂志社在上海华燕消防职业技术培训中心的大力支持下，举办为期一年的"华燕杯"微型小说征文活动。

4月14日，由河北省作家协会小小说艺术委员会、《河北小小说》杂志社、水家乡文化传媒有限公司举办的第五届"河北小小说奖"(2014—2015年度)评选结果揭晓。获荣誉奖：贾大山的《莲池老人》、赵新的《倒插门》。获优秀作品奖：蔡楠的《第五家庭》、赵明宇的《饿刑》、化云的《绿蕈》、李永生的《生命的绝唱》、刘怀远的《半场电影》、陈玉兰的《龙虎斗》、宋向阳的《许三炮》、王金石的《紫铜》、高沧海的《离婚协议》、李荣的《想喊您一声爹》。获佳作奖：刘绍英的《清嫂开荒》、楸立的《太极》、孙晓燕的《搭车》、周月霞的《欢乐颂》、蓝雪冰儿的《瘸腿阿三》、王东梅的《听蝉》、史有山的《三伏头一天》、陈艳春的《热河匪事》、高冬梅的《山坳里的梦》、范鹏程的《走年》。

4月16日，江苏省微型小说研究会、江苏省写作学会微型小说专业委员会第二次会员代表大会暨江苏微型小说奖颁奖会在江苏省昆山市召开。来自全省的60多位微型小说作家代表参加了活动。

中国微型小说学会会长郏宗培，南京师范大学凌焕新教授，《小小说选刊》《百花园》杂志社总编任晓燕，《天津文学》副主编康弘，微型小说月报社社长滕刚，《微型小说月报》执行主编刘斌立，《百花园》副主编邹磊，郑州小小说文化发展公司董事长助理平萍，湖南省常德市作协副主席、武陵区文联主席戴希，苏州市吴文化研究院副院长宋桂友教授，江苏星一文化产业发展（集团）有限公司董事局主席生晓清，原《现代快报》副总编、老沙博客博主沙黾农，昆山市文联主席莫全明，《昆山日报》总编高巧林，昆山市作家协会主席沈明等出席了会议。

会议由连云港《淮海工学院学报》副主编徐习军主持。首先宣读了江苏省写作学会同意换届的批复，并宣读了江苏省作家协会发来的贺信。

郏宗培代表中国微型小说学会对大会的召开表示祝贺。

由研究会名誉会长凌焕新教授宣读了20名获2014—2015年江苏微型小说创作双年奖与5名获新人奖的名单。

郏宗培、凌焕新、任晓燕、康弘、莫全明、刘斌立、戴希、滕刚、生晓清、沙黾农、裴秋秋、蔡晓妮、宋桂友等嘉宾为获奖者颁发了水晶奖杯与获奖证书。

江苏省微型小说研究会创会会长凌鼎年作了研究会自2009年8月成立以来的工作报告。会议选举产生了江苏省微型小说研究会新一届的理事班子。凌鼎年连任会长，滕刚、生晓清、沙黾农、王红蕊、何开文、徐习军、万芊、刘桂先当选为副会长，徐习军兼秘书长，朱士元、蓝月、颜士富、宋桂友当选为副秘书长。

研究会聘请凌焕新教授为名誉会长，聘请郏宗培、范小青、徐雁、任晓燕、康弘、顾建新、严苏、裴秋秋、赵智、郑子等人为顾问。

4月，由江苏省盐城市大丰区纪委、监察局、《微型小说选刊》杂志社联合举办的首届"清正家风·梦美中国"全国微型小说征文大奖赛，经李敬泽、何向阳、郏宗培、叶青、姚雪雪、张越等评委的评选，结果揭晓，评出特等奖1名、一等奖2名、二等奖5名、三等奖10名、优秀奖20名。太仓市作家协会主席凌鼎年的微型小说《"四要堂"子孙》获一等奖。

4月，江西省抚州市委宣传部、抚州市文联、《小小说选刊》杂志社、《微型小说选刊》杂志社联合举办"临川之笔"暨纪念汤显祖逝世400周年全国小小说（微型小说）大赛征文活动，5月底结束征文，6月下旬公布评审结果。

5月7日，四川省小小说学会召开2016年第一次会长会议，会长欧阳明主持会议，副会长刘靖安、杨轻抒、骆驼、王平中、石建希、欧阳锡川出席，会议决定免去林仁清副会长、秘书长职务。

5月7日，四川省自贡市微型小说学会召开第六届会员大会，会议选举产生了新一届领导班子：名誉会长王孝谦，顾问龚祥忠，会长刘丙文，副会长陈勤、李焕军、刘安龙、林源述、葛俊康、夏刚、张玉兰、舒仕明，秘书长张玉兰。

5月7日至8日，四川省小小说学会联合新津县作家协会在新津县举办小小说作家采风活动，并参加了新津县第17届梨花节全国征文颁奖活动。

5月21日，赵明宇在邯郸市图书馆市文联文艺大讲堂讲小小说创作。

5月，世界华文微型小说研究会秘书长凌鼎年的微型小说《永远的箫声》被收入崔峦、张在军主编的教辅教材《崔峦教阅读训练80篇》（六年级），每篇作品都设计有7个问题，包括词语、填充题、问答题、思考题等。书后还附有全部课文的答案。该书由长春出版社出版，乃"新课标推荐阅读书系"。崔峦系人教版小学语文教材主编、教育部课程研究所研究员，张在军系语文特级教师、中小学生阅读教育研究专家。

5月，《小小说月刊》主编郭晓霞撰写的《数字化背景下小小说类文学期刊发展策略研究——以〈小小说月刊〉为例》荣获中国期刊协会第三届中国期刊品牌建设与创新年会一等奖。

5月，"2016全国小小说高研班联谊会"在郑州市群众艺术馆举行。

5月，"小小说传媒读书会"首期沙龙活动在郑州城市之光书店举办。

5月，《百花园》杂志社、《小小说选刊》杂志社与蜻蜓FM河南战略合作签约仪式在郑州人民广播电台举行。这是一次跨行业、跨领域的合作尝试。

5月，由《百花园》杂志社、《小小说选刊》杂志社、郑州市嵩山饭店联合主办，《小小说选刊》公众微信平台承办的"嵩山饭店杯"首届全国微小说大赛启动。

5月，江苏省徐州首届小小说联谊会在美丽的云龙湖畔举行。

5月，由戴希等著、贺龙平翻译的英译本《武陵小小说精选》，45万字，在湖南人民出版社出版。

6月1日，赵明宇在唐山市铂尔曼酒店出席河北省内刊联谊会。《当代小小说》杂志获内刊贡献奖。

6月，凌鼎年的武侠微型小说集《天下第一剑》在石油工业出版社出版，全国新华书店发行。这是中国内地迄今出版的唯一一本武侠微型小说集，凌鼎年撰写了《微型小说，最适合中学生阅读的文体之一》一文。新武侠小说四大宗师之一的温瑞安与甘肃省作家协会主席马步升、河南省作家协会副主席墨白撰写了推荐语。

6月，由河南驻马店市地方史志办公室副主任赵心田编著的《王奎山小小说全集》(上、下册)，48万字，在中国文联出版社出版。王奎山系驻马店市确山县人，生前出版过4本小小说集子，收录205篇作品，除去重复的，实际收录165篇。这次增加了报刊发表过的37篇及未发表的手稿71篇，共273篇。

6月，江苏省淮安市微型小说研究会成立，朱士元当选为会长。

6月，《小小说选刊》杂志社举办全国小小说知名作家河南获嘉采风活动。

6月，陈赞一博士教育基金成立了"陈赞一博士教育基金香港微型小说教育及研究中心"。

7月，《香港作家》设专辑刊登陈赞一博士联校微型小说创作奖（2015—2016年）得奖作品。

专辑同时刊登了《陈赞一博士联校微型小说创作奖（2015—2016）文集》的前言（曾群英撰）、《文学有梦，笔下有灵——微型小说比赛获奖作品点评》（蔡益怀撰）及示例作品《剥皮》（陈赞一撰）。

7月2日，由陕西省商洛学院语言文化传播学院、市作家协会、商洛文化暨贾平凹研究中心、商洛学院科技处主办的陈敏小小说创作研讨会在商洛学院召开，商洛市作家和商洛学院语言文化传播学院教授、学生100多人参加了研讨活动，《小小说选刊》原主编杨晓敏、《小小说选刊》执行主编秦俑应邀出席研讨会。

7月2日，四川省自贡市微型小说学会举办了2016年荣县笔会。

7月10日，广东省小小说学会成立大会在广州召开，省作协新任党组书记张知干，专职副主席杨克，副主席、文学院院长熊育群等出席，申平当选学会会长，雪弟、许锋当选常务副会长，夏阳、韦名、吕啸天、朱耀华、李济超当选副会长，秘书长由雪弟兼任，陈树茂、王溱、徐建英、朱红娜、朱文彬、肖建国、石磊、林永炼等为副秘书长，聘请贺妙忠为学会名誉会长，何百源、林荣芝、姚朝文、荣笑雨、海华、莫树材为名誉副会长，聘请杨晓敏、熊育群、刘海涛、谢有顺、韩英、郑毅、邓琼、陈美华为顾问。

7月20日，由中国微型小说学会、镇江市文联和上海文艺出版社主办，金山杂志社承办的第十四届中国微型小说年度奖（2015）揭晓。刘斌立的《额尔齐斯河畔》和安谅的《明人日记》荣获优秀作品集奖，袁省梅的《广厦》、周海亮的《特雷西的单车》、李抗生的《琴童》、邢庆杰的《扎西的菜园子》、亚华的《出狱十六天》、刘永飞的《一盏灯的温暖》、刘正权的《年龄》、王春迪的《老街小面》、陈振林的《1978年的一只母鸡》、麦浪闻莺的《陈小贵的年终账单》10篇作品获得优秀作品奖。另有8篇作品和2个作品集获入围奖。此届年度奖经过初选、复评，由叶辛任终评委主任，雷达、范小青、格非、江曾培、梁鸿鹰、陆梅任终评委投票选出。

7月，《品读新华文学》(第一辑) 出版，该书收录了多位微型小说作家的作品与赏析文章，包括黄孟文、艾禺、君盈绿和蔡志礼，由新加坡八方文化创作室出版。

7月，《小小说选刊》与江苏省金湖文联合作举办全国知名小小说作家金湖采风活动。

7月，山东纪广洋的微型小说《一分钟》入编人民出版社义务教育教科书《道德与法制》七年级上册。

8月1日，苏州市文联到太仓验收微型小说创作基地，文联副主席朱建平带队，文联创联部主任庞曦，苏州市作家协会副主席小海、秘书长朱红梅等一行6人考察了太仓开展微型小说创作的情况，看了凌鼎年微型小说工作室、沙溪高级中学微型小说教育基地等。

8月14日，由河北省作家协会小小说艺术委员会、《河北小小说》杂志社、吴桥县文联联合举办的第五届（2014—2015年度）河北小小说颁奖会暨纪东方小小说研讨在吴桥召开。冀豫两省作协、文联相关人士及70余位作家与会。

8月18日，由河南省小小说学会、河北省小小说艺委会、广东省小小说学会、山东省小小说学会、黑龙江省小小说沙龙、吉林省小小说沙龙、辽宁省小小说沙龙、浙江省（舟山）小小说学会、江西省微型小说学会、四川省小小说学会、北京市小小说沙龙、福建省（三明）小小说学会、香港华文微型小说学会、陕西省精短小说（小小说）研究会、金麻雀网等发起成立全国小小说学会联盟。由各成员单位主要负责人共同担任联盟主席团轮值主席，并推荐部分主席团成员。联盟设秘书长、副秘书长若干人处理日常事务。联盟适时开展文学采风、研讨、评奖、节会等活动。联盟在金麻雀网设立专属论坛。

8月19日，高军的小小说《本草人生（三题）》获"童星杯"首届临沂银雀文学奖三等奖。

8月27日，夏阳在桥头镇图书馆举行《小小说四门功课》讲座和主持《荷风》2016年秋季刊改稿会。

8月，河南小小说学会策划在河北吴桥进行全国知名小小说作家采风活动。

9月16日，河北当代小小说创作班第一期开班。

9月18日，由世界华文微型小说研讨会与泰国华文作家协会联合主办的第11届世界华文微型小说研讨会在曼谷潮州会馆大礼堂隆重开幕。泰国华文作家协会永远名誉会长司马攻先生、会长梦莉女士联合主持庆典暨研讨会活动。中华人民共和国驻泰国大使馆张东浩参赞、泰国中华总商会主席陈振治先生、泰华文化教育基金会主席陈汉士博士、泰国潮州会馆主席黄迨光博士、中国暨南大学校董事会董事颜开臣先生、世界华文微型小说研究会会长郏宗培先生分别在庆典上致祝贺词。来自中国、美国、加拿大、新西兰、韩国、瑞士、日本、新加坡、马来西亚、泰国、印度尼西亚、菲律宾、文莱，以及中国香港、澳门等18个国家和地区的100多位作家、评论家、教授、学者参加了这次研讨会。

第十一届世界华文微型小说研讨会启动仪式，由泰华文化教育基金会主席陈汉士博士、介寿堂慈善会主席李光隆先生、泰国华文作家协会永远名誉会长司马攻、世界华文微型小说研究会会长郑宗培、中国世界华文文学学会会长王列耀教授、世界华文微型小说研究会副会长凌焕新教授、世界华文微型小说研究会秘书长凌鼎年、世界华文微型小说研究会名誉会长黄孟文、世界华文文学联盟副秘书长白舒荣女士、云南当代海外华文文学研究会会长扬振昆教授、泰国华文作家协会副会长陈博文联合登台主持启动。

会上，世界华文微型小说研究会会长郑宗培宣布：泰国的梦莉、马来西亚的曾沛、中国的凌焕新、香港的东瑞获"世界华文微型小说杰出贡献奖"。由郑宗培、司马攻、王列耀等嘉宾向获奖者颁奖。接着宣布了"第二届世界华文微型小说双年奖"名单：一等奖：［加拿大］文章的《一把车钥匙》；二等奖：［马来西亚］黎紫书的《海鸥之舞》、［泰］温晓云的《爱心》；三等奖：［新加坡］希尼尔的《情犹如此》、［马来西亚］疯木圣上的《马来话》、［新西兰］阿爽的《伤心的母亲》；优秀作品奖：［新加坡］艾禺的《九条街的往事》、［新加坡］君盈缘的《灯》、［泰］莫凡的《最后的希望》、［瑞士］李黎的《神奇的芒果》、［马来西亚］朵拉的《窗外的火凤凰》、［泰］梦凌的《窗外，露更重》、［瑞士］迷途醉客的《乡音》、［泰］洪玲的《赤马的故事》、［印度尼西亚］于而凡的《眸》、［泰］曾心的《象粪咖啡》、［澳大利亚］吕顺的《行贿嫌疑》、［日］解英的《12条长裙》、（中国香港）东瑞的《蒲公英之眸》、［泰］杨玲的《一见钟情》、［印度尼西亚］的晓星《扪心自问》等。世界华文微型小说研究会副会长凌焕新教授、秘书长凌鼎年等为获奖者颁奖。

晚上，在泰国华文作家协会会议室召开了世界华文微型小说研究会理事会，由秘书长凌鼎年主持。他通报了2014年第十届研讨会以来，世界华文微型小说研究会所开展的活动与所做的工作。这次理事会增补了泰国华文作家协会副会长杨玲与中国《微型小说月报》主编刘斌立为受邀理事。并协商了第12届研讨会的承办国等事项。

9月18日，泰国华文作家协会由司马攻、梦莉主编的《第十一届世界华文微型小说研讨会论文集》，在泰华文学出版社出版。收录了张炯、凌焕新、刘海涛、姚朝文、凌鼎年、韩英、龙钢华、渡边晴夫、荒井茂夫、东瑞、古远清、朱文辉、刘斌立、申工弓、张记书、柳泳夏、林锦、马伦、张月琴、郑南川、杨振昆、方东明、廖怀明、黄灵香、林高、戴希、张可、司马攻、晶莹、曾心、温晓云、杨博、易青媛等各国作家、评论家的论文。

9月24日，"美塑杯"东莞市第八届小小说创作大赛颁奖典礼在桥头镇举行。全国小小说名家杨晓敏、基地主任莫树材、广东美塑塑料科技有限公司董事长吴立国等出席。全国知名小小说作家桥头采风活动在桥头镇举行，来自全国各地的小小说名家欢聚桥头，向桥头小小说特色图书馆赠书，并到桥头景点参观采风。

9月24日，全国小小说联盟联谊会在广东东莞桥头宣告成立。

9月24日，全国小小说学会联盟成立大会在东莞桥头镇举行，来自全国各省（市、区）的小小说学会会长、艺委会主任30多人出席，申平在会上当选为联盟轮值主席。

9月，大型人文杂志《中华英才》9月号在"名人天下"栏目，用三个版面的篇幅推介了世界华文微型小说研究会秘书长凌鼎年，发表了淮海工学院学报副主编徐习军教授撰写的7000字报道《凌鼎年：世界华文微型小说领军人》，文章分为"伴着吴韵唱大风""世界华文文学圈的活动家""微型小说界的劳动模范""娄东文化的传承人"四部分，并配发了凌鼎年的作者简介与7张照片。

《中华英才》"名人天下"栏目刊登的《凌鼎年：世界华文微型小说领军人》

（2016年9月）

9月，世界华文微型小说研究会秘书长凌鼎年的《微小说序集萃》在中国方正出版社正式出版，由全国新华书店发行。这是我国第一本微型小说序跋集，也是目前世界上唯一一本微型小说序跋集。

凌鼎年为海内外作家写了300来篇代序，其中一半是为微型小说集子撰写的代序。这本集子分为"海外选本代序""海外个人集子代序""主编集子代序""国内个人集子代序""江苏个人集子代序""自序拾萃""后记选登"7个小辑，共32.5万字。

9月，由世界华文微型小说研究会秘书长凌鼎年与青少年教育专家方圆主编的武侠微型小说选《悲魔剑》（上、下册）在石油工业出版社出版。这是首届"梁羽生杯"全球华语武侠微型小说征文精选本，凌鼎年撰写了《有侠有武，有情有义》的序言。美国国际新移民作家笔会会长陈瑞琳女士、第九届茅盾文学奖评委额尔敦哈达教授、甘肃省作协主席马步升、河南省作协副主席墨白等联袂推荐。该集子收录了刘正权、石上流、周海亮、邢庆杰、乔迁、心水等142位海内外作家的153篇作品，用凌君洋的作品做了书名，上、下册共45万字，全国各大新华书店有售，网上也可邮购。

9月，武汉大学《写作》杂志第9期发表了广西钦州学院颜莺副教授撰写的7000多字评论《论凌鼎年小小说"和合"理念的审美呈现》。

9月，李永康所著《关于微型小说的对话与探讨》，25万字，在重庆出版社出版。该书由李永康作序，分为"对话""探讨""众说""感悟"4个章节。该书是国内第一部小小说对话集。该书通过与10余位作家、编辑罗伟章、许行、滕刚、凌鼎年、谢志强、侯德云、杨晓敏、陈永林、王奎山、石鸣、邢可等的对话，全面深入地探讨了小小说领域内诸如立意、结构、文体优势、语言特色、审美取向等一系列重大问题。获第六届王光祈文艺奖一等奖。

9月，希尼尔的微型小说《我们本来是要去打抢银行的！》与其他语言源流的3篇作品，同时改编成77分钟的电影《黎明时分》（*One Hour to Daylight*），在国家艺术理事会主办的"作家节"推出与放映。

9月，由泰国华文作家协会会长司马攻、梦莉主编的《第十一届世界华文微型小说研讨会论文集》在泰华文学出版社出版。该集子收录了张炯、凌焕新、刘海涛、凌鼎年、韩英、龙钢华、渡边晴夫、荒井茂夫、东瑞、古远清、朱文辉、刘斌立、申弓、张记书、柳泳夏、林锦、马仑、张月琴、郑南川、杨振昆、司马攻等人的论文。

9月，韦妙才所著《小小说评论》在西南交通大学出版社出版，18.6万字。陆衡作序一，申弓作序二。

9月，刘海涛所著《模型与方法：小小说教程》，23万字，在广东人民出版社出版。

9月，陈赞一博士教育基金会与香港浸信会吕明才书院合办第三届陈赞一博士联校微型小说创作奖（2016—2017）活动。对象为全港中学生。陈赞一博士教育基金会在全港多所中学举行了多场微型小说专题讲座。

10月8日，为繁荣四川省闪小说创作，四川省小小说学会成立了闪小说专委会。

10月18日，国家教育部社会科学司通过"2016年教育部人文社科研究项目的立项"，课题号16YJE880003；项目名称"'微文学与新读写'课程研发与实践"。湛江师范学院科技处发出"教学专项经费手册"，项目类别"国家级教学成果培育项目"，项目名称"精短文学的创意写作"。

10月20日，江西省抚州市委宣传部、市文联、《小小说选刊》杂志社、《微型小说选刊》杂志社联袂主办"临川之笔"暨纪念汤显祖逝世400周年全国小小说（微型小说）大赛活动，其历时4个月，共收到征文来稿4000余篇，经认真公正的初评与终评，评选结果揭晓：获一等奖的作品是芦芙荙的《美丽乡村》、蔡良基的《姜阿婆》，共计2篇；获二等奖的作品是夏阳的《怀抱一棵树的女人》、陈毓的《启封推磨》、何君华的《请听清风倾诉》、方丽萍的《汤粉》，共计4篇；获三等奖的作品是李永康的《爷爷的故事》、万俊华的《暖冬》、崔立的《奔跑吧，林平》、揭方晓的《岐黄》、戴希的《儿女》、黄殿夫的《书生汤显祖》、申平的《谁说没有柳下惠》、汪云飞的《秘密》，共计8篇；另评选出20篇优秀奖作品。

10月29日，广东省小小说学会首届班子扩大会议在省作协召开，研究确定召开广东30年优秀小小说表彰大会、出版《广东30年小小说作品精选》和会刊《岭南小小说》事宜。

10月，《语言与文学研究》杂志第五辑发表苏州健雄学院邓全明副教授撰写的《吴文化的精灵：凌鼎年小小说创作论》。

10月28日至29日，由央视新影集团、亚洲微电影艺术节组委会、作家网、中共潍坊市委宣传部等主办的金风筝国际微电影艺术节在山东潍坊举办，中国微小说与微电影创作联盟常务副主席凌鼎年应邀参加。

29日，举办了"中国微小说与微电影创作高峰论坛"，瑞士欧洲华文作家协会前会长朱文辉、捷克—中国文化艺术协会会长老木、国家新闻出版广电总局研修学院院长吕松山、人民文学出版集团副总编曹剑、作家网总编冰峰、中国现代文学馆常务副馆长梁海春、《小说选刊》编辑部主任顾建平、《亚洲微电影》副总编刘玉龙、《作家报》总编张富英等先后发言。凌鼎年上台作了微型小说主题演讲。

10月，由内蒙古工业大学外国语学院张白桦副教授翻译的英译本《凌鼎年微型小说集》在 KF Times Group Inc.（加拿大时代科发集团出版社）出版。张白桦是著名的翻译家，招收翻译方向的硕士研究生，发表原创和翻译作品1200万字，在各大出版社出版译著20部。

该集子收录了凌鼎年101篇作品，共412页。全美中国作家联谊会会长、美国诺贝尔奖中国作家提名委员会主席冰凌先生为集子撰写了《我读凌鼎年》的代序，凌鼎年则作了《微型小说，是一种世界性文体》的自序。

该集子是中国微型小说作家的第一本个人英译本，也是中国微型小说作家在海外出版的第一本微型小说个人英译本，这是中国微型小说走向世界的重要标志之一。

10月，中外名流出版社、北京儒博文化艺术院主办的《中外名流》杂志，在秋季号上发表了浙江湖州师范学院学

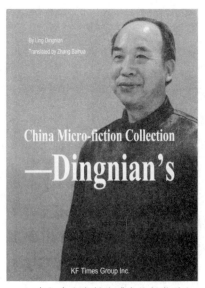

在加拿大出版的《凌鼎年微型小说》英译本封面

生雪芯寒采访凌鼎年的访谈《有一说一，有问必答》（6000多字），并配发了凌

鼎年在以色列、澳大利亚等国家，以及北京、上海等城市参加文化活动的5张照片。

这是今年继《中华英才》《世界英才》宣传、报道凌鼎年后，又一份高端杂志推介凌鼎年。

10月，闻春国翻译的微型小说集《幽默微型小说（2）》（英汉对照）由上海外语教育出版社出版发行，收入微型小说103篇。

10月，北部湾大学副教授韦妙才微型小说评论集《小小说论评》由西南交通大学出版社出版发行。

10月，由刘公主编的《陕西小小说20年精品》，38万字，在团结出版社出版。

11月1日，由钦州学院人文学院及广西小小说学会、钦州市文联联合在钦州学院新校区举行韦妙才副教授新著《小小说论评》首发式暨广西小小说创作基地揭牌仪式。出席仪式的有钦州学院副书记陈锦山，钦州市人大常委会副主任方文，钦州市文联主席黄道鸿，崇左市人大常委会秘书长农敏福，钦州政协秘书长胡礼东，广西小小说学会会长沈祖连，广西小小说学会副会长、桂林秀峰区委书记蒋育亮，广西小小说学会副会长韦锦雄，以及来自广西各地的小小说作家、钦州学院人文学院的师生共100多人。

韦妙才新著出版发布会由人文学院院长莫华善主持。莫院长首先向代表们介绍出席仪式的嘉宾，然后由沈祖连会长致辞。沈会长的讲话，明确肯定了韦妙才副教授是我国将小小说教学纳入了写作课程的不可多得的实践者，是广西小小说队伍成长壮大的见证者，是广西小小说创作繁荣的推动者，他的新著《小小说论评》是广西有史以来第一部纯小小说评论专著，填补了广西小小说论著的空白。

11月2日，由邻家文学社区网发起并举办的微创作大赛，通过邻家网征集520字内的短小说、短故事，设立周赛、月赛、年赛，用颇具创意的"文字选秀"方式，打造中文微创作大咖的"星光大道"。首届"520微咖大赛"自2015年10月1日起，至2016年7月31日止，历时10个月，产生66个周冠军，19个月冠军，1个年度总冠军。月冠军评委及版主由费新干、徐建英、憨憨老叟、谢林涛担任，总评委由杨晓敏担任。王福日的《影匠》获年度总冠军。

11月8日，第四届东北小小说沙龙年会在哈尔滨宾县英杰温泉小镇召开。吉林省政协原副主席、吉林省全民阅读协会会长赵家治，河南省作家协会副主席杨晓敏，黑龙江省作家协会副主席徐岩，宾县政协副主席王晓曼，著名评论家、文学博士孙胜杰等参加会议。东北小小说沙龙主席党存青作了2016年沙龙工作总结报告。颁发了10篇2016年度优秀作品奖，东北小小说沙龙主席袁炳发向佳旭律师事务所主任文永泉颁发了法律顾问聘书。东北小小说沙龙主席于德北宣读增补东北小小说沙龙副主席庞滪、张晓光、李季、张碧岩、顾文显、朱守林，副秘书长宋欣、佟惠君、王爽、肖春青、付慧、李忠元的决议书。

11月12日，在江苏泗阳大禾庄园举行了首届《林中凤凰》"大禾庄园"杯全国短小说大赛颁奖典礼，结束后主办方邀请凌鼎年为到会的作家与文学爱好者讲微型小说创作。

11月25日，宁波市镇海青年作家吴鲁言小小说研讨会在宁波召开。研讨会由浙江省作协、宁波市文联和镇海区委宣传部主办，镇海区文联与宁波市作协《文学港》杂志社联合承办。浙江省作协党组副书记曹启文、宁波市文联党组书记林崇建等出席会议并致辞。会议由区委宣传部副部长、文广新局局长、区文联主席阮一心主持。研讨会上，八一电影制片厂常务副厂长、茅盾文学奖得主柳建伟，《作家》杂志主编宗仁发等一批全国知名作家、大型文学期刊的主编出席研讨会。

11月25日，美国中文作家协会第四期命题征文为微型小说，入选作品自2016年11月25日开始在美国《华人周末》美中作协专页中连载，并收录在美中作协2017年正式出版的文集《心旅》一书中。

11月29日下午，江苏省微型小说研究会会长凌鼎年与太仓市作家协会副主席何济麟一起去江苏省沙溪高级中学挂牌"微型小说教育项目工作室"。

11月30日，太仓市作家协会主席凌鼎年应邀前往苏州参加了由苏州市委宣传部、苏州市文联主办的苏州市"百名艺术家走百村"志愿服务系列活动相城行暨2016年苏州市特色文艺创作基地授牌仪式。

太仓市微型小说学会被评为2016年苏州市特色文艺创作基地之榜首，凌鼎年代表太仓市微型小说学会上台接下了"苏州市特色文艺创作基地·文学"的牌子。

11月，中国作家协会第九次全国代表大会在京召开，小小说业界的杨晓敏、许晨、孙春平、陈力娇、墨白、薛涛、钟法权、邢庆杰等与会。

11月，由江苏太仓市司法局联合世界华文微型小说研究会、中国微型小说学会、江苏省作家协会等多家单位举办的第二届"光辉奖"法治微小说征文大赛，从2015年6月起，至10月截稿，历时4个多月，共收到澳大利亚、德国、瑞士、新加坡、马来西亚、泰国、印度尼西亚，以及中国香港、台湾等多个国家和地区的近2000篇来稿，经秘书处筛选，符合征文要求的有1476篇，交由5位初评委审读一个多月，再选出38篇，再聘请陈建功、雷达、郏宗培、王干、范小青、汪政、郑子、冰峰、汪放、凌鼎年10位终评委审评，为了公平公正，38篇作品全部删去姓名与地址。按特等奖4分、一等奖3分、二等奖2分、三等奖1分来统计，最后评出特等奖1篇、一等奖2篇、二等奖5篇、三等奖10篇、优秀奖20篇。

11月，星光小小说网络电台开播暨小小说媒体联盟成立仪式在郑州人民广播电台举行。小小说媒体联盟发起单位包括《小说选刊》《百花园》《微型小说选刊》等18家小小说报刊、网络、电台。小小说媒体联盟的宗旨为：推动全国小小说报刊、网络、电台、自媒体等的交流互动，建立各媒体之间编辑联系、活动协作、资源共享机制，共同面对和解决新形势下出现的各种问题，共同促进小小说文体的繁荣与发展。同时，"'说王'小小说原创·演播大赛"启动。

11月，由湖南省司法厅主编的《往左，往右——首届中国·潇湘法治微小说全国征文大赛优秀作品选》，19万字，精装本，在湖南人民出版社出版。

11月，《2016武陵"德孝廉"杯·全国微小说精品集》(精装本)，戴希主编，湖南人民出版社出版。

11月，第二块"广西小小说创作基地牌子"在北部湾大学人文学院揭牌。

11月，由欧清池主编的《新华文学大系·微型小说集》(共两册，世华文学研创会，2016年11月)收录了新加坡135位作家的320篇作品。作品入选的作家有：黄孟文、希尼尔、艾禺、林高、林锦、周粲、南子、董农政、张挥、骆宾路、君盈绿、谢裕民、梁文福、柯奕彪、彭飞、长谣、林子、胡月宝、怀鹰、李选楼、梅筠、吴耀宗、丁云、伍木、陈家骏、翁丽清。

12月1日，四川省自贡市微型小说学会主办的《微型文学》2016年第1期（创刊号）出版。创刊号刊登了"东方龙宫"杯全国微型小说（故事）征文大赛获奖专辑。

12月3日，由江苏省太仓市司法局、太仓市作家协会发起，世界华文微型小说研究会、中国微型小说学会、央视微小说微电影创作联盟、江苏省作家协会等机构共同举办的第二届"光辉奖"世界华文法治微小说大赛作品集《醉清风》由方正出版社出版发行，其首发仪式在北京东城区图书馆成功举办。

该书由凌鼎年、顾潇军合作主编，中国方正出版社出版，全国新华书店有售。该集子收录98篇作品，20万字。凌鼎年撰写了《为法治文学添砖加瓦》的序言。

12月10日至13日，湖南常德武陵区文联召开第四届武陵国际微小说节，并举办了微小说创作高峰论坛。

12月11日至12日，第四届武陵国际微小说节由戴希具体策划组织，在湖南省常德市武陵区举办。本届微小说节上，举办了首届中国·潇湘法治微小说全国征文大赛和2016年武陵"德孝廉"杯·全国微小说精品奖颁奖大会，举行了"中国网微电影频道常德采编站"落户武陵区的授牌仪式，召开了潇湘法治微小说创作和"善德武陵"微小说创作高峰论坛。

12月16日，四川省小小说学会和闪小说专委会研究，同意成立达州市达川区平滩镇石峰村闪小说创作采风基地。决定任命谭帅、胡兴雄为创作基地主任，李彦军、唐顺林、蒋启见、王忠良、王大礼为创作基地副主任。

12月24日，四川省小小说学会"迎春笔会"暨第三次代表大会在四川省乐至县召开，选举产生了会长欧阳明，副会长骆驼、杨轻抒、王平中、石建希、刘靖安、吴永胜、欧阳锡川，秘书长骆驼（兼），副秘书长伍忠余、胡容、彭文春、罗贤慧、廖天元。

12月，香港《华人月刊》第12期，以7个页码的篇幅，发表了蓝月撰写的《为海内外双向文化交流做实事的凌鼎年》一文，8000多字，并配发了凌鼎年参加海内外各类文化、文学活动的彩色照片17张。文稿分为"成功走出国门，走向海外""为海内外微型小说双向交流做实事""在海外的影响越来越大"三大部分，客观、如实地介绍了凌鼎年多年来为推进海内外双向文化交流所做的一系列实事。

12月，获评全国小小说学会联盟"2016全国小小说优秀作品"的共10篇：袁炳发的《路途》(《时代文学》2016年第9期)、刘建超的《老街剃家》(《芒种》2016年第8期)、申平的《城市上空的乌鸦》(《鸭绿江》2016年第1期)、蔡楠的《造船》(《时代文学》2016年第3期)、欧阳明的《八爷》(《小说林》2016年第4期)、非鱼的《对饮》(《小说月刊》2016年第2期)、江岸的《奔丧》(《小说界》2016年第5期)、朱雅娟的《圣诞老人的袜子》(《大观》2016年第10期—)、赵新的《换了一种方法》(《山东文学》2016年第4期)、凌鼎年的《玉雕艺人哥俩好》(《微型小说月报》2016年第3期)。

12月，金麻雀网评出2016全国小小说年度优秀图书奖（5部）：周波《镇长东沙》，花山文艺出版社出版；阿社《包装时代》，中国言实出版社出版；党存青《儿媳》，华龄出版社出版；陈柳金《呼啸城邦》，广东经济出版社出版；王溱《超乎想象》，中国言实出版社出版。

12月，金麻雀网评出全国小小说十大热点人物：刘建超、申平、于德北、金狐、李凌、刘国芳、纪东方、刘公、吴富明、骆驼。

12月，金麻雀网评出2016年全国小小说十大新锐作家：孙艳梅、薛培政、徐永辉、邵火焰、林庭光、王东梅、宋向阳、庞滟、王平中、张晓光。

12月，广东《作品》和宁夏《黄河文学》分别为广东小小说学会发表作品小辑，《作品》发表10篇，《黄河文学》发表13篇。

12月，马新亭小小说集《没有理由不快乐》荣获第三届临淄文学艺术奖。

12月，《泰华文学》第84期刊登泰华作协主办的"第十一届世界华文微型小说研讨会"专辑。

12月，香港城市大学中文及历史学系主办"城市·微观：第五届全港学界微型小说创作比赛"。

2016年，批准的中国作协会员，有微型小说作家袁省梅、梁大智、何光占、蓝月、梁慧玲、林跃奇、非鱼、马国兴、杨蔚然、岳勇、刘立勤、陈敏12位。

2016年，凌鼎年微型小说集《幽灵船》获2016年度苏州市优秀版权奖二等奖。这是今年太仓市唯一获版权奖的作品，也是太仓市第一次有文学作品集获版权奖。

2016年，江苏省苏州市委宣传部、苏州市文联制定了《苏州市特色文艺创作基地建设管理规定》，通过申报、资格审定、实地考评等环节，授予太仓市微型小说学会"2016年苏州市特色文艺创作基地"称号。这次，整个苏州文联系统的文学、美术、书法、舞蹈、戏剧、摄影、曲艺、民间文艺、影视等各一家榜上有名。

2016年，山东高级创作研修班招生，主要培养小小说、闪小说作家。名师团队成员有凌鼎年、王红蕊、戴希、黄克庭、王培静等。高级讲师有顾建新、李立泰、张记书。

2016年，香港小说学会举办"全港微型小说"征文活动，聘请凌鼎年、巴代（台湾）、杨兴安（香港）、秀实（香港）4位为终评委。

2016年，江苏省作家协会主办的《雨花》杂志聘请凌鼎年为特约编辑，主持微型小说栏目。

2016年，江苏省微型小说研究会又在沙溪高级中学挂牌"微型小说教育项目工作室"。

2016年，自贡市微型小说学会与自贡恐龙博物馆和学会联合举办了"东方龙宫"杯全国微型小说（故事）征文大赛，28篇作品分获一、二、三等奖和优秀奖。

2016年，自贡市微型小说学会与自贡灯彩文化产业（集团）有限公司和学会联合举办了"自贡灯彩"杯全国微型小说大赛，20篇作品分获一、二、三等奖和优秀奖。

2016年，由中国作家·《雨花》读者俱乐部评选的2016年微型小说排行榜揭晓，共10篇。凌鼎年的《风雪夜》被评为榜首。这篇小说原发于今年《啄木鸟》杂志，又被中国作家协会主编的《小说选刊》第12期选载。

2017年

1月7日，由马来西亚华文作家协会联合马大中文系主办的《深根文学创作课程》分为微型小说班、诗歌班、散文班。第二届开课地点是马大文学院B讲堂，由曾沛会长提议开办。

1月8日，马来西亚华人文化协会槟州分会主办的第五届微型小说征文大赛在喜洋城餐厅举行颁奖典礼。

1月10日，由中国小说学会、成都市温江区政府主办的首届"鱼凫杯"全国微小说奖新闻发布会在北京举行。中国小说学会会长雷达参加会议，常务副会长赵利民宣读获奖名单：聂鑫森的《鸳鸯锁》、孙春平的《老人与狐》、安石榴的《优雅与尴尬》、凌鼎年的《那片竹林那棵树》4部作品获优秀奖，白小易的《客厅里的爆炸声》、于德北的《世界的那端》、申平的《中国狼》、陈毓的《欢乐颂》4部作品获佳作奖，李永康的《中国传奇》获特别奖。成都市温江区委宣传部常务副部长李成宣读授奖词，会议由成都市温江区文联主席魏晓彤主持。

本次评委会主任雷达（中国小说学会会长）、副主任赵利民（中国小说学会常务副会长）、陈歆耕（原《文学报》社长），成员有卢翎（中国小说学会副会长）、毕光明（中国小说学会副会长）、李建军（中国社会科学院研究生院教授）、李星（中国小说学会副会长）、贾平凹（文化艺术研究院院长）、胡平（原中国作协创研部主任）、郜元宝（复旦大学中文系教授）。

1月15日，在惠州市立沃山庄，广东省、惠州市小小说学会创作基地挂牌仪式暨阿社系列小小说研讨会举行。

1月31日，凌鼎年微型小说日译本由日本著名汉学家、日本世界华文微型小说研究会会长渡边晴夫教授率领他的翻译团队完成，在日本DTP出版社出版、发行。该集子装帧简洁、脱俗、大方，翻译收录了53篇作品。凌鼎年的微型小说日译本是中国作家在日本出版的第一本微小说集子。

凌鼎年日译本微型小说集《再年轻一次》书衣

1月，微型小说选刊杂志社选编的《2016年中国微小说排行榜》，30万字，在百花洲文艺出版社出版。

1月，由任晓燕、秦俑、赵建宇选编的《2016年中国小小说》，33万字，在漓江出版社出版。

1月，由作家网选编，冰峰、陈亚美主编的《2016中国年度微型小说》，35.7万字，冰峰撰写《微型小说要与时代同步》的序言，在漓江出版社出版。

1月，中国寓言文学研究会闪小说专业委员会联合小小说月刊杂志社主办的"小小说月刊杯"2017中国闪小说年度总冠军大赛启动。

1月，福建平和林语堂纪念馆等单位联合举办"林语堂杯"全国小小说大赛征文。共评选出一等奖2篇、二等奖6篇、三等奖15篇、优秀奖30篇。大赛组委会选择优秀作品结集出版。

1月，《小小说写作艺术》，夏阳著，金城出版社出版。

1月，建立"陈赞一博士教育基金香港微型小说教育及研究中心"脸书专页（FB）。

1月，建立"陈赞一博士教育基金香港微型小说教育及研究中心"网页。

2月17日下午，日本世界华文微型小说研究会在日本国学院大学主办了中国作家凌鼎年的微型小说日译本《再年轻一次》首发式暨读者见面会。世界华文微型小说研究会秘书长凌鼎年在中国游读会创始人赵春善董事长及助手的陪同下，专程到日本参加了这次活动。

首发式暨读者见面会由东京外国语大学博士生、日本立教女学院短期大学讲师渡边奈津子讲师主持。日本国学院栃木短期大学冢越义幸教授代表日本世界华文微型小说研究会致欢迎词，日本DTP出版社鸟居有一社长、日本华文文学笔会会长华纯女士、日本《中日新报》社长刘成、《中文导报》副总编张石，以及中国游读会赵春善董事长等先后致祝贺词。日本《莲雾》杂志主编阿部晋一郎先生、日本世界华文微型小说研究会会员中森智子等代表翻译家发言，对凌鼎年的微型小说作品给予了很高的评价。会上还宣读了日本中国当代文学研究会会长、和光大学加藤三由纪教授，亚细亚儿童文学大会日本分会会长、日中儿童文学美术交流中心副会长城户典子女士，东日本汉语教师协会会长、日本大学吴川教授等名家的贺信。

日本明治学院大学名誉教授、日本中国语学会顾问、日本家喻户晓的电视明星榎本英雄，日本国学院大学文学部吴鸿春副教授，国学院大学铃木崇义副教授，国学院大学牧野格子副教授，早稻田大学桥本幸枝讲师，东京外国语大学和富弥生教师，东京大学波多野真矢讲师，日本专修大学石村贵博讲师，青山学院大学中等部教谕柳本真澄，立正大学讲师、日本中国友好协会琦玉西部支部事务局长平松辰雄，二松学舍大学讲师大久保洋子，翻译家铃木君江，日本中国当代文学研究会会员福岛俊子，原亚东书店营业科长（专卖中文书）的加藤武司，日本东京书画国际文化艺术交流协会会长广开，厦门大学日本校友会会长福田崇子等来自东京、大阪、横滨的30来人参加了首发式。

凌鼎年在日本国学院大学召开的日译本首发式上致答谢词

2月26日，马来西亚华人文化协会槟州分会主办的第六届微型小说征文大赛在槟城茗园颁奖。

2月28日，世界华文微型小说研究会秘书长凌鼎年的作品《小小说里的乡思乡愁》获上海浦东新区书院镇政府、叶辛文学馆举办的"书院杯"用文学留住乡愁——叶辛文学馆首届征文大赛荣誉奖。中国作家协会副主席叶辛亲自为凌鼎年颁奖。

3月8日，王培静受邀到解放军艺术学院，为全军的文学创作骨干讲课，他结合自己的创作和微型小说名篇名作，深入浅出地进行讲解。王培静还与学员们进行了互动和交流。文学系教研室主任张志强策划并主持了此次讲座，解放军艺术学院的少将孙健政委也来听课。

3月11日，广东省小小说学会2017年迎春座谈会暨《岭南小小说》创刊号首发式在省作协举行，省作协创研部主任谢石南、组联部调研员肖馥筠、《羊城晚报》文艺部副主任邓琼、《南方日报》主任编辑陈美华及各地理事40多人出席会议。

3月18日至23日，刘海涛教授到马来西亚槟城日新中学担任"武吉文学营"讲师，为师生们讲了7场"微型小说怎样描写人物和设计情节"的辅导课。在华人大会堂为马来西亚的华人作家讲《微时代的小说创意艺术：闪小说、小小说比较谈》的文学报告，共有韩江学院、定华女中、武拉必中学、平安路中学、钟灵中学、中华中学、菩提中学、大山脚英文中学等15所学校的师生100多人参加。

3月29日，郑州小小说传媒主办了"小小说媒体的创新与融合"研讨会，澳大利亚微型小说作家李明晏，加拿大出版家张辉，辽宁省作协副主席、著名微型小说作家孙春平，广东省湛江市作协主席、著名微型小说评论家刘海涛教授，新加坡著名作家寒川，马来西亚著名华文微型小说女作家朵拉，西班牙华文微型小说协会会长张琴等海内外微型小说作家、评论家参加了研讨会。凌鼎年与刘海涛教授分别作主题发言。

3月29日晚，河南广播电台、小小说传媒、蜻蜓FM河南等联合主办的"老家河南，根在中原"诗文朗诵会暨首届"说王"小小说原创·演播大赛颁奖典礼在郑州人民广播电台举行，世界华文微型小说研究会秘书长凌鼎年与中央人民广播电台副台长赵忠颖、中国国际广播电台副总编辑任谦、北京广播电台总编王秋、广东广播电视台副台长曾少华、加拿大网络电视台总裁张辉、郑州小小说传媒董事长任晓燕等为获奖者颁奖。

3月30日上午，《小小说选刊》主编任晓燕、世界华文微型小说研究会秘书长凌鼎年、广东省湛江市作协主席刘海涛教授、辽宁省作协副主席孙春平、加拿大世界华人周刊传媒集团董事长兼总裁张辉、澳大利亚澳洲中文作家协会（中华分会）会长李明晏、新加坡锡山文艺中心名誉主席寒川、马来西亚华裔女作家朵拉、西班牙华人女作家张琴等中外作家应邀参加了黄帝故里拜祖大典。凌鼎年接受了河南省电视台、河南省电台的现场采访，还接受了郑州市广播电台的电话采访。

3月，由江苏省盐城市大丰区纪委、监察局、《微型小说选刊》杂志社联合举办的首届"清正家风·梦美中国"全国微型小说征文大奖赛，从2016年4月起，历时近一年，经李敬泽、何向阳、郏宗培、叶青、姚雪雪、张越等评委的评选，评出特等奖1名、一等奖2名、二等奖5名、三等奖10名、优秀奖20名。太仓市作家协会主席凌鼎年的微型小说《"四要堂"子孙》获一等奖。

4月1日，泰国华文作家协会出版《微园》第1期，发表微型小说34篇、闪小说14篇。

4月5日，由中国微型小说学会、世界华文微型小说研究会主办的"黔台杯·第三届世界华文微型小说大赛"经过初选、复审，在终评委主任叶辛，终评委蒋子龙、孙颙、郏国义、江曾培、［泰］司马攻、［新加坡］希尼尔的评审、投票，并公示后，评选结果揭晓：刘斌立的《东归》获一等奖，刘建超的《剃家》、徐慧芬的《纽扣》、伍中正的《我就等拆迁》、符浩勇的《〈二十四史〉谬误始末》、赵淑萍的《哑巴》获二等奖。

4月12日，由美国文轩社主办的第一届海外文轩文学大会在上海虹桥金古源豪生大酒店召开。来自美国、加拿大、德国、荷兰，以及中国上海、北京、江苏、浙江、湖南、湖北、四川的50多位作家、教授参加了这次活动。

这次海外文轩的首届文学学术讨论交流会安排了4场演讲。世界华文微型小说研究会秘书长凌鼎年演讲的题目是《微型小说海内外的双向交流》。会议期间，凌鼎年等还被聘为海外文轩的文学顾问，并颁发了顾问证书。

4月16日，2017年东莞（桥头）小小说创作基地改稿会在桥头镇文广中心举行，广东省小小说学会副会长、第五届小小说"金麻雀奖"获得者夏阳主持。

4月，由世界华文微型小说研究会、中国微型小说学会、中央新影集团中国微小说与微电影创作联盟、作家网主办，江苏省太仓市普法办、市司法局、太仓市作家协会承办的第三届世界华文法治微小说"光辉奖"征文大赛，日前揭晓。本次大赛共收到来稿2400多篇，经5位初评委筛选，10位终评委评选，缪益鹏的《一个叫山妮的女子》获特等奖；刘昌玉的《生死瞬间》、周蕖的《捉迷藏》获一等奖；荒城的《打……打劫》、孙毛伟的《警察的学问》等5篇获二等奖；毛玉蓉的《较量》、李德霞的《灯光》等10篇获三等奖；袁良才的《跳楼者说》、顾振威的《乡村民事》等20篇获优秀奖。

这届终评委有陈建功（中国作家协会副主席）、梁鸿鹰（《文艺报》总编）、顾建平（《小说选刊》编辑部主任）、邾宗培（中国微型小说学会会长）、范小青（江苏省作家协会主席）、施战军（《人民文学》主编）、李风宇（《雨花》主编）、郑子（中央新影集团微电影发展中心主任）、赵智（作家网总编）、凌鼎年（世界华文微型小说研究会秘书长）。

4月，张白桦翻译的微型小说译文集系中国国际广播出版社出版的品牌图书"张白桦译趣坊"系列丛书，分为治愈卷《时光不会辜负有爱的人》、幽默卷《人生是一场意外的遇见》、成长卷《愿你出走半生　归来仍是少年》3卷，为世界微型小说精选，以中英双语呈现。

这套3卷本、总字数60万字的系列丛书为中国当代首部微型小说译文集，是当代微型小说第一代翻译家张白桦副教授微型小说成就的一个集大成式的整体亮相。

4月，由中国小说学会、成都市温江区文联主编的《首届"鱼凫杯"全国微小说奖获奖作品选》，42万字，在成都时代出版社出版。收录了聂鑫森、孙春平、安石榴、凌鼎年、白小易、于德北、申平、陈毓、李永康9位获奖者的作品，刘海涛教授作《微小说的故事创意与文学叙述》代序。

5月6日，四川省小小说学会、中共乐至县委宣传部联合举办了帅乡乐至"青松杯"首届小小说大赛。至2017年10月31日截稿。

5月11日，由南京市文艺评论家协会、江苏省微型小说研究会、南京六合区文联共同主办的满震微型小说赏析会在南京六合区帝景国际大酒店召开。

5月12日上午，在南京举行了江苏省微型小说研究会2017年会，会议由凌鼎年主持，六合区文联主席满震代表研究会向与会者汇报了研究会自2016年4月在昆山换届后至今的创作、发表、出版、获奖与组织活动等情况。研究会为王红蕊、蔡晓妮、万芊、蓝月、何开文、程思良、刘桂先、满震、朱士元、颜士富、王文钢11人颁发了"2016.4—2017.4年度贡献奖"，以表彰他们在推进、繁荣江苏微型小说创作、办刊、出版与组织活动等方面做出的努力。由凌焕新、凌鼎年、戴希、王成祥等为获奖者颁奖。

5月23日，惠州学院文学与传媒学院举行仪式，聘任申平、夏阳、肖建国、邹雄彬为客座教授。文学与传媒学院院长肖向明为以上4位作家颁发聘书。

5月26日，东北小小说沙龙改为东北小小说创作基地，在长春市朝阳区图书馆成功挂牌。会上为首批驻馆作家曲文学、于德北、袁炳发颁发了驻馆作家聘书，随后举行了揭牌仪式。会后由吉林省作家协会全委会委员、著名作家于德北进行阅读交流讲座。

5月，由苏州市作家协会、太仓市微型小说创作基地编选的《苏州市微型小说选（2010—2016年）》在江苏凤凰文艺出版社出版。该集子收录了凌鼎年、万芊、蓝月、凌君洋、金曾豪、汤雄、邵孤城、何济麟、朱闻麟、钱欣葆、高巧林、张寄寒、潘吉、朱奚红、婉君、梅凤艳、冷凝等57位作家的130篇作品，并配发了作者简介，共20万字。凌鼎年为集子撰写了《苏州微型小说创作成绩斐然》的序言。集子还附录了宋桂友教授、邓全明副教授及著名评论家姜广平的评论。

5月，《百花园》"绿城清风杯"全国廉政小小说大赛评奖启动。

5月，《广东小小说30年精选》出版。

5月，《陈赞一博士联校微型小说创作奖（2016—2017年）文集暨漫画创作作品》出版，同月举行了颁奖礼暨微型小说漫画创作展。

6月4日，新加坡"作协讲座系列@草根4"：《从生活到极短篇》分享会在草根书室举行，主讲人为艾禺、辛白和佟暖，由李叶明主持。3位作家以作品实例阐明生活与极短文学书写的新领悟及可塑性。

6月6日，赵冬的微型小说《教父》被收入2017年陕西省高考语文试题考卷。

6月6日，巩高峰的微型小说《一种美味》被收入2017年浙江省高考语文试题考卷。

6月28日，第六届东莞荷花文学奖在桥头镇三正半山酒店举行颁奖典礼，桥头本土作家张俏明《梅花烙》获第六届东莞荷花文学奖年度小小说奖。

6月，澳大利亚王若冰开始筹划筹办《澳华文学》季刊杂志，当年9月出版第1期，总编辑王若冰，主编潘华，副主编郭毅夫。

6月，四川省自贡市文联《蜀南文学》编辑部与自贡市微型小说学会合作，在《蜀南文学》2017年第3期推出了王孝谦、龚祥忠、刘丙文、夏刚等19位学会会员的19篇微型小说，还配发了市文艺评论家协会主席王发庆的评论文章《聚沙成塔，滴水成河》。

　　6月，由四川省小小说学会等单位联合主办的"进士杯"闪小说大赛评选结果揭晓，活动历时5个月，共收到全国来稿689件，评出了一、二、三等奖并进行了颁奖。

　　7月8日，由加拿大中国笔会、加拿大网络电视以及央视新影集团中国微小说微电影创作联盟、作家网联手举办的"中加作家诗文朗读会"，在加拿大多伦多的博思教育集团办公大楼举办。中国驻多伦多总领馆文化领事韩宁、加中笔会会长孙博、加拿大博思教育集团总裁盛子扬与100多位华人作家、文学爱好者参加了这次活动。加拿大著名华人作家陈河、曾晓文、李彦，与吕增禄、西凤、王家骏、齐涛、张怡，以及上海外国语大学文学研究院副院长周敏等都上台朗读了作品。

　　凌鼎年因签证耽搁，未来得及赶到现场，大会播放了凌鼎年朗读微型小说《茶垢》的视频，与胡音尧的配乐朗读视频《永远的箫声》（系凌鼎年的微型小说），北大的王燕云则现场朗诵了凌鼎年的闪小说《最出名的一男一女》。海内外100多家媒体对这次活动进行了报道。

　　7月8日，"美塑杯"东莞市第九届小小说创作大赛评审会在桥头镇文广中心举行，杨晓敏、申平、莫树材担任评委，袁有江的《老莫的情人》获一等奖。

　　7月8日，"书香莲城"2017年新书首发暨小小说创作讲座在桥头镇"山水江南"举行，河南省作协副主席杨晓敏作《小小说与数字化传播》讲座。基地主任莫树材作《东莞市桥头镇创建小小说强镇情况汇报》。广东省小小说学会会长申平、广东省龙门县作协3名作家参加了活动。

　　7月12日，第16届《小小说选刊》优秀作品奖、《百花园》2015—2016年度优秀原创作品奖颁奖典礼暨冯骥才《俗世奇人》研讨会在郑州举行。本次活动由中国作家协会、人民文学出版社、中国小说学会、河南省作家协会、河南省文学院、郑州市文联主办，郑州小小说文化传媒有限公司、《百花园》杂志社、《小小说选刊》杂志社承办。活动主要包括颁奖典礼、对话冯骥才、《俗世奇人》

研讨会、小小说新论坛等板块。中国作协副主席、著名作家陈建功，中国文联原副主席、全国政协常委、国务院参事、著名作家冯骥才，中宣部出版局副局长刘建生等相关部门领导与嘉宾，以及来自全国各地的作家、评论家、编辑100余人出席盛会。

第16届《小小说选刊》优秀作品奖颁奖典礼暨冯骥才《俗世奇人》研讨会

7月15日，广东省30年优秀小小说颁奖大会暨《广东30年优秀小小说精选》首发式在省作协23楼会议室召开，省作协党组书记、专职副主席张知干出席会议并讲话，高度评价广东省小小说学会成立一年来取得的成绩。莫树材荣获"小小说事业推动奖"。

7月23日下午，由教育部"微文学与新读写"课题组，《中国教师》杂志社教育研究中心、寓乐优学"青少年创意写作"推广中心、中国微型小说学会，以及北京寓乐世界教育科技公司、宁夏银川图书馆合作举办的"2017全国青少年创意写作大赛"，吸引了全国10个省（市、区）的百余位中小学生参加。世界华文微型小说研究会秘书长凌鼎年应邀去银川图书馆为参加大赛的中小学学生讲课，讲《中考、高考与记叙文与微型小说》。在银川九一宾馆会议室，凌鼎年还为与会的学生讲了《观察、采风与创意写作》。

7月25日，《小小说月刊》成功入选中国期刊协会"全国中小学图书馆馆配期刊"。

7月，由中国微型小说学会、江苏省镇江市文学艺术界联合会主办，《金山》杂志社承办的第十五届中国微型小说年度奖（2016）评选，经专家评委评审，一等奖：谢志强的《父亲》；二等奖：江岸的《奔丧》、郭震海的《浮城慢光阴》、相裕亭的《家良家》；三等奖：蔡楠的《回灌》、万苇的《腐化墙》、夏艳平的《座位》、李国新的《完美无缺》、蒙福森的《继父》、陈卫东的《春打六九头》、田世荣的《风声》、朱莲花的《朱砂痣》、安石榴的《老于和张老师》、徐均生的《阳光真好》、李忠元的《老人的村庄》、傅昌尧的《没有地址的信》、赵新的《工分儿呀工分儿》、胡炎的《风语》。

优秀组织奖：《百花园》《天池小小说》《金山》杂志社。荣誉奖：刘斌立的《东归》、刘建超的《剃家》、徐慧芬的《纽扣》、伍中正的《我就等拆迁》、符浩勇的《〈二十四史〉谬误始末》、赵淑萍的《哑巴》。

8月2日，由广东省小小说学会、梅县客家村镇银行、《梅州日报》联合举办的"梅县客家村镇银行杯"2016年全国小小说大赛评选结果揭晓。一等奖2篇：秦俑的《听我讲两段关于春运的故事》、海华的《自画像》。二等奖5篇：王溱的《数绵羊》、肖建国的《我是一条枪》、夏阳的《悲伤逆流成河》、刘会然的《一声叹息》、黄焕新的《好贵的一间房》。三等奖10篇：许媛的《在路上》、崔立的《梦中的河》、大海的《娘的树》、油纸伞的《桃花年》、陈树龙的《红包》、木子的《拜年》、徐建英的《猎情》、邵宝健的《你好，星级公厕》、葛成石的《心役》、憨憨老叟的《二零零八年的那场雪》。另有优秀奖15篇。

8月13日，由新加坡作协与草根书室联办的"作协讲座系列"："恋恋浮城，框起人间事——希尼尔与林高对谈微型小说"，在颜氏文化馆举行。恋恋浮城——从小说的片断看浮生，拼凑浮城的想象；以"浮"的心情，谈论移民、遗民、后遗民，以及身份认同的困惑。框起人间事——以小说之微型、极短、闪烁，探索生命之隐秘，活着的形态。讲座由周德成主持。

8月25日下午，首届"温瑞安杯"世界华文武侠微型小说大奖赛颁奖典礼在杭州天翼文化底楼举办。中国武侠小说"超新派"领军人物温瑞安专程赶来参加了这次盛会。世界华文微型小说研究会秘书长凌鼎年，央视微电影发展中心主任郑子，作家网总编赵智，《小小说选刊》《百花园》杂志总编任晓燕，百花洲文艺出版社副总编、《微型小说选刊》执行主编张越，中国大众文学学会副会长张殿武等70多人出席了这次活动。

天翼文化总经理肖伟致辞后，温瑞安、凌鼎年、郑子、赵智、任晓燕、张越、张殿武等嘉宾分别上台为获奖作者颁奖，并一一发言。获奖者代表荒城、敖萌、未建树等也发表获奖感言。

会上，天翼文化阿尔法文学网聘请温瑞安为荣誉顾问，肖伟向温瑞安颁发了聘书。温瑞安向天翼文化赠送了书法题词"其翼若垂天之云"。温瑞安向凌鼎年赠送了书法题词"凌绝顶，思华年"。

现场，凌鼎年与天翼文化副总经理华凯一起同亚洲微电影艺术节组委会、中央新影集团微电影频道联盟、中国微小说微电影创作联盟、北京微电影产业协会、作家网的赵智、邵树彬签约了拍摄武侠微电影系列的合同。

8月25日，江苏省第六届紫金山文学奖评选结果揭晓，宿迁市墨中白的微型小说集《布达拉宫天空的鹰》获奖。

8月27日，四川省自贡市微型小说学会邀请著名学者、语文特级教师、教育研究专家胡林，在盐商文化体验馆（王爷庙）举办了"古典小小说之美"文学讲座。学会会员、胡林的学生及其他文学爱好者共50余人到场聆听讲座。

8月，由广东省小小说学会、梅县客家村镇银行、《梅州日报》联合举办的"梅县客家村镇银行杯"2016年全国小小说大赛揭晓，评出一等奖2篇、二等奖5篇、三等奖10篇和优秀奖15篇的作品。

8月，由朱文斌、曾心主编的《新世纪东南亚华文微型小说精选》在浙江工商大学出版社出版，收录了东南亚国家的微型小说作品。新加坡共有10位作家的19篇作品入选，包括：周粲、黄孟文、流军、南子、林锦、林高、辛白、希尼尔、董农政、周德成。

8月，《朵拉研究资料》，袁永麟主编，福建人民出版社出版。

9月，河南省小小说学会在河南三门峡驻军某部举办军旅采风活动。

9月，陈赞一博士教育基金与香港浸信会吕明才书院合办第四届陈赞一博士联校微型小说创作奖（2017—2018）。参赛对象为全港中学生。陈赞一博士教育基金在全港多所中学举行了多场微型小说专题讲座。

10月1日，文莱华文作协举办第二届"婆罗洲微型小说征文比赛获奖作品"颁奖仪式。

10月3日至5日，四川省小小说学会同中国寓言文学研究会闪小说专委会暨四川委员会、资阳市作家协会、四川宝森农林科技有限公司联合主办了中国闪小说作家2017年四川宝森农林科技有限公司采风活动、"宝森杯"全国闪小说征文颁奖仪式、《宝森之光——中寓四川闪小说委员会有奖征文获奖作品集》首发式、中国闪小说高端论坛暨飘尘闪小说作品研讨会、中国闪小说作家2017年秋季笔会暨报刊选稿会等活动。

10月14日,"美塑杯"东莞市第九届小小说创作大赛颁奖,桥头镇文联主席刘克平为寮步镇广东美塑塑料科技有限公司董事长吴立国颁发鸣谢牌,感谢美塑公司连续四年赞助东莞市小小说创作大赛。

10月14日,《荷风》2017年秋季改稿会在桥头镇文广中心举行,广东省小小说学会会长申平主持。

10月22日,桥头作家协会惠州西湖采风活动在惠州举行,穗莞惠三地小小说作家大联欢。

10月26日,由上海市嘉定区江桥镇人民政府、上海《东方剑》文学杂志联合主办的"北虹桥杯"微小说征文大赛,自2017年3月1日开始,至9月30日截止,历时7个月,收到来自全国的参赛作品1500多篇,经过初选、复审,在终评委主任叶辛,终评委施战军、王干、杨晓升、郦国义、郏宗培、华炜、王健的评审、投票下,胡磅的《晒》获金奖,徐慧芬的《女人心》、叶永平的《假酒》、钱建平的《生命没有下次》、江照的《买孝心》、欧阳明的《土鸡蛋》、崔立的《撑起一片天》、万芊的《赝品》获银奖,李宁、戴建国、谢志强、王琦、赵峰旻、程思良等30位作家的作品获铜奖。

10月27日,由天津《微型小说月报》杂志社、江苏靖江市文联、江苏省靖江高级中学共同主办,作家网、江苏省微型小说研究会协办的首届中国微小说校园行活动在江苏省靖江高级中学启动。中宣部原办公厅主任薛启亮,教育部办公厅巡视员、原办公厅主任刘家富,团中央青少年交流中心事业活动部部长许瀚格,世界华文微型小说研究会秘书长、中国微小说与微电影创作联盟常务副主席凌鼎年,世界华文微型小说研究会副会长、教育部"微文学与新读写"课题研究组组长刘海涛,中国微型小说学会副会长、原江西省作协副主席、原《微型小说选刊》主编郑允钦,靖江市副市长邵春宁,靖江市政协副主席、泰州市作协主席庞余亮,文学评论家、原扬州教育学院中文系主任王菊延,北京大学电视台原台长、中国校园微电影联盟秘书长史俊英，北京大学教授、国际大学新媒体文化节副秘书长高东安，百花洲文艺出版社副总编、《微型小说选刊》主编张越，中国微型小说学会常务秘书长、中国网微电影频道副总编辑、《微型小说月报》杂志社社长滕刚，中国国际广播电台播音员、主持人资格考试总教官王浩瑜，中国微小说与微电影创作联盟执行副主席刘志学，靖江市教育局局长夏灵峰，浙江省宁波市作协副主席谢志强，山东省德州市文联主席、作协主席邢庆杰，《微型小说月报》副主编、教育部"微文学与新读写"课题研究组副主任刘春先，《微型小说月报》副主编梁健等领导、专家、作家代表，以及新浪教育、网易教育、《中国教育报》等多家媒体代表，连同江苏省靖江高级中学师生代表近千人参加了这次活动。

　　该活动在靖江中学大礼堂举行，由赵灿冬副校长主持。靖江高级中学学生表演了活力四射的开场舞蹈。之后，靖江市副市长邵春宁、作家网副总编凌鼎年、中宣部领导薛启亮、教育部领导刘家富，以及靖江中学校长陈国祥分别致辞。嘉宾们高屋建瓴地阐述了此次活动举行的意义、目的，以及对微型小说未来发展的影响。随后郑允钦向中国微型小说校园行首站（靖江站）授旗。随后，薛启亮、刘家富、许瀚格、邵春宁、凌鼎年、刘海涛、郑允钦、张越、陈国祥上台为中国微型小说校园行按动了启动仪。

中国微小说校园行启动仪式

上午，作家凌鼎年和谢志强先生分别主讲了《微型小说：从素材到作品》与《一篇微型小说是如何产生的》。下午的活动由靖江市政协副主席庞余亮主持，刘海涛教授与刘志学主编分别主讲了《微型小说鉴赏》与《微型小说的情与理》。名家讲座，深受师生欢迎。

讲座结束后，作家凌鼎年先生宣布：中国校园微型小说联盟筹委会成立！江苏省靖江中学、江西省南昌师范附属中学、江苏省太仓高级中学、江苏省沙溪高级中学、江苏省太仓市陆渡中学、福建省漳州漳浦道周中学、浙江省余姚中学、江苏省苏州市第三十中学、江苏省丹阳高级中学、江苏省沭阳高级中学、山东省临沂市河东区临沂汤河中学等十几所发起学校的校长、校长代表及语文教师上台作了见证。

中国微小说校园行活动将历时一年，计划走进100家中学。启动仪式上，凌鼎年先生被聘为中国微小说校园行讲师团团长，刘海涛教授被聘为中国微小说校园行首席专家。

活动的高潮是与会的领导、嘉宾为江苏省靖江中学主办的第一届"百盛杯"微型小说大赛的获奖老师与学生颁奖。这次征文共收到2000多篇参赛作品，经凌鼎年、刘海涛、谢志强、滕刚、刘志学、梁健等评委评选，福建林跃奇的《向南飞》获教师组一等奖，靖江中学高一（7）班顾叶尘创作的《盛夏》获学生组特等奖，中国国际广播电台播音员、主持人资格考试总教官王浩瑜先生声情并茂地朗诵了《盛夏》，给上千师生留下难忘的印象。

下午，还举行了"首届微小说与校本课程高峰论坛"，由刘海涛教授主持。论坛上，凌鼎年先生作了主题发言，介绍了近年微型小说走进中考、高考，走进教科书的情况，并对微型小说走进校园提出了一系列的设想。到场嘉宾如江西南昌师范学院附属中学校长、江西省作协会员饶建中，江苏省沙溪高级中学文学社指导老师、省作协会员张年亮，福建漳州市漳浦道周中学语文老师、中国作协会员林跃奇，浙江省余姚中学教师、作家陈宜伦，靖江中学的语文老师荣雪飞先后发言，讨论了微型小说与语文学科四大核心素养的培养问题，以及微型小说与作文教改中的"微写作"相关问题，探讨了微型小说与中考、高考的关系，指出微型小说的阅读对中学生提高写作技能及培养文学素养有重要意义，强调教育工作者要加强对微型小说的关注，并提出了许多金点子。

10月，由陈永林主编的《全民微阅读系列》（120本）在江西高校出版社出版。

10月，新加坡林高自2012年11月至2017年10月，在新加坡《源》杂志（双月刊，新加坡宗乡会馆联合总会出版）撰写专栏，赏析及推介微型小说和诗歌佳作，栏目是"文学景点"。

10月，《正义的力量——第三届"光辉奖"世界华文法治微型小说大奖赛精品选》，凌鼎年主编，中国方正出版社出版。

10月，湖南省政府外事办、湖南省政府港澳事务办公室、《小说选刊》杂志社、武陵区委宣传部、武陵区政府外事侨务和港澳事务办公室、武陵区文联主编的《紫荆花开：世界华文微小说征文大奖赛获奖作品集》（精装本），12.5万字，在现代出版社出版。

10月，中国微型小说学会与《东方剑》杂志社举办"祥庆米奇杯"微型小说征文活动。

10月，《小小说的难度》，徐小红著，河南人民出版社出版。

10月，泰国华文作家协会出版《微园》第2期，发表微型小说35篇、闪小说8篇、微型小说论2篇。

11月2日，凌鼎年微型小说《风雪夜》改编拍摄的微电影《老杨头与小伙子》获泰国"泰中国际微电影展"之"司法与社会奖"，在曼谷由泰国文化部颁发获奖证书与奖杯。

11月4日，广东省小小说创作基地落户顺德揭牌仪式暨朱文彬小小说集《伏波桥》首发式在顺德容桂举行，申平、雪弟、许锋等代表省小小说学会出席。

11月6日至8日，第五届亚洲微电影艺术节在云南省临沧市举办，世界华文微型小说研究会秘书长凌鼎年、微型小说年选主编冰峰等应邀参加了活动。在开幕式上凌鼎年接受了云南省临沧市电视台的现场采访。作为央视微小说微电影创作联盟常务副主席的凌鼎年还上台为获"十佳微电影制品片人"的获奖者颁奖，并与冰峰一起参加了亚洲微电影学院的微电影高峰论坛。

11月9日至11日，中国·铜仁2017华语微电影盛典暨首届"我的乡愁"主题微电影展映活动在贵州铜仁举办，世界华文微型小说研究会秘书长、央视微小说微电影创作联盟常务副主席凌鼎年与微型小说作家、《微型小说月报》杂志社社长滕刚应邀参加了开幕式影片展映、微电影高峰论坛及"我的乡愁"主题微电影颁奖大会。凌鼎年在"乡愁的影像表达"活动现场接受了万山电视台的采访。

11月30日，太仓市作家协会主席凌鼎年应邀前往苏州参加了由苏州市委宣传部、苏州市文联主办的苏州市"百名艺术家走百村"志愿服务系列活动相城行暨2016年苏州市特色文艺创作基地授牌仪式。太仓市微型小说学会被评为2016年苏州市特色文艺创作基地之榜首，凌鼎年代表太仓市微型小说学会上台接下了"苏州市特色文艺创作基地·文学"的牌子。

11月，《百花园》2017年增刊《小小说内容创新与载体创新论坛专号》出版。这是一本纯粹的小小说理论增刊。

11月，由《小小说选刊》杂志社、中国微型小说（小说）创作基地、武陵区纪委、武陵区文联主编的《2017"善德武陵"杯·全国微小说精品集》，36.5万字，精装本，在湖南人民出版社出版。

11月，广西小小说学会成立10周年庆典在桂林举行，大会评选出多项奖项，其中有广西小小说"十虎将"，分别为沈祖连、蒋育亮、杨汉光、黄自林、墨村、李家法、蔡呈书、刘林、廖玉群、唐丽妮。

11月，泰国著名华文作家、泰国作家协会副会长郑若瑟因病过世，郑若瑟创作了600多篇微型小说，是泰国写微型小说最多的一位作家，留下了《情解》《情哀》《情结》《情味》《情真》《情债》及散文集《情浓》7本集子。

11月，"靖江王城杯"第十届广西小小说奖颁奖大会在广西桂林靖江王城举行。

11月，由刘瑞金、陈政欣主编的微型小说合集《新马文学高铁之微型小说》在新加坡作家协会与马来西亚华文作家协会联合出版，共收录了新马两国40位作家的114篇作品。入选的20位新加坡作家是：黄孟文、希尼尔、艾禺、林高、林锦、周粲、南子、董农政、张挥、骆宾路、君盈绿、谢裕民、梁文福、周德成、柯奕彪、蔡家梁、蔡志礼、辛白、辛羽、王文献。

12月1日，山东省委组织部、山东省委宣传部、山东省财政厅、山东省人力资源和社会保障厅联合发文——《关于公布第四批齐鲁文化之星名单的通知》(鲁宣发〔2017〕38号)，共公布324名齐鲁文化之星，其中文艺创作表演界134名，沂南县作家协会主席高军以小小说创作和评论被评为齐鲁文化之星。

12月10日，常德市武陵区文联与世界华文微型小说研究会、中国微型小说学会、《小说选刊》杂志社、香港微型小说学会、中国微型小说(小小说)创作基地合作，"紫荆花开"纪念香港回归20周年世界华文微小说征文大奖赛在湖南常德举行颁奖仪式。47篇获奖作品中，6篇境外微小说获奖，陈立仁的《中秋舞火龙》、书城的《这个故事我不写不快》荣获一等奖，〔美〕李岘的《一口痰》等5篇作品获二等奖，〔德〕穆紫荆的《坐在一条板凳上》等10篇作品获三等奖，(中国香港)东瑞的《导游笑咪》等30篇作品获优秀奖。

12月11日，第五届武陵国际微小说节由戴希具体策划组织，在湖南省常德市武陵区举办。本届微小说节上，举办了2017年"善德武陵"杯·全国微小说精品奖颁奖大会及武陵微小说创作高峰论坛。

12月11日，"丰湖杯"全国大学生小小说大赛启动仪式在惠州学院举行，申平代表广东省小小说学会在会上讲话，并为学生开讲座。

12月25日，《惠州小小说现象》《桃花流水鳜鱼肥——惠州市小小说10年精选》相继出版。《惠州小小说现象》由申平主编，《桃花流水鳜鱼肥——惠州市小小说10年精选》由雪弟主编。

2017年，加入中国作家协会的微小说作家有刘斌立、江岸、李国新、邱脊梁、闻春国(翻译)5位。

2017年，李伶伶的小小说《翠兰的爱情》被收入美国哥伦比亚大学出版社出版的《中国当代小小说双语读本》。

2017年，中国微型小说学会联合大赛的承办方《金山》杂志社，从第1届至第5届获得一等奖的作品中精选出110篇获奖作品，结集出版了《中国微型小说年度奖获奖作品选》。

2017年，广西小小说学会成立10周年之际编辑的广西小小说专集《广西微篇小说精选》在团结出版社出版发行。

2017年，江苏省泗阳县举办了首届"大禾庄园杯"全国短小说征文，并举行了隆重的颁奖典礼，还组织了微型小说讲座。

2017年，江苏省大丰市与《微型小说选刊》合作，举办了"清正家风·梦美中国"微型小说征文大赛，并编辑出版了首届"清正家风·梦美中国"全国微型小说征文大奖赛增刊。

2017年，镇江《金山》杂志社举办了全国首届"金山湖畔遇见你"爱情微小说征文大赛。

2017年，凌鼎年微型小说《香道》《玉雕艺人哥俩好》《风雪夜》获第八届太仓市文学艺术"月季花"奖一等奖。

2017年，刘海涛在《微型小说月报》上开设"微文学与新读写"专栏，发表《微写作的材料与结构》《微文学的语言模型》等系列讲稿12篇；在《微型小说选刊》上开设"微型小说新读写课堂"专栏，发表《折叠式叙述》《留白式结尾》等专栏文章18篇。

2017年，当代微篇小说作家协会主办第二届中国微篇小说金燕子奖（2015—2016年度）评选活动，凌鼎年等10位作家获奖。

2017年，四川省自贡市微型小说学会与自贡井区人民检察院联合举办了"贡井检察"杯全国微型小说大赛，28篇作品分获一、二、三等奖和优秀奖。

2017年，四川省自贡市微型小说学会与沿滩新城区管委会联合举办了"沿滩新城"杯全国微型小说大赛，28篇作品分获一、二、三等奖。

2017年，四川省小小说学会主办了2017年帅乡乐至"青松杯"首届全国小小说大赛。

2017年，《百花园》荣获河南省社科类一级期刊奖。

2017年，美国中文作家协会会长李岘主编的《心旅——美国中文作家协会作品集萃（一）》在美国南方出版社出版，收录了李岘、李凡予、许晓妮、王玮、张挺、胡沅、赵燕冬、赵燮雨等多位作家的微型小说作品。

2018年

1月13日，惠州市小小说学会成立10周年庆典大会在君豪大酒店举行，省作协秘书长、文学院长熊育群，《羊城晚报》文艺部副主任邓琼，《南方日报》记者陈美华，以及地方领导陈幼荣、王燕、陈国敏、安想珍、肖向明、巫志华及企业家和会员近百人与会，大会隆重热烈。

1月20日至21日，四川省小小说学会在乐至县举行四川省小小说学会成立10周年座谈会暨帅乡乐至"青松杯"首届全国小小说大赛颁奖仪式。省作家协会创联部主任邓子强参会并讲话。

1月23日，由羊城晚报报业集团和广东观音山国家森林公园联合举办的首届"观音山杯"人与自然全国小小说大赛评选结果揭晓。大赛邀请中国作协会员、羊城晚报集团副总经理温远辉，著名小说家、《广州文艺》杂志社主编鲍十，东莞市作协主席、著名作家詹谷丰，著名评论家、《羊城晚报》副刊部主任陈桥生，广东观音山国家森林公园管委会主任陈景玉等嘉宾组成大赛评委会。评选出特等奖1名：王乃飞的《石头奶奶的邻居》；一等奖2名：王义宝的《不记账》、李燕霞的《尾部挂灯笼的人》；二等奖5名：张海军的《奶奶的燕子》、刘泷的《一棵树》、陈海红的《老人与树》、李季的《最后7秒》、仲青青的《男孩与蜗牛》；三等奖10名：凌鼎年的《罚戏碑》、崔立的《救救儿子》、马卫的《老人和猴》、李新生的《竹筐》、冯庆茹的《老村长的秘密》、杨彩萌的《林五虎与五虎岭》、岳秀红的《一只都不能少》、蒋玉巧的《一幅奇妙的画》、李凤成的《神仙山神仙树》、耿成竹的《天地间的寂寞》。另有优秀奖若干篇。

1月，《凌鼎年微型小说创作28讲》在光明日报出版社出版。该集子收录了"素材""立意""构思""细节""语言""悬念""人物塑造""知识积累""道具使用""留白艺术""文体探索""开头与结尾""虚构与想象""读书与行路""武侠微型小说""科幻微型小说""推理微型小说""历史微型小说""动物微型小说""对话微型小说""幽默微型小说""官场微型小说""荒诞微型小说""哲理微型小说""故事新编类型""以情动人篇""家庭亲情篇""闪小说篇"28讲。

《凌鼎年微型小说创作28讲》封面

1月,《凌鼎年微型小说选》点评本在光明日报出版社出版。该书收录了67篇作品,每篇作品后都附有江苏省教育厅中文专业指导委员会委员、中国矿业大学文法学院教授、硕士生导师顾建新的点评。

1月,由《微型小说选刊》杂志社选编的《2017年中国微型小说排行榜》,30万字,在百花洲文艺出版社出版。

1月,由《微型小说选刊》杂志社选编的《2017年中国微型小说精选》,29.9万字,在长江文艺出版社出版。

1月,由作家网选编,冰峰、陈亚美主编的《2017中国年度微型小说》,27.9万字,冰峰撰写《文字的性格》的序言,在漓江出版社出版。

1月,在广东省江门市五邑大学举办的广东省写作学会年会上,刘海涛教授被推选为省学会的新一届会长。

1月,高军撰写的5万字的文学评论《山东小小说四十年》(1万字版)在《小小说作家》第1期刊发。《山东小小说四十年》(2万字版)在《东昌月刊》2018年第1期和第2期刊发。《山东小小说四十年》(5万字版)分三次刊发于《阳都文学》:《山东小小说四十年(上)》在《阳都文学》第2期刊发,《山东小小说四十年（中）》在《阳都文学》第3期刊发,《山东小小说四十年（下）》在《阳都文学》第4期刊发。

2月2日晚,惠州市惠城区春节联欢晚会举行,首届"东江杯"全国小小说大赛本地获奖作者颁奖活动同时举行,中国小说学会常务副会长、天津师范大学文学院院长赵利民应邀出席会议。《新时代的精灵——"东江杯"全国小小说大赛作品选萃》首发。首届"东江杯"全国小小说大赛,由广东省小小说学会、惠城区人民政府与中国小说学会联合主办,征文收到全国各地来稿4800篇,经业界专家打分,评出特等奖1名、一等奖2名、二等奖5名、三等奖10名、优秀奖20名。

2月14日,印华作协出版《第12届世界华文微型小说研讨会论文》,收录了袁霓、贺鹏、郑南川、张立中、东瑞、庄雨、杨振昆、张可、徐均生、阿廖、张记书、戴希、顾建新、谭绿屏、李明晏、简媛、张月琴、申弓、姚朝文、朱文辉、张琴、温晓云、林锦、方东明、松华、高鹰等人的论文。

2月24日,中国小小说联盟副主席、中国小小说明星沙龙副主席、东北小小说主席党存青因劳累过度,突发心脏病猝然离世,终年58岁。

2月25日,世界华文微型小说研究会秘书长凌鼎年参加中国文联的一个项目——"阿凡提故事"收集、改编为影视作品的工作,去了新疆。在新疆期间,应新疆伊犁农四师文联、作家协会邀请,在伊犁讲课。他结合自己的创作,讲了《发现素材,巧妙构思——以微型小说为例》,与当地作家进行了互动,并接受了当地电视台的采访。

2月27日,中国微型小说学会会长、世界华文微型小说研究会会长郏宗培因癌症在上海去世,终年68岁。他曾任上海文艺出版总社副社长,上海文艺出版社总编辑、编审,《小说界》杂志社社长等,主编、出版过多种微型小说集子。

2月,由龙钢华教授领衔主编的《实用大学语文》系大学通识教育教材,在高等教育出版社出版。此教材乃教育部主导的大学教育改革的新成果,是教育部将大力推行的大学语文新教材。该语文教材分为"经典选读"与"实用写作"两大部分。在"经典选读"的"中国当代文学"部分选了3篇微型小说,分别是凌鼎年的《剃头阿六》、陈建功的《天道》、许行的《立正》。作品文前有入选作家的作者简介，文后有"本文导读"，还有"思考与练习"题。

3月9日，由马来西亚华文作家协会联合马大中文系主办的《深根文学创作课程》分为微型小说班、诗歌班、散文班。第三届开课地点是马大文学院B讲堂，由曾沛会长提议开创。

3月15日至4月15日，《澳华文学》杂志社举办了"首届澳华杯小小说有奖征文大奖赛"，共收到来自世界十多个国家的华文写作者的作品600多篇，最终经过终评委潘华（澳大利亚华人作家协会会长）、倪立秋（复旦大学文学博士、皇家墨尔本理工大学翻译硕士）、王若冰（《澳华文学》总编辑）、王凤玲（美国华文作家、资深编辑）、郭毅夫（澳大利亚华人作家协会理事）评选，评出一等奖2名、二等奖4名、三等奖5名、优秀奖10名。

3月，由杨晓敏主编的《2017年中国年度作品·小小说》，30万字，在现代出版社出版。

3月，贾平凹题字的《小小说》专刊创办，借《三门峡日报》刊发小小说专版。卧虎是创办人兼主编。

3月，《小小说月刊》的《打开"期刊+"新思路，实现小小说期刊与新媒体发展融合》入选河北省文联调研课题《河北省文联2018年大调研成果集》。

3月，河南小小说学会杨晓敏主持第八届小小说"金麻雀奖"评选与颁奖会。

4月24日，世界华文微型小说研究会秘书长凌鼎年应邀去南昌大学，为中文系的研究生作了《微型小说创作》的讲座，并与学生进行了互动，回答了研究生的多个提问。中国世界华文文学学会原副会长、中国小说学会原副会长、著名评论家陈公仲教授，南昌大学现当代文学研究所所长、江西省当代文学学会会长熊岩教授，江西省评论家协会副会长、南昌大学现当代文学教研室主任、硕士点负责人李洪华教授，南昌大学人文学院中文系主任江马溢教授，江西省现代文学研究会副会长张国功教授，江西省当代文学学会副会长、南昌大学中文系张俏静副教授等也参加了该活动。

4月27日，由《微型小说月报》杂志社、南昌师范学院附属中学教育部"微文学与新读写"课题组共同主办的"中国微小说校园行·南昌站"活动在南昌师范学院附属中学隆重举办。中宣部原办公厅主任薛启亮、南昌师范学院党委副书记席芳宽教授、副校长谢晓国教授、中国微型小说学会副会长郑允钦、教育部"微文学与新读写"课题研究组组长刘海涛教授、中央广播电视总台主任播音员王浩瑜、百花洲文艺出版社副总编辑张越、中国校园微电影联盟秘书长史俊英、国际大学新媒体文化节副秘书长高东安教授、新加坡锡山文艺中心名誉主席寒川、《微型小说月报》杂志社社长滕刚,江西省委宣传部、省教育厅、省作协、南昌市文联等单位的领导、专家、教授、学者、作家代表,以及中国网、《中国教育报》、新浪教育、网易教育、江西电视台、《江西日报》、江西教育电视台、江西手机报、南昌电视台、《南昌日报》等多家媒体代表,南昌师范学院附属中学师生代表2200余人参加了这次活动。

世界华文微型小说研究会秘书长凌鼎年以"中国微小说校园行"组委会主席的身份在开幕式上致辞,并向南昌师范学院附属中学饶建中校长授旗。

下午举行了微小说名家讲座,凌鼎年作了题为《放飞你的想象力》的演讲。

在首届微小说与高考作文高峰论坛上,凌鼎年作了《微型小说走进高考》的主题发言。

中国微小说校园行组委会主席凌鼎年向南昌师范学院附属中学饶建中校长授旗

4月，《凌鼎年小小说103篇》在加拿大北美科发集团出版社出版，系《世界华文文学文库》中的一本。该集子分为12个小辑，共收录103篇作品，25万多字。全美中国作家联谊会会长冰凌为集子作了《我读凌鼎年》的代序。凌鼎年则撰写了《微型小说，是一种世界性文体》的自序。

4月，2018全国小小说高研班联谊会与创作研讨会在河南渑池举行。

5月12日，《岭南小小说文丛》首发式暨广东省小小说学会一届二次常务扩大会议在"岭南文学空间"举行，省作协创研部主任谢石南、河南省作协副主席杨晓敏、《羊城晚报》文艺部副主任李素灵等出席。《岭南小小说文丛》一套10本，由江西高校出版社出版发行。

5月30日，江苏省太仓市第一中学建校111周年之际，由世界华文微型小说研究会、《微型小说月报》杂志社、教育部"微文学与新读写"课题组、江苏省微型小说研究会、太仓市一中主办，北京寓乐世界教育科技有限公司、太仓港协鑫发电有限公司协办的"协鑫杯"微型小说征文颁奖典礼在太仓市第一中学观澜厅隆重举行。

中国作协副主席叶辛，中宣部原办公厅主任薛启亮，江苏省作协副主席、苏州市文联主席、苏州市作协主席、苏州大学王尧教授，中国微型小说学会副会长、原江西省作协副主席、原《微型小说选刊》主编郑允钦，太仓市政协主席邱震德，太仓市副市长顾建康，太仓市教育局局长何永林，与兄弟学校的多位校长，以及400来名学生参加了这次活动。

著名作家叶辛授予张文校长中国微型小说校园行（太仓一中站）旗帜。优秀校友、《微型小说月报》执行主编刘斌立授予副校长黄冬明《微型小说月报》创作基地铜牌。

太仓市一中总务主任、校文学社负责老师沈明峰介绍了"协鑫杯"微型小说征文比赛的相关情况。开奖嘉宾宣读获奖名单后，颁奖嘉宾开始向获奖者颁奖，并与获奖者合影。

初二（3）班王昱爻的《彩色的米》获特等奖，并由获太仓市朗诵一等奖的学生范茜文现场朗诵。

最后的微小说名家讲座环节，由九四届校友刘斌立为学弟学妹讲述《写作与远方——市一中留给我的精神财富》。

5月30日，江苏省太仓市第一中学在建校111周年之际，举办了该校六七届初中、七零届高中毕业生凌鼎年的文学成果展。

中国作家协会副主席叶辛，中宣部原办公厅主任薛启亮，江苏省作家协会副主席、苏州市文联主席、苏州市作协主席、苏州大学王尧教授，中国微型小说学会副会长、原江西省作家协会副主席、原《微型小说选刊》主编郑允钦，太仓市政协主席邱震德，太仓市副市长顾建康，太仓市教育局局长何永林，太仓市第一中学校长张文等为"凌鼎年文学成果展"揭幕，活动由太仓市文联主席龚璇主持。

近400平方米的校图书馆底楼大厅展出了凌鼎年出版的50本个人集子，他主编的200多本集子中的60多本选本，300多本获奖证书、奖杯、奖牌，以及世界各地报纸杂志推介他的部分文章、封面、封二、封三照片，用其微型小说改编的连环画、微电影等，还有100多张他出席全国各地、世界各国文学活动的胸牌，主办方还用易拉宝形式展示了凌鼎年在各国各地参加各种文学活动的几百张珍贵照片等。因场地有限，凌鼎年发表的6600多篇（次）的报纸、杂志，以及收录其作品的500多本各类选本，还有大量的手稿等都无法展示。

"凌鼎年文学成果展"揭幕收到了来自美国、加拿大、法国、瑞士、匈牙利、新西兰、澳大利亚、新加坡、马来西亚、泰国、菲律宾、印度尼西亚、文莱、日本、韩国，及中国香港、中国澳门地区的华文作家协会、文学团体与作家的贺信。

来自北京、天津、上海、南京、苏州、南昌等地的嘉宾，与太仓市人大、市政府、市政协、宣传部、文明办、文化局、教育局、文联、档案局、史志办、法制办、科教新城、《太仓日报》的领导，以及太仓市第一中学的数百名学生参加了这个活动。学生看到自己的学长取得如此骄人的成绩，都深受鼓舞。学生排起了长队请凌鼎年为他们签名留念、拍照留念。

5月，由世界华文微型小说研究会秘书长凌鼎年主编的《2017读家记忆年度优秀作品·小小说》在现代出版社出版。该书收录了楚梦、万吉星、鹿禾先生、聂鑫森、纪洪平、练建安、李永生、申平、袁良才、王孝谦、刘公、戴希、高军、津子围、陈国祥、刘斌立、朵琼、李永康、周渠、江野、鲜章平、田玉莲、凌君洋、凌鼎年等微型小说界新老作家的作品，还收录了泰国梦凌、温晓云，加拿大孙博、宇秀，日本张石等海外作家的作品，计71位作家的94篇作品，共20多万字。全国新华书店与个体书店均有售，读者可在京东、当当、淘宝、天猫、亚马逊邮购。

"凌鼎年文学成果展"门口宣传板（2018年5月30日）

5月，泰国华文作协的《微园》第3期出版，发表微型小说33篇、闪小说7篇，纪念病故的原世界华文微型小说研究会会长郏宗培先生的文章18篇。

5月，出版《陈赞一博士联校微型小说创作奖（2017—2018）文集暨漫画创作作品》。同月，举行了颁奖礼暨微型小说漫画创作展。

6月8日，香港著名作家刘以鬯在香港东华东院逝世，享年99岁。他一生创作甚丰，出版40多部著作，其微型小说代表作品《打错了》对内地微型小说界有很大的影响。2014年获香港艺术发展终身成就奖。

6月16日，第二届"扬辉小小说奖"评审会（终评）在桥头镇文广中心举行。熊育群、任晓燕、刘海涛、詹谷丰、雪弟担任评委。第二届"扬辉小小说奖"由东莞（桥头）小小说创作基地、《小小说选刊》、广东省小小说学会共同主办。夏阳获成就奖（评论），莫小琼获新锐奖，刘帆、谢松良、袁有江获基地新秀奖，莫树材、张俏明、赖燕芳、刘林波获作品奖。

6月23日上午，由惠州学院、广东省小小说学会联合主办的首届"丰湖杯"全国大学生小小说大赛颁奖大会暨全国小小说高端论坛，在惠州学院图书馆礼堂举行。中国作协副主席白庚胜，《小说选刊》副主编李晓东，广东省作协副主席、秘书长熊育群，河南省作协副主席杨晓敏，《微型小说选刊》主编张越，《小小说选刊》主编秦俑等出席。

6月24日，广东省首届优秀小小说"双年奖"暨扬辉第二届小小说奖颁奖大会，在东莞桥头三正半山酒店隆重举行。《小说选刊》副主编李晓东，广东省作家协会副主席兼秘书长、省文学院院长熊育群，河南省作家协会副主席、全国小小说学会联盟主席、评论家杨晓敏，《微型小说选刊》主编张越，《小小说选刊》主编秦俑，《羊城晚报》文艺部副主任李素灵及来自全省各地的小小说精英骨干100多人出席会议。共有25篇优秀作品，分获特等奖和一、二、三等奖，雪弟等6人获得小小说优秀责任编辑奖，李扬辉、刘克平等4人获得小小说事业推动奖，贺妙忠获得突出贡献奖，惠州市小小说学会、桥头小小说创作基地、佛山市小小说学会、顺德市小小说学会获得优秀团体会员奖。

第二届"扬辉小小说奖"颁奖典礼同时举行。下午，《荷风》2018年夏季改稿会暨秦俑小小说创作讲座在桥头镇文广中心举行，《小小说选刊》主编秦俑主持。

6月24日，文莱华文作协举办第三届"婆罗洲微型小说征文比赛获奖作品展"。

6月，东莞（桥头）小小说创作基地入选2018年度东莞市重点文艺创作基地名单和2017年度东莞市重点文艺创作基地扶持名单，并获得15万元资金扶持。

6月，《泰华文学》第90期刊登"第一届泰华微型小说双年奖获奖作品专辑"。这是2017年泰华作协举行"第一届泰华微型小说双年奖"，刊登了冠军、亚军、季军和优秀奖作品共18篇。

7月，由凌鼎年、顾潇军主编的《青春悬崖·第四届"光辉奖"世界华文法治微型小说征文作品精选》，在光明日报出版社出版，新华书店与各大网店有售。凌鼎年撰写了序言《法治建设永远在路上》。集子分为"获奖篇""佳作篇""名家篇""海外篇""本邑篇""廉政篇"6个小辑，约20万字。这些作品是从2000多篇参赛作品中筛选出来的，来稿涉及美国、加拿大、澳大利亚、新加坡、泰国，中国20多个省（市、区）以及香港地区等。

7月，广西小小说学会15位作家应邀参加泰国驻广西南宁总领事篷蒂窝·蔡乐先生诗歌朗诵会。

7月，河南小小说学会举办金麻雀作家班培训1期。

8月11日，中国作家协会第七届鲁迅文学奖评选结果揭晓，著名作家冯骥才的小说集《俗世奇人》（足本）获奖，其成为第一个获得微型小说奖的作家，填补了小小说文体在国家级文学奖项上的空白，这对于小小说的创作、评论、编辑出版、新媒体运营乃至小小说的全民阅读，都会起到积极的引领与推动作用，是小小说文体走向成熟的重要标志。

8月29日至31日，河南省小小说学会、中牟县文联联合举办了"全国小小说作家看中牟"采风活动，来自全国14个省（市、区）的35名小小说作家，走进中牟感受时代之变。

8月，由凌鼎年与语文教育专家方圆主编的武侠微型小说选《清风剑——首届"温瑞安杯"世界华文武侠微型小说大赛作品精选》在石油工业出版社出版。集子分为"获奖篇""优秀篇""海外篇""附录"4个小辑，收录海内外119篇作品，36万字。凌鼎年撰写了《武之要义，侠之大者》的序言，封底刊登了武侠小说大师温瑞安先生热情洋溢的推荐语。

8月，广西小小说作家7人走进缅甸驻广西南宁总领事馆，采访了缅甸驻南宁总领事梭岱南先生，并共进晚餐，体验缅甸风情、美食。

8月，《微型小说全观察（阅读篇、训练篇）》，吴铁俊主编，江苏大学出版社出版。

9月8日，"美塑杯"东莞市第十届小小说创作大赛评审会在桥头镇文广中心七楼会议室举行，申平、雪弟、莫树材任评委。

9月22日，《桃花流水鳜鱼肥——惠州市小小说10年精选》研讨会在惠州学院隆重举行，研讨会由惠州市文联、惠州学院文传学院、广东省小小说学会、惠州市小小说学会联合主办，惠州市日升昌协办。惠州市政协副主席黄志忠，惠州学院副校长罗川山，市委宣传部常务副部长黄文新，市文联党组书记、主席安想珍，惠州学院文传学院院长肖向明，惠州市日升昌集团董事长欧吉阳，惠州市海燕房地产公司董事长曾志平，广东百业投资集团董事长钟期，广东华通装饰工程有限公司董事长、广东省小小说学会名誉会长贺妙忠等领导和企业家，以及惠州市小小说作家、文学爱好者60多人欢聚一堂。

9月27日，第九届"茅台杯"《小说选刊》奖颁奖活动在青岛举行。广东省小小说学会常务理事刘浪的《绝世珍品》获奖。

9月，中国微型小说学会第三届会员代表大会召开，选出新一届学会领导班子，选举夏一鸣为会长，任晓燕、张越、严有榕、刘海涛为副会长，高健为秘书长。

9月，由江苏省散文学会主办的江苏省散文学会奖，经过初评、复评、终评，在南京揭晓，有5部散文集、5篇单篇散文作品获学会奖。太仓市作家凌鼎年2016年9月在中国方正出版社出版的《微小说序集萃》获学会奖。这本32.5万字的集子是中国第一本微型小说代序的汇集本。

9月，由郑州市文化广电新闻出版局主办，郑州小小说文化传媒有限公司、小小说网络电台承办的第十六届全国民间读书年会在郑州举办。中国阅读学研究会会长徐雁授予小小说传媒"华夏书香地标"荣誉称号。

9月，由人民文学出版社、《小小说选刊》杂志社、《百花园》杂志社、小小说电台联合主办的"《小小说精品系列》新书发布会"在中原图书大厦回声馆举行。

9月，东莞市小小说合集《十年芳华·东莞市小小说精选》由团结出版社出版，主编刘克平，执行主编莫树材、刘帆。

9月，《中外经典小小说五十课》，李锟琬、周金荣编著，北京师范大学出版社出版。

9月，瑞士朱文辉征稿、主编并翻译的《今古新旧孝亲文学集》(德文版)，由苏黎世普隆出版社出版，其收录了9个国家28位微型小说作家的作品，是第一部打进欧洲正式出版的华文微型小说作品集。

9月，陈赞一博士教育基金与香港浸信会吕明才书院合办第五届"陈赞一博士联校微型小说创作奖（2018—2019）"。参赛对象为全港中学生，陈赞一博士教育基金在全港多所中学举行了多场微型小说专题讲座。

10月15日，泰国华文作家协会的《微园》第4期出版，发表微型小说39

篇、闪小说7篇、中译泰微型小说2篇。

10月16日，基地与桥头镇教育办联合在桥头镇中心小学举办"桥头镇中小学生小小说写作培训班"，小小说名家莫树材、刘庆华、刘帆分别授课。这是东莞市第一个中小学生小小说写作培训班。

10月19日下午，由世界华文微型小说研究会秘书长、江苏省微型小说研究会会长凌鼎年率领的江苏省微型小说作家代表团一行42人莅临淮安，走进江苏省淮阴师范学院附属中学，开展公益讲座和作家创作实践基地授牌仪式，淮安市文联副主席、作协副主席、著名作家严苏，淮阴师院附中领导，以及高一年级约800名学生和部分老师参加了活动。

凌鼎年结合自己的创作经验，针对高考作文和微型小说的密切联系，为附中学生作了题为《微型小说与中考、高考》的主题讲座。

与会作家沙黾农、李景文、徐社文、王文钢、赵峰旻、李利军等还与附中文学社团的30多名文学爱好者进行了互动交流。

活动期间，还举办了赠书和授牌仪式。严苏代表与会的作家向师院附中赠送了300余册作家签名的作品集，凌鼎年代表省微型小说研究会授予淮阴师范学院附属中学省微型小说作家创作实践基地匾牌，这是该会在江苏省设立的又一个校园创作实践基地。

主席台从左到右依次为：淮安广播电视台节目主持人、国家级播音员田波，以及朱士元、沙黾农、陈进才、凌鼎年、严苏、滕刚、何开文（2018年10月19日）

10月19日至20日，为期两天的江苏省微型小说年会在淮安举行，世界华文微型小说研究会秘书长、江苏省微型小说研究会会长凌鼎年，江苏省微型小说研究会副会长沙黾农、滕刚、何开文、朱士元、程思良，秘书长徐习军，副秘书长蓝月、颜士富，与淮安市文联副主席、作协副主席严苏，以及来自全省的40多名微型小说作家代表出席了会议。

在举行的年度报告和交流会中，凌鼎年会长向与会作家通报了2018年江苏省微型小说研究会的工作情况，回顾了2017年年会召开以来，全省微型小说创作的喜人成就。

会议由龚逸群主持，会上增补朱士元、程思良为江苏省微型小说研究会副会长，龚逸群为江苏省微型小说研究会理事。

10月20日，由广东省作家协会、佛山市作家协会、广东省小小说学会主办，佛山市作家协会文学院、佛山市作家协会小小说学会协办的胡亚林军旅小小说研讨会，在广东省作家协会"岭南文学空间"隆重举行。来自佛山、广州等地的文友嘉宾70余人参加了研讨会。

10月27日，由中国电影家协会指导，河北省沧州市委宣传部、中国电影家协会微电影工作委员会主办的"首届中国（沧州）中华优秀传统文化颂微电影盛典"颁奖晚会在沧州体育馆举行，有3000多人参加了颁奖晚会。央视微小说微电影创作联盟常务副主席凌鼎年应邀去沧州参加了微电影盛典。

10月28日下午，世界华文微型小说研究会秘书长凌鼎年应邀去北京东城区图书馆讲课，这是他第四次到北京东城区图书馆讲课，主讲《武侠微型小说的创作》。并与现场的读者进行了互动，回答了多位读者的提问。

10月，由中国微型小说学会、江苏省镇江市文学艺术界联合会主办，《金山》杂志社承办的第十六届中国微型小说年度奖（2017）评选，经专家评委评审，获一等奖的为：相裕亭的《看座》。获二等奖的为：陈敏的《"老鼠搬家"》、三石的《白菜石》、郑俊甫的《太史简》、李德霞的《深秋》。获三等奖的为：季明的《我知道你是谁》、赵新的《问候》、叶征球的《蒲公英》、申平的《寻找战马墓》、谢志强的《抓阄》、朱雅娟的《马蹄铁》、王鼎的《娘根》、刘立勤的《法医李炎》、崔立的《父亲敬的酒》、张洪贵的《风清月正高》、许心龙的《父亲的麦粒》、杨海燕的《元青花》、周海亮的《狙击手·规则》、津子围的《1974年天空的鱼》、陈慧君的《办公室》、周长风的《握手》、原上秋的《老张其人》、朱莲花的《老太爷》。

10月，由世界华文微型小说研究会秘书长凌鼎年与顾潇军合作主编的《正义的力量——第三届"光辉奖"法治微小说大赛作品精选》在中国方正出版社出版。该书分为"获奖篇""佳作篇""名家篇""太仓篇"4个小辑，收录了从2400多篇参赛作品中精选出来的83篇精品力作。凌鼎年撰写了《法治文学润物无声》的序言。全书约20万字。

10月，《小小说月刊》开通"三家村微店"。

11月6日至8日，第六届亚洲微电影艺术节在云南临沧隆重举办，文化部、中国文联、中国电视家协会、中国国际广播电台、中央新影集团、云南省文化与旅游厅领导，与临沧市委书记、市长、人大常委会主任等出席了开幕式。

艺术节期间，在滇西科技学院图书馆报告厅举办的"亚洲微电影学院2018级本科班开班典礼暨聘任客座教授仪式"上，世界华文微小说研究会秘书长、中央新影集团中国微小说微电影创作联盟常务副主席、中国微型小说进校园讲师团团长凌鼎年与最高人民检察院影视中心副主任范子文，北京曲艺家协会主席李伟健，央视新影集团《亚洲微电影》杂志副主编、亚洲微电影艺术节组委会创作中心主任刘玉龙，《小康》杂志社常务副社长殷云等被聘为亚洲微电影学院客座教授。著名电影演员斯琴高娃被聘为常务副院长。

11月16日，由广东省作家协会创研部、广东省小小说学会、惠州学院小小说研究中心组织评选的"改革开放40年：广东最具影响力的小小说40篇"名单公布。

11月16日，四川省小小说学会、中共乐至县委宣传部联合举办帅乡乐至"青松杯"第二届全国小小说大赛颁奖典礼。

11月，由世界华文微型小说研究会、作家网、中央新影集团中国微小说微电影创作联盟主办，太仓市纪律检查委员会、太仓市政府侨办、"中国作家·《雨花》读者俱乐部"（太仓）、江苏省微型小说研究会、太仓市微型小说创作基地协办，江苏省太仓市普法办、太仓市司法局承办的第五届"光辉奖"世界华文法治微型小说大赛，从3月开始到8月底结束，共收到中国内地、中国香港、美国、加拿大、澳大利亚、日本、南非、新加坡、泰国、印度尼西亚等国家和地区的参赛稿近2000篇。经5位初评委、10位终评委两个多月的初评、终评，现评选结果揭晓。[加拿大]孙博的《水管王》获特等奖，何葆国的《二十年如一日》、张建忠的《父亲是名警察》获一等奖，江旺明的《打鼠》、刘博文的《捕风》、王前恩的《父亲心》、袁良才的《交警老冷》、刘正权的《独活》获二等奖，另有11篇作品获三等奖、19篇作品获优秀奖。

11月24日，东莞市小小说学会在桥头镇青少年活动中心成立，莫树材当选为会长，谢松良当选为常务副会长，刘帆、刘庆华、姜帆当选为副会长，刘帆当选为秘书长，刘林波当选为监事长。第一届理事会主席团聘请杨晓敏、任晓燕、张越、郭晓霞、李素灵、申平、雪弟、陈玺、陈启文、胡磊、刘克平、詹谷丰12人为顾问，李扬辉为名誉会长，吴立国为名誉副会长，任命莫小闲、莫小琼、秦兴江、赖燕芳为副秘书长。

同日，桥头小小说新书首发暨桥头小小说现象研讨会在桥头镇青少年活动中心举行。任晓燕、郭晓霞、张凯、韦毓泉、申平、雪弟、李素灵、胡磊、詹谷丰等专家学者出席。

同日，"美塑杯"东莞市第十届小小说创作大赛颁奖典礼在桥头镇青少年活动中心举行。秦兴江的《护民井》荣获一等奖，刘帆等3位作家的作品荣获二等奖。

11月25日，由江苏省微型小说研究会评选的改革开放40年（1978—2018年）江苏有影响力的40篇微型小说经推荐、初评、复评、核实，评选出40篇佳作，按发表先后排列，公布如下：

1.高晓声《摆渡》，见《七九小说集》江苏人民出版社1980年版；

2.汪曾祺《陈小手》，原载《人民文学》1983年第9期；

3.张文宝《石棋》，原载《作品》1985年第5期；

4.汤祥龙《壶王》，原载《雨花》1987年第7期；

5.于伯生《谅解》，原载《小说界》1987年第6期；

6.凌鼎年《茶垢》，原载《中国煤炭报》1988年11月8日；

7.沙黾农《哟，不是发表了吗？》，原载南京《周末》1989年；

8.滕刚《预感》，原载《青年作家》1990年第4期；

9.徐习军《排斧》，原载《连云港文学》1993年第5期、第6期合刊；

10.章海生《猎手》，原载《镇江日报》1994年2月19日；

11.万芊《金丝鞋垫》，原载《百花园》1995年第1期；

12.喻耀辉《秘方》，原载《三角洲》1995年第6期；

13.胡永其《陶四指》，原载《文学报》1995年7月12日；

14.生晓清《两棵枣树》，原载《天津文学》1995年第8期；

15.刘庆宝《情债》，原载《小小说月报》1996年第3期；

16.郑洪杰《端州遗砚》，原载《闽北日报》1996年5月18日；

17.徐社文《凤凰翅》，原载《文学报》1996年总第892期；

18.石飞《大红花》，见《表哥表弟》国际文化出版公司1996年版；

19.王海椿《大玩家》，原载《百花园》1997年第4期；

20.王海群《船魂》，原载《人民公安报》1997年7月2日；

21.杨祥生《桥墩》，原载《人民日报（海外版）》1997年9月22日；

22.李景文《看天》，原载《城市人》1997年第11期；

23.苏童《老爱情》，见《微型小说鉴赏辞典》，原发1998年；

24.何开文《延缓生命》，原载《佛山文艺》1998年第8期；

25.戴珩《高揎背》，原载《百花园》1999年第8期；

26.刘桂先《混饭》，原载《齐鲁晚报》2000年5月6日；

27.相裕亭《威风》，原载《百花园》2000年第8期；

28.蒋昕捷《赤兔之死》（2001年高考满分作文），《微型小说选刊》2001年第19期选登；

29.许国江《死亡证明》，原载《星火》2002年第3期；

30.雅兰《南京呆B》，原载《小小说月刊》2004年第22期；

31.凌君洋《契约》，原载《青年文摘》彩版2005年第8期；

32.何雨生《木头伸腰》，原载《青春》2007年第4期；

33.杨海林《鬼手》，原载《课外阅读》2010年第7期；

34.严苏《一字惹祸》，原载《当代小说》2011年7月；

35.蓝月《哑巴佬》，原载《北方文学》2012年第9期；

36.邓洪卫《去镇上喝牛肉汤》，原载《小说月刊》2013年第10期；

37.颜士富《表叔的幸福生活》，原载《海外文摘》2014年第8期；

38.朱士元《那晚的月光》，原载《淮阴日报》2015年4月20日；

39.满震《手长》，原载《青春》2015年第5期；

40.程思良《大匠》，原载《林中凤凰》2018年第2期。

11月29日，2018年桥头镇中小学生小小说写作培训班（第二期）在桥头中学举行，谢松良、刘帆分别讲课。

11月，《世界华文微型小说综论》，龙钢华主编，中国社会科学出版社出版。

11月，各省（市、区）竞相开展改革开放40周年微型小说评选活动，微型小说主阵地《微型小说选刊》《小小说选刊》《天池小小说》也分别评出改革开放40周年微型小说优秀作品。

11月底，姚朝文专著《岭南微篇小说与中外世界》，31.3万字，由九州出版社出版，凌鼎年、刘海涛、作者自己分别作序。

11月，浙江省宁波某大学在文学院会议厅举办了小小说研讨会。研讨会由文学院院长、文学艺术学院主任、研究生负责老师共同主持。有15位老师、120名学生参加了这个研讨会。

11月，江淮小小说沙龙与惠州学院小小说研究中心评选出改革开放40年安徽最具影响力的小小说40篇。

12月14日，印度尼西亚作协在雅加达颁发第六届"金鹰杯"（亚细安10国）微型小说大赛奖。

12月15日，第十二届世界华文微型小说研讨会在印度尼西亚首都雅加达举办。来自中国、印度尼西亚、美国、加拿大、澳大利亚、新西兰、德国、瑞士、西班牙、匈牙利、日本、新加坡、马来西亚、泰国、菲律宾、文莱、越南、缅甸，以及中国香港、中国澳门特别行政区等20个国家和地区的320余位微型小说作家、评论家以及学者参加了会议。

在15日晚上召开的世界华文微型小说研究会理事会上，原世界华文微型小说研究会秘书长凌鼎年全票当选新一届会长。

开幕式上，中国驻印度尼西亚大使馆文化参赞周斌、印度尼西亚华文作协总会会长袁霓、世界华文微型小说研究会新任会长凌鼎年分别致辞，凌鼎年还作了《世界华文微型小说当前的态势与未来的走向》的主题发言。

会议期间，凌鼎年与中国驻印度尼西亚大使馆文化参赞周斌、印度尼西亚华文作家协会副总会长许鸿刚等向有关人员颁发了世界华文微型小说40年贡献奖和"寓乐湾杯"世界华文微型小说（2017—2018）双年奖。《印华日报》《国际日报》《千岛日报》《星洲日报》《商报》等多家华文报纸进行了整版大篇幅的报道。

大会为创会会长黄孟文及副会长希尼尔颁发"世界华文微型小说40年（1978—2018）贡献奖"。会上还公布了"第三届世界华文微型小说双年奖"得奖名单。

12月16日，马来西亚华人文化协会槟州分会主办的第七届微型小说征文大赛，在槟域茗园餐厅颁奖。

12月18日，东莞市第十届小小说创作大赛荣获第二届东莞全民尚艺节"最具创意项目奖"（东莞市文联主办）。

12月21日，马来西亚原华文作家协会主席、世界华文文学家协会名誉会长、大马儒商协会名誉会长云里风（原名陈春德）在吉隆坡医院逝世，终年85岁。他设立过"云里风文学奖""云里风文学新人奖"。生前数次参加世界华文微型小说研讨会，创作并翻译过不少微型小说作品，是推进马来西亚华文微型小说创作最早的倡导者之一。

12月27日至29日，由德阳—阿坝生态经济产业园管理委员会、中国寓言文学研究会闪小说专委会、四川省小小说学会主办，中国寓言文学研究会闪小说专委会四川委员会、四川泰雅文化传媒有限公司承办的"德阿杯"全国小小说、闪小说有奖征文颁奖活动。来自北京、黑龙江、安徽、重庆、贵州及四川的近百名领导、嘉宾、获奖代表参加活动。

12月28日，中国小说学会、广东惠州市惠城区政府、广东省小小说学会、惠州市东江书院等主办的首届"东江书院杯"粤港澳大湾区小小说征文大赛在惠州颁奖。

12月28日，中国新闻出版研究院、龙源数字传媒集团龙源期刊网、龙源网络传播研究中心、全球中文电子期刊协会联合发布了"2018数字阅读影响力期刊top100排行榜"，《小小说月刊》荣登2018数字阅读影响力期刊top100海外排行第34名。

12月，由世界华文微型小说研究会主办，作家网、教育部人文社科研究项目"微文学与新读写"课题组、《微型小说月报》杂志社协办,北京寓乐世界教育科技有限公司承办的"寓乐湾杯"世界华文微型小说双年奖(2017—2018),经初评、复评后,交于凌鼎年、滕刚、赵智、刘海涛、刘斌立、戴涛、冰凌7位终评委评选,评选结果揭晓。一等奖:(中国香港)东瑞的《从铁门缝隙看孙子》、[印尼]袁霓的《飞与飞之间》。二等奖:[澳大利亚]王若冰的《布朗太太的房子》、[新加坡]黄奕诚的《一双鞋子》、[加拿大]孙博的《蹭饭王》、[澳大利亚]崔青的《红包风波》、[印尼]符慧平的《慈善家》。三等奖:[美]水影的《海归夫妻》、[瑞士]青峰的《阿忠》、[泰]梦凌的《第96次相亲》、[新加坡]希尼尔的《阿里阿公远游去》、[加拿大]文章的《吵个架的距离》、[加拿大]夏婳的《烦恼》、[日]李雨潭的《似是旧香来》、[新西兰]阿爽的《意外》、[日]解英的《两朵牡丹》、[印尼]晓星的《广寒宫之争》。另有优秀奖15名。

12月,由世界华文微型小说研究会、《微型小说选刊》杂志社、《微型小说月报》杂志社、作家网、中国微型小说(小小说)创作基地等联合举办,中国作家·《雨花》读者俱乐部、中国网微电影频道、游读会、《作家报》杂志社等协办的世界华语微型小说年度系列评选,从2018年5月开始征集资料,到2018年12月下旬开始整理各国各地的申报材料。从世界华文微型小说的视野来考虑、比较,本着公正、公平的宗旨,以材料为评选依据,经一个多月紧张地查核资料,初评、终评,评选结果揭晓:

一、2018世界华文微型小说十大新闻。

二、2018世界华文微型小说十大致敬人物,计有冯骥才、温瑞安、凌鼎年、杨晓敏、龙钢华、刘斌立、程思良、袁霓、黄俊雄、郑苏苏。

三、2018年度微型小说十佳新锐作家,计有唐波清、王文钢、大海、冷江、飞鸟、陈修平、吴苹、陈慧君、甘应鑫、李景泽。

四、2018年度优秀微型小说集。1.瑞士作家朱文辉翻译成德文、主编的德文版微型小说选《今古新旧孝亲文学集》,由瑞士苏黎世普隆出版社出版;2.王文钢微型小说集《众生脸谱》;3.唐波清微型小说集《两棵香椿树》;4.陈振林微型小说集《传递一束鲜花》。

五、年度微型小说理论与评论奖:龙钢华教授编著的《世界华文微型小说综论》(上、下册)，122万字，系国家级社科项目，中国社会科学出版社2018年11月出版；郭虹教授与戴希合作主编的《武陵微小说评论集》(精装本)，九州岛出版社2018年7月出版；《凌鼎年微型小说28讲》(精装本)，光明日报出版社2018年1月出版；邓全明副教授的评论集《从建构性价值取向看新时期苏州小说创作》在海河大学出版社出版，该书已获江苏省委宣传部、江苏省作家协会主办的第七届"长江杯"江苏文学评论奖；鹿禾先生的《小小说创作中心理环境构建的新与奇——小小说创作笔谈》，原载云南省作协《边疆文学·文艺评论》2018年第1期。

六、年度微型小说十佳优秀作品：

1.凌鼎年《高楼坠物》，原载《时代文学》2018年4月号，《小说选刊》2018年第6期选载；《小小说选刊》2018年第15期选载；《微型小说选刊》2018年第15期选载，收入2018微型小说年选本，被《高考阅读》杂志推介。

2.练建安《拉花树》，原载《长城》2018年第5期，收入2018微型小说年选本。

3.肖建国《三更月呜咽》，原载《作品》2018年第12期。

4.刘纬《郎老道》，原载《辽东文学》2018年第3期，收入2018微型小说年选本。

5.邢庆杰《白鸦》，原载《微型小说选刊》2018年第7期"名家新作"。

6.甘应鑫《狼叫》，原载《读者》2018年第2期；语文网全国高考教辅资料库、全国中学联考题库。

7.青霉素《柳先生的正骨膏》，原载《小说月刊》2018年第4期，转载于《小说选刊》2018年第5期。

8.叶骑《雪夜的老人》，原载《啄木鸟》2018年第8期，《微型小说选刊》2018年第20期转载，入选《2018年中国微型小说精选》。

9.曾宪涛《害怕》，原载《小说月刊》2018年第2期，《小说选刊》2018年第3期转载。

10.[新加坡]希尼尔《丹那美拉的潮声》，原载《香港文学》2018年第7期。

七、2018年度微型小说排行榜（100篇）：田诗范《独眼八爷》、姜铁军《老郎和老狼》、纪洪平《寻找一模一样的人》等。

12月，第十六届中国微型小说年度奖（2017）揭晓，相裕亭《看座》等23篇作品分获一、二、三等奖。

12月，为庆祝改革开放40周年，全面展示当代小小说创作取得的辉煌成就，《百花园》杂志社、《小小说选刊》杂志社联合组织"改革开放40周年最具影响力小小说"评选，由两刊编辑部推选投票，共评出1978—2018年优秀小小说40篇。以下为入选作品名单（按发表先后排序）：

1. 汪曾祺《陈小手》，原载《人民文学》1983年第9期。

2. 白小易《客厅里的爆炸》，原载《中国青年报》1985年5月3日。

3. 邵宝健《永远的门》，原载《三月》1986年第4期。

4. 王蒙《手》，原载《人民日报》1987年1月4日。

5. 许行《立正》，原载《作家》1987年第7期。

6. 沈祖连《老实人的虚伪》，原载《广西工人报》1987年12月23日。

7. 于德北《杭州路10号》，原载《小小说选刊》1988年第2期。

8. 沈宏《走出沙漠》，原载《天津文学》1988年第12期。

9. 莫言《奇遇》，原载《北方文学》1989年第10期。

10. 孙方友《女匪》，原载《百花园》1990年第4期。

11. 修祥明《天上有一只鹰》，原载《北方文学》1990年第5期。

12. 凌鼎年《剃头阿六》，原载《解放日报》1993年7月4日。

13. 王奎山《红绣鞋》，原载《百花园》1993年第9期。

14. 贾大山《莲池老人》，原载《天津文学》1994年第5期。

15. 冯骥才《苏七块》，原载《收获》1994年第1期。

16. 刘国芳《风铃》，原载《沧州日报》1995年7月29日。

17. 司玉笙《高等教育》，原载《文汇报》1996年2月4日。

18. 刘黎莹《端米》，原载《百花园》1997年第1期。

19. 刘建超《将军》，原载《洛阳日报》1997年4月4日。

20. 阿成《教堂的钟声》，原载《长江文艺》1997年第9期。

21. 蔡楠《行走在岸上的鱼》，原载《沧州日报》1998年4月24日。

22. 侯德云《冬天的葬礼》，原载《东方文化周刊》1999年第19期。

23. 黄建国《谁先看见村庄》，原载《小说界》2001年第1期。

24.申平《头羊》，原载《南方日报》2002年1月13日。

25.滕刚《仿佛》，原载《微型小说选刊》2003年第1期。

26.聂鑫森《逍遥游》，原载《山花》2005年第3期。

27.邓洪卫《初恋》，原载《百花园》2005年第2期。

28.孙春平《讲究》，原载《百花园》2005年第3期。

29.谢志强《黄羊泉》，原载《文学港》2005年第6期。

30.韩少功《青龙偃月刀》，原载《佛山文艺》2006年第6期。

31.奚同发《最后一颗子弹》，原载《小说月刊》2006年第1期。

32.陈毓《伊人寂寞》，原载《芒种》2006年第1期。

33.张晓林《洁癖》，原载《百花园》2008年第2期。

34.罗伟章《蒙面人》，原载《百花园》2008年第6期。

35.安石榴《大鱼》，原载《小小说选刊》2009年第12期。

36.袁炳发《幻想》，原载《大家》2012年第3期。

37.芦芙荭《麦垛》，原载《小说月刊》2013年第5期。

38.夏阳《好大一棵树》，原载《小小说选刊》2014年第20期。

39.何君华《群山之巅》，原载《草原》2016年第10期。

40.非鱼《论王石头的重要性与非重要性》，原载《海燕》2017年第5期。

12月，由全国小小说学会联盟评选的"改革开放40年：40名小小说业界人物"公布：杨晓敏、冯骥才、王蒙、南丁、吴泰昌、翟泰丰、陈建功、雷达、江曾培、胡平、凌鼎年等40位作家、评论家、编辑榜上有名。

12月，《百花园》与河南省渑池县文联联合举办的"仰韶杯"全国小小说大奖赛评选结果揭晓。

12月，《临沂文学典藏》(共21卷) 由中国文史出版社出版。高军的小小说《紫桑葚》收入《小说卷 (二)》。

12月，申平编著，雪弟、陈振昌、曾冠华点评的《苏东坡小小说译评》一书，由吉林文史出版社出版发行。

12月，高军从2012年5月到2018年12月，在6年零7个月的时间里，应邀担任《山东文学》"小小说擂台"编辑，共编辑了78期。

12月，江淮小小说沙龙10年庆典活动在铜陵举办，来自广东、福建、江苏、辽宁和安徽五省的70多名作家参加。

2018年，湖南邵阳学院文学院院长龙钢华教授主持的国家级社科基金重点项目"世界华文微型小说百家创作年谱"（编号：18AZW024）正式获批，这是我国学术界关于微型小说的第一个国家社科基金重点项目。

2018年，湖南邵阳学院文学院院长龙钢华教授主持的国家社科基金课题结题成果《世界华文微型小说综论》（上、下册，120万字），由中国社会科学出版社出版。

2018年，在全省期刊质量抽查中，《百花园》检测为零差错，受到河南省新闻出版局的通报表扬。

2018年，自贡市微型小说学会在市文广新局七楼会议室举行了德华文学创作奖励基金签约仪式，胡德华女士的女儿、现定居于美国的李红女士将每年捐资10000元给市微型小说学会，用于奖励学会文学创作成果突出的会员。李红及其姨妈、表妹、同学一行四人，与王孝谦、龚祥忠、刘丙文、张玉兰、舒仕明、陈勤等学会代表出席签约仪式。

2019年

1月，由微型小说选刊杂志社选编的《2018年中国微小说排行榜》，30万字，在百花洲文艺出版社出版。

1月，由微型小说选刊杂志社选编的《2018年中国微小说精选》，27.6万字，在长江文艺出版社出版。

1月，《小小说选刊》任晓燕、秦俑、赵建宇选编的《2018年中国小小说精选》，29.1万字，在漓江出版社出版。

1月，由作家网选编，冰峰、陈亚美主编的《2018中国年度微型小说》，29.1万字，冰峰撰写《微型小说应该具有正确的价值观》的序言，在漓江出版社出版。

1月，由陈永林选编的《2018年中国小小说精选》，30.9万字，在长江文艺出版社出版。

1月，由世界华文微型小说研究会会长凌鼎年主编的《全国教师小小说选》在四川民族出版社出版。这是我国第一本专门为教师主编的小小说选集，填补了我国该出版领域的空白。该集子分为"中学教师作品""小学教师作品""特殊学校教师作品""职中教师作品"4个小辑，收录了117位作者的117篇作品，约48万字。这本选集是献给教师节的礼物，扉页上有主编敬题的"谨以此书献给第34个教师节！"毕业于教育学院中文系、曾经做过教师的凌鼎年撰写了《教师，中国小小说创作队伍的中坚力量》的代序。刘海涛、顾建新、龙钢华教授3位微型小说文坛具有影响力的评论家为集子撰写了推荐语。

1月，江淮小小说沙龙举办"安徽裕安盛平村镇银行杯"全国小小说大赛。

1月，河南省小小说学会举办金麻雀作家班培训第2期。

2月16日，由马来西亚华文作家协会联合马大中文系主办的"深根文学创作课程"分为微型小说班、诗歌班、散文班。第四届开课地点是马大文学院B讲堂。

3月7日，上海微型小说学会会员代表大会召开，与会人员审议通过了《上海微型小说学会章程》，选举产生了上海微型小说学会第一届理事会，选举宋海年等15人为理事会成员，选举戴涛为会长，徐慧芬、章慧敏、崔立为副会长，刘永飞为秘书长。中国微型小说学会会长夏一鸣、秘书长高健到会祝贺。

3月23日，上午，《荷风》2019年春季改稿会暨李春风小小说创作讲座在桥头镇文广中心7楼会议室举行，山东省作协《时代文学》副社长李春风主持。

下午，桥头小小说创作交流座谈会在桥头镇文广中心7楼会议室举行，来自江西、广州等地的小小说作家和全市参与改稿的作者及桥头镇作协和小小说创作基地部分会员约30人参加了会议。

3月，世界华文微型小说研究会会长凌鼎年的《五彩缤纷的世界——汉英对照凌鼎年微型小说选》，由澳大利亚学者郑苏苏翻译，在美国南方出版社出版，在美国巴诺书店上架发行。美国南方出版社出版的图书均被美国国会图书馆（Library of Congress）收藏，均编入世界最大的图书数据库World Cat。该集子收录了翻译的54篇作品，16.4万字。美国、加拿大、英国、德国、南斯拉夫、巴西、日本、印度等多个国家的亚马逊网站有邮购。

3月，中国作协机关党委批复同意，调整夏一鸣为中国微型小说学会党支部书记，高健为组织委员兼纪检委员，上海作协创研室主任杨斌华为宣传委员。

3月，中国寓言文学研究会闪小说专业委员会、《小小说月刊》杂志社、蒙城县文学艺术界联合会主办的"庄子道酒业杯"2019年中国闪小说年度总冠军大赛启动。

3月，《小说选刊》杂志社、中国微型小说（小小说）创作基地、武陵区纪委、武陵区文联编的《2018"善德武陵杯"·全国微小说精品集》（精装本），40万字，在中国市场出版社出版。莫汉桃作序一，李晓东作序二。

3月，香港获益出版公司赞助，获益、印华作协合作出版第六届印华金鹰杯东南亚华文微型小说创作大赛获奖文集《幸福来敲门》，该书由世界华文微型小说研究会会长凌鼎年作序一，印华作协总主席袁霓作序二，获益董事长蔡瑞芬作序三，获益总编辑东瑞作后记，共收录印度尼西亚、泰国、新加坡、马来西亚、菲律宾、越南、缅甸微型小说37篇。

3月，江淮小小说沙龙在阜阳举办苏皖小小说作家联谊会。

4月2日至21日，第六届武陵国际微小说节在常德市武陵区隆重开幕，来自美国、新西兰、加拿大、印度尼西亚、泰国、菲律宾、日本的作家和国内各地作家共140余人齐聚一堂，共享文化盛事。全国政协委员、中国作协副主席陈琦嵘，中国作协主席团委员、《文艺报》总编辑梁鸿鹰，中央新影集团微电影发展中心主任郑子，湖南省作协主席王跃文，中国微型小说学会会长夏一鸣，世界华文微型小说研究会会长凌鼎年，湖南省作协副主席、常德市委常委、宣传部长胡丘陵等领导和嘉宾参加节会。本届微小说节上，举办了2018"武陵"杯·世界华语微型小说年度奖和2018年"善德武陵"杯·全国微小说精品奖颁奖大会，举办了武陵微小说创作、微电影与微动漫发展研讨会。

4月3日，《小小说月刊》有声版开通。

4月19日至22日，第六届武陵国际微小说节在湖南常德市武陵区举行，会上颁发了两个奖项：在2018"武陵"杯·世界华语微型小说年度大赛中，郭建勋的《眼睛》获一等奖，大海的《归来》、申平的《钢的琴》获二等奖，余清平的《襁褓》、林庭光的《还债》、亚华的《乌鸦》获三等奖。在2018"善德武陵"杯·全国微小说精品奖大赛中，芦芙荭的《韩匠胡二立》、艾克拜尔·米吉提的《巡山》、戴希的《儿女》获一等奖，陈国祥的《车迷》、黄志忠的《放生》、王祉璎的《失恋的代价》、侯发山的《北京、南京》、李伶伶的《乡村兔事》、朱红娜的《泼妇尚艳丽》、津子围的《半斤星星》获二等奖，伍中正的《裸奔》、邢庆杰的《绑架》、简嫒的《家园》等获三等奖。申平、郭建勋、大海和朱红娜作为获奖者代表出席了颁奖活动。

4月20日至8月31日，四川省小小说学会、中共乐至县委宣传部联合举办帅乡乐至"青松杯"第三届全国小小说大赛。

4月23日，《小小说月刊》举办"送文学下基层公益讲座"走进石家庄二中，并获赠"公益文化单位"荣誉称号。

4月26日至27日，江淮小小说沙龙联合芜湖作家协会、铜陵作家协会共同举办小小说创作研讨会，来自北京、广东、江西、江苏、云南、安徽等省市及澳大利亚的作家及期刊主编参加了研讨活动。

4月27日上午，"中国小小说之乡"揭牌暨"东江书院杯"粤港澳大湾区小小说大赛颁奖大会在惠州西湖大剧院隆重举行。活动由中国小说学会、惠城区政府、广东省小小说学会等单位联合主办，中国作家协会书记处书记、中国小说学会会长吴义勤，常务副会长赵利民，广东省作协党组书记、专职副主席张知干，《小说选刊》副主编王干、李晓东，中国微型小说学会秘书长高健，河南省作协副主席、河南省小小说学会会长杨晓敏，《小小说选刊》主编秦俑，广东省作协秘书长、文学院长熊育群，惠州市政协副主席黄志忠，惠城区委副书记、区长翟树宇，惠城区委常委、宣传部长丘素珍，恩歌源集团董事长李长兴及各界代表200多人出席会议。吴义勤、张知干、黄志忠等在会上讲话，申平在会上介绍了惠州小小说12年的发展情况。

4月27日下午，《苏东坡小小说译评》首发研讨暨小小说高端论坛在君豪大酒店会议室举行，吴义勤、黄志忠、熊育群等领导出席，赵利民主持会议，杨晓敏、卢翎等10位专家相继发言，充分肯定了该书进行的可贵探索，称其填补了国内这方面空白。

4月，由世界华文微型小说研究会主持的大型系列海外华人微型小说作品《我的中国心——海外华人微经典书系》由山东人民出版社、四川文艺出版社联合出版。该丛书共收录了长期生活在新加坡、马来西亚、泰国、印度尼西亚、日本、澳大利亚、新西兰、美国、加拿大、德国、荷兰、西班牙、南非，以及中国香港、中国澳门等15个国家和地区的55位华人作家的56部微型小说作品集。

世界华文微型小说研究会会长凌鼎年担任主编，并为丛书撰写了《微型小说：双向交流促发展》的总序。中国作协全委会名誉委员谢冕担任顾问，丛书编委有龙钢华、刘海涛、刘斌立、孙学良、宋刚、宋桂友、周平、耿鹏、顾建新、滕刚等。

56部作品共分为8辑，每辑7本。

第一辑

池莲子：《在异国的月台上》

艾　禺：《红蜻蜓》

崖　青：《初吻》

弧笑弦：《我是爸爸，再见》

穆紫荆：《黑发鹦鹉》

今　石：《卖花串的女孩》

老　羊：《芒果飘香的时候》

第二辑

司马攻：《我也要学中文》

袁　霓：《雅加达的圣诞夜》

曾　沛：《原创》

希尼尔：《青鸟架》

李明晏：《老人与鸽子》

郑南川：《琴和她的妮西娜》

陈　盛：《一朵花儿的墓志铭》

第三辑

黄孟文：《吻别孩子，吻别马尼拉》

董农政：《窗外是窗外吗？》

杨　玲：《曼谷奇遇》

郭　燕：《走啊，走》

金梅子：《客家面》

陈博文：《书魂》

陶　然：《撞向枪口》

第四辑

黑　孩：《傻马驹》

王若冰：《第37个女孩》

钟子美：《隔代灵光》

朵　拉：《早上的花》

骆宾路：《神来之笔》

庞亚卿：《谁是澳洲人？》

修祥明：《天上有一只鹰》

第五辑

东　瑞：《转角照相馆》

林　锦：《搭车传奇》

林　爽：《月如钩》

林　子：《微澜》

林宝玉：《移民路》

李照然：《甜蜜的巧克力》

马　凡：《放猫》

第六辑

冰　凌：《蓝色梦幻》

纪洞天：《木偶的新生》

许均铨：《西蒙的故事》

晓　星：《竹竿里的秘密》

周　粲：《咖啡喝到一半》

马新云：《未若柳絮因风起》

贺　鹏：《老鼠娶亲》

第七辑

张　琴：《罂粟花前的祭奠》

梦　凌：《豆腐花》

曾　心：《消失的曲声》

林　高：《数字人生》

家禾三生：《独行时间》

碧　澄：《诗人的夜》

黎　毅：《仁心仁术》

第八辑

温晓云：《爱在湄南河畔》

杜　杜：《玛格丽塔》

融　融：《少女凯蒂》

心　水：《飞鸽传书》

方　明：《幸福村的故事》

范模士：《半斤八两》

郑若瑟：《情妒》

4月，由杭州天翼阅读、世界华文微型小说研究会、作家网、游读会等联合举办的第二届"温瑞安杯"世界华文武侠微型小说大奖赛，从2018年9月1日至2018年12月31日，收到上千篇来稿，经5位初评委评审，选出45篇作品，再交给凌鼎年、郑子、滕刚、赵智、顾建平、张越、宋桂友教授、顾建新教授、刘斌立9位终评委终审。为公正、公平起见，45篇进入终评的作品全部删去作者名字、地址与作者相关信息。经终评委审读，再经温瑞安先生审读、复核、打分，最后根据得分，邹冬萍的《锦瑟》获一等奖，浮游如寄的《看剑》、傻子懂悲伤的《仇人》获二等奖，纯风一度的《百花杀》、美国红妆的《绝情剑法》等10篇作品获三等奖，徐向林的《思无邪》、泊沐的《离人泪》等20篇作品获优秀奖。

4月，由世界华文微型小说研究会会长凌鼎年与顾潇军合作主编的《天网恢恢——第五届"光辉奖"世界华文法治微小说大赛精品选》在光明日报出版社出版，新华书店有售。该集子分为"获奖篇""名家篇""佳作篇""廉政篇""海外篇""本邑篇"6个小辑，共收录了96篇作品，26万字。凌鼎年为集子撰写了《把法治文学打造成品牌》的序言。

4月，《天池小小说》黄灵香担任责任编辑的李伶伶小小说集《羊事》入选"辽宁文学馆2019年度春天好书"。

5月10日至12日，"全国小小说名家走读平远暨陈耀宗作品研讨会"在平远县文联举行，省作协创研部主任谢石南、省小小说学会会长申平、常务副会长雪弟、许锋和来自全国各地的小小说名家及本地作者近百人出席活动。会上，为"改革开放40年：广东最具影响力的40篇作品"获奖者颁奖。

5月12日，全国小小说学会联盟副主席蔡楠（河南省作家）、袁炳发（哈尔滨作家）、刘公（山西省作家），中国作协会员、陕西省文学院签约作家陈毓，中国作协会员、内蒙古作家马宝山，广东省小小说学会常务副会长、作家许峰，辽宁省著名作家曲文学7位作家来到了广东梅州梅江区，感受、走读"诗画梅江"，欣赏小城美丽的风光和怡人的生态环境。

5月16日至26日，湖南邵阳学院文学院院长龙钢华教授应中欧跨文化作家协会邀请，赴德国、瑞士参加第一届欧洲华文文学国际研讨会暨第五届中欧跨文化作家协会年会，会上作了《世界华文微型小说论纲》的主题发言。

5月24日至26日，由江苏省宜兴市茶文化促进会主办、江苏省微型小说研究会协办的宜兴茶之魅微型小说笔会在无锡宜兴市举办。

世界华文微型小说研究会会长、江苏省微型小说研究会会长凌鼎年，江苏省微型小说研究会副会长、中国微型小说学会副秘书长万芊，江苏省微型小说研究会副会长、《小小说大世界》执行主编蓝月，江苏省微型小说研究会副会长、中国微型小说学会理事何开文，中国寓言文学研究会闪小说学会会长、江苏省微型小说研究会副会长、《吴地文化·闪小说》主编程思良，东台市电视文学艺术学会副主席、东台市电视台编导、制片人赵峰旻等应邀参加了这次笔会。

5月28日，基地与共青团桥头镇委员会、桥头镇教育办联合开展"小小说进校园"培训活动之"桥头镇中小学生小小说写作培训班"在桥头镇石竹学校举行，200多人与会，刘庆华、刘帆分别作了《小小说的取材和加工成型》《桥头小小说现象和小小说写作》的讲座。

5月31日，美国中文作家协会第十期命题征文为微型小说《人在美国》。入选作品自2019年5月31日开始由美国《华人周末》报纸连载，《华人》杂志选载，并收录在美中作协2020年正式出版的文集《心语》一书中。

5月31日，全国知名作家看金湖暨"金荷杯"全国小小说比赛颁奖典礼在金湖县市民中心举行。活动由金湖县委宣传部、县文联主办，县作家协会承办。

中国作家协会主席团成员、江苏省作协顾问、著名作家赵本夫，江苏省作家协会党组成员、书记处书记王朔，淮安市作家协会副主席兼秘书长龚正，《河北小小说》杂志社主编、沧州市作协副主席蔡楠，全国小小说学会联盟副主席申平，河南省小小说学会副会长、洛阳市作家协会副主席刘建超、非鱼等应邀参加了颁奖典礼。

陈毓的《莲生》、余显斌的《送你一朵荷花》获得一等奖，欧阳明的《荷塘月色》、吴祖丽的《莲湘缘》、魏永贵的《永远的荷》获得二等奖，红酒的《戏情》、刘国芳的《挖藕》、诗篱的《远处高楼的歌声》、原上秋的《打鱼窝儿》、余清平的《扶贫干部》、张中杰的《莲荷墙》、周海亮的《简单之道》、侯发山的《来金湖看荷花》、汤雄的《远方的诱惑》、王东梅的《城南邮局》获得三等奖。

5月，中国微型小说理论研讨会在安徽铜陵召开。与会人员就微型小说的叙事功能、微型小说理论评论研究、微型小说作品文本的评价标准，以及当下微型小说领域出现的一些现象等议题进行了广泛探讨。来自各地微型小说界的专家学者、作家、出版人夏一鸣、顾建新、戴涛、汝荣兴、高健、方东明、雪弟、张春、汪学猛、王烨等出席了会议。

5月，由广东省律师协会主办，广东省律师协会文化建设工作委员会、广东省律师协会宣传与表彰工作委员会和佛山市作协小小说学会承办，广东省小小说学会、珠江时报社和佛山市作家协会协办的广东"律协杯"全国小小说创作大赛结果揭晓，共有60篇作品获奖。

5月，"2019全国小小说改稿笔会暨《百花园》《小小说选刊》巩义小小说创作基地授牌仪式"在河南省巩义市石居部落举行。

5月，《天池小小说》专栏作者李伶伶荣获"第六次全国自强模范"荣誉称号，在人民大会堂接受颁奖。

5月，出版《陈赞一博士联校微型小说创作奖（2018—2019）文集暨漫画创作作品》，同月，举行了颁奖礼暨微型小说漫画创作展。

6月14日，《天池小小说》杂志社联合辽宁省作家协会、葫芦岛市文学艺术界举办李伶伶作品研讨会。中国作家网、辽宁作家网等多家网站相继报道了研讨会盛况。

6月28日，刘帆的《67号马车》荣获第七届东莞荷花文学奖年度小小说奖。

6月，中国微型小说（陕西宝鸡）创作基地挂牌。

6月，河南省小小说学会举办全国知名小小说作家河南获嘉采风活动。挂牌"河南省小小说学会获嘉创作基地""全国小小说学会联盟活动中心"。

7月4日，张中杰的微型小说《小铁锤》收入2019年陕西省中考语文试卷。

7月7日，美国中文作家协会举办第一期微论坛"众说微型小说创作"，主持人李凡予和16位成员参加。在微论坛讨论中，大家对微小说的界定、微小说的创作手法、作家与作者的区别和微小说的发展展望四部分进行了热烈和深入的讨论。

7月17日至23日，由中国微型小说学会、世界华文微型小说研究会、天津市作家协会为指导单位，由教育部人文社科研究项目"微文学与新读写"课题组、"青少年创意写作课程建设与模式研究"课题组、《微型小说月报》杂志社、《中学时代》杂志社主办，中国微型小说创作教育基地、湖南科技学院人文学院创意写作坊、岭南师范学院基础教育研究所、泰国吞武里大学、北京微然心动文化传播有限公司协办，北京寓乐湾世界教育科技有限公司、寓文网承办的2019国际青少年微文学盛典暨第三届全国青少年创意写作大会在天津举办。天津市作家协会党组成员、秘书长王岚与天津市作协党组成员、机关党委专职副书记陈小广，中国微型小说学会会长、《故事会》主编夏一鸣，世界华文微型小说研究会会长、亚洲微电影学院特聘教授凌鼎年，教育部人文社科研究项目"微文学与新读写"课题组、"青少年创意写作课程建设与模式研究"课题组负责人刘海涛教授，《天津文学》副主编康弘，《微型小说月报》杂志社社长滕刚，北京寓乐湾创办人刘斌立，《中学时代》主编尹利华，中国微型小说学会秘书长高健，《微型小说月报》副主编刘春先，活动组委会秘书长冯娜等出席了开幕式。

开幕式上，天津市作协秘书长王岚与中国微型小说学会会长夏一鸣分别致辞。夏一鸣还授予承办此次活动的北京寓乐湾世界教育科技有限公司、寓文网"青少年创意写作教育培训基地"的牌子。

来自江苏、湖南、陕西、重庆、天津等地的约150名中小学生参加了这次活动。这些学生从今年1月开始参加初赛，经过层层选拔，脱颖而出，来到天津进行决赛。在为期5天的游学活动中，学生听了夏一鸣、刘海涛、凌鼎年、刘斌立、尹利华、王宁、黄馨宇等老师的讲课，专家结合自己的特长，从各个侧重面讲了如何创意写作。

最后，学生在天津作家协会的大礼堂进行了现场写作比赛。

7月22日下午，在天津作家协会大礼堂举行了颁奖仪式。刘海涛、凌鼎年、康弘、尹利华、王宁、黄馨宇等分别为获奖学生颁奖。

刘海涛教授为获奖作品作了精彩的点评。凌鼎年为整个活动作了总结，并代表主办方表态，将对其中特别优秀的学员进行跟踪帮扶，力推他们走上作家之路。

7月26日，黑龙江伊春市文联召开邴继福微型小说研讨会。著名微型小说评论家顾建新和著名作家王培静、郁葱、张记书等人，从北京专程赶到伊春参加研讨会。

7月，由加拿大多伦多英语教授、英文小小说作家、国际著名中文小小说翻译家黄俊雄博士选编、翻译的《新编中国小小说选集》3卷本，近日由加拿大多伦多卓识学者出版社（Bestview Scholars Publishing）出版，由亚马逊（Amazon）通过国际网向全世界发行销售。

3卷本之一：《新编中国小小说选集——古今情人、世间弊病、波折人生》

3卷本之二:《新编中国小小说选集——讽刺、爱情与婚姻》

3卷本之三:《新编中国小小说选集——惊奇、智慧与哲理》

黄俊雄教授花费数年心血翻译的英文版3卷本，一共收入179位中国作家的294篇精品力作，共1189页，约138万字。包括著名作家冯骥才、蒋子龙、周大新，小小说代表性作家凌鼎年、谢志强、刘国芳、滕刚等，中国港澳台作家钟玲、秀实、颜纯钩，已故著名作家许行、孙方友、陶然，还有古代名家陶潜、刘义庆、蒲松龄等的作品。同时收入中国小小说研究学者刘海涛、龙钢华、姚朝文、宋桂友、徐习军5位教授、学者和中国资深小小说编辑杨晓敏，以及加拿大罗伯特·普莱斯（Robert Price）博士、霍姆斯（Holmes）教授和作家、诗人黎弗拉（Rivera）等的论文和书评。该选集代表中国小小说的最高水平，黎弗拉在书评里说，有很多作品可与世界经典名著相媲美。据了解，收入3卷本的不少作品已被翻译成日文、韩文、法文、德文、泰文、西班牙文等，有的还进入了各国各地区的教科书与中考、高考试题。黄俊雄教授认为，其中，相当一部分当代作品定会沉淀为世界小小说的经典作品。

黄俊雄博士选编、翻译这3部中国小小说选本，除向英语读者介绍在中国广受读者欢迎的文体外，也希望欧美读者借此了解中国、了解中国小小说作家，体悟小小说的魅力，使中文小小说在世界文学之林中有一席之地。普莱斯教授评论说，英语读者读了中国小小说选集，会改变对中国的成见。由此可见，这3卷优美的英译本在不同文化、宗教、种族，不同文化层次的交流、交际中，可扮演何等重要的角色，甚至能起到特殊的作用。

黄俊雄的英译三部曲经先后两次通过互联网公开征稿，征稿函同时经中国国家级和省、市、县不同作家协会传播，征得主要创作于1978年至2019年的2.5万余篇当代中国小小说精品，再精选外国读者能够充分欣赏的优美作品，做到了公开、公正、公平、透明。黄俊雄数年来孜孜不倦地伏案翻译，完全是出于对小小说这种文体的热爱，是义务性质，无偿奉献，不收取一分翻译费。

7月，《小小说月刊》举行创刊500期庆典。

7月，《百花园》出版总第600期。第7期封二刊发编辑寄语，并设立"我与《百花园》"专栏，连续多期选发相关文章。

7月，河南省小小说学会举办金麻雀作家班培训第3期。

7月，青少年创意写作教育（北京）培训基地挂牌。

7月，中国微型小说（湖北孝感）创作基地挂牌。

7月，由《小说选刊》杂志社、世界华文微型小说研究会、常德美韵文化投资集团有限公司、武陵区宣传部、武陵区文联主编的《2018"武陵杯"世界华语微型小说年度奖获奖作品集》(精装本)，20万字，在太白文艺出版社出版。莫汉桃作《坚定文化自信，打造卓越品牌》序一，李晓东作《共同耕耘华文微小说的桃花源》序二，凌鼎年作《"武陵杯"打造城市名片、文化品牌》序三。

8月10日，北国小小说大赛颁奖大会在内蒙古自治区包头市举办。

8月18日至21日，由世界汉学研究会 (澳门)、澳门大学南国人文研究中心、澳门韩国互动交流协会、澳门文艺评论家协会主办，澳门基金会赞助的世界汉学研究会第三届学术论坛"中国新文化百年史与澳门汉学的发展国际学术研讨会"在澳门大学图书馆演讲厅举行，来自中国、韩国、俄罗斯、西班牙、德国、马来西亚、泰国，与中国澳门、中国香港、中国台湾10个国家和地区的60多位教授、学者、作家，以及澳门大学的部分研究生参加了这次研讨会。

中联办宣文部副部长级助理邵彬，澳门基金会行政委员会主席吴志良，澳大图书馆馆长吴建中，教育学院院长王闯、学生事务部事务长彭执中，张昆仑书院院长张美芳，蔡继有书院院长甄勇、中文系主任徐杰，澳大南国人文研究中心主任副主任龚刚，澳门韩国互动交流协会会长刘智龙等出席开幕式。

世界华文微型小说研究会会长凌鼎年应邀参加了这次研讨会，向大会提交了《从五十年代至今的微型小说》，并作了交流发言。并与俄罗斯汉学推广协会会长帕夫洛娃·阿辽娜教授、德国华夏文化研习与交流协会主席邵肖明等建立了联系，就翻译中国微型小说达成意向。

8月19日，"中国医师节"到来之际，由世界华文微型小说研究会策划，中国中医药信息学会指导，中国中医药信息学会基层医疗服务分会、《中国医药科学》杂志社、《中国当代医药》杂志社主办，天津《微型小说月报》杂志社、安徽省亳州市作家协会、安徽省亳州市新健康科技有限公司承办，新健康科技有限公司独家资助的"新健康杯"第四届世界华文微型小说大赛暨首届中华传统医学主题微型小说征文评选结果揭晓。刘正权的《一节九寸》获特等奖，石磊的《神医》、洪新年的《蛇医》获一等奖，王兴海的《韩记膏药》、麻坚的《神眼白》、欧阳明的《无欲上人》、高军的《靠山脉》、[澳大利亚]吕顺的《神针中医的西人粉丝》5篇作品获二等奖，高淑霞、郑玉超等人的10篇作品获三等奖，赖石海、曹洪蔚等人的20篇作品获优秀奖。在闪小说单元中，剑言一白的《来自非洲的传奇》获一等奖，袁作军的《雷火针》、戴希的《名医》获二等奖，笑龙阳的《悬丝诊脉》、贺鹏的《中医》、[印尼]袁霓的《土方》、[加拿大]孙博的《针灸王》获三等奖，飘尘、陈玉玲等13位作家的作品获优秀奖。

8月，《百花园》《小小说选刊》入选中国期刊协会、中国教育装备行业协会推荐的《中小学图书馆推荐优秀期刊目录》。

8月，中国微型小说（江苏泗阳）创作基地挂牌。

9月17日，"广东美塑杯"东莞市第十一届小小说创作大赛在桥头镇举行评审会，广东省小小说学会会长申平、广东省小小说学会常务副会长雪弟、东莞市司法局法治调研科副科长肖岱彤担任评委，朱方方的《吴奶奶的秘密》获一等奖。

9月21日至22日，中国写作学会2019年学术年会暨会员代表大会"新时代的写作生态与生态写作"会议在广西南宁的广西民族大学举行。姚朝文提交了论文《微型小说的当代形态与创作技巧》。

9月，由《小说选刊》杂志社和中国微型小说创作基地共同选编的《新中国七十年微小说精选》，42万字，精装本，在中国市场出版社正式出版。中国作协副主席、书记处书记李敬泽作《微小说讴歌新时代》序一，莫汉桃作《让"中国梦"照亮微小说发展之路》序二，《小说选刊》副主编李晓东作《精彩纷呈，代有胜出》序三，并由刘海涛、顾建新两位教授逐篇作了精到的点评。

全书共选编了1949年到2019年中华人民共和国成立70年来国内微小说139篇精品力作，既有已故老一代名家赵树理、孙犁、冰心、夏衍、王任叔、汪曾祺、高晓声等的作品，也有莫言、贾平凹、铁凝、史铁生、王蒙、刘心武、王安忆、冯骥才等名家大咖客串写的作品。这本集子被称为最高端、最权威、最能代表中国微小说创作成果、有影响力的微小说集子之一。

9月，由澳大利亚墨尔本华文文学奖组委会、澳洲华文微型小说学会发起，世界华文微型小说研究会、澳大利亚大华时代传媒集团、澳大利亚《大洋日报》等联手主办，美国文心社、美国全美中国作家联谊会、作家网协办的"首届全球戏剧主题华语微型小说征文"得到墨尔本梅艺京剧社的大力赞助。征文共收到约10个国家的328篇来稿，经墨尔本3位初评委选出80余篇作品交到凌鼎年手里，经复核，选出70篇编书，再从70篇中精选42篇为初评稿，删去作者名字与地址，分送给澳大利亚的作家、评论家吕顺、何与怀、陆烈扬、张奥列、倪立秋以及美国的施雨、中国的滕刚进行终评，最后由评委会主任凌鼎年根据终评委的票数决出名次，考虑到有遗珠之憾，与主办方商量后，决定增加10个优秀奖名额。共评出一等奖1名、二等奖2名、三等奖3名、优秀奖20名。

9月，学会发展首批20名少年作家会员，入会的少年作家实行年度动态管理，少年作家会员需每年年终向学会报送年度创作及作品发表情况，三年核验通过，方可成为中国微型小说学会终身会员。

9月，《新中国七十年微小说精选》(精装本)，戴希统编，中国市场出版社出版。

9月，河南省小小说学会主持"改革开放40年：40人、40事、百篇小小说"活动。

9月，陈赞一博士教育基金与香港浸信会吕明才书院合办第六届"陈赞一博士联校微型小说创作奖（2019—2020）"。参赛对象为全港中学生，陈赞一博士教育基金在全港多所中学举行了多场微型小说专题讲座。

10月19日，《荷风》2019年秋季改稿会暨杨晓敏小小说创作讲座在桥头镇文广中心6楼会议室举行。中国作协会员、河南省作协副主席、金麻雀网刊总编辑、《小小说选刊》和《百花园》原主编、河南省优秀专家、《文艺报》理论创新奖获得者、著名评论家杨晓敏主持。

同日，"美塑杯"东莞市第十一届小小说创作大赛在桥头镇举行颁奖典礼，杨晓敏（河南省作协副主席）、申平（广东省小小说学会会长）、雪弟（广东省小小说学会常务副会长）、莫树材（东莞市小小说学会会长）等出席。

10月22日，文莱华文作协举办第四届"婆罗洲微型小说征文比赛获奖作品展"。

10月25日，由中国微型小说学会、江苏省镇江市委宣传部、镇江市文学艺术界联合会主办，《金山》杂志社承办的第十七届中国微型小说年度奖（2018）评选，经评审，一等奖：曾颖的《锁链》。二等奖：安勇的《再见了，虎头！》、红墨的《梯子爱情》、李立泰的《菩萨》。三等奖：麦浪闻莺的《清廉》、刘建超的《老街担家》、崔信的《吴虬婆》、曹隆鑫的《一只鸡》、侯发山的《火眼金睛》。

10月，江苏省镇江市隆重举行了第17届中国微型小说年度奖颁奖仪式，镇江市委宣传部副部长陆艳华、中国微型小说学会会长夏一鸣等领导及微型小说界的专家、学者出席。同期举办了中国微型小说年度奖评奖工作座谈会，与会人员对微型小说年度奖举办的过往经验加以总结，研讨未来赛事的创新与突破。

10月，中国微型小说（江苏镇江千华古村）采风培训基地挂牌。

10月，湖南省常宁市小小说创作基地成立，常宁市作家协会主席陈首印兼任小小说创作基地负责人。

11月11日，由上海交通大学工会主办、教工致远文艺协会承办的第四届教职工文化艺术节系列活动之"当微小说邂逅抒情诗"沙龙在上海交通大学闵行校区五餐教职工之家多功能厅举办。讲座邀请著名微型小说作家凌鼎年和诗歌作者杨志彪作为特邀嘉宾，40多名爱好文学的教职员工分享了他们的创作方法和体会。

凌鼎年以《微小说的前世今生及创作方法》为题，介绍了微型小说这种文体的发展历程。

11月16日，第17届（2017—2018年度）《小小说选刊》优秀作品奖暨"改革开放40年最有影响力小小说"颁奖大会在河南郑州举行，申平的小小说《钢的琴》获得优秀作品奖，王溱的《世界末日前夕》获得佳作奖，韦名的《龙须巷》获得《百花园》原创优秀作品奖。申平的《头羊》、夏阳的《好大一棵树》获得"改革开放40年最有影响力小小说"奖，申平在会上代表获奖作者发表获奖感言。

11月19日，"新荷杯"桥头镇青少年小小说创作大赛评审会在桥头镇文广中心举行。莫树材、李润洪、刘帆担任评委。青年组：刘韶雅的《化妆》获一等奖；少年组：赖潼的《最美少年》和刘婧雅的《宠物鸭》获一等奖。

11月30日，由广东省佛山市普法办主办，佛山市小小说学会、《珠江时报》杂志社承办的"弘法杯"法治小小说全国征文大赛评选结果揭晓，江苏省太仓市作家凌鼎年的小小说《500万啊500万》与朱文彬的《拆迁现场》获一等奖，薄林的《缝包包》、江左秋的《陈局》、周崇贤的《失信人》、刘国芳的《黑洞》、王培静的《变脸》获二等奖，郑妍君、王虎、李火生、司长冬、刘帆、朱红娜、薛培政、崔立8位作家的作品获三等奖，另有20位作家的作品获优秀奖。

11月30日，商丘小小说创研会成立，司玉笙被选为会长。

11月，中国微型小说理论研讨会在江苏连云港召开。与会人员主要就微型小说的文体特征进行了认真、深入的研讨。来自各地的微型小说界专家学者、作家顾建新、张文宝、刘海涛、江冰、徐习军、龙钢华、相裕亭、高健、雪弟、张春，以及连云港当地作家王成章、孔灏、王军先、陈婕等出席了会议。

11月，由世界华文微型小说研究会会长凌鼎年主编的微型小说集《唱大戏》在澳大利亚大华时代传媒集团出版。这是世界华文文坛第一本以戏剧戏曲为主题的微型小说集，填补了该领域的出版空白，该集子分为"澳大利亚作家作品选""中国作家作品选""海外作家作品选"3个小辑，共收录70篇作品，约18万字。凌鼎年为集子撰写了《戏剧，非遗性质的国宝》的序言，澳大利亚的澳洲华人作家协会创会会长、澳洲华文微型小说研究会创会会长吕顺则撰写了代后记。

11月，由中国言实出版社、河南省作家协会、河南省文学院、郑州市文联、郑州人民广播电台主办，郑州小小说文化传媒有限公司、《小小说选刊》杂志社、《百花园》杂志社、小小说电台等单位承办的第17届《小小说选刊》优秀作品奖颁奖会在郑州举行。会上揭晓了第17届《小小说选刊》优秀作品奖、佳作奖获奖名单，《百花园》2017年度、2018年度优秀原创作品奖获奖名单，"我和我的祖国"全国小小说大赛获奖名单，第二届"绿城清风杯"全国廉政小小说大赛获奖名单。同时，对"改革开放40周年最具影响力小小说"作者予以表彰。

11月，由《百花园》杂志社、《小小说选刊》杂志社、三门峡市作家协会联合举办的"天鹅杯"全国小小说大奖赛颁奖仪式在三门峡市举行。

11月，"渑池小小说创作基地揭牌仪式暨知名作家仰韶行"活动在河南渑池举行。

11月，河南省小小说学会主持评选"改革开放40年：河南40篇小小说佳作"。

12月1日，金麻雀网刊（2019）小小说优秀作品奖：非鱼的《看戏》、袁炳发的《如果》、赵新的《一个老百姓》、聂鑫森的《小人书店》、申平的《山中，那尊雕像》、江岸的《猫叫春》、侯发山的《玉米》、陈毓的《朱鹮》、蔡楠的《姨妈》、高海沧的《背影》、刘俐俐的《价值体系建设中的小小说深度透视》(理论)。小小说佳作奖：薛培政的《老姑父》、戴智生的《小年说事》、王若冰的《七彩屋顶》、曾冠华的《月光满地》、周东明的《赛妙香》、莫小谈的《五月看到的身影》、王东梅的《忽如归》、郭金勇的《老牛握手》、刘帆的《狗运》、胡亚林的《飞行员的父亲》。

12月6日，第十届"茅台杯"《小说选刊》年度奖颁奖仪式在中国现代文学馆隆重举行。本届大奖经过认真严谨的评选，王蒙的《生死恋》、徐怀中的《牵风记》、莫言的《一斗阁笔记》、老藤的《战国红》获荣誉奖，徐贵祥的《红霞飞》、班宇的《双河》、杜斌的《风烈》获中篇小说奖，迟子建的《炖马靴》、邵丽的《天台上的父亲》、张新科的《大庙》获短篇小说奖，凌鼎年的《地震云》获微小说奖，李司平的《猪嗷嗷叫》获新人奖。

出席颁奖活动的有获奖作家王蒙、徐怀中、徐贵祥、老藤、邵丽、凌鼎年、班宇、杜斌、张新科、李司平，还有领导和嘉宾吴义勤（中国作家协会党组成员、书记处书记）、何建明（中国作协副主席）、王巨才（中国作协原党组副书记）、王焱（茅台集团党委副书记）、孟繁华（著名评论家、本届茅台杯评委）、陈晓明（北京大学中文系主任、博士生导师，中国文艺理论学会副会长，中国当代文学研究会副会长）、陈光炜（中国人民大学文学院博士生导师、中国当代文学研究会副会长）、施战军（《人民文学》主编）、李师东（中国青年出版社副总编辑、《青年文学》主编）、姚辉（贵州省作协副主席）、李晓东（《小说选刊》副主编）、顾建平（《小说选刊》编辑部主任）等。

《小说选刊》主编、著名作家徐坤在致辞中表示：本届大奖获得者既有王蒙、徐怀中、莫言这样令人高山仰止的文坛巨擘，也有徐贵祥、迟子建、邵丽、老藤、凌鼎年这样屡获大奖的著名作家，还有杜斌、张新科、班宇这样的中青年实力派才俊，更有正读大四的傣族90后作家李司平。本届获奖作品代表着2018—2019年度中国中、短篇小说创作的精华。

由中国作家协会最权威的文学刊物《小说选刊》与茅台集团共同举办的年度小说大奖，目前已成为全国文学界有着重要影响的权威文学奖项，素有中国当代小说界的"风向标"之称。

12月9日，由中国微型小说学会、《小说选刊》杂志社、中国微型小说（小小说）创作基地、常德市武陵区纪委监委、武陵区委宣传部、武陵区文联、常德市美韵文化传媒投资有限公司联合举办的2019"田工杯"廉洁微小说全国征文大奖赛活动，从2019年4月1日开始至9月30日结束，历时6个月，经初评委筛选，并经终评委评定，凤凰的《父与子》、欧阳丽华的《安检门》、王建江的《还不是我的》获一等奖，陈慧君、刘诗廊、万习香、余清平、伍正中、付桂秋、冯继芳、大海、耿成竹、程宪涛10人的作品获二等奖，何石、傅国良等20人的作品获三等奖。

12月12日，基地与桥头镇团委"小小说进校园"培训活动之2019年桥头镇中小学生小小说写作培训班第三期在桥头镇政府圆形会议室举行，150多人参加，刘帆作题为《如何提高小小说写作艺术》的授课。同日，"新荷杯"桥头镇青少年小小说创作大赛颁奖仪式在桥头镇政府圆形会议室举行，150多人参加。

12月31日，马来西亚华人文化协会槟州分会主办的第八届微型小说征文大赛举行颁奖仪式。此征文每隔2年结集出版一本微型小说集，已出版《唯一的红玫瑰》《都市的早晨》《马来西亚微型小说集》《善良的人类》4本选本。

12月，中国微型小说（浙江宁波海曙）创作基地挂牌。

12月，《故事会》蓝版全年共推出12位作家的24篇作品，同时配发作者简介、照片、创作谈及评论家对这些作品的点评文章。专栏的推出在微型小说作家群体中产生了强烈的反响。

12月，广西小小说学会评选改革开放40年广西最具影响力的40篇小小说，在广西灵山举行隆重颁奖会。

12月，由江苏省太仓市普法办、太仓市司法局发起并承办，由世界华文微型小说研究会、作家网、游读会主办，江苏太仓市纪委、《台港文学选刊》杂志社、"中国作家·《雨花》读者俱乐部"（太仓）、江苏省微型小说研究会、太仓市微型小说创作基地协办的"光辉奖"第六届法治微型小说征文，从4月开始征稿，历时5个月，共收到海内外1000多篇来稿，经5位初评委筛选，再复评，把通过的初评稿删去名字与地址，发给10位终评委评审，依据特等奖4分、一等奖3分、二等奖2分、三等奖1分的评分原则，最后汇总统计得分，评出特等奖1名、一等奖2名、二等奖5名、三等奖10名、优秀奖20名。评选结果为：朱红娜的《案子在你手上》获特等奖；郭爱萍的《生死扣》、陈雪芳的《小曹》获一等奖；季明的《酸财鱼》、一冰的《离灵魂最近的时候》、温玉喜的《绝不放过你》、陈校章的《我是谁？》、袁良才的《刁厨麻三》获二等奖；徐全庆、马宝山等10人的作品获三等奖，孙白梅、红山玉等20人的作品获优秀奖。

12月，由上海市教育委员会教育研究室、上海辞书出版社组织编写，上海世纪出版集团、上海辞书出版社第一次出版的《语文·综合学习·高中一年级第二学期》教材（试验本），选用了凌鼎年的微型小说《剃头阿六》。此教材系上海中小学拓展型课程教材。此教材经上海市中小学教材审查委员会审查，准予学校试验用，已试用三年。教材除选用曹操、曹丕、曹植、向秀、刘义庆等古人作品，以及柏拉图、丘吉尔、米兰·昆德拉、彼得·哈米尔等海外名家的作品外，还收录了鲁迅、梁启超、郑振铎、顾颉刚、冯骥才、林斤澜、雷抒雁、丁荫楠等人的作品。

2019年，从2012年开始，高军连续8年为《中国当代文学年鉴》撰写年度小小说综述，直至2019年《中国当代文学年鉴》不再出版为止，篇幅都在2万~5万字，为小小说这一文体争得了重要地位，进入了年鉴视野。

2019年，南洋理工大学HC2061《新加坡华文文学》课程，选读了黄孟文、希尼尔、林锦、艾禺及柯奕彪等人的微型小说作品。

2019年，香港裘锦秋（屯门）中学举办新界西中小学廿四美微型小说创作大赛。

2019年，马新亭的小小说《母亲的房子》被改编为微电影。

2019年，四川省自贡市微型小说学会编辑、出版《微型文学》"首届德华文学创作奖励基金专辑"。

■ 21世纪20年代

2020年

1月3日，由《小说选刊》杂志社、世界华文微型小说研究会、作家网、常德市武陵区委宣传部等单位联合举办的2019年"武陵杯"世界华语微型小说年度奖评选活动从2019年4月起开始征稿，历时7个月，经初评委筛选，终评委评定揭晓。微小说《一条鱼的思想品德》获特等奖，《万年桥》《最后一名学生》《抓捕》3篇微小说获一等奖，《画家与商人》《52号讲的故事》《老乡》等7篇微小说获二等奖，《神秘人》《特定单双号》等17篇微小说获三等奖，另有30篇作品获优秀奖。

1月5日，广东省潮州市小小说学会成立大会举行，广东省小小说学会会长申平、常务副会长雪弟代表省学会到会祝贺。

1月8日，第二届"禧福祥杯"《小说选刊》最受读者欢迎作品奖颁奖大会在西安香格里拉酒店隆重举行，中国作协副主席贾平凹、中国散文学会会长王巨才、陕西禧福祥品牌运营有限公司董事长王延安、《小说选刊》主编徐坤、陕西省作协副主席吴克敬、甘肃省作协主席马步升、《美文》杂志常务副主编穆涛、陕西禧福祥品牌运营有限公司总经理边瑞涛等出席活动。安谅的《邻居赵五》、申平的《蒙古马》、徐东的《陌生人的欠条》、李佳怡的《琢舞》、纳兰泽芸的《面子》获微小说奖。

1月，由作家网选编、冰峰主编的《2019中国年度微型小说》，27.7万字，冰峰撰写《微型小说应该留下时代的痕迹》的序言，在漓江出版社出版。

1月，由《微型小说选刊》杂志社选编的《2019年中国微小说精选》，25.3万字，在长江文艺出版社出版。

1月，由《微型小说选刊》杂志社选编的《2019年中国微小说排行榜》，31万字，在百花洲文艺出版社出版。

1月，中国微型小说学会向全体会员发出倡议书，号召会员拿起手中的笔，开展抗疫主题创作活动，在打赢疫情防控战中贡献文学力量，发挥微型小说应有的作用。

1月，《2019"善德武陵杯"·全国微小说精品集》(精装本)，戴希主编，中国市场出版社出版。

1月，河南省小小说学会举办金麻雀作家班培训第4期。

2月5日，由韶关市南叶文学杂志社有限公司主办，韶关日报社、广东省小小说学会协办的"伟大祖国·善美韶关"全国小小说征文大赛评选结果揭晓，广东的王溱获金奖，许媛、陈树龙获银奖，林庭光、李艳获铜奖，多人获优秀奖。

2月20日，广东省小小说学会"抗疫小小说选"之东莞专辑推出。

2月，河南《大观》杂志隆重推出广东小小说作家方阵研究专栏。每期以作品加评论的方式，推出2~3名广东小小说名家，共推出12人。

2月，广东省小小说学会组织广东省小小说学会会员创作"抗疫小小说"，13日，省学会公众号推出"抗疫小小说选"系列，两天一期，共推出13期，受到各界称赞。

3月6日，《广东文坛报》推出"抗疫小小说专版"。

3月7日，广东省小小说学会借鉴惠州经验，在会员群中进行语音授课，先由会长、副会长讲课，随后邀请杨晓敏、秦俑、刘海涛、江冰、郭晓霞等讲课。

3月10日，《羊城晚报》"羊城派"报道：《广东抗疫文学中的轻骑兵：小小说显大身手》。

3月16日，《文艺报》在一版刊出报道：《广东作家积极创作抗疫小小说》。

3月26日，凌鼎年接受法国布列塔尼孔子学院法方院长白思杰（中国作家艺术节项目负责人）隔洋电话采访，就微型小说创作等问题拍摄问答视频。

3月，由教育专家、作家联手打造的学生阅读精品，教育部统编版中小学语文教材主题阅读首选读本"伴悦读语文素养核心读本"在长春出版社、山东人民出版社正式出版。

该套丛书每年级上、下册各8本，1~9年级共72本。收录了全国2000多位著名作家的优秀作品，并收录了多篇微型小说作品，是当今中国教育界重要的一套丛书，被誉为自信、励志、益智之佳作，成为中小学生平行延伸阅读的首选文库，被中国教育学会学校文化分会、中国当代文学研究会校园文学委员会联袂推荐。

3月，纳兰泽芸、张晓玲、欧阳华丽、蔡进步主编的《中国微篇小说年度佳作2019》，28万字，在山东齐鲁音像出版有限公司出版。

3月，《香港文学》2020年第3期推出"世界华文微型小说专辑"，发表了美国、加拿大、澳大利亚、德国、瑞士、日本、马来西亚、印度尼西亚、中国9个国家的25篇作品。

4月，由陈勇主编的《中外作家评陈勇》，26.2万字，陈勇作《文学照亮人生》的序言，收录了海内外作家、评论家评论、推介陈勇的作品100篇，在北京燕山出版社出版。

4月，由陈勇主编的《花儿为什么这样红——评〈中国新文学大系·微型小说卷〉（1976—2000年）》，26万字，在九州出版社出版。陈勇作《微型小说将走向辉煌》的自序。

5月10日，著名微型小说作家、湖南省衡阳市文化局原局长邓开善因癌症病故，终年72岁。他曾任中国微型小说学会理事，其于1988年在上海文艺出版社出版的小说集《太阳鸟》，被认为是中国第一本微型小说集。

5月31日，由中国·东莞（桥头）小小说创作基地、《小小说选刊》杂志社、广东省小小说学会共同主办的第三届"扬辉小小说奖"在东莞市桥头镇举行视频评审会。评选结果揭晓：蔡楠、田洪波、肖建国获小小说成就奖；王溱、崔立、莫小谈获小小说新锐奖；刘庆华、秦兴江、赖海石获基地新秀奖；莫树材的《骤雨中的阳光》、马河静的《这年又长了一岁》、薛培政的《谢幕》等18篇作品获作品奖。同时，评委会一致推选刘克平为"小小说事业推动奖"获得者。

东莞晟匡塑胶制品有限公司董事长李扬辉支持协办，赞助金额由原来的10万元提高到13万元。

5月，中国微型小说学会策划，夏一鸣主编、高健副主编的《过目不忘·50则进入中考高考的微型小说》由上海文化出版社出版。全套10本，每本收录50篇作品。

5月，上海微型小说学会创办《沪上微客厅》，由戴涛主编，在今日中国出版社出版。

5月，由中国微型小说学会、《小说选刊》杂志社、常德市武陵区纪委监委、武陵区文联编著《2019"田工杯"·廉洁微小说全国征文大奖赛获奖作品集》，16.5万字，精装本，在九州出版社出版。莫汉桃作序一，李晓东作序二。

5月，《小说选刊》杂志社、世界华文微型小说研究会、武陵区文联编的《2019"武陵杯"世界华语微型小说年度奖获奖作品集》，17.2万字，精装本，在九州出版社出版。莫汉桃作《让武陵微小说走向世界》序一，李晓东作《架起华人世界的微小说桥梁》序二，凌鼎年作《立足武陵，辐射世界的"武陵杯"》序三。

5月，香港出版第六届《陈赞一博士联校微型小说创作奖（2019—2020）文集》。颁奖礼暨漫画创作展因2019年新冠肺炎疫情停办。

6月20日，深圳市小小说学会举行成立大会。省作协社联部副主任欧阳露、深圳市文联副主席张忠亮出席并讲话，申平、雪弟出席会议，申平讲话。

6月，由世界华文微型小说研究会主办的"2019世界华文微型小说贡献奖"，系年度奖，只针对2019年的成绩与贡献进行评选，2019年之前的不在评选范围。这个奖有别于其他微型小说、小小说奖项的特点在于：看重对世界华文微型小说的贡献与在海外的影响。根据多个国家提供的申报资料，遵循让事实说话的原则，只看成绩、贡献，不看头衔、知名度。经初评，有10位作家进入终评。由于疫情，耽误了一段时间。其后，研究会又把10位作家申报的2019年相关资料发给多国华文作家协会与研究会相关理事审核。评选结果揭晓：凌鼎年、戴希、[加拿大]黄俊雄、刘海涛、[日]渡边晴夫、[澳大利亚]吕顺、[印尼]袁霓、练建安、程思良、蔡中锋10位作家获得贡献奖。

6月，中国微型小说（佛山）创作基地挂牌。因新冠肺炎疫情原因，挂牌活动采取云端方式举行。

6月，由重庆三峡学院硕士生导师、文学博士申载春教授所著《小小说赏析理论与实践》一书收入"三峡学者文库"，在四川大学出版社出版，全书24万字、36讲，系大学教材延伸读物。世界华文微型小说研究会会长凌鼎年为该书撰写了《一本值得推介、推广的小小说教材》，山西大学商务学院文化传播学院院长、《名作欣赏》副总编傅书华撰写了《现代学人的流风遗韵——读申载春的〈小小说赏析理论与实践〉》，对这本教材性读本给予了很高的评价。

该集子分为上编"小小说赏析理论"与下编"小小说赏析实践"两大部分。

上编包括小小说的源流、现状、标题、选材、开头、结尾、立意、视角、细节、节奏、语言、反讽、空白、道具、悬念、重复、韵味等20讲。下编收录了王任叔、汪曾祺、白小易、邵宝健、许行、司玉笙、聂鑫森、王颖、陈圆、刘志学、修祥明、契诃夫、欧·亨利、陈启佑等作家作品的赏析文章16讲。

7月15日，四川省广元市昭化区举办了王文江小小说集《时光如流》作品研讨会，并在昭化区虎跳镇举行了文学采风活动。小小说集《时光如流》由虎跳镇竹江村党支部书记王文江创作。

7月16日至18日，世界华文微型小说研究会会长凌鼎年1971—1990年曾经在江苏沛县大屯煤矿工作过20年，文学创作从沛县起步，第一篇微型小说作品就是在沛县时发表的。凌鼎年应邀参加了中煤大屯公司开发建设50周年庆典活动，回到了阔别30年的沛县，参加了"名人看大屯"活动，并为中煤大屯作协的40多位会员讲课，讲《微型小说：从素材到构思到作品》。

在沛县文联、作协的安排下，凌鼎年参观了沛县图书馆、博物馆、文化馆。回太仓后，他向沛县图书馆捐赠了以微型小说集为主的50本著作，包括个人专著26本、主编著作24本。沛县图书馆为凌鼎年设立了专柜，在"沛人书籍"展区永久展出。

7月26日，四川省小小说学会、中共乐至县委、乐至县人民政府主办"青松杯"第五届全国小小说大赛。

7月，学会编选的"中国好小说·作家系列"第一辑由上海文艺出版社出版。本辑推出微型小说个人文集4本，分别是谢志强的《江南聊斋》、相裕亭的《看座》、颜士富的《1938年的鱼》和赵淑萍的《十里红妆》。

7月，河南省小小说学会举办金麻雀作家班培训第5期。

8月6日至7日，四川省小小说学会、中共乐至县委、乐至县人民政府主办"青松杯"第四届全国小小说征文表彰活动暨"大美乐至·荷你相约"乐至县2020年旅游品质宣传月活动启动仪式。四川省作家协会网络文学中心主任杨华，《微型小说月报》副主编刘春先，资阳市作家协会主席唐俊高，中共乐至县委常委、宣传部部长朱晓霞，四川省小小说学会会长欧阳明、常务副会长兼秘书长骆驼、副会长杨轻抒和王平中等出席表彰仪式。获奖作者代表相裕亭、石建希、侯文秀、张玉兰、左玉丹及省小小说学会会员代表，资阳、乐至本地作家代表

60余人参加活动。

8月22日，由亚洲微电影艺术节组委会、中国台港电影研究会、澎湃新闻网、中国电视艺术家协会微视频（微电影）委员会、盐城市盐都区委、盐城市盐都区政府等联合主办，亚洲微电影艺术节组委会长三角制作中心、中央新影集团微电影发展中心、澎湃新闻网长三角新闻中心、作家网、盐都宣传部、盐都区文化广电和旅游局、盐城大纵湖旅游度假区管委会承办的首届中国长三角微电影大赛颁奖盛典在江苏盐城大纵湖东晋水城隆重举行。

8月22日上午，举办了首届中国长三角微电影高峰论坛，世界华文微型小说研究会副会长赵智与陈广德主持了论坛。世界华文微小说研究会会长凌鼎年与蔡传道、王永华、郭晓伟、高翔、沈波等多位业界精英先后发言，对长三角微小说、微电影的发展提出了不少建设性的意见与建议。

8月31日，中国新闻出版研究院与龙源数字传媒集团联合举办第15次中国人文大众期刊数字阅读影响力top100发布会，《小小说月刊》入选2019国内数字阅读影响力期刊top100，分别位居总榜第38名、文学文艺类第7名。

8月，河南新乡小小说创作基地在河南新乡轿顶山挂牌。

9月6日，邯郸广平《当代小小说》创刊研讨会在广平县双李会馆召开，中国微型小说学会秘书长高健、副秘书长戴希、省文联《小小说月刊》主编郭晓霞、小小说活动家卧虎及来自全国各地的创作班学员代表出席。晚上请专家为学员讲课，并颁发《当代小小说》签约作家证书。

9月6日，"广东美塑杯"东莞市第十二届小小说创作大赛在桥头镇举行评审会，雪弟、夏阳、莫树材担任评委，刘庆华的《疫中缘》获一等奖。

9月26日至29日，由中国大众文学学会旅游委员会、文旅部《中华英才》杂志社、作家报社联合主办，中国文联《神州》杂志社、山东服装职业学院协办的2020金秋泰山采风笔会暨第10届中国作家创新论坛、"作家报杯"第15届全国优秀文艺作品征评大奖赛颁奖典礼在山东泰安举办。中国报纸副刊研究会会长、中国诗歌学会副会长、著名评论家曾凡华，世界华文微型小说研究会会长、亚洲微电影学院客座教授凌鼎年，《作家报》总编、中国作家出版集团北京中作影视副总经理张富英，以及来自全国各地的60多位作家、诗人参加了这次活动。活动期间，凌鼎年给与会者做了微型小说的文学讲座，媒体记者电视采访了凌鼎年等。

9月， 由世界华文微型小说研究会会长凌鼎年与江苏省太仓市司法局局长顾潇军合作主编的法治微型小说集《法律卫士——"光辉奖"第六届法治微型小说征文大赛作品选》在台海出版社出版，新华书店发行，网站有邮购。该书分为"获奖篇""名家篇""佳作篇""廉政篇""飞鸿篇""本邑篇"6个小辑，共收录110篇作品，约31万字。凌鼎年为集子撰写了序言《〈因法之名〉的感慨》。

9月， 由中央宣传部、北京市人民政府主办，中国图书进出口（集团）总公司承办的第27届北京国际图书博览会（BIBF）在京举办。《百花园》《小小说选刊》入选BIBF"2020中国精品期刊展"。

9月， 陈赞一博士教育基金举办第七届"陈赞一博士联校微型小说创作奖（2020—2021）"活动。参赛对象为全港中学生，微型小说专题讲座因新冠肺炎疫情停办。

10月23日， 第十八届中国微型小说年度奖（2019），在中国微型小说学会指导下进行，由江苏省镇江市委宣传部、镇江高等专科学校、镇江市文学艺术界联合会主办，《金山》杂志社、镇江市文学艺术研究院、镇江市作家协会承办。经评审，吴港的《夜半搭车》获一等奖，孙春平的《女孩与鼠》、赵淑萍的《弹花匠和他的女人》、刘浪的《拼车》获二等奖，赵新的《功夫》、顾振威的《父亲变成一只羊》、晴月的《陶》、刘林波的《奶奶的火车梦》、杨汉光的《一个人的大会》获三等奖。

10月24日， 中国微型小说（小小说）理论研讨会暨理论奖颁奖典礼系列活动在宁波举行。与会人员就本次研讨主题"微型小说的叙事艺术与文体特征"进行了充分的研讨。首届理论奖有4位青年理论学者获奖，雪弟（闫占士）、张春、夏阳（李国斌）获理论奖，袁龙获入围奖。

10月26日， 《小小说月刊》主编郭晓霞荣获"河北小小说十大事业推动奖"。

10月31日， "蓝天杯"关爱青少年全国法治小小说创作大赛评选结果揭晓，赖海石的《手机》获一等奖，刘帆的《世外之人》获二等奖。

10月31日， 凌鼎年应邀去浙江嘉兴一中实验学校为700多名学生做了题为《微型小说的阅读与写作》的讲座。凌鼎年以中高考的话题作文为切入点，对微型小说这种短小精悍的文体进行了推广，并结合自己的创作实践，告诉学生如何在生活中发现素材，如何提炼原始素材，加工改造，构思为作品。

10月，由澳大利亚倪立秋主编的《微观天下——澳洲华文微型小说学会10周年文集》在墨尔本出版，世界文化微型小说研究会会长凌鼎年为集子撰写了《十年树木也树人》的代序，倪立秋作《行有余力，则以为文》的后记。并在墨尔本举办了新书首发式。

10月，中国微型小说（小小说）媒体联盟扩容，《文艺报》《文学报》《文学港》《宁波日报》《安徽文学》《红豆》《故事会》《嘉应文学》《青春》《六盘山》10家媒体成为新成员。

11月1日，由湖北省襄阳市文联主办、襄阳市文艺理论家协会承办的"胡金洲小小说创作研讨会"召开。

11月10日，中国作协组联部致函中国微型小说学会，批复同意成立河北广平微型小说创作基地的申请。

11月15日，广东省小小说创作推进会暨"双年奖"表彰大会，在省作协岭南文学空间举行。会议总结了两年来的学会工作，对36篇获奖作品和10位优秀会员进行了表彰。省作协党组书记张培忠、中国作协社联部副主任李晓东到会讲话，对省小小说学会的成绩给予了充分肯定和高度评价。随后，《广东文坛》以两个整版的篇幅刊登会议消息和文章。

11月29日，刘海涛教授参加"2020世界华文文学暨'一带一路'跨文化交流线上国际学术研讨会"，提交论文《马来西亚小小说的情节模型与立意方法》，并在大会上作主题发言。

11月，首届中国微型小说新人奖（2020）揭晓，何君华、刘博文、钱钰琦、朱泽通4人获奖。

11月，中国作协社联部批复，同意设立中国微型小说（广平）创作基地。

11月，由加拿大孙白梅副教授翻译的《东方美人茶——凌鼎年汉英对照小小说新作选》，经加拿大安妮·艾金森女士润色后，在美国南方出版社出版，在美国最大连锁书店巴诺书店（Barnes& Noble）以及亚马逊（Amazon）等网上和实体书店全球发行。该集子被美国国会图书馆（Library of Congress）收藏，编入世界最大的图书数据库World Cat。集子收录了54篇作品，17万字。集子每本定价19.99美元。

《东方美人茶——凌鼎年汉英对照小小说新作选》封面

11月14日，《荷风》2020年秋季改稿会暨郭晓霞小小说创作讲座举行。活动邀请河北省文联《小小说月刊》杂志社主编郭晓霞主持。

同日，"广东美塑杯"东莞市第十二届小小说创作大赛在桥头镇颁奖，河北省文联《小小说月刊》主编郭晓霞，广东省小小说学会常务副会长雪弟，东莞市文联创作部主任、市作协党支部书记兼常务副主席胡磊，东莞市小小说学会会长莫树材等出席颁奖仪式。

11月15日，广东省小小说学会主办的广东省小小说创作推进会暨"双年奖"颁奖大会在省作协岭南文学空间举行，广东省作协党组书记、专职副主席张培忠、中国作协社联部主任李晓东等60余名领导与嘉宾出席了会议。河南开封《大观》杂志社社长张晓林介绍了与广东省小小说学会联合开展"广东小小说作家方阵"研究的有关情况。

11月，为庆祝澳门特别行政区政府成立20周年，世界华文作家协会（澳门）主办、世界华文微型小说研究会协办的首届"莲花杯"全球华人微型小说征文比赛，从2019年10月开始征稿，12月截稿，收到世界各国来稿约1500份。由澳门作家、评论家凌雁、刘居上、席地、岸南、谭键锹、余思亮等初评委筛选出93篇作品；再经复评委审稿，压缩到36篇；通过初评的作品交予中国的凌鼎年、刘海涛，泰国的司马攻，日本的渡边晴夫，韩国的朴宰雨等终评委评选。为了体现公平公正原则，36篇作品的作者名字与相关资料全部删去，只看作品不看人。来自安徽的作家张建忠凭《耳环》夺魁；山东和香港的姜铁军及巴铜夺得二等奖；三等奖分别是澳门的谢婉玲、浙江的张竞竞、内蒙古的犁夫；另设优秀奖19名，由来自中国内地、加拿大、澳大利亚、印度尼西亚等地的参赛者获得。

凌鼎年主编了《天使的翅膀——澳门"莲花杯"全球华人微型小说大赛优秀作品选》（因故未出版）。

11月，湖南省常德市武陵区文联戴希主编的《2019"善德武陵杯"·全国微小说精品集》（精装本）在中国市场出版社出版。

11月，江淮小小说沙龙联合黄山市黄山区文联、黄山"六百里"猴魁茶业股份有限公司举办第一届"百年猴魁、天下太平"全国小小说征文大赛。

12月3日，由羊城晚报社与惠州市委宣传部联合主办的首届"花地西湖文学榜"揭晓，并在凯宾斯基举行颁奖大会，蒋子龙、刘庆邦等出席，申平的小小说《钢的琴》获得小说类金奖，由蒋子龙颁奖。

12月5日，由中国寓言文学研究会闪小说专业委员会、世界华文微型小说研究会、湖州文学院联合主办，浙江闪小说专业委员会、湖州文学院文学志愿团承办的桃子（谢桃花）微型小说、闪小说集《白开水》新书发布会暨创作研讨会在湖州日报社大楼静如书咖举行。湖州市文联党组成员张伟，湖州市原宣传部部长、浙江省人大教科文卫委员会副主任陈永昊，世界华文微型小说研究会会长、亚洲微电影学院客座教授凌鼎年，汉语闪小说发起人、倡导者、中国寓言文学研究会副会长、中国寓言文学研究会闪小说专业委员会会长程思良，湖州市文联原副主席、市作协名誉主席杨静龙，湖州文学院（湖州书画院）院长、市作协副主席兼秘书长沈文泉，湖州市原作协副主席、湖州文学院文学志愿团团长郑天枝，湖州著名作家余方德、邵宝健、马红云，《湖州日报》徐惠林、《湖州晚报》黄水良，省内外作家黄克庭、蓝月、满震、史建树、徐水法、吴松良、红墨、张永清，以及本地作家李全等约40人参加了研讨会。

12月12日，"武陵杯"世界华语微型小说2020年度评选结果揭晓，申平的小小说《军功马》获得特等奖，大海、余清平、林庭光、海华等5人的作品获二等奖、三等奖和优秀奖。凌鼎年与美国的冰凌、日本的渡边晴夫等为终评委。

新书发布会上，主办方向湖州市档案馆、湖州市图书馆、湖州师范学院图书馆、湖州职业技术学院图书馆、湖州市委党校图书馆以及静如书咖赠送了桃子创作的集子《白开水》。

12月17日，由江苏省太仓市普法办、太仓市司法局发起并承办，由世界华文微型小说研究会、《小小说选刊》杂志社、作家网、游读会主办，太仓市纪律检查委员会、《小说选刊》杂志社、《台港文学选刊》杂志社、《微型小说选刊》杂志社、"中国作家·《雨花》读者俱乐部"（太仓）、太仓市微型小说创作基地协办的"光辉奖"第七届法治微型小说征文，经5位初评委筛选，再复评，10位终评委评审，评选结果揭晓。周勇伶的《三封信》获特等奖，茅震宇的《赤脚律师》、马金章的《红邮戳》获一等奖，纳兰泽芸的《父告儿》、吴跃建的《深渊的距离有多远》、罗榕华的《得利平安图》、邢庆杰的《邪不压正》、［美］夏婳的《代理人》获二等奖，刘庆宝的《真品》、梁庆永的《血染华尔兹》等获三等奖，［澳大利亚］吕顺的《高薪挖走教练》等10篇作品获优秀奖。

12月18日，刘帆的《天坑的声音》获"崇法杯"公证主题全国法治小小说创作大赛一等奖。

12月26日，中国小说学会在江苏兴化召开"中国小说排行榜评议会"，刘海涛担任小小说·微型小说组召集人。陆涛声的《古玉·古盘·古砚》、蒋冬梅的《大湖》、秦俑的《如果猫知道》、孙春平的《灭毒》、刘永飞的《无名烈士》、超侠的《战士石》、申平的《老枪》、侯德云的《1860年的战争·北塘》、刘浪的《上不了桌面的桌面事》、聂鑫森的《鸡司令》10篇优秀微型小说为上榜作品。

12月，《百花园》《小小说选刊》于第12期分别推出"《百花园》创刊70周年"特刊。

12月，法国 *Brèves* 是一本纯文学刊物，专发原创短篇小说，也适量发表翻译的各国短篇小说作品。2020年下半年（总第117期）重点推介了中国作家凌鼎年的微型小说作品小辑，并刊登了凌鼎年各个时期的13张彩色照片。该期刊物分为两大部分：（1）日内瓦大学谢红华教授撰写长文推介中国当代微型小说的历史、发展、现状及特点，进而特别分析了中国微型小说代表作家凌鼎年的文学风格。（2）瑞士日内瓦大学在读博士 François Karl Gschwend 选择、介绍并翻译了凌鼎年的小小说《相依为命》《皇帝的新衣第二章》《天下第一桩》《杀手》《菊痴》《让儿子独立一回》《长生不老药》《殉节》《辐射鼠》《难忘的方苹果》《拿山帮》《再年轻一次》《那片竹林那棵树》《最优计划》《神医》《虎大王的民主》16篇，使中国的微型小说再一次进入欧美主流读者市场。

12月，澳大利亚微型小说学会顺利换届，并主编、出版了《微型小说学会成立10周年文集》，收录了北上、高惜春、顾睿、郭晓峰、胡海伦、黄小虹、李国立、立秋、刘乐城、吕顺、马风春、楠溪、汤群、王若冰、温凤兰、夏清、张立中、张月琴、庄雨19位作家的微型小说作品。由世界华文微型小说研究会会长凌鼎年撰写《十年树木也树人》的代序。

12月，金麻雀网刊（2020）小小说优秀作品奖：蒋冬梅的《大湖》、田洪波的《冷面斩》、陈敏的《青木》、范子平的《看戏的将军》、芦芙荭的《阳台》、薛培政的《寻宝》、戴智生的《加油》、莫小谈的《买米的钱不能买布》、王若冰的《望江南》、梁有劳的《马！非马》。小小说佳作奖：安晓斯的《腥汤面》、任瑞娟的《漫长的告别》、原上秋的《去南方》、刘小玲的《怒放》、林美兰的《张飞其人》、杨帮立的《一车鸟鸣》、贺向花的《小茶馆》、王苏华的《救命的糊饼》、田光明的《鞋》、王小宁的《茉莉花》。

12月，河南省小小说学会主持第9届小小说"金麻雀奖"评选。

LING Dingnian.
La micronouvelle
en langue chinoise.

Un dossier réalisé par
Grâce Honghua Poizat
et François-Karl Gschwend

Avec la fin de la Révolution culturelle commence une période de grande liberté artistique et littéraire. Dans ce contexte historique a lieu la renaissance et l'explosion phénoménale d'un art pratiqué par les écrivains chinois depuis des siècles : la micronouvelle. Servie par les nouveaux médias, Internet, les réseaux sociaux… elle circule, appréciée par des millions de lecteurs, souvent très jeunes. Littérature parfaite pour les gens pressés, elle ne s'interdit aucun thème et elle sait exprimer les mécontentements et la critique sociale avec humour. Des milliers d'écrivains s'y exercent, elle est relayée par des revues, des associations, des concours, des prix… Grâce Honghua Poizat nous fait découvrir cette belle aventure littéraire, à laquelle ont participé les plus grands écrivains chinois. Puis, elle nous introduit dans l'univers d'un maître contemporain du genre, LING Dingnian, dont François-Karl Gschwend présente douze micronouvelles qu'il a traduites pour *Brèves*. Publiée au Japon, aux États-Unis… la micronouvelle en langue chinoise fait son entrée en francophonie avec ce numéro.

Le monde dans un grain de riz

BRÈVES - REVUE LITTÉRAIRE SEMESTRIELLE - DIRECTEUR DE PUBLICATION : DANIEL DELORT
COUVERTURE : LING Dingnian. Rizières de Longsheng, province du Guangxi.
Marché de Dali, province du Yunnan.
ISSN 0248 46 25 - ISBN - 978-2-916806-40-2

Vol. 117 • 18 €

法国 *Brèves* 文学杂志 2020 年下半年号（总第 117 期）封底（系中国文学专号）

2020年，龙钢华教授主编的《世界华文微型小说综论》(上、下册，120万字，中国社会科学出版社2018年版) 获2020年湖南省文艺理论与美学学会年会学术成果特等奖。

2020年，加拿大"暗香演播"朗读了中国作家凌鼎年的微型小说《茶垢》。

2020年，马新亭的微型小说《谁的手》被河南省亚邦文化传播股份有限公司拍摄为悬疑惊悚微电影。

2020年，《台港文学选刊》的"世界华文微篇小说"与"微篇小说选粹"栏目继续每期推出世界各国华文微型小说作家作品，增刊则推出各国微电影剧本。2020年第1~6期推出了美国、加拿大、德国、法国、荷兰、新西兰、南非、日本、新加坡、马来西亚、菲律宾、印度尼西亚、中国、中国香港等国家和地区作家的122篇微型小说作品。

2020年，新加坡南洋理工大学的学位论文——蔡茗怡撰写的《新华作家作品中再现的新加坡：以希尼尔为例》，以希尼尔的微型小说作品为论题。

2020年，新加坡希尼尔的微型小说集《退刀记》(玲子传媒，2018年) 及《新马文学之微型小说》(新加坡作家协会，2017年) 被新加坡教育部推广华文学习委员会列为中学华文课外读物（2020—2021）。

2020年，新加坡国家艺术理事会在2020年"阅读我们的世界"的计划中，精选了4种语文源流的新加坡文学作品，供学校挑选适合的书籍让学生阅读。林高的微型小说集《框起人间事》与希尼尔的《恋恋浮城》是被推荐的华文文学作品。

2020年，新加坡教育部课程规划与发展司出版的《细读与感知2——大学先修班H2/H3华文与文学——现代文学》的赏析本 (林高、陈志锐撰著，玲子传媒，2020年)，收录了5篇微型小说：林高的《地铁上》、希尼尔的《微笑》、梁文福的《舅舅开始说话的那一天》、何立伟的《洗澡》、周胖力的《新父与子》，供修读剑桥高级水准（GCE A–Level）H2与H3（9575）华文与文学的学生参考、使用。

2020年，美国中文作家协会会长李岘主编的《心语——美国中文作家协会作品集萃二》在美国南方出版社出版发行，收录了李岘、李凡予、胡沅、赵燕冬、李丹、陆青、郑茹菁、萧鹏飞、刘秀平、强颂锦、樊瑛等多位作家的微型小说作品。

2021年

1月20日，首都师范大学出版社聘请凌鼎年为驻社作家，并颁发了荣誉证书。

首都师范大学出版社聘请凌鼎年为驻社作家颁发的荣誉证书

1月20日，北京微型小说研究会成立。顾问有冰峰、陈力娇、戴希、凌鼎年、刘国芳、刘海涛、龙钢华、申载春、宋振伟、谢志强、尚贵荣、徐习军、严有榕、姚朝文、张记书。会长：路远；常务副会长：顾建新；副会长：王炬；秘书长：肖宁；副秘书长：沈肖炜、刘占全；理事：邴继福、陈吟、陈玉兰、高淑霞、郭盛、郭欢、贺鹏、贾宏斌、李保田、刘公、满震、欧阳华丽、司玉笙、徐水法、佟惠军、颜士富、王金石、张建新。

1月22日，浙江《湖州晚报》刊登该报记者黄水良的采访《微型小说是我无法割舍的最爱——访我国著名微型小说作家凌鼎年》。

1月28日，广东省小小说学会东源县创作基地揭牌仪式，在河源市万绿湖举行。

1月29日，"百年辉光，红心颂党"小小说月刊精品创作大赛启动。

1月下旬，由世界华文微型小说研究会操办的2020年世界华文微型小说十大新闻评选结果揭晓。湖南邵阳文学院院长龙钢华教授主持、撰写的《世界华文微型小说综论》（上、下册，120万字），获2020年湖南省文艺理论与美学学会年会学术成果特等奖，与湖南省常德市武陵区文联继续举办"武陵杯"世界华文微型小说评奖等被评为2020年世界华文微型小说十大新闻，获2020年世界华文微型小说十大新闻人物的有〔美〕纪洞天、〔中〕戴希、（中国香港）东瑞、〔美〕冰凌、〔加拿大〕孙白梅、〔瑞士〕François Karl Gschwend、〔韩〕阴宝娜、〔新西兰〕孙妙宽、〔美〕夏婳、〔加拿大〕孙博等。

1月，由《微型小说选刊》杂志社选编的《2020年中国微小说排行榜》，31万字，在百花洲文艺出版社出版。

1月，由陈永林选编的《2020年中国小小说精选》，27.4万字，在长江文艺出版社出版。

1月，由徐振邦老师策划，香港道教联合会圆玄学院第一中学主办了第一届荃湾葵青区中小学微型小说创作大赛。邀请东瑞、梁科庆、陈荭等担任顾问。

1月，世界华文微型小说研究会与美国华盛顿《华府新闻日报》合作，协办"文系中华"联合特刊，每月一期，推出多位微型小说作家的介绍与微型小说作品。

1月，广东小小说学会与《嘉应文学》合作，联合推介第二批小小说重点作家。刘海涛、姚朝文、雪弟、李利君、陈振昌等撰写了多篇文章，通过《嘉应文学》推介全省24位小小说作家及作品。

1月，由《小说选刊》、中国微小说（小小说）创作基地、武陵区纪委监委、武陵区文联所编《2019"善德武陵杯"全国微小说精品集》，40万字，精装本，在中国市场出版社出版。莫汉桃作序一，李晓东作序二。

2月3日，坐落在广东省东莞市桥头镇碧莲路39号的莫树材文学资料馆，由桥头镇宣传文化系统负责人、作家代表同老作家莫树材一起揭牌。展馆面积100余平方米，该馆由东莞市桥头镇文化服务中心、桥头镇文联和东莞（桥头）小小说创作基地、桥头作家协会等单位和团体共同建设。

馆藏资料分为莫树材人生轨迹、莫树材文学生涯、莫树材个人珍藏、莫树材著作图书等类别，展品包括莫树材早期文学作品、创作手稿、发表作品剪报、获得的奖项等珍藏的物件，再现了莫树材笔耕60余年、作为桥头一代文学领军人物的光辉印迹。莫树材文学资料馆已成为桥头文学和桥头·中国小小说特色文化品牌名镇的地理标识，得到外界的高度肯定和积极评价，被誉为"华南首个作家个人资料馆"。

广东省东莞市桥头镇"中国小小说特色图书馆 莫树材文学资料馆"开馆

2月10日，由广东省作协主编，花城出版社出版的《千里驰援——抗疫作品集》出版。

2月，广东省学会邀请22位在创作上有成绩的小小说作家，在广东省小小说作家群里，通过语音授课的方式开展创作交流年活动，每月2课，效果良好。

2月，第二届新华青年文学奖（闪小说）创作比赛，由新加坡作家协会主办，世界华文微型小说研究会为支持单位，面向35岁以下的新加坡青年参加。参赛的作品有70%是以新冠肺炎疫情为主题，发挥了闪小说在抗疫中的独特作用，比赛共评选出23篇得奖作品。颁奖仪式在线上举行。

2月，顾建新教授的《微型小说十讲》，19.5万字，在内蒙古人民出版社出版。《小说选刊》副主编顾建平题写书名。

3月6日，四川省自贡市微型小说学会在戊戌六君子之一刘光第的家乡富顺县赵化镇举行2020年年会暨第三届德华文学创作奖励基金颁奖仪式，安排部署了2021年工作。会上，隆重举行了第三届德华文学创作奖励基金颁奖仪式，为王孝谦、张玉兰、舒仕明3人颁发了突出贡献奖，为夏刚、毛进、曾丛莲、邹光耀、喻礼平、胡为民、卢志友7人颁发了优秀创作奖，为陈秀容、林元亨、张清明、林元平4人颁发了创作扶持奖。下午，会员们开展了采风活动。

3月18日，由山西高校图书馆与中国微型小说学会共同组建的中国微型小说作家馆在太原成立，该馆属于公益性质，所收藏、陈列的书籍均来自全国各地作家的捐赠，并有公益书籍供阅读。

3月，由作家网选编、冰峰主编的《2020中国年度微型小说》，27.7万字，冰峰撰写《用非虚构微型小说来捕获时代的感情》的序言，在漓江出版社出版。

3月，《小小说月刊》选聘签约作家启动。

3月，江淮小小说沙龙与阜阳市颍州区文明办举办"文明伴我行"全国小小说征文大赛。

4月25日上午，世界华文微型小说研究会会长凌鼎年应浙江衢州市开化县作协的邀请为当地作协会员做了《小小说创作》的讲座。

4月25日下午，凌鼎年为衢州市电视台、电台的编辑、记者做了《新闻写作与文学创作》(以微型小说为例)的讲座。

4月26日晚上，浙江省江山市作家协会、图书馆在南孔书屋组织了一场作家凌鼎年与当地作家、文学爱好者的见面会、文友作品点评会。江山市文联副主席周汉泱，江山市生态作家协会名誉主席胡韶良，衢州市作协副主席、江山市作协主席周建新，江山市作协秘书长王文英等30多位文学爱好者参加了见面会。

会上，凌鼎年对江山市作协事先组稿的30余篇微型小说作品进行了逐一点评，在点评作品的同时，结合他几十年微型小说创作的实践和体会，从理论到实战进行了全方位的讲解。

讲座中凌老师还特意预留时间和文友们互动交流，结合文友们提出的相关问题，又对微型小说的创作进行实例分析讲解。

凌鼎年在江山市和文友们互动交流

4月26日，中国微型小说创作基地揭牌仪式在河北省广平县图书馆举行。广平县委副书记路军强，县人大常委会主任商凤祥，县委常委、宣传部部长万晓方，邯郸市老促会会长刘兴顺，市文联主席张全民，广平县人大常委会原主任邵美周等出席揭牌仪式并致辞。邯郸市作协副主席赵明宇介绍了基地的申办过程。中国微型小说学会秘书长高健受中国微型小说学会委派并受夏一鸣会长委托参加活动，并与路军强副书记共同为创作基地揭牌。

4月28日，第九届小小说"金麻雀奖"颁奖典礼暨2021年全国知名作家获嘉采风活动启动仪式在河南省获嘉县举行，来自全国各地的50多名作家应邀参加了这次活动。陆涛声、秦俑、赵文辉、邢庆杰、宋以柱、戴智生、肖建国、薛培政、戴涛、［澳大利亚］王若冰10位作家获得第九届小小说"金麻雀奖"。

4月，世界华文微型小说研究会会长凌鼎年的微型小说韩译本《依然馨香的桂花树》被收入韩国出版的"世界文学全集"丛书，在韩国青色思想出版社出版，共收录70篇作品，23万多字。该集子由韩籍学者、韩国白石大学毕业的阴宝娜（华中师范大学文学硕士），与其丈夫中国籍学者、韩中翻译学博士左维刚共同翻译。从翻译到修改，到定稿，历时两年。

韩国外国语大学博导、著名汉学家朴宰雨教授，韩国釜山大学教授、著名汉学家金惠俊，中日韩国际文化研究院院长金文学教授，全美中国作家联谊会会长冰凌分别撰写推荐语。韩国汉学家、韩国白石大学柳泳夏教授也撰写了推荐语。这是世界上第一本个人微型小说集的韩译本，也是中国作家第一次在韩国出版的微型小说集。

凌鼎年微型小说集韩译本封面

4月，法国巴黎出版社L'Asiathèque在其双语系列Les bilingues中出版了戴晓岚翻译的13篇中国不同作家的微型小说，包括贾大山的《莲池老人》、罗伟章的《蒙面人》、海飞的《走失的黑猫》等。该双语系列的特点之一是将中文文本与法文文本对照并排，鼓励谙中文或者正在学习中文的学生直接阅读汉语文本，并可以参照翻译提高自身的翻译水平与对汉语文本的深入理解。此外，谢红华教授与她的博士生把凌鼎年主编的《中国当代微型小说精选》一书收录的14位作家的98篇作品陆续翻译成法文，已译妥之部分作品，将在法国出版，出版刊物名称为Brèves。

4月，经中国作协社联部批复，河北兴隆（兴隆县文联）微型小说创作基地挂牌成立。

4月，第一届"百年猴魁、天下太平"全国小小说征文大赛在黄山颁奖。

5月9日，世界华文微型小说研究会会长凌鼎年应山东省威海市文登区作家协会与观云山居城市书房邀请，到文登观云山居的城市书房做了一场《文学创作与投稿及中考高考作文》的讲座，40多位作家与文学爱好者参与了这次活动。

凌鼎年结合自己的微型小说创作经验，深入浅出地讲了"如何发现素材""如何构思""如何有的放矢地投稿""如何在征文大赛中胜出""关于中考高考作文""分享海内外征文信息"6个大家感兴趣的问题，讲了两个多小时，并和与会者互动，回答了提问，进行了交流。

5月16日晚上，举办了世界华文微型小说座谈会，美国全美中国作家联谊会主席冰凌，美国著名作家、电视连续剧《曼哈顿的中国女人》作者周励，西班牙小小说学会会长张琴，瑞士国际广播电台记者、作家宋婷，加拿大世界华人周刊社副社长张国娜，加拿大华人广播电视台副台长张洪兴，以及龙钢华教授、姚朝文教授、顾建新教授等出席会议。刘海涛教授主持座谈会，凌鼎年作了主题发言。

5月17日上午，举办了世界华文微型小说创作研讨会与武陵微小说创作高峰论坛。上半场由凌鼎年主持，下半场由夏一鸣主持。梁鸿鹰、李晓东、[美]冰凌、[美]周励、[西班牙]张琴、张越、刘海涛、龙钢华、顾建新、姚朝文、季冉、秦俑、郭晓霞、袁龙、袁炳发、蔡中锋、戴涛、方东明、满震等分别发言。

5月17日晚，中国微型小说学会理事（扩大）会议在湖南常德召开。学会会长夏一鸣，副会长张越、严有榕，秘书长高健，以及学会理事（会员）20余人参加了会议。会议由学会副秘书长戴希主持，夏一鸣会长传达中国作协关于加强社团管理的有关文件精神，中国作协社联部副主任李晓东作重要讲话，对中国微型小说学会的发展谈了自己的看法，提了建议。

5月17日至18日，由世界华文微型小说研究会、中国微型小说学会、《作家文摘》报社、湖南省文联、武陵区委宣传部联合主办的第七届武陵国际微小说节在湖南省常德市武陵区隆重举办。

中国作协副主席陈建功、《文艺报》总编辑梁鸿鹰、中国作协社联部副主任李晓东、湖南省作协主席王跃文、湖南省文联副主席张纯、《作家文摘》总编辑孔平、河南省作协副主席杨晓敏、中国微型小说学会会长夏一鸣、世界华文微型小说研究会会长凌鼎年、《作家文摘》总编助理季冉，以及湖南省常德市委常委、宣传部部长康重文，常德市政府副市长周代惠，常德市武陵区区委书记康少中，武陵区委副书记王先波等出席了开幕式。

武陵区委常委、宣传部部长余习琼主持开幕式，区委书记康少中致欢迎词。中国作协副主席陈建功，中国微型小说学会会长夏一鸣，世界华文微型小说研究会会长凌鼎年，常德市委常委、宣传部部长康重文先后发表讲话。

首先，中国作协社联部副主任李晓东介绍了2019年、2020年"善德武陵杯"全国微小说精品奖评选情况，并宣读获奖名单。张纯、孔平、夏一鸣、杨莉、张越、秦俑、季冉、刘海涛、高健等为颁奖嘉宾。一等奖获得者张晓林发表了获奖感言。

其次，中国微型小说学会秘书长高健介绍2019年、2020年"田工杯"廉洁（勤廉）微小说全国征文大奖赛评选情况，并宣布获奖名单。王跃文、李晓东、周代惠、杨晓敏、周碧华等为颁奖嘉宾。一等奖获得者欧阳华丽发表了获奖感言。

最后，世界华文微型小说研究会会长凌鼎年介绍2019年、2020年"武陵杯"世界华文微型小说年度评奖情况，并宣读获奖名单。陈建功、康重文、梁鸿鹰、宁毅刚、王先波、龚旭东、严有榕、张海卿等为获奖选手颁奖。特等奖获得者申平发表了获奖感言。

5月21日，"相约民法典"法治微小说与法治故事全国征文创作大赛由佛山市南海区司法局、佛山市南海区普法办公室主办，珠江时报社、佛山市小小说学会、佛山市青年产业工人作家协会承办，陕西作家刘公的微小说《不敢公开的合同》获一等奖。

5月24日上午，小小说作家王奎山先生铜像落成揭幕仪式在河南确山县盘龙山文化公园隆重举行。《作家文摘》总编辑孔平，当代小小说文体倡导者、河南省作协副主席、河南省小小说学会会长、《百花园》和《小小说选刊》原总编辑杨晓敏，河南省小小说学会副会长、开封市《大观》主编、小小说"金麻雀奖"获得者张晓林，河南省小小说学会副会长、新乡市小小说学会会长、小小说"金麻雀奖"获得者范子平，河南省小小说学会副会长、小小说"金麻雀奖"获得者司玉笙，山东省小小说学会副会长、小小说"金麻雀奖"获得者魏永贵，当代小小说评论家、王奎山生前好友卧虎等参加了揭幕仪式。

确山县还设立了"王奎山文学奖"。

王奎山系河南省确山县人，生前出版过《加尔各达草帽》(广西民族出版社，1992年)、《王奎山小小说》(湖南文艺出版社，1997年)、《别情》(河南文艺出版社，2006年)、《乡村传奇》(世界图书出版公司，2011年)4本小小说集。

小小说作家王奎山塑像

5月，出版《第七届陈赞一博士联校微型小说创作奖（2020—2021）文集》。

6月5日至7日，中国微型小说（小小说）理论研讨会在宁波举办。研讨会由中国微型小说学会、宁波中华文化促进会主办，宁波市海曙区、北仑区作协协办。宁波大学文学院教授、宁波市文艺评论家协会主席南志刚主持会议。中国作协社联部副主任、原《小说选刊》副主编李晓东，中国微型小说学会会长夏一鸣，世界华文微型小说研究会会长、微型小说作家凌鼎年，河南省作协副主席、原《小小说选刊》主编杨晓敏，中国矿大顾建新教授，江西师范大学江腊生教授，中国微型小说学会秘书长高健，微型小说作家谢志强，《小小说选刊》主编秦俑，《微型小说月报》主编、微型小说作家刘斌立等50多人参会。本次研讨会得到上海市文化发展基金会的大力支持。

6月5日，申平被评为"全国百名最美生态环保志愿者"，应邀到西宁出席"六五环保日国家主场活动"，作为10人代表之一登台领奖，青海卫视现场直播。随后，多家公众号推出消息，对他多年坚持动物小小说创作，提倡保护动物、爱护环境的事迹进行介绍。

6月26日，河北省邯郸市小小说创作基地在金滩镇郭隆真旧居纪念馆挂牌。

6月29日，江苏省连云港市成立了微型小说学会（连云港市作家协会微型小说分会）。由相裕亭任主席，王恒云、滕敦太、卜伟、王春迪、苗红军、杨占厂、李岩任副主席，滕敦太兼任秘书长。

6月，世界华文微型小说研究会会长凌鼎年应邀参加了在吉林长春卡伦湖度假区举办的首届"卡伦湖杯"华语文学奖征文大赛颁奖典礼，吉林省作协两位副主席与海内外多位文学名家出席了颁奖典礼。

凌鼎年作为终评委在颁奖典礼上致辞，并为一等奖获得者微型小说作家李立泰颁发获奖证书与奖杯。

6月，《2020"善德武陵杯"·全国微小说精品集》（精装本），戴希主编，中国市场出版社出版。

6月，自3月以来，四川成都市微型小说学会常务副会长李永康在"微而字信"微信公众号推出了"我喜爱的微型小说（小小说）"系列，共选编了巴金等120位作家的467篇作品，并配以相关作家书籍出版情况等资料。

6月，秦兴江微型小说《守望》入选四川省资阳市2021年中考语文试题。

7月5日，国家民政部社会组织服务中心一级调研员朱春林、杨彬等一行6人莅临中国微型小说学会调研指导工作。夏一鸣会长就学会各项工作开展情况向调研组进行了汇报。

7月20日至22日，由中国作协社联部主办的中国作协社团工作业务培训在京举行。来自中国作协主管的16个文学社团的40余人参加培训。会上，中国微型小说学会等社团的代表作重点发言，汇报了本社团的党建工作、业务活动及学术成果，总结交流了工作经验。

7月23日，《小小说月刊》主编郭晓霞撰写的《挖掘文体优势构建小小说月刊新业态》荣获2021年首届北方期刊高质量发展征文二等奖。

7月26日，四川省小小说学会、中共乐至县委、乐至县人民政府主办"青松杯"第五届全国小小说大赛。

7月27日，中国微型小说学会公众号刊发姚朝文教授的评论《世界华文微型小说四十年来的发展路径与拓展方向》。

7月31日，由马来西亚华文作家协会联合马大中文系主办的《深根文学创作课程》分为微型小说班、诗歌班、散文班。第五届结业，受新冠肺炎疫情影响改为线上开课。

7月，成都市微型小说学会、成都市温江区文化馆、成都市温江区作家协会共同编辑出版了《微篇——李永康作品评论与鉴赏》。

7月，经中国作协社联部批复，山西太原（太原师范文学院）微型小说创作基地挂牌成立。

7月，《2020"武陵杯"·世界华语微型小说年度奖获奖作品集》(精装本)，戴希主编，九州出版社出版。

7月，《2020"田工杯"·勤廉微小说全国征文大奖赛获奖作品集》(精装本)，戴希主编，九州出版社出版。

7月，陕西咸阳举办的"魅力秦都杯"精短小说征文大赛评选结果揭晓并举行颁奖仪式。

8月13日，由中国微型小说兴隆创作基地、河北省兴隆县文联、兴隆县作家协会、《故事会》杂志社、《小小说月刊》杂志社联合主办的"塞罕坝酒"杯首届全国微型小说金喜鹊奖征文启动。

8月17日，由广东省小小说学会、深圳市小小说学会联合主办，贵州邹旺酒业股份有限公司协办的"邹记福杯"小小说大赛，以优秀小小说和"酒类"小小说两种方式进行。刘海涛、江冰、姚朝文、申平、雪弟、徐东、夏阳、肖建国分别对匿名作品进行打分，两类作品评比结果如下：优秀小小说一等奖：

肖曙光的《收脚印》、陈海红的《1974年的五角钱》；二等奖：孙禾的《风吹麦香》、李艳的《守秘者》、陈树龙的《他乡亦故乡》、朱红娜的《望月酿的秘密》、海华的《签名》；三等奖：刘强的《我揍你》、朱方方的《交公粮》等10篇作品；30篇作品获优秀奖。

"酒类"优秀小小说一等奖：张文美的《这酒我收下》；二等奖：杨丽平的《爷爷，干杯》、王映婵的《先发制人》、慢小鹿的《三杯酒》；三等奖：孙铁梅的《下辈子还做您女儿》、钟小巧的《好酒饮不尽》等10篇；20篇作品获优秀奖。

8月28日，《粤港澳大湾区小小说精选》出版，并在深圳举行首发式暨座谈会，中国内地和中国澳门地区的约30位作家、作者出席。该书由申平、张卓夫任主编，雪弟、东瑞、许均铨任执行主编，澳门写作学会、缅华笔友协会、香港小小说学会、惠州市光年文化公司等单位合作编辑出版，共选入139位作家的160篇作品，约25万字。

8月，由凌鼎年、顾潇军主编的《仰望星空——"光辉奖"第七届世界华文法治微型小说大赛作品选》在光明日报出版社出版。凌鼎年为集子撰写了《法治文学永远不过时》的序言。该集子分为"获奖卷""名家卷""佳作卷""廉政卷""海外卷""本邑卷"6个小辑，收录了海内外82位作家的88篇作品，共24.5万字。

8月，第二届"丰湖杯"全国大学生小小说大赛由惠州学院、中国微型小说学会、广东省小小说学会等单位共同主办，最终评选出获奖作品49篇。

8月，由闫荣霞主编的"全国中考语文热点作家精选"之《仰望星空》一书在哈尔滨工业大学出版社出版。该集子收录了凌鼎年、张亚凌、凉月满天、李静、卢先圣、崔修建、顾文显等数十位作家的64篇美文作品，其中不乏微型小说精品力作。

8月，由中国微型小说学会编选的中国微型小说精选《永远的门》近日由新世界出版社出版。共收录52篇微型小说作品，它们或是流传较广的名篇佳构，或是产生相当影响的经典之作，一定程度上代表了当代中国微型小说的创作水平。本系列选本系"双语选本"，分中英文两种版本分别出版。

8月，《中外名流》杂志2021年夏季号总第26期在"访谈·纪实"栏目发表《让微型小说有一席之地——凌鼎年答〈湖州晚报〉黄水良问》，并配发5张照片。

8月，由陈勇所著《中国当代微型小说百家论》(第二部)，11.13万字，在团结出版社出版。贺鹏作《奇才陈勇》的代序，又撰写了生晓清、滕刚、聂鑫森、刘国芳、陈永林、沙黾农等114位微型小说作家的文论。

9月14日，《小小说月刊》入选中国期刊协会主办的首届"方正电子"杯中国期刊设计艺术周"优秀封面设计"。

9月14日，《小小说月刊》开通视频号。

9月30日，由《故事会》杂志社、成都市青羊区作家协会、成都市微型小说学会主办，四川省曲艺家协会、喜马拉雅四川公司、四川金融作家协会协办，中融安保集团有限责任公司项目支持的首届"中融安保杯"全国微型小说征文活动启动。设置一等奖1名，奖金10000元；二等奖3名，奖金各5000元；三等奖5名，奖金各2000元；优秀奖20名，颁发奖品。

9月30日，"广东美塑杯"东莞市第十三届小小说创作大赛举行评审会，申平、雪弟、莫树材担任评委。赖海石的《富贵还乡》获一等奖。本届大赛，广东美塑塑料科技有限公司首次提高赞助奖金，由原赞助2万元提高到3万元。

9月，菲律宾举办了由世界华文微型小说研究会、中国寓言文学研究会闪小说专业委员会为指导单位，马尼拉人文讲坛、菲律宾华文学校联合会、菲律宾华文闪小说学会、菲律宾安海经贸文化促进会、菲律宾华文微型小说交流群主办的"2021菲律宾华文微型小说暨闪小说大赛"征文活动，该活动由热心社会公益文教事业的菲律宾华侨陈德雄先生独资赞助。经终审评委、中国微型小说作家凌鼎年先生，中国汉语闪小说倡导人程思良先生与菲华知名微型小说暨闪小说作家林素玲女士的评选，结果揭晓。张雨苒(纳卯中华中学)的微型小说《猫的第九条命》获冠军，洪鹏飞的《解密》获亚军，编号为68584131的《燕归来》获季军。

陈静琳(崇德学校)的闪小说《亲爱的安德鲁》获冠军，洪鹏飞的《猛醒》获亚军，范晓琳的《默默》获季军。

9月，梅州市小小说创作委员会成立，朱红娜当选为创委会主任，陈桂峰、陈耀宗、叶惠娟当选为副主任。

9月，《蔡中锋微篇小说1000篇》（上、下册，精装本）在黄海数字出版社出版。李晓东作序一，杨晓敏作序二，刘海涛作序三，陈博作序四。

9月，陈赞一博士教育基金举办第八届"陈赞一博士联校微型小说创作奖（2021—2022）"。参赛对象为全港中学生。

10月13日，中国作家协会副主席贾平凹为著名微型小说作家凌鼎年题写"凌鼎年文学馆"。

10月16日，香港东瑞应香港闪小说学会邀请在香港九龙油麻地公共图书馆举行的青年创作坊任讲者之一，谈微型小说的欣赏与创作。

10月24日，由福建省文联主办、台港文学选刊杂志社承办的第三届"祖国颂"世界华语文学作品征文活动，经过6位专家评委初评之后，2021年10月14日，专家评委和省文联在职评委在福建省文联八楼会议室对入围作品进行了合议，评定上榜作品9篇、上榜提名作品18篇。

一、微型小说上榜作品（部分）：

（江苏）凌鼎年的《两颗野核桃》

［加拿大］孙博的《特殊的生日礼物》

（浙江）吴宝华的《棋王》

二、微型小说上榜提名作品（部分）：

（河南）戴玉祥的《诱惑》

（山东）彭波的《老夫老妻》

（河南）司玉笙的《信封里的儿子》

［加拿大］郑南川的《一张生日照片》

［新加坡］林剑的《解密》

［德］谭绿屏的《丈夫要去学功夫》

10月29日，苏州天成实验中学邀请世界华文微型小说研究会会长、亚洲微电影客座教授凌鼎年到学校讲课，为天成220多名学子带来一场生动有趣的文学讲座——《中考作文与微型小说》。

10月29日，第十九届中国微型小说年度奖（2020）在中国微型小说学会指导下进行，由中共江苏省镇江市委宣传部、镇江市文学艺术界联合会主办，《金山》杂志社、镇江市文学艺术研究院承办。经评审，一等奖：孙春平的《灭毒》；二等奖：伍月凤的《卷发》、梁柱生的《值钱的文物》、陈士英的《惊马》；三等奖：叶征球的《沼泽地》、白金科的《看菜》、刘永飞的《无名烈士》、白龙涛的《赶戏》、刘国芳的《你是那个给我树苗的人吗》；优秀组织奖：《金山》《天池小小说》。优秀编辑奖：赵莉的《金山》、黄灵香的《天池小小说》、郭晓霞的《小小说月刊》、李梦琦的《微型小说选刊》、赵瑗佳的《故事会》。

10月，由新西兰中华文学艺术界联合会、新西兰中文广播电台FM90.6、世界华文微型小说研究会主办，大洋洲华文作家协会、《台港文学选刊》杂志社、作家网、游读会协办，《澳洲讯报》杂志社、《新西兰中文时代》杂志社承办的"三公爵杯"世界华文微型小说大赛，从3月开始征集作品，到8月底截稿，收到了来自中国、新西兰、澳大利亚、美国、加拿大、瑞士、巴西、南非、印度尼西亚、中国香港等10多个国家和地区的1000多篇作品，经过近两个月的审读、评选，评出邢庆杰的《价值》为特等奖，顾文显的《借据》、江野的《拓城大师》为一等奖，陈洪柳的《悬壶》、纳兰泽芸的《天堂》、滕敦太的《寻》、周玲的《天使的翅膀》、冷江的《故人》为二等奖，马河静的《风雪夜》、李艳霞的《手杖》、陈振林的《玩笑》等10篇作品为三等奖，贺鹏、司玉笙、邴继福等人的25篇作品为优秀奖。

10月，《凌鼎年：微型小说创作揭秘》（繁体字版）在美国美商EHGBOOKS微出版公司出版，美商汉世纪数位文化公司、中国台湾学人出版网发行，全球同步发行，世界各国亚马逊网站均有销售。

10月，江淮小小说沙龙联合黄山市黄山区文联、黄山"六百里"猴魁茶业股份有限公司举办第二届"百年猴魁、天下太平"全国小小说征文大赛。

11月9日，由河南省渑池县委宣传部与中国作家协会社会联络部、世界华文微型小说研究会联合举办的"仰韶杯"世界微型小说大赛，收到来自全国各地以及美国、奥地利、德国、加拿大、新西兰等13个国家的征文作品1428篇。经市专家评委初评，再由中国作家协会社会联络部副主任李晓东，世界华文微型小说研究会会长凌鼎年，中国矿业大学中文系教授、硕士生导师顾建新，郑州《百花园》《小小说选刊》总编辑任晓燕，三门峡市作协主席孟国栋5位终评委把关，评选结果如下。特等奖：（黑龙江省）张港的《彩绘红陶》；一等奖：

［美］陈小青的《万圣哈米》、(河北省) 王金石的《闪光的项链》；二等奖：［奥地利］安静的《人面鱼纹》、(陕西省) 刘公的《生意，情义》、(河南省) 马河静的《砚瓦》、(山东省) 孙成凤的《飞觥饮酒》、(河南省) 张中杰的《鸿飞雪》、(广东省) 刘帆的《万年桥》、(河北省) 郭建国的《状元及第》；三等奖：(山东省) 常伟的《嘱托》、(北京市) 蒋寒的《大地裂痕》、(广东省) 梁子军的《滟夜黎明》等15名；优秀奖35名。

11月13日，广东省惠州市"全国文学志愿服务示范性重点扶持项目"揭牌仪式在惠州宾馆举行，中国作协原副主席、著名作家蒋子龙，中国作协社联部副主任李晓东和惠州地方党政领导及小小说作家60多人出席活动。

"华通杯"优秀小小说颁奖大会和《岭东雄郡小小说文萃》首发式举行。

11月24日，邯郸市广平建行首届"乡村振兴杯"全国微型小说征文启动。

11月26日，《故事会》杂志社、《小小说月刊》杂志社、中共广平县委宣传部、广平县乡村振兴局、中国建设银行广平县支行联合主办的"广平建行乡村振兴杯"首届微型小说征文启动。

11月28日，广东省小小说学会东源县创作基地揭牌仪式在河源市万绿湖举行。河源市文联、东源县委和文联领导及全省部分小小说作家60多人出席活动。揭牌后进行了采风活动。

11月，《小小说月刊》主编郭晓霞撰写的《数字化背景下小小说期刊新业态的构建——以〈小小说月刊〉为例》荣获第十九届（2021年）全国核心期刊与期刊国际化、网络化研讨会三等奖，入选《第十九届全国核心期刊与期刊国际化、网络化研讨会论文集》。

11月，作家文摘报社、世界华文微型小说研究会、作家网、中国微型小说(小小说) 创作基地、《台港文学选刊》杂志社、湖南省常德市武陵区委宣传部、武陵区文联、湖南省常德市美韵文化传媒投资有限公司、常德市武陵区作家协会联合举办了2021"武陵杯"世界华语微型小说年度奖评选活动。征文从2021年4月1日开始到9月30日结束，历时6个月，经初评委、终评委评定，特等奖：吴宝华的《仿古赵》；一等奖：戴希的《那时》、邴继福的《一把炒黄豆》、张凯的《我娘这辈子》；二等奖：王平中的《无名碑》、鞠志杰的《一对核桃》、余清平的《药品》、侯发山的《渔娘》、顾晓蕊的《衣襟带花的男人》、白旭初的《两封急电》、苏美霖的《终极舞者》；韦如辉、程思良等17人获三等奖。

11月，《广东小小说5年精选（2016—2020）》，广东省小小说学会编选、雪弟主编，团结出版社出版。

11月，福建厦门举办第二届"重宇杯"世界华文闪小说征文大赛颁奖仪式。

11月，三年一度的浙江省优秀文学作品奖（2018—2020）评选日前揭晓，由中国微型小说学会编辑、上海文艺出版社出版的作家谢志强的微型小说集《江南聊斋》荣获该项殊荣。

12月8日，由中国微型小说学会、作家文摘报社、中国微型小说（小小说）创作基地、常德市武陵区纪委监委、武陵区委宣传部、武陵区文联、武陵作家协会、常德市美韵文化传媒投资有限公司联合举办的2021"田工杯"·清廉微小说全国征文大奖赛评选日前揭晓。崔立的微小说《一轮明月》获特等奖；伍中正的《沈自远》、马河静的《舒坦》2篇微小说获一等奖；许心龙的《呛人的烟气》、侯发山的《逮麻雀》、赵明宇的《老假》、李占梅的《拔牙》4篇微小说获二等奖；王炬的《老爸的卧底》、〔加拿大〕孙博的《心算王》、欧阳华丽的《香草》等8篇微小说获三等奖；王苏华的《承诺》等40篇微小说获优秀奖。

2021"田工杯"·清廉微小说全国征文大奖赛终评委由邱华栋（中国作家协会书记处书记）、李晓东（中国作家协会社联部副主任）、顾建平（《小说选刊》副主编）、夏一鸣（中国微型小说学会会长）、龚旭东（湖南省作协副主席、《湖南日报》主任编辑、湖南省委宣传部文艺创作咨询专家、曾任茅盾文学奖评委）、秦俑（《小小说选刊》主编）、张越（《微型小说选刊》主编）等组成。

12月25日，由中国小说学会主办、兴化市委宣传部承办的"中国小说学会2021年度好小说"评议会举行，来自全国各地的46位评委经过认真细致的遴选和充分深入的讨论，遵循严格的投票程序，最终评出45部作品，其中，10篇小小说（微型小说）入选。

1. 石钟山：《贩梦者》，《今晚报》2021年9月7日。

2. 津子围：《鹊起》，《辽宁日报》2021年7月21日。

3. 莫小谈：《蝉鸣》，《百花园》2021年第6期。

4.徐东:《不开心先生》,《海燕》2021年第5期。

5.房永明:《雪衣画眉》,《山东文学》2021年第7期。

6.于德北:《风景》,《微型小说选刊》2021年第1期。

7.顾盛红:《京砖》,《羊城晚报》2021年3月3日。

8.王培静:《最美女兵》,《山东教育报》2021年2月1日。

9.陈毓:《唱支山歌给你听》,《天池小小说》2021年第13期。

10.申平:《灵蛇》,《北京文学》2021年第1期。

12月,"红色小小说"精品书系由福建少年儿童出版社发行。该书系由《战马火龙驹》《当兵的爸爸》《消失的铁三连》3辑组成,收录了全国近百名一线小小说作家的150篇"红色小小说"精品力作,主编练建安精心撰写了150篇赏析短评。

12月,由世界华文微型小说研究会会长凌鼎年主编的《两地情——新西兰"三公爵杯"世界华文微型小说大赛获奖作品集》在中国国际图书出版社出版。该集子收录了特等奖、一等奖、二等奖、三等奖与优秀奖作品43篇。凌鼎年撰写了《微型小说在新西兰开花结果》的序言,对获奖部分作品作了分析点评。新西兰中华文学艺术界联合会主席、英女皇勋章得主、太平绅士冼锦燕作《鸣谢》,对这次征文的前前后后作了介绍。新西兰三公爵房地产投资有限公司董事长张沈峰作后记。

12月,由中国微型小说学会、中国微型小说(小小说)创作基地主编的《世纪微小说精选100篇》,24.4万字,在中国言实出版社出版。邱华栋作《百年政党的微观记忆》的代序。

12月,由新加坡作家协会主办、世界华文微型小说研究会协办的第3届新华文学青年文学奖(微型小说)开放给35岁以下的新加坡青年作者参加。2022年2月评选结果揭晓,共发出了金奖、银奖、铜奖、优秀奖及佳作奖21份。金奖得主为潘靖颖。

12月,由新加坡《海峡时报》召集的文学专家团,遴选及整理了一份新加坡从19世纪至2021年的50部优秀英文文学(包括翻译)作品清单。希尼尔的微型小说集《认真面具》英译本入选为优秀的英文文学作品之一。

12月,《台港文学选刊》推出的"世界华文微型小说"专栏,全年发表了加拿大、南非、美国、新加坡、泰国、新西兰、澳大利亚等多个国家华文作家的40多篇微型小说，该专栏在海内外的影响越来越大，也极大地鼓舞了海外华人作家创作微型小说的热情。

12月，新西兰中华文联策划在《澳洲讯报》开辟微小说专版，从2020年7月起创刊，已刊发12期，发表了新西兰、澳大利亚、美国、德国、中国、巴西、马来西亚等国家的48篇微型小说。

2021年，以张白桦命名的"译趣坊"系列图书（中英双语）为中国首部微型小说译文集——《世界微型小说精选》，由中国国际广播出版社出版，已连续4年出版4辑，共11册，累计220万字。

第一辑（2017）

成长卷《愿你出走半生归来仍是少年》

幽默卷《人生是一场意外的遇见》

治愈卷《时光不会辜负有爱的人》

第二辑（2018）

哲理卷《所有的路最终都是回家的路》

挚情卷《生命中一直在等待的那一天》

第三辑（2019）

纯爱卷《愿我们每个人都被世界温柔以待》

诙谐卷《如果事与愿违请相信另有安排》

智慧卷《选一种姿态让自己活得无可替代》

第四辑（2021）

真爱卷《世界有时残酷但爱从未缺席》

洞见卷《与自己和解才能与世界温柔相处》

奇幻卷《愿你历尽沧桑内心安然无恙》

2021年，加入中国作家协会的会员（写过微型小说的作家22位）：

高海涛、马贵明、佟惠军、朱士元、满震、颜士富、周建新、赵淑萍、代应坤、冷鬼、苏丽梅（海棠依旧）、饶建中、周海亮、李亚民、余清平、海华、吴宏博、张亚凌、张格娟、包作军、鲁兴华、秦景棉。

2021年，凌鼎年在美国南方出版社出版的汉英对照本小说集《东方美人茶——凌鼎年汉英对照小小说新作选》被美国宾夕法尼亚大学、美国密西根大学、美国国会图书馆、加拿大多伦多大学图书馆等多家单位或机构收藏。

2021年，凌鼎年主编的《法律卫士——第六届法治微型小说征文大赛作品选》获《中华英才》《作家报》《神州》杂志社等评选的"中国文学奉献奖"。

2021年，《岭南小小说文丛》第二辑出版，共包括：雪弟主编的《广东小小说5年精选》、刘帆的《蝴蝶》、肖曙光的《不能说的夏天》、袁有江的《麦地》、梁柏文的《三棵树》、叶瑞芬的《青草坪》、张德东的《小水车》、施泽会的《金花盛开》、严新财的《一诺千金》。

2021年，刘海涛教授开设了专讲"微型小说情节模型"的线下课程，参与湛江科技学院首届教师教学创新大赛和广东省的教师教学创新大赛，分别获得特等奖和优秀奖。一门专讲微型小说创作的音频课《提升读写能力的15堂微型小说课》，讲稿在《微型小说月报》2021年第1期至第12期上连载。

2021年，德国《华商报》开始辟出专版，发表微型小说。

2021年，非洲的《西非统一商报》开辟专栏发表抗疫微型小说作品。

2022年

1月4日，《小小说选刊》第18届（2019—2020年）优秀作品奖揭晓，申平的《拾鹿角》、肖建国的《三更月呜咽》、水鬼的《煮竹》获得优秀作品奖，徐东的《陌生人的欠条》获得佳作奖。

1月9日，凌鼎年应邀为"会长之家"视频号做直播嘉宾，就微型小说创作问题连线作视频问答，在线观众1000人左右。

1月9日，浙江师范大学纪委办、监察处主办，浙江师范大学人文学院承办的"第三届浙江师范大学廉政小小说征文大赛"，征稿时间从2022年1月至3月，大赛设一等奖、二等奖、三等奖若干名，部分获奖优秀作品在校报上发表。

1月10日，由世界华文微型小说研究会主办、评定的2021年世界华文微型小说十大新闻、十大新闻人物评选结果揭晓。新西兰中华文联与世界华文微型小说研究会联合举办"三公爵杯"2021世界华文微型小说大赛征文，第七届武陵国际微小说节5月中旬在湖南常德隆重召开，凌鼎年微型小说集《依然馨香的桂花树（韩译本）》在韩国青色思想出版社出版等被评为2021年世界华文微型小说十大新闻；凌鼎年、刘海涛、戴希、（中国香港）东瑞、姚朝文、[新加坡] 希尼尔、[新西兰] 冼锦燕、[美] 陈小青、[马来西亚] 曾沛、[马来西亚] 朵拉被评为2021年世界华文微型小说十大新闻人物。

1月14日，中国微型小说学会第三届理事会第六次全体会议召开。会长夏一鸣传达了《习近平总书记在中国文联十一大、中国作协十大开幕式上的讲话》的精神；并向参会理事通报了2021年学会工作开展情况，对2022年学会工作计划作了说明。高健秘书长通报了学会2021年度财务收支情况。根据《民政部关于推动在全国性和省级社会组织中建立新闻发言人制度的通知》精神和要求，理事会推举高健为学会新闻发言人。

1月14日至15日，江苏省作家协会第九届委员会第二次全体会议在南京召开，会议通过了江苏省作家协会下设的12个专门委员会提案，小小说（微小说）委员会副主任由连云港作家相裕亭担任。

1月15日，由东北小小说基地主任庞滟主持召开"辽宁省小小说作品线上研讨会"，对邢东洋等3人的作品进行研讨。

1月，由微型小说选刊杂志社选编的《2021年中国微型小说排行榜》，31万字，在百花洲文艺出版社出版。

1月，《小说快报》月刊在澳门创刊，由澳门经纬出版社出版，主要栏目有"微型赛场"，主要发表微型小说、短篇擂台、作品评论等。该月刊的名誉社长是（中国澳门）余荣让，社长是（中国澳门）许均铨，执行社长（广东珠海）蒋九贞，副主任陈庆礼、毕化文，编委会主任李凌，编委会副主任王振君、梁行等。

1月，中国微型小说学会编选的《中国微型小说读库（第1辑）》由上海文艺出版社出版发行。由陈建功、胡国强、江曾培、李晓东、梁鸿鹰等多位著名作家、评论家、微型小说相关媒体资深编辑组成的评审委员，收录了第17、18两届中国微型小说年度奖评选的优秀作品97篇。

1月，2021年《联合早报》书选，共入选了10本好书，包括诗集、散文集、小说集及论文译作。希尼尔的微型小说闪小说集《丹那美拉的潮声》是入选的十大好书之一。

1月，由新加坡作家协会、新加坡福州会馆及教育部推广华文学习委员会联合主办的"第6届全国中学生微型小说创作比赛"，共收到近200篇的作品，并评选出50篇得奖作品。10月8日，由教育部兼人力部政务部长颜晓芳女士为获奖者颁奖。

1月，东北小小说基地组织召开核心成员会议，重新选举产生新一届机构名单，特聘顾问：杨晓敏、孙春平、阿成、袁炳发、于德北、韩志君、曲文学；主任：（辽宁）庞滟、（吉林）王小东、（黑龙江）王哲，并聘常委副主任白小川等3人，副主任安石榴等16人，秘书长曹常景、副秘书长马犇等15人，基地理事乔桦等12人。东北小小说基地成员近500人，其中中国作协会员40余人。

2月21日上午，河北省大城县作家协会举办了小小说创作交流会。会议邀请中国作协会员、河北省作协理事、河北省小小说艺委会主任、沧州市作协副主席蔡楠老师到会指导。大城县作家协会20余名会员参加交流会。

2月25日，《东莞日报》文化版推出记者沈汉炎的文章《刘帆：小小说写就大世界——潜心创作再加队伍建设、理论研究，全力助推东莞小小说创作事业坚实迈进》，大力宣传"桥头模式""桥头文学现象""桥头小小说现象"。

2月27日，由东北小小说基地主任王小东主持召开"吉林省小小说作品线上研讨会"，对陈晓君等3人的作品进行研讨。

2月，由作家网选编、冰峰主编的《2021中国年度微型小说》，27.7万字，冰峰撰写《新生态下微型小说的文本格局》的序言，在漓江出版社出版。

2月，申平主编的《岭南小小说文丛》（第二辑）由惠州市尚册文化公司策划，团结出版社出版，共包括9本书：雪弟主编的《广东小小说5年精选》、刘帆的《蝴蝶》、肖曙光的《不能说的夏天》、袁有江的《麦地》、梁柏文的《三棵树》、叶瑞芬的《青草坪》、张德东的《小水车》、施泽会的《金花盛开》、严新财的《一诺千金》。

2月，百花洲文艺出版社出版《微型小说写作课丛书》，包括谢志强的《如何发现微型小说内部的秘密》、侯德云的《伴我半生：一个人的微阅读》、夏阳的《你的世界充满我的梦想》。

2月，新加坡第三届新华青年文学奖（微型小说）创作比赛，由新加坡作家协会主办，世界华文微型小说研究会为支持单位，开放给35岁以下的新加坡青年参加。比赛共评选出21篇得奖作品，在20日于线上举行了颁奖仪式。

3月3日，第四届"扬辉小小说奖"征集活动启动，本届赛事由东莞（桥头）小小说创作基地、广东省小小说学会、《小小说选刊》杂志社共同主办，东莞晟匡塑胶制品有限公司董事长李扬辉支持协办。

3月6日，广东省惠州市小小说大课堂第61课在世外桃源和园林场举行。惠州市小小说学会会长申平，惠州学院代廷杰博士，惠州市小小说学会常务副会长肖建国，副会长海华、胡玲、阿社、白雪以及与会文友李艳、陈海红、曹杰、林惠聪、钟志良、王成丽、乐国强、高进德、魏黎、帅永华等30多位小小说作家、评论家参加了研讨会。贺妙忠是广东华通装饰工程有限公司董事长、广东省小小说学会名誉会长、惠州市小小说顾问。

3月18日，《小小说月刊·校园版》开展名家公开课系列讲座。

3月19日，由东北小小说基地主任王哲主持召开"黑龙江省小小说作品线上研讨会"，对乔桦等3人的作品进行研讨。

3月，由澳大利亚学者郑苏苏翻译的凌鼎年微型小说集《风光旖旎的世界》（汉英对照本）在美国华盛顿作家出版社出版，亚马逊网全球发行。共收录50篇微型小说作品，约16万字。澳大利亚作家、曾任澳大利亚驻广州总领馆二等秘书的Patrick McGowan（中文名字：麦高文）为翻译集子作了《逍遥游——发自澳洲麦高文的心声》的代序。

《风光旖旎的世界——凌鼎年微型小说精品》（双语版），亚马逊网全球发行，美国、英国、德国、法国、意大利、加拿大、日本、澳大利亚、爱沙尼亚等国家有纸质书与电子版书邮购，荷兰、巴西、墨西哥、印度等有电子版书邮购。

3月，由中国微型小说承德创作基地、《小小说月刊》杂志社、河北省兴隆县文联、兴隆县作家协会主办，承德猎艳酒业有限公司承办的"塞罕坝酒"杯全国首届微型小说金喜鹊奖征文，经评审，共有49篇作品获奖。一等奖：贺妙忠的《一袅炊烟》、马河静的《净土》、高山越的《婚姻动》；二等奖：薛培政的《有个头雁叫憨顺》、高杉的《变甜的苦瓜》、李海燕的《樱桃绿、樱桃红》、王翠玲的《顺气儿》、孟宪岐的《杠头》、孙玉波的《突然下了一阵雨》；三等奖10篇；优秀奖30篇。

3月，马新亭所著《百家争鸣——马新亭创作年谱与文学评论》在美国华侨出版社出版。分为"创作年谱"与"文学评论"两部分，秦俑为其作《马新亭的创作与评论的镜像世界》的代序。

4月10日，广东省小小说学会与河源市东源县委宣传部、东源县文联等单位联合举办的首届"万绿湖"全国小小说大赛结果公布。从2021年12月3日至2022年2月9日，大赛共收到全国各地稿件603篇，评出获奖作品35篇。刘建超、燕茈获得一等奖。

4月22日，江苏省连云港市纪委监委机关、连云港市海州区委、连云港市文学艺术界联合会联合举办首届"一带一路"山海廉韵杯廉洁主题微型小说（小小说）征文活动。设一等奖2篇，奖金各5000元；二等奖5篇，奖金各3000元；三等奖8篇，奖金各1000元。另设优秀奖若干，奖金各500元。

4月22日，中国微型小说学会公众号推出评论家卧虎的《梅州女作家方阵的形成与特色——中国独一无二的小小说木兰军》。

4月，《中华文化》杂志4月号，主要刊登了王蒙、董学增、汪政、蔡丽双、李风宇、陈德民、杜立明、邹雷、何开文等著名学者、作家、诗人的作品，其中有评论家卧虎与凌鼎年16000多字的访谈问答，内容基本上围绕微型小说展开。

4月，由山东文化学者贺可进撰写的《高军文学年谱初编》被列入"国家社会科学基金重点项目'世界华文微型小说百家创作年谱'（18AZW024）阶段性成果"，在山东大学出版社出版。内容从1962年写到2021年，记录了山东沂南微型小说作家高军的人生履历与创作过程，共27.5万字。

5月15日，由广东省汕尾市文学艺术界联合会、广东省小小说学会学术指导，汕尾市作家协会主办，广东圭润农业发展有限公司协办的"善美红土地"全国小小说大赛，设置特等奖1名，奖金10000元；一等奖1名，奖金5000元；二等奖3名，奖金各2000元；三等奖5名，奖金各800元；优秀奖10名，奖金各200元。

5月，《2021年荷风年度小小说》，莫树材、刘帆主编，百花洲文艺出版社出版。这是《荷风》首次出版年度小小说选本。

6月始，中国作家协会社联部批准的国家级微型小说创作基地——山西太原师范文学院的作家馆以微视频的方式，展示微型小说作家的作品和作家风采。先后推出了杨晓敏、凌鼎年、谢志强、刘海涛、顾建新、孙新运、奚同发、赵明宇、陈勇、马新亭、李景文、颜士富、张中杰、姜铁军、范敬贵、梁路锋、陈力娇、何君华、王金石、杨富安、远翔等30多位微型小说作家。

6月6日，由中国·东莞（桥头）小小说创作基地、小小说选刊杂志社、广东省小小说学会联合主办，东莞晟匡塑胶制品有限公司协办的第四届"扬辉小小说奖"评选结果6月5日在东莞市桥头镇揭晓：浙江作家谢志强等3人获成就奖，东北女作家蒋冬梅等3人获新锐奖，本地作家白茅等3人获基地新秀奖，河南作家张中杰等20人获优秀作品奖。杨晓敏获本届"小小说事业推动奖"，莫树材获"扬辉小小说特别奖"。

6月7日，由广东省小小说学会于2017年设立的"华通杯"小小说双年奖，系广东华通装饰工程有限公司赞助。第三届共收到参评作品44篇。根据"以奖评奖"的原则，评委会按照《评选条例》"对号入座"，肖建国、申平、徐东、刘浪、林庭光、夏阳、雪弟、水鬼8位获特等奖；胡玲、大海、余清平、肖曙光、陈树茂、王溱、刘帆、陈海红、林永炼、陈振林、杨丽平11位获一等奖；刘林波、李学英、甘应鑫、陈树龙、李利君、海华、朱红娜、谢林涛8位获二等奖；另有14位获三等奖。

6月22日，由深圳市小小说学会牵头运作的"申平动物小小说线上研讨会"举行，全国各地26位专家撰文，高度评价申平生态小小说集《马语者》。中国作家网等50多家网站和媒体不断转发，点击量达到百万次。

6月26日，四川省小小说学会第四次代表大会在成都召开，大会修改了《四川省小小说学会章程》，审议通过了《四川省小小说学会第三届理事会工作报告》，选举产生了四川省小小说学会新一届领导班子。作家骆驼当选为会长，刘靖安、王平中、石建希、吴永胜、欧阳锡川、姚讲当选为副会长，胡容当选为秘书长，罗贤慧、侯文秀、蒋川龙、唐琪、王大举被聘为副秘书长，欧阳明被推选为名誉会长，杨轻抒被推选为名誉副会长。

6月28日，桥头作协与广东三正集团有限公司决定举办"三正杯"桥头小小说精品奖评选活动。评选标准必须为2008—2022年被《小说选刊》《小小说选刊》《微型小说选刊》转载的小小说作品。活动决定汇编《曙色成霞——桥头小小说精品选（2008—2022）》一书。

6月29日，《小小说选刊》"2021年度图书"揭晓，申平生态小小说集《马语者》，杨晓敏、梁小萍主编的《漫天精灵》和戴希小小说集《柳暗花明》获奖。

6月29日，《小小说选刊》公众号发布消息，《马语者》获评该刊2021年度图书。

6月30日，由东北小小说基地主任庞滟主持同题小小说作品《河的第三条岸》线上研讨会，对张艳华等11人同题作品进行研讨。

6月，《2021"善德武陵杯"·全国微小说精品集》(精装本)，戴希主编，中国市场出版社出版。

6月，苏州吴文化研究院院长宋桂友教授编著的86万字的《凌鼎年文学纪年》，囊括了凌鼎年文学创作以来有关微型小说创作的全部资料，在苏州大学出版社出版，新华书店发行，该书系江苏高校哲学社会科学重点建设基地吴文化传承与创新研究（2018ZDJD–B018）中的项目成果，国家社会科学基金重点项目"世界华文微型小说百家创作年谱"（18AZW024）的阶段性成果。

《凌鼎年文学纪年》是微型小说文坛第一本全面介绍、研究作家创作的专著，是了解、研究凌鼎年其人其文不可多得的权威性资料，也是社科项目作家研究的重要收获。

《凌鼎年文学纪年》封面

6月，经中国作协机关党委研究决定，尚书同志任中国微型小说党支部委员，同意杨斌华同志不再担任中国微型小说学会党支部委员职务。

6月，澳门《小说快报》月刊出版了《中国快小说百家作品选（上）》，由蒋九贞主编，特别顾问许均铨，封面设计和排版设计韩其洋，责任编辑梁行等，收入内地及港、澳作者52位共计91篇微型小说，在澳门出版。

6月，马新亭的《百家争鸣——马新亭创作年谱与文学评论》在中国华侨出版社出版。

6月，由中共乐至县委、乐至县人民政府、四川省小小说学会联合主办，中共乐至县委宣传部、陈毅故里景区管委会、乐至县文化广播电视和旅游局、乐至县文联、乐至县蚕桑局、乐至县作家协会联合承办，成都祥涵文化传播有限公司协办第六届帅乡乐至"青松杯"全国小小说征文活动。截至2022年6月底，共收到全国各地来稿2630篇。经过初评委初评，52篇作品进入终评。经终评委认真评审，其中36篇作品获奖。

7月8日，中国微型小说广平创作基地联合《故事会》杂志、河北省文联、《小小说月刊》杂志，与赵王酒业联合举办"赵王杯"全国微型小说征文活动，并举行启动仪式。

7月20日，由《故事会》杂志社、四川省小小说学会、成都圣立文化传播有限公司联合举办首届"圣立文化杯"全国征文活动。共收到来自全国各地的有效参赛稿件12368篇，经过初评、终评，产生了42篇获奖作品。

7月22日，中国微型小说学会召开了全国文学志愿服务联席会议成立仪式暨文学志愿服务高质量发展工作推进会，采取线上线下相结合的方式举行，各省（市、区）设立分会场，全国有600多人出席。申平在会上作为唯一的作家代表发言——《发挥专业优势，积极开展文学志愿服务工作》，介绍惠州市小小说大课堂的创办过程，受到广泛好评。

7月27日下午，江苏省作家协会小小说（微型小说）创作基地在金湖县杉荷里挂牌，江苏省各地作家代表以及本地作家40余人参加该活动。江苏省作家协会副主席、书记处书记、小小说委员会主任、《钟山》杂志主编贾梦玮，中国微型小说学会副会长、《金山》杂志主编严有榕，淮安市文联主席王维国等共同为基地揭牌。江苏省作家协会副主席、著名作家、鲁迅文学奖获得者胡学文，南京师范大学教授、著名评论家何平到场祝贺。揭牌仪式后，江苏省作家协会小小说委员会副主任相裕亭主持召开了江苏省小小说（微小说）高端论坛。

7月30日晚8点至10点，木兰书院微讲堂邀请世界华文微型小说研究会会长凌鼎年做客讲课，给木兰姐妹们作了《文体与表达，故事与思想》专题分享。凌鼎年围绕他的微型小说新作《庚子年笔记》，从素材到作品，为木兰姐妹们分享了他是如何进行微型小说创作的。讲座结束后，一些爱好文学的姐妹们纷纷在微信群里提问，凌鼎年先生也一一回答了姐妹们提出的问题。

本期讲座由木兰书院北京分院院长，大型系列纪录片《她们》(中国女人)总策划、制片人陈慧女士主持；首都师范大学出版创意研发中心主任、西北大学丝绸之路国际诗歌研究中心副主任荒林博士在讲座之前，作为《庚子年笔记》的策划人、出版人，专门对这本书籍以及凌鼎年先生作了介绍。

7月，《2021"武陵杯"·世界华语微型小说年度奖获奖作品集》(精装本)，戴希主编，九州出版社出版。

7月，《2021"田工杯"·清廉微小说全国征文大奖赛获奖作品集》(精装本)，戴希主编，九州出版社出版。

7月，《微型小说月报》全新改版。新改版的《微型小说月报》为32开本，128页，开设有"岁月留痕""城与人""今古传奇""自然之声""创意写作""经典回眸"等栏目。

7月，由广东省作家协会编纂的《广东文学2021年蓝皮书》出版，该书以10个页码的篇幅，刊出刘海涛教授的文章，分为广东小小说"现象与品牌"、闪闪发亮的小小说星座、问题与展望3个小节，总结了广东小小说2021年取得的成绩。另外，中国作家网8月11日还发表了刘海涛教授的另一篇重头文章：《蒸蒸日上的广东小小说》。

7月，全国小小说作家班在河南郑州创办，创办人卧虎。

7月，由曾葵芬、管怀国撰写的《新世纪小小说理论的创新发展：刘海涛小小说理论述评》刊发在《天津师范大学学报》第4期。

8月6日下午，由江苏省泗阳县文联、泗阳县作协主办，泗阳县新的社会阶层人士联谊会、泗阳县同心读书会承办的颜士富小小说艺术研讨暨同心阅读分享会，在泗阳县新时代文明实践中心举行。中国作家协会会员、江苏省"五个一"工程奖获得者、泗阳文联主席张荣超以及泗阳县作家协会、泗阳县新联会20余位嘉宾参加了研讨。研讨会由宿迁新联会副秘书长、泗阳新联会理事、宿迁唐宋传媒董事长李军主持。

8月8日晚，随江苏省太仓市作协到浙江台州采风的作家凌鼎年应邀为仙居40多位作家和文学爱好者作了题为《从微型小说集〈庚子年笔记〉谈起》的文学讲座。

8月9日，石家庄、承德、唐山、保定、邢台、邯郸六市小小说作家聚会广平，共叙河北小小说发展的话题。

8月10日，"广平建行乡村振兴杯"全国微型小说颁奖会在广平县天鹅湖大酒店举行。

8月12日，由中国微型小说学会指导，江苏省镇江市委宣传部、镇江市文学艺术界联合会主办，《金山》杂志社（镇江市文学艺术研究院）承办的第二十届中国微型小说年度奖（2021），经评审，聂鑫森的《花草之眼》获一等奖；周东明的《画蟋蟀》、徐全庆的《母亲走失》、吴嫡的《啥都没看见》获二等奖；蒙福森的《紫禁城的鲥鱼汤》、杨静龙的《前夫》、王德新的《跳闸》、张建春的《叶明之的遗书》、陈振林的《小叔木江》获三等奖。

8月16日，中国作家协会发布《关于2021年文学志愿服务示范性重点扶持优秀项目和优秀项目组织单位的通知》，惠州小小说大课堂获评优秀项目。

8月20日至21日，由中山市文联指导、中山市作家协会主办、香山文学院承办的"见微知著——中山小小说作家作品全国名家改稿会"在中山举行。会议采用线上线下相结合的方式进行，对大海、胡汉超、王玉菊、廖洪玉、紫小耕、蒋玉巧、田际洲、洪芜、泥冠、林毓宾、曾林锋、肖佑启、中山黑威、党仲良、李干钱、陈有平16位中山小小说作家作品进行点评。二级教授刘海涛、《小说选刊》责任编辑尚书、《微型小说选刊》主编张越、《小小说选刊》主编秦俑、《故事会》副主编高健等先后在会上指导。

8月29日，江苏省宿迁市作家协会第六次会员代表大会在宿迁举行。中国作家协会会员、中国微型小说学会理事、泗阳县作家协会主席颜士富当选副主席。

8月底，江苏太仓的百年老校市第一中学建了"凌鼎年文学馆"（贾平凹题写馆名），布馆面积800多平方米，2000多件展品（以微型小说资料为主），并开始预展。

凌鼎年文学馆展厅门口（2022年8月）

8月，安谅、戴希、津子围、劳马、凌鼎年、申平、相裕亭、殷贤华、张晓林、朱雅娟10位微型小说作家的微型小说集进入第八届鲁迅文学奖作品集公示。

8月，由《意林衡水语文大课》名校名师教研团编委会主编的《意林衡水语文大课》在首都师范大学出版社出版，由全国新华书店发行。

该教辅教材《七年级阅读理解（上）》收录了凌鼎年的微型小说作品《酒酿王》。

8月，新加坡作家希尼尔的微型小说集《丹那美拉的潮声》再获由新加坡书籍理事会颁发的"新加坡文学奖"。评委为王安忆及［马来西亚］黎紫书。

8月，由中国作协会员、《中华文化》杂志总编辑陈德民撰写的《人生因文学而精彩》(相当于陈勇评传）在团结出版社出版发行，全书22万字，系国家社会科学基金重点项目"世界华文微型小说百家创作年谱"（18AZW024）的阶段性成果。

8月，《第八届陈赞一博士联校微型小说创作奖文集（2021—2022）》在香港陈赞一博士教育基金有限公司出版。曾群英撰写了《润物细无声》的前言。该集子收录了第八届陈赞一博士联校微型小说创作奖（2021—2022）获奖名单，以及初中组、高中组的作品。

8月，江苏省各市作家代表、本地作家代表40余人会聚金湖杉荷里文学基地，共同见证江苏省作家协会首个小小说创作基地的成立。揭牌仪式后，江苏省小小说（微小说）高端论坛举行，《小小说选刊》《百花园》主编秦俑，《金山》主编严有榕等发言，围绕小小说（微小说）的现状和趋势，探讨如何加强与全国各地小小说（微小说）创作和研究机构的交流，提高小小说在中国文学发展格局中的地位。

9月15日，广东省志愿服务座谈会在河源举行，常务副会长雪弟出席会议并介绍惠州小小说大课堂经验。

9月15日，瑞士朱文辉应德国法兰克福由联邦政府支持的民间组织"跨国双籍家庭暨伴侣总会"之邀，前往参与相关的专题研讨会，并针对设定的亲子互助主题，选篇朗读他编译成德文版主旨以孝思孝行为主的华文微型小说专辑《新旧今古孝思文学专辑》，选读了中国太仓凌鼎年的微型小说作品《安乐死》、新加坡黄孟文的《卖花的小男孩》和瑞士青峰的《阿忠》，以及元代郭居敬传统二十四孝故事的《怀橘遗亲》，其中凌鼎年的《安乐死》因涉及当下东西方社会老人照护与亲子互动关系所共同面临的问题，引起来宾热烈的讨论。

9月24日，安徽省蒙城县作家协会第五届会员代表大会暨换届选举大会在县文联会议室隆重召开。中国微型小说学会会员、微型小说作家韦如辉当选蒙城县作家协会第五届委员会主席。

9月30日，由《故事会》杂志社、安徽省庄子研究会、安徽省蒙城县纪委监委主办，江淮小小说沙龙、安徽省蒙城县作家协会承办，蒙城县梦蝶文化旅游开发公司协办首届"庄子杯"清廉主题华语小小说（故事）征文大赛。设置一等奖2名，奖金各3000元；二等奖4名，奖金各1500元；三等奖10名，奖金各800元；优秀奖20名，奖金各300元。

9月30日，由中共南充市嘉陵区委宣传部、南充市嘉陵区文广旅局、四川省小小说学会主办，南充市嘉陵区文联、南充市嘉陵区文化馆、南充市嘉陵区作家协会承办的首届"嘉陵江杯"全国有奖征文活动截止征稿。本次征文共收到全国各地有效稿件5316篇，经过初评、终评，共评出获奖作品65篇。其中，一等奖2名，二等奖5名，三等奖10名，优秀奖48名。

9月，《曙色成霞——桥头小小说精品选（2008—2022）》出版。

9月，陈赞一博士教育基金举办第九届"陈赞一博士联校微型小说创作奖（2022—2023）"。参赛对象为全港中学生。

9月，韩国翻译家阴宝娜与丈夫左维刚策划的"凌鼎年微型小说集《过过儿时之瘾》韩译本与翻译家同行"读书会，在韩国果川女子高中举办，有近百名师生参加了这次活动。

韩国安养外国语高中汉语部的学生则举行了线上的凌鼎年微型小说集《过过儿时之瘾》（韩译本）的读书交流会。

韩国京畿道教育厅官网、韩国新闻等多家媒体作了报道，还被韩国其他网站转载。

10月26日，韩国果川女子高中举行了"韩中建交三十周年暨与《过过儿时之瘾》翻译家同行"读书会。

10月30日，由广东省小小说学会等单位指导，汕尾市作家协会主办的"善美红土地"全国小小说大赛结果揭晓。大赛从2022年5月启动到9月底截稿，共收到全国各地来稿363篇，丘惠谊等9人获得一、二、三等奖，20人获得优秀奖。

10月，由新加坡作家协会、新加坡福州会馆与新加坡教育部推广华文学习委员会联办，世界华文微型小说研究会协办的"2021—2022年第六届全国中学生微型小说创作比赛"颁奖礼举行，由新加坡教育部兼人力部政务部长颜晓芳女士担任颁奖嘉宾，共颁发了50份奖项，并发布得奖作品集《闪烁的微光》。

10月，《微篇文学》编辑部编辑的《〈生命是美丽的〉资料专辑》，收录了李永康的《生命是美丽的》，这篇微型小说（小小说）发表20年来，先后被30余家报刊刊登或转载，收入131种书籍，改编为连环画在《连环画报》2015年第

2期刊登，被多地制作为音频播放，连续19年被全国各地多所学校选为语文试题，百度题库热度统计达一亿以上，被多位作家、评论家给予好评。

附录中汇集了李永康微型小说《红樱花》入选小学五年级《语文》下册的资料，以及李永康67篇微型小说入选267种选本的资料等。

10月，江淮小小说沙龙联合中国微型小说学会、黄山市黄山区文联、黄山"六百里"猴魁茶业股份有限公司举办第三届"百年猴魁、天下太平"全国小小说征文大赛。

10月，陈赞一博士教育基金举办第一届陈赞一博士世界华文微型小说创作大赛（2022—2023）。参赛对象为年满21岁的全球华人。

11月12日上午，惠州市小小说学会郑自松小小说作品研讨会在惠州市华贸大厦党群服务中心举行。惠州市文联党组书记、主席徐海东，惠州学院原副院长杨小清教授，《惠州日报》副刊部副主任、惠州市文艺评论家协会副主席祁大忠，江西南昌商会秘书长万柏林，惠州市小小说学会会长申平，惠州市小小说学会常务副会长、惠州学院副教授雪弟，惠州市小小说学会副会长夏阳、海华、陈树龙、阿社及小小说作家30余人出席会议。

11月17日，由中国作协外联部为指导单位，福建省文联、福建省作协主办，《台港文学选刊》杂志社承办，《两岸视点》杂志社协办的第四届"祖国颂"世界华语文学作品征文活动评选结果揭晓。该活动于2022年2月至8月面向海内外公开征集作品，经过专家评委初评，10月27日，评委会在福建省文联八楼会议室对入围作品进行了合议。经"福建文艺网"10月27日至11月4日公示评选结果，并无异议。11月17日，主办单位审议通过，正式公布。小小说上榜作品有：(四川) 杨力的《推开那扇窗》、(广东) 李吾霞的《牵挂》、(陕西) 吕志军的《去看一棵树》、(江苏) 凌鼎年的《红糖大娘》、(江西) 刘国芳的《黄坊蜜桃》、[加拿大] 孙白梅的《与鹤共舞》、(天津) 李晓楠的《野生鲫鱼》、(福建) 唐宝洪的《亲戚》、[加拿大] 孙博的《冰球王》、(河南) 张学鹏的《雕花木床》。

小说上榜提名作品有：(河南) 刘建超的《看海》、[德] 谭绿屏的《青岛啤酒》、(福建) 吴跃建的《今年回乡不送礼》、(河北) 孟宪歧的《青山绿水鸟唱歌》、(山东) 李立泰的《暂别往回赶》、[澳大利亚] 郭燕的《绣娘》、(广东) 朱红娜的《老婆失联》、［美］海伦的《归来》、［美］夏婳的《祭祖》、［新加坡］林剑的《完美的结局》。

第四届"祖国颂"世界华语文学作品征文评委会主任：陈毅达（福建省作家协会主席）。小说评委：王干（原《中华文学选刊》主编）、顾建平（《小说选刊》副主编）、程少霞（福建省期刊协会秘书长）、马洪滔（《台港文学选刊》副主编）。

11月，世界华文微型小说研究会与华百网（北京）传媒科技有限公司合作，签订了合作协议，共建作家站。本着资源共享、共赢发展的原则，在华百网旗下的作家站专属频道推介世界各地的华文微型小说作家、评论家。

11月，龙钢华教授的著作《小说新论（修订本）》被收入《光明文库》，由光明日报出版社出版。

11月，《中国快小说百家作品选（下）》出版，收录了47位作家的73篇作品，在澳门出版。

11月，江淮小小说沙龙联合中国微型小说学会、《故事会》杂志社、安徽省庄子研究会、安徽省蒙城县纪委监委、安徽省蒙城县作家协会举办首届"庄子杯"清廉主题华语小小说（故事）征文大赛。

11月，由蒋九贞主编的《中国快小说百家作品选》，15万字，在澳门经纬出版社出版。蒋九贞作《聚沙成塔，积少成多，用微薄之力托起明天的太阳》的序言。集子收录了蔡中锋、凌鼎年、陈庆礼等人的作品。

11月，山东高密东北乡作协主编、出版微型小说集《青草湖》，凌鼎年题写书名，在中国科学文化出版社出版。

12月2日，"广东美塑杯"东莞市第十四届小小说大赛终评会采取线上方式进行评审。其中，社会组邀请《中国作家》纪实版主任佟鑫、《作家文摘报》总编助理季冉、《安徽文学》编辑张琳、《延河》杂志副主编邹弋舟、《宝安文学》主编徐东、广东省小小说学会会长申平等担任终审评委。校园组邀请广东省小小说学会常务副会长、惠州学院副教授雪弟，高级教师、《传奇故事·精典美文》主编王大煜，《辽河》小小说版编辑秋泥等担任终审评委。最终评选结果，社会组：莫树材的《爷爷的宝贝》获一等奖。校园组：刘婧雅的《病房里的火龙果花》获一等奖。本次活动首次由市镇合作共同举办。

12月6日，中国微型小说学会理事、江苏省微型小说研究会副会长，宝应县委宣传部原副部长、宝应县文联原主席何开文，应邀在江苏省宝应县城中小学做微型小说创作讲座。

12月18日，骆驼，本名罗斌，因病医治无效离世，终年51岁。生前为四川省作家协会会员、四川省小小说学会主席、《四川小小说》主编、四川作家网编辑、四川网络作家网执行主编。出版作品选集《深山幽兰》《红橘甜了》《原路返回》等。

12月23日，省学会与佛山顺德区文联、作协、顺德小小说学会等单位联合举办"水韵凤城杯"全国小小说大赛评选结果揭晓。大赛从2022年5月启动，共收到全国各地来稿580篇，评出获奖作品30篇，佛山作者田乃林获得一等奖。

12月26日，河南省小小说学会（2021—2022）双年奖评选结果揭晓，经过评委会的初评、终评，有10篇作品获得优秀奖，10篇作品获得佳作奖。

12月30日，由中国小说学会主办、江苏省兴化市委宣传部承办的"中国小说学会2022年度好小说"评议会在线上举行。来自全国各地的40位评委，评出45部作品。其中，10篇小小说（微型小说）入选。

1.韩东：《见过鲁迅的人》，《芙蓉》2022年第3期。

2.陈毓：《玉兰探照》，《芒种》2022年第3期。

3.蔡楠：《十八岁的李响》，《天池小小说》2022年第7期。

4.曾颖：《泥蛋糕》，《金山》2022年第2期。

5.瓦四：《我是通信员》，《北方文学》2022年第1期。

6.袁炳发：《无痕》，《作品》2022年第3期。

7.扎西才让：《苏奴的飞行》，《百花园》2022年第6期。

8.莫小谈：《72层砖的墙》，《啄木鸟》2022年第6期。

9.安谅：《你是一棵吉祥草》，《海燕》2022年第1期。

10.熊仪婕：《书中人》，《微型小说选刊》2022年第18期。

12月，中国小说学会评出45部"2022年度中国好小说"，有韩东的《见过鲁迅的人》等10篇微型小说上榜。

12月，以两种语言分别呈现、展示当代微型小说优秀创作成果，微型小说精选集第2辑《没有童话的鱼》中文、英文版近日由新世界出版社同步推出，向海内外公开发行。《没有童话的鱼》由中国微型小说学会组织编选，中国微型小说学会会长夏一鸣担任主编，中国微型小说学会、新世界出版社组织人员编选、翻译，所收录的56篇作品，既有老舍、汪曾祺、铁凝等著名作家的作品，也有凌鼎年、练建安、申平等微型小说实力派作家的作品，这些作品反映了当代中国微型小说的创作盛况。

12月，从1月以来，李永康应《台港文学选刊》主编练建安邀请，担任特约编辑，主持"微篇小说选粹"栏目，全年6期，共选编了巴金、贾平凹、[马来西亚]黎紫书、王蒙、陈忠实、黄孟文（新加坡）、（中国台湾）林海音、王安忆、孙犁、韩少功、尤今、（中国香港）刘以鬯、刘庆邦、迟子建、莫言、阿城、（中国台湾）黄春明17位作家的33篇微型小说，并作编后絮语，部分作品还被《读者》等转载。

12月，今年以来，新西兰中华文联在冼锦燕主席的带领下，全年在《澳洲讯报》推出了66期闪小说专版，发表了486篇作品。

12月，香港道教联合会圆玄学院第一中学出版《第一届荃湾葵青区中小学微型小说创作大赛得奖作品文集》。

2022年，龙钢华教授的著作《世界华文微型小说综论》获第十五届湖南省社会科学优秀成果三等奖。

2022年，白小易的微型小说《客厅里的爆炸》被日本兰迪出版社收入集子，在日本出版。

2022年，新加坡从2012年1月起，至2022年，每两年办一届，共办了6届微型小说征文大赛，每届赛事都颁发金、银、铜奖与佳作奖若干份，并同时出版得奖作品集《闪烁的微光》。

2022年，泰国华文作家协会主办的《泰华文学》（第110期）推出"微型小说专辑"，刊登了20位泰华作家的微型小说共28篇。

江苏太仓作家、世界华文微型小说研究会会长凌鼎年被媒体誉为中考、高考热点作家，已有60多篇微型小说被选入全国各地初中、高中的各种试卷。

仅在网上能查到的，2022年就有100多所学校学用了他的微型小说作品，共计有：

1.《三转砚小筑与三十砚轩》入选河南省豫北名校2022—2023学年高二年

级9月教学质量检测语文试卷。

2.《斗草》入选河南省南阳市麦南中学2021—2022学年高二语文上学期期末试卷。

3.《血色苍茫的黄昏》入选云南省2022年度高一上学期语文期末考试试卷B卷。

4.《姚和尚》入选2022届高考语文一轮复习第二板块现代文阅读Ⅱ专题3小说阅读课后集训。

5.《消失的壁画》被收入2021—2022年高三语文模拟考试试题。

6.《天下第一桩》被收入上海市各区2022年中考语文二模试卷分类汇编记叙文阅读专题。

7.《铸剑》被收入上海市民办立达中学2022年度高一语文月考试卷。

8.《诚信专卖店》被收入炎德英才湖南师大附中2022届高三月考试卷。

9.《曹冲称象》被收入人教版高中语文必修五《注重创新·学习心得新颖知识点+教育》。

10.《朴园》被收入2022年上海市静安区九年级上学期期末语文试卷（一模）。

11.《朴园》被收入北京市海淀区2020版八年级上学期语文期末考试试卷（Ⅰ）卷。

12.《医者仁心》被收入2022年高中语文组卷试题。

13.《医者仁心》被收入2022年高考语文模拟试卷及解析（两套）。

14.《桂树情结》被收入云南楚雄彝族自治州2021—2022学年高一下学期期末语文试卷。

15.《桂树情结》被收入湖南省部分校联考2021—2022学年高一下学期期末语文试卷。

16.《了悟禅师》被收入2022年秋新教材高中语文单元研习任务3课间部编版选择性必修上册。

17.《了悟禅师》被收入春秋网2022年《悟》阅读。

18.《误墨》被收入2022年湖南省永州语文小考模拟题。

19.《误墨》被收入淘豆网2022年阅读题答案。

20.《褒贬两画家》被收入2022年浙江省绍兴市上虞区初中毕业生学业评价文化考试适应性练习（一模）语文试题。

21.《褒贬两画家》被收入2022年第二单元达标测试卷。

22.《百年校庆》被收入安徽省安庆市岳西县汤池中学2021—2022学年高一上学期期末教学质量检测语文试卷。

23.《百年校庆》被收入湖南省天壹名校联盟2022学年下学期高二年级3月联考语文试卷。

24.《画·人·价》被收入2021—2022学年河南省许昌市灵井镇第一高级中学高二语文模拟试卷。

25.《画·人·价》被收入2021—2022学年湖北省宜昌市英杰外国语学校高二语文期末试卷。

26.《画·人·价》被收入浙江省金华市兰溪兰荫中学2021—2022学年高二语文期末试卷。

27.《753阵地的夜晚》被收入安徽省宣城市2021—2022学年高三上学期期末考试语文试卷。

28.《753阵地的夜晚》被收入安徽省滁州市定远县育才学校2021—2022学年高三下学期冲刺模拟检测语文试卷。

29.《753阵地的夜晚》被收入《2022高考选择题精炼5语文试题》。

30.《生死手谈》被收入浙江省部分地区2021—2022学年九年级上学期期末考试语文试卷。

31.《生死手谈》入选2022年浙江省绍兴诸暨市九年级上学期期末考试语文试卷。

32.《生死手谈》入选2022—2023学年浙江省杭州市统招专升本语文第二轮测试卷。

33.《狼来了》入选四川省2022年高二上学期期末考试语文试卷。

34.《狼来了》入选江西省信丰中学2021—2022学年高二上学期语文周六训练（二）。

35.《狼来了》被收入高中语文2022届高考小说主观题循环答题法专练。

36.《狼来了》被收入华榕文档网2022年"说鼎阅读"。

37.《剃头阿六》被收入2022年浙江省台州市黄岩区九年级上学期期末语文试卷。

38.《剃头阿六》被收入2022年12月初中语文组卷试题。

39.《此一时，彼一时》被收入湖南省常德市杉板中学2022年高二语文测试题。

40.《此一时，彼一时》被收入2022年全国100所名校最新高考冲刺卷。

41.《此一时，彼一时》被收入2022年高一语文上学期第一次月考试卷。

42.《此一时，彼一时》被收入湖南省常德市杉板中学2022年高二语文测试题。

43.《天使儿》入选北师大版2022年九年级语文第二次模拟大联考考试试卷A卷。

44.《天使儿》被收入2021—2022学年下学期天津初中语文八年级期中典型试卷。

45.《天使儿》被收入云南省普洱市2022年（春秋版）九年级上学期语文第一次月考试卷B卷。

46.《天使儿》被收入2022年湖南省株洲市某校初中部初三（下）学业模考语文试卷。

47.《天使儿》被收入2022年七年级下册语文期中考试卷。

48.《让儿子独立一回》被收入云南省部分地区2021—2022学年高二上学期期末考试语文试题。

49.《让儿子独立一回》被收入2022—2023学年云南大理州宾川四中高二3月月考语文卷。

50.《让儿子独立一回》被收入2022年江西稳派、智慧上进高三4月联考语文试卷。

51.《让儿子独立一回》被收入2022年湖南省株洲市某校初中部初三（下）学业模考语文试卷。

52.《让儿子独立一回》被收入安徽第一卷2021—2022学年九年级上册第三次月考语文试卷。

53.《让儿子独立一回》被收入2022年通用版语文六年级下册阅读理解专项

训练（6）。

54.《让儿子独立一回》被收入2022年九年级语文上册第三单元综合测试卷。

55.《菊痴》被收入江苏省常州市重点中学2022年中考语文五模试卷。

56.《菊痴》被收入广东省广州市石井新市学片2022年中考语文模拟试卷。

57.《菊痴》被收入北京市海淀区2022届高三上学期期末考试语文试卷。

58.《菊痴》被收入山西省部分地区2021—2022学年高二上学期期末考试语文试卷。

59.《菊痴》被收入山西省怀仁市2021—2022学年高二上学期期末考试语文试卷。

60.《菊痴》被收入蚂蚁文库2022年阅读题答案。

61.《菊痴》被收入语文网2022年阅读题答案。

62.《老秤收藏家》被收入河南省驻马店市正阳县中学高三第三次模拟试卷。

63.《老秤收藏家》被收入2021—2022学年浙江省桐庐分水高级中学高考全国统考预测密卷语文试卷。

64.《老秤收藏家》被收入2021—2022学年云南省盈江县第一高考语文押题试卷。

65.《老秤收藏家》被收入山东济南外国语学校三箭分校高一下学期期中考试语文试卷。

66.《老秤收藏家》被收入安徽省农兴2021—2022学年高三第三次模拟考试语文试卷。

67.《老秤收藏家》被收入安徽省宣城市狸桥中学2021—2022学年高一语文月考试卷。

68.《老秤收藏家》被收入海南省嘉积2022年高考临考冲刺语文试卷。

69.《老秤收藏家》被收入广东省北京师范大学东莞石竹附属学校2021—2022学年高一语文10月月考试卷。

70.《茶垢》被收入2022年安徽省安庆市宿松县重点达标名校中考语文全真模拟试题。

71.《茶垢》被收入安徽省巢湖市居巢区黄麓中心学校2021—2022学年中考

联考语文试卷。

72.《茶垢》被收入2022年河北省石家庄赵县联考中考考前最后一卷语文试卷。

73.《茶垢》被收入福建省泉州市惠安县2022年中考语文模拟试卷。

74.《茶垢》被收入福建省泉州市南安市2021—2022学年中考语文考前最后一卷。

75.《茶垢》被收入山东省利津县2021—2022学年中考语文押题试卷。

76.《茶垢》被收入广东省广州市石井新市学片2022年中考语文模拟试卷。

77.《茶垢》被收入广东省东莞市石碣镇市级名校2022年中考联考语文试卷。

78.《茶垢》被收入2022届广东省东莞光明十校联考语文试卷。

79.《茶垢》被收入广州市海珠区2021—2022学年中考联考语文试卷。

80.《茶垢》被收入2021—2022学年广东省广州市执信中考语文五模试卷。

81.《茶垢》被收入2021—2022学年湖北省武汉市青山区中考语文模拟试卷。

82.《茶垢》被收入黑龙江省哈尔滨市道里区2021—2022学年中考二模语文试卷。

83.《茶垢》被收入广东省中山市名校中考语文模拟试题。

84.《茶垢》被收入2022年浙江省杭州北干中考押题语文预测卷。

85.《茶垢》被收入2021—2022学年江苏省徐州市市区部分校中考语文模拟预测题。

86.《茶垢》被收入常州市重点中学2022年中考语文五模试卷。

87.《茶垢》被收入2022届江苏省海安县中考冲刺卷语文试卷。

88.《酒酿王》被收入上海华东师范大学实验高级中学2022年高三语文月考试卷。

89.《酒酿王》被收入2022届江苏省南通市通州区育才中学中考语文四模试卷。

90.《酒酿王》被收入2021—2022学年江苏省盐城市十校中考语文试卷。

91.《酒酿王》被收入江苏省如皋市实验初中2022学年八年级下学期期中考试语文模拟试卷。

92.《酒酿王》被收入2022届山西省（晋城地区）重点名校初中语文毕业考试模拟冲刺卷。

93.《酒酿王》被收入2022届山西省运城市新绛万安中考语文对点突破模拟试卷。

94.《酒酿王》被收入河北省石家庄市28中学教育集团2021—2022学年中考一模语文试卷。

95.《酒酿王》被收入河北省2022届石家庄市中考一模语文试卷。

96.《酒酿王》被收入河北省邢台市2022年七年级语文上学期12月考试例题。

97.《酒酿王》被收入2022届广东省河源市和平县中考语文模拟精编试卷。

98.《酒酿王》被收入2022届辽宁省新宾县中考四模语文试卷。

99.《酒酿王》被收入冀教版2022年九年级语文第二次模拟大联考考试试卷（Ⅱ）卷。

100.《酒酿王》被收入2022年初一下册第三单元测试语文试卷（人教版）。

101.《酒酿王》被收入2022年广西壮族自治区梧州市中考语文模拟试卷。

102.《酒酿王》被收入2022年广西壮族自治区北海市银海区中考一模语文试卷。

103.《酒酿王》被收入辽宁省沈阳市苏家屯区2022年中考三模语文试卷。

104.《酒酿王》被收入2021—2022学年云南省文山县市级名校中考语文考前最后一卷。

105.《酒酿王》被收入部编版2021—2022学年八年级上册语文期中综合复习测试试卷（A卷）。

106.《酒酿王》被收入部编版2021—2022学年九年级语文下册单元试卷。

107.《酒酿王》被收入2022届四川省广安市华蓥市中考语文仿真试卷。

108.《酒酿王》被收入八年级语文上册第六单元综合测试卷新人教版。

109.《酒酿王》被收入语文网2022年阅读题答案。

2023年

1月1日，由镇江市金山杂志主办的《金山》微型小说作家班第11期开班。自2021年开办以来，已培训学员590人次。校长严有榕，教导主任赵莉，指导教师顾建新教授、孙新运、邝继福、贺鹏，并聘请凌鼎年、刘海涛、相裕亭、东瑞、江岸、侯发山等讲课。

1月初，由世界华文微型小说研究会策划并主办的"2022年世界华文微型小说十大新闻"的评选结果公布：江苏省太仓市百年老校第一中学建立了"凌鼎年文学馆"（贾平凹题写馆名），世界华文微型小说研究会与北京华百网签订了共建作家站的战略合作协议，山西省太原市太原师范文学院是中国作家协会社联部批准的国家级微型小说创作基地。

1月6日，由深圳粤港澳大湾区公益文化论坛主办的线上"陈勇从事微型小说事业40年研讨会"召开。中国作协社联部主任李晓东、世界华文微型小说研究会会长凌鼎年、日本汉学家渡边晴夫等123位中外业界名家发来贺信，中国作家网、美国《时代周刊》、英国《卫报》等几十家中外媒体作了报道。

1月9日，《小小说月刊》以总阅读量1472878人次入选"2022中国人文大众期刊数字阅读影响力top100"，名列第65位。

1月18日，中国微型小说学会召开第三届理事会第七次（扩大）会议，总结2022年工作开展情况，研究部署2023年有关工作。学会会长夏一鸣作了总结讲话，并向与会人员通报了2022年度学会各项工作开展情况，就2023年工作进行了安排。学会秘书长高健就各创作基地工作开展情况进行了说明。

1月20日，湖南省常宁市小小说创作基地在常宁市黄金书屋举行小小说创作讲座，作家刘帆回家乡作《小小说的思维与风尚》专题创作培训讲座。

1月，由杨晓敏主编的《小小说名家精品文库》在沈阳出版社出版。包括津子围的《星星之城》、聂鑫森的《小人儿书屋》、赵新的《乡里乡亲》、范子平的《都市沙漠》、刘建超的《老街故事》、佟继萍的《蒲河之约》。

1月，《尘世疆界：2022中国小小说精选》（分卷），主编王彦艳，辽宁人民出版社出版。

2月1日，泰国华文作家协会主办的《泰华文学》第11期推出"泰国微型小说专辑"。

2月初，中国第一本微型小说作家的自传——《凌鼎年自传》在美国EHGBooks微出版公司出版，电子版书同步上市，亚马逊全球发行。该书传与评结合，附录了20位评论家的20多篇评论（均为微型小说评论）及4篇海内外记者、编辑的访谈。

《凌鼎年自传》封面展开图

2月7日，美国加州大学洛杉矶分校的"中国研究中心"主办研讨会，以《星空依然闪烁：新加坡闪小说选》（希尼尔、蔡家梁主编，玲子传媒，2013年）为参考，探讨作品与新加坡社会及文化相关的议题。

2月18日，第四届扬辉小小说奖暨广东省第三届小小说双年奖颁奖大会在东莞桥头举行。中国作协社联部主任李晓东，《小说选刊》副主编顾建平，小小说文体倡导者、著名评论家杨晓敏，《作家文摘》总编助理季冉，百花洲文艺出版社副总编、《微型小说选刊》主编张越，河南省文艺评论家协会副主席、《小小说选刊》《百花园》主编秦俑，广东省作协二级巡视员、社联部主任谢石南，广东省小小说学会会长申平，东莞市文联文艺创作部主任、市作协主席胡磊等文学名家参加活动。

第四届扬辉小小说奖由东莞（桥头）小小说创作基地、《小小说选刊》杂志社、广东省小小说学会共同举办，经评审公示，谢志强、袁炳发、刘帆荣获成就奖，蒋冬梅、谢松良、安晓斯荣获新锐奖，白茅、水鬼、叶瑞芬荣获基地新秀奖，张中杰的《老戏骨》、刘林波的《奶奶的火车梦》等20篇作品荣获作品奖，杨晓敏荣获小小说事业推动奖，莫树材荣获特别奖。

颁奖会上，还举行了"东莞（桥头）小小说创作基地"授牌仪式，标志着《小小说选刊》东莞小小说创作基地正式落户桥头镇。

同日，"三正杯"桥头小小说精品奖颁奖仪式暨桥头小小说新书分享交流活动在东莞市桥头镇三正半山酒店举行。还举行了"全国名家看桥头"2023年桥头镇文学采风活动。

2月18日，首届"赵王杯"全国微型小说征文颁奖会在河北省广平县天鹅湖大酒店举行。中国微型小说广平创作基地名誉主任邵美周主持会议，邯郸市作协副主席、《当代小小说》主编赵明宇介绍评选过程，广平县人大主任、中国微型小说广平创作基地主任商风祥，河北赵王集团董事长李书田，河北省文联期刊中心主任邓迪思，邯郸市作协主席张俊萍，广平县委宣传部常务副部长董明刚分别发言。来自各地的作家、获奖代表刘建超、相裕亭、侯发山、徐全庆、牛兰学、韩吉祥、宋金全、郑鲁鲁等60余人出席会议。

这次征文活动由广平县委宣传部、广平县老区建设促进会、《故事会》杂志、《小小说月刊》杂志主办，中国微型小说创作基地和河北赵王集团承办。

同时，还举行了采风活动和"邵雍故里美丽广平"叙事体文学征文启动仪式。

2月19日，第二届"万绿湖杯"全国小小说征文大赛启动仪式隆重举行。中国作家协会社联部主任李晓东，《小说选刊》副主编顾建平，河南省作协副主席、著名评论家杨晓敏，《作家文摘》总编助理季冉，《微型小说选刊》主编张越，《小小说选刊》主编秦俑，广东省作协二级巡视员、社联部主任谢石南，广东省小小说学会会长申平，河源市文联主席余笑梅，河源市东源县委常委、宣传部部长张松新及当地小小说作家40多人出席活动。征文大赛由东源县委宣传部、万绿湖管委会、东源县文联、广东省小小说学会、《小小说选刊》杂志社、《微型小说选刊》杂志社、《嘉应文学》杂志社联合主办。

2月20日，美国《中国日报》(世华文艺版)、《台湾时报》(美国版)同时推出凌鼎年微型小说专版，作品有插图，并配发作者简介、照片，以及宋桂友教授的评论、作者简介、照片等。

2月21日，由湖南省常宁市文联、常宁市文化旅游发展公司主办，常宁市作家协会承办的杨晓敏、秦俑小小说名家创作分享课在常宁举办。常宁市副市级干部秦源生致欢迎词，随后举行了《小小说选刊》常宁创作基地授牌仪式。衡阳市作协主席胡仲明对《小小说选刊》创作基地落户常宁表示祝贺。《荷风》执行主编刘帆、郴州市文联主席王琼华等出席了这次活动。衡阳市及常宁市新闻媒体记者、衡阳市和耒阳市"金麻雀"班学员、常宁市文联和作协领导、常宁市各系统通讯员、常宁市作协会员及社会文艺创作爱好者、部分中学生代表等近200人参加了活动。

2月25日，第十三届"茅台杯"《小说选刊》年度大奖颁奖典礼在沈阳举办，中国作协副主席阎晶明、辽宁市委宣传部副部长杨利景、《小说选刊》主编徐坤、辽宁省作协主席老藤、《作家》杂志主编宗仁发、贵州省作协副主席姚辉、《小说选刊》副主编李云雷，以及当地作家、文学爱好者近300人参加了这次活动。申平的《修复村前的那条路》获微小说奖。

2月26日，"筑梦新时代赋能新发展"——2022年度佛山市小小说学会（中国微型小说佛山创作基地）年度总结会暨创作表彰活动在南海举行。活动由佛山市作家协会指导，佛山市小小说学会（中国微型小说佛山创作基地）主办。胡亚林、许媛、王虎等10位小小说作家获评2022年度佛山小小说学会"十佳作家"。

佛山市小小说学会副会长、佛山市顺德区小小说学会会长朱文彬主持了会议。佛山市小小说学会副会长岑军宣读了《关于表彰2022年度佛山市小小说学会十佳作家的决定》。胡亚林获一等奖，许媛、王虎获二等奖，陈小文、黄福胜、江左秋获三等奖，陆湘敏、刘玉平、周红、邓永娟荣获优秀奖。

佛山市作家协会副主席、佛山文学院院长周崇贤与佛山市小小说学会领导为"十佳作家"进行颁奖表彰。

2月26日，小小说作家联盟在河南郑州成立。主席：卧虎；名誉主席：墨白；秘书长：甘应鑫；第一届顾问：田中禾、凌鼎年、郑子。

2月26日起，马来西亚曾沛微型小说在曾沛脸书发表，每周发布3~4篇。

2月27日，由粤港澳大湾区公益文化论坛主办，中国微型小说学会、世界华文文学联盟、世界华文微型小说研究会、《台港文学选刊》杂志社、《世界文学评论》编辑部、小小说作家联盟协办的第三届粤港澳大湾区公益文化论坛在深圳召开，主题是"渡边晴夫与全球小小说发展"。渡边晴夫是日本国学院大学的教授、著名汉学家，系世界华文微型小说研究会副会长、日本世界华文微型小说研究会会长。

2月，由曾沛会长提议开创、马来西亚华文作家协会联合马大中文系主办的"深根文学创作课程"分为微型小说班、诗歌班、散文班，第六届在线上上课，报名学员多达400人。

3月1日，为了推动世界华文微型小说研究，由香港的陈赞一博士教育基金有限公司主办，世界华文微型小说研究会协办的第一届陈赞一博士世界华文微型小说研究论文奖（2023），每年选出获奖作品一篇，获奖作者将获纪念奖杯一座、奖状一张及10000元港币。

陈赞一博士教育基金香港微型小说教育及研究中心总监：陈赞一博士。中心主任：陈曾群英女士。

专家创作委员：〔马来西亚〕朵拉女士、〔新加坡〕艾禺女士、〔新加坡〕希尼尔先生、〔中国〕凌鼎年先生、〔中国〕徐慧芬女士、〔印尼〕袁霓女士。

名誉研究员：林浩光博士、东瑞先生、姚朝文博士、黄孟文博士、梁科庆博士、陶然先生、刘海涛先生、蔡益怀博士。

教育委员：吴佩芳小姐、阿兆先生、秀实先生、徐振邦老师、陈一欣老师、郭意羚老师、黄晓林老师、温绍武老师、彭伟诺老师、彭耀钧校长、杨美邻校长、郑淑仪老师、魏雄华老师（以上均按繁体笔画排名）。

3月1日，河北省沧州市小小说名家魏金树猝死。生前曾担任《商城报》主编，系河北文学院签约作家。

3月4日上午，四川省自贡市微型小说学会在贡井区艾叶镇举行2021—2022年会暨第四届德华文学创作奖励基金颁奖仪式，市人大常委会副主任王孝谦，市委宣传部常务副部长万一，市作协副主席李华、陈学华、黄德涵以及学会会员共50余人参加会议。会长刘丙文总结了2021—2022年学会工作，安排部署了2023年工作。

3月5日，"水韵凤城杯"全国小小说征文大赛颁奖典礼在顺德工业发展馆隆重举行，广东省小小说学会会长申平，佛山市顺德区委宣传部副部长、区文联主席何鸿佳，容桂街道宣传文体旅游办公室主任施琦等领导和嘉宾出席典礼并为获奖者颁奖。该征文自2022年5月启动，历时近一年，收到参赛作品580

篇。田乃林的《河长张天霸》获大赛一等奖，王溱等3人获二等奖，吴湘等6人获三等奖，王卫恒等20人荣获优秀奖。

3月，浙江省江山市作家协会与世界华文微型小说研究会、美国全美中国作家联谊会、作家网联手承办"南孔杯"全球廉洁文学创作大赛，征文文体为微型小说与短故事。

3月，河南省小小说研究会成立，会长卧虎。

3月26日，凌鼎年应邀为加拿大高校文学社讲课，讲《微型小说的素材与构思》。

3月，由美国戴维·蕾姆尼克（David Remnick）与中国张晓玲合作主编的亚特兰大孔子学院《2023海外孔子学院阅读教材》(汉英对照本) 在中国香港传媒出版社出版。该教材聘请铁凝、莫言、师力斌、蔡中锋、[美]宋德利、[英]凯洛琳·麦肯锡为顾问。这本海外阅读教材，系为海外中英文双语学习者使用，并有海外电子版信息有线和无线互联网络传播。"小说阅读"部分，收录了凌鼎年微型小说《荷香茶》([澳大利亚]郑苏苏翻译)、《见手青》([加拿大]孙白梅翻译)，以及蔡中锋、张晓玲、周廖玲等人的微型小说作品。

4月8日至10日，中国微型小说学会和安徽省黄山市黄山区文联在黄山区太平国际大酒店举办中国微型小说学会第三届理事会第十一次常务理事会暨"百年猴魁·天下太平"第三届全国茶文化小小说征文大赛颁奖典礼。

4月12日，广东省小小说学会"百名小小说作家进校园"活动启动仪式在惠州市八中举行。

4月18日，邯郸市广平县"邵雍故事杯"全国微型小说征文启动。

4月24日上午，由宁波市文学艺术界联合会、余姚市委宣传部主办，宁波市作家协会、《文学港》杂志社、余姚市文学艺术界联合会承办的谢志强小小说《黑蝴蝶——故乡古人》研讨会在浙江余姚举行，《文艺报》《收获》《十月》《当代》《花城》《人民文学》《上海文学》《青年文学》《雨花》《山花》《西湖》等刊物的主编、副主编、编辑，与中国微型小说学会会长夏一鸣等参加了研讨会。

4月28日，中国第一家微型小说作家文学馆——凌鼎年文学馆 (贾平凹题写馆名)，在建校116周年的凌鼎年母校江苏省太仓市第一中学正式开馆。中国作协第九届副主席叶辛，江苏省作协副主席王尧，中国微型小说学会会长夏一鸣，上海交通大学古代典籍与中国文化研究中心主任许建平教授，北美华府华文作协第十二届会长、美国华府《文系中华》编辑部首任总编陈小青，以及太仓市政协主席赵建初、宣传部长查焱、太仓市人大副主任顾建康等近百位来宾参加了开馆仪式。开馆仪式由太仓市文联主席杨喜良主持，著名作家叶辛、王尧教授致辞。叶辛、王尧、赵建初、查焱、顾建康、夏一鸣、陈小青等共同揭牌。

4月30日，微型小说作家凌鼎年去上海书城（五角场店）参加孙未新书阅读分享活动，顺便给读者签名售书。

4月，《作家文摘》报总编助理季冉与戴希共同选编的《中国当代微小说300篇》由中国言实出版社出版。

4月，新加坡希尼尔的微型小说《认真面具》、艾禺的《最后一朵康乃馨》等5篇作品，已被"新加坡中学华文课本课文朗读"组制作成短片，上传到YouTube，供大众及学生点阅。

5月4日，广东省中山市小小说学会成立。

5月26日，四川省小小说学会主席团推选王平中为四川省小小说学会会长，增补王大举为副会长，增聘廖小权为副秘书长。

5月26日至28日，浙江宁波举办"第二届中国微型小说理论奖"颁奖活动。江曾培、刘海涛、杨晓敏、凌焕新、顾建新、凌鼎年、谢志强获微型小说理论贡献奖。

颁奖现场还举行了《中国微型小说评论》(第1辑)的首发式，该书由中国微型小说学会策划、编辑的"中国好小说系列"之一，在上海文艺出版社出版。分为文体观察、专题、洞见、口述史、文体写作、评析、交流、文献等专栏，由一批业界较为活跃的理论学者，从各个角度、各个层面对微型小说创作现象、规律进行描述和总结。文献部分，有凌鼎年整理的《微型小说大事记（1949—1999）》，有张春整理的《微型小说评论篇（1949—1999）》，有雪弟整理的《微型小说评论著述（1949—2022）》。

宁波女作家赵淑霞作品研讨会举行，围绕其微型小说集《十里红妆》的作品展开。

活动由中国微型小说学会指导，宁波市文联、宁波市海曙区文联承办，海曙区作协、月湖诗社、宁波开放大学终身教育处、宁波云在书院协办。

5月30日上午，广东省文学志愿服务活动"百名小小说作家进校园"走进桥头镇第二小学。中国作家协会会员、桥头作协主席、《荷风》执行主编刘帆做了题为《从素材到作品：有灵魂照耀的地方》的培训讲座，分享小小说从素材积累到作品成型的创作方式和方法，受到同学们的热烈欢迎。

活动由广东省小小说学会、桥头镇文学艺术界联合会、桥头镇教育管理中心提供指导，东莞（桥头）小小说创作基地、东莞市小小说学会、《小小说选刊》东莞（桥头）小小说创作基地主办，东莞市作家协会桥头分会、桥头镇第二小学承办。广东省小小说学会理事、市小小说学会副会长刘庆华，省小小说学会理事、桥头作协理事张俏明等以及学校200余名学生参加了活动。

5月，由徐东、甘应鑫主编的《深圳小小说作家研究》在中国书籍出版社出版，收入《岭南小小说研究丛书》，广东省小小说学会常务副会长雪弟撰写了《广东小小说研究的重要收获》的总序，凌鼎年、刘海涛教授、姚朝文教授、张中杰、卧虎、墨白、高健等名家分别为谢林涛、甘应鑫、徐东、林永炼、闫玲月、刘日华、沈娟娟、石泰康、吕柏青9位作家作品写评。

全书采用专论的形式，由多位研究者专注于一位深圳作家，梳理9位老中青三代作家代表的生平经历、创作历程、代表作品，结合时代风貌、社会思潮，研究作家的精神构成，解析作品的精神实质，分析作家群的历史源流，均具有重要的思想价值、学术价值、艺术价值。

5月，由中国作家协会主导的"一带一路"文学联盟的官方网站，其"作品欣赏"栏目，刊载了新加坡希尼尔的5篇微型小说作品。

5月，练建安主编的"红色小小说"精品书系之《远去的雄鹰》《不寻常的岗哨》《第六个兵》3本书在福建少年儿童出版社出版。

6月12日下午，广东省文学志愿服务活动"百名小小说作家进校园"文学志愿服务活动走进广东桥头华立学校，刘帆做了题为《从素材到作品：从灵光中捕捉神来之笔——以小小说名作〈渡船〉为例》的文学志愿服务培训讲座。

6月21日，"广东美塑杯"东莞市第十四届小小说大赛颁奖仪式在桥头镇文化服务中心举行。雪弟、林玉秀、胡磊、罗锦雄、谢松良、周齐林、吴立国董事长等50人出席，刘帆主持会议。

6月20日至24日，在新加坡南洋理工大学教育学院举行的第16届世界短篇小说（英文）研讨会上，林高为研讨会的主讲者之一，其论文为《新华微型小说：怎么标示在新加坡文学地图》，他向来自世界各地的英文文学界参与者概述了新加坡华文微型小说的发展、题材的本土特色以及多元人文生态的反思。

6月29日，由香港陈赞一博士教育基金香港微型小说教育及研究中心主办的第九届陈赞一博士联校微型小说创作奖（2022—2023）获奖作品揭晓。

初中组：

冠军： 宁波第二中学，项镓濠的《公交车上的青年》，指导老师潘永昌。

亚军： 田家炳中学，殷学仪的《超能力》，指导老师彭劲。

季军： 屯门官立中学，曾静雅的《向日葵》，指导老师黄楚斯。

优异奖：

佛教觉光法师中学，李欣萦的《若生命等候》，指导老师区淑芬。

沙田官立中学，陈佳盈的《温暖》，指导老师陈凤莲。

迦密柏雨中学，黄家颖的《初见·再见》，指导老师林志伟。

香港培道中学，张巧怡的《纸币》，指导老师张丽煌。

圣马可中学，易格的《载体240》，指导老师周瑞冰。

推荐奖：

中华传道会安柱中学，周家琦的《最平凡的英雄》，指导老师黄燕萍。

文理书院（九龙），湛海尧的《角色扮演》，指导老师邵善怡。

啬色园主办可风中学，曾惠歆的《母亲的女儿》，指导老师岑婉苹。

佛教善德英文中学，古欣的《愿望》，指导老师林晓蕾。

佛教叶纪南纪念中学，谭俊星的《人情味》，指导老师何永平。

沙田崇真中学，黄惠妍的《伞》，指导老师欧韵贤。

沙田苏浙公学，周汶锜的《等》，指导老师陈昱蓓。

东华三院辛亥年总理中学，诸展宏的《乌托邦的热带雨林》，指导老师陈一欣。

青年会书院，张家宝的《少年与流浪猫》，指导老师张普荐。

保良局何荫棠中学，林堞蔚的《有情妻子》，指导老师陈致良。

英华女学校，劳蕙颖的《比雨后彩虹更美丽》，指导老师廖仲仪。

香港仔浸信会吕明才书院，胡晓瞳的《有情》，指导老师叶丽华。

曾璧山（崇兰）中学，曾兆聪的《双份父爱》，指导老师余宛霏。

汇基书院（东九龙），叶芷轩的《我们的友情有情》，指导老师蓝采淇。

圣士提反书院，王子维的《有情》，指导老师谭欣虹。

圣公会圣本德中学，黄靖偲的《毛情·有情》，指导老师谭海威。

圣言中学，赵超樾的《江湖》，指导老师袁子桓。

圣罗撒书院，黎紫悠的《黄棉袄子》，指导老师姚凯琳。

嘉诺撒圣玛利书院，余佳颖的《阿奇的拥抱》，指导老师王美荣。

洁心林炳炎中学，李栩晴的《万物有情》，指导老师陈音民。

高中组：

冠军：圣嘉勒女书院，吴星语的《扔不掉的皮鞋》，指导老师陈晓薇。

亚军：王肇枝中学，梁镕的《毛衣》，指导老师袁慧琴。

季军：廖宝珊纪念书院，黄诗儿的《夜来香》，指导老师叶鉴天。

优异奖：

青年会书院，邝淑敏的《趁热闹》，指导老师张普荐。

迦密柏雨中学，钱智朗的《印佣长者卡》，指导老师林志伟。

香海正觉莲社佛教马锦灿纪念英文中学，陈晖樘的《父女》，指导老师钟秀云。

荃湾公立何传耀纪念中学，沈汶禧的《老店有情》，指导老师何志明。

玛利曼中学，麦凯程的《有情》，指导老师林凯冰。

推荐奖：

中华基金中学，江铠乔的《牛腩面》，指导老师黄家伟。

天主教崇德英文书院，伍卓忻的《重生》，指导老师杨雅诗。

天主教普照中学，姚舒翰的《人情味》，指导老师钟国龙。

啬色园主办可风中学，卜蕴瑶的《恐怖故事》，指导老师弘惠仪。

佛教大光慈航中学，游俊城的《等到海水变蓝》，指导老师陈咏茵。

佛教善德英文中学，周子祺的《雨过天晴》，指导老师林晓蕾。

佛教叶纪南纪念中学，黎嘉欣的《人间烟火》，指导老师何永平。

佛教觉光法师中学，陈凯盈的《疫情下的守候》，指导老师吕敏仪。

沙田官立中学，杨心晴的《陌生人的联系》，指导老师李碧婷。

东华三院辛亥年总理中学，赵桐的《老榕树》，指导老师陈一欣。

保良局朱敬文中学，何云烽的《两株小草》，指导老师何宝颜。

保良局何荫棠中学，谢海慧的《咫尺之间》，指导老师陈致良。

香港仔浸信会吕明才书院，方婧儿的《少年与伞》，指导老师黄咏芝。

马锦明慈善基金马可宾纪念中学，邱玮琳的《情系酸辣鱼》，指导老师赵燕珊。

张祝珊英文中学，罗若行的《纸条》，指导老师李佳平。

曾璧山（崇兰）中学，梁晋硕的《我是著名药企总经理》，指导老师黄佩楠。

圣公会林裘谋中学，杨姗圃的《瑞士糖》，指导老师王子豪。

圣马可中学，李卓瞳的《直视情·拥有情》，指导老师周瑞冰。

洁心林炳炎中学，梁晓盈的《无情》，指导老师陈音民。

宝血女子中学，李佩嫚的《因你之名》，指导老师司徒美仪。

7月16日，由新加坡国家图书馆主办的阅读节活动上，希尼尔主持"走近极简的世界：闪小说与微型小说阅读鉴赏"的工作坊，引导读者去发现与欣赏闪小说、微型小说的精彩之处，以及相关的写作技巧。

7月25日，由中共乐至县委、乐至县人民政府、四川省小小说学会主办，乐至县文联、县文化广播电视和旅游局、四川省小小说学会秘书处、乐至县供销合作社、县作家协会承办的帅乡乐至第七届"青松杯"全国小小说征文评选结果揭晓。征文共收到稿件1672篇。初评选出30篇。经终评委认真评选，最终评出获奖作品28篇，其中，一等奖1篇，二等奖2篇，三等奖5篇，优秀奖20篇。

7月下旬，由中国微型小说学会、天津出版传媒集团、百花文艺出版社主办的"微观看世界"首届全球华人微型小说创作大赛揭晓并在临沂高新区龙湖软件园举行颁奖典礼。

7月，王培静的微型小说《羊和狼》入选《小学语文读本》，由知识出版社出版。

7月，中国作协会员、中国文艺评论家协会会员陈勇的第13部评论集《中国当代微型小说百家（第三部）》，由中国国际广播出版社出版，这也是陈勇出版的第24部作品和评论集。

《中国当代微型小说百家（第三部）》，由中国小小说作家联盟主席卧虎作了题为《陈勇对小小说的贡献》的序，该书为国家社会科学基金重点项目"世界华文微型小说百家创作年谱"（18AZW024）的阶段性成果。

陈勇的《中国当代微型小说百家（第三部）》，对活跃在中国的100位优秀微型小说作家进行了评论与访谈。书中，有文学名家叶文玲、鲁奖获得者陆颖墨、原中国作协书记处常务书记鲍昌，也有中国作协会员王琼华、余清平、李忠元、满震、刘怀远等28人，还有闪小说倡导者程思良等人的作品。

8月7日起，马来西亚曾沛小小说系列在世界华文作家交流协会、亚细安华文文艺营、四海文学雅座的网页同步刊登。

8月24日，由《小小说选刊》杂志社 、《百花园》杂志社主办的第二届全国小小说青春笔会暨2023青年作家训练营开营仪式在河南新乡举行。会上，河南省作协原副主席、《小小说选刊》《百花园》原主编杨晓敏先生荣膺"小小说事业终身荣誉奖"。

杨晓敏（中）获"小小说事业终身荣誉奖"

8月30日，由香港陈赞一博士教育基金有限公司举办的第一届陈赞一博士世界华文微型小说创作奖（2022—2023年）在香港揭晓，江苏太仓作家凌鼎年的微型小说作品《爷爷的柿子树》获此殊荣。

这个奖项旨在推动华文微型小说创作，每年在全球评选出一位作家的优秀微型小说作品，字数1500字以内，作为香港中学生学习微型小说的范本，让香港中学生通过阅读优秀的微型小说作品，学习创作微型小说，从而提升他们的正向思维、生命素质与创作能力。

获奖者获得奖杯一座、获奖证书一本，以及10000港币的奖金。

第一届陈赞一博士世界华文微型小说创作奖从2022年12月1日开始收稿，到2023年3月31日截稿。

陈赞一博士世界华文微型小说创作奖以后每年举办一届。

凌鼎年系中国第一代小小说作家，创作、发表了1200多万字作品，其中小小说2000多篇，出版了65本集子，被翻译成15种文字，收入各国教科书16篇。太仓建有凌鼎年文学馆（贾平凹题写馆名）与凌鼎年作文指导馆（曹文轩题写馆名）。

凌鼎年先生荣获第一届陈赞一博士世界华文微型小说创作奖（2022-2023）奖状

凌鼎年获第一届陈赞一博士世界华文微型小说创作奖奖杯

9月16日至17日，由四川省小小说学会主办，资阳市作家协会、资阳市评论家协会、中国寓言文学研究会闪小说专委会达州创作基地、四川省小小说学会闪小说专委会协办，成都大地魂酒业有限公司承办的四川省小小说、闪小说作品研讨会暨"大地魂"采风系列活动在成都市金堂县梨花沟举行。会上，与会人员对王平中微小说集《精短小说三百篇》、蒋玉良微小说自选集《戟之殇》进行了研讨。会后召开四川省小小说学会会长扩大会议。

9月23日，杨晓敏文学馆揭牌仪式在河南省新乡市获嘉县亢村镇王官营村举行。中国作协原副主席、中国作协诗歌创作委员会主任吉狄马加，获嘉县人大主任韩开钊，获嘉县委常委、县委办主任崔勰，郑州市文联党组成员、副主席李德专，新乡市文联副主席王茜，以及耿开昌、崔绍营、崔战杰、王英超、蔡云川等相关单位与部门领导参加了揭牌仪式。

揭牌仪式由小小说作家刘建超主持，获嘉县人大主任韩开钊致欢迎词，郑州市文联党组成员、副主席李德专致辞。

山西省作协副主席、《山西文学》主编鲁顺民，小小说作家申平、蔡楠、袁炳发、宗利华、王培静、戴涛，河南省检察职业学院副院长、河南省散文学会副会长蔡云川，河南省纪委驻省总工会纪检监察组组长王英超等分别作为编辑、作家、朋友、乡友代表发表贺词。

揭牌仪式上，河南省文艺评论家协会副主席、《小小说选刊》《百花园》主编秦俑宣布，由《小小说选刊》杂志社、《百花园》杂志社联合杨晓敏文学馆共同设立的杨晓敏小小说奖将于今年启动评选。

河南省委统战部原常务副部长耿开昌，河南省委原正厅级巡视专员、第三巡视组原组长崔绍营，河南省委巡视办原副主任崔战杰，郑州市文联党组成员、副主席李德专，获嘉县人大主任韩开钊，亢村镇党委书记齐书文等共同为杨晓敏文学馆揭牌。

杨晓敏文学馆由著名作家王蒙题写馆名，筹建于2022年8月，至2023年9月基本落成。馆址为豫北获嘉县杨家老宅，占地面积700平方米，主体展馆两层，面积约350平方米，内设2个展厅和8个单元展室，分别为前言、著述、研究、荣誉、编辑出版、金雀列阵、文体倡导、活动纪年、网刊读写、风云人物。院内配建145平方米作家工作室和40平方米会议（阅览）室。

参加杨晓敏文学馆开馆的领导与嘉宾大合影

参加本次活动的还有：鲁迅文学院第二届高级研修班（主编班）代表傅晓红、刘阳、姜利敏、刁斗、任向春、王童、马宝山，《诗刊》社办公室主任张志刚，《小小说选刊》《百花园》编辑团队代表郭昕、任晓燕、马国兴、梁红雯、赵建宇、王彦艳、刘战锋、胡红影、谷凡、田双伶、郭恒、王海椿、徐小红、梁小萍，小小说"金麻雀奖"获奖作家代表范子平、田洪波、非鱼、安石榴、江岸、侯发山、戴智生、高沧海、王若冰、薛培政等，以及来自郑州、新乡、获嘉、冗村的文友、乡友、亲友等百余人。

9月23日，江苏省太仓高级中学建的"凌鼎年作文指导馆"正式开馆（北大教授、部编版中小学语文教材主编之一、国际安徒生奖获得者曹文轩题写馆名），这是中国第一家以作家名字命名的作文指导馆，是一家非营利的公益性场馆。

江苏省太仓市政协副主席黄浩忠，太仓市融媒体中心总编辑，新闻出版局副局长朱慧，太仓市文联主席杨喜良，太仓市教育局副局长吴健，太仓市人大专委会主任杨建新，太仓市人大原副主任袁国强，江苏省太仓高级中学校长陈国良为"凌鼎年作文指导馆"揭牌。

太仓市人大原主任吴炯明，太仓市政协原秘书长陆静波，太仓市政协原专委会主任周锦荣，太仓市电视总台原副台长茅震宇，《太仓日报》原副总编宋祖荫，太仓市教育局工会原主席凌微年，民进太仓市基层委员会秘书长邢莉萍，太仓市作家协会副主席邓全明、凌君洋、朱文新，秘书长端木向宇，太仓市作协原副主席何济麟、樊大为等部分作家、诗人，与江苏省太仓高级中学师生代表约50位嘉宾参加了开馆仪式。

开馆仪式上，太仓市文联主席杨喜良、太仓市高级中学校长陈国良分别发言。校领导为凌鼎年颁发了作文指导馆馆长的聘书，学生代表为凌鼎年献花，凌鼎年致答谢词。

作文指导馆布馆面积86平方米，馆内设立了凌鼎年作品专柜，展出了凌鼎年数十本个人专著以及他主编的200多本集子；还设立了太仓、太仓籍作家作品专柜，展出了约60位作家、诗人的200多本作品集，合计500多本集子供学生参观、阅读。

指导馆的墙上展示了凌鼎年参加文学活动与各地讲课的数十张照片，并且展出了凌鼎年作品被收入各地高考模拟试卷的部分考试卷等。

新东方集团董事长俞敏洪老师发来了祝贺。馆内还展示了名人寄语，有中国作家协会第九届副主席叶辛，世界华文创意写作协会会长、复旦大学葛红兵教授，中国阅读推广委员会副主任、南京大学徐雁教授，江苏省作家协会原主席范小青，中国作家协会文学理论批评委员会副主任汪政，江苏省作协副主席王尧教授，亚洲微电影学院执行副院长郑子，美国哈佛中国文化工作坊主持人、海外华文女作家协会会长张凤，美国全美中国作家联谊会会长冰凌，北美华府华文作协第十二届会长、美国华府《文系中华》编辑部首任总编陈小青，美国中文作家协会主席、文学博士李岘，加拿大《世界华人周刊》社长、欧美影视协会执行会长张辉，加拿大森森华视传媒、世界华人网总编辑崔森森，日内瓦大学孔子学院瑞士方副院长、谢红华副教授，新西兰中华文学艺术联合会主席、大洋洲华文作家协会会长、著名侨领冼锦燕，南美洲华文作家协会会长林美君，马来西亚华人文化协会署理总会长、马来西亚华文作家协会原会长、拿督曾沛，印度尼西亚华文写作协会总会长袁霓，文莱华文作家协会会长、东南亚华文诗人笔会会长、亚洲华文作家协会总会长孙德安，新加坡作家协会原会长、现荣誉会长希尼尔，中国微型小说学会会长夏一鸣，教育部语文课程标准研制组专家、华东师范大学《中文自修》杂志主编王易如教授，教育部"微文学与新读写"课题组负责人、岭南师范学院基础教育研究所所长、广东写作学会会长刘海涛教授，江西省作协名誉副主席、《微型小说选刊》原主编郑允钦，上海交大古代典籍与中国文化研究中心主任许建平教授，苏州江南文化研究院院长宋桂友教授，湖南省文艺理论学会副会长、邵阳学院文学院原院长龙钢华教授，中国矿业大学中文系顾建新教授，湖南省作家协会名誉主席聂鑫森，《微型小说选刊》主编张越，《台港文学选刊》主编练建安，《作家报》总编辑张富英，《解放军报》原副总编、出版家凌翔，香港陈赞一博士教育基金香港微型小说教育及研究中心总监陈赞一、主任曾群英，香港华文微型小说学会会长、香港获益出版公司总编辑东瑞等有关阅读、作文的精辟观点。

校方还印制了《凌鼎年作文指导馆各国名家寄语集锦》纪念册，收录了22个国家与地区的71位名家大咖关于读书、作文的寄语，该纪念册制作精美，赏心悦目。

"凌鼎年作文指导馆"开馆仪式

　　江苏省太仓市政协副主席黄浩忠、太仓市融媒体中心总编辑、新闻出版局副局长朱慧、太仓市文联主席杨喜良、太仓市教育局副局长吴健、太仓市人大专委会主任杨建新、太仓市人大原副主任袁国强、江苏省太仓高级中学校长陈国良为"凌鼎年作文指导馆"揭牌。

《凌鼎年作文指导馆·各国名家寄语纪念册》

9月，由香港陈赞一博士教育基金香港微型小说教育及研究中心主办的第九届陈赞一博士联校微型小说创作奖2022—2023获奖作品集子在香港出版。

9月28日，沈祖连小小说文学馆在广西北部湾大学人文学院举行揭牌仪式，正式开馆。北部湾大学党委副书记陈磊、钦州市人大原副主任方文、钦州市文联主席谢勇云、钦州市社科联主席苏春华、崇左市小小说学会会长莫灵元、南宁市微型小说学会筹备会负责人苏龙等领导、嘉宾及文学爱好者40多人参加了简短的揭牌仪式。

揭牌仪式由北部湾大学副校长陆衡博士主持，北部湾大学党委副书记陈磊致辞。他在致辞中说，沈祖连，系中国作家协会会员，广西小小说学会会长，是北部湾大学的杰出校友。沈先生非常关心和支持母校的建设和发展，拥有深厚的教育情怀，愿意将自己珍藏的所有著作、历年发表的作品、样刊、样报、图片、奖状、证书等文献捐给母校，在人文学院建立国内首个以小小说命名的文学馆——"沈祖连小小说文学馆"。沈祖连小小说文学馆的建立，为充实和丰富北部湾大学的图书文献信息工作做出了贡献，也必将在激励青年大学生投身文学创作、培养更多文学爱好者等方面发挥积极作用。

陈副书记致辞之后，与沈祖连、方文副主任、陆衡副校长一起为文学馆揭牌。著名书法家王传善先生题写馆名。

沈祖连小小说文学馆占地约100平方米，馆内陈列了沈祖连从事文学创作40多年来的作品书刊及报纸，共分为四个版块：一是沈祖连的著作专柜，共陈放作者的著作18部，均是小小说之作。二是作品发表的杂志及报纸，这个版块占据了主要的位置。据不完全统计，沈祖连这些年来所发表的小说及其他文章达2000余篇，包括《小说界》《天津文学》《广西文学》《飞天》《北京文学》《作品》《山东文学》等100余种杂志及《人民日报》《文艺报》《广西日报》《南方日报》《海南日报》《羊城晚报》《海口晚报》《郑州晚报》等数百种报纸。三是作品入选的国内外书刊，计有《小说选刊》《微型小说选刊》《小小说选刊》《中国新文学大系》《世界华文微型小说大成》《微型小说鉴赏辞典》《中国当代小小说大系》《中国小小说排行榜》《中国微型小说排行榜》等，以及每一年的中国小小说年选本，计500余种。四是获奖证书及奖杯。这些年来沈祖连曾获得各种小小说文学奖100多次，包括广西壮族自治区政府的最高奖——第四届铜鼓奖，中国小小说业界最高奖小小说"金麻雀奖"及冰心儿童图书奖等。

进馆正面，是沈祖连的代表作《小山村》及创作自述，在其对面，是中国小小说权威评论人士杨晓敏的评论《"南天一柱"的文学情怀》。左边墙上一整幅是沈祖连的小小说活动图片，计有150多幅，包括其牵头成立广西小小说学会，推动广西小小说的发展，举行小小说评奖、小小说笔会、小小说作家作品研讨会，参加国内外的各种小小说活动，与文学界的文朋诗友交流等。右边墙上是沈祖连为庆祝广西小小说学会成立10周年所填的《沁园春·广西小小说学会成立十周年》，以及《沈祖连年谱》。

沈祖连小小说文学馆是继凌鼎年文学馆、凌鼎年作文指导馆、杨晓敏文学馆后，小小说文坛的第四家文学馆，但以小小说命名的还是第一家。

左起钦州市科联主席苏春华、北部湾大学党委副书记陈磊、沈祖连、北部湾大学副校长陆衡博士

9月，批准加入中国作协的微型小说作家：佟继萍、顾文显、于博、朱闻麟、周勇伶、程思良、谢昕梅、汤其光、郑武文、程先利、王彦艳、许心龙、董峰（晴月）、欧阳华利、王平中、马孝军、（香港）巴桐等。

10月6日，河北小小说群举办"红墨作品网上研讨会"。

10月14日，广州市小小说学会第二次会员代表大会在广州市南沙区黄阁镇海上明月园区召开。广东省东莞市作家协会副主席、东莞小小说学会常务副会长谢松良，《南方工报》新闻采集中心时政新闻部副主任许接英到会致辞，广东省小小说学会会长申平、广东省小小说学会常务副会长雪弟与60多名来自广州市各区的会员参加了大会。

余清平当选为广州市小小说学会会长，陈志江当选学会常务副会长兼秘书长，唐承斌、刘凌、刘强、曹剑萍当选为学会副会长，林庭光当选为学会监事长，陈志江、钟兴、唐承斌、刘凌（凌子）、曹剑萍、钱春华、孙伟（孙禾）、郭品、刘强、郭培坤、张少华、欧政芳、黄超鹏、张小玲（笛子）、严新财、李晓（女）、赖赞生、熊新焰、余清平当选为理事；孙禾、钱春华、郭品、严新财、郭培坤当选为副秘书长。

10月18日至12月31日，上饶市作家协会主办"神农珠宝"微型小说征文，上饶市作协微型小说专委会、江西万年神农珠宝有限公司承办，万年女子文学会协办。

10月19日，世界华文微型小说研究会会长凌鼎年应邀到苏州吴江区松陵一中给近百名初三学生讲课，讲《微型小说与中考作文》。

10月22日，广西省南宁市小小说学会成立。苏龙当选为会长，莫灵元、李玉祥、潘国武、谢蓉4位当选为副会长，莫灵元兼任秘书长，姜桦为副秘书长，丘晓兰、沈祖连、蔡呈书、张凯被聘为顾问。

10月27日至29日，凌鼎年参加苏州大学召开的"张恨水文学创作110周年学术研讨会"，宣读论文《民国文坛大家张恨水微型小说探析》。该论文收入苏州大学主编的《"张恨水文学创作110周年学术研讨会"论文汇集》。

10月28日至29日，湖北省大悟县举办全国著名作家大悟行暨《小小说选刊》大悟创作基地挂牌活动。

10月28日，河南郑州作家奚同发在第14期金山作家班讲课，讲微型小说创作。

11月3日至5日，凌鼎年去武汉中南财经大学参加第七届国际新移民华文作家笔会暨"新移民文学研究"国际学术研讨会，宣读论文《新移民文学创作与微型小说》，该论文收入中南财经政法大学新闻与文化传播学院主编的《第七届国际新移民华文作家笔会暨"新移民文学研究"国际学术研讨会论文集》。

11月5日至9日，凌鼎年以世界华文微型小说研究会会长的身份去厦门参加第12届世界华文作家协会年会暨华文文学的传承与创新交流会。

11月7日，世界华文微型小说研究会会长凌鼎年应邀去厦门景瑞小学做公益讲座，讲《小学生作文与微型小说》，700多名学生听课。

11月9日下午，广东省文学志愿服务之"百名小小说作家进校园"活动之第50场在博罗县杨侨中学举行，广东省小小说学会常务副会长雪弟以《小小说与高中现代文阅读》为题，为高中学生作讲座，200余名师生听课。

11月11日，西交利物浦大学在苏州的大学中心楼举办了第35期校外导师工作坊活动，校方为世界华文微型小说研究会会长凌鼎年颁发了由席酉民校长签字的"校外导师"聘书。

11月15日，广西南宁市作家协会微型小说专委会、南宁市小小说学会联合举办南宁市微型小说创作骨干与名刊主编面对面沙龙，邀请《民族文学》主编石一宁、广西中华文化促进会副主席兼秘书长张耀民、原《新时代风纪》主编常弼宇和南宁市作协主席、原《红豆》杂志主编丘晓兰4位老师与20名邕城微型小说创作骨干交流微型小说创作心得体会，并从编辑的角度，结合各种实例，就写作中的常见问题、如何规避处理及作者如何规范投稿进行释难解惑，形象直观地回答了微型小说创作骨干们的各种问题。

11月17日下午，凌鼎年应邀到有116年历史的江苏省太仓市第一中学讲课，讲《微型小说与中学作文》。并向校文学社的学生赠送微型小说集《庚子年笔记》等。

11月25日，上海微型小说学会第三次会员大会在上海市金山区枫泾古镇举行。会议由上海微型小说学会副会长章慧敏主持，会长戴涛作了发言。中国微型小说学会秘书长、《故事会》副主编高健及副会长崔立、秘书长刘永飞等参加了会议。

会上，上海微型小说学会新老会员就各自微型小说的创作情况、创作成绩以及所思所感进行了交流，对学会今后的工作提出了建议。

会后，与会人员还游览了枫泾古镇，前往金山农民画村进行了采风。

11月，由新加坡作家协会、新加坡福州会馆与教育部推广华文学习委员会联办、世界华文微型小说研究会协办的"全国中学生微型小说创作比赛",鼓励中学及高中生创作微型小说,推动校园的写作风气。希尼尔为赛事的总筹及评委。第7届的赛事启动。

11月,广东刘帆小小说理论文集《小小说艺术》由吉林人民出版社出版。

12月1日至3日,由《小小说选刊》杂志社、《百花园》杂志社、乌立波作家工作室、杨晓敏文学馆联合举办的攸学常小小说集《路上》、高春阳《石头记》系列小小说研讨会在亢村镇王官营杨晓敏文学馆举行。研讨会由乌立波作家工作室助教、作家王东梅主持。《百花园》执行主编、评论家王彦艳,河北肃宁原常务副县长、作家王庆献,以及作家蔡楠、高海涛、王东梅等先后发言。

12月4日下午,"五色花计划·名作家进校园文学志愿服务活动""广东省文学志愿服务活动·百名小小说作家进校园"活动走进桥头中学,刘帆讲课,东莞市作协主席胡磊出席。

12月7日至8日,由《小小说选刊》杂志社、沈阳出版社联合主办的《小小说名家精品文库》分享会在沈阳举行,河南省作协原副主席杨晓敏,辽宁省作协副主席津子围,河南省文艺评论家协会副主席、《小小说选刊》《百花园》主编秦俑,沈阳出版社综合编辑部主任沈晓辉,小小说作家佟继萍,沈河区作家协会主席张瑞等出席活动。活动由小小说传媒常务副总编马国兴主持,参加座谈的作家、编辑家、评论家对《小小说名家精品文库》给予高度评价,并围绕"当下小小说如何突围"等相关话题进行了深入研讨。

《小小说名家精品文库》由杨晓敏主编,沈阳出版社出版,收录津子围的《星星之城》、聂鑫森的《小人儿书店》、赵新的《乡里乡亲》、范子平的《都市沙漠》、刘建超的《老街故事》、佟继萍的《蒲河之约》6位作家的作品集。

该文库获得第三十六届全国城市出版社优秀图书二等奖。

12月8日,参会作家来到沈阳市沈河区教师进修学校,举行了《小小说名家精品文库》作家读者见面会暨捐赠仪式。

12月8日起,第十五届《金山》微型小说作家班(线上)面向全国招生。

12月10日,河北邯郸小小说年会在广平县召开。广平县人大原主任、小小说创作基地主任邵美周致欢迎词,市作协副主席、小小说艺委会主任赵明宇回顾了2023年邯郸小小说创作情况,并对2024年工作进行了安排部署。

市科协原副主席、艺委会顾问韩吉祥，就邯郸小小说沙龙情况进行了通报。爱心代理妈妈、磁县小小说沙龙负责人陈玉文分享了磁县小小说基地建设情况。广平县作协主席宋金全、成安县小小说艺委会主任朱顺设、肥乡县小小说组织筹备组田海石、市作协小小说艺委会秘书长赵海英，就各自工作情况做了汇报。大名县作协常务副主席赵社营向大家赠送了水杯、挂历等纪念品。来自曲周县、鸡泽县、永年区、峰矿区等地的作家许雷雷、刘文源、孙琳、王秋英、张建成、沙舟、李振海、吴世刚、岙红英、张秀兵、马以让、康世民、赵志广、武学福、曹雪英等30人出席年会，并就自己的创作情况和方向展开畅谈。

12月12日，由《小小说选刊》杂志社、河南省小小说学会承办的第十届（2021—2023年）小小"说金麻雀奖"评选启动。

12月12日上午，广东省文学志愿服务之"百名小小说作家进校园"活动第86场走进广大附中花都紫兰学校。中国作家协会会员、广东小小说学会副秘书长、广州市小小说学会会长、花都区作家协会副主席余清平应广大附中花都紫兰学校邀请，为该校初二年级100多名学生作了一场别开生面的小小说讲座。广州市小小说学会副会长刘强与该校文学辅导老师以及初二语文科组的老师也到讲课现场。

讲课期间，余清平以多样化提问的方式，与学生进行互动，气氛热烈。

讲座结束后，广大附中花都紫兰学校文学辅导老师以及初二语文科组向余清平和刘强赠送鲜花。余清平给学生签名留念。

12月15日，世界华文微型小说研究会与澳大利亚墨尔本中文写作协会主办"遇见中医药"征文大赛，从7月开始，到12月15日结束，进入评奖阶段。大赛组委会聘请凌鼎年为评委会主任。

12月16日，成都市微型小说学会第八次会员代表大会在成都举行。成都市文联文学部主任、成都市作协副主席、秘书长宁可，四川省小小说学会会长王平中，以及成都市金牛区、青羊区、锦江区、武侯区、龙泉驿区、新都区、温江区、大邑县、都江堰市、崇州市等区（县）作协代表及会员代表60余人参加会议。成都市微型小说学会第六届会长李永康应邀参加活动。会议由副会长曾明伟主持。

中国微型小说学会发来了贺信。

成都市微型小说学会第七届会长张中信在会上作第七届理事会工作报告，秘书长向仕才作财务报告。

参会代表审议了《成都市微型小说学会章程》，根据章程推选了第八届主席团委员及监事建议人选，现场投票选举产生了成都市微型小说学会第八届主席团委员蔡斌、孙尚举、曾明伟、雷位卫、曾颖、曾策、李俊杰、何大江、陈美桥和监事赖丽明，蔡斌当选为会长，孙尚举、曾明伟、雷位卫、曾颖等当选为副会长，陈美桥当选为秘书长。

　　新当选的会长蔡斌代表新一届班子作了表态发言。

　　12月16日，第二届"尚法杯"法治小小说全国征文大赛颁奖典礼在河北省文安县艺术中心举行。来自全国各地的作家、评论家、编辑、获奖作者，以及文安县公、检、法、司系统的朋友700余人与会。中国作家协会社会联络部主任李晓东，《民族文学》副主编陈亚军，《作家文摘》主编助理季冉，《小说选刊》"微小说"栏目首席编辑尚书，河北省作家协会宣教中心主任、人物周报社社长田耀斌，大赛评审委员会主任蔡楠，以及文安县委常委、政法委书记李文凯，县委常委、宣传部部长马玲，县政府副县长、公安局长毕振瑜，人民法院院长张国威，人民检察院检察长邢玉清，文安县司法局党组书记、局长卢涛，主任科员郭建国等领导和嘉宾出席会议，并为获奖者颁奖。

　　此次大赛征文主题是"法治建设与高质量发展"，从3月启动，共收到来自27个省（市、区）的来稿1500多篇。经过严格初评、终评，最终王东梅的《一丛新绿》、高春阳的《缓棋》获得一等奖，王国青的《堤岸》、王培静的《多亏碰到你》等5篇作品获得二等奖，周东明的《法官老谢》、梁柱生的《官司与地梨儿》等10篇作品获得三等奖，陈顶云的《不是一只鸡的事》、王锋的《该打的臭儿子》等45篇作品获得优秀奖，乌立波作家工作室荣获组织奖。

　　12月17日上午，河南商丘小小说创研会年会暨"康养杯"优秀会员表彰会在商丘日报社会议室召开。商丘报业集团党委书记、社长郭文剑，市文联副主席曹思航到会祝贺并致辞。商丘市作协原副主席、会长司玉笙，副会长许心龙、张学鹏、王巍，秘书长刘广豪，以及部分会员及夏邑县委宣传部原副部长韩丰，赞助单位代表30余人参会。

　　会议由创研会副秘书长张晓峰主持。创研会秘书长刘广豪作年度工作报告。市文联副主席曹思航、会长司玉笙为优秀会员侯小军、顿先海、张海洋、丁远山、侯小燕、黄翔玲等颁发了奖品和证书。增补唐风、陈承杰、刘艳华、侯小燕、刘雅峰为副秘书长。

中国作协会员、商丘小小说创研会副会长许心龙，将疫情三年间会员发表的作品整理汇集，自费印刷《商丘小小说优秀作品选》。

12月22日至24日，中国微型小说学会第四届会员代表大会在上海召开，来自全国各地的40余位作家代表参加了会议。中国作协社联部主任李晓东，社联部二级巡视员、社团处处长丰玉波莅会指导，上海作协党组书记、专职副主席马文运到会祝贺，中国小说学会、中国茅盾研究会、中国报告文学学会、上海故事家协会等兄弟学会发来贺电贺函。

会议审议通过了中国微型小说学会第三届理事会工作报告，修订了学会章程。选举产生了由43人组成的第四届理事会、14人组成的常务理事会。第四届理事会第一次会议以无记名投票方式，选举产生了中国微型小说学会新一届领导机构成员，选举夏一鸣为会长，张越、顾建平、高健、刘斌立、戴希、纪晨、伍建强（秦俑）、赵淑萍、闫占士（雪弟）为副会长，高健为秘书长（兼）。聘任颜廷君、方东明为副秘书长。

43名理事：陈美桥、崔立、戴希、方东明、高健、顾建平、郭晓霞、黄灵香、纪晨、李伶伶、李梦琦、李永康、李震宇、刘斌立、刘丙文、刘永飞、吕佳、吕啸天、南志刚、尚书、滕敦太、王平中、王琼华、王瑜明、韦如辉、秦俑、夏一鸣、相裕亭、徐东、徐福伟、徐全庆、徐向林、雪弟、颜士富、颜廷君、杨静龙、姚讲、张春、张凯、张越、赵莉、赵淑萍、朱虹。

学会增设了故事专业委员会、新媒体发展与传播委员会、青少年创意写作委员会等办事机构。

12月28日，"金醇古杯"全国小小说大奖赛在中国作协社会联络部、世界华文微型小说研究会的指导下，由陕西省精短小说研究会、陕西金醇古酒业有限公司、咸阳文学院、咸阳文学院长武分院联合承办，自2023年9月初开始，至2023年11月底结束，共收到全国各地来稿807篇。经评委会评选，获奖名单如下：

一等奖：

（湖南）戴希的《"金醇古"醉》

二等奖：

（湖北）李旭斌的《酒醉心理神》

（广东）吕啸天的《酒杀》

三等奖：

（山东）郑武文的《金醇香岁月》

（广东）易美的《醉倒历史的醇古酒》

（湖北）黄云玲的《就是他》

（甘肃）吴万军的《酒缘》

12月28日，由中国香港陈赞一博士教育基金有限公司主办，世界华文微型小说研究会协办的第一届陈赞一博士世界华文微型小说研究论文奖（2023），经评审，湖南邵阳学院文学院副教授、文学博士袁龙撰写的《论东瑞微型小说的叙事艺术——以微型小说集〈转角照相馆〉为中心》获此殊荣。

袁龙博士荣获第一届陈赞一博士世界华文微型小说研究论文奖（2023）奖状

12月初到12月底， 在世界华文微型小说研究会会长凌鼎年策划、组稿下，联系了美国《华府新闻日报》《伊利华报》《华人》杂志，加拿大《华侨新报》《加拿大商报》《七天》，澳大利亚《大华时报》《大洋报》，新西兰《澳洲讯报》，日本《中文导报》，泰国《新中原报》《中华日报》，印度尼西亚《印华日报》，菲律宾《联合日报》，新加坡《联合早报》，越南《西贡解放日报》，中国澳门《小说快报》11个国家和地区的17家华文报纸、杂志推出"世界华文微型小说作品专版"。发表了中国内地、中国香港、中国澳门、美国、加拿大、新西兰、澳大利亚、日本、德国、瑞士、奥地利、捷克、挪威、荷兰、新加坡、马来西亚、泰国、菲律宾、印尼、文莱、越南、南非、巴西23个国家和地区的微型小说作家的作品。

12月， 牛津大学出版社主编出版的《启思初中中国语文》一书，收录凌鼎年微型小说《沉重的鸡蛋》。

12月， 由福建《台港文学选刊》主编练建安主编的《红色小小说精品书系》，其中《第六个兵》(福建少年儿童出版社5月版)入选国家教育部向全国中小学图书馆(室)推荐书目。

12月， 刘海涛教授的"小小说创意读写"有声书和新形态数字教材由高等教育出版社编辑出版，12月底正式上线。这本《小小说创意读写15讲》的有声书，是与刘海涛教授国家一流课程"文学创意写作"相配套的实践训练课。

12月， 卧虎策划、主编的《2023年世界小小说年选》在中国联合出版社出版。

12月底， 小小说作家联盟评选出"2023世界小小说十大新闻"。

一、杨晓敏文学馆、凌鼎年文学馆、沈祖连小小说文学馆、王培静文学资料馆开馆。

二、渡边晴夫与全球小小说发展研讨会召开。

三、中国微型小说学会会员群成为小小说最大交流平台。

四、第二届中国微型小说(小小说)理论奖颁奖。

五、广东小小说事业一枝独秀。

六、小小说创作网络培训蓬勃发展。

七、《陈勇评传》和《中国当代微型小说百家论》(第三部)出版。

八、梅州小小说木兰军现象。

九、小小说作家联盟成立。

十、《2023世界小小说年选》出版。

12月底，小小说作家联盟评选出"2023世界小小说十大人物"，分别是杨晓敏、凌鼎年、甘应鑫、渡边晴夫、蔡楠、刘建超、谢志强、红墨、张晓林、郭晓霞。

2023年，由新加坡教育部推广华文学习委员会主办的"驻校作家"计划，让作家走进校园，推动校园的写作风气及微型小说等文体的创作。每年出版一册优秀学生作品集，由希尼尔及蔡志礼主编。出版、发布了第15册作品集《也无风雨也无晴》，其中48%是微型小说、闪小说作品。

陈赞一博士教育基金成立了"陈赞一博士教育基金香港微型小说教育及研究中心"。截至2023年12月，中心的成员名单如下：

总监：陈赞一博士。中心主任：陈曾群英女士。

专家创作委员：〔马来西亚〕朵拉女士，〔新加坡〕艾禺女士，〔新加坡〕希尼尔先生，〔中国〕凌鼎年先生、徐慧芬女士，〔印尼〕袁霓女士。

名誉研究员：林浩光博士、东瑞先生、姚朝文博士、袁龙博士、黄孟文博士、梁科庆博士、陶然先生、刘海涛先生、蔡益怀博士。

2023年，美国中文作家协会会长李岘主编的《心叙——美国中文作家协会作品集萃三》在美国南方出版社出版发行，收录了史德亮、洪萍、梅扬、唐丽萍、萧鹏飞、樊瑛等多位作家的微型小说作品。

附录：

一、闪小说大事记

2008年1月，《卧底·闪小说精选300篇》在天津百花文艺出版社出版，这是第一部汉语闪小说集，程思良作《小说星空的闪电》代序。

2008年2月28日，《文汇读书周报》发表尤珺评论《卧底·闪小说精选300篇》的文章《小身材的大味道》。

2008年3月12日至23日，菲律宾华文作家协会秘书长王勇在《菲律宾华报》上，围绕《卧底·闪小说精选300篇》，连发《闪小说》《心灵闪电》《拈花一笑》《惜墨如金》《别出心裁》《小说家族新成员》《言简意深》7篇评论，推介闪小说。

2008年4月4日，《美国都市报》发表记者综述《"闪小说"全盘中化》。

2008年11月，《微型小说选刊》2008年第11期发表中国社会科学院文学研究所教授、文学评论家樊发稼的《话说"闪小说"——读〈卧底·闪小说精选300篇〉随感》。

2008年11月，《小小说月刊》第11期开设"闪小说"专栏，是公开报刊上第一个正式开设闪小说栏目的刊物。

2008年12月，马长山、程思良主编的《中国迷你文学1000篇》在现代出版社出版，马长山作《大与小》的序言，其中"闪小说"卷收录闪小说近300篇。

2009年8月至11月，天涯社区·短文故乡与《小小说月刊》杂志社联合举办了"小小说月刊杯"中国首届闪小说大赛。这是中国首次举办的闪小说大赛。蔡中锋的《鸳鸯名片》、黄会兵的《富人的慈善》、禾刀的《证据》、梁闲泉的《魔术师》、罗治台的《疫》获金奖。

2010年5月初，《闪烁其词系列闪小说丛书》，共4本，在湖南人民出版社出版。

2010年5月14日，《星岛日报》"读书"版在头条位置发表评论《闪小说丛书，迷你没商量》，隆重推介由湖南人民出版社推出的"都市心情书系"之《闪烁其词系列闪小说丛书》(《宦途多棱镜》《两性爱与怨》《悬疑N档案》《芸芸众生相》)。

2010年5月，菲律宾博览国际传播公司推出马长山、余途主编的《当代世界华文闪小说精品文库》(一套9本)。

2010年7月23日，菲律宾《世界日报》刊发王勇的《崛起的闪小说》。

2010年7月，《小小说月刊》杂志社、天涯社区"短文故乡"联合主办的"小小说月刊杯"中国第二届闪小说大赛启动。

2010年10月26日，江苏的程思良创建中国闪小说作家总群QQ群，群员人数达1300多人，该群成为闪小说作者网上交流的重要阵地。

2010年11月25日，香港《文汇报》刊发邹嘉彦的《细说新新语："快闪"与"闪小说"》。

2010年12月，程思良闪小说集《仕在人为》获2010年度溧阳市文艺成果奖二等奖。

2011年3月11日，新加坡《联合早报·文艺城》推出新加坡华文作家的第一个闪小说特辑。

2011年3月，"中国闪小说作家网"创建，站长黄超鹏，从此有了独立的闪小说专门网站。

2011年4月，司马攻在泰国《亚洲日报》副刊《泰华文艺》，率先发表了8篇闪小说；同时，又在《泰华文学》刊出《什么是闪小说》，并附4篇闪小说，把闪小说这种新兴的文体引入泰华文坛。

2011年8月，泰国《亚洲日报》推出王勇、程思良组稿的《中国大陆闪小说专辑14则》。

2011年8月，程思良闪小说集《迷宫》获2010年度溧阳市文艺成果奖一等奖。

2011年9月，泰华作协在《泰华文学》第59期开辟闪小说专辑，发表了26位作家的99篇作品。

2011年9月，印度尼西亚晓星在《国际日报》上发表《"闪小说"的兴起》一文，向印尼华文读者介绍闪小说这一新文体。

2011年10月15日，《越南华文文学》总第14期推出程思良与菲律宾作家王勇组稿的《中国大陆闪小说专辑》，并配发程思良撰写的《崛起中的闪小说》。

2011年10月，《当代中国闪小说名家作品集》，共20本，在吉林人民出版社出版。

2011年10月，由微型小说选刊杂志社编选的《中国当代闪小说超值经典珍藏书系》，共10本，在百花洲文艺出版社出版。

2011年11月，经过马长山、蔡中锋、程思良、余途等人策划，《当代闪小说》杂志创刊，蔡中锋任主编，程思良任执行主编。

2011年11月，《香港文学》第11期刊登"新加坡闪小说展"，收录希尼尔等10位作家的36篇作品，同时发表刘海涛教授的赏析文章《闪小说的阅读情趣和艺术创新——新加坡闪小说阅读印象》。

2011年12月，泰国司马攻在泰华作协出版了《心有灵犀——司马攻闪小说140篇》，该书既是海外第一部华文闪小说集，也是海外第一部华文闪小说个人专著。

2012年1月8日，泰国华文作家协会在曼谷明达粦酒店举行"2012年闪小说、小诗研讨会"，这是海外举办的第一个华文闪小说研讨会。

2012年1月16日至21日，泰国《中华日报》连续推出3个专版的《中国大陆闪小说专辑》，由刘克升、程思良组稿。

2012年1月30日，印尼《国际日报》刊发程思良的《崛起中的闪小说》。在该报编辑晓星的支持下，此后，每周均推出中国大陆闪小说作品，本年度刊登数十位作者的近百篇闪小说专版。

2012年2月12日，马长山、程思良、蔡中锋、余途等天涯社区闪小说版块的师友一起，成立了中国闪小说学会，在香港注册，马长山为首任会长。

2012年3月，《泰华文学》第61期集中刊发泰国作家的一组研讨闪小说的文章。

2012年3月至5月，中国闪小说学会、海南儋州国朝茶业工贸有限公司联合主办第一届"千年古盐茶杯"海内外华文闪小说大赛。孙逸的《如初》获一等奖。

2012年4月至12月，中国闪小说学会在闪小说作家网举办"2012中国闪小说年度总冠军大赛"，麻坚的《爱人》获得年度总冠军。

2012年4月5日，闪小说作家吴宏鹏在泉州轻工学院开设《闪小说——小说家族中的新成员》主题讲座。

2012年4月15日，印尼林万里在苏甲巫眉爱心俱乐部开设闪小说讲座。

2012年5月1日，菲律宾《世界日报》推出王勇、程思良组稿的《中国大陆闪小说专辑》及《闪小说大事记》。

2012年5月15日，吴作奎博士在黄冈师范学院做"闪小说赏析"学术讲座。

2012年6月25日，菲律宾《世界日报》刊发程思良的《崛起中的闪小说——中国大陆闪小说概述》。

2012年6月，《当代闪小说》第3期推出《泰国华文闪小说专辑》。

2012年7月17日、19日，泰国的《中华日报》《亚洲日报》《新中原报》分别推出《中国闪小说名家马长山专辑》《中国闪小说名家程思良专辑》（配发作者简介）。

2012年7月20日至24日，受泰国华文作家协会邀请，中国闪小说的倡导者马长山、程思良赴泰国开设闪小说讲座，与泰国的300多位华文作家交流探讨闪小说。会上，马长山作了《关于创作寓言式闪小说的几点体会》的讲座，程思良作了《崛起中的闪小说——中国大陆闪小说概述》的讲座。

2012年7月27日，山东省青年作家协会等单位在沂水县举办刘克升闪小说集《为什么我们依然纠结》作品研讨会。

2012年7月28日，泰国司马攻主编的荟萃36位作家共278篇闪小说的《泰华闪小说集》出版，泰华作协举行了《泰华闪小说集》新书发布会。

2012年7月，新加坡《新华文学》第77期发表了新加坡作家的68篇闪小说作品。

2012年7月至9月，程思良在天涯社区·短文故乡组织了"司马攻闪小说集《心有灵犀》网络研讨会"，凌鼎年、马长山、程思良、陈华清等数十位作家与文友撰文参与研讨。

2012年8月27日，江苏南通市检察院文联在如皋市举办段国圣闪小说研讨会。

2012年9月，新加坡作家协会与新加坡书籍发展理事会联办的"书写亚洲"文学座谈会上，由南治国、希尼尔、林高向与会者讲述闪小说的艺术特征、创作与赏析。

2012年10月，新加坡陈志锐博士在新加坡国营的电台向听众推介闪小说。

2012年11月，程思良主编的《智慧的闪光——〈心有灵犀〉评论选》在泰华文学出版社出版。泰国华文作家协会会长梦莉作《中泰作家心灵共闪》

的代序，程思良作了《一部具有开创意义的文集》自序。收录了凌鼎年、蔡中锋、余途、马长山等人的评论。该书是第一部正式出版的华文闪小说评论集。

2012年，由泰国司马攻主编、晶莹执编的《泰华闪小说集》，10万字，在泰华文学出版社出版。司马攻作《蹊径闪中来》的序言。

2012年，《微型小说选刊》杂志社主编陈永林选编的《闪小说·找阳光的笨小孩》《闪小说·月亮是妈妈的枕头》2部闪小说集被江西省教育厅分别列入2012年中小学"暑假读一本好书"初中阶段与高中阶段推荐书目。

2013年1月17日，印度尼西亚《国际日报》推出《2012年度中国闪小说总冠军大赛专辑》。

2013年1月19日，扬州市作家协会在扬州举办许国江闪小说集《感觉什么是什么》研讨会。

2013年1月28日，赤峰市《红山晚报》论坛举办迟占勇闪小说作品网上研讨会。

2013年4月，四川文艺出版社出版了泰国华文作家司马攻的闪小说集《我也要学中文》。这是中国首次出版海外华文作家的闪小说作品集。

2013年6月，由程思良主编的《阅读新潮流·当代闪小说名家名作》，共10本，在北京燕山出版社出版。

2013年6月，由程思良主编的《轻快悦读悦活闪小说系列》，共8本，在河北人民出版社出版。

2013年7月，山东省临沂在线青藤文学网与中国闪小说学会联办"佛光照明杯"闪小说大赛，谢林涛的《回家》获一等奖。

2013年8月17日，2013年中国闪小说学会菏泽笔会在山东菏泽举办。

2013年8月，新加坡周粲的《餐桌无战事：周粲闪小说选集》由八方文化创作室出版。该集子收录了120篇闪小说，这是新加坡第一本以"闪小说"命名的个人创作集。

2013年9月，蔡中锋主编的《当代中国闪小说精华选粹》（3卷）由北岳文艺出版社出版。

2013年9月，新加坡希尼尔、学枫主编的《星空依然闪烁——新加坡闪小说选》出版，收录闪小说与赏析文章180篇，玲子传媒出版。这是新加坡第一部闪小说选集。

2013年11月26日，山西省左云县文联成立左云闪小说学会，选举李进为会长。

2013年12月11日，山东省菏泽市牡丹区疾病预防控制中心和中国闪小说学会联合主办的"牡丹疾控杯"中国第三届闪小说大赛评选结果揭晓。吴宏鹏、杨希珍、秦德龙、迟占勇、薛长登等获金奖。

2013年12月25日，《小说月刊》杂志社在小小说作家网"小说月刊"版举办"程思良小说网络研讨会"结束，为期一个月，共有119篇评论文章参与研讨。

2013年12月，《泰华文学》第68期为"2013年泰华闪小说比赛优秀作品出版专辑"。除刊登获奖的16篇闪小说外，还刊出优秀作品84篇。

2013年，泰国华文作家协会主办的"2013年泰国华文闪小说有奖征文比赛"，系海外首次举办的华文闪小说大赛。评选出冠军为曾心的《卖牛》，亚军为晓云的《养子》，季军为若萍的《一个油饼》、蛋蛋的《同在一条船》，以及12名优秀奖的作品。

2013年12月，中国闪小说学会主办了"2013中国闪小说年度总冠军大赛"，历时一年，谢林涛的《回家》获年度总冠军。

2014年2月，由蔡中锋主编的《中国闪小说年度佳作2014》在贵州人民出版社出版。

2014年4月6日，《小说月刊》杂志社在小小说作家网"小说月刊"版举办了为期一个月的王雨闪小说网络研讨会。

山西省大同市作家协会闪小说学会，选举李进为会长。这是全国第一家地市级闪小说组织。

2014年5月3日，新加坡作家协会在新加坡国家图书馆为《星空依然闪烁——新加坡闪小说选》举行导读及分享会。

2014年5月11日，新加坡八方文化创作室主办《瞬间精彩，心间长存：周粲和蔡志礼品味闪小说》座谈会，蔡志礼博士与作家周粲对谈闪小说的创作与赏析。

2014年5月23日至26日，由厦门市东南亚华文文学研究会、厦门大学东南亚华文文学研究中心、泉州师范学院和菲律宾华文作家协会等联合主办的第十届东南亚华文文学国际研讨会召开，泰国曾心提交的论文是《泰华闪小说的崛起》。

2014年5月，泰华作协的《泰华文学》第71期开辟闪小说专栏，发表50篇闪小说作品。

2014年6月，《香港文学》在第6期首次推出"世界华文闪小说展"。陶然主编辑撰写"卷首漫笔"《灵光一闪，指尖起舞》，对小说家族新成员"闪小说"予以介绍。本次大展集中推出了泰国、新加坡、印度尼西亚、马来西亚、越南、新西兰、美国、加拿大、中国内地和台湾、香港、澳门等国家和地区的57位华文作家的138篇闪小说佳作。

2014年7月，中国闪小说学会在半卷书闪小说站举办第一季"海内外华文闪小说季度同题赛"评选揭晓，金奖为憨憨老叟的《秘密》。

2014年7月，菲律宾王勇的闪小说评论集《掌上芭蕾——王勇话闪小说》由菲律宾博览国际传播公司正式出版。该书是世界上第一部评论汉语闪小说的个人专著。

2014年8月12日，山西同煤集团作家协会在大同市举办"闪小说文化走向研讨会"。

2014年8月17日，江苏省溧阳市作家协会等单位在溧阳市图书馆举办"闪小说创作座谈会"。

2014年8月，郑州陀螺文化传播有限公司与中国闪小说学会在陀螺文化网联合举办首届"陀螺文化杯"全国闪小说大赛评选结果揭晓，一等奖为何学滔的《喊山》、袁达柒的《留白》。

2014年8月，文化部主管的重点学术期刊《中国艺术时空》2014年第4期特设"闪小说"栏目，刊发马长山论文《闪小说：21世纪小说家族的新成员》及程思良论文《前行中的闪小说——东南亚华文闪小说的崛起及其他》。

2014年8月，泰华文学出版社出版中泰闪小说合集《黄河湄南河上的星光》（司马攻、程思良主编）。该书由中国闪小说学会与泰国华文作家协会合作出版，两国各精选100篇闪小说佳作。

2014年9月10日，"欧洲28国闪小说"项目在北京举办新闻发布会。自10月6日起，主办方在中国的网络平台上，展示欧盟28个成员国的青年作者创作的140篇闪小说。欧洲28国的驻华大使、中国闪小说作家论坛站长付秋菊等应邀出席了发布会。会议的总负责人高岩着重介绍了中国闪小说，他说："我们有闪小说独立网站、论坛、微信和微博，希望以后的合作项目会更多。"作为合作方，自10月6日起，中国的多个闪小说网站与微博平台开设了"欧洲28国闪小说"版块，以每周一个国家、每天一篇闪小说的方式，向中国读者推荐欧洲青年作者的闪小说。这一活动的开展，促进了中欧闪小说更广泛的交流与合作。

2014年9月，新加坡林锦的闪小说《回家》被改编成微电影，是新加坡作家节的节前活动"UTTER 2014"的项目之一，安排在电影院和艺术之家放映。

2014年10月，程思良的闪小说评论集《小说星空的闪电——程思良话闪小说》由线装书局正式出版。该书是中国第一部评论闪小说的个人专著。泰国作家司马攻作序《另一道闪光的烁亮》，北京作家马长山作序《七年辛苦不寻常》。

2014年10月，中国闪小说学会在半卷书闪小说站举办第二季"海内外华文闪小说季度同题赛"评选揭晓：金奖为一铳补全功的《孝》。

2014年11月19日，中国国务院侨务办公室主办，暨南大学、中国世界华文文学学会承办的首届世界华文文学大会上，司马攻发表《泰国华文微型小说与闪小说相辅相成》的演讲。

2014年11月，由四川红鹤酒业有限公司赞助，中国闪小说学会、《当代闪小说》杂志、四川省小小说学会、《四川文学》(中旬版)、《西南商报社》在中华微型小说网上联合举办的"红茅液杯"全国闪小说有奖征文大赛评选揭晓：一等奖为飘尘的《追鹰少年》、牟喜文的《高原雄鹰》。

2014年12月21日，中国闪小说学会进行换届，选举江苏溧阳的程思良为会长。

2014年12月，中国闪小说学会举办为期一年的"2014中国闪小说年度总冠军大赛"评选揭晓：提拉米苏的《那年那羊》获得年度冠军。

2014年12月，江尚舟出资赞助的天涯社区网举办"短文故乡杯"全国闪小说大奖赛评选揭晓：一等奖空缺，舒仕明的《抓车门的小男孩》、殷茹的《一个女人的战争》获二等奖。

2015年1月，由中国闪小说学会主办的《闪小说》杂志创刊，程思良任主编。

2015年2月，由山东蔡中锋主编的《中国闪小说年度佳作2014》，33.6万字，蔡中锋作序言，在贵州人民出版社出版。

2015年2月13日，保加利亚索非亚孔子学院在本校举行"欧洲闪小说"座谈会，并为保加利亚"闪小说"获奖者颁奖。

2015年3月21日，江苏省溧阳市文教书店举办"常州市闪小说创作座谈会"。

2015年3月，由《小说选刊》杂志社在北京举办的"首届全国微型小说高峰论坛"上，其其格主编在《推动精湛汉语写作》的总结发言中说："近年来，全国各地以小小说、微小说、闪小说等命名的各级学会及研究机构非常活跃，作者队伍也很有规模，理论与批评等方面成效卓著，感觉这个领域发展十分迅猛。"

2015年3月，由新加坡希尼尔、蔡家梁主编的《星空依然闪烁：新加坡闪小说选》在华中科技大学出版社出版。

2015年3月，希尼尔为新加坡国家艺术理事会主办的"Words Go Round"工作坊主讲《闪小说的鉴赏》。

2015年4月2日，由中国闪小说学会主办、闪小说作家网承办了为期一个月的王平中闪小说作品网络研讨会。

2015年5月11日，由中国闪小说学会主办、闪小说作家网承办了为期一个月的段国圣闪小说作品网络研讨会。

2015年5月，新西兰华文作家协会原会长林爽与中国闪小说学会会长程思良联手发起"第一次世界华文闪小说同题大展"系列活动，由林爽编辑、程思良点评。入展作品在新西兰《先驱报》、美国《明州时报》全部刊发。

2015年6月18日，由中国闪小说学会主办、闪小说作家论坛"理论赏评"版承办了为期一个月的途闪小说作品网络研讨会。

2015年6月28日，吉林省闪小说学会在吉林长春正式成立，选举贾淑玲为会长。

2015年6月，希尼尔在新加坡教育部主办的创意写作营（CAP Programme）工作坊，为中学生主讲《闪小说的创作与赏析》。

2015年7月8日，贵州闪小说学会成立，选举龙艳为会长。

2015年7月9日，浙江闪小说学会成立，选举黄克庭为会长。

2015年7月11日，湖南闪小说学会成立，选举戴希为会长。

2015年7月16日，四川闪小说学会成立，选举王平·中为会长。

2015年7月，山西闪小说学会成立，选举李进为会长。

2015年7月19日，江苏省闪小说学会在江苏泗阳大禾庄园举行成立仪式。会议选举蓝月为会长，颜士富、何开文、满震为副会长，范进为秘书长，并组成了来自全省20余人的理事会。理事会还聘请世界华文微型小说研究会秘书长、中国微电影与微小说创作联盟常务副主席凌鼎年为江苏省闪小说学会名誉会长。

本次会议得到了泗阳大禾庄园的大力支持。会议一致通过大禾庄园为江苏省闪小说学会首家创作基地。泗阳县委宣传部副部长、文联主席、《林中凤凰》杂志主编张荣超到会祝贺。

2015年8月3日，山东闪小说学会成立，选举林纾英为会长。

2015年8月5日，河南闪小说学会成立，选举殷茹为会长。

2015年8月15日，南美洲华文作家协会在中华会馆举行文学座谈会，以"闪小说交响阅"之命题探讨闪小说之创作欣赏，由林美君、邓幸光主持。

2015年8月29日，新加坡唐城图书馆举办狮城作家系列活动，邀请已经出版了两本闪小说的周粲分享他的闪小说，在这场读者与作者的见面交流会上，周粲分享了他的闪小说创作心得。

2015年8月，陀螺文化网举办"陀螺文化杯"第二届幽默闪小说比赛评选揭晓：陈德君的《二秀和那个日本小兵》获一等奖。

2015年8月，梁景伟赞助、河南闪小说学会举办的"首届河南闪小说大赛"评选揭晓：一等奖空缺，王垣升的《争》、王伟的《考驾证》获二等奖。

2015年9月23日，安徽省闪小说学会在蒙城县庄子祠成立，选举邵健为会长。

2015年11月22日，由河南省作协、河南省文学院、小小说作家网等联合举办的2015中国小小说年会在河南新乡举行，会上程思良被评为"2015中国小小说十大热点人物"。

2015年12月，《香港文学》第12期再次推出"世界华文闪小说展"，集中展出22位华文作家的44篇闪小说佳作，涉及新加坡、马来西亚、泰国、文莱、荷兰、澳大利亚、巴西、德国，以及中国内地、香港、台湾等国家和地区。

2015年12月，中国闪小说学会与《小小说月刊》杂志社联合主办、深圳著名画家孙国胜赞助的"小小说月刊杯"2015中国闪小说年度总冠军大赛评选揭晓，憨憨老叟的《如果先生的墓志铭》获得年度总冠军。

2015年12月，由湖南闪小说学会主办、东莞潇湘文化传播有限公司总经理罗建云赞助的湖南首届"潇湘文化杯"闪小说联谊赛评选揭晓：张红静获第一名。

2015年12月，四川省闪小说学会举办的"会员闪小说作品月赛"评选揭晓：黎凡的《小白是只狗》、岳秀红的《祭奠品》等26篇被评为优秀作品（未设等级奖）。

2015年12月，山东闪小说学会在闪小说作家论坛"山东版"举办"二十四节气"同题闪小说征文活动。

2015年12月，《微型小说月报·原创版》2015年第12期正式开设"闪小说"栏目。

2016年1月，《小小说月刊》杂志社荣获2015年度中国闪小说总冠军大赛优秀组织奖。

2016年1月，中国闪小说学会、《小小说月刊》杂志社联合主办的"小小说月刊杯"2016中国闪小说年度总冠军大赛征文启动。

2016年3月16日，马来西亚朵拉应邀赴马来西亚大山脚日新独中首届武吉文学节上为学生主讲《闪烁的星光——闪小说》。

2016年3月，中国闪小说学会在闪小说作家论坛举办了为期一个月的杨世英闪小说网络研讨会。

2016年3月，段国圣闪小说集《先走一步》获第三届如皋市文学艺术奖铜奖。

2016年4月8日，马来西亚朵拉应邀赴马来西亚的北海钟灵中学（卓越学校）开设闪小说讲座。

2016年5月6日，美国《明州时报》推出第四次世界华文同题大展。点评：［中国内地］程思良。编辑：（中国香港）林兆荣、［新西兰］林爽。

2016年5月7日，常州市地方文化研究会闪小说学会成立大会在江苏常州市举办，选举史建树为会长。

2016年5月，中国闪小说学会在闪小说作家论坛举办为期一个月的叶雨闪小说网络研讨会。

2016年6月，蔡中锋、程思良等天涯社区闪小说版块的师友一起，成立了中国闪小说学会，在香港注册。

2016年6月，湖南省衡阳市团市委与本地各高校联合举办的"蒸湘医院杯"首届青春闪小说大赛评选揭晓：南乡子的《南乡》获第一名。

2016年6月，程思良主编的《聚焦文学新潮流——当代闪小说精选》在安徽文艺出版社出版。该书精选了包括王蒙、凌鼎年、司马攻、陶然、希尼尔、朵拉等中外当代66位作家的264篇汉语闪小说佳作。程思良作《当下流行闪小说》序言。

2016年6月，由中国闪小说学会、常州市地方文化研究会主办的《吴地文化·闪小说》创刊。程思良出任主编。

2016年7月16日，安徽省闪小说学会与淮南市作家协会等单位在淮南市图书馆举办"桂林闪小说研讨会"。

2016年8月，山西省闪小说学会、《同煤文艺》杂志社、《今日大同网》杂志社、《塞北文苑》杂志社、《左云文艺》杂志社主办的首届"云冈杯"全国闪小说大赛结果揭晓，憨憨老叟的《白云飘》获一等奖。

2016年9月9日，2016安徽省闪小说学会年会在蒙城县举办。

2016年9月15日，吉林闪小说学会与《小说月刊》杂志社联合主办了历时4个月的《小说月刊》杂志闪小说友谊赛。

2016年9月16日，国家一级学会中国寓言文学研究会（中国作家协会主管，民政部注册）召开常务理事会，通过了成立闪小说专业委员会的决议，委任程思良为会长（2021年改称主任）。

2016年9月，菲律宾林素玲的微型小说、闪小说集《觉·有情》在菲律宾出版。

2016年10月，由中国寓言文学研究会闪小说专业委员会在闪小说作家论坛举办为期一个月的杨世英闪小说网络研讨会。

2016年12月19日，浙江越秀外国语学院邀请泰国知名作家梦凌在中文学院学术报告厅"镜湖人文讲堂"开设"第三只眼看世界：闪小说和剧小说的抒写，适应时代的潮流"主题讲座。

2017年1月，菲律宾博览国际传播公司出版了程思良、程赛男主编的《2016中国闪小说佳作选》。

2017年3月8日，山东闪小说委员会与山东省乳山市德泰银海商贸城有限公司联合举办的首届"德泰银海杯"全国闪小说大赛评选结果揭晓，白文岭的《雾锁江南》、代应坤的《背包》获一等奖。

2017年3月9日，由"闲泉侃文"闪小说专业微信平台主办、原艺西安店赞助的首届"金凤凰杯"全国闪小说大赛评选揭晓，代应坤、西楼、孙文胜、桃子、憨憨老叟、［菲律宾］米丽亚获金奖。

2017年3月25日，程思良应国家图书馆邀请赴北京开设《闪小说——小说家族新成员》讲座。

2017年3月29日，由中华精短文学学会《作家文苑》报编辑部主办的首届"文苑杯"全国闪小说大赛评选结果揭晓，罗飞的《来自远方的敬礼》获一等奖。

2017年3月下旬，刘海涛教授应马来西亚槟华堂文学组主任朵拉邀请，到马来西亚主讲闪小说。

2017年3月31日，《微型小说月报》编辑部、北京微然心动文化传媒有限公司、中国寓言文学研究会闪小说专业委员会联合举办"首届全球华语闪小说锦标赛"，历时一年，收到来自全球各地的华语作者来稿3万多篇，黎凡的《左耳》获第一名。

2017年3月，由蔡中锋主编的《中国闪小说年度佳作2016》，33.8万字，蔡中锋作《充满智慧的闪小说》序言，在山东人民出版社出版。

2017年3月，中国寓言文学研究会闪小说专业委员会在闪小说作家论坛举办为期一个月的剑言—白闪小说网络研讨会。

2017年4月26日，浙江越秀外国语学院、浙江工商大学出版社举办《新世纪东南亚华文闪小说精选》新书发布会暨东南亚华文微型小说国际研讨会。

2017年4月29日至5月1日，安徽省闪小说委员会在六安市开展红色六安文学采风活动暨闪小说创作座谈会。

2017年4月，《湖南2016年度闪小说精选暨第二届"潇湘文化杯"全国闪小说大赛优秀作品集》由团结出版社出版，戴希担任主编。

2017年4月，新加坡林高的闪小说集《框起人间事》出版。

2017年5月5日至7日，印尼印华文学社庆祝成立10周年，并主办文学讲座。新加坡作家林锦受邀发言，主讲课题为《在生活中发掘闪小说题材》。

2017年5月8日、9日，受泉州师范学院与华侨大学之邀，马来西亚朵拉先后在泉州师范学院、华侨大学开设讲座，主讲《闪烁的星光——闪小说》。

2017年5月9日，应闽南师范大学之邀，菲律宾王勇在闽南师范大学文学院主讲《闪小说与闪小诗的诗意互通》。

2017年5月9日，中国寓言文学研究会闪小说专业委员会在闪小说作家论坛"理论赏评"版举办为期一个月的"朵拉闪小说作品研讨会"。

2017年5月20日，由中国寓言文学研究会闪小说专委会、四川省小小说学会暨闪小说专委会、四川省达州市达川区平滩镇石峰村"两委"会联合举办的"进士杯"全国闪小说有奖征文活动评选结果揭晓，雁戈的《解药》获一等奖。

2017年5月，《德厚流广——首届"德泰银海杯"全国闪小说大赛优秀作品集》由菲律宾博览国际传播公司出版，滕连庆担任主编。

2017年6月28日，由中华精短文学学会、《作家文苑》编辑部、《营山文学》编辑部联合举办的第二届"文苑杯"全国闪小说竞赛结果揭晓，赵同胜的《俺不认得他》获一等奖。

2017年7月1日，中国寓言文学研究会闪小说专业委员会在闪小说作家论坛"理论赏评"版举办了为期一个月的梦凌闪小说作品研讨会。

2017年7月8日，由加拿大中国笔会等单位主办的"中加作家诗文朗读会"，特邀北大才女、资深媒体工作者王燕云朗读了著名作家凌鼎年的闪小说《最出名的一男一女》。

2017年7月22日，山东省闪小说委员会在乳山市举办首届"德泰银海杯"全国闪小说大赛颁奖活动与作品研讨会暨山东省闪小说乳山创作基地揭牌仪式。

2017年7月27日，厦门市委文明办、市司法局、鹭江出版社、市文联、市作协等单位联合在厦门驻军某部举办军旅闪小说作家吴跃建的闪小说集《军魂闪闪》首发式等系列活动。

2017年7月，岭南师范学院刘海涛教授在内蒙古大学主讲《移动互联时代的闪小说、小小说、剧小说》。

2017年7月，吴跃建（剑言一白）的军旅闪小说集《军魂闪闪》由福建省鹭江出版社出版。该书为军旅作家吴跃建献礼建军90周年之作，也是中国第一本军旅闪小说集。

2017年7月，由朱文斌、曾心主编的《新世纪东南亚华文闪小说精选》在浙江工商大学出版社出版，收录了东南亚国家的微型小说作品。

2017年7月，浙江工商大学出版社出版了浙江越秀外国语学院副院长朱文斌教授与泰国华文作家协会副会长曾心主编的《新世纪东南亚华文闪小说精选》，书中收录了东南亚七国（新加坡、马来西亚、泰国、印度尼西亚、菲律宾、越南、缅甸）42位作家、315篇闪小说，囊括了东南亚老、中、青三代华文作家的精品力作。

2017年8月17日，由广东省闪小说委员会与深圳市悦月佳教育发展有限公司主办的首届"悦月佳教育杯"全国闪小说大赛评选结果揭晓，夏照强的《父亲树》获一等奖。

2017年8月24日，由江山文学网主办、著名画家谢登科赞助的"登科杯"2017全国闪小说大赛评选结果揭晓，熊心可鉴的《娘，你是我的大海》获一等奖。

2017年8月初，新加坡希尼尔闪小说集《恋恋浮城》由新加坡玲子传媒出版公司出版。

2017年8月，希尼尔的闪小说集《恋恋浮城》获第二届"方修文学奖"短篇小说组特优奖。

2017年9月10日，由中国寓言文学研究会闪小说专委会暨四川委员会、四川省小小说学会闪小说专委会、资阳市作家协会、四川省安岳县电影电视艺术家协会、四川宝森农林科技有限公司联合举办的"宝森杯"全国闪小说有奖征文活动揭晓，王平中的《宝森闪小说四题》获特别奖，飘尘的《画家》、雁戈的《月亮升起之前》获一等奖。

2017年9月23日，中国寓言文学研究会闪小说专委会、安徽蒙城县委宣传部、蒙城县文联举办的"梦蝶杯"全国寓言闪小说大赛评选结果揭晓：王立红的《凤脊》、吴晓云的《梅子》获金蝶奖，在蒙城县庄子祠举办了颁奖会。

2017年9月，《宝森之光——中寓四川闪小说委员会有奖征文获奖作品集》由团结出版社出版，王平中任主编。

2017年10月3日至5日，中国寓言文学研究会闪小说专委会、四川省小小说学会闪小说专委会、四川省资阳市作家协会、安岳县电影电视艺术家协会、四川宝森农林科技有限公司在四川省安岳县举办"宝森杯"全国闪小说征文大赛颁奖典礼、获奖作品集发布会暨中国闪小说高端论坛等系列活动。

2017年10月8日至10日，浙江大学在杭州举办"一带一路"与世界华文文学峰会——"含英咀华：世界华文文学理论探讨与创作实践"国际学术研讨会。大会上，交流《世界华文文学》杂志社社长白舒荣的《以推动微型小说和闪小说创作为例——泰华作协对华文文学创作繁荣发展的贡献》、世界华文微型小说研究会副会长王勇的《世界华文文学的创作现状与文学发展——我在菲华推广"闪小说"与"闪小诗"的心得体会》、泰华作家协会会长梦莉的《泰华文学的现状与展望》等论文，以及云南大学教授杨振昆、新加坡的符永明与邱克恩在大会上的演讲，或专门论述闪小说，或涉及闪小说。

2017年11月1日，《人民日报》（海外版）发表文学评论家白舒荣的文学评论《泰国华文闪小说风生水起》。

2017年11月17日，由中国寓言文学研究会闪小说专业委员会暨河南省闪小说委员会主办、中国洛阳顺驰驾校协办与赞助的"中国洛阳·顺驰杯"2017年全国闪小说大赛评选揭晓，谢素军的《洛阳亲友如相问》获一等奖。

2017年11月18日、19日，中国寓言文学研究会闪小说专委会与浙江龙游县旅游局在龙游县红木小镇举行闪小说创作基地授牌仪式、"游龙杯"2017全国闪小说大赛启动仪式、2017中国（龙游）闪小说创作研讨会、闪小说名家看龙游等系列活动。

2017年11月27日至12月9日，厦门市东南亚华文文学研究会、厦门大学东南亚华文文学研究中心、厦门大学南洋研究院、中国东南亚研究会、泰华作家协会、厦门城市职业学院等单位联合主办"第十二届东南亚华文文学国际学术研讨会暨东南亚华文文学研究三十周年论坛"。与会交流论文中，专论闪小说的论文有：[新加坡]林锦博士的《新马泰闪小说的发展及其创作特色》、王丹红教授的《泰华社会的万花筒——试论〈泰华闪小说集〉》、林明贤教授的《闪耀于湄南河上空的群星——试论泰华闪小说》。

2017年11月，由程思良主编的《中国当代闪小说精品》，33.2万字，在福建少年儿童出版社出版。程思良作前言。

2017年12月24日，河南省闪小说委员会与洛阳顺驰驾校在洛阳举办"顺驰杯"2017年全国闪小说大赛颁奖典礼。

2017年12月31日，熊荟蓉出资赞助的"茶圣陆羽"杯全国闪小说征文大赛评选结果揭晓，何康妮的《火红的勋章》获一等奖。

2017年12月，安徽省闪小说学会在安徽蒙城举办2017年年会。

2017年，澳大利亚的《澳华文学》开设"闪小说"栏目。

2017年12月，中国寓言文学研究会闪小说专业委员会与《小小说月刊》杂志社联合主办"小小说月刊杯"2017中国闪小说年度总冠军大赛，为期一年，评选揭晓：王立红的《菊殇》获年度总冠军。

2018年1月3日，由中国寓言文学研究会闪小说专业委员会暨浙江闪小说委员会与龙游县旅游委员会联合主办的"游龙杯"全国闪小说有奖征文大赛评选揭晓：宗玉柱的《打赌》、车厘子的《布鲁托》获一等奖。

2018年1月4日，深圳"邻家文弹"邀请憨憨老叟开设"浅谈闪小说及其几种创作方法与技巧"主题讲座。主持人：晓霞。

2018年1月10日，湖南闪小说委员会主办的"湘情杯"全国闪小说有奖征文大赛评选结果揭晓，剑言一白的《满门忠烈》获一等奖。

2018年1月14日，中国寓言文学研究会闪小说专委会深圳创研基地揭牌暨谢林涛闪小说作品研讨会在深圳沙井举行。

2018年1月22日，湖北闪小说委员会在天门市成立，选举熊荟蓉为会长。

2018年1月，《小小说选刊》自第1期起，正式开设"闪小说"专栏。

2018年1月，新加坡艾禺的闪小说集《心中的火车》在新加坡出版。

2018年1月，中国寓言文学研究会闪小说专业委员会组织举办了"2017年度中国闪小说十大热点事件与十大新锐作家"评选活动。

2018年3月，湖北闪小说委员会主办的《荆楚闪小说》创刊，熊荟蓉任主编。

2018年3月，新加坡希尼尔应新加坡国家艺术理事会之邀，在"作家节"系列活动中的"Words Go Round"工作坊，向中学生主讲《闪小说的创作与赏析》。

2018年4月15日，内蒙古自治区赤峰市评论家协会、红山区图书馆、赤峰语言文化研究会在红山区图书馆举办"国内首部二十四节气闪小说集《光阴谣》研讨会与读者分享会"。

2018年4月18日，内蒙古闪小说委员会在内蒙古自治区赤峰市成立，选举迟占勇为会长。

2018年4月23日，山东科大泰安校区图书馆联合泰安校区团委、工会和校离退休工作处举办"闪小说"大赛颁奖会。

2018年4月29日至5月1日，菲律宾佛光山万年寺社教馆"艺文跨界探索营"连续三个下午开设闪小说等微文学讲座。由王勇、林素敏、林素玲3位菲华作家主讲。

2018年4月，《香港文学》第4期第三次推出"世界华文闪小说展"，集中展出26位华文作家的49篇闪小说佳作，涉及美国、比利时、德国、日本、马来西亚、印度尼西亚、新加坡、菲律宾，以及中国内地、中国台湾、中国香港等。

2018年4月，程思良主编、福建少年儿童出版社出版的《中国当代闪小说精品》进入福建省2018年暑假"读一本好书"活动推荐书目（中学），该书出版一年内三次印刷。

2018年4月，迟占勇主编的中国首部节气闪小说作品集《光阴谣》由团结出版社出版。

2018年4月，张红静的闪小说集《长尾巴的城市》由江西高校出版社出版。

2018年4月，王立红的闪小说集《第三只眼》由江苏凤凰美术出版社出版。

2018年4月，泰雅族原住民作家瓦历斯·诺干的闪小说集《瓦历斯微小说》法译本 Les Sentiers des rêves（法文：梦之小径）出版。译者是 Coraline Jortay。法译本由 L'Asiathèque 法国亚洲书库出版社出版，为该出版社 Taiwan Fiction "台湾小说系列"之一。

2018年5月18日至28日，泰雅族原住民作家瓦历斯前往法国参加新书发布会，随后赴比利时自由大学作演讲，在法国北边小镇 Béthune 文学驻村，出席了文学之夜朗诵微小说，即中文版《瓦历斯微小说》。

2018年5月，冯丽琴的闪小说评论专著《闪烁星光——闪小说佳作百题欣赏》由团结出版社出版。

2018年5月，由剑言一白策划，中国寓言文学研究会闪小说专业委员会、福建重宇合众律师事务所联合举办了"重宇杯"2018年全国法治闪小说大赛征文活动。

2018年6月11日至15日，应天涯知己文学群之邀，中国寓言文学研究会闪小说专业委员会副会长叶雨为天涯知己文学群近400名文学爱好者讲解闪小说的创作方法和创作理念。

2018年7月5日、6日，中国寓言文学研究会闪小说专委会、安徽省闪小说委员会、南陵县文联、南陵县美丽办举办"中国闪小说作家'走进南陵美丽乡村'文化采风、当下闪小说发展现状与展望座谈会、安徽省闪小说委员会理事会会议"等系列活动。

2018年7月7日、8日，中国寓言文学研究会闪小说专委会与铜陵市作家协会在铜陵举办"闪小说创作座谈会暨采风活动"。

2018年7月20日，中国寓言文学研究会闪小说专业委员会顾问兼名誉会长余途接受中央人民广播电台"中国之声"采访，重点介绍了闪小说。

2018年7月至12月，安徽省闪小说学会举办了"梦蝶杯"全国寓言闪小说大赛、"庄子道酒业杯"2018中国闪小说年度总冠军大赛。

2018年8月17日至19日，江苏省常州市地方文化研究会闪小说学会在溧阳市举办"闪小说创作研讨会暨采风活动"。

2018年9月7日，"重宇杯"法治闪小说征文大赛在厦门评选揭晓，共评出一等奖1名、二等奖2名、三等奖3名、优秀奖20名。

2018年9月15日、16日，中国寓言文学研究会闪小说专委会与福建重宇合众律师事务所在厦门举办"重宇杯"全国法治闪小说大赛颁奖典礼、法治闪小说创作座谈会暨采风等系列活动。

2018年9月20日，在作家剑言一白与"重宇杯"法治闪小说征文大赛评委会的组织下，成立了中国寓言文学研究会福建闪小说专委会。

2018年9月21日，安徽省闪小说委员会在蒙城县举办2018安徽省闪小说委员会年会。

2018年9月22日，山东省闪小说委员会与威海乳山市仁和口腔医院在乳山市举行"仁和杯"全国闪小说大赛颁奖会暨山东闪小说创作座谈会。

2018年10月14日，深圳闪小说创研基地、蚝乡文艺社、蚝乡文化发展(深圳)有限公司在深圳举办"首届深圳闪小说论坛"。

2018年10月27日、28日，湖南省闪小说委员会在长沙图书馆举办2018年湖南闪小说委员会年会。

2018年10月27日，朵拉在韩国首尔举办的"第十五届青年学者国际学术研讨会：汉学研究的跨境交流"上，交流闪小说论文《闪烁的星光——朵拉谈闪小说》。

2018年10月，《闪小说阅读系列》，共5本，在北京旅游教育出版社出版。

2018年12月1日，福建省闪小说委员会成立大会暨座谈推进会在厦门举行。

2018年12月8日至10日，中国寓言文学研究会闪小说专委会、溧阳市宋团城文化研究会、溧阳市田园原乡建设发展有限公司在溧阳举办"美音自在溧阳"全国闪小说大赛颁奖典礼暨《一见平生亲》新书发布会。

2018年12月27日至29日，德阳—阿坝生态经济产业园区、中国寓言文学研究会闪小说专委会、四川省小小说学会主办的"德阿杯"全国小小说、闪小说征文比赛颁奖典礼暨采风活动在绵竹市举行。

2018年12月31日，2018年内蒙古闪小说委员会年会在赤峰市举行。

2018年12月，在安徽蒙城举办安徽省闪小说学会2018年年会。

2019年1月13日，谢林涛闪小说集《回家》推介会在深圳闪小说创研基地举办。

2019年1月28日，福建省闪小说委员会、厦门思明区梧村司法所、厦门诚携集团等单位在厦门驻军某部举办闪小说进军营活动。

2019年1月，由世界华文微型小说研究会、《微型小说选刊》杂志社、《微型小说月报》杂志社、作家网、中国微型小说（小小说）创作基地等单位联合举办的"2018世界华语微型小说年度系列评选"闪小说异军突起，征文、颁奖、研讨会、出版接二连三，省市一级学会、沙龙成立在全国遍地开花，入选"2018世界华文微型小说十大新闻"。

2019年1月，由新加坡国家图书馆主办的"狮城作家系列"讲座，邀请希尼尔与林高对谈闪小说鉴赏"仿佛有微光：从微格局体验小说的智慧"。

2019年2月22日、23日，山西省左云县文联、《左云文艺》编辑部举办闪小说创作交流活动。

2019年3月29日至31日，中国寓言文学研究会闪小说专委会与常州市地方文化研究会闪小说学会在宜兴市举办2019年春季闪小说创作交流会暨程思良、洪超新书研讨会。

2019年3月，由浙江舟山周波创办的第一份《闪小说》报纸在浙江创刊。

2019年4月27日、28日，受中国寓言文学研究会闪小说专委会会长程思良邀请，孙博来中国溧阳市文教书店参加中加闪小说交流座谈会。

2019年4月，由剑言一白策划，中国寓言文学研究会闪小说专业委员会、厦门诚携集团联袂举办了"赤系杯"2019年"家国情怀"世界华文闪小说大赛。

2019年5月10日，由黑河市作家协会主办，逊克县作家协会承办的庆祝建国七十周年——闪小说、寓言基础知识学习暨改稿会在逊克县举办。

2019年，《当代华语闪小说精选·点评本》，百花洲文艺出版社出版。

2020年1月，中国寓言文学研究会闪小说专业委员会、《小小说月刊》杂志社、安徽省蒙城县文学艺术联合会、安徽庄子道酒业有限公司联合主办的"庄子道酒业杯"2020年中国闪小说年度总冠军大赛启动。

2020年3月，由剑言一白策划，世界华文微型小说研究会、中国微型小说学会、中国寓言文学研究会指导，中国寓言文学研究会闪小说专业委员会、索亿斯（厦门）设备科技有限公司主办了2020年"赤帜阳杯"世界华文闪小说大赛。

2020年5月，程思良的《走向世界的闪小说》在菲律宾博览国际传播公司出版。肖惊鸿作《以其所以欲，得其所愿》序一，菲律宾王勇作《身在历史写历史》序二。

2020年7月至9月，安徽省闪小说委员会联合中国寓言文学研究会闪小说专业委员会、蒙城县委宣传部、蒙城县文联举办第二届"庄子杯"全国寓言闪小说大赛。

2020年9月，由程思良、飞鸟主编的《当代闪小说精选点评本》，30.3万字，在百花洲文艺出版社出版。程思良作《风行天下闪小说》序言。

2021年1月20日，中国寓言文学研究会闪小说专业委员会、菲律宾华文闪小说学会、《小小说月刊》杂志社联合主办"中原鹤尹杯"2021中国闪小说年度总冠军大赛征文活动。

2021年4月，由剑言一白策划，世界华文微型小说研究会、中国微型小说学会、中国寓言文学研究会、厦门市爱国拥军促进会指导，中国寓言文学研究会闪小说专业委员会、福建重宇合众律师事务所主办第二届"重宇杯"世界华文闪小说大赛。

2021年5月，剑言一白的闪小说《那夜子弹上膛》获"庄子道酒业杯"中国闪小说年度大赛总冠军。

2021年7月1日，《小小说月刊》荣获中国寓言研究会闪小说专业委员会第二届"重宇杯"世界华文闪小说大赛"优秀组织奖"，主编郭晓霞荣获"特别贡献奖"。

2021年7月12日，《小小说月刊》"闪小说大赛作品选"荣获"2018—2019年度河北省期刊（社会科学）特色栏目"。

2021年10月，印度尼西亚《千岛日报》在诗人叶竹的推动下，从10月至12月，该报副刊发表了希尼尔的论述《闪烁夜空下的狙击手——闪小说的新感受》以及22篇闪小说作品。2022年3月至9月，该副刊又发表新加坡21位作者的50篇闪小说作品。

2021年，马来西亚槟城华人大会堂文学组举办2021世界华文闪小说创作比赛。

2021年，泰国华文作家协会主办的《泰华文学》第104期推出了闪小说专辑，发表了116篇泰华作家的闪小说和32篇中国作家的闪小说。

2022年6月，世界华文微型小说研究会会长凌鼎年的《最出名的一男一女——凌鼎年闪小说集》（繁体版）在美国EHGBOOKS微出版公司出版，美商汉世纪数位文化公司全球同步发行，亚马逊网有销售，纸质书每本定价20美元，电子书每本7.99美元，同时发行。凌鼎年还撰写了《一花一世界，一叶一菩提》的自序。

6月，由剑言一白策划组织，中国寓言文学研究会闪小说专业委员会、汉连全球（厦门）跨境电商综合服务有限公司主办，世界华文微型小说研究会等协办2022年"汉连杯"世界华文闪小说大赛。

2022年8月26日，《小小说月刊》荣获中国寓言文学研究会闪小说专业委员会2022年"汉连杯"世界华文闪小说大赛优秀组织奖。

2022年12月，由程思良主编的《2020年中国闪小说精选》，12万字，在菲律宾博览国际传播公司出版。程思良作序言。

二、日本微型小说《莲雾》杂志（1~14期）

由日本世界华文微型小说研究会主办，日本国学院大学退休的渡边晴夫教授主编的《莲雾》杂志在日本正式出版、发行。《莲雾》杂志是专门翻译、发表华文微型小说的专业性杂志，由日本世界华文微型小说研究会的汉学家无偿翻译，每年一期，已连续出版了14期。

2005年5月20日，《莲雾》创刊号在日本出版，这一期是中国台湾极短篇特集，由渡边晴夫领衔翻译了陈启佑、袁琼琼、李昂、爱亚、吴地、杨慎绚、沈因、苏伟贞、黄之桐、郭丽华、翟世浚、京之春、张伯榷、莫然、汪国荣、林双不、罗燕如、梁建民等作家的极短篇小说。

2008年5月30日，日本《莲雾》第2期出版，这一期系华人微型小说特集，翻译了新加坡黄孟文、张挥、张曦娜、怀鹰、林高、艾禺、林锦、周璨、洪生、董农政、希尼尔、君盈绿，马来西亚朵拉、潘碧华、阿力、野曼子，菲律宾庄子明、长谣、超然，美国王渝等作家的微型小说作品。

2010年6月25日，日本《莲雾》第3期出版，这一期系中国香港微型小说特集。翻译了刘以鬯、东瑞（2篇）、陶然、黄仲明、陈凤云、海辛、桑尼、周蜜蜜、陈德锦、钟子美（2篇）、秀实、阿兆（2篇）、兰心、陈荭（2篇）、吴佩芳（2篇）、王洁仪（2篇）、寂然、文青、林中英、陈赞一等作家的微型小说作品。

2011年6月，日本《莲雾》第4期出版，推出《中国微型小说特辑》，翻译、刊登了莫言、史铁生、凌鼎年、孙方友、谢志强、刘国芳、司玉笙、邵宝健、汝荣兴、袁炳发、徐慧芬、李永康、蔡楠、秦德龙、安勇、滕刚、侯德云、何长安、刘建超、尹全生、陈大超、于德北、陈永林、张记书、沈祖连、韩英、刘心武，以及日本的森鸥外、叶山嘉树的作品。渡边晴夫作序言《中国大陆的微型小说》。

2012年5月，日本《莲雾》第5期出版，以中国作家的微型小说作品为主，翻译、刊登了莫言、凌鼎年（2篇）、王奎山、袁炳发、谢志强、凌君洋、红酒、赵明宇、孔祥树、萧意达、魏继新、刘正权、孙玉亮、刘立勤、朱耀华、王梆、欧湘林、王培静、陈国忠、秦德龙、孙方友，以及日本的阿刀田高、太宰治、三岛由纪夫、山田利尚的作品。

2013年8月20日，日本《莲雾》第6期出版，这一期翻译、刊登了莫言（2篇）、孙方友、凌鼎年（3篇）、陈永林（2篇）、刘国芳2篇、秦俑、侯德云、申平、陈勇、夏阳、非鱼、王培静、陈毓、秦德龙、尹全生、汝荣兴、修祥明、赵新、邓友梅、刘庆邦，以及日本的夏目漱石、志贺直哉的作品。

2014年9月25日，日本《莲雾》第7期出版，这一期翻译、刊登了莫言（3篇）、凌鼎年（3篇）、袁炳发、尹全生、刘立勤、刘国芳、赵明宇（2篇）、田洪波、非鱼、舒仕明、小眉，马来西亚的黎紫书（2篇）、朵拉（2篇），曾沛（3篇）、小黑、年红、陈政欣、苏清强（2篇）、潘碧华（2篇），新加坡的黄孟文、希尼尔、艾禺、林锦、南子、林高、梁文福，以及日本的弧笑弦、吉屋信子、向田邦子的作品。

2015年9月25日，日本《莲雾》第8期出版，翻译、刊登了莫言（3篇）、凌鼎年（3篇）、孙方友、李永康、秦德龙、申平、赵新（2篇）、田洪波、戴涛、芦芙荭（2篇）、朱成玉、朱树元、徐均生、卫宣利、叶大春、王秋生，瑞士朱文辉，马来西亚朵拉（2篇），新加坡南子，以及日本解英等作家的作品。

2016年9月1日，日本《莲雾》第9期出版，翻译、刊登了凌鼎年（8篇）、司玉笙、申弓、赵明宇、于德北、朱树元、顾晓蕊、小茂、张爱国、刘心武、高军，泰国司马攻（6篇），晓云（2篇）、倪长游（2篇）、黎毅（2篇）、若萍（2篇）、老羊、梦凌、杨玲、曾心、郑若瑟、莫凡、陈博文、马凡、博夫、岭南人，瑞士朱文辉，新加坡艾禺、君盈绿（2篇），以及日本落合惠子（3篇）、弧笑弦等作家的作品。

2017年10月10日，日本《莲雾》第10期出版，翻译、刊登了凌鼎年（3篇）、司玉笙（2篇）、戴希、夏雪勤、安妮宝贝、李永生、蔡中锋、赵明宇、贺点松、刘斌立、凌可新、徐均生、沈妄、冰心、马可、蔡中锋、白文岭、秦德龙，泰国模范士（2篇）、方明（4篇）、诗雨（2篇）、冯聘、倪长游、岭南人、老羊、曾心，马来西亚朵拉，印度尼西亚袁霓、符慧平、林万里、张颖、白放情、萧章、白羽、杨思萍，以及日本解英、山口洋子、小池真理子等作家的作品。

2018年11月30日，日本《莲雾》第11期出版，翻译、刊登了中国凌鼎年（5篇）、赵明宇（2篇）、任大星、李永生、张大明、张玉宏、陈武、白小易、海飞、刘琛琛、谢志强、亦农、司玉笙、朱可人、王培静、李永康、侯发山，印度尼西亚袁霓（2篇）、莎萍（2篇）、松华、北雁、松鹤、杨思萍、张颖、林万里，马来西亚朵拉，新加坡艾禺，中国香港东瑞、程思良、郑武文、万俊华，以及日本山川方夫（2篇）等作家的作品。

2019年11月30日，日本《莲雾》第12期出版，翻译、刊登了中国莫言、凌鼎年、秦德龙、孙方友、戴希、张森凤、申平、张可、安谅、赵明宇、余显斌、金光、许峰、刘琛琛、崔立、李世营、高军、刘天敏，加拿大郑南川（2篇）、孙白梅（2篇）、陈浩泉（2篇）、孙博、姜尼、宇秀、杜杜、马新云、钱伊丽，新加坡艾禺、林高，中国澳门许钧铨（2篇）、陈玉兰（2篇）、谢志强、陈永林（2篇），以及日本解英（3篇）、星新一、都筑道夫等作家的作品。

2021年5月15日，日本《莲雾》第13期出版，翻译、刊登了中国莫言、冯骥才、凌鼎年（3篇），蒋寒、闵凡利、何开文、高淑霞、林美兰、柳拾意、金光、赵明宇（6篇）、王培静、赵新、高军、夏雪勤、马河静、迟占勇（2篇），日本解英（2篇），澳大利亚海伦（3篇），加拿大孙博、文章（4篇）、马新云、钱伊丽（3篇）、孙白梅、陈苏云，以及日本小川未明、池谷信三郎等作家的作品。

2022年8月30日，日本《莲雾》第14期出版、翻译、刊登了莫言、冯骥才、凌鼎年、王培静、贺鹏、徐均生、赵明宇、夏阳、庞滟、田玉莲、李艳霞、曾宪涛、蔡良基、乌金、左世海、周勇伶、［加拿大］宇秀、［加拿大］陈苏云、［日］解英等24位作家的33篇作品。其中，日本著名汉学家、日本国学院大学退休的渡边晴夫教授翻译了莫言的《一斗阁笔记》之《槐米》《深巷》《爱马》3篇，冯骥才的《酒婆》，凌鼎年微型小说《院长与名医》；松野敏之翻译了凌鼎年的《1911年的太监》；冢越义幸教授翻译了凌鼎年的《撞见》；渡边奈津子讲师翻译了凌鼎年的《父爱如山》；渡边明子翻译了凌鼎年的《糟油传人》；大川完三郎教授与久米井敦子教授分别翻译了王培静的《家书》与《尊严》；潮田央翻译了赵明宇的《旗袍》《吴老二》。参加翻译的还有中森子、福岛俊子、饭沼果奈、铃木君江、石村贵博、京极健史、阿部晋一郎等汉学家。

大川完三郎教授作卷首语。《莲雾》主编阿部晋一郎作编集后记。集子还附录了吴鸿春副教授翻译的日本岛尾敏雄与三浦哲郎的作品。

每本定价900日元，折合人民币46元左右。

三、中国台湾出版微型小说集一览表

1.中国台湾尔雅出版社出版极短篇集子

《爱亚极短篇》(第1集)	1987年5月版
《钟玲极短篇》	1987年7月版
《雷骧极短篇》	1987年11月版
《袁琼琼极短篇》	1988年2月版
《罗英极短篇》	1988年5月版
《喻丽清极短篇》	1988年11月版
《陈克华极短篇》	1989年1月版
《邵间极短篇》	1989年5月版
《隐地极短篇》	1990年2月版
《陈幸蕙极短篇》	1990年7月版
《衣若芬极短篇》	1991年12月版
《尔雅极短篇》	1991年版
《邹敦怜极短篇》	1992年11月版
《思理极短篇》	1993年7月版
《张至璋极短篇》	1994年8月版
《张德宁极短篇》	1994年12月版
《爱亚极短篇》(第2集)	1997年8月版
《当代世界极短篇》	1993年3月版
《三美神》	柏谷译，1992年5月版
《极短篇美学》	痖弦等著，1992年5月版
《良轩极短篇》	2009年1月版

2.中国台湾联经出版事业公司出版极短篇书目

《极短篇（1）》	陆正锋等著，1979年版
《极短篇（2）》	王广仁著，1980年版
《极短篇（3）》	蔡罗东等著，1982年版
《极短篇（4）》	宋仰厚等著，1983年版
《极短篇（5）(川端康成卷)》柏谷译	

《狂鞋：极短篇（6）》　　　　　　　张春荣著，1990年3月版

《极短篇（7）》　　　　　　　　　袁琼琼等著、苏伟贞编，1993年1月版

《极短篇（8）》　　　　　　　　　罗时英等著、苏伟贞编，1993年1月版

《极短篇（9）》　　　　　　　　　联副编辑部编，1995年10月版

《极短篇（10）》　　　　　　　　联副编辑部编，1995年10月版

3.中国台湾

《日本推理小说极短篇精选》，林敏生译，台湾林白出版社有限公司1982年5月版。

《极短篇·川端康成卷》，［日］川端康成，台北联合报社1982年12月版。

《古典小小说（第一集）》，谢武彰编，台湾民生报社1983年10月版。

《索忍尼辛短篇杰作选》，［苏］索忍尼辛，台北志文出版社1983年版。

《古典小小说》（第二集），谢武彰编，台湾民生报社1984年5月版。

《古典小小说》（第三集），谢武彰编，台湾民生报社1985年4月版。

《川端康成袖珍小说选》，［日］川端康成著，台北幼狮出版社1985年版。

《日本掌中小说选》，李永炽编译，台湾圆神出版社1986年9月版。

《轮回》，钟玲著，台湾时报文化1986年版。

《日本掌中小说》，［日］川端康成著，梁惠珠译，台北星光出版社1987年3月版。

《小小江山》，苦苓著，希代书版有限公司1987年4月版。

《出去吃面》，小鱼著，台湾汉艺色研文化事业有限公司1987年5月版。

《我与春天有约》，宋晶宜著，台湾汉艺色研文化事业有限公司1987年12月版。

《掌中小说》，［日］川端康成著，台北星光出版社1987年版。

《瞬间集——世界极短篇》，杨月译，台北圆神出版社1988年2月版。

《梦中见——日本极短篇》，赖明珠译，台北圆神出版社1988年7月版。

《刹那集——美国极短篇》，阮仁华译，台北圆神出版社1988年7月版。

《爱人天下》，苦苓著，希代书版有限公司1989年3月版。

《中日对照盗贼会社》，［日］星新一著，李朝熙译，台湾鸿儒堂出版社

1989年6月版。

《川端康成掌小说百篇》，［日］川端康成著，北京三联书店出版1989年版；

《浪漫王国》，苦苓著，希代书版有限公司1990年9月版。

《中国极短篇》，蔡茂雄著，台湾文经出版社有限公司1991年8月版。

《出阁——中国现代小说极短篇1》，葛乃福主编，台湾汉光文化事业股份有限公司1992年1月版。

《绣枕——中国现代小说极短篇2》，葛乃福主编，台湾汉光文化事业股份有限公司1992年1月版。

《苦苓极短篇》(第1集)，台湾皇冠文化出版有限公司1993年1月版。

《苦苓极短篇》(第2集)，台湾皇冠文化出版有限公司1994年3月版。

《吴淡如极短篇》，台湾皇冠文化出版有限公司1995年9月版。

《苦苓极短篇》(第3集)，台湾皇冠文化出版有限公司1996年2月版。

《侯文咏极短篇》，台湾皇冠文化出版有限公司2004年7月版。

四、中国香港出版的微型小说集

《小小说精选》，桑妮编，香港山边出版社1984年版。

《鲜红的女人》，［加］布迈恪，香港山边出版社1984年版。

《真情——外国小小说精选》，杜渐编、东瑞赏析，香港绿洲出版社1985年版。

《香港小小说选》，桑妮编，香港绿洲出版社1986年版。

《外国小小说选》，寒星编，香港新雅文化事业出版社1988年版。

《李英豪短篇》，李英豪，香港华汉文化事业公司1988年版。

《大陆小小说选》(第一集)，香港新亚洲出版社1990年版。

《表错情》，陶然，香港明窗出版社1990年版。

《尘缘》，东瑞，新加坡成功出版社1991年版。

《期约》，金力明、长随，香港突破出版社1991年版。

《美人关》，陶然，香港天地图书有限公司2000年版。

《死亡死亡》，陈赞一，香港加略山房有限公司2002年3月版。

《飞天》，钟子美，香港日月星制作公司2000年4月版。

《陈少华微型小说选》，陈少华，香港天成出版公司2002年5月版。

1.中国香港青年作者协会主编之小小说专辑

《极短篇小说专辑》，松木、李华川、谢右安、叶娓娜、陈昌敏、陈锦昌、陈德锦，《公教报》文学副刊1983年6月3日版。

《极短篇小说专号（1）》，松木、东瑞、马梁、金力明，《公教报·青原篇》1990年5月版。

《极短篇小说专号（2）》，松木、金力明、东瑞、马梁、李华川、陈德锦，《公教报·青原篇》1990年9月版。

《极短篇小说专号（3）》，松木、东瑞、马梁、金力明、何文发、君比、李华川，《公教报·青原篇》1991年10月版。

《读者极短篇小说专辑（1）》，君比、羲之、夜郎、良图、凝尘，《公教报·青原篇》1992年1月版。

《极短篇小说专号（4）》，君比、长随、金力明、东瑞、李华川，《公教报·青原篇》1992年2月版。

《君比极短篇小辑》，君比、李华川（前言），《公教报·青原篇》1992年3月版。

2.中国香港出版微型小说选本一览表

（1）《香港小小说选》，桑尼编，香港绿洲出版公司1986年9月出版。

（2）《迷你小说选》，荣川编，香港金陵出版社1987年4月出版。

（3）《明报小小说选》，香港明报出版社编，香港明窗出版有限公司1996年4月出版。

（4）《印华微型小说选》，香港获益出版事业有限公司1998年7月出版。

（5）《印华微型小说选（续编）》，香港获益出版事业有限公司2004年4月出版。

（6）《第二届全港微型小说创作大赛文集》，香港汇知创艺中心2004年5月出版。

（7）《微微语——微型小说集》，香港汇知创艺中心2004年5月出版。

（8）《香港微型小说选》，东瑞、陈赞一编，香港获益出版事业有限公司2004年11月出版。

（9）《第三届全港微型小说创作大赛得奖作品集》，香港汇知国际教育服务有限公司2005年6月出版。

（10）《第四届全港微型小说创作大赛得奖作品集》，香港汇知国际教育服务有限公司2006年5月出版。

（11）《微风——汇知中学师生微型小说合集》，香港汇知国际教育服务有限公司2007年4月出版。

（12）《第五届全港微型小说创作大赛得奖作品集》，香港汇知国际教育服务有限公司2007年6月出版。

（13）《汇知·世界中学生华文微型小说创作大赛得奖作品集》，香港超越国际教育服务中心2007年6月出版。

（14）《世界中学生华文微型小说创作大赛优秀作品选》，香港超越国际教育服务中心、中国微型小说学会编，上海文艺出版社2008年12月出版。

（15）《香港微型小说选》，钦鸿主编，江苏文艺出版社2009年3月出版。

（16）《香港极短篇》，东瑞、瑞芬编选，香港获益出版公司2010年6月出版。

（17）《第一届荃湾葵青区中小学微型小说创作大赛得奖作品文集》，香港道教联合会圆玄学院第一中学2022年12月出版。

3.中国香港个人微型小说集出版一览表

《李英豪迷你小说》(第一集)，李英豪，香港博益出版集团有限公司1987年5月出版。

《今夜又有雨》，林荫，香港明窗出版社1991年5月出版。

《尘缘》，东瑞，新加坡成功出版社1991年9月出版。

《都市神话》，东瑞，获益出版事业有限公司1992年4月出版。

《阿浓小说》，阿浓，香港大家出版有限公司1993年出版。

《一幕难演的戏》，骆宾路，获益出版事业有限公司1993年7月出版。

《末世夜宴》，周蜜蜜，香港真文化出版公司1994年7月出版。

《逃出地狱门》，东瑞，获益出版事业有限公司1995年4月出版。

《校园小小说》，唐羚，香港次文化有限公司1995年7月出版。

《她说，蓝的是天空》，罗宾路，获益出版事业有限公司1996年1月出版。

《还是觉得你最好》，东瑞，获益出版事业有限公司1996年5月出版。

《留在记忆里》，东瑞，获益出版事业有限公司1998年3月出版。

《生辰快乐》，林荫，获益出版事业有限公司1998年3月出版。

《某个休斯顿女子》，秀实，获益出版事业有限公司1998年3月出版。

《让我们再对坐一次》，东瑞，获益出版事业有限公司1998年6月出版。

《莫名妙极短篇》，莫名妙。获益出版事业有限公司1998年12月出版。

《紫色叠影》，兰心，获益出版事业有限公司1999年5月出版。

《淡淡幽情》，妍瑾，获益出版事业有限公司1999年5月出版。

《不是英雄》，尼尔，获益出版事业有限公司1999年1月出版。

《网上情味》，爱山，获益出版事业有限公司1999年10月出版。

《朝朝暮暮》，东瑞，获益出版事业有限公司2000年12月出版。

《打错了》，刘以鬯，获益出版事业有限公司2001年4月出版。

《托你的福》，林万里，获益出版事业有限公司2001年5月出版。

《校云风云》，陈荭，获益出版事业有限公司2002年1月出版。

《情债》，郑若瑟，获益出版事业有限公司2002年出版。

《迷你青春痘》，阿兆，获益出版事业有限公司2003年5月出版。

《跳出孤独》，吴佩芳，获益出版事业有限公司2003年6月出版。

《东瑞小小说》，东瑞，获益出版事业有限公司2003年6月出版。

《天堂与地狱》，刘以鬯，获益出版事业有限公司2007年11月出版。

《相逢未必能相见》，东瑞，获益出版事业有限公司2008年10月出版。

《谁可相依》，吴佩芳，获益出版事业有限公司2008年11月出版。

《他和她的二三事》，陈慧，天地图书2008年7月出版。

《失落的锁匙圈》，袁霓，获益出版事业有限公司2010年6月出版。

《天使的约定》，东瑞，光明日报出版社2010年9月出版。

《魔术少年》，东瑞，江苏文艺出版社2010年9月出版。

《小站》，东瑞，获益出版事业有限公司2012年7月出版。

《转角咖啡馆》，东瑞，四川文艺出版社2013年4月出版。

《雪夜翻墙说爱你》，东瑞，河南文艺出版社2013年12月出版。

《彩蝶》，许颖娟，获益出版事业有限公司2015年1月出版。

《蒲公英之眸》，东瑞，获益出版事业有限公司2015年6月出版。

《清汤白饭》，东瑞，获益出版事业有限公司2017年9月出版。

《转角咖啡馆》，东瑞，山东人民出版社、四川文艺出版社2019年4月出版。

《爱在瘟疫蔓延时》，东瑞，获益出版事业有限公司2022年3月出版。

《化蝶》，徐振邦，香港闪小说学会2022年4月出版。

4.中国香港获益出版事业有限公司出版微型小说书目

《逃出地狱门——东瑞少年小小说40篇》东瑞著　1995年3月版

《香港作家小小说选》　　　秀实、东瑞编　1995年9月版

《她说蓝的是天空》　　　骆宾路著　1996年1月版

《生辰快乐》　　　　林荫著　1998年3月版

《某个休斯顿女子》　　　秀实著　1998年3月版

《留在记忆里》　　　　东瑞著　1998年3月版

《紫色叠影》　　　　兰心著　1999年5月版

《印华微型小说选》　　　东瑞等编　1998年7月版

《莫名妙极短篇》　　　莫名妙著　1998年12月版

《网上情迷》　　　　爱山著　1999年10月版

《朝朝暮暮》　　　　东瑞著　2000年12月版

《打错了》　　　　刘以鬯著　2001年4月版

《做脸》　　　　东瑞编　2002年7月版

《跳出孤独》　　　　吴佩芳著　2003年6月版

《第一届全港微型小说创作大赛文集》华文微型小说学会编　2003年6月版

《情债》　　　　郑若瑟著　2004年5月版

《香港微型小说选》　　　东瑞、陈赞一主编　2004年11月版

《印华微型小说选二集》　　印华作协获益编辑部编　2004年12月版

《都市神话》　　　　东瑞著　1992年4月出版

《一幕难演的戏》　　　骆宾路著　1993年7月出版

《还是觉得你最好》　　　东瑞著　1996年5月出版

《让我们再对坐一次》　　　东瑞著　1998年6月出版

《校园风云》　　　　陈荏著　2002年1月出版
《迷你青春痘》　　　阿兆著　2003年5月出版
《东瑞小小说》　　　东瑞著　2003年6月出版
《淡淡幽情》　　　　妍瑾著　2005年12月出版